मैत्रेयी पुष्पा

मैत्रेयी पुष्पा का जन्म 30 नवम्बर, 1944 को अलीगढ़ ज़िले के सिकुर्रा गाँव में हुआ। आरम्भिक जीवन ज़िला झाँसी के खिल्ली गाँव में बीता।

बुन्देलखंड कॉलेज, झाँसी से हिन्दी साहित्य में एम.ए. किया। आप हिन्दी अकादमी, दिल्ली की उपाध्यक्ष रहीं।

प्रकाशित कृतियाँ : *चिन्हार, गोमा हँसती है, ललमनियाँ तथा अन्य कहानियाँ, पियरी का सपना, प्रतिनिधि कहानियाँ, समग्र कहानियाँ* (कहानी-संग्रह); *बेतवा बहती रही, इदन्नमम, चाक, झूला नट, अल्मा कबूतरी, अगनपाखी, विजन, कही ईसुरी फाग, त्रिया हठ, गुनाह-बेगुनाह, फ़रिश्ते निकले, नमस्ते समथर* (उपन्यास); *कस्तूरी कुंडल बसै, गुड़िया भीतर गुड़िया* (आत्मकथा); *वह सफ़र था कि मुक़ाम था* (संस्मरण); *खुली खिड़कियाँ, सुनो मालिक सुनो, चर्चा हमारा, आवाज़, तब्दील निगाहें* (स्त्री-विमर्श); *फ़ाइटर की डायरी* (रिपोर्ताज)।

फ़ैसला कहानी पर टेलीफ़िल्म *वसुमती की चिट्ठी* और *इदन्नमम* पर *मंदा हर युग में* धारावाहिक का प्रसारण।

प्रमुख सम्मान : *सार्क लिट्रेरी अवार्ड,* द *हंगर प्रोज़ेक्ट* (पंचायती राज) का *सरोजिनी नायडू पुरस्कार, मंगला प्रसाद पारितोषिक, प्रेमचन्द सम्मान,* हिन्दी अकादमी का *साहित्यकार सम्मान,* मध्य प्रदेश साहित्य परिषद का *वीरसिंह जूदेव पुरस्कार, कथाक्रम सम्मान, शाश्वती सम्मान,* उत्तर प्रदेश हिन्दी संस्थान का *महात्मा गांधी सम्मान* आदि।

सम्पर्क : 104, महागुन मार्फ़ियस, प्लॉट नं. ई-4, सेक्टर 50, नोएडा–201303 (उ.प्र.)।

*इस उपन्यास में आए सभी पात्र काल्पनिक हैं,
कोई साम्य संयोग ही माना जाए।*

चाक

मैत्रेयी पुष्पा

राजकमल पेपरबैक्स

पहला पुस्तकालय संस्करण
राजकमल प्रकाशन प्राइवेट लिमिटेड द्वारा
1997 में प्रकाशित

राजकमल पेपरबैक्स में
पहला संस्करण : 2004
तेरहवाँ संस्करण : 2024

राजकमल पेपरबैक्स : उत्कृष्ट साहित्य के जनसुलभ संस्करण

राजकमल प्रकाशन प्रा. लि.
1-बी, नेताजी सुभाष मार्ग, दरियागंज
नई दिल्ली-110 002
द्वारा प्रकाशित

शाखाएँ : अशोक राजपथ, साइंस कॉलेज के सामने, पटना-800 006
पहली मंजिल, दरबारी बिल्डिंग, महात्मा गांधी मार्ग, प्रयागराज-211 001
1, अनमोल सोराबजी संतुक लेन, धोबी तलाव, मरीन लाइंस, मुम्बई-400 002
वेबसाइट : www.rajkamalprakashan.com
ई-मेल : info@rajkamalprakashan.com

बी.के. ऑफसेट
नवीन शाहदरा, दिल्ली-110 002
द्वारा मुद्रित

मूल्य : ₹499

CHAAK
Novel by Maitreyi Pushpa

ISBN : 978-81-267-1727-9

अपनी बात

आपके सामने अतरपुर गाँव की कहानी है। कल्पना से रची-गढ़ी उन मनुष्यों की कथा जो अपनी धरती को इतना प्यार करते हैं कि अतरपुर ही उनके लिए स्वर्ग-नरक है। इस गाँव के जर्रे-जर्रे में किसानों के आपसी रिश्ते, लगाव और मुहब्बतभरा व्यवहार उन्हें एक-दूसरे से जोड़े रखता है तो स्वाभाविक ईर्ष्या, डाह और महत्त्वाकांक्षाओं का उफान आपस में छीलता-काटता भी है। इस तरह अतरपुर में जिंदगी की धड़कन बराबर बनी रहती है।

यही नहीं, आज के समय में गँवई औरतों द्वारा सांस्कृतिक, सामाजिक और राजनीतिक दायरों में जो मुखर हिस्सेदारी सामने आती है, वह महत्त्वपूर्ण है। स्त्रियाँ अपने तेवरों, निजी फैसलों और हस्तक्षेप के मामलों में अब जबरदस्त रूप से दिखाई देने लगी हैं। लगता है कि वह मान्यता थोथी-खोखली है, जिसके तहत ग्रामीण स्त्री को अनपढ़, असभ्य और चेतनाशून्य मानकर गौरतलब नहीं समझा गया। बेशक मुझे कल्पनाशक्ति ने वह रचनात्मकता प्रदान की, जिससे यह उपन्यास-कथा बनी।

—मैत्रेयी पुष्पा

मैं मुक्त करती हूँ तुम्हें
मेरे सुन्दर भीषण भय।
मैं मुक्त करती हूँ तुम्हें, तुम थे
मेरे प्रिय और मेरे घृणित जुड़वाँ, पर
अब नहीं पहचानती तुम्हें जैसे कि ख़ुद को
मैं मुक्त करती हूँ तुम्हें
उस समूचे दर्द के साथ जो अनुभव
होता मुझे अपनी बेटियों की मृत्यु पर।

—रेडइंडियन कवयित्री ज्वॉय हार्जौ

[वीरेन्द्रकुमार बरनवाल द्वारा अनूदित
'रक्त में यात्रा' से]

एक

काश यह मौत होती!

मगर यह हत्या! पतित स्त्री, गर्भिणी औरत की हत्या!!

सारंग की बहन रेशम मौत के घाट उतार दी गई ··· बुआ की बेटी रेशम, उम्र में उससे ठीक पाँच वर्ष छोटी। मजबूत कदकाठी के चलते कसी-ठुकी देह और गुलाबी दूध सा जगमगाता रंग ··· अब रेशम कहाँ! रेशम एक लाश, फिर मुट्ठी-दो मुट्ठी खाक में बिखरती हुई ··· अँधियारी ने ढक लिया उजियारा, सारंग को कुछ नहीं सूझता। आँख फाड़-फाड़कर देखती है—चारों दिशाओं में घिरी कालिमा ···

गाँव की सहज सरल दिनचर्या में अचानक धमाका हुआ, धरती हिल उठी। रात-दिन काँप गए। हाय-हाय, त्राहि-त्राहि के भयानक दर्दभरे कोलाहल में डूब गई गँवई धरती··· लेकिन कुछ घड़ियों के उफान के बाद ठंडी शांति की फरेबी परतें ··· धीरे-धीरे उतरने लगीं! सारंग का कलेजा फटकर चिथड़ों-चिथड़ों में बिखरने लगा। सहज सामान्य गति पकड़ता जीवन ··· उसे भयभीत कर रहा है। स्त्रियाँ जिंदगी के गीतों, संस्कारजनित उत्सवों और रोजमर्रा की जरूरतों के चलते अपने-आपको प्राकृतिक लीला में उतार रही हैं! या कि भीतर से उमड़ते करुण खूँखार हाहाकार को पीकर महाविनाश को चुनौती देती हुई जीने की अदम्य चेष्टा कर रही हैं! शायद पिए हुए समस्त विष को अपनी मुस्कानों में ढालकर अमृत कर देना चाहती हैं! नहीं, शाश्वत सत्य की तरह उजागर होती हुई अनहोनी को पहचानते हुए भी अनजान बने रहने का ढोंग!

इस गाँव के इतिहास में दर्ज दास्तानें बोलती हैं—रस्सी के फंदे पर झूलती रुकमणी, कुएँ में कूदनेवाली रामदेई, करबन नदी में समाधिस्थ नारायणी ··· ये बेबस औरतें सीता मइया की तरह 'भूमि प्रवेश' कर अपने शील-सतीत्व की खातिर कुरबान हो गईं। ये ही नहीं, और न जाने कितनी ···

बूढ़ी खेरापतिन, जिनका जीवन गाँव की पुरोहिताई करते बीता है, इसी तरह की करुण कथाएँ सुनाती हैं, भले वे आधी-अधूरी हों। ख्यालीराम, ढोलावाले 'दादू', तन्मय

होकर ऐसी अनेक गीतकथाएँ सुनाते हैं गाँव-समाज को, जिनमें अकाल मौत को 'विपता' के सिर मढ़कर, कभी भाग्य के गले डालकर असल कातिल को बेदाग बचा लिया जाता है। ··· मगर दादू और खेरापतिन सजल नेत्र, रुँधे कंठ गाते जाते हैं निरंतर, धीरज क्षीण होता जाता है आहिस्ता-आहिस्ता ··· हिल्की भर आती है।

नई पीढ़ी विश्वास नहीं करती—कहानी-किस्सों की बात पर रोना धोना! सठिया गए हैं दोनों बूढ़े। ··· लेकिन कहाँ मानते हैं दोनों पुरखा, गीत की कड़ियों की धार से लहूलुहान हो जाती है धरती—लाल-लाल खून के दाग ···

किस्से-कहानियाँ नहीं हैं गीतकथाएँ, जिंदगी और मौत के अनमिट दस्तावेज हैं। रेशम का बध न हुआ होता तो सारंग भी हँसकर टाल जाती, और यह बेरहम घटना धरती में दफन हो जाती धीरे-धीरे ··· सीता मइया की भूमिसमाधि—देवी-देवता नहीं बच सके करम गति से, रेशम तो साधारण प्राणी ···

—खेरापतिन दादी, आज तुम्हारी गाई हुई गीत-कड़ियों की स्वरतरंग भयानक बवंडर की तरह चपेट रही है मुझे ··· धरती-आसमान हिल रहे हैं, रूख-पेड़ थर्रा रहे हैं। पंछी-परेबाओं ने चिचियाना आरंभ कर दिया ··· गली-गैलों को रौंदता हुआ खौफनाक जलजला चला आ रहा है, मैं सुन्न ···

असाढ़ की उमसभरी काली रात!

निस्तब्धता तोड़ता हुआ मोर फड़फड़ाता है चौक में खड़े पीपल पर। मोरनी पंख फटफटाती हुई कोंकियाती है—करुण रोदन! सारंग बुरी तरह चौंकी। सिकुड़कर आधी हो गई। यह मोर नहीं, रेशम की दर्दनाक पुकार—ओ बीबी ऽऽऽ ··· बीबी ऽऽऽ! सारंग विकल मन सोच की रस्सियों से बँधी हुई ···

—मैं छटपटा-छटपटाकर खत्म हो जाऊँगी रेशम! तू अपनी बहन की व्यथा इतनी न बढ़ा। सारे दुख-दर्द सोखकर जूझनेवाली तू ··· मुझे अपनी तरह मजबूत समझ रही है! ना री, मैं निरी कमजोर औरत ··· जी पा रही, न मर ही सकी।

उठकर बैठ गई सारंग। बराबर में रंजीत सोए हुए हैं। अँधियारे में पति का सोया हुआ रूप साकार है उसकी आँखों में। इतना अँधेरा बर्दाश्त नहीं होता रंजीत! दम घुटता है। वह पति की मजबूत साँसों को शिद्दत से महसूस करने के लिए उनके ऊपर झुक आई। अपने भीतर उजाले की महीन सी रेखा पैदा करना चाहती है। '··· मेरा दुख कम करने की ताकत तुममें है रंजीत!' उनके चौड़े कंधों को टटोलने लगी। और मन को मजबूत करती हुई भीतर ही भीतर पुकार उठी—'तुम जागो रंजीत! उठो! तुम्हारे सिवा मेरा कौन ···'

हाथ कंधे से होता हुआ माथे पर आ गया—चौड़ा माथा, घनी भवें! सारंग की नरम हथेली का स्पर्श पाते ही रंजीत की पलकें कुनमुनाईं, जीवन की सी लहर।

उसके मन से उठी पुकार ने धरती से आसमान तक एक गूँज कायम कर दी—देखो रंजीत, मैं क्या देख रही हूँ। सुनो, मैं क्या सुन रही हूँ। यदि महसूस कर सकते हो, तो उसी तरह अनुभव करो, जैसे मैं कर रही हूँ। ··· इस मनहूस रात का सामना हमें ···

रंजीत की आँखों में उठी हलचल बंद हो गई, सारंग की साँसें थमने लगीं। अपनी ही आवाज की उदास प्रतिध्वनि में घिरी हुई विकल।

'अरे! तुम रो रही हो!' वे उठकर बैठ गए उनींदे से।

अलसाया हुआ हाथ उसकी पीठ पर फिराते हुए, ऊँघती आवाज में बोले, 'सारंग, जो होना था हो गया। रोकर क्या होगा? चुप हो जाओ ... चुप, चुप!' कहकर अपने होंठ उसके सिर पर रख दिए अँधेरे में ...

'सच कहते हैं रंजीत। सब्र न आए तो भूख-नींद का सिलसिला खत्म हो जाएगा। पागल होती जा रही हूँ मैं। काम-धंधा सब ठप्प!'

'सारंग, संसार में जो आया है, जाएगा। रेशम के जाने का बहाना यही था। संसार की लीला यही है। तुम *गीता* पढ़ा करो। धीरज बँधेगा।' रंजीत ने पत्नी को बाँहों में भर लिया और छाती से लगाकर सुला लिया।

सारंग के सीने में फिर तूफान घिरा। फिर बवंडर उठे। ज्वार ठाठें मारने लगा—मैं दहशत से काँप उठती हूँ। चारों ओर पिशाच ही पिशाच ... घिर गई हूँ। उस हादसे को तुम भूल गए रंजीत? सच कहना तो! या कि मैं ही बावरी हो चली?

... मैं नहीं भूलती, लेकिन ...

तमाशगीर आ गए। भीड़ जुट गई। चार-पाँच लोग फावड़े ले-लेकर आ रहे हैं। खोदने का सिलसिला चालू हुआ। बिटौरा (कंडा और गोबर से बना घरौंदा) की सूखी जर्जर लैमन का मलवा हटाया जाने लगा। मेरी आँखों के आँसू धुएँ की तरह फैलने लगे—मेरी बहन की कटीफटी दूधिया देह चिथड़ों-चिथड़ों में निकलेगी ... सँभालकर फावड़े चलाओ रे लोगो, उसके और चोट न लगे ... पेट के भीतर का जीव ... बचा लो रे कोई ...

रेशम का छोटा जेठ डोरिया—छत्तीस-सैंतीस वर्ष का गबरू जवान ... नरपिशाच! मोटी गर्दन के समतल घुटी खोपड़ी पर पसीने की बदबूदार धारें ... मैं इस समय भी साफ-साफ देख रही हूँ रंजीत, वह बड़ी मुस्तैदी से मलवा हटा रहा है। गजब की फुर्ती है उसके पहलवानी हाथों में। बनैले जानवर की तरह शिकार को फाड़कर खा जाने की फुर्ती!

रेशम का बड़ा जेठ—थानसिंह मास्टर! शराफत में डूबा चेहरा ... शोक में सने खड़े हैं। 'जल्दी करो, जल्दी करो' का गहरा और भारी स्वर ... पर उस धर्मपुत्र की आवाज मेरे कानों के पर्दों को फाड़े डाल रही है।

मेरी नजर रेशम के ससुर 'साध जी' से जा टकराई। बूढ़े रथ की तरह, लंबे-चौड़े शरीर पर झुके हुए, लठिया के सहारे खड़े रुआँसे—सोगवार हैं। उनकी बड़ी-बड़ी सफेद मैली मूँछें और उसी रंग की घोंसले सी दाढ़ी बड़ी दयनीय लग रही है। मेरे घूँघट ने केवल इन तीनों को ही देखा, या और कुछ भी? नहीं मालूम।

हाहाकार बराबर मच रहा था—चलियो रे! बचइयो रे! जुलम हो गया!

शोर ने मौत को चादर की तरह ढक लिया। दिन डूबने को था, गाँव के घर खाली होते जा रहे थे। सारी जनता बिटौरा और घूरे के आसपास अँट गई।

स्त्री-पुरुष, बच्चे-बूढ़े ... जितने मुँह उतनी बातें—

'अरे भाई, जैसी भी थी, गाँव की बहू थी।'

'भाग की पोच (कमजोर) निकली।'

'मौत का हाथ बड़ा लंबा होता है, कहाँ से खेंच लाया करम की मारी को!'

'अरे, जितनी उमर लिखाकर लाई थी, उतनी ही तो भोगेगी।'

'सती थी भाई। करमवीर (पति) को मरे छः महीना भी पूरे नहीं हुए, लो खुद भी चोला छोड़ दिया।'

'अरी ऐसा भाग कितनियों का कि मालिक के पीछे ही पीछे चल दे।'

'सारंग नहीं रोई।'

'मइया, बड़ी कठकरेज लुगाई है। बहन मरी और यह देखो बर्द की सी निर्जल आँखें ...'

मुझे किसी ने हौल से देखा, किसी ने घृणा से। किसी ने धिक्कार से, तो किसी ने तरस खाकर।

समतल जमीन पर धर दी देह। चादर डाल दी। सास ने पछाड़ खाई तो चचिया सास ने रो-रोकर बैन किए। थानसिंह की घरवाली छाती कूटने लगी। ... ये मौत पर किए गए जरूरी विधान ... मैं सूखी आँखों देखती रही। आँसुओं के वे ही कतरे तापभरी प्रचंडिनी घटा बनकर घुमड़ रहे हैं। गड़गड़ाकर उस हत्यारे को दबोच लेना चाहते हैं, जिसने ... मैंने बहन के अंतिम दर्शन किए, उसके अजन्मे बालक को छाती से लगाया कि खुद ही भस्म होने लगी उसके संग-संग ...। इनका खून किन हथेलियों में लगा है? कौन था इतना कायर? मेरे वे ही आँसू किस कदर बिफरते हैं रंजीत! खयालों की फौजें छाती को रौंदती हैं—तुम उठो!

'तू बड़ी नादान है सारंग!'

बूढ़ी खेरापतिन दादी स्त्री की अंतहीन व्यथा की साक्षी बनकर बहलाती हैं उसको। अपनी अनेक लोककथाओं, गीतकथाओं की मार्फत उसी करुणा को खोलती हैं, बार-बार ...

'चंदना की कथा और क्या है बेटी?' वृद्धा का सलवटें पड़ा गोरा चेहरा कँपकँपा उठता है। ढीले होंठ थरथराते हैं।

'दादी, मुझे चंदना से रेशम तक की कहानी मालूम है, पर अब आगे मत जाना दादी ... आगे जाओगी तो प्रलय ... आगे जाओगी तो संसार खत्म ... आगे जाओगी तो रसातल ... बस करो दादी, बस!' सारंग हाथ जोड़कर गिड़गिड़ाती है।

पर दादी क्या करें? उनका मानना है कि जो माता बेटी जनती है, उसकी साँसें मरते दम तक काँटों में उलझी रहती हैं। आत्मा शूलों से बिंधी घिसटती रहती है। जिंदगी सूली

पर टँगी रहती है। लोकाचार और जगत-व्यवहार में आनेवाली परम्पराएँ सारे अपयश की गठरी बेटी के सिर धरकर न जाने उसे कब संगीन से संगीन सजा देने की हिमायती हो उठें? दादी के आखरों का सार यही है—बेटी की मइया सुख की नींद सोई है कभी? बूढ़ी खेरापतिन इस व्यथा को गीत की लय में ढालने से पहले काँपती आवाज में यह सवाल जरूर पूछती हैं—घर की आबरू धिय-बेटी की देह में धजा की तरह नहीं गड़ी रहती भला?

फिर कोई मंगलाचरण न देवी-वंदना। सूरज-चंद्रमा की स्तुति न धरती मइया को प्रणाम। केवल कुछ बूँदें आँसू मटमैली पुतलियों पर छा जाते हैं, और मुरझाए हुए गालों पर ढुलक पड़ते हैं। जमाने की मार खाई हुई झुर्रीदार चमड़ी की आड़ी-तिरछी रेखाएँ भीग उठती हैं।

झुंड के रूप में पास बैठी स्त्रियाँ समझ लेती हैं—खेरापतिन ने भैमाता (सृष्टि की देवी) के चरणों में जल ढार दिया। अनकहे ही कह दिया—मइया, तेरी सिरजना में ऐसी दुभाँति! कोख देकर कोख का महापातक दिया बेटियों को ···

बूढ़ी गा उठती है ···

तीजन चरचा चंदना की चल रही जी,
ए जी कोई मच्यौ है सहर में सोर—
सिर बदनामी चंदना बेटी लै रहीं जी ऽ ऽ ऽ ···

अगली कड़ी गाने से पहले दादी का कंठ विश्राम लेना चाहता है। फूली हुई साँस थमती है कि लय न टूटे कहीं, कड़ी न बिखरे।

बोले रे बोलो जा गाम के पंडितै जी
ए जी कोई चंदना कौ गौनों सुधवाउ
सिर बदनामी चंदना बेटी लै रहीं जी ऽ ऽ ऽ ···

दादी खँखारकर गले को साफ करती हैं। कंठ में पानी का गोला अटका है। नाक से 'सुन्न सुन्न' की ध्वनि निकल रही है।

वह गीतकथा निर्जीव होती है, जो पूरे भाव के साथ न सुनाई जाय। दादी हाथ और उँगलियों के संकेतों से समझाती हैं—महतारी अभागिन, बाप बेबस! चंदना के गौने की चिट्ठी सावन के महीने में लिखवानी पड़ी, जब गाँव की बेटियाँ पीहर लौट रही थीं ···

सेत पै स्याही पंडित के ने करदई जी,
ए जी कोई दैदई नाऊ के के हाथ—
चिठिया तौ पहुँची सजन जी के थान पै जी ऽ ऽ ऽ ···

—दीवानखाने में कुँवरजी की मजलिस लगी है। जन-परजा बैठी है। सावन मास में सुसराल का नाई! कुँवरजी चकित हैं। किस कारण आया? चंदना तो माई-बाप के यहाँ है। चिट्ठी पढ़ते

समय आँखों की रंगत बदली। पुतलियों पर खून उतर आया, दसों दिशाएँ जलने लगीं। सन्नाकर उठे कुँवरजी। घुड़सार में गए, नीलबरन घुड़िला के ऊपर जीन कसी। लगाम पकड़कर माता के चरन छूने आए, और हो गए असवार घोड़ा की पीठ पर। चंदना का पीहर—पेसवाजी—खातिरदारी की क्या बात कि चत्तुरसारी में पचरंग पलिका, मखमली बिछौना, रेसमी गेंदुआ। छप्पन भोग, छत्तीसौ व्यंजन।

—पर जिसकी छाती में अपनी स्त्री ने ही बान मारा हो, उसको भूख कहाँ, नींद कहाँ? औरत जात ⋯ यह हिम्मत! जिसके जीवन की डोर कुँवरजी के हाथों थमी है, वह पराये खेत में मुँह मारने की जुर्रत करे! खिंचवा लेंगे नाका डालकर। पौहे-पसु और तिरिया को बस में रखने के लिए हर समय नाका रखना पड़ता है। उसकी भूल मालिक की इज्जत पर भारी पड़ती है। ⋯ कोड़ा! कोड़ा!

—पर चंदना! जिसने मन-प्रान से सकल जैसे सखा को चाहा हो, अपने बस में रहे तो कैसे रहे? ब्याह हो गया, पर मन नहीं बँध पाया। पिता ने कन्यादान कर दिया पर चंदना मन का दान कर बैठी सकल के हाथ। नादान छोरी मछली सी छटपटाने लगी। कल जाना होगा! सकल को छोड़कर चले जाना है! अब के बिछुड़े कब मिलें ⋯? सकल से भेंट करने की मनोकामना में तड़पती हुई चंदना एक-एक घड़ी रात काटने लगी।

—आधी रात बीत गई। तारों से आसमान भर गया। अँधिरिया धरती पर पसरी है ⋯ चंदना तारों की छाँव चल दी। ऊपर को देखा—पेड़ों पर पंछी-परेबा सोए हैं। नीचे को देखा—गली में कुत्ते-बिल्ली औंघ रहे हैं। पर सावन का महीना ⋯ घनघोर घटा घिरी थी। बादल गड़गड़ाया और एक मोर नीम के पेड़ पर अचानक फड़फड़ा उठा। चंदना काँप गई। नन्ही बच्ची सी सिकुड़-सहमकर दीवार से चिपक गई।

'सकल!'

'हाँ!'

'यहाँ!'

'तुम्हारी राह में खड़ा था। मैं जानता था कि तुम ⋯ '

चंदना की राहें उजियारे से भर गईं। सकल चंदना को छाती से लगाकर तड़पने लगा ⋯ बूढ़ी खेरापतिन का हिया गाते समय कलप-कलप उठता है—

> अब के तो बिछुड़े पाँखी पंछी कब मिलें जी,
> ए जी कोई हुए री करेजा के टूँक,
> जतन बता जा चंदना अपने मिलन कौ जी ऽ ऽ ऽ ⋯

चंदना रोती रही ज़ार-ज़ार ⋯ सकल ठहरा सुनार का बेटा, मुँदरी लाया था—चंदना की उँगली में पहनाते समय बोला—इससे ज्यादा क्या है मेरे पास?

सबेरा हुआ। बिदा हो गई।

चंदना रोती-कलपती, पीछे को मुड़-मुड़कर देखती हुई माता-पिता और सकल को

गाँव के सिवाने पर छोड़कर चल दी। नाइन ने लोटे में से पानी पिलाया था—चंदना ने चाँदी के सिक्के के संग अपनी कंगनियाँ लोटे में डाल दी—सकल को दे देना। मेरे माँ-बाप की देहरी हरी रहे, मेरा गाँव फले-फूले—नाइन ने चंदना से ये दो बोल कहलवाए।

'नीलबरन घोड़ा की चाल जैसे गरुन महाराज की असवारी!' दादी उँगली उठाकर ऐसा संकेत देती हैं, जैसे चंदना चलते-चलते थक गई हो। एक वन लाँघा, दूजे वन आए और तीजे वन में आकर कुँवरजी बिसराम को रुके। दोनों पिरानी तोसक बिछाकर बैठ गए। चंदना की झीनी-गुलाबी चूनरी और लंबा घूँघट—नाक की नथुलिया बिजुरी सी चमकी। उठती-गिरती पलकें। मालिक देख रहे हैं ··· कुँवरजी ने सवाल किया फिर—

कहा गढ़ायौ चंदना माई बाप ने जी,
ए जी कोई कहा तौ रे दियौ भइया बीर
कहा गढ़ायौ सकल सुनार ने जी ऽ ऽ ऽ

—कुँवरजी का सवाल ··· खेरापतिन दादी अपने करम पर हथेली मारती हैं। चंदना, मइया-बाप ने कौन सा गहना गढ़वाया है? तेरे बीरन ने क्या दिया है? और सकल सुनार ने ···? चंदना को काटो तो खून नहीं। सफेद पड़ गई हौल की मारी। अपने स्वामी, अपने मालिक को क्या बताए? क्या छिपाए? सीता मइया की तरह अगिन में खड़ी है। झूठ के पाँव कितने? भसम हो जाएगी। मन ही मन जननी को कोसने लगी—मइया होते ही टेंटिया मसक देती। इसी घड़ी के लिए कोख में लादे रही थी? मैं सकल की पिरीत की कसूरवार ···। साँची बताना रे बाबुल, पाप किया मैंने? हाँ पाप है बेटी, महापाप! ब्याहता बैयर बिराने आदमी की झाँईं-परछाईं भी छुए तो नरक की सामा ···

चंदना घूँघट उठाकर बैन करने लगी—

हरबा गढ़ायौ मेरे माई बाप ने जी,
ए जी कोई पचनग कंगना भइया बीर
सकला हमारौ, कुँवरजी क्या लगै जी ऽ ऽ ऽ ···

आँखों देखी बात पर झूठी परतीत? असंभव। कुँवरजी के नैनों से उठती ज्वाला वनखंड में फैल गई। तिरिया चरित्तर! कुँवरजी क्या चीज हैं, भगवान रामजी ने विश्वास नहीं किया था तिरिया का। गीतकथा अब करुणा के शिखर पर आ पहुँची। खेरापतिन डोकरी अपने पास बैठी वारी कुँआरी, ब्याही-सुहागिनों को बारी-बारी देखती हैं। आँखें छलक रही हैं। गाँव की बहू-बेटियाँ हर साल चंदना की गीतकथा सुनती हैं, और अंत आते-आते समझ लेती हैं कि अब दादी की स्वर-लय लाचार होती जा रही है। रुलाई कंठ में अटकी है। वह गा नहीं सकेंगी। वे सब मिलकर दादी के संग आखर उठा लेती हैं। समवेत स्वर गूँजते हैं—

पहली कटारी कुँवरजी मारियै जी,
ए जी कोई दूजी लैलई बाँहन ओट—
तीजी कटारी चंदना के हीयरा जी ऽ ऽ ऽ ···

माइल जाने चंदना बेटी सासुरे जी,
ए जी कोई सासुल जाने प्यौसार,
चंदना की चिता चिनी वनखण्ड में जी ऽ ऽ ऽ ...

वार नहीं बच पाया। चंदना की जीवनलीला समाप्त हुई। औरतों की आँखों से झरझर नीर बरसता है। सरग टूटा नहीं, धरती फटी नहीं! और न सेसनाग की सैया डिगुलाई ... चंदना की मइया आज तक इसी भोरे (भरम) में कि बेटी सुसराल में सुख से ... सास समझती है कि चंदना बहू पीहर में ... मगर दोनों बूढ़ी अनंत इंतजार में क्षीण होती रहीं।

सारंग की विकल निगाहों में एक सवाल करियल नाग की तरह जीभ लपलपाता है, उस जीभ से रिसते विष का दंश यह ... उन भकुराई आँखों से उमड़ता यह प्रश्न ...

मेरे ससुर गजाधरसिंह, चचिया सुसर खूबाराम, ग्रामप्रधान फत्तेसिंह, पुराने जमींदार नंबरदार, ग्रामसेठ भवानीदास, पंडित चरनसिंह से लेकर ऊँची-नीची कौमों के तमाम बूढ़े-बड़े गुमसुम क्यों रह गए? इनकी जिह्वा क्यों लकड़ा गई? ये पुरुष-महापुरुष शाबाशी के पात्र हैं या धिक्कार के? इनकी लाज-लिहाज हम क्यों करते हैं? हम सारी अवस्था शीश झुकाकर काट देते हैं इनके सम्मान में, क्यों? आज मुझसे भी कोई उत्तर नहीं बन पा रहा, तो ये भी क्या बताएँगे कि ये लोग हमारी हत्याओं के गवाह नहीं, तमाशबीन बनकर क्यों रह जाते हैं? अन्याय के नाम पर ये गूँगे हो जानेवाले हमारे संरक्षक ... उसकी घृणा दर्दनाक हो आई।

अत्याचार ढोर भी सहन करना नहीं चाहता, सींग हिलाकर अपना विरोध दर्ज करता है वह भी। इन नरपुंगवों को किस योनि में शामिल किया जाए?

दादी, तुम भी चंदनावाला गीत गाना छोड़ दो। या उस गीतकथा का अंत ... आँखें उमड़ रही थीं, आँसू झरने लगे।

जानती है कि उसकी मौन चिंघाड़ कोई नहीं सुन रहा, उस चीख से केवल उसी के कानों के पर्दे फटे जा रहे हैं।

रंजीत को झकझोर डाला उसने—तोता की बहू कहती है कि उस समय बिटौरा के पास ...। लाल धोती पहनकर सिर पर डलिया धरे हुए आई थी रेशम। तोता की बहू ने 'पाँयन लगती हूँ' कहकर अभिवादन किया तो उसने मुस्कराकर असीस दी—खाने अघाने रहो, सुहाग बना रहे।

बिटौरा के जमीन से सटे गोल द्वार के सँकरेपन के चलते रेशम लेटकर घुसी थी भीतर। भीतर से कंडे फेंकने लगी बाहर को। मुश्किल से आठ-दस कंडे ही फेंके होंगे कि—ध-ध-ध-ध-ध-ध करके पूरा का पूरा हाथी सा बिटौरा ढहने लगा अचानक! लैमन के संग छान-छप्पर भी गिरने लगे। गजब! पक्खा पछीत ... सबकुछ इतनी जल्दी! वह हौल की मारी चिल्लाए, मगर बोली न निकले कंठ से। साँस रुक सी गई तोता की बहू

की। कुछ न बना तो हाथ पीटती हुई बिटौरा के पीछे की ओर भागी। वहाँ जो कुछ देखा यकायक ठिठुर सी गई वह—डोरिया पूरी ताकत लगाकर उलटे फावड़े से बिटौरा ढहा रहा है और रहा-सहा ढाँचा भी गिरा जा रहा है भीतर मुँदी रेशम के ऊपर। वह कहती है—घिग्घी बँध गई डर के मारे! ऐसा न हो कि हाहाकार मचाने पर सीधा फावड़ा चलाकर उसकी ही खोपड़ी फाड़ दे। उसने लम्बा घूँघट खींचा जैसे-तैसे।

पर डोरिया ने देख लिया था तोता की बहू को। तभी तो चिल्लाया—'चलियो रे! बचइयो रे! अरे हमारी रेसम दब गई रे ऽ ऽ ऽ ...'

रंजीत पत्नी की बात चुपचाप सुन रहे हैं।

'बोलो अब, यह सब झूठ है?'

वे अब भी मौन हैं।

सारंग ने पति की बाँह ऐंठ डाली।

'सुन्न हो गए हो! डर लग रहा है किसी का? फत्ते प्रधान के बारे में सोच रहे हो? वह रिपोर्ट नहीं करेगा तो क्या तुम भी नहीं करोगे? ऐसा अन्याय ... नहीं-नहीं, मैं तुम्हारे पाँवों पड़ती हूँ रंजीत!'

'तुम उतावलापन कर रही हो,' उन्होंने संजीदा स्वर में कहा। 'तोता की बहू की बात कौन मानेगा? पहले तो वह गवाही देने को तैयार नहीं होगी। तुमने उससे पूछा, गवाही देगी?'

'देगी,' उसने दृढ़ता से कहा।

अब चलो, आगे बढ़ो! तुम्हें मेरी सौगंध! तुम इसलिए चुप लगाए हो कि रेशम मेरी सगी बहन नहीं थी? सगी बहन भी होती, तब भी तुम लापरवाही बरत सकते थे, टाल सकते थे कि मेरी कौन सी घरवाली थी? घरवाली हो तब भी आदमी बहाना खोज सकता है कि मरनेवाली चली गई, केस-मुकदमा करके क्या होगा? गवाह-गिरफ्तारी के चक्कर में कौन फँसे? सजा हो भी जाए, तब भी मरनेवाला लौटता नहीं। मैं यह जानती हूँ कि औरत के मरने का गम ज्यादा देर भी नहीं मनाते। उम्र भर तो कौन मनाए? मगर तुम उन लोगों से अलग हो। मैं तो यही समझती हूँ कि इस बेईमान जमाने में तुम न्याय की बात को लेकर ऊँची आवाज कर सकते हो। तुम चुप हो, तो क्या मैं तुम्हें कायर मान लूँगी? रंजीत, यह समझ लो, रेशम नहीं, सारंग मरी है।

अभी सबेरा नहीं हुआ। मगर सारंग के लिए सोना कैसा?

रंजीत पछताते से कहने लगे, 'देखो, मैंने तुम्हारे फूफा से पहले ही कह दिया था कि ये लोग अच्छे नहीं हैं। करमवीर फौज में जरूर है, पर नौकरी करने से क्या आदमी या उसके खानदान के संस्कार बदल जाएँगे? इनमें जाटों की गँवरई तो है, बहादुरी नहीं। सबूत तुम्हें मिल गया, औरत जात को ऐसे छल से मारा!'

सारंग ने लेटे हुए रंजीत का माथा सहला दिया, 'छोड़ो, फूफा की बात का बुरा मत मानो। मैंने बुरा माना? मना किया था तो पता है बुआ क्या बोली थी? कहती थीं, सारंग

रेशम से डाह कर रही है। करमवीर फौज में हवलदार है, और रंजीत हलजोता। तुम्हें याद है, सगाई के दिन मैं कितनी रोई थी। भला मैं रेशम से ईर्षा क्यों करती? मेरे सुसर क्या पल्टन में नहीं रहे? या मैं अपने घर भूखी मर रही थी? असल में बुआ की आँखें फौजी बूट-वर्दी से चकाचौंध थीं,' कहकर सारंग रंजीत के बोलने की बाट जोहने लगी कि कुछ बोलें। कोई कौल भरें, प्रतिज्ञा करें। रेशम के कातिल को हथकड़ियों में कसवाने का संकल्प लें। सचमुच मेरी आत्मा में जितनी खलबली मची है, उतनी ही आतुरता। गुजरे हुए लम्हे भारी होते जाते हैं। समय खून के निशानों पर रेत की परत चढ़ा देगा।

रंजीत, शमशीर उठाओ। तुम्हारी रेशम की मनोकामना राक्षसों ने खूँद डाली। सारंग की सुख-शांति डोरिया छीन ले गया। नीलबरन घोड़े की सवारी करो, चंदना को काटने के लिए नहीं, उसकी आत्मा को बचाने के लिए। उसकी प्रीति पर ऐसी सजा मत सुनाओ कि जन्म-जन्मातरों तक प्यासी भटकती रहे। सारंग तुम्हारी ताकत की मोहताज है।

रंजीत ने उसका ध्यान तोड़ा--'तुम्हारे फूफा-बुआ तो रो रहे हैं। आगे क्यों नहीं बढ़ते? वही बात कि मुद्दई सुस्त, गवाह चुस्त। रोना तो अपनी लाचारी कबूल करना हुआ। हौसला तो पहले उन्हें ही दिखाना होगा।'

'हाँ, बिलकुल ठीक कह रहे हो तुम। "पुराना बिटौरा था, धसक गया" कहकर जल्लाद चैन की नींद सो रहे हैं, और फूफा हैं कि रो-झींककर चले गए।' सारंग ने ऐसे आह भरी जैसे उसकी छाती में लपटें उठती हों, 'नजर के सामने का अंतर है। माता-पिता तो चले गए, पर मैंने तो रेशम को जीते और मरते, दोनों तरह से देखा है। मैं गंगा कैसे नहा जाऊँ?'

रंजीत ने बुआ-फूफा के पक्ष में सोचा, 'वे बेचारे करें भी क्या? पराये गाँव से गवाह-सबूत कैसे और कहाँ तक जुटाएँ? और फिर बेटी के कर्म पर शर्मिंदा अलग हैं। अपनी बिरादरी का रिवाज क्या वे जानते नहीं कि औरत और जमीन बिना मालिक की नहीं रहतीं। रेशम ने हठ ठानी थी अकेले जीने की।'

अँधेरे में देख सकते तो देखते रंजीत, सारंग का चेहरा बुरी तरह बिगड़ उठा। लाल और तनिक मोटे से होंठ ऐंठ गए। गोरे माथे पर बल। अकड़ी सी आवाज में कहने लगी, 'अरे ऽ ऽ ऽ! तुम पहले जमाने समझ रहे हो? ठट्ठा है किसी की जान लेना? कानून माफ करेगा हत्यारे को?'

रंजीत उठकर बैठ गए, 'कानून! किसे सिखा रही हो कानून? डोरिया जैसे लोग कानून-कायदे जानते हैं? वह निपट मूर्ख है। और रहा थानसिंह मास्टर, उसके लिए कानून-कायदे पैसा देकर कागज के ऊपर से पोंछ देनेवाली इबारत के सिवा कुछ नहीं। और औरत के हक में तो बिलकुल नहीं। पीढ़ियों से चले आ रहे रीति-रिवाजों से ऊपर हो जाएगी कचहरी? बिरादरी की मर्यादा भंग करने का अधिकार किसी को नहीं। फिर वे तो इस तरह सोचते होंगे कि दादा लाई जायदाद को हराम की औलाद ले जाये, तो है कि नहीं डूब मरनेवाली बात? पुरखों के संग अन्याय और बदसलूकी ही हुई न? जो

तुम कहना चाह रही हो, उसे तो डोरिया क्या, कोई संत भी नहीं मानेगा। अपनी हदें सबको मालूम होती हैं।'

माना कि रेशम कुछ कहकर नहीं मरी, पर डोरिया का अहं बोलता है कि घर-बाहर के लोगो, देखो मुझे, दुराचार को माफी नहीं देनेवाला मैं। किसी अढ़ेपढ़े से किस बात में कम हूँ?

और रंजीत की निगाहें चुनौती देती हैं कि बेटा, दुराचार नहीं, मैं दुराचारी को सजा दिलवाकर रहूँगा कि दुराचार भी थरथरा जाए—सूली के लिए हो जा तैयार।

आखिर में उन्होंने हत्या की रिपोर्ट ही नहीं की, खुद गवाही दी, तोता की बहू को गवाह बनाया। अपने बड़े भाई दलवीर हैडकांस्टेबिल की पदवी का भरपूर उपयोग किया। उन्हें लिवाकर लाए और डोरिया को गिरफ्तार कराया।

सारंग नित्य प्रातः उठकर पति की चरणधूलि ले तब भी कम है। उसकी आत्मा की गहराइयों तक रंजीत की महिमा, पति की निष्ठा का राज्य है। द्रौपदी की तरह प्रण लिया था कि डोरिया के हाथों में हथकड़ी लगेगी तब बालों को समेटूँगी, समेट लिए। फिर भी अभी छाती पर हथौड़ों का जो प्रहार दिन-रात हो रहा था, उनकी धमक कम तो हुई है, लेकिन खत्म नहीं हुई। चैन की साँस तब लूँगी जब हत्यारे को फाँसी या जनमकैद होगी। क्योंकि मुझे लगता है, मेरी बहन की मौत नहीं, उसका अपमान हुआ है। मेरी अवज्ञा हुई है। क्या हम डोरिया से भी गए-बीते हैं? रेशम की जन्म-जन्मांतरों की जीने की इच्छा को अपना मनचीता न करने के कारण कुचल डाला। सो किसलिए? उसने निडरता बरती इसलिए? या अपने ऊपर भरोसा कर बैठी इसलिए? कि उसके मन में प्रेम का भरा-पूरा रुख पनप आया था इसलिए? कोई मुझे बताए कौन सा ऐसा कसूर कर दिया था कि ··· और मौत की सजा पर गाँव गहरी नींद सोता रहा। ऐसा तो नहीं था कि उस समय एक कुत्ता भी न निकला हो वहाँ से, पर सब चुप लगा गए! गवाही के नाम पर सन्नाटा!

यह नहीं सोचा कि पच्चीस साल की उम्र कोई उम्र होती है! जवानी पूरी तरह परवान नहीं चढ़ी कि विधवा हो गई रेशम। मन भटक भी सकता है।

गुलाब की सी रंगत, नाक-आँख से तराशी हुई सुंदर गूजरी, हथौड़ों की सी गढ़ी हुई देह की उठान! कहाँ ले जाती इतना रूप? करमवीर कहता था—तेरी याद में पागल रहता हूँ। मालूम होता कि तुझसे ब्याह होगा तो भले डोरिया भइया की तरह हल चला लेता, भैंस चरा लेता, पर फौज की नौकरी न करता। तुझसे अलग रहना सबसे बड़ी सजा है। तेरे पास से जाने का मन कहाँ करता है ! दो दिन देर से ही पहुँचता हूँ, सजा तो मिलनी ही होती है।

दुनिया भर की चीजों से बैग भर लाता। तेल-अतर, स्नो-पाउडर, धोती-साड़ी, बॉडी-ब्लाउज। माँ गाली देती—तू जल्दी मरेगा। इतना लाड़ लड़ानेवाले ज्यादा दिन संग नहीं रहते।

रेशम हफ्ते भर कोठे में से न निकलती। संगिनें-साथिनें, जिठानी-देवरानी दिल्लगी करतीं—साल-दो साल के लिए एक संग ही छके ले रही है? सारा सत्त खेंच लेगी तो लाम पर कैसे लड़ेगा? दिन-रात जुझाए रहती है। मर्द की खुराक खींच लेतीं हैं तेरी जैसी बैयर, सो सरकार जल्दी छुट्टी नहीं देती।

वह अल्हड़ छोकरी सी खील-मखानों की तरह खिल पड़ती।

मैं दिन-रात का भेद मानूँ तो कितने दिन गिनूँ? मैं तो पल-छिन गिनती हूँ। जितनी संग रहूँ, अंग लगूँ, घड़ी छोटी ही पड़ती जाती है। प्यासा आदमी गागर भर पानी पी भी ले तब क्या दूसरे दिन प्यास नहीं लगेगी? चातकी सी प्यासी रहती हूँ इसी बूँद की आस में।

··· और एक दिन आस कच्चे तार की तरह टूट गई। करमवीर विषैली दारू पीकर ढेर हो गया। यहीं, अपनी बैठक में। रेशम उदासी के वियाबानों में भटकने लगी।

सास छाती से लगाती, तो वह उसके कंधे पर सिर धरकर छोटी बच्ची सी फफक पड़ती। बीच राह में धोखा देनेवाले से ज्यादा धोखेबाज कौन होगा? वह करमवीर को गालियाँ देती—दगाबाज! लाम ही क्या कम थी कि मौत-सौत के संग लगा चला गया। पर रोते-कलपते आँसू सूखने लगे। रिसते-टीसते घाव भर आए।

पतझड़ में जिंदा पेड़ की पत्तियाँ जिस तेजी से गिरती हैं, बसंत में कोंपलें उससे ज्यादा तेज रफ्तार से फूटती हैं। कोंपलें फूटीं, फूटकर हरिया आईं। मचलने लगीं—हवा में, बारिश में।

रेशम विधवा थी—जमाने के लिए, रीति-रिवाजों के लिए, शास्त्र-पुराणों के चलते घर और गाँव के लिए। विधवा सिर्फ विधवा होती है। वह औरत नहीं रहती फिर। यह बात पता नहीं उसे किसी ने समझाई कि नहीं? किसी ने कहा नहीं कि इच्छाओं के रेशमी तारों में आग लगा दे रेशम? उसने तो केवल इतना माना कि पेड़ हरा-भरा रहे तो फूल-फल क्यों नहीं लगेंगे? ऐसा हो सकता है कि ऋतु आए और बल्लरी लता फूले नहीं? औरत ऋतुमती हो और आग दहके नहीं?

अपनी देह को ठूँठ माना होता तो पाँच महीने बीतते न बीतते ओकने-हबकने न लगती। गर्भधारण किया और दिलेरी से ऐलान कर दिया। सबने कहा, चोरी और सीना जोरी—दोहरा अपराध।

'हाँ मैं पेट से हूँ अम्माँ,' सुनकर बूढ़ी की आँखें फटी रह गईं। बोल बंद हो गया। साँस रुक सकती होती तो उसी दम रुक जाती। कुलच्छिनी बहू ने अपने पाप की कटार हुकमकौर के सीने चला दी। कौड़ी सी आँखें निकालकर देखती रह गई—मेरे बेटा की मौत से दगा करनेवाली हरजाई बदकार! तेरा मुँह देखने से नरक मिलेगा, खेती जलेगी, अकाल पड़ेगा। गंगा में सौ अस्नान करो, तो भी यह महापाप छूटना नहीं।

स्त्री-जीवन में पतिव्रत-धर्म को तोड़नेवाली औरत के लिए दण्डविधान ··· पर रेशम ठहरी अपनी मर्जी की मालिक, और मुँहजोर। सास से गुँथ पड़ी—

'क्यों दोगे सजा? पाप मैंने किया है कि पाप तुम करोगे।'

हुकमकौर बूढ़ी जरूर है, दाँत भी घिस गए हैं, बाँहों में झुर्रियाँ पड़ गई हैं, पर नाक में पहने छतरीदार सेंठा (बड़ी लौंग) की ठसक यह जरूर बताती है कि वह डोरिया और थानसिंह जैसे दो बलिष्ठ पूतों की महतारी तथा भूरा और खूबी जैसे खूँखार पुत्रों की ताई है। नकटी निर्लज्ज बहू के कुकर्म को आसानी से, या धौंस में आकर स्वीकार नहीं करेगी। कड़े रुख के साथ मिसमिसाई, 'रंडी, मेरे पूत की चिता तो सीरी हो जाने देती।'

रेशम भोले भाव बोली, 'अम्माँ, तुम तो बिरथा ही दाँत किटकिटा रही हो। तुम्हारे पूत की चिता ठंडी हो जाने से क्या मेरी देह की आग बुझ जाती? जीतों-मरतों का भेद भी भूल गईं तुम? बेटा के संग मैं भी मरी मान ली?'

हुकमकौर के कलेजे पर करमवीर की चिता उलट पड़ी हो जैसे, वह पागलों की भाँति गालियाँ बकने लगी। उसके बाप को, माँ को गालियाँ देने लगी। सारंग और रंजीत को कुतिया और कमीन बनाया।

रेशम ने गुस्सा किया न विनती। चुपचाप अपने कोठे में सो गई।

सास पीछे-पीछे चली आई। बकझक करके कुछ हासिल न हुआ तो विनती पर आ गई, 'बेटी, मेरी पत राख। रेसम, मेरी बछिया, इस घर की लाज राख ले। जो कर बैठी, सो कर बैठी। भूल ठहरी। अब तू ऐसा कर कि डोरिया की बाँह थाम ले। सब परदा ढक जाएँगे मेरी बेटी, सब परदा ··· घर की बात घर में रहेगी।'

'अम्माँ, तुम बूढ़ी होकर ऐसी बातें करती हो? पिता समान जेठ का हाथ पकड़ लूँ? फिर जो बच्चे का बाप है ही नहीं, उसको बाप का दर्जा क्यों दूँ? ऐसा ही करना होता तो तुम्हारे बड़े पूत का ही बालक करती। तुम मुझे तरह-तरह से घेरकर अपने बेटे की मौत का बदला मत लो,' कहती हुई रेशम उठकर दालान में आ गई।

सास छोटे बच्चे की तरह रें-रें करती हुई उसके पीछे-पीछे चली आई। यकायक झुंझला पड़ी रेशम, 'मइयो! तुम मेरे पीछे क्यों पड़ गई हो! मेरे चालचलन की झंडी फहराना जरूरी है? बिरथा ही छानबीन करने में लगी हो। आज को तुम्हारा बेटा मेरी जगह होता तो पूछतीं कि तू किसके संग सोया था? अब उसकी बाँह गह ले। मेरे मरे पीछे तेरहीं तक का भी सबर न करता और ले आता दूसरी। तुम खुश हो रही होतीं कि पूत की उजड़ी जिंदगी बस गई। पर मेरा फजीता करने पर तुली हो।'

रेशम का बयान सुनकर सास दाँत घिसती हुई बोली—'मेरा बेटा पेट टाँगकर न आ गया होता। मर्द जात दस गली नाँखे तब भी नहीं जान सकता कोई। तू लुगाई की जात होकर मर्दों जैसा हौसला जुटा रही है? रेसमिया, बैयर घी का मटका होती है, आदमी की आँच पाए भसम उसी को होना पड़ता है। तू स्वाहा हो जाएगी ··· '

रेशम ने सास का गोड़ पकड़ लिया, 'हो जाने दो स्वाहा। मैं तो भसम होने को ही बैठी हूँ, पर मेरा बालक जी-जाग जाएगा। मैं जो पुन्न कर रही हूँ अम्माँ, उसे पाप न कहो। बिना बाप के बालक को भगवान पाप मानता तो कुँआरी-विधवा की कोख सुखा

डालता।'

'तो ऐसा कर, अपने पीहर चली जा,' सास ने कुढ़कर कहा।

'वहाँ क्या दूसरी दुनिया है अम्माँ? फिर यह तो मेरा अपना घर है, हक से रह तो रही हूँ।'

हुकमकौर फिर कुछ न बोली। अवश और लाचार सी देखती रह गई, साथ ही साथ झेंपी हुई सी ··· उठते बने न बैठते।

तीसरे ही दिन अंतिम उपाय पर आ गई रेशम की सास।

दबे पाँव घर से निकली और जा पहुँची तोफा तेलिन के घर। इज्जतदार घरों की इज्जत बचानेवाली तोफा अपने बूढ़े खपच्ची से हाथों को जल्दी-जल्दी घुमाती-फिराती हुई दुवारी में बैठी चरखा कात रही थी।

'बीबी, मेरी पत ··· ' कहकर हुकमकौर ने लगभग तोफा के पाँव पकड़ लिए। आखिर सतबरसी अजवाइन, पपीता के बीज, तिबरसा गुड़ घोंट-पीसकर काढ़ा बनवाकर ही निकली उसके घर से। हमल गिराने की शर्तिया दवा। तोफा की जिंदगी का सफलतम नुस्खा। गाँव की पचासियों औरतें अजमा चुकी हैं, और यह भी जान चुकी हैं कि काढ़े को तोफा के हाथ का परस ही असरदार बनाता है, भगवान जाने क्यों? यह विद्या वह अपनी बहुओं को सिखाकर अवश्य जाएगी। यह उसकी इज्जत का आधार है।

हुकमकौर के चेहरे पर अपूर्व संतोष था। धोती के पल्ले से छोटी सी लुटिया दुबकाए जब घर में घुसी तो रेशम नहा रही थी। आँगन के कोने में मोरी की पटिया पर बैठी अधनंगी रेशम को सास ने प्यार से देखा। गर्भिणी औरत की छातियों का अगला हिस्सा ज्यादा काला पड़ जाता है। उसने परखा—जैसे अभी तक रेशम से वह हवाई जंग चलाती रही हो। गर्भ है भी कि नहीं, शर्तिया विश्वास नहीं था। आँखों देखा सत्य कुछ और होता है। ऐसा असरदार होता है कि आदमी को हमले के लिए उसी दम तैयार कर दे। हुकमकौर ने काढ़े की लुटिया ऐसे ही कस ली जैसे उसके हाथ में रेशम के अजन्मे बच्चे की गर्दन आ गई हो। घिसे दाँत और अधिक कस गए और बुदबुदा उठी, 'रंडी, तो तू कबूतर का माँस खा ही गई!'

रेशम पीले रंग की धुली धोती पहनकर पल्ला कमर में उड़स रही थी कि सास बेला लिए ऐसे चली आई जैसे असली घी का हलुआ पेश कर रही हो।

रेशम ने देखा, सास के हाथ काँप से रहे हैं, और चेहरे पर विनती का भाव है।

सास का ऐसा लाड़, वह इनकार कैसे करे? बेला ले लिया।

हुकमकौर ने चैन की साँस ली, 'बेटी, देह में अगिन का बास जरूर है, पर जल जाना कौन चाहेगा! निजात पा।'

बेला झन्न से आँगन में गिरा।

फूल का बासन कड़ाक से टूट गया। काढ़े का काला धब्बा आँगन में फैल गया।

सास को झमा (चक्कर) आ गया है, रेशम ने देखा। मगर वह सँभल रही है। अपनी

कमजोरी जाहिर नहीं होने दे रही।

फिर क्या था! रेशम की रगें जवान थीं और हुकमकौर बूढ़ी थी, मगर थी तो जाटिनी। लपककर रेशम की चुटिया पकड़ ली—'फस्सा, तू मेरी देहरी पर लेंड़िया (हरामी) जनेगी? बोल, छिनार, बोल!' चोटी को बेदर्दी से झटके दिए और उसकी गोरी नरम बाँह में अपने घिसे, मगर तेज दाँत गाड़ दिए। अंत में दोनों गुत्थमगुत्था हो गईं।

डोरिया न आता तो रेशम ज्यादा लहूलुहान हो जाती या हुकमकौर की जान ...

दिन पर दिन गुजरने लगे।

रेशम सारंग को सुनाती, 'बीबी, वे लोग कभी मुझे देबी बनाते हैं तो कभी राच्छसी। देबी तो पत्थर की होती है, मैंने कह दिया। उसका ठौर मंदिर में होता है और राच्छसी लोगों का सत्यानाश करती है। मैं दोनों की तरह की नहीं। हाड़-मांस की बनी लुगाई, जिसके पेट में बालक है, उस पर या तो जल-दूध ढारेंगे या फिर ... मैं कहती हूँ तुम मुझे मेरे हाल पर छोड़ दो। मेरी छातियों का दूध मत सुखाओ। अपनी नाँद पर चरती गाय-भैंसों से भी गई-बीती करके मान रहे हो मुझे। रंडी सास अपने पूत को तो रोती है, और मेरे बालक की हत्या पर उतारू है।'

सारंग क्या कहती! बस इतना कहकर रह गई थी कि बिरादरी-समाज का डर खाए जा रहा है नासपीटों को। बनते तो बड़े लट्ठवाले हैं, अब क्यों लेंड़ीपना दिखा रहे हैं?

'हाँ, हुक्का-पानी छिकेगा इनका। पाँत-पंगत से अलग किए जाएँगे। सारंग बीबी, बिरादरी भी अजब चीज है! मेरे बच्चे की हत्या करवाकर ही इन्हें अपने में शामिल रखेगी! हद है कि नहीं? हत्यारों को माफी है, जनम देनेवाली औरत को नहीं? मैंने कह तो दिया है, पंचायत जोड़ लो। मैं कह दूँगी, मुझे छेक दो। बच्चा मेरे पेट से पैदा होगा, घरवाले इसमें शामिल ही कहाँ हैं?'

वह धीरे से हँस दी, 'बीबी, लोग भी कैसे नादान हैं! डोरिया के बिछिया पहन भी लूँ तब क्या मेरा मन बदल जाएगा?'

'सास को समझा दे ये बातें, समझ जाएगी आगे-पीछे।'

वह निराश सी बोली, 'डुकरिया बिचारी की क्या खता? वह कौन सी अपने मन से ऐसा अजस करती है। एक दिना मुझे छाती से चिपकाकर हूकरी देकर रोने लगी और सुबक-सुबक बोली—रेसमियाँ, मेरा बस चले तो मैं तुझे अपनी पलकों में छिपा लूँ, पर मर्दों को क्या जबाब दूँगी री ऽ ऽ ऽ ...

'सारंग बीबी, तैयार करने दे सूली, मैं हौसला नहीं हारूँगी, हाँ।'

वह आँखें फाड़े देखती रह गई—रे-श-म!

'रेशम, तू यहाँ चली आ बहन! मुझे डर लगता है। तुझे सूली चढ़ा देंगे तो मैं इस गाँव में कैसे जीऊँगी? बुआ-फूफा को कैसे मुँह दिखाऊँगी? मेरे रहते तेरे प्राणों के लाले ... मेरे घर आ जा तू। मुझे सबर तो रहेगा।'

सारंग की बात पर वह लापरवाहों की तरह हँस पड़ी।

'बीबी ऽ ऽ ··· तू भी! बड़ी पोच (कमजोर) है री! मैं तो समझती थी, तू पढ़ी-लिखी है, मेरी हिम्मत बढ़ाएगी, पर देख रही हूँ कि पीछे को खींच रही है मुझे! है ऽ ऽ ऽ!'

'बता, तेरी हिमायत लेनेवाला कोई है वहाँ? डोरिया को तो जानती ही है। अपनी पहलवानी तेरे ऊपर ही अजमा बैठा तो?' सारंग ने उसका हाथ थाम लिया।

हाथ छुड़ाकर शेरनी सी दहाड़ी, 'डोरिया जैसे देखे हैं तीन सौ साठ। उँगली छूकर तो देखे, भड़ुआ को कच्चा चबा जाऊँगी,' उसका चेहरा तमतमा आया।

सारंग देखती रह गई। उसके हौसले पर चेहरा ऊपर उठा सारंग का, मगर वह आश्वस्त नहीं हुई। लगा कि बहन प्यार-प्रीति के जोश में बोल रही है। अपने नेह को खारिज करनेवालों पर फुफकार रही है, और डोरिया जैसे दुर्दान्तों के लिए सींग पैना-पैना कर मुकाबले को ललकार रही है। पता नहीं ये लक्षण कितने शुभ-अशुभ हैं! यह तो तय बात है कि इस समय वह असलियत से कोसों दूर है, पर यह भी मानना पड़ेगा कि उसका बेपनाह हौसला ही उसके गर्भ की रक्षा कर रहा है।

सारंग के मन में तरह-तरह के विचार उठते थे। लगता था कि कहे कि मेरी भोली बहन, अकेली औरत खाली हौसले के दम पर पूरी जंग लड़ ले, इस पर मुझे शक होता है।

वह जानती थी रेशम मानेगी नहीं। धुन में बँधे आदमी को अपना निर्णय सौ फीसदी सही लगता है। तभी तो उसने आना-जाना कम कर दिया था, और सारंग के मन में अपने लिए धिक्कार की भावना पैदा हुई थी—मुझे क्या हो गया है? मैं बदल गई हूँ? वह सारंग कहाँ गई, जो गुरुकुल से अनुशासन भंग करने और लड़कियों को सिखाने के जुर्म में निकाली गई थी? गृहस्थ ने कमजोर कर दिया है मुझे, जो सुरक्षा पर सुरक्षा ढूँढ़ती हूँ?

रेशम ने टका सा जवाब दे दिया, 'तेरे घर कितने दिन रहूँगी बीबी? रहूँगी तो लोगों में मेरे घर के आदमी क्या फैलाएँगे, तूने सोचा है? मेरा बच्चा रंजीत जीजा के सिर मढ़ दिया जाएगा—फालतू में ही। और यह बात न तो मैं ही चाहूँगी, न जीजा ही इस बदनामी की चादर में लिपटना चाहेंगे। जो मेरे लिए आनंद है, तेरे लिए नरक हो जाएगा। दूसरी बात यह कि एक बार उस घर से उखड़ गई तो फिर जमने नहीं देंगे वे दुष्ट। तेरी भी समझ में आती होगी यह बात कि डोरिया को औरत की जरूरत है, और थानसिंह को जमीन और मजदूर दोनों की। कितने फायदे की बात है मेरे बड़े जेठ थानसिंह मास्टर के लिए, कि करमवीर के हिस्से की जायदाद के संग-संग मैं भी डोरिया के खाते में चली जाऊँगी और जेठजी के लिए मजबूत कदकाठी का बेवकूफ भाई और उसकी जोरू के रूप में मैं—दो गुलाम मिल जाएँगे। संग-संग एकमुश्त खेती।

'नहीं तो कर क्यों नहीं लेता डोरिया का ब्याह? जरूरत की मारी बहुतेरी मिल जाएँगी। अनाथालय से ले आए, पर यहाँ तो जर-जोरू दोनों पर आँख है।'

सारंग उसे समझा नहीं सकी। वह जिंदगी के खूँखार पंजों के सामने छाती ताने खड़ी रही। लगा कि दुश्मन के हथियार या तो धार खो बैठे या पस्त हो गए। एक दिन हरिप्यारी

नाइन आकर बोली, 'तुम्हारी बहन अब तो लिहाज छोड़कर साधजी से बैन करने लगी है।'

'ससुर से!' उसने अचम्भे से कहा।

'और क्या! डोरिया अर्रा पड़ा कि जान निकालकर धर दूँगा, हमारे बाप की आढ़ त्याग दी! साली किसी के भोरे में मत रहना।'

सारंग जिस खतरे को भाँप रही थी, वह आ पहुँचा।

उसने आव देखा न ताव साधजी की देहरी पर जा पहुँची। छोटा सा घूँघट किए वह रेशम के कोठे में घुसी तो वह धरती पर बैठी मिली—अकेली।

'बीबी।'

'हाँ मैं। तुझे लेने आई हूँ। चल, अभी चल यहाँ से। यहाँ नहीं रहना है।'

वह हँसी और बोली, 'तू बहुत गुस्से में है। आ जा, बैठ जा पहले। फिर कहना, जो कहना हो,' उठकर बोरा बिछाने लगी।

'मैं यह कहती हूँ कि डोरिया क्या तेरा खसम था जो उसने तुझ पर हाथ उठाया? अपनी औकात भूल गया। दिखा देंगे हम भी कि हिमायती क्या चीज होते हैं। रेशम किसके भोरे में डोल रही है यह भी देख लें इस घर के आत्मी।'

डोरिया वहीं था। थाली में से दूध में मिंड़ी रोटी खा रहा था, धरती पर पाँवों के बल बैठा-बैठा। खाता रहा और सुनता रहा। फिर थाली मोरी पर धरी और अपने अद्धा से हाथ पोंछते हुए गुर्राने लगा, 'परायी लुगाई से क्या कहूँ? मैं कहता हूँ कि हमारे घर की बावत बोलनेवाले दूसरे लोग होते कौन हैं? ...'

इतना ही कहा था, कि हुकमकौर ने बेटे का हाथ पकड़ लिया, 'तू चुप रह बेटा। चुप में ही खैरियत है। जा, तू खेत पर जा। बहन-बहन हैं। आपस में सुख-दुख कह-सुनकर सांत हो जाएँगी। जा तू। लुगाइयों के बीच क्यों अटकता है?'

रेशम उदास सी हँसी हँस दी, 'देखा, डुकरिया कितनी अकलमंद है! बीबी, तू फिकर मत करे। इस बंजमारे को तो मैंने सुना दी, कि तू जिंदगी भर मुझे देख-देखकर कुढ़ता रहेगा। मेरा कुछ नहीं बिगाड़ पाएगा। तेरे मरे हुए भाई की साँसें भी मुझे मिल गई हैं। दुगुनी लंबी हो गई मेरी जिंदगानी। अपनी बड़ी-बूढ़ियाँ कहती हैं न कि राँड़ लुगाई सहज ही नहीं मरतीं। बिचारा डोरिया ! जब देखो तब गालियों का व्यार (जुगाली) करता रहता है। गालियों से उखाड़ लेगा मेरी ...' आगे का अश्लील शब्द उसके कसे हुए होंठों में भिंचा रह गया।

सारंग उस दिन तो लौट आई, लेकिन उसके कान फिर भी साधजी की चौखट से जुड़े रहते। एक दिन सुना कि रेशम चचिया सास से उलझ पड़ी। चचिया सास से बहुत दिन से अनबोला है। उसके बेटे भूरा ने रेशम के चाल-चलन को लेकर कोई छींटाकशी कर दी थी। तब उसने शांत स्वभाव से कहा था—'चाची, भूरा से कहो कि मेरे लेखे कुछ बोलने की जरूरत नहीं। मैं उसके बाप का कुछ खाती नहीं। चाल-चलन का हिसाब रखना

है तो अपनी माँ-बहनों का रखे, हाँ।'

'माँ-बहन' शब्द ने सीधा चचिया सास पर प्रहार किया, सो जली-कुढ़ी रहती थी भूरा की अम्माँ। एक दिन रेशम को सुना-सुनाकर बोली, 'रंडी-बेसाओं का कोठा बन गया है हमारा घर-आँगन। लुगाई हराम का हमल टाँगकर साबितरी बनी फिर रही है। मरे खसम की कंठी फेरती है। नहीं तो खोले कि किसके संग ··· हम तो जानते हैं भड़ुआ रंजीत का करा करम है।'

रंजीत का नाम सुनते ही चचिया सास का टेंटुआ पकड़ लिया रेशम ने।

'दारी, ठौर कर दूँगी। लेना तो मेरे जीजा का नाम! ले! ले! ले! खानगी, दूसरी साँस नहीं आएगी मेरी हथेलियों में से, हाँ।' मुश्किल से हुकमकौर ने बीच-बिचाव किया।

हुकमकौर आँगन में ततैया की तरह नाचने लगी। कभी रेशम के पाँव पूजे, तो कभी हाथ जोड़े, 'तेरी हा-हा खाऊँ लाडो, तू हमें तो बखस।'

उसके बाद वातावरण शांत हो गया। मुकाबले और सीनाजोरी के किस्से ठंडे पड़ गए। होते-होते हुआ यह कि रेशम को प्यार मिलने लगा। घर के लोग उससे अच्छा, नरम और मीठा व्यवहार करने लगे। पेट का बालक पेट में हाथ-पाँव पसारने लगा। रेशम उस समय एक का नहीं, दो का जीवन जीने लगी।

सास खाने-पीने का ध्यान रखती। साधजी बहू को लाली-लाली (मुन्नी) कहकर पुकारते। थानसिंह मास्टर, माँ से नहीं, पत्नी से नहीं, रेशम से पानी माँगते। हाथ धुलाने को कहते। थाली परसने को बोलते। घर की औरत इसी सबसे अपनी औकात मापती है। अपने हक का अंदाजा लगाती है। देखा-देखी डोरिया भी राँगे की तरह पिघल गया। उसके हलके में तो गोबर-कूड़ा, सानी-चारा ही आते हैं, सो रेशम के बदले का काम खुद करने लगा।

सेठ भवानीदास की पत्नी, बड़ी बहू ने सारंग से कहा था, 'सारंग, अब तो साधजी के घरवालों का रत्ती भर खोट नहीं मानेंगे हम। उनकी भलमनसाहत में कोई कमी-बेसी नहीं। रेशम अपनी अड़ छोड़ दे। इतनी लंबी जिंदगी काटनी है, और वह अपनी राह में काँटे बो रही है। डोरिया की बाँह पकड़कर रस्ता साफ करे। तू समझाती क्यों नहीं, अपनी बहन को?'

सारंग ने दुविधापूर्वक कहा, 'समझाऊँगी,' लेकिन मन में न जाने क्यों एक खटका सा रहता—ये मिसरी सा मीठा व्यवहार! यकायक रेशम को माफी! स्वभाव इतनी जल्दी नहीं बदला करते। बदलते हैं तो उसका कुछ अर्थ होता है।

रंजीत से कहा तो वे बोले थे, 'तुमको ज्यादा प्यार है न रेशम से, सो हर आदमी का व्यवहार साजिश लगता है। जैसे अपने बेटे के लिए सदा अनिष्ट की आशंका करती रहती हो। होता है ऐसा, ऐसा ही होता है—स्नेह पापशंकी। किताबों में भी लिखा है ऐसा ही।'

सारंग के मन में उस समय 'स्नेह पापशंकी' नहीं आया। उसे 'अति विनयी चौरस्य लक्षणम्' बार-बार झटका देने लगा। बलि के बकरे को खूब खिलाया-पिलाया जाता है,

सैयाद कबूतरों को दाना डालकर जाल में फँसाता है और शिकारी हिरन को मीठा संगीत सुनाकर रिझाता है—ये बातें कौन नहीं जानता?

रंजीत हँसे थे—'तुम तो रेशम की ऐसे फिकर करती हो, जैसे वह दूध-पीती बच्ची हो। जो औरत बिना आदमी के बच्चा पैदा करने का दमखम रखती है, वह क्या-क्या नहीं कर सकती? तुम हो कि उसकी चिंता में घुली जा रही हो। साधजी के घरवालों की सारी ऐंठ निकालकर धर दी। बने फिरते थे बड़े बलधामा लट्ठबाज। रेशम से पेश नहीं जा रही!'

... लेकिन! सारंग सोचती है—मेरी बहन कबूतर और हिरन की तरह ही भरमाकर मौत के घाट उतार दी ...

दो

अतरपुर गाँव बड़ा नहीं। कुल आबादी एक हजार। ब्राह्मण, बनिया, जाट जैसी ऊँची कहीं जानेवाली कौमें हैं तो तेली, गड़रिया, कुम्हार, खटीक, चमार और नाई जैसी छोटी जातियाँ भी हैं। सक्का मुसलमान भी हैं।

गाँव में आजादी के दस वर्ष बाद तक जातिविधान अपने-अपने कर्मविधान से जुड़ा रहा। मसलन चमारों ने मरे पशु डाले, जूते बनाए, तेलियों ने कोल्हू चलाया, गड़रियों ने भेड़ पालकर ऊन और दूध दिया, कुम्हारों ने घड़े, दोहनी, शकोरे देकर किसानों की पूर्ति की, नाइयों ने सेवा-टहल, हजामत, दौना-पत्तल और बुलावे का काम सँभाला। सक्का लोग द्वारों पर मशक से छिड़काव करते थे और छोटी जोतवाले किसान साग-सब्जी उगाकर गाँव की जरूरत पूरी कर देते थे। बदले में बड़े किसान इन लोगों को गुड़, गेहूँ, जौ, चना, मटर, सरसों, दालें और भैंसों का दूध-घी देते थे। नम्बरदार, जो उस समय प्रधान थे, आज भी कहते हैं—गाँव में कपड़ा और मिट्टी के तेल के सिवा सबकुछ था। बाजार के लिए कभी हाट-पेंठ जाना होता था। हमें तो वही तरक्की लगती थी। यह दीगर बात है कि छोटी जातियाँ बड़ी कौम की सेवा करने के बाद भी अपना वर्चस्व कायम न कर सकीं। उलटे उसी दबाव में रहीं, जिसमें पहले थीं।

सन् 1980 से 90 तक आते-आते अतरपुर में विकास का मूर्तिमान रूप दिखाई देने लगा। चकरोड ने गाँव को सड़क से जोड़ दिया। ट्यूब्वेल के बहाने बिजली आई। इन दिनों यहाँ दीयों-ढिबरियों के साथ-साथ बल्ब भी जल उठते हैं। गर्मियों में जो लोग बिजली के पंखे मँगा लेते हैं, उनके घर फर्राटेदार हवा भी चलती है। रेडियो बजता है। गाँव के प्रधान फत्तेसिंह के घर जल्दी ही टेलीविजन आनेवाला है।

स्कूल, जो तेरे-मेरे ओसारे-बैठक में चलता था, कई वर्ष से सरकारी इमारत में आ गया है। मास्टर आते हैं, नहीं आते हैं, पढ़ाते हैं, या बहकाते हैं, लेकिन हर साल लगभग तीस-पैंतीस बच्चे पाँचवीं जमात पास करते हैं।

सरकारी आदमी समय-समय पर दौरा करते हैं। यह दीगर बात है कि ग्रामसेवक को यहाँ रहना चाहिए, वह नहीं रहता। पंचायत सेक्रेटरी और पटवारी का भी यही हाल है। बी.डी.ओ. खास अवसर पर और ए.डी.ओ. दौरे का टी.ए. बिल बनाने के लोभ-मोह में ही सही, मगर आते हैं। मिडवाइफ, दाइयाँ भी तीन-चार महीने में कभी ...

गाँव की भौगोलिक श्री-सुषमा देखें तो उत्तरी छोर पर विशाल ऊसर, जिसमें रेह-सोड़ा दिखाई देगा। करबन नदी उसी के सहारे-सहारे खेतों के बीच प्रवेश कर जाती है। गाँव से लगी बड़ी सी पोखर है, जो बरसात में समुद्र हो जाती है और गर्मियों में पोखरा रह जाती है। पानी के हिसाब से ही बगुला, सारस, बतख और कीचड़ के हिसाब से भैंसें, सुअर खासे मैत्री-भाव से विश्राम लेते हैं। सतह पानी की हो या कीचड़ की, शीतल तो होती ही है। उसी शीतल सतह के नीचे कुछ जहरीले जंतु भी ... जिनकी बदौलत गायें-भैंसें, बकरी, बैल छटपटा-छटपटा तुरत-फुरत मर जाते हैं—भोले पशु!

खेतों में अच्छी पैदावार होती है। कभी हरी रंगत से नहाए पसार के पसार, कभी सुनहरी बालों से भरे चक। सरसों, अलसी, मटर, चना और अरहर के पीले, गुलाबी, बैंगनी और चितकबरे फूलों के अलावा गेंदे का फूल ही लोगों ने उगते देखा है यहाँ।

आजकल हर गाँव की तरह यहाँ भी सबसे असरदार आदमी हैं—फत्तेसिंह प्रधान। हुकमसिंह और राकेश दो बेटों के पिता फत्तेसिंह पैंतालीस के आसपास हैं। दूसरे नंबर पर आते हैं भवानीदास—सवा सौ बीघा के काश्तकार और चार गाँवों के साहूकार। दो बेटे। अयोग्य बेटा मास्टर, योग्य बेटा इंजीनियर।

साधजी भवानीदास के मोहल्ले में रहते हैं। इस वक्त उनका परिचय है—मरनेवाली रेशम के ससुर। उनके घर को श्राप लगा है कि लड़कों के ब्याह नहीं होते। कारण कि उनका घर गँवरई के लिए प्रसिद्ध रहा है। लट्ठबाजी की बदौलत मुकदमेबाजी भी कम नहीं हुई। लाला भवानीदास ने पड़ौस-धर्म और साहूकार-धर्म साथ-साथ निभाकर साधजी के लट्ठबाज बेटों-भतीजों को बरी कराया और खेत गिरवी धर लिया। अब हालत यह है कि अपने ही खेत को साधजी लगान देकर जोतते हैं। ब्याह सिर्फ थानसिंह का हुआ, इसलिए कि वह मास्टर था। करमवीर का हुआ, इसलिए कि वह फौज में नौकर था। बाकी सबसे बड़े बेटे नत्था के लिए लड़की खरीदी थी। डोरिया, भूरा और खूबी अब तक कुँआरे हैं।

सबसे बड़ा बेटा नत्था चेचक में मर गया। खरीदी हुई लड़की विधवा हो गई, संयोग देखो कि उन्हीं दिनों थानसिंह की औरत मर गई। अतः मास्टर थानसिंह ने खरीदी हुई लड़की बैकुंठी को अपने लिए बिठा लिया था।

रेशम कहा करती थी—मास्टर की तरह डोरिया भी मुझे कब्जे में करने की सोचता

है। पर मुझे यह फूटी आँख नहीं भाता। बेसींग-बिजार (सांड़)। इससे यह पूछो कि मेरा बाप इसके छोटे भइया के लिए मेरी सगाई क्यों कर गया था? हँसा करती थी रेशम—सारंग बीबी, डोरिया के सगाईवाले एक बेर तो मेरे सामने भी आए। आदमी तो द्वार पर ठाड़े और यह बेसहूर चौतरा पर बैठा-बैठा गाजर खाता रहा, वह भी चेंदी (जड़) की ओर से। राम-राम श्याम-श्याम कुछ नहीं। चीकट तैमद, नंगी देह। गेंडा की सी गर्दन और तेल में नहाई खोपड़ी। लीतरे से होंठ, मेढुका की सी आँखें। उजबक की सी चितवन।

'भाई, यह नहीं लगता थानसिंह मास्टर का भइया,' सगाईवाले बोले और लौट गए। थानसिंह आया, सब बातें सुनीं, तो उलटे पाँवों भागा। उन लोगों को इगलास के बस अड्डे पर पकड़ा। डोरिया के उजड्डपन की माफी माँगी। पर उन्होंने टका सा जवाब दे दिया—'देखो जी मास्टर, तुम्हारा भइया पहलवान जरूर है, पर एक भी तो ऐसा गुन नहीं कि उसे ब्याह के काबिल मान लिया जाय। माना कि रूप भगवान की देन है, पर लियाकत? इलम? नरमाई? नैमाई? हम बेटीवाले हैं थानसिंहजी, अपनी बेटी के लिए चालचलन से दुरुस्त सज्जन लड़का खोजने निकले हैं। गृहस्थीदार आदमी के लिए बलवान होना जरूरी नहीं, इनसान होना लाजिमी शर्त है। हमारी बेटी कोई पशु-जिनावर तो नहीं कि किसी खूँटे बाँध जायँ।'

थानसिंह खिसियाए से लौट आए। बेचारा डोरिया!

गजाधरसिंह का मोहल्ला अलग है। वे अंगरेजी राज में पल्टन में रह चुके हैं। रंजीत और दलवीर दो बेटे हैं। सारंग छोटे बेटे रंजीत की पत्नी है। बड़ा बेटा दलवीर पुलिस में दीवान है। सभ्य और सज्जन प्रकृति के गजाधरसिंह को ज्यादातर लोग बाबा कहकर पुकारते हैं।

रंजीत और उनका चचेरा भाई भँवर, ये नौजवान क्रमशः एम.एससी. (एजी.) और बी.ए. की डिग्री हासिल किए हुए हैं। किसानी करने और किसान कहलाने में गौरव का अनुभव करते हैं। गाँव के लाल बुझक्कड़ कहते हैं—मजबूरी का नाम महात्मा गाँधी। रंजीत और भँवर हाजिरजवाब भी कम नहीं—सभ्य क्या नौकरपेशा लोग ही होते हैं? खेती करनेवाला इनसान असभ्य और मूर्ख ही क्यों मान लिया जाता है? हम दिखा देंगे कि गाँव का पढ़ा-लिखा किसान ऊँचे से ऊँचे सरकारी अफसर से ज्यादा योग्य और सज्जन होता है।

छोटी कौमों में कुँवरलाल चमार का झंडा प्रधान के दरवाजे पर लहराता है, क्योंकि उसका छोटा भाई कलक्टर है। उसी तरह हरपरसाद नाई बंबई में चम्पी मालिश करके काफी धन कमा लाया है। उसका मुकाबला सेठ भवानीदास से है। सूद पर रुपया देना चालू कर रहा है। हजामत का काम अपने बाप को नहीं करने देता। माँ बुलावे देना छोड़ चुकी है।

गाँव की ज्यादातर औरतें अनपढ़ हैं। जो पढ़ी-लिखी भी हैं, वे गोबर-पानी के काम में खपकर अपनी विद्या भूल चुकी हैं। सारंग को कन्या गुरुकुल से ग्यारह कक्षा पढ़ी बताया जाता है, मगर कोई उससे चिट्ठी लिखने के लिए कहे तो उसकी उँगलियाँ और दिल की

भीतरी तहें साथ-साथ काँपने लगती हैं। पर हल्ला यह भी है कि रंजीत के संग अखबार बाँचती है, चरनसिंह बौहरे से ज्यादा मंत्र जानती है और आजकल नाई की गुलकंदी को पढ़ा रही है, जिसके दीदा चारों ओर चलते हैं। काम में मन नहीं लगता। गाँव की अधेड़ बिरहन लौंगसिरी बीबी, जो पीहर में ही रहने को अभिशप्त रहीं, जल्दी से जल्दी गुलकंदी को दुल्हन बनाने पर तुली हैं।

राकेश, चंदन, शेरअली, पाती जैसे अनेक बालक नियम से प्राइमरी पाठशाला जाते हैं और ऊधम मचाकर संध्या समय बस्ता टाँगकर घर वापिस आ जाते हैं।

गाँव में अस्पताल, पोस्ट आफिस, मिडवाइफ केन्द्र जैसे फालतू झमेले नहीं। प्रधानजी का मत है कि सरकारी लोगों के रहते गाँव का आदमी चालाक हो जाता है। तरह-तरह के व्यसन ''' एक बार ग्रामसेविका केंद्र खुलवा लिया था। ग्रामसेविका बहनजी का निवास फत्ते की बैठक में ही था। बी.डी.ओ. आकर बलात्कार कर गया। ग्रामसेविका ने धरना दे दिया। फत्तेसिंह प्रधान होने के नाते बहनजी के संरक्षक हुए, और प्रधान होने के नाते ही बी.डी.ओ. के मातहत हुए। बताओ किसकी बजाएँ? दरोगा ने नाक में दम कर डाला। प्रधानजी की पत्नी को रोज गवाही देने जाना पड़ता था। उसने तंग आकर प्रधानजी को गंगाजी का कोंडुआ काढ़कर उसमें खड़ा किया और उनकी वल्दियत के साथ-साथ इतरों-पितरों की सौगंध धरकर कौल लिया कि आगे से गाँव में किसी बहनजी-फहनजी की सूरत न दिखाई दे। सरकारी लोगों को घर पर पानी भी नहीं पिलाऊँगी। बेचारा लेखपाल अपनी मिसलें लेकर ट्यूब्वेल पर बैठता है।

सार यह कि गाँव में सरकारी संस्था के नाम पर केवल एक प्राइमरी पाठशाला है—जो अंगरेजी राज्य खत्म होते ही गाँव में कायम हुई थी। उस समय चरनसिंह बौहरे सबसे आगे आए और अपनी कच्ची-पक्की बैठक, बड़ा सा चबूतरा स्कूल के लिए दे दिया। स्कूल में पढ़ानेवाले अध्यापक, जो दूर गाँव से आते रहे, वे नम्बरदार की बैठक में अपनी रिहाइश रखते थे, और दूध-मठा, आटा-दाल, साग-तरकारी, घी-तेल वगैरह गाँव का ही खाते रहे। बालकों को बेंत से पीटते, मुर्गा बनाते और वाहवाही पाते थे। गिरपरसाद मुंशीजी बच्चों की चुटिया डोर में बाँधकर खूँटी से अटका देते थे, उनकी प्रशस्तियाँ तो आज तक गाई जाती हैं—वाह-वाह! क्या पढ़ाई, क्या बखत की पाबंदी, कैसी अद्‌भुत लगन! वे जमाने कहाँ गए?

समय बदला। योजनाएँ आईं। स्कूल की इमारत बनने की मंजूरी मिल गई।

यह बात गाँव का हर आदमी जानता है कि जिन भवानीदास को नम्बरदार ने साहूकार होते हुए भी कभी आगे नहीं आने दिया, वही अब 'पावर' में आ चुके थे। अनुशासन पर धन हावी होता जा रहा था और राजनीति नोटों को देखकर अनुशासन से पल्ला छुड़ाने लगी थी। माना कि नम्बरदार और भवानीदास सगे चाचा-भतीजे हैं, लेकिन खानदानी दिखावा कितने दिन चलता? जितना चल सका, चलाया। मसलन जब नम्बरदार को यह इल्म हो गया कि भवानीदास प्रधानी के लिए खड़ा होगा और जीत उसकी ओर वेश्या की तरह

बढ़ी चली जा रही है, तब फिर अपनी फजीहत कराने से क्या लाभ? उजड़े जमींदार की कीमत लगभग भिखारी की दर की रह गई है।

सो उन्होंने खुद ही आगे बढ़कर 'प्रधानी' अपने भतीजे भवानीदास को राजमुकुट की तरह सौंप दी। और यह दिखावा करने में सफल हो गए कि मन भले फटे हों, चौखटें अभी जुड़ी हैं। मगर यह जादूगरी कितने दिन की? भवानीदास प्रधान भले ही थे, लेकिन वे स्कूल के लिए अपनी इंच भर जमीन देने को तैयार नहीं थे। ग्राम समाज की जमीन को उन दिनों लोग बुर्जी-बिटौरों से घेरकर अपनी मिल्कियत बनाए हुए थे।

प्रधान होकर ऐसा लीचड़पन! नम्बरदार खुलकर भवानीदास के विरोध में आ गए। और तभी से जाटों का पलड़ा कुछ-कुछ भारी होने लगा, वरन् दो तीन बनियों के घर जाटों की ताकत पर हुकूमत कर रहे थे।

शर्त यह भी कि स्कूल गाँव के पास ही बनना चाहिए। भवानीदास ने यह दलील दी कि ऊँचाई पर भी हो, क्योंकि हर साल बाढ़ आती है। यह महज ऊपरी बात थी। अंदरूनी बात तो यह थी कि ऐसी अनुकूल जगहें केवल दो थीं--एक भवानीदास का बाग और दूसरी कब्रिस्तान।

अतः सर्वसम्मति से निर्णय हुआ कि स्कूल कब्रिस्तान में बनेगा। एक भीतरी बात और कि गाँव से लगा कब्रिस्तान मुसलमानों का महत्त्व दर्शाता है, दूसरी यह कि मुसलमानों के भूतप्रेतों को आगे भी यहीं बसने दिया तो न मालूम वे कब नम्बरदार की जै-जै बोलने लगें? कारण यह कि सक्का मुसलमान नम्बरदार के एहसान में दबे हैं। ऋण का एक इतिहास चला आ रहा है, जिस तरह कांग्रेस से दबने का रवैया चला आ रहा है। कांग्रेस माने नम्बरदार, कांग्रेस माने मुसलमान। दोनों का धर्म एक। हो क्यों न? पाकिस्तान बनने पर जब मुसलमान खदेड़े जा रहे थे तो नम्बरदार उनके धर्मपिता बन सामने आकर खड़े हो गए। एक-एक को बचा लिया। छानबीन हो रही थी, वे मुसलमानों के नाम बदल रहे थे—शौकत अली—गोपाल, जफर अली—श्यामचरन, इसमाइल—बाबूलाल, शहाबुद्दीन मंगलसेन। रशीदा—माया, शरीफा—सुनहरी, हफीजन—मंगली। चोटी कटवाने नहीं दी। हमारे गाँव में कोई मुसलमान नहीं। सब हिंदू हैं, हिंदू। यह सहयोग और सहानुभूति अपने आपमें मिसाल है। वे छत्रछाया बनकर दुबकाए-छिपाए रहे। आँच तक न आने दी। बेघर न होने दिया। बेवतन होने से बचा लिया। मियाँ भाई कैसे भूलें अपने मसीहा को?

खून का सनातन संबंध। फूट और दरार के बावजूद भी भवानीदास का किया-धरा नम्बरदार के सिर आ गया। सब बनियों की करतूत है। कमाल है जो नम्बरदार हमें बँटवारे की आँधी में से बचा ले गए, वे अपने भतीजे के हाथों बरबाद होने दे रहे हैं! चचा-भतीजे का रिश्ता नहीं तो और क्या चीज है, जो उनको चुप्पी साधने पर मजबूर किए है?

खफा क्यों न हों? गड़रियों, तेलियों और कुम्हारों की संख्या के कुल जोड़ के मुकाबले बहुसंख्यक मुसलमानों के पास इस गाँव में अपना कहने को क्या है? टूटी-फूटी मड़ैया और दो-चार कच्चे घरों को छोड़ दें तो बस जमा पूँजी कब्रिस्तान। खेत न जमीन। यहाँ

तक कि अल्लाह के हक में दो बोल बोलने को एक मस्जिद तक नहीं। वे फिर भी नम्बरदार का झंडा उठाकर चलते रहे, मगर अब ···

नम्बरदार सदा-सदा के लिए राजनीति से मुक्त कर दिए गए। आगे कोई चांस नहीं।

··· लेकिन उन्होंने बाहर से ही खेल खेला। थानसिंह और फूलसिंह जाट के अलग-अलग गुट बनवा दिए। प्रधानी फूलसिंह पर आ गई। उन्हीं मुसलमानों की बदौलत।

राजनीति और रंडी किसी की सगी नहीं होतीं, किसी ने ठीक कहा है।

धीरे-धीरे समय के साथ स्थितियाँ बदलने लगीं। आदमी के दिल-दिमाग में बदलाव आया। जाटों में से जाटपना गायब होने लगा। उजड्ड और गँवार होने की जगह नरमाई-लियाकत, और बहादुरी की जगह दंदफंद आ गया। थानसिंह मास्टर ने सक्कों को भड़का दिया—ससुरो, अब भी अंगरेजी राज में जी रहे हो! जमींदार की निगाह पर वोट देते हो। यह नहीं देखते कि पीढ़ी-पर-पीढ़ी निकलती चली जा रही है, और तुम्हारी दर कुत्ते से भी बदतर होती जा रही है। नमाज पढ़ने की जगह तक नहीं जुटी। यहाँ मंदिर दो-दो हैं, मस्जिद एक भी नहीं। शिवजी और दुर्गा मइया रहेंगी, खुदा नहीं। मैं कहता हूँ क्यों नहीं? हम क्या हिंदू और मुसलमानों के बालकों को पढ़ाते समय भेदभाव मानते हैं? ठीक है तुम्हारे बाप-दादा सीधे-बेवकूफ थे, पर तुम तो नए जमाने की रफ्तार देख रहे हो। अपना हक माँगो। तीन साल कोई किसी के खेत में हल चला ले तो वह भी सरकार का द्वार खटखटाने को तैयार हो जाता है। तुम्हारी तो पीढ़ियाँ निकल गईं इस गाँव में। बनियों ने तुम्हारा धर्म भ्रष्ट किया है। तुम्हारे नाम बदले, चुटिया रखवाई। नम्बरदार ने तुम्हें बचाया नहीं, डुबोया। हिंदू बनाया। भवानीदास ने तुम्हारा कब्रिस्तान खुदवा दिया। पर उनका भी क्या दोष? गद्दारी तो तुम कर रहे हो अपने धर्म के साथ। दोजख की आग में तुम्हीं जलोगे।

परिणाम यह हुआ कि सक्का मुसलमानों ने जी-जान लगाकर मेहनत-मजदूरी की, अपनी बेटियों के ब्याह स्थगित किए, बीमारी-हारी को टाला, कपड़े-लत्तों में कटौती की और कच्ची-पक्की चारदीवारी खींचकर मस्जिद बना ली। लेकिन कायदे से नमाज भी पढ़नी नहीं आती थी। बहुत दिनों तक सक्कों के लड़के उसमें 'काली कमली वाले तुमको लाखों प्रणाम' गाते रहे। पास के ही गाँव कजरौठ का मुल्ला आज तक भी नमाज पढ़वाने आता है।

प्रधानी ने थानसिंह से फिर भी गुरेज माना। अब की बार निर्णायक वोट चमारों के रहे और चरनसिंह बौहरे जीत गए, यानि प्रधानी को ब्राह्मण विदा करा ले गया और बौहरे से फत्तेसिंह के पास आ गई। जो आज तक उन्हीं के पास ब्याहता पत्नी की तरह डटी है।

स्कूल का काम बहुआयामी है—बरातघर, पंचायतघर, मेहमानघर, दावतघर और प्रधानजी यदि अपनी फसल समय पर न बेचना चाहें तो उनका बीजगोदाम भी। आजकल स्कूल राजनीति का मोहरा बना हुआ है—भँवर जैसे युवक यही कहते हैं।

नहीं, इस स्कूल ने एक ऐसा रत्न दिया है, जो मेरठ रीजन में कलक्टर के पद पर शोभायमान है—वही कुँवरपाल का छोटा भाई पदमसिंह। चमार जाति में जन्म लेकर ऐसा चमकदार! ओहदा-याफ्ता! रंजीत की नाक, काट ले गया। बनता है एम.एससी. (एजी.)! भँवर इस बात पर खफा हो पड़ता है। देखो, कहीं भँवर सुन तो नहीं रहा? लोग जाँच कर बात करते हैं।

आजकल स्कूल रणक्षेत्र है। हैडमास्टर थानसिंह युद्ध का बिगुल वहीं से फूँक रहे थे—'साला रंजीत, अब चला जाय हाईकोर्ट, सुप्रीमकोर्ट। हम वहाँ से भी बरी होकर न दिखा दें तो असल बाप से जायंदा नहीं।'

छोटी कौम का बड़ा आदमी कुँवरपाल चमार, चारण की तरह उठा, भाट की तरह बोला, 'वाह थानसिंह भइया, वाह! अब आया है ऊँट पहाड़ तले।'

झज्जू खटीक सुनते ही तिलमिला गया। उठकर सीधा भागा रंजीत के घर की ओर। क्यों न भागे? वह रंजीत का हमउम्र है, साथ खेला है, मगर भइया कहकर आदर से बुलाता है।

'भइया, यकीन न करो तो पढ़वइया बालकों से पूछ लेना। थानसिंगा ज्यादा ही जात पर आ रहा है। हो गया बरी हाईकोट से! पहले सैसन को तो भुगत ले। डींगें हाँकता है रौब रुतबा गालिब करने को। और वह चमरा का, बाँस में पाँव बाँधकर कूद रहा है वहाँ। साला जुतपोंछा!'

रंजीत संजीदा स्वर में बोले, 'यकीन को तो यों रहने दे झज्जू, कि भँवर से बढ़कर मानता हूँ मैं तुझे। मेरी फिकर न होती तो तू क्यों भागा आता? पर चिंता मत करे पट्ठे, कुत्ते भौंका करते हैं, शेर नहीं। बकरी हर समय मिमियाती है, हाथी की आवाज सुनी है?' कहकर उन्होंने अपनी कटी हुई छोटी मूँछों पर ताव दिया।

साँझ ढलते ही रंजीत की मूँछें नरम ही नहीं पड़ीं, बड़ी-बड़ी होतीं तो लटक जातीं। उन्हें लगा सचमुच उनकी ठोड़ी पर झुक आई हैं मूँछें।

राम-राम बाबा!

बाबा राम-राम!! जैसे बादलों में गड़गड़ाहट!

चमरौधा जूतों से चौक को रौंदते हुए थानसिंह और डोरिया दिखाई दिए। रंजीत की छाती में बिजली कड़की। दुवारी में खड़ी सारंग का दिल दहल गया।

पीछे-पीछे डोरिया के चचेरे भाई खूबी और भूरा—लंबे-तगड़े दैत्य। मगर उन्हें सबसे भीमकाय दैत्य मालूम हुआ मँझोले कद का थानसिंह। उसकी मूँछें उखाड़ लेने का मन किया। रंजीत की दाँती भिंच गई। मुट्ठियाँ कस गईं क्योंकि थानसिंह ने चुनौती भरी आँखों से देखते हुए बाबा से दोबारा राम-राम की थी।

नजर नहीं, साधजी के पूतों की विजय पताका थी।

वे अपराधी नहीं, जैसे रण जीते हुए सिपाही हों। गाँव के उत्तर-दक्खिन, पूरब-पच्छिम में उनकी जय-जयकार गूँज उठी हो। इस गाँव के इतिहास में किसी ने ऐसी करारी मात न दी होगी। रंजीत किस मुँह से लोगों का सामना करेंगे?

सारंग की ओर देखा तक नहीं उन्होंने।

तो गवाहों ने बयान बदल दिए! डोरिया को थानसिंह बाइज्जत बरी करा लाया। गाँव में बहती गर्म हवा के साथ यह बात फैल रही है। उनकी देह जल उठी।

इस अनहोनी पर अब तक विश्वास नहीं। वे बाबा की ओर मुड़े, जो हाथ में चिलम लिए ठंडी नजर से बेटे को देख रहे थे। क्या समझाना चाहते हैं बाबा? उन्होंने पिता से आँखें मिलाने के बजाय आसमान की ओर देखा।

'हूँ ऽ ऽ ऽ …' बाबा ने हुंकारा भरा।

रंजीत को पिता की ओर तवज्जो देनी पड़ी।

'तो साधजी के पूत चीते की सी चाल चलकर हमें यह दिखाते गए हैं कि देखो हमारी मूँछों पर कितना ताव है। कि हमसे नजर मिलाओ, हम जंग फतह करके आए हैं। वो … लेंड़ी भूरा! साला भिखारी की औलाद! अकड़कर गया है, ज्यों नार (गर्दन) में लट्ठ पड़ा हो।' ठंडी निगाह में शोले भड़कने लगे। बड़ी-बड़ी सफेद और छप्पर जैसी मूँछें कँपकँपाईं। फन उठाए सर्प की तरह खड़े-खड़े फुफकारते रहे बाबा।

जबड़ों में कसावट है। क्रोध गर्मी दिलाता है। आतुरी दिखाता है। यदि चार-छः बातें कहने के लिए थानसिंह और डोरिया ठहर गए होते तो बाबा सब्र कर पाते कि नहीं, कहना मुश्किल है। कुछ न कुछ होता जरूर। लेकिन दुश्मन हवाई फायर करके चलता बना। पीठ पर वार करना … बहादुर आदमी की बेबसी है, नहीं तो वे लाचार से मूँछें मीड़ते न रह जाते। उनके इकहरे हड़ीले बदन का ढाँचा हिल गया। साँवला रंग लगभग काला पड़ गया। पिता को देखकर तड़प उठे रंजीत।

ऐसा होगा, यह रंजीत ने ही कब सोचा था? वे बाबा को हाथ पकड़कर खाट की ओर ले गए और सहारे से खाट पर बिठा दिया।

'तू यहाँ बैठ। बैठ यहाँ, मेरे पास।' बाबा तनी हुई आवाज में बोले।

रंजीत पिता के पास खाट पर बैठे हैं—पाँव लटकाकर। देर से चुप हैं।

'क्या सोच रहा है?'

'यही कि साधजी के कुनबा से जीतना … तुम्हारी बात ठीक ही निकली दादा।'

बाबा ने लापरवाही से हाथ झटका, 'हमें सुसर कुनबा से क्या लेना-देना? साले रोज दस कतल करें। पर बात तो इस बखत दूसरी है—आदमी सुखी-दुखी तो अपनी जीत-हार पर होता है। केस में हाथ न डालते, हम भी पाँव फैलाकर सो रहे होते।'

रंजीत चाहकर भी मौन नहीं तोड़ पाए।

'यह तो हम पहले कह रहे थे कि इन बदफरोसों से पार पाना … पर तुम्हारी जिद्द थी लल्लू कि इतना अँधेर नहीं कि ये गवाहों की बात झूठी साबित कर दें। हमारा तजरबा

तो इस बात पर आ पहुँचा है कि इस दुनियाँ में कुछ भी नामुमकिन नहीं। तोड़ लिए कि नहीं तुम्हारे गवाह? थानसिंह निखालिस गँवार नहीं, धूर्त भी है और पढ़े-लिखोंवाले हथकंडे भी जानता है। इतनी मिलावट वाला आदमी क्या नहीं कर सकता? भवानीदास भी पइसा लगा रहा है, मेरी समझ में तो।'

'साला तोता नीच ही रहा। गवाही के लिए अपनी बहू कचेहरी तक भी नहीं पहुँचने दी।'

'किसने कहा?'

'भँवर ने,' भँवर की बात पर कैसे विश्वास न करें रंजीत? कुनबा का चचाजाद भाई है। दोनों परिवार मिल-जुलकर रहते हैं। और फिर भँवर पढ़ा-लिखा, समझदार, सच्चा तथा विश्वासपात्र है। छोटी उम्र का है तो क्या? और फिर चौबीस वर्ष की उम्र ऐसी छोटी भी नहीं होती कि बाल-बुद्धि में आए। उसने मसखरी तो की नहीं होगी। सच्ची बात निकाल कर लाया होगा। आजकल भँवर ही उनका दायाँ हाथ है।

बाबा अपना हुक्का सँभालने लगे। उन्हें माथे पर हाथ धरकर रोने की आदत नहीं। वैसे भी दुख को दुख की मुद्रा में लेकर कभी उन्होंने अपने आपको गम में नहीं डुबोया। हुक्का ताकत की ही नहीं, तकलीफों को धुँआ के संग उड़ा देने की निशानी है। ओसारे के कोने में बने हुए भट्टे में कंडे सुलग रहे हैं। उन्होंने चिलम में तमाकू रखा, उसके ऊपर रुपए भर बड़ा मिट्टी का तवा ढका और चिलम की गर्दन में लोहे की पतली सी जंजीर से लटकता चिमटा पकड़कर चिलम में आग धरने लगे।

'मैंने कहा था न कि केस को सैसन तक पहुँच जाने दें तो समझो कि ··· छोटी कौम साली! या तो डर के मारे अम्मा के लहँगा में दुबक जाएगी या फिर मोल बिक जाएगी।'

'दादा, मुझे सच पर विश्वास नहीं रहा,' रंजीत अधीर हो उठे। 'सचाई की शिनाख्त करनेवाले लोग अब रहे ही नहीं। दिन दहाड़े एक औरत मार दी जाय और गाँव चुप बैठा रहे! है न गजब?'

'परायी आग में कौन हाथ जलाए? बेस्वारथ थाने और कोट-कचेहरी के कौन चक्कर लगाए? और फिर लोग तो यही सोचते हैं कि उन्होंने अपनी बहू मारी है। मारी भी है कि बिटौरा अपने आप ही धसक गया? हाय-हाय, त्राहि-त्राहि करके अपना फर्ज निभा दिया। इससे आगे सोचनेवाला कोई नहीं। किसी को क्या नफा-नुकसान? फिजूल में दुस्मनी कौन मोल ले?'

रंजीत हारी-हारी निगाह से पिता को देखने लगे।

बाबा ने हुक्का के ऊपर चिलम बैठाई। नै के ऊपर अँगूठा लगाकर दो-तीन कश खींचे। सन्नाटे भरे ओसारे में हुक्का में से निकली गुड़ुर-गुड़ुर की आवाज ऐसे फैल गई ज्यों बादल गरजे हों।

'सालों के सामने मुनादी करा दो कि पहले कोट से छूट आए तो कौन से मोर मार लिए? हाईकोट में अपील करके सूली पर न चढ़वाया तो नाम रंजीत नहीं। पेट में पानी

हो जाएगा बेटी-चो ... के।' बाबा की ललकार रंजीत की देह में उतरती चली गई और वे समझ गए कि पिता मुझे निराश होते देखना नहीं चाहते। क्योंकि जवानों का जोश जितना गर्म होता है, निराशा उतनी ही ठंडी। बुजुर्ग न जल्दी ताव पर चढ़ें और न हताशा में डूबें।

'मेरी अवस्था सत्तर बरस की हो गई लल्लू। तजरबों ने यह सिखाया है निरासा से झुको मत, उसके आगे सीना तानकर खड़े हो जाओ। दुसमन को घेरो, घेरकर ऐसे बखत वार करो, जब वह खुद को सबसे ज्यादा महफूज समझ रहा हो। जंग में छलबल चलता है, पर कमीनगी नहीं। टुच्चापन नहीं। टुच्चा और कमीन आदमी उठाईगीरा तो हो सकता है, पर वह बागी नहीं बन सकता। यह मैं जानता हूँ कि तू छल करना चाहे, तब भी नहीं कर पाएगा। पर उन्हें घेरना तो होगा। ऐसे ही, जैसे एक फौज दूसरी को घेरती है और उसके ही मुहाने पर ले जाकर दनादन वार करती है। यह बेईमानी की बात नहीं, जंग के पैंतरे हैं। समझा कुछ?'

रंजीत को पिता सेनापति की तरह लग रहे हैं।

'तेरे पास लड़ने का सच्चा कारण है। तू उस बेकसूर की मौत का बदला भी नहीं ले रहा, तू तो केवल उन कातिलों को सजा दिलाना चाहता है, जो कत्ल करके मौज से अपने आँगन में बैठे कलेऊ करते हैं। जंग तो जंग होती है, उसमें भेद केवल न्याय-अन्याय का कर सकते हैं, वार या बचाव का नहीं।'

'दादा, मैं इस समय दुविधा में घिरा हूँ। आगे बढ़ूँ भी कि नहीं?'

बाबा ने खाट पर अपने पास बैठे बेटे के कंधे पर हाथ रखा, 'बेटा, बाप का कलेजा मोम का बना होता है। और बेटे को वह फौलाद का बना देखना चाहता है। तू ने किसी गलत काम में भी हाथ डाला होता तो मैं तब भी तेरे साथ होता जैसे साधजी उन कपूतों का संग दे रहा है। रुपया-पइसा, सलाह-मशवरा ही है हमारे पास। थानसिंह और डोरिया से ज्यादा मुझे साधजी पर किरोध आता है, मेरी नसें तड़कने लगती हैं, पर जब उसके बराबर वाले बाप के पलड़े में मैं बैठता हूँ, तो कहीं तक उसके ऊपर रहम आ जाता है, क्योंकि बाप का दिल तो उसकी छाती के भीतर भी मौजूद है। ये रिश्ते बड़े बेरहम होते हैं रंजीत ...

'तू हिम्मत मत हारै। दुस्मन को अंत तक खदेड़ते रहना चाहिए। न मालूम बकरी सा बैरी कब शेर बनकर आ जाए?'

रंजीत बाप की ममता से भीग उठे।

कुछ सोचते रहे, फिर अफसोस जताते हुए बोले, 'भवानीदास क्या डोरिया का बाप है? यह क्यों अपना पैसा उछालकर गुनाहगारों के हौसले बुलंद कर रहा है? इनका दान-धरम कहाँ गया? मैं पूछना चाहता हूँ कि एक तरफ तो पाँच गरीब बालकों की फीस इगलास के स्कूल में भरते हैं। हजार-पाँच सौ गरीब लड़कियों के ब्याह में लगाते हैं, दूसरी ओर डोरिया जैसे खूनी को ... सेठ का रुपया न लगा होता तो गवाहों की हथेलियाँ पसीजतीं? वाह रे लाला भवानीदास! यह तुम्हारा दान-पुण्य का अच्छा ढोंग है कि बेगुनाह औरत

के खून में हाथ साने डोरिया धरती हिलाए दे रहा है। बताओ दादा, तुम्हीं बताओ।'

गजाधरसिंह ने रंजीत की ओर ऐसे देखा जैसे कह रहे हों, तू नादान है बेटा। और पिता होने के नाते बड़प्पनपूर्वक समझाने लगे, 'तू बड़ी जल्दी घबड़ा जाता है। बनियाँ का धरम-करम कुछ नहीं होता। उसका माई-बाप बस पइसा होता है। एक दिन साधजी की तमाम खेती भवानीदास के कब्जे में होगी। यही बाप पइसा की मार से पूरे खानदान को नंगा कर देगा। वह दिन ज्यादा दूर नहीं। हमने भी बाल धूप में धरकर नहीं पकाए। मोंछें घाम में नहीं सेंकीं।'

अचानक पाँच फायर हुए—धाँय-धाँय-धाँय-धाँय-धाँय!

पेड़ों पर बैठी चिड़ियाँ चिचियाईं। मोर भयानक तरीके से पंख मारने लगा—फट्ट-फट्ट, फट फट ''' और फटे हुए स्वर में चिंघाड़कर कोंका।

धाँय-धाँय की आवाज थम गई, मगर उसकी धमक गजाधरसिंह के ओसारे को अब तक हिला रही है। उन दोनों बाप-बेटों की छाती में धाँय-धाँय करती हुई धड़कन के धमाके फूट रहे हैं। क्योंकि दोनों के चेहरों से वह हौसला निचुड़ गया, जो अब तक था। वे निस्तेज और निर्जीव सी आँखों से एक-दूसरे को देख रहे हैं।

'हूँ ऽ ऽ ऽ ''' ' बाबा के हुंकारे ने निस्तब्धता तोड़ी।

'डोरिया के आने की खुशी में लाला भवानीदास की बंदूक सलामी दे रही है,' रंजीत ने पूरी ताकत लगाकर आवाज को सामान्य बनाने की कोशिश की।

बाबा जैसे धूल झाड़कर उठे हों—

'इंसाफ नाइंसाफी कर रहा है तो हम हारकर बैठ जाएँगे? अरे इन बेईमानों को सेठ के मूत में नहाने दे। हमारे हाथ-पाँव तो हमसे कोई नहीं छीन लेगा।'

रंजीत किसी सोच में गुम हैं।

बाबा ने अपनी मोटी आवाज में लोच दिया, 'अब इतनी बात तो हमारी समझ में आ गई कि बैरी को हम हेकड़ी से नहीं हरा सकते। सालों को जहर नहीं, हम गुड़ देकर मारेंगे। बुद्धि पर धार धरो रंजीत। दिमाग चौकन्ना रखो और नजर तीखी। बाघ की तरह शिकार को हर तरफ से घेरो।' बाबा ने अपने बेटे को निपुण नट की तरह देह का भार और नजर की कमान साधना सिखाया—जिस ओर झुकाव देने से गिरने लगो, तुरंत विपरीत दिशा में वजन बढ़ा दो। कभी चुप्पी साध लो और कभी आतंक बनाए रहो।

रंजीत उठकर घर में चले आए।

सारंग दुवारी में धरती पर बैठी थी। पति को देखते ही खड़ी हो गई। गुलाबी चेहरा ऐसा दर्द का मारा हुआ ज्यों उसकी छाती पर घन बरसे हों। अँधेरा हो गया और उसे दीया जलाने की याद नहीं रही। यहाँ तक कि बल्ब का स्विच खोलकर देखा तक नहीं, अँधेरे में बैठी घूँघट में घुटती रही।

कभी उझककर बाबा की ओर देखती, कभी पति की ओर। जैसे बना-बनाया खेल मिटा दिया हो किसी ने। बाबा की दशा देखी नहीं जाती। जंगी सिपाही का हौसला गिरते देखकर बाकी लोग कैसे डटें? बाबा तो सारा हवाल जानते हैं कि यह जंग किसी भी कीमत पर नहीं छोड़ी जा सकती—मैंने यही सोचा था। ... पर आज तो मैं खुद ही अपराधिनी होकर खड़ी हूँ, अपने घर की बुलंदी को ढहाती हुई ... हुकमकौर घी के चिराग जला रही होगी। हे भगवान ... इंसाफ की दुनिया कहाँ है? बैरियों के मन के चीते हो गए और हमारा दिल चिथड़े-चिथड़े ...

वह रंजीत के पीछे-पीछे दालान में जा पहुँची। स्विच पर उँगली धरकर बटन दबा दिया, रोशनी हो गई।

'बंद कर दो। क्यों जला दिया? लालटेन जला देतीं,' रंजीत के स्वर में चिड़चिड़ाहट है। सारंग समझ रही है—उनसे तेज रोशनी का सामना न होगा। डोरिया को फाँसी या उम्रकैद की सजा का हुक्म सुनाया होता आज, तो इस घर में इतनी खुशी न होती, जितना उसके बरी हो आने पर रंज हो रहा है। इस मामले में मिली कामयाबी ने रंजीत की पिछली कुंठाओं की कहीं तक भरपाई की थी। अपराधी को हथकड़ी पहनवाकर उनमें आत्मविश्वास जागा था। ऐसे ही आशा फूलने लगी थी जैसे तपते रेगिस्तान में किसी झरने को देखकर शांति मिलती है। आज सबकुछ खत्म। वे पहले से भी अधिक निराश हो उठे।

सारंग पति के कंधे को छूकर उन्हें दिलासा देना चाहती है, कहना चाहती है कि आदमी उठे तो क्या नहीं कर सकता? हौसला बरकरार रखे तो पहाड़ भी लाँघ सकता है। सागर भी पार कर सकता है। लेकिन कहे तो कैसे कहे? रंजीत के कंधे तक हाथ जाकर वापिस लौट आता है। पति को छूने की हिम्मत नहीं। डोरिया की जगह खुद अपराधिनी बनी खड़ी है।

घर में चूल्हा न सुलगा। चंदन माँ-बाप का चेहरा देखकर सहम गया। दस वर्ष का चंदन कितना कुछ जानता है? कतल, खून, सजा और बरी होने की इबारत उसने पढ़ी है?

दालान के खम्भे से लिपटा घुमनी ले रहा है। फिर बोला, 'अम्मा!'

'जा बाबा के पास। यहाँ क्या कर रहा है?'

'भूख लग रही है,' उसने चिढ़कर कहा, जैसे कहने के लिए कह रहा हो।

'तुझे तो बस खाने की पड़ी रहती है,' सारंग मिसमिसाती हुई बोली।

'दूध पी लूँ तो। रोटी है ही नहीं,' माँ को परेशान करने की जिद ठानकर आया है!

'पी ले और जा यहाँ से,' वह झुँझला पड़ी।

'कहाँ जाऊँ अम्मा? बाबा कह रहे हैं, घर जाकर सो।'

'भाड़ में जा। मर जा कहीं।'

वह माँ को घूरता रहा, और थोड़ी देर बाद दुवारी में खाट डालकर सो गया।

रंजीत दालान में खरहरी खाट पर गुमसुम लेटे हैं। आँखों पर बाँह धर ली।

सारंग उनकी खाट की पाटी से सटकर नंगी धरती पर बैठ गई, जबकि बिना बोरा बिछाए वह बैठती नहीं।

जानती है कि सबेरे पूरब से उठती रोशनी का सामना न कर पाएँगे—मैं और रंजीत। उस रोशनी में थानसिंह मास्टर का घर जगमगा रहा होगा और वही ज्योति हमारी आँखें फोड़ रही होगी। साधजी के बेटों का तना हुआ चेहरा ''' कागा चिरइया और नीलकंठ जैसे पंछी भी अपनी बोली में उनका यशगान गाएँगे, गाँव तो फिर गाँव है—लोग बिना सोचे-समझे मन चाहे जो बक देते हैं। रंजीत सहन कर पाएँगे?

अचानक रंजीत ने आँखों पर रखी बाँह हटाई। सारंग सँभलकर बैठ गई।

'तुम यहाँ, नीचे क्यों बैठी हो?'

सारंग यह भी समझती है कि रंजीत दुवारी में सोए हों और वह दालान में काम कर रही हो, तब भी चूड़ियों की खनखनाहट से जान लेते हैं कि सारंग कहाँ है? आज इतने करीब बैठी हूँ और इन्हें मालूम न चला! शायद वे उसकी मौजूदगी की नजरंदाजी जताना नहीं चाहते। समय ऐसा है कि इसमें वे क्या करें, क्या न करें खुद नहीं जानते होंगे। उनका क्रोध-गुस्सा, डाँट-फटकार, लानत-मलामत सहने को तैयार है वह। क्योंकि सारा कुछ उसी के कारण हुआ।

'गाँव के आदमी! साले गीदड़ से भी बुरे।' रंजीत ने सारंग की ओर करवट ली और कड़वाहट से होंठ टेढ़े करते हुए उठकर बैठ गए। चेहरा कैसा मलिन है! दुखी हो उठी वह। अपने हाथ की उँगलियाँ मरोड़ती हुई पति की बात सुन रही है—

'तुम सोच सकती थीं, एक औरत के कतल-खून को चुपचाप पी जाएँगे? उसकी फटी हुई आँखों ने किसी को दहलाया नहीं?' कहकर वे एक पल को रुके।

'सचमुच बड़ी कड़ी मिट्टी के लोग इस गाँव में रहते हैं। सारंग, हमको तभी समझ लेना चाहिए था, जब बात उठते ही दबने लगी थी। इतने कठोर न होते तो ऐसा होता?'

उसने गमगीन चेहरे पर जड़ी दो उदास आँखों से पति को देखा, 'बाबा क्या कह रहे हैं?'

'क्या कहेंगे दादा? यही कि उठो तैयारी करो। आगे बढ़ो,' कहते-कहते रंजीत ने पाँव लटका लिए और हथेलियाँ पाटी पर टिका लीं। 'वे तो फौजी की बोली बोलते हैं। उन्हें ही क्या पता है कि फैसला हमारे पक्ष में ही जाएगा? गवाह तो मेरे पक्ष में बोलकर भी नाट गए। सिमरधरी का बूढ़ा जफरा भीख माँगने आता है अब? नहीं आता न? क्यों आएगा? साल-दो साल की भीख इकट्ठी झोली में डाल दी होगी। साले पीर-फकीर! लोभ लालच के कीड़े।

'बोलो तुम, मैं कोई बेईमानी कर रहा था, कि किसी का हक मार रहा था? फिर भी थानसिंह ने मुझे चित्त कर दिया! तुम बताओ, ढील कहाँ रह गई? कौन सी कमजोरी है कि मैं गलत लोगों का विश्वास कर लेता हूँ!'

सारंग पति के पश्चात्तापपूर्ण विलाप पर कटकर रह गई—हे मेरे भगवन्! धीर बाँध

रंजीत की। इस बिन मुँह के आदमी का साथ देनेवाला कोई नहीं ...

'तुम में कोई कमजोरी नहीं रंजीत,' उसने अपने चेहरे पर भरसक प्रयत्न से साहस की लकीरें बनाईं और पति का हाथ थाम लिया—'सच, जीत तुम्हारी ही होगी।'

'कतल रेशम का नहीं, मेरा हुआ है सारंग। कमीनों ने मुझे चीर डाला,' कराहते हुए बोलते-बोलते यकायक तैश में आ गए। 'जानती हो क्यों? साले भवानीदास को भी यही डर खाए जाता है कि रंजीत उनके खिलाफ किसानों को भड़का न दे। फत्ते भी यही मानता है कि रंजीत उसकी प्रधानी का दावेदार है। और थानसिंह? उसे तो हर समय यह दहशत बनी रहेगी कि रंजीत उसके भाई को उमरकैद कराके उसे नाकों चने चबवा देगा। गाँव साला तिरस्कार करे या पताका फहराए, क्या फरक पड़ता है? यहाँ के लोग गँवार-जाहिल, इनके सामने तनकर खड़ा हो भी जाऊँ तो कौन सा तमगा लगा देंगे मेरी छाती पर? दादा ठीक ही कहते हैं—जंग का सिपाही सदा जीतता ही नहीं। गिरता है, घायल होता है और खेत रहता है, तब क्या वह सिपाही नहीं माना जाएगा?'

सारंग की आँखों में जैसे दोबारा ज्योति आ गई हो—रंजीत! सच रंजीत, तुमसे मैंने ऐसी ही आशाएँ बाँधी हैं। तुम इतने ही बहादुर हो। मुझे जीत नहीं, तुम्हारी बहादुरी चाहिए। आज मैंने जाना हौसले की कीमत क्या होती है? उसने पति के हाथ पर कसाव बढ़ा दिया—

'तुम्हारी उम्मीदें तो नहीं हारीं न? हारता तो वह है, जिसका मन मर जाता है, जिसकी लड़ने की इच्छा खतम हो जाती है। मैं जानती हूँ कि तुम्हारे अपने लोग गद्दार निकल गए और तुम्हें मुँह की खानी पड़ी। फिर भी हम उठ खड़े होंगे। यह जंग बेवजह नहीं ...'

'साला फत्ते! प्रधान बनता है। चेहरे पर सज्जनता का नकाब ओढ़े हुए है। वाह रे सत्पुरुष, वाह! मेरे कान में कहता है कि जिनकी बहू मरी है, वे जानें। तुम बीच में क्यों कूद पड़े? बेकार पुलिस-दरोगा दौड़ा रहे हो गाँव में।' कहकर उन्होंने पत्नी की आँखों में देखा।

'मैंने कह दिया सारंग, कह दिया कि साले तुम जैसे ढीली लाँग के मर्द गाँव की बागडोर सँभालने की जिम्मेदारी लिए हो, तो ऐसा ही होगा। तुम्हें तो इन आततायियों का सामना करना चाहिए, नहीं कर सकते तो छोड़ो प्रधानी। उलटे मुझे धमकी देने चले आए हो! औरत की बात पर औरत बयान नहीं देगी तो कौन देगा? एक औरत मर गई और तुम बहन-बेटियों को पुलिसवालों की नजर से मैली हो जाने के गम में मरे जा रहे हो! वे भी जानते हैं कि तुम अपनी औरतों का इस कायरता से कत्ल कर सकते हो तो तुम्हारी स्त्रियों की कीमत क्या रह गई है?

'सारंग ! फत्ते कोई नई उमर का लड़का है? आधी मूँछें पक गई हैं। वह समझता है मुस्का-मुस्काकर सबको भरम में डाले रहेगा? सज्जन आदमी का जामा कितने दिन छिपाए रहेगा उसकी असली सूरत? प्रधान हो गया तो समझता है कि वह इस इलाके का एमैले (एम.एल.ए.) हो गया है। आज मैं ही किसी ओहदे पर बैठा होता तो कुत्ते की तरह मेरी टाँगें सूँघता फिरता। वह जानता है कि मैं किसी खजाने का ताला नहीं खोल सकता सो

उसके लिए मेरी कोई वैल्यू नहीं। कुँवरपाल चमार में क्या लाल लग रहे हैं? छोटा भइया कलक्टर हो गया तो वह प्रधान के कंधे पर चढ़ा फिर रहा है। सा ऽ ऽ ले! मुझे उपदेश देने चले आए।'

सारंग बोली, 'मारो गोली प्रधान को। तोता की बहू के अलावा रामजी बाम्हन ने भी तो डोरिया को वारदात के बखत देखा था।'

'पूछ लिया था रामजी बाम्हन से भी,' रंजीत धिक्कारते हुए से कहने लगे। 'साफ नाहीं कर गए। बोले कि लाओ तुम्हारे सामने हम खूब कह दें कि करमवीर की बहू डोरिया ने मारी है, डोरिया ने। पर कचेहरी में जाकर कौन कहेगा? जो कहेगा, वही अपने हाथ-पाँव बँधवाएगा। सांचाधारी बनकर हम क्या लेंगे भइया? खामख्वाह दुस्मनी बाँधें। इनका क्या भरोसा, खून मुँह लगा है। एकाध कतल तो शौकिया ही कर डालेंगे।'

सारंग का मुँह खुला रह गया।

'इन्हें तो बाबा एक बार प्रधान के लिए खड़ा कर रहे थे!'

'दादा की तो आदत है, जो तीन-चार बार उनकी चिलम भर दे, वही सत्पुरुष। उसी को घोड़े-हाथी पर चढ़ा देंगे। उन्हीं के सामने बैठकर रामजी अधबूढ़ा कह गया था कि रंजीत ठंडा तू भी हो जाएगा। तेरी बहू की सगी बहन तो थी नहीं। फालतू फंड में उसका धरमपिता बना फिर रहा है। करें तो उसके मात-पिता अर्जी-दरख्वास्त करें। वे क्यों मुँह में लत्ता ठूँसे बैठे हैं? पराये फटे में पाँव!' कहकर सारंग को क्षण भर देखा। 'लेकिन मैं पीछे नहीं हटूँगा सारंग।'

सारंग कराही, 'तो सच को कहने की किसी में ताकत नहीं!'

'मैं अब हाईकोर्ट में अपील करूँगा।'

रंजीत ने ऐलान कर दिया तो गाँव के लोग एक बार फिर सकते में आ गए, और बहुतों ने आश्चर्य भी किया—पागल है। किसी ने कहा—वही कहावत सच हो रही है कि आ बैल मुझे मार।

सबेरे से ही धूप तेज थी। रंजीत कुछ सोचते हुए अपने ध्यान में मग्न खेतों की ओर जाने को निकले। क्षण भर को पाँव अपने आप रुक गए। आँख उठाकर देखा—वही बिटौरा वाली जगह, जहाँ रेशम ... ! सचमुच उन्हें भी सारंग जैसा रोग लग गया है, रेशम की आवाज सुनाई देती है—जीजा ऽ ऽ ऽ! पुकार सुनकर नसें सनसना गईं, खून में गर्म लहर उमड़ी।

वे पसीने से भीग गए हैं। सामने बिटौरा के अवशेष तक नहीं रहे। बदशगुनी का कोई निशान नहीं। थानसिंह ने भुस की नई सुनहरी बुर्जी बँधवा दी है। छोटी सी हरी बेल उगकर बुर्जी पर चढ़ने की कोशिश में है—लौकी की बेल।

कौन कह सकता है कि यह झड़ी-पुँछी जगह दो मासूमों के खून से रंगी है? खून

के धब्बे तो हमारे घर में दिखाई पड़ते हैं। साले थाने-कचेहरियों की ऐसी-तैसी! मैं गाँव का प्रधान होता तो अपनी ही पंचायत में उसे मौत की सजा सुना देता।

सामने से खेरापतिन दादी का बेटा लक्ष्मी आ रहा है। रंजीत मुड़ जाना चाहते हैं, लेकिन उसने घेर लिया, 'तो साले देसखाऊ आ ही गए लौट के।' देसखाऊ गाँव के लोग साधजी के घर के लोगों के लिए इस्तेमाल करते हैं, मगर पीठ पीछे।

रंजीत को लक्ष्मी का वाक्य अपने लिए भद्दी गाली की तरह लगा। उन्होंने नजरें झुका लीं, जैसे डोरिया का बरी होना उनका अपना अपराध हो। मन ही मन खुद को धिक्कारा भी—इस आदमी को मैं कभी बातों के काबिल नहीं समझता था, इसी के सामने आज ऐसी लज्जा!

वे बिना कुछ कहे आगे बढ़ गए।

'चोरों के शाह सेठ भवानीदास!'

ये कहाँ से प्रकट हो पड़े? रंजीत का वश चलता तो किसी अँधेरी गुफा में विलीन हो जाते लेकिन खाली खेतों के चौड़े पाट से भागकर वे जाएँ तो कहाँ जाएँ? जहाँ भी भागेंगे, भले पकड़ में न आएँ, दिखेंगे तो सही। रोशनी रास नहीं आ रही और अँधेरा माँगे नहीं मिल रहा!

उन्होंने अपनी आत्मा का रहा-सहा तेज जैसे आँखों में खींचा हो और हिम्मत जुटाकर सामने आते साँवले और भारी शरीर के भवानीदास से अभिवादन किया, 'राम-राम चाचा।'

'राम-राम। राम-राम। खुश रहो,' लाला की आवाज में लोच और खनक एक साथ!

'कहाँ? खेत पर जा रहा है?'

'हाँ' कहकर रंजीत ने मन ही मन कहा—कह डालो जल्दी, तुम भी असल मुद्दे पर आ जाओ।

'भाई तू अपील-फपील कर रहा है?'

'हाँ, बिलकुल करूँगा।'

'रंजीत, नादानी पर नादानी! क्यों अपने आपको तबाह करने पर तुला है? इस गाँव के गवाहों पर भरोसा कर रहा है अब भी? ये बेटीचो ··· तुम्हारी व्यथा को हमदर्द बनकर पूछेंगे और भाँड़ बनकर सारे गाँव में फैलाएँगे। मुझसे पूछ, कैसे इस गाँव में रुक पा रहा हूँ? एक तो बुरे बखत में इनकी मदद करता हूँ, पैसा माँगूँ तो इन पर शैतान सवार हो जाता है। भइया, सज्जन का संगी कोई बेवकूफ भी नहीं बनता आज के जमाने में। तुम तो "साँच को आँच नहीं" का नारा लगा रहे हो और अगला किसी भी मक्कारी से गुरेज नहीं मान रहा। ये जमाने दिल खोल देनेवालों के नहीं हैं। अच्छे-अच्छे कद्दावर पैसे की चाशनी पीकर कह जाएँगे कि करमवीर की बहू को रंजीत का गरभ था, सो बिटौरा में घुसती देखकर उसी ने रेशम को मारने का मौका नहीं चूका। बोलो फिर क्या करोगे? जमानत के लिए भी आगे नहीं बढ़ेगा कोई। भाई के नाते दलवीर आ जाएगा, मगर कब तक? नौकरी छोड़कर तुम्हारा केस तो लड़ेगा नहीं। क्यों बूढ़े बाप की ख्वारी कराने पर

तुले हो? बाल-बच्चे खाक खाएँगे क्या?'

लाला भवानीदास को रंजीत खलनायक समझ रहे थे, लेकिन वे तो धर्म-पुरुष निकले! सबका मंगल चाहनेवाले! असल में वे पेशेवर गवाहों से लेकर दुर्जन-सज्जन सबके भीतर झाँक चुके होंगे और पाया होगा कि सज्जन गवाह डर रहे हैं। पेशेवर ही काम आएँगे क्योंकि वे गवाही देते नहीं, बेचते हैं। संयोग तो देखो कि रेशम का खून होते भी देखा तो तोता की बहू ने। तोता ने पक्का मकान कैसे बनवा लिया है, रंजीत क्यों भूलते हैं यह कटु सत्य? बार-बार धर्म और धन को बराबर करके देखने लगते हैं। भाई धन धर्म से कई गुना भारी है—कलयुग में, बकौल चरनसिंह बौहरे, ग्राम पंडित।

फिर भवानीदास ने अपनी उम्र के पूरे पैंसठ वर्ष इस गाँव में खर्च किए हैं, उसी के आधार पर यह मूलमंत्र बनाया होगा।

लेकिन यह आशंका क्यों उठती है मेरे मन में कि भवानीदास ने मुझे यह धमकी के रूप में तो नहीं बताया? सलाह या धमकी? धमकी या सलाह?

बहरहाल सारंग को इस बारे में कुछ न बताएँ तो अच्छा होगा। औरतजात अड़ने और हठ पकड़ने में माहिर होती है, ऊँच नीच के बारे में कम सोचती है—त्रिया हठ।

उनका खेत पर जाने का मन अब रहा नहीं। लेकिन जाना तो होगा, इस चक्कर में फसल भी 'पिछाई' रह जाएगी।

'थानेदार क्या कह रहा था?' मन में फिर एक अनचाही याद कौंधी।

'अजी ज्यादातर केस तो आत्महत्या के ही होते हैं। पैसा ऐंठने के लिए उसे लड़कीवाले कभी दहेज का बनाते हैं, तो कभी बलात्कार का। तुम दलवीर सिंह दीवानजी के भाई हो, चलो रिपोर्ट लिखे लेता हूँ। तहकीकात भी करवाऊँगा। नहीं तो इस पचड़े में कौन पड़ता? भाईसाहब, न किसी को सजा हो, न पैसा मिले। सब अखबारी ढमाढम है। गाँव की माया तो और निराली! लोग केस को आपस में ही गवाही-ववाही देकर रफै दफै कर लेते हैं। एफ.आई.आर. लिख लो, चलो हवालात में भी बंद कर देंगे हम, लेकिन आगे? केस आगे सरकता ही नहीं, क्योंकि सारा दारोमदार गवाहों के ऊपर होता है।

'भाईसाहब, आप जैसे पढ़े-लिखे भी हमें दोषी ठहराते हैं। ठीक है, चलो, मैं मान भी लूँ कि आप सेंटपरसेंट सही बोल रहे हैं, पर आप तो गाँव के रहनेवाले हैं, अपने ही मुँह से बता दो, सच के पक्ष में कितने लोग गवाही देते हैं? इसका मुख्य कारग यह है कि पैसा तो उन्हें झूठे पक्ष से ही मिलेगा। यह बात हम भी खूब जानते हैं कि ये गवाह अपराधी को ही बचाने आए हैं, लेकिन हम करें भी क्या? कानून का जो रवैया चला आ रहा है, उसी के बीच से ही तो गुजरना पड़ेगा। इसे आप मेरी धमकी मत मानना। खुद सोचकर देख लो, जो आदमी औरत को मार सकता है, गवाह का कत्ल नहीं कर सकता? अब ऐसे बेवकूफ कहाँ मिलें, जो सच की रक्षा के लिए प्राणों की बाजी लगा दें।

'भाईसाहब, मैं आपको इसलिए सलाह दे रहा हूँ कि आप दलवीर सिंह दीवानजी के भाई हैं, तो मेरे भी भाई ही हुए। इन वारदातों को भारी करके मत लो। समझ लो

सूखे बादल हैं, गुजर जाएँगे। बेकार ही इसे हत्या या अपराध का नाम देकर कसरत मत करो। अरे सबसे भला नाम आत्महत्या। हादसा। आजकल दीवानी और फौजदारी में कोई भेद नहीं रहा। लड़की के माँ-बाप को तुम ढकेल-ढकेलकर कब तक कचेहरी में हाजिर करोगे? वही किस्सा कि मुद्दई सुस्त, गवाह चुस्त। पर चलो तुमने खानापूरी भी कर दी, उन्हें मलाल नहीं रहेगा। औरतें भी खुश हो जाएँगी कि हमारी ओर से लड़नेवाला कोई है। शहर होता तो अब तक झंडा उठाकर आ गई होतीं थाने के सामने गाने-नाचने। कहो कुछ भी, समाँ बाँध देती हैं।'

दरोगा की सलाह पर उन्हें गुस्सा आया था। साला भ्रष्ट! मुफ्ती काम को भाषण देकर एक किनारे कर देना चाहता है। वह कितना गलत था, कितना सही? पहले इस गाँव के लोगों से ही पूछ लें रंजीत? आजकल लोग पुलिस के सताए हुए नहीं, उसके कंधे से कंधा मिलाकर चल रहे हैं। उसने तो कम से कम थाने की नीति-रीति तो खुलासा कर दी। ठीक वैसे ही तो सेठ भवानीदास के विचार हैं। अब क्या करें वे?

दुविधा में हैं रंजीत—कि अपना पलड़ा हलका देखकर साहस खो रहे हैं? नहीं, मैं मैदान छोड़कर भागनेवालों में से नहीं।

'मैं किसी दरोगा से कम हूँ?'

रंजीत ने ओसारे में बैठे भँवर के सामने कहा, और बोले, 'तू ही बता भँवर, यह दरोगा कितना पढ़ा होगा? इण्टर। बहुत से बहुत बी.ए.। एम.एससी. पास आदमी के बराबर हो जाएगा? साला थाने पर तैनात होकर समझ रहा है कि वह तहसील इगलास और ज़िला अलीगढ़ का डिक्टेटर है। उसका वचन सत्य वचन! हमको समझा रहा है कि जाओ अपने घर बैठो। भँवर, हमको उसकी राय मानकर पीछे हट जाना चाहिए?'

भँवर गोरे रंग और छरहरे लंबे कद का युवक, जरा पढ़े-लिखों की तरह उजले कपड़े पहनकर रहता है। धोती-कुर्ता पहनना उसे नहीं रुचता। कमीज-पैंट में किसान को भी सुविधा रहती है। सिर पर छोटे-छोटे बाल नहीं, कुछ लंबी जुल्फें रखता है—आधुनिक किसान। भला मरी-मरी बात क्यों करेगा?

'हम पीछे क्यों हटेंगे रंजीत भइया? साले दरोगा की ऐसी-तैसी। वाह जी वाह! ऐसे तो आदमी आदमी को खा जाएगा। हम तो फिर घर से भी न निकलेंगे। डरने से अच्छा है, हम जान दे दें। तुम हिम्मत न हारना भइया। हम हैं तुम्हारे संग, हम,' भँवर ने छाती ठोंकी।

ओसारे में पन्नासिंह भी बैठे थे। दुबले-पतले पन्नासिंह कद के बहुत छोटे हैं। मूँछें बड़ी-बड़ी रखते हैं। हाथ में सदा लाठी देख लो। लोग उन्हें माँछरसिंह भी कहते हैं—यानि मच्छरसिंह। वे हँसकर टाल देते हैं—मूरख लोगों के मुँह लगना सबसे बड़ी बेवकूफी है। पन्नासिंह फत्तेसिंह प्रधान के चचेरे भाई हैं। प्रधान की धौंस में रहना उनकी मजबूरी नहीं,

बाप के प्रति कर्तव्य है, क्योंकि पन्ना का बूढ़ा, सड़े साग सा बाप फत्तेसिंह की पंचायत का मनोनीत सदस्य है। जहाँ तक उनकी रुचि का सवाल है, उनको भँवर और रंजीत की बातें सुनना बड़ा अच्छा लगता है—किताबों की बातें, खेती की बातें, सरकारी अफसरों और प्रधान की ऐसी-तैसी करना।

डोरिया को गिरफ्तार कराकर रंजीत ने गाँव में 'हीरो' का पद पा लिया था। वह ऐसा वक्त था, जब वे अपने मामले में आसपास फैली असमानता और विपरीत हालात पर विजय पा चुके थे। और लगा था अब तक की असफलताएँ उन पर जमाने ने लादीं नहीं, बल्कि उन्होंने लोभ-मोह पर खुद लात मार दी। वे पन्नासिंह, भँवर और झज्जू से वार्तालाप करते कितनी ही रात बिता देते, जैसे भाषण दे रहे हों।

'पढ़ो-लिखो, डिग्री लो और अपने घर बैठो, यह तो आजकल आम बात हो गई है। यह भी मानता हूँ कि हमारे यहाँ कुर्सी पर बैठा आदमी राज करता है, घोड़े पर सवार नहीं। वीर और विद्वानों के जमाने गए। लेकिन मैं क्यों मानूँ कि गए? हम किस तरह किसी से कम हैं? तरह-तरह की नई किस्मों के बीज-खाद से अनाज उपजाना और इस तरह उनका फायदा उठाना यहाँ कितने लोग जानते हैं हमारी तरह? हम पूरी साइंस पढ़कर आए हैं। ज्ञान है हमें। हम किसान को राजा बनाएँगे।'—यह बात रंजीत के मन में उसी दिन से उमड़ती-घुमड़ती रही है, जब से वे बड़ौत कॉलेज से पढ़कर निकले हैं। अपने आपको कृषि पंडित मानते रहे हैं।

'माना कि मेरी लालसा किन्हीं दिनों किसी ऑफिस में बड़ा अफसर बनने की थी और मैंने आवेदनपत्र भी भरे थे, लेकिन वह मेरा अज्ञान था। इण्टर कॉलिज में मास्टर हो जाता या वेयरहाउस में इंस्पेक्टर, ईमानदारी की नौकरी तो कोई करने नहीं देता। नम्बरदार का सत्ते सस्पेंड पड़ा है, साले और कर ले इंस्पेक्टरी। बाप की इज्जत भी खाक में मिला दी।

'मेरे फॉर्म रिजेक्ट करके उन्होंने मेरा क्या बिगाड़ लिया? उन्हीं के मुकद्दर खराब थे। मैं इन पदों के अयोग्य था कि वे पद मेरे लिए कमतर थे? सब-इंस्पेक्टरी की लिखित परीक्षा धड़ल्ले से पास कर गया। बेईमानों ने सीना नापते समय घपला कर दिया। मैंने थूक दिया उन पर। चला आया गाली देकर—तुम सबके सब देश के लिए गद्दारी की फसल पैदा कर रहे हो।

'मैं नहीं चाहता था कि फॉर्म भरूँ और एड़ियाँ रगड़ूँ। रोज कजरौठ से बस पकड़ूँ और अलीगढ़ में मारा-मारा फिरूँ। मुझे वे लोग बड़े कायर और कामचोर लगते हैं जो अखबार में निकली "वेकेंसीज़" के नीचे कलम रगड़-रगड़कर निब तोड़ते रहते हैं। मैं नहीं चाहता था कि दादा के आगे मोटर-किराये के पैसे के लिए हाथ पसारूँ।

'भँवर, तब तो तू भी पढ़ता था इगलास में। जबरदस्ती प्रिंसिपल साहब ने मुझसे मास्टर की पोस्ट के लिए अर्जी लिखवा ली। उन्हीं का लिहाज करके इण्टरव्यू देने चला गया। साली कक्षा छः और सात को पढ़ाने के लिए मैं तैयार होता? पर सोच लिया था, प्रिंसिपल साहब आदरणीय हैं, इनकी अवज्ञा करना ठीक नहीं। मैं अपने आपको यहीं

सर्वश्रेष्ठ साबित कर दूँगा।

'उम्मीदवार मैं था और था लाला के साले का लड़का। मेरे नंबर ज्यादा थे। पूरा रिकॉर्ड उस पर भारी पड़ता था। पर जहाँ पहले ही साजिश कर ली गई हो, वहाँ तो आदमी भारी पड़ेंगे, योग्यता नहीं। प्रिंसिपल साहब अड़ गए थे। यहाँ तक कि इस्तीफा देने को तैयार हो गए थे कि भाई-भतीजावाद योग्यता को पीछे नहीं ढकेल सकेगा। मुठभेड़ तगड़ी थी। कमेटी का चेयरमैन बनिया, प्रिंसिपल नवनिधरायसिंह जाट। वे ऐसे प्रधानाचार्य नहीं थे कि कमेटी के इशारे पर उठक-बैठक करें। चेयरमैन से हार नहीं मानी। अंत में एक ही उपाय रह गया—

'नियुक्ति दोनों की हुई।

'एक अध्यापक की पोस्ट पर स्कूल को दो मास्टर मिले।

'वेतन आधा-आधा बाँट देने की बात थी। ड्यूटी थी पहला अध्यापक यानि विशन गुप्ता छठी-सातवीं को कृषिविज्ञान पढ़ाएगा और मैं वे कक्षाएँ लूँगा जिनके अध्यापक गैरहाजिर हैं। अर्थात् हर विषय का मास्टर। मन में आया कि कह दूँ, भाड़ में गई तुम्हारी नौकरी। लो रखो अपना नियुक्तिपत्र।

'हमारे दादा को तो जानते ही हो, पूरे फौजी हैं। मैंने समझाया भी कि प्रिंसिपल साहब ने इतनी हुज्जत के बाद नौकरी दी है, उनका कायदा तो रखना पड़ेगा। बेचारे कितने जूझे!

'पर मुझे भी सहन नहीं था, असली बात तो यही थी। मैंने अपने दादा के वाक्य सुना दिए चेयरमैन को—"थूकता हूँ मैं इस जलालत पर। साली नौकरी है कि आधबटाई? मातहतों की मातहती। अपने घर की खेती देखेंगे और इससे दस गुना कमाएँगे। पैंट पहनकर इगलास-हाथरस ही घूमने का मन करेगा तो अपने नाज-पानी को बेचने और खली-बिनौले लेने चले आएँगे।"

'लोग समझते हैं कि मातहतों के मातहतों का भी बोलबाला किसान से कई गुना ज्यादा होता है। किसानी ही सबसे कमतर काम है। मैं कहता हूँ ऐसे लोग कितने अभागे हैं! कितने अज्ञानी हैं! और कितने बदतमीज भी हैं! अपनी धरती की यों अवमानना करना कहाँ की शान है? तभी यह देश रसातल को चला जा रहा है। मेरी जगह कोई और होता तो अपनी पढ़ाई और ईमानदारी पर आँसू बहा रहा होता। खूँटे के बैल को भी अपने आप से बेहतर समझ रहा होता।'

भँवर बहुत देर बाद बोला, 'अजी भीतर ही भीतर सिकुड़ गया होता। या फिर जोगी-बैरागी होकर भाग गया होता। घरवाले भी पढ़े-लिखे लड़के को घर बैठे देखकर आँख के काँटे की तरह व्यवहार करते हैं। निखट्टू कहकर बोलते हैं, जैसे हम धरती के बोझ हों।'

फिर पन्नासिंह बोले, 'सो तो लोग कह देते हैं कि दस-पास दलवीर तुमसे लाख गुना अच्छा रहा, तुरंत नौकरी पा गया। माना कि चमारों को आसानी से नौकरी मिल जाती है, पर पदमसिंह को कलट्टरी! भाई भाग-भोग की बात है। वह मुकद्दर का धनी है। राजा हो गया जिले भर का।'

गुस्से पर कंट्रोल करना जानते हैं रंजीत। पन्नासिंह की बात को पी गए। हालाँकि कंठ में क्रोध का फसूकर भर आया और हथेलियों में कसावट आ गई।

बाबा बड़े गुनी हैं, 'सपूत का हाथ कोई न थामे, धरती माता थामती है और कपूत को अपने पास नहीं फटकने देती। रंजीत का माथा चौड़ा है, उसका मुकद्दर बली है। तभी तो गाँव के देवता दयालु हैं और कुलदेवी की मेहर है।'

रंजीत हँसते हैं। दिल खोलकर हँसते हैं। भँवर देखता है, इस हँसी में, जोरदार हँसी में कोई चीख सी क्यों सुनाई पड़ती है? उदास होकर पूछता है, 'भइया, हम पढ़-लिखकर इन मूढ़ों के बीच रहते हैं। अपनी तकदीर को खोटी मानें या हिम्मत की दाद दें? कभी-कभी तो सोचता हूँ कि थानसिंह, डोरिया, फत्ते, कुँवरपाल जैसे लोगों के बीच व्यवहार करना था तो पढ़ने की जरूरत क्या थी? साली विद्या, विनय और दे गई। जिस नीचता तक वे उतर आते हैं, हमें हमारी आत्मा धिक्कारने लगती है वहाँ तक पहुँचने पर।'

'भँवर, तू हारी-हारी बात मत किया करे। बाबा की बात पर गौर किया? क्या कह रहे थे कि बेटा, खेत में कलम नहीं चलती, यह बात मैं मानता हूँ। गुदगुदी कुर्सी पर भी नहीं बैठना होता किसानी करते हुए, पर ज्ञान की जरूरत तो कागज पर काम करने से ज्यादा खेतीबारी करने पर होती है। यह परीक्षा की घड़ी है, दिखा दो कि तुम्हारी किताबें खेती को रोशन करने में कितनी मददगार हैं। नौकरी करके आदमी कागज के नोट और लोहे के सिक्के ला सकता है, हमारी तरह साक्षात् अन्नदेवता नहीं। भँवर, गाँव उजाड़ देनेवाले उन पढ़े-लिखों से हम लाख दर्जा अच्छे हैं, जो बूढ़े माँ-बापों और घरों को ढूह होने के लिए छोड़कर चले गए।'

सबने समझ लिया कि रंजीत धरती माँ के माथे पर ताज रखने की बात सोचता है।

पर रंजीत को आज अफसोस है कि खुद को हथकड़ियों से बचाने के लाले पड़ रहे हैं। गाँव के इस अग्निसागर में भस्म होने से क्या कुछ भी बचेगा उनके पास? अपने गाँव के लोगों ने ही उनके मनसूबों में आग लगा दी।

फिर भी वे अपने ऐलान पर दृढ़ हैं—मैं हाईकोर्ट में अपील करूँगा। उनके सामने बार-बार सारंग का चेहरा नाच उठता है। बेचारी डर-डरकर एकाध बात कहती है और मेरा चेहरा देखने लगती है। जैसे कह रही हो—मैंने यह क्या कर डाला रंजीत?

लोग कहते हैं, और आओ लुगाई की बातों में। तुम्हारे घर में तो तुम्हारी औरत की चल रही है। अरे, सारंग की जगह कोई भी होती तो यही कहती। माना कि औरत डर के मारे यह न भी कहती, तब भी क्या यह अन्याय उसे अच्छा लगता? इतना सोचनेवाला इस गाँव में एक भी आदमी नहीं? हाय-हाय करके तरस की बौछार करेंगे, फिर बस। अरे उन्हें तरस नहीं, न्याय चाहिए।

'मैं पीछे नहीं हटूँगा। सारंग जैसी तेज की धनी स्त्री सबको मिलती है क्या? कम से कम अपनी बात को होंठों तक लाने का साहस तो करती है।' मन ही मन कद्र करते हैं पत्नी की।

तीन

'रंजीत अपील करेगा तो फल पाएगा। जानता नहीं हमारी ताकत?'

यह खबर कलावती चाची ने भँवर के घर दी थी। नल पर पानी खींचने आई थीं चाची, बोलीं, 'देख लो, हो जाओ हुसियार। फिर मत कहना कि खबरदार नहीं किया। भँवर, मैं तो यों बता रही हूँ बेटा, कि तुम और रंजीत एक ही घर-कुनबा। सो समझा देना उस नादान को। मरनहारी मर गई, अब फेंटा कसने में सार नहीं है। बाल-बच्चे का संग है। कच्ची गिरिस्ती, हम्बैतौ !'

कलावती चाची की बात पर सारंग ने विश्वास नहीं किया था। भँवर की माँ बोली, 'कलावती की बात, कुत्ता की लात। तमाम मनगढ़ंत बनाती है। उसका तो किसब ही यह है। दूता-चुगली।'

रंजीत भी हँसे थे, 'हाँ, कलावती चाची के हाथ तो जरूर संदेश भेजेगा थानसिंह। और फिर वह क्या नाहर है, सो खा जाएगा? डोरिया न हो गया, आदमखोर बाघ हो गया! हा हा हा!'

लेकिन आज!

डोरिया ने जुलम कर दिया! लोगों ने दाँतों तले उँगली दबाई।

सारंग जा रही थी अपने खेत की ओर। गाँव के मुहाने से थोड़ी दूर पर टकरा गया डोरिया। सारंग का रास्ता रोककर बोला, 'आजकल तो बड़ी दुर्गा भमानी बनी डोल रही है!'

सारंग ने घूँघट ऊपर किया और आँखें तरेरकर देखा, 'छोड़ मेरा रास्ता।'

'तेरे छोरा की नार (गर्दन) और मसकनी है। फिर भूल जाएगी बिफरना। साली इकबँझिया! पूरी जिंदगी निपूती होकर बिसूरती रहना।' (इकबँझिया माने जिसके एक ही बालक होकर रह जाय।)

सारंग के सामने डोरिया के बोल तस्वीर बनकर उभर आए ... चंदन की गर्दन दबाता डोरिया। गों-गों करता हुआ उसका बेटा ... संसी की तरह कसती जातीं हत्यारे की उँगलियाँ!

सारंग ने आव देखा न ताव, लात मारी उसकी जाँघों के बीच। रंजीत के चढ़ेवाँ जूता पहने थी। जूते की भरपूर चोट से तिलमिला गया डोरिया और दूसरे ही पल सारंग का ब्लाउज पकड़ लिया गले से। फाड़ता चला गया। चीर-चीर कर डाला। सारंग की नंगी छातियाँ ... उसने झटपट पल्ला ढक लिया। शैतान भाग गया।

दाँती इस तरह भींची उसने, कि डोरिया की हड्डियाँ चबा रही हो। तुझे इस बदसलूकी का मजा न चखा दिया तो मेरा नाम सारंग नहीं! रोई, न कराही। आँखों में आग भरे आगे को चलती चली गई। खेतों को देखने आई थी या किसी काम से? भूल गई सबकुछ। पीपल तले बैठी रही अकेली। ... तो डोरिया उनमें से नहीं जो खाली बोंककर रह जाते हैं। इसको जेलखाने के दिन याद आते हैं रह-रहकर। आगे की बात सोचकर देह थरथराती

भी है उसकी। डर न लगता तो आज मुझे डराने की कोशिश न करता।

चाची सही कह रही थीं। थानसिंह की औरत बैकुंठी (भँवर की मौसी) ने सही इत्तला भिजवाई थी चाची के हाथ। अब हँसकर टालना ··· नहीं-नहीं!

चाची ने कहा था, भँवर तू सारंग को मत बताना। अधमरी हो जाएगी। चाची··· मैं आधी मरी न पूरी। जिंदा हूँ—जीवित। इस दयैत (दैत्य) को मारकर मरूँगी।

रंजीत से कहना चाहिए यह वाकया? किसी ने देखा नहीं। जो हुआ गाँव से दूर हुआ। रंजीत विश्वास भी नहीं करेंगे। कहेंगे—तुमको उससे रंजिश है, इसीलिए बातें गढ़ती रहती हो। ··· लेकिन चंदन! चंदन की बात पर चुप नहीं रह पाएँगे रंजीत।

कई तरह से सोच रही है वह—पंचायत जुड़वाऊँ? या बड़े-बूढ़ों के सामने पेश कराऊँ डोरिया को? साधजी और हुकमकौर के आगे धर दूँ चीर-चीर ब्लाउज? बाबा और रंजीत से गुहार करूँ? ··· लेकिन बाबा और भँवर के सिवा सब लोग इस बात को बैर में गढ़ा किस्सा मानेंगे। देखा तो किसी ने नहीं! लेकिन वह झटके से उठी और तेजी से चल दी, अपने घर की ओर नहीं, भँवर के ओसारे की ओर मुड़ गई।

भँवर से कहने के पहले ही आँखें भर आईं, खौलता लावा उमड़ा है भीतर से!

'भाभी!' वह ओसारे के भीतर दरी में खड़ी सारंग के पास बढ़ आया।

कुछ बोल नहीं पाई। कंठ में आँसुओं का गोला अड़ा है। चुपचाप आँचल उठा दिया ··· चीर किरचों से ढका बदन! भँवर ने आँखें मूँद लीं।

'भाभी! यह?' भँवर ने कंधे थाम लिए सारंग के, 'बोलो किसने?'

'डो-रि-या!' उसने होंठों ही होंठों में कहा और आँसू पोंछ डाले।

भँवर के हाथ लोहे में बदल गए सुनते ही। कठोर और निर्जीव। अविचल और ठंडे!

भँवर बचपन से देखता आ रहा है भाभी को। पूरे छः साल छोटा है उससे। ब्याह को आई थी सारंग, तो संग-संग लगा रहता था। भइया अनखाते थे, तब भी नहीं जाता था अपने घर। अम्मा कहती, रंजीत इतनी मलूक बहू लाओगे तो पंडाओं (पांडवों) की तरह भइया हिस्सा माँगेंगे ही। छोरा, सारंग की सूरत ही निहारता रहता है। पढ़ाई-लिखाई भी भूल गया। काम-धंधे की तो झूठे को भी नहीं सुनता।

सारंग अब भी हँसती है भँवर की बहू से, 'सरूपी, भँवर तो आधा मेरा है, आधा तेरा!'

अब क्या करे भँवर? सारंग भाभी के संग यह व्यवहार! डोरिया ने जानबूझकर ललकारा है, या धमकाया है? वह सारंग को वहीं छोड़ बाबा के पास भागा।

बाबा पहले तो ऐसे सुनते रहे ज्यों साधजी की चाँद फोड़ने के लिए जाते-जाते लाचार से होकर बैठ गए हों। कुछ देर सोचते रहे बाबा। हुंकारे भरते रहे—हूँ ऽ ऽ ··· हूँ ऊँ ऽ ऽ ऽ ऽ ··· कुएँ की घिर्री की तरह भन्ना रहे हैं बाबा।

'तो जाना ही होगा साधजी को औकात बताने,' बाबा खुद से कह रहे हैं और फुर्ती से कोने में धरा लट्ठ उठा लिया।

रंजीत लपक पड़े बीच में ही।

'अरे-अरे, कहाँ चल दिए तुम? रुको। गम खाओ। ऐसे तो तुम्हें भी ... '

'मालूम है कुछ?' बाबा नर्राए।

'हाँ मालूम है। भँवर के घर से ही आ रहा हूँ। चाची बता रही थीं। पर यह तो देखो कि पहल किसने की? सारंग को क्या जरूरत थी उससे अटकने की? बक रहा था, बककर चला जाता। इसने क्या सोचा, जीत लेगी डोरिया से?'

सारंग अपनी तबाही के लिए खुद ही दोषदार ठहराई जाएगी, ऐसा ही उसने भी सोचा था।

भँवर ने बाबा के हाथ से लट्ठ छीन लिया, 'लाओ, मुझे दो। मैं जाता हूँ। साले एक-एक का मूँड़ फोड़ दूँगा। समझ क्या रखी है! कभी बैयरवानी पर हमला करते हैं, कभी बालक की नार मरोड़ते हैं। बहनचो ... को भूँज दूँगा ठाड़े-ठाड़े।'

बाबा भँवर के साथ-साथ बोलने लगे, 'है कोई माई का लाल! आ जाए मुझ बूढ़े से ही लड़ ले। गीदड़ की तरह बैयरवानियों को अकेली पाकर ... चल भँवर, चल! इन्हें दिखा ही दूँ कि इस गाँव में तुम्हारे बाप के गोत से बड़े गोत के जाट बसते हैं।' ओसारे में बाबा की आवाज नहीं, धमाके छूट रहे थे। रास्ता चलते लोग रुकने लगे। रंजीत शांत कर रहे हैं बाबा को। जुड़ते, रुकते लोगों से कह रहे हैं—'भाई अपने घर जाओ। यहाँ क्या तमाशा है?'

'नार नीची मत डाले रे रंजीता।' बाबा लपककर घर में गए और बंदूक उठा लाए। 'अब साधजी की औलाद पूरी कमीनगी पर उतर आई है, तो यह भी सही। हम साले भीसम पितामह नहीं हैं कि द्रोपती को भरी सभा में नंगी होती देख लें। वे देवता थे, देख लेते होंगे। हम देवता नहीं ... '

वे भँवर का हाथ थामकर साधजी के घर की ओर दनदनाते हुए चल दिए। और नाली फलाँगकर साधजी के द्वार पर 'धाँय' से फायर किया। पेड़ों के ऊपर पंछी चिचियाते हुए फट्ट फट्ट उड़े। 'ओ साधजी! करनसींघा! अरे निकाल उस हराम के मूत को। मैं आ गया, देखूँ तो सही कि वह किस कमीन की बूँद से जाइंदा ... ' बाबा की मूँछों पर बर्बरता छाई है।

आसपास के द्वार-दरवाजों पर लोग निकल आए। सहमे-सहमे और उत्सुक से।

साधजी घबराए से बैठक में से निकले। रोनी सूरत बनाए हुए। अपनी छाती पर हथेली मारकर अहंकार को धुन रहे हों मानो, 'गजाधर भइया, इस छाती में उतार दे रे गोली! मेरी सास हुकमकौर (घरवाली)! कहाँ से ले आई इन कपूतों को!' उनकी दाढ़ी-मूँछों पर रुआँस लिप गई। 'अरे मुझे ले चल ब्याहुली के जौरें (पास), माँफी माँगूँगा औलाद के कुकरमों की!'

लोगों में से कोई बोल पड़ा, 'अब देखते जाओ साधजी का स्वाँग। पूरी नौटंकी हैं।'

बाबा की आँखें रह-रहकर साधजी को दबोच बैठती हैं, और वे मुँह खोले उसाँस भर रहे हैं।

पुलिस वर्दी पहनकर आए हैं दलवीर।

सलाह-मशवरा में यही तय हुआ था कि चंदन को यहाँ न रखा जाए। डोरिया को मांस-गंध लग गई है। क्योंकि वह हथकड़ियाँ उतरवाने का नुस्खा जान चुका है।

पुरुष बली नहिं होत है, समै होत बलवान
भीलन लूटी गोपिका, वे ही अरजुन वे ही बान।

बाबा यह दोहा कहकर बोले, 'बखत की मार करी पड़ रही है इस घड़ी। रेसम का न्याय माँगते-माँगते चंदन की जान के लाले ··· वैसे इतना तो हम भी इलम रखते हैं, कि कतल करनेवाले मुनादी नहीं करते।' बाबा यह बात कहकर कुछ सोचते रहे, फिर कहने लगे—'बहू से पूछ लो, दलवीर के संग बच्चा भेज देगी?'

सारंग क्या कहे? चंदन को भेजने के बारे में कोई मुश्तकिल राय वह बना ही कहाँ पाई है। कभी सोचती है, इस कसाईखाने से दूर ही चला जाए तो अच्छा है। फिर ··· कब तक रहेगा घर से दूर, गाँव से बाहर? ईर्ष्या-डाह करनेवाले तो अपना किराया खर्च करके बच्चे का पता ले आएँगे।

दलवीर को देखते ही गाँव का रुख बदल गया। जो लोग नहीं आते थे, वे भी आ रहे हैं। बातचीत होने लगी ओसारे में—

—ऐ भइया, तुम तो रात के बखत भी वर्दी उतारते हो कि नहीं? जब से नौकरी में आए हो हमने तो तुम्हें दूसरे कपड़े-लत्तों में देखा नहीं।

—उतारते हैं जी। सोते बखत टोपी उतारकर धर देते हैं। नहीं, डंडा हाथ में लेकर सोते हैं। बीच-बीच में खाट की पाटी पर खटखटा देते हैं, घरवाली भी धौंस मानती है।

—कौन है यह? फालतू की बातें कर रहा है। दलवीर क्या तमाशा है?

—अरे वाह! दलवीर क्या अकेले बाबा का ही बेटा है? अपने गाँव का नौकरपेशा, तरक्कीयाफ्ता लड़का गाँव के हर आदमी का भाई-बंधु होता है। रिश्तेदारों का रिश्तेदार।

—हाँ जी, सबका समान अधिकार है दलवीर भइया पर। साले जो आज तक आँख चुरा रहे थे, वे भी आँखें मिचमिचाते चले आ रहे हैं, देवताओं की तरह मुस्कान बिखेरते हुए। मैं तो खरी का कहवइया हूँ, भले किसी को बुरी लग जाए।

भँवर ने वहाँ जमा लोगों में कुछ पर तीखा कटाक्ष किया। उसने अर्थपूर्ण नजर से फत्तेसिंह प्रधान की ओर देखा। प्रधानजी की विशेषता यह है कि वे सद्‌गुणों को बड़ी जल्दी आत्मसात कर लेते हैं। प्रधान बने हैं, तव से कई तरह के नमस्कार सीख लिए हैं, और उन नमस्कारों को कब, कहाँ, किसके साथ किस प्रकार प्रयोग करना है, सतर्कतापूर्वक व्यवहार करते हैं।

दलवीर के मँझोले कद, निमोंछिया चेहरे, साँवले रंग की खाकी वर्दी से सजे व्यक्तित्व के सामने प्रधानजी ने हाथ जोड़कर नेताओं की तरह नमस्कार नहीं किया, गँवई राम-राम भी नहीं, हाथ नहीं मिलाया, सीधा सलूट मारा, मैले दाँत निकालकर हँस पड़े। और फिर

उन्हें दोनों बाँहों में प्रेमपूर्वक समेट लिया, जैसे जन्म-जन्मांतर का बिछुड़ा भइया मिला हो। छाती से छाती मिलाकर भेंटे हैं।

रंजीत की बाँछें खिल गईं। इस समय उनका माथा ऊँचा है।

उन्होंने दलवीर को मूढ़ा पर इस तरह बिठा रखा है, जैसे वे कोई दिव्य-पुरुष हों। और साधजी के खानदान को भस्म करने के लिए उनके माथे से ऐसी अग्नि-किरणें निकलेंगी, जो पलक झपकते ···। वे चंदन की बाँह में रक्षाकवच बाँध देंगे।

भँवर फुसफुसाया—साला प्रधान, कलेजा में कलेजा धरे दे रहा है। यह वही है, जो रंजीत भइया से इन दिनों सौ हाथ का फासला धरकर चलता है।

दलवीर भइया मर्यादा पुरुषोत्तम राम हैं रंजीत के लिए।

सारंग चूल्हे में ईंधन भरती हुई सूजी का हलुआ बनाने के बारे में सोच रही है। दलवीर की खिदमत करने का आदेश मिला है उसे। वह भी हताश हुई यही समझ रही है कि अब हम दोनों पति-पत्नी की जीवन-नैया डूबने को है। पाल-पतवार दलवीर नहीं सँभालेंगे तो जल-समाधि ले लेगी घर-गृहस्थी। खत्म हो जाएगा परिवार!

द्वार पर बाबा के बेबस हुंकारे गूँज रहे हैं।

घर में दुबारी में पड़ी खाट पर बैठे दलवीर सामने खड़े रंजीत को समझा रहे हैं—'आपसी रंजिश से जितना बचा जाए, बचना चाहिए। अगर गाँव का आदमी इस तरह की सावधानी बरते तो पुलिस के आँकड़ों के अनुसार विभाग की चूलें हिल जाएँगी। पुलिस महकमा खाता ही जनता की बेवकूफी का है। न मानो तो अमल करके देख लो—सिपाही-दरोगाओं की भरती बंद।

रंजीत भाई को ऐसे देख रहे हैं जैसे वे शाश्वत सत्य की उद्घोषणा कर रहे हों, और रंजीत अमृत वचनों का पान कर रहे हों। सारंग को भँवर की बात याद आती है—दलवीर भइया में खास विशेषता है, वे अपनी बात पर अक्ल का मुलम्मा चढ़ाना जानते हैं। यही कारण है कि लोग उन्हें दीवान नहीं, दरोगा मानने को तैयार हो जाते हैं।

'साधजी के घर में पाँच लड़के हैं चचेरे-तयेरे। आपस में एक-दूसरे का सिर फोड़ने से चूकते नहीं, लेकिन दूसरों की बात आते ही चट से गले मिल लेंगे। उनमें आपसी ईर्ष्या-द्वेष छोड़ने का अचूक गुण न होता तो क्या गाँव पर हावी हो पाते?'

सारंग घूँघट में से जेठ की ओर नादान की तरह देखने लगी।

'रंजीत, तुम गाँव में अकेले हो। झाड़ू की अकेली सींक, बच्चा भी तोड़ ले। यह जानते हुए भी परायी आग में हाथ जला लेना कहाँ तक जायज है? दरोगा मेरी जान-पहचान का न होता तो डोरिया को हवालात की हवा छू सकती थी?'

सचमुच जेठजी के सामने रंजीत की कीमत कुछ भी नहीं ··· चंदन की रक्षा की जिम्मेदारी उठाने में सक्षम हैं वे। सारंग के हाथ असली घी में सूजी भूनते हुए जल्दी-जल्दी

चलने लगे।

'आपसी व्यवहार न होता तो दरोगाजी तुम्हें पहचानते तक नहीं। वे खूब जानते हैं यह बात कि वे एक केस का एहसान मेरे ऊपर लादकर चार केस निकलवाने का हीला बना रहे हैं। खड़े क्यों हो, यहाँ बैठो,' दलवीर ने भाई को प्रेमपूर्वक खाट पर बिठा लिया।

रंजीत पढ़े-लिखे अज्ञानी की तरह भाई को निहार रहे हैं।

दलवीर ने गहरा साँस लिया और पाँव सिकोड़कर बैठते हुए बोले, 'आखिर धोखा दे गए न गाँव के लोग! तुम अब तो समझ गए होगे कि गाँव से सीधापन कब का उड़ गया। कई बार हम भी उनकी वेशभूषा देखकर उन्हें भोला समझ बैठते हैं, पता चलता है कि वे तो शातिर बदमाश ... रंजीत, जिनके दुख-दर्दों में तुम बहे जा रहे हो, वे तुम्हें पार पर नहीं डालेंगे, उलटा धार में धकेल देंगे।'

रंजीत क्या बोलें? कुछ कहते नहीं बनता। कहा तो केवल इतना, 'भइया, मैं तो चारों ओर से घिर गया हूँ।'

दलवीर समझ रहे हैं भाई की लाचारी, 'यार तुम पढ़े-लिखे किस बात के हो? मैंने जो बातें बताई हैं, उन्हें ही सोच लेते। हम तो गाँव और शहर दोनों जगह रहे हैं।'

'यहाँ पढ़ा-लिखा और समझदार होकर रहना ही सबसे बड़ी खता है। तुम समझ रहे हो न कि मैंने किस तरह इनकी धमकी और दहशत के सामने घुटने टेक दिए हैं!' कहते हुए रंजीत ने कड़ुआ सा मुँह बनाया और आवाज रुआँसी सी निकली।

दलवीर ने भाई के हाथ थाम लिए, 'घबराने की जरूरत नहीं। हाँ, अब यहाँ आदमी की सुरक्षा नहीं है। खतरा ज्यादा बढ़ गया है। गुंडगर्दी! जो जितना बदमाश हो, वह उतना ही पुजता है। लट्ठ के दम पर लोग भैंस हाँके ले जा रहे हैं। ऐसा न होता तो नम्बरदार भीगी बिल्ली की तरह दुबके रहते? भवानीदास साधजी के बेटों की तामील कर रहे होते? साँड़ के आगे बछिया की लाचारी। भवानीदास को भी पता है कि जाटों से उधारी की वसूलियावी करनी है तो डोरिया की ताकत का सहारा लेना पड़ेगा।'

रंजीत 'किं कर्त्तव्यम्' की मुद्रा में सिर झुकाए बैठे हैं, खाट की रस्सी को टटोलते हुए।

'दादा क्या कहते हैं?'

दलवीर के सवाल पर रंजीत ने सिर उठाया और फीकी सी हँसी हँसते हुए कहने लगे, 'पुरजा-पुरजा कटि मरै, तबहुँ न छाँड़े खेत।'

'वाह! क्या कहने! दादा तो इसी कहावत पर कुर्बान हो जाएँगे और घरबार मिटा देंगे। यह नहीं समझ रहे कि इस कहावत को कहने-माननेवाले निपट मूर्ख माने जाते हैं। पुरजा-पुरजा कट भी जाओगे और खेत से उठाकर फेंक दिए जाओगे। पहले धर्मयुग नहीं रहे अब, दादा को कौन समझाए?'

'वे भी क्या करें भइया? धरती का मोह ...'

'हुँह धरती का मोह! पुरखों की देहरी का वारिस बने रहने का भरम है, बस। इस

भरम के चलते सिर फुड़वाते रहो। तुम कहते नहीं दादा से कि तुम अपने समय के साथ चले हो, हमें अपने जमाने के संग चलने दो। हिदायतें देने की आदत है उन्हें। यह नहीं जानते कि अंग्रेजी पल्टन के हवलदार गजाधरसिंह स्वराज के जमाने के आदमी से हार जाएँगे।'

रंजीत चुप।

'पढ़-लिखकर तुमने भी क्या हासिल कर लिया?'

'कुबड्डों की धौंस' रंजीत ने तपाक से कहा।

'तेरी सौगंध रंजीत, तुम सब गाँव में न पड़े होते तो मैं इस दिशा की ओर पाँव करके भी न सोता। साले सब भोले संत बने फिरते हैं, मगर हैं परले दर्जे के धूर्त। चंदन का भाग्य जागा है कि उसके यहाँ से बाहर निकलने के आसार बन गए। और यह भी हो सकता है कि बच्चे के पीछे-पीछे तुम भी ⋯'

रंजीत भइया का मुँह जोह रहे हैं।

'कमाल है, तुम पेसोपेश में पड़े हुए हो अभी तक! अब क्या बाकी ⋯ ?'

जेठ के बाद पति!

सारंग के सामने रंजीत का नया रूप उजागर हुआ—रात के समय।

आदर्शों की बातें करनेवाले, गाँव को स्वर्ग में बदल देनेवाले, खेती को अपने ज्ञान से नया मोड़ देनेवाले रंजीत ने पलिका पर पत्नी की ओर करवट लिया।

'अभी चंदन चला जाएगा, फिर हम भी खेत बेच-बाचकर आगरे चलते हैं। सारंग, बकरे की माँ कब तक सिन्नी बाँटेगी? वहाँ मैं कोई व्यापार कर लूँगा।'

'व्या ⋯ पा ⋯ र!' उसने होंठों में बुदबुदाया।

'हाँ, भइया कह रहे हैं—खेत बेचकर जो रकम हाथ में आएगी उससे छोटे-छोटे प्लॉट खरीद लेंगे। कुछ दिन रुककर उनको नफे पर बेच दो, फिर और खरीद लो। लोग इस धंधे में मालामाल हो रहे हैं। तुम इतना तो समझती होगी कि लखपति-करोड़पति वे ही लोग बने हैं, जो खतरे उठाना जानते हैं। मोह काटते हैं। माँ के पल्ले से बँधकर या घर-द्वार की ममता में पगलाया आदमी तो इसी कुएँ का गंदा पानी पीकर अपने आपको राजा-महाराजा समझता रहेगा।

'यह धंधा भी न करना हो तो और तमाम रोजगार हैं। मुर्गीपालन को ही ले लो—'लोन' मिलता है सरकार से। कहीं आना न जाना। बाजार भी वहीं मिल जाएगा सप्लाई के लिए। आमदनी जरा कम करके दिखाओ तो लोन पर छूट भी मिल जाएगी। बीमा भी हो जाता है। सारंग, जिसके पास दो हाथ हैं, इस माथे में बुद्धि है, उसके लिए काम की क्या कमी?'

'सबसे बड़ी बात कि वहाँ कोई किसी से मतलब नहीं रखता। पड़ौसी तक यह नहीं जानना चाहता कि पासवाले मकान में आदमी रहते हैं या मुर्गियाँ, डाकू या संत। कोई

रात को चोरी करे, या आरती गाए किसी को कोई फर्क नहीं पड़ता। दूसरों की तहकीकात पर तो गाँव में ही लोग जुटे रहते हैं। दूसरे के पिछौरा के छेदों में उँगली घुसाए बिना उनकी रोटी नहीं पचती। फालतू लोग!'

रात काफी हो गई थी। माना कि नींद नहीं आती आजकल, लेकिन सारंग को रंजीत की बातें भी सुहा नहीं रहीं। वह बोली, 'इस बखत तुम्हारा मन थिर नहीं है। कभी कुछ सोचते हो, कभी कुछ। मैं भी कुछ इसी तरह की हो गई हूँ। असल में बेचैन हैं हम दोनों ही। शांत मन से सोचेंगे कभी।'

'तुम इतना तो समझ सकती हो कि मैं इस मनहूस गाँव में कुछ न कर पाया। मैंने कितने विश्वास और भरोसे से कहा था कि गाँव की जिस पोखर में कीचड़ और जहरीले जीव-जन्तु पनपते हैं, मैं उसमें मछलियाँ पालूँगा। सफाई शुरू कराता हूँ। शहर में मछली का भाव चालीस रुपए किलो है। आमदनी अब तुम खुद समझ लो। बेरोजगार नए लड़कों को एक जरिया मिलेगा। सरकार से ऋण भी मिलता है।

'तो ऐसे देखने लगे लोग कि जैसे मैं कसाईखाना खोलने जा रहा हूँ। पुजारी-पंडितों को मलेछाई सिखा रहा हूँ। एक राय होकर कहा गया, रंजीत जिस गाँव में सक्का तक अंडा-प्याज छिपाकर खाते हैं, तू वहाँ मच्छी-गोस्त के ढेर लगाएगा? भइया, शिवजी की मढ़िया सौ कदम के फासले पर है। यह अधरम-महापाप इस गाँव में तो मत करे। खामख्वाह बड़े-बूढ़ों का परलोक बिगाड़ने पर तुला है।

'किसी ने कहा—गजाधरसिंह के छोटे छोरा बिचारे की नौकरी नहीं लगी, अब देखो कि मलेछी तक करने को तैयार हो गया। बूढ़े बाप का हुक्का छिंकवाएगा। पितर भी पानी नहीं पिएँगे, ऐसी औलाद के हाथ का।

'कोई बोला, अच्छा, ऋण मिलता है तो चल दिला दे। किसी और मद में काम ले आएँगे। सहारा लगेगा। और तू चिंता मत करे, मछली पालने का नाटक करके भी दिखा देंगे। तेरी हेठी नहीं होने देंगे कि अफसर तुझे पकड़ते फिरें।

'सालो जाओ भाड़ में!

'मुर्गीपालन पर लाला, नम्बरदार और चरनसिंह बौहरे अड़ गए—ऐसा अनरथ मत करे भइया। माना कि तू पढ़कर आया है। पर यह किसब अब तक हमारे गाँव में भंगी करते रहे हैं। किसी सक्का तक ने मुर्गी नहीं पाली। बनिया, ब्राह्मण और जाट-ठाकुरों के ये काम नहीं। फिर यह गाँव है, कोई शहर नहीं। गाँव में आदमी मोहल्लेदारी नहीं निभाता, भइयाबंदी करता है। समझा तू?

'जहन्नुम में गई तुम्हारी भइयाबंदी! मुर्गीपालन का अर्थशास्त्र ये अज्ञानी क्या समझें? एक मुर्गी के कम से कम पंद्रह बच्चे होते हैं। साल में दो बार जरूर कुड़क होती है। अंडों को रोज बेचो। आदमी तो आदमी, गरीब बेसहारा औरतों के पेट का अच्छा धंधा है। खेरापतिन दादी बेचारी सीधे परोसा पर पेट पाल रही हैं। पर मुर्गीपालन की बात सपने में भी नहीं सोच सकतीं। नहीं तो उन्हें गाँव की पुरोहिताई से बर्खास्त कर दिया

जाएगा। भूखी पुरोहितानी! नहा-धोकर पेट बाँधकर बैठी रहती हैं। पूरणमासी, एकादशी और कथा-भागवत की आशा में। दुर्भाग्य को पोष रही हैं।

'लोग हँसी उड़ाने लगे—क्यों रंजीत, मुर्गी पंद्रह बच्चा देती है, और सुअरिया? सुअर पालने में और ज्यादा फायदा। भाई, तू तो भवानीदास से लोगों का फंद छुड़ानेवाला कुबेर हो जाएगा। चू चू चू ऐसी धरमभिरिष्टी बातें करते तेरी जीभ नहीं लड़खड़ाती? संस्कार घोलकर पी गया! पढ़ाई का यह मतलब?

'फत्तेसिंह तो बाबा से मखौल कर बैठे—बाबा, बाड़ा बनवाओ। रंजीत सुअर पालेगा। अब तक यही नहीं हुआ था। नीचों को सिर पर बिठाओ, उनके संग खाओ-पिओ, यह तो होने लगा है। पर उनका ही किसब करो, यह नए जमाने में भी नहीं देखा।

'सबकुछ छोड़कर खोए का व्यापार किया था ⋯ इस गाँव की बदौलत अंत में कढ़इया-कलछी भी बेचनी पड़ीं। लोगबाग ठहरे फालतू। दिन भर भट्टी पर बैठे रहते, गप्पें मारते। चखते-चखाते दो-ढाई किलो खोया साफ कर जाते।

'बाबा चिल्ला पड़े—खेती करे बंज को धावै/ऐसौ डूबै पार न पावै।

'सचमुच इस गाँव में व्यापार का कोई माहौल नहीं। मुझे यहाँ रहकर अपनी प्रकृति, योग्यता और बुद्धि तक पर शक होने लगा था, और आज बात साफ हो गई—गाँव में वे ही लोग रह पाते हैं, जो कर्ज खाकर गहरी नींद सो सकें। जो बिना सोचे-समझे किसी के मुँह पर कुछ भी मार दें। जिनने ईमान-धरम बेच खाया हो।

'काश, मैं पढ़ा-लिखा न होता। तमीजदारी का खामियाजा भरना कितना तकलीफदेह होता है! शहर में ये झंझट नहीं होंगे सारंग।'

'तुम सो गईं क्या सारंग?'

'नहीं।'

'तो बोलो, मैं सही कह रहा हूँ न?'

'क्या बोलूँ? बड़े भाई ने जो सुई तुम्हारी देह में लगा दी है, उसके असर में हो तुम। सो जाओ तो अच्छा हो।'

'तब क्या मैंने कुछ गलत कहा?'

पति के सवाल पर मौन है सारंग—नहीं, तुम्हारा सिर धुनना बिलकुल वाजिब है। सद्भावी बनकर अपनी डिग्री दीमकों के हवाले करना कहाँ की बुद्धिमानी है? किसान बने रहकर तुमने क्या पाया? अपने परिवार की कब्र ही खोदी। बच्चे का सिर कलम होने को है। तुम्हारा मन मैला हो गया है। हौसला सिकुड़ने लगा है। यहाँ धूल-धंगड़, ईर्ष्या-डाह और मारामारी के सिवा कुछ नहीं। जिस चीज को छोड़ना होता है, उसमें दोष ही दोष दिखाई देने लगते हैं, नहीं तो आदमी मोह तोड़े कैसे? तुम्हारा दोष भी क्या? घृणा की कटार से ये रेशे काटने पड़ेंगे।

'आज तो सारंग मेरी हालत तुम्हारी बहन के कारण और भी भयावनी हो गई।'—यह वाक्य रंजीत के हाथ की शमशीर है इन दिनों। वे किसी भी समय इस तलवार को कभी

लहराकर, कभी चमकाकर सारंग को दहला देते हैं। और अपराधबोध की मारी वह भीतर तक कटकर रह जाती है।

सारंग यकायक उठकर बैठ गई।

अँधेरे में वे दोनों एक-दूसरे का चेहरा नहीं देख पा रहे। केवल साँसों का स्वर सनसना रहा है। सारंग की साँसें कोठे में गूँज उठीं—बिजली का पंखा घर्र-घर्र चल रहा है कि उसकी नाक से निकलती गर्म हवा का अंधड़ ···

'रंजीत!'

'हाँ, बैठी क्यों हो? पानी पी आओ।'

'रंजीत!'

'हाँ, सो जाओ। रात ज्यादा हो गई है।'

'रंजीत, मेरा बेटा यहाँ से कहीं नहीं जाएगा। कहीं भी नहीं।'

'पागल हो गई हो?' रंजीत का स्वर हलका सा है।

'मैं पूरे होश में हूँ। चंदन नहीं जाएगा आगरे। किसी कीमत पर नहीं,' कहकर सारंग हाँफने लगी। जैसे खुद से ही जद्दोजहद करते-करते थक गई हो।

'नादानी की बातें नहीं करते।' रंजीत ने पत्नी की पीठ थपथपाई जैसे वह छोटी सी बच्ची हो।

'मेरे फैसले को गौर से सुन लो।'

'तुम्हारा दिमाग तो नहीं खराब हो गया?'

'रंजीत, हम इतने डरपोक हैं कि डोरिया ही हमें इस गाँव से बेदखल कर दे?'

'सारंग!'

वह चुप है।

'सारंग, मैं तुम्हारे हाथ जोड़ता हूँ, अब तो हमें माफ कर दो। मैं कायर हूँ, डरपोक हूँ, हिम्मतवाला हूँ, या लड़ाकू हूँ? मुझे कुछ याद नहीं। मेरे बच्चे पर रहम खाओ सारंग। अपनी बहन पर चंदन को निछावर मत करो।' वे गिड़गिड़ाने लगे।

'मैं बहन के ऊपर बेटे को निछावर कर रही हूँ?'

'तो तुम डोरिया से अपना बदला ले रही हो?' स्वर की लय जरा कठोर हुई।

'किस बात का बदला?' सारंग ने झपटकर बत्ती जला दी।

रोशनी कभी-कभी कितनी बुरी लगती है! रंजीत ने स्विच बंद कर दिया।

'देखो, यह भी तुम्हीं जानती हो कि किस बात का बदला? कि तुम्हारे ऊपर कौन सी शंखिनी-डंकिनी सवार हुई है? नहीं तो कोई भी दुरुस्त-दिमाग औरत इस तरह सोचेगी? बच्चे की कीमत पर? ··· ' कराहकर रह गए रंजीत।

तुम कराह रहे हो रंजीत?—सारंग सोच में डूब-उतरा रही है। समझते हो कि मैं अपनी बेइज्जती का बदला ··· वह मेरी छातियाँ उघाड़ने की जगह नोच-खसोटकर घायल-विक्षत कर देता, डोरिया मुझे फाड़कर खा जाता, मेरी बोटी-बोटी ··· रंजीत, मैं तब

भी अपने बेटे को दाँव पर न लगाती। औरत का कलेजा कैसा होता है, तुम क्या जानो? कब वह पत्थर की शिला हो जाता है और कब पिघला हुआ मोम? चंदन से ज्यादा प्यारी नहीं है मुझे अपनी देह।

और सोच सको तो सोचो कि तुम कहाँ ले जा रहे हो इस बालक को? वहीं, जहाँ तुम्हारे भाई का एकछत्र राज्य है। वहाँ, जहाँ चंदन को अपनी ताई नहीं, ताऊ की जरखरीद नौकरानी मिलेगी। वह नौकरानी कैसा व्यवहार करेगी मेरे बेटे से? या तो मेरा बच्चा अपनी ताई की दर्दनाक घृणा का शिकार होगा या उसके साथ ताऊ के जुल्म सहेगा।

तुम क्या जानते नहीं अपने भाई को?

जानते हो तो भेजने का मतलब?

मैं भी कैसे मना करूँ रंजीत? मेरे हाथ-पाँव बाँध दिए हालात ने। जुबान गूँगी बना दी। अपने भइया के यहाँ भी कैसे भिजवाऊँ? अगर कोई अनर्थ हो गया तो तुम मुझे और मेरे भाई को सूली पर लटका दोगे, जैसे चंदन अकेले तुम्हारा ही बालक हो! तुम ही उसके कर्ताधर्ता, तुम ही पालनहार ··· मैं कुछ नहीं, कुछ भी नहीं ···—ऐसा क्यों लग रहा है आज?

जिठानी और मुझमें फर्क नहीं रंजीत! वे आती हैं तो चमकदार कपड़े और दमकते हुए गहने पहने रहती हैं, पर उनके मन पर पति की दहशत का काला पर्दा ··· हमसे छिपा पाती हैं क्या? और अब वे वर्षों से क्यों नहीं आईं? इसका जवाब है तुम्हारे पास? तुम भले समझते रहो कि तुम्हारी भाभी गाँव के धूल-धंगड़, मक्खी-मच्छरों में नहीं आना चाहती, पर मैं नहीं मानती यह बात। जेठजी जानबूझकर नहीं लाते उनको। नहीं लाते इसलिए कि वे बाबा के सामने कुछ खुलासा न कर जायँ। बाबा फिर किसी भी सूरत में माफ नहीं करेंगे अपने बेटे को।

यही हालत मेरी कि तुम सुनना नहीं चाहते मेरी बात, उलटे इल्जाम देते हो डायन होने का ··· चंदन की हत्यारी मानते हो मुझे! जानबूझकर आतंक चस्पा कर रहे हो या? ···

'उस घर में चैन से नहीं रह पाएगा चंदन!' सारंग चिड़चिड़ाई सी बोली।

तड़का-भड़की के आसार पड़ने लगे। जगमगाहट झेलने के भी महूरत अलग ही होते हैं। अँधेरा रहने दो। वह अँधेरे में बैठी है। दिमाग में जो चरखा चल रहा था, वह तूफान की गति से घूमने लगा है।

संकट की भयावहता कि पत्नी के वाक्य पर चिढ़े रंजीत सारंग का दिल दुखाने पर उतर आए, 'भाड़ में गई साली अपील-अर्जी। हमें क्या पागल कुत्ते ने काटा है कि केस लड़ते हुए भागे फिरें? वह बहनचो ··· क्या कम जिद्दिन थी? कुकरम करेंगी और ताल भी ठोकेंगी। वाह जी वाह! डोरिया बिटौरा में दबाकर न मारता तो नदियां में ढकेल देता। रोटी करते में धोती में आग लगा देता, तब क्या हमीं जाते उसकी पैरवी करने? किस सबूत पर जाते? फिर वह तो जिसके भी घर होती, वहाँ यही हश्र पाती।'

रंजीत ने सारंग का कलेजा छलनी कर डाला। अगर यही सोच रहे थे तो अब तक की मेहनत-मशक्कत भी बेकार की। क्या ढोंग, दिखावा या खुद को न्याय का ठेकेदार दिखाने का स्वाँग ? ···

वह उठी और आँगन में आ गई। खड़ी रही सुलगती सी।

बाहर आधी रात के समय बाबा की कराह भरी विकल हुंकार—हूँ ऽ ऽ ऽ ··· हाय राम!

वह रंजीत से पूछना चाहती है कि बाबा से सलाह की तुमने? पूछा उनसे? अगर उन्होंने इजाजत दी है तो हाथी की तरह चिंघाड़नेवाले के मुँह से जिबह होते बकरे की सी दर्दभरी पुकार क्यों सुन रही हूँ मैं?

हो सकता है बच्चे की जिंदगी के सवाल पर दहल उठे हों। नहीं तो बाबा उस मिट्टी के बने नहीं कि जिसे कोई भी रूँध ले। हुंकारों के बीच मिसमिसा क्यों उठते हैं बाबा? लय भयानक क्यों हो उठती है? तोपों की धाँय-धाँय के बीच जीवन गुजारनेवाले गजाधरसिंह हवलदार, बंदूकों के फायरों की गुलेल सी खेलते बहादुर सिपाही न मालूम अपनी लाचारी पर पाँव पटक रहे हों।

'हे मेरे रामजी ऽ ऽ ऽ ··· देह का बल छीन लिया तो हिम्मत-हौसला भी ले ले।' घायल शेर की तरह गुर्राए बाबा! कैसी कठिन घड़ी है। इस घर का हर आदमी मौत से भी ज्यादा दर्दनाक हालत में है। सारंग थरथरा उठी।

घूँघट-पर्दा में ढकी हूँ मैं। नहीं तो तुमसे पूछती बाबा, कि तुम उस बेटे के यहाँ चंदन को भेजने को कैसे राजी हो गए जिसके ऐमाल तुम्हें फूटी आँख नहीं सुहाते? याद है—तुमने अपने पुलिसवाले बेटे से कहा था—मैं तुझे अपना बेटा नहीं, इस गाँव का नुमाइंदा बनाकर भेज रहा हूँ पुलिस में। रुपए-पैसे के लालच में किसी सही, बेगुनाह आदमी को जुर्म में मत फँसाना और न किसी मुजरिम को छोड़ना। दलवीर, अन्याय तुम्हारी ही कलम से शुरू होकर फाँसी के फंदे तक पहुँचता है। तुम सिपाही नहीं, जज हो बेटा। न्याय-अन्याय की तुला तुम्हारे हाथ में है। आँखों पर लोभ की पट्टी न बाँधना।

'··· मगर दलवीर सच्चा सिपाही नहीं बन सका, तो जज कैसे बनता?'—यह बात तुम्हीं कहते हो बाबा।

याद है—जब तुम्हारे बेटे की कलम जेब गर्म होते ही ठंडी हो गई थी और बात तुम तक आई थी तो तुम बिगड़े हुए हाथी की तरह चिंघाड़े थे। मगर तब तक तुम्हारी देह का बल ढलने लगा था, तुम्हारा बेटा तुमसे भी ज्यादा ऊँची आवाज में चिंघाड़ा था—

'दादा, जब न तब तुम पुराने आदमियों की ईमानदारी और फौजियों की नेकनीयती का बखान करते रहते हो। बाज आया मैं तुम्हारे उपदेशों से। मौका मिलता है तो कौन छोड़ता है? यह कहो कि मजबूरी का नाम महात्मा गाँधी। फौजी क्या बेईमानी नहीं करते? साले रम का ब्लैक करते हैं और डाइट के अंडे-मक्खन तक बेच देते हैं। सुराज देखा होगा तुमने, हमने नहीं देखा वह जमाना।'

उस रोज बाबा तुम बाबरे से हो गए थे। ओसारे में टहलते और होंठों ही होंठों में कुछ बड़बड़ाते। बार-बार उस मिलिटरी के जमाने के अपने काले बक्से के पास बैठक में जाते, और उतनी ही बार लौट आते।

अंत में तुमने बक्सा खोला, उसमें रखी वर्दी टटोलकर देखी। मैं और तुम्हारा बेटा रंजीत, भँवर के पिता खूबाराम चिंता के मारे तुम्हारे आसपास झुके हुए थे। और हम देख रहे थे कि हवलदार गजाधरसिंह उस वर्दी के सामने पागलों की तरह सलूट मार रहे हैं—जैहिंद, जैहिंद, जैहिंद।

रंजीत ने तुम्हें पीछे से अपनी बाहों में भर लिया था और खूबाराम के साथ मिलकर खाट पर लिटा दिया था। पंखा से हवा की। पानी के छींटे चेहरे पर मारे। नम्बरदार को बुलाया।

नम्बरदार तुम्हारी दशा देखकर पहले तो बिलबिलाए फिर तुम्हें ही फटकारा था—'मूर्ख, तूने अपना बेटा भी अपने ही जैसा समझा था? तू मेरे कहने पर गोरों की पल्टन छोड़कर भाग आया। वर्दी को 'गोरा सार्जेंट' समझकर सँभालकर रखे रहा, और उसको जैहिंद, जैहिंद सुनाता रहा। पगले, दलवीर सरकार का मातहत तो है ही, अपनी कमजोरियों का भी गुलाम है। इसके साथी इस पर वह नाज नहीं कर पाएँगे, जो हम तेरे ऊपर करते हैं। ये गैरकानूनी काम करनेवालों को देशभक्त का दर्जा देनेवाले लोग हैं। पैसेवाला आदमी इनकी निगाह में शरीफ और सभ्य इनसान है।'

सारंग ने अँधेरी रात में आँगन में खड़े होकर मौन गुहार की—देखूँ बाबा, तुम मेरी अनकही बात, अनबोली आवाज को अपने मुँह से बोलते हो कि नहीं?

'प्रथम आँखें नटेर गया अम्मा!'

'प्रथम मर गया!!' धौरी गाय का बछड़ा 'प्रथम'!

चंदन नंगे बदन पटेदार जाँघिया पहने हुए दिन डूबे दौड़ता आया, और होंठ निकाल कर रोने लगा।

सारंग मोरी पर बैठी बर्तन माँज रही थी, सुनते ही सन्न रह गई।

बछड़ा बीमार तो था, मगर दोपहर से ही तो। इतनी जल्दी कि इलाज की मोहलत भी न मिली!

बाबा कह रहे थे, गलघोंटा रोग ने दबा लिया है। पन्नासिंह पौहे-ढोरों के मामले में जानकार माने जाते हैं, उनकी राय थी कि किसी ने विष दे दिया है।

इतना सब्र कहाँ था कि सारंग पूरे बर्तन धो-माँजकर जाती। वह बदहवास सी घूँघट खोले नौहरे (घेर) की ओर भाग छूटी।

चंदन का जाँघिया खिसककर उतरा जा रहा है, वह उसे ऊपर को सरकाता हुआ दौड़ रहा है बेतहाशा।

सारंग नौहरे में जा घुसी।

बछड़े की खुली आँखें और फटे हुए काले चमकीले होंठों की ओर देखा नहीं जाता। पलकों में दो बूँद आँसू उलझे हैं—कहते हैं बैल की आँखें बेपानी होती हैं!

चंदन बछड़े के पास जाकर बैठ गया। जैसे ही उसके आम के पत्ते जैसे मुलायम कानों को छुआ, ठोड़ी आगे को निकालकर और दाँतों को दयनीयता से चमकाकर सस्वर रोने लगा। आँसू कि चंदन का लगाव, उसका बिछोह चंदन की आँखों से बहता जा रहा है।

धौरी गाय की आँखें! उफ्! डरी-सहमी सी नजर और अपने बच्चे को, जो धरती पर चारों पाँव पसारे, मुँह और धड़ औंधा किए पड़ा है, देख रही है। अपनी माँ का पहलौटी का बच्चा। उम्र चार माह। धौरी आज खौफजदा आँखों से पगली सी देख रही है। सारंग की नजरें बालू भरे पाट की तरह वीरान हो गईं।

रंजीत ने इस बछड़े को लेकर कई सपने देखे थे, उत्साह में भरकर सुनाते थे—जिस दिन कंधे पर जुआ धरेगा, हमारे खेतों की उपज दूनी कर देगा। दो जोतों में ही चार जोतों का सा पोला हो जाएगा खेत। उठान देह का है प्रथम।

चंदन सिसक रहा है।

प्रथम के जनम के दिन ही चंदन ने धोतियों की रंग-बिरंगी किनारियों से एक पतली सी रस्सी बटी थी। उसके बाद पिता के संग इगलास से एक घंटरिया लाया था। धौरी ने बछड़े को चाट-चाटकर साफ कर दिया। उसकी सारी गंदगी खुद पी ली।

चंदन ने अपनी छोटी-छोटी मुलायम बाँहों में बाँधकर सहारा देते हुए चलना सिखाया था उसे। सारंग के नथुनों में आज तक वह गंध भरी है, जो उसके जनम के समय यहाँ आ रही थी। उसकी पतली और कमजोर चारों टाँगें कभी सधतीं तो कभी लड़खड़ा जातीं।

घंटरिया बाजती—टुनुन टुनुन।

धीरे-धीरे वह कुलाँचे भरने लगा। चंदन के साथ-साथ दौड़ने लगा। जैसे ट्यूब्वेल के पाइपों में से दो झरने साथ-साथ उछलकर बह निकले हों। चंदन और प्रथम!

बाबा कराह उठे—'सब कुछ किया पर कोई फायदा नहीं। खप्पर निकाला था। माता की भेंट चढ़ाई थी। पूरी रात बिताकर गाँव भर के पौहों-पशुओं को गूगुल-फिटकरी और जड़ी-बूटियों की धूमनी दी। गली-चौक "हूर्थ-हूर्थ" की आवाज से गुँजाकर रोग भगाने के हुंकारे भरे। दाल-बाटी का भंडारा किया। फिर यह रोग कहाँ से निकल पड़ा? हमारी अचूक दवा कामयाब न हुई!'

अँधेरे में पूजापाठ की वह पवित्र, मगर कड़ी आवाज ... आदमी के रोम खड़े हो जाते हैं। कहते हैं इस डरावनी 'हूर्थ-हूर्थ' की आवाज से बाहरी बला पास नहीं फटकती। सारंग सोचती है—फिर प्रथम क्यों चला गया? उसकी बाँआँ ऽऽऽ बाँआँ ऽऽऽ की छोटी सी रँभाहट आज भी कानों में गूँजती है, जैसे चंदन ने पुकारा हो—अम्मा ऽऽऽ!

बाबा दोपहर से ही उसके टेंटुआ के पास वाली नस गरम लोहे से दागते रहे।

रंजीत पछता रहे हैं—'अरे कुछ समय तो मिलता, मैं अपने प्रथम को इगलास के पशु अस्पताल गाड़ी में डालकर ले जाता! होनी को नहीं था मंजूर यह सब!'

मरी मिट्टी का क्या रखना?

नौहरे के चौक में ही रंजीत गड्ढा खुदवाने लगे। झज्जू और खुद रंजीत फावड़े लेकर खोद रहे हैं। धड़ पर अद्धा धोती बाँधे, पसीने से तरबतर दोनों जने फावड़े पर फावड़ा मारे चले जा रहे हैं। मौन में डूबे हुए ···

सारंग की रगरग काँप उठी। भयानक सनसनी से भरा है घेर। हे भगवन्, मौत ही तेरा सबसे ज्यादा भयावना हथियार है! इसके सामने कौन सी ताकत को याद करूँ? इस गाय की आँखें नहीं देखी जातीं। मैं कहाँ से इतना हौसला जुटाऊँ? धौरी को गले लगाकर ···

बछड़ा गड्ढे में उतार दिया, कि चंदन ··· मेरा बेटा!

रंजीत और झज्जू तेजी से मिट्टी डाल रहे हैं।

बाबा की मूँछों का छप्पर थरथरा उठा, नाक के पास वाली जगह काँपी और बूढ़ी आँखों की पलकों में दो बूँद पानी उलझ आया।

रुँधे कंठ से बोले—'चंदन को जाना होगा। अब ऽऽ यहाँ नहीं ऽऽऽ', सिर हिलाया बाबा ने। सारंग के मन में एक दर्दनाक हिलोर उठी—कोई मेरे चंदन को बचा लो।

वही बाबा थे, जिन्होंने दलवीर भइया को फटकारकर लौटा दिया था—तेरे यहाँ नहीं भेजूँगा मैं अपना बालक, क्योंकि तू इस घर के ढर्रे को बिगाड़ रहा है।

वही सारंग थी, जो रंजीत पर बिफर पड़ी थी—तुम मेरी बहन को गाली दो, मुझे गाली दो, तब भी मैं अपने बेटे को नहीं भेजूँगी।

'मर जाने देगी?' रंजीत ने चिंघाड़कर पूछा।

'हाँ। मेरा बच्चा डरना सीख जाएगा। डर के मारे आदमी गुलामी अँगेज लेता है। और किसी से शरण माँगने का मतलब वह तुम्हें मनचाहे जैसे जोतेगा। इससे तो यहीं मर जाना अच्छा।'

··· लेकिन आज? मौत के बारे में कुछ कहना-सुनना और मौत को साक्षात् देखना—दोनों चीजें बहुत अलग-अलग हैं। एकदम अलग!

मेरी आँखों में धौरी गाय की नजर आ समाई है। किसी ने प्रथम को शर्तिया विष दिया है। हत्या कर दी है उसकी ··· मइया अब?

और फिर उसी रात—

रंजीत रात में ही नहाए।

प्रथम विदा हो गया!

चंदन को जाना होगा!!

ये दो मनहूस वाक्य सारंग की जुबान पर मौन फिरकनी से नाचते हैं। बोंड़ी के से रेशमी सफेद रोओंवाला और कजरारी आँखोंवाला प्रथम, और इस घर के आँगन को अपनी

चुहल, अपनी रोशनी से जगमगाता चंदन ··· दोनों की तबाही का सेहरा सारंग के सिर बँधा है। जिसके हाथों गाय मारी जाती है, बछड़े का बध होता है, उसे लोग कलंकी कहकर पुकारते हैं। लोगों के कहे पर नहीं जाती वह, लेकिन उसके अपने ही भीतर से मौन कातर पुकार उठती है—कलंकिनी! किससे कहे कि अपराधबोध के कारण उसने रंजीत के बिना कुछ कहे ही सिर झुका दिया है।

'एक मौत के बदले सारे गाँव में आग लगवा देगी तू तू तू! फाँसी-सूली की हकदार तू है कि और कोई?' अपने भीतर से उठते ये नोकदार भाले छेद रहे हैं, लगातार ···

खाली बोरी में कटोरे से जल्दी-जल्दी गेंहू भरती हुई पछता रही है—मेरे चंदन, माफ कर देना मुझे। नन्हे, तू दाँव पर लग गया। तू तो इस जंग का अतापता भी न जानता होगा। दुश्मनों ने तुझे हमारी कमजोरी समझकर पकड़ लिया रे ··· तुझे गाँव छोड़ना पड़ेगा, क्योंकि तेरा प्रथम संसार छोड़ गया। बैरियों ने बछड़े को मारकर हमको मिसाल दी है। सोच रहे होंगे कि बच्चे के लिए सबसे ज्यादा डरता है आदमी। मैं कमजोर पड़ती चली जा रही हूँ, बहुत कमजोर ···

ओ देवी मइया! ओ इस गाँव के देव-पितरो! तुम्हारे पास चंदन की रक्षा की कोई असीस हो तो आज बरसा दो। जीवन भर कुछ न माँगूँगी। ओ मेरे मियाँमसानी ··· जाहर-पीर ···

हाथों से बोरी भरती चली जा रही है, मन घर में मँडराते अशुभ महूरतों से लड़ रहा है—मैं हर तरह से लाचार हो गई। अपनी मोह-ममता से हार गई। हरियाली की आशा में इस समय अपना आँगन ही ऊसर कर देना होगा। चंदन के बिना बियावान ··· आँखें बरसने लगीं।

रंजीत अपने कमीज-पैंट-तौलिया आदि सँभालने लगे।

वह गर्दन झुकाए काम में लगी रही।

सुन रही है, रंजीत ऐसे ही, शायद उसे सुनाने को कह रहे हैं, 'कहते हैं कि ताल ठोककर जीना आसान नहीं। अब आ गया न समझ में? मन पर छाई बदहवासी आदमी को कहाँ से कहाँ भटका ले जाती है! छाती तानकर रहने की कीमत मँहगी पड़ती है। आन-बान और जान का मोल एक ही होता है फिर।'

उसके हाथ थरथरा रहे हैं। भय का रोग सा लग गया है।

'सबेरे के पहले अँधेरे ही अँधेरे निकलना होगा कि कोई देखे नहीं, जाने नहीं कि बच्चा कहाँ चला गया?' रंजीत ने ऐलान कर दिया दबा-दबा सा।

उसने काँपते हाथ-पाँवों लालटेन की धीमी लौ में कमीज, निकर, बनियान, जाँघिया, अँगोछा और लाइफबॉय की टिक्की ढूँढ़ निकाली। कभी कंघा याद आता है तो कभी दाँत माँजने का ब्रश और कभी निकर में लगाने की पेटी। हवाई चप्पल पहनकर जाएगा? सैंडिल तो कब की टूटी पड़ी है।

सारंग इस बुरी घड़ी में चंदन की हर चीज दुखी मन से याद करती है।

और अंत में गुलेल! जैसे छाती पर तानकर घूँसा मारा हो किसी ने।

'क्या करेगा इसका?' रंजीत ने सारंग के हाथ से गुलेल छीनकर कोने में फेंक दी।

वह पगली है। रंजीत ऐसी कुबेला में कितने चिड़चिड़े हो जाते हैं, जानती तो है।

चंदन सहमे कबूतर सा देखता है। अपने कपड़े एक बैग में ठूँस रहा है। जानता है कि वह क्यों जा रहा है, कहाँ जा रहा है। और कितना उदास है! आँखें छलछला रही हैं। इस उम्र में माँ-बाप से अलग होना किसे अच्छा लगता है?

'अम्मा!' उसने धीरे से कहा।

'क्या है?'

'अम्मा, मुझसे शहर की बोली नहीं आएगी। ताऊ मारेंगे तो नहीं?'

'नहीं, मेरे बच्चा, नहीं।' कहकर सारंग ने निगाहों के आगोश में ले लिया उसे।

'अम्मा, मैं अब कब आऊँगा?'

वह बेटे को देखती रह गई। भीतर से उठती हिलोर पर काबू पाती हुई बोली, 'जब तेरे चाचा लिवा लाएँ। जल्दी ही संदेस भेजूँगी बेटा। तू बिलकुल मत घबड़ाना।'

गाँव से भेजकर उसकी उम्र बढ़ा रही है सारंग। तो क्या गाँव में रहने की अवधि पूरी हो गई? कहीं ऐसा न हो कि नम्बरदार और भवानीदास के बेटों की तरह चंदन भी ऐसा शहरी हो जाय कि गाँव की ओर मुँह भी न करे। अपने ताऊ की तरह गाँव को घृणा की नजर से देखे। ऐसे हालात में गाँव से ढकेला गया बालक कौन सी मीठी यादें मन में सँजोए रह पाएगा? जो जान बचाकर भागा हो, वह अतरपुर का नाम लेकर थूक देगा, पर लौटेगा नहीं।

बिदा की बेला बड़ी निठुर होती है। दिल में जमा दुख बूँद-बूँद पिघलता है।

बैठक में जा पहुँचा चंदन—बाबा के पास। उनके कंधे पर धीरे से हाथ रख दिया और हौले-हौले मूँछों तक ले गया उँगलियाँ जैसी कि शैतानी हमेशा करता है।

बाबा हँसकर बोले, 'बदमासी! बदमासी मत करे, हाँ।

'अपनी ताई की अज्ञा मानना, भला। ऊधम-फूदम मत करना। वहाँ तो तू बढ़िया लत्ता पहना करेगा। चिट्ठी भेजना।' बाबा अपनी टूटती लय को बार-बार जोड़ते हैं।

चंदन दौड़कर टुनटुनियाँ उठा लाया बैठक में से। बाबा के हाथ में थमा दी।

'ठीक है, ठीक है। अब के भैंस पड़रा-पड़िया जो भी कुछ डालेगी, इसको उसके गले में बाँध देंगे। अब तो खुस!' बाबा ने पीठ थपथपा दी।

वह सामने देख रहा है, आँखें लबालब हैं।

बाबा ने अपने पास खींच लिया, 'चंदन बेटा, आज से तू बड़ा हो गया रे! हमारी बहादुरी और अपनी कौम की दिलेरी अब तेरे सिर आ गई। तेरे ये कंधे भले नरम सही, पर नीमन-मजबूत हैं। समझ ले अब तू।' वे नन्हे कंधों को दबा रहे हैं।

'...चंदन, ये सब नसीब के खेल हैं। तू यह समझना कि छिपकर जाना ही बहादुरी का पहला पाठ है—तेरे लिए। जंग पर कभी दुबकना-छिपना भी पड़ता है। जा बेटा...

चुप रहकर, बिछोह के दुख को पीकर, अपने आपको परदे में रखकर लोगों ने बड़ी-बड़ी जंग फतह की हैं। चुप्पी बड़ी खतरनाक चीख होती है। तू मौन रहकर ही इस गाँव की सत्ता पलट डालेगा एक दिन। मैं जिंदा रहूँगा तब तक, जरूर रहूँगा।'

इतना सब चंदन नहीं समझा, यह बात बाबा भी जानते हैं, लेकिन जितना भी समझ पाया है, वह भी कम नहीं होगा। एक दिन तो सारा कुछ समझ लेगा।

फिर कोई रोदन न ठुनक। जिद न हठ। कपड़े पहनने के बाद टूटी सैंडिल ही पावों में अच्छी तरह बाँध ली। जाना ही जैसे उसका एकमात्र लक्ष्य हो और खुद-ब-खुद ही बनबास स्वीकार किया हो। पिता के आगे-आगे बैग कंधे पर धरकर चल दिया।

सारंग बाबरी की तरह रंजीत से दस तरह की अनुनय करती रही—'जीजी से कह देना, इस नादान की भूल चित न धरें। गाँव में रहा है, शहर के कायदे नहीं जानता। खता की माँफी दें। हम बिपता के मारे हुए हैं। समय खोटा है। और अंत में इतना ही कि—चंदन को जनम देना मेरी तकदीर में बदा था, लालन-पालन उनकी गोद में। एक बार डोल जायँ गाँव में।

'जाहर पीर पर शीश नवा देना चंदन का। लो यह, मंगो दादी ने सलामती का ताबीज दिया था। धागा नहीं मिल रहा। वहीं डोरा लेकर इसके गले में बाँध आना। भूलना नहीं। यही ढाल है, यही तलवार।'

अपनी मुट्ठी में दबाकर राई, नौन और मिर्च ले आई चलती बेला, लपककर बेटे की बराबरी में पहुँची, सात बार उतारा और पिछवाड़े को मुट्ठी उछाल दी।

चंदन बाबा के पाँवों पर झुका था न?

वह होंठ भींचे, दाँत कसे, घर से गली, गली से चौक तक देखती रही और देखते ही देखते चंद्रमा आँखों से ओझल हो गया। अँधेरे में कुछ दिखाई नहीं देता!

इस समय लग रहा है, वही दुनिया की सबसे ज्यादा आभागिन औरत है। अभागिन और दुखित।

घर-गाँव से जाता हुआ चंदन नहीं, वह सारंग थी।

आज बेइंतहा बचपन याद आ रहा है। सात बरस की दुबली-पतली सारंग। सफेद टुकरी (मोटी खादी) का फ्रॉक पहने हुए, पीठ पर मोटे बालों की भुट्टे सी चोटी लटकाकर, पाँवों में नीली बद्धियोंवाली हवाई चप्पलों से फटर-फटर चलती हुई एक बरसाती सुबह को पिता के पीछे-पीछे भागती सी चली जा रही थी।

सौतेली माता के प्रति कभी भी सहज नहीं रही सारंग। उसका बस चलता तो माँ को घर से निकालकर खुद अकेली रहती पिता के संग।

राह में मिलनेवाली चाची-ताइयों ने दो पल रोककर पूछा, 'कहाँ जा रही है लाली?'

'कन्या गोकुल पढ़ने,' उसने चिहुँककर कहा।

साथ की सखी-सहेलियों ने टोका, 'ओ सारंग, तू कहाँ जा रही है री?'

'कन्या गोकुल,' उसने ऊँची आवाज में कहा, पिता ने पीछे मुड़कर देखा तो वह हँसने लगी। साथिनों की आवाज उसे पिछियाती रही—कहाँ ऽऽऽ! कहाँ ऽऽऽ। और वह उन्हें बुद्धू समझकर हँस पड़ी। माँ की डाँट-फटकार और दुत्कार से बचे रहना बड़ा सुखद लग रहा था।

जबकि मोहल्ले की मगना की माँ को पता लगा था तो वे हाय-हाय करने लगी थीं--'बिचारी सारंग! माँ दूसरी, बाप तीसरा। कहते हैं न, जिनको प्यारी इस्तिरी, तिन कब प्यारे पूत। मौसी के कर्कस सुभाव के मारे धुरुवजी को सरग में निवास करना पड़ा।'

इन किस्सा-कहावतों का अर्थ क्या है, छोटी सी सारंग कैसे समझ पाती? हाँ उसने याद कर ली थी यह कहावत और अपनी भायेलियों में सुनाई भी थी गीत की तरह।

पिता के पीछे-पीछे वह मोटर में जा बैठी।

और जब उतरी तो बहुत बड़े फाटक के सामने, जिसके ऊपर लिखा था—कन्या गुरुकुल ··· मैं यहीं रहूँगी अब? यहीं पढ़ूँगी? अम्मा कहती थीं संसकिरित और बेद-पुरान पढ़ूँगी। इस दरवाजे को देखकर डर लग रहा है। ताला क्यों लगा है? यह सिपाही क्यों खड़ा है? पिता उसी समय बोले, 'द्वारपालजी, ताला खोलो।'

एक बेंच पर बिठाकर दादा भीतर चले गए।

लौटकर आए तो उसे 'माताजी' (देह से थुलथुल और कद से गट्टी) के सामने हाथ पकड़कर खड़ी करते हुए बोले, 'यही है मेरी बेटी सारंग नैनी।'

माताजी ने हँसकर देखा और पास ही खड़ी बड़े-बड़े दाँतोंवाली औरत से, जो कद-काठी की ठिंगनी और मजबूत थी, कहा—'इसे भीतर ले जाओ। अपने कमरे में रखना। अभी छोटी है।'

फिर हाथी-निकास बड़ा सा द्वार। मजबूत फाटक। कितने फाटक हैं यहाँ?

दादा बिदा लेने लगे।

सारंग का दिल टूटने लगा। पिता के लौटते समय ऐसा कहाँ लगा था कि अजनबियों को पाकर वह ज़ार-ज़ार रोने लगेगी? इतने फाटकों में बंद कर आए थे दादा! मैं नहीं रहूँगी। मैं नहीं रहूँगी—दादा ऽऽऽ ··· ओ दादा ऽऽऽ ··· वह चिंघाड़कर रो पड़ी। इंद्रबाला बहनजी का हाथ दाँतों से काटकर भाग छूटी।

दादा उसी बेग से पीछे लौटे।

पर पीछे से तभी किसी ने चील का सा झपट्टा मारा। उसकी बाँह ऐसी कठोरता से पकड़ी जैसे वह औरत उस नरम हाथ को जड़ से उखाड़ फेंकना चाहती हो। जानते-जानते सारंग जान गई कि गुरुकुल की बहनजियों की पकड़ पतीली पर संसी की पकड़ से ज्यादा, कई गुनी ज्यादा सख्त होती है। इसके लिए उन्हें बादाम-छुआरे मिला दूध विशेष रूप से पिलाया जाता है।

वह गँवई लड़की थी, फिर भी बहनजी की पकड़ से छूटकर गोली की तरह छिटक

गई और पिता के पाँवों से जा लिपटी।

पर सबकुछ व्यर्थ!

जिस कमरे में लाया गया, उसमें कतार से दस तखत बिछे थे। लकड़ी के खुरदरे तख्तों के तखत। कमरे की खिड़कियाँ पीछे की ओर नहीं, सिर्फ आगे की ओर थीं, जो लंबे बरामदे में खुलती थीं। हर तखत पर बिस्तर लिपटा हुआ रखा था। इंदुबाला बहनजी ने इशारा किया अपना बिस्तर इस तखत पर ...

उसने खेस में लिपटे बिस्तर की सुतली खोलने का उमक्रम किया। गाँठ घुट गई थी। नाखून टूटने लगे, पर नहीं खुली। पास खड़ी लगभग उसी की हमउम्र लड़कियाँ तमाशा देखने लगीं। सारंग का रोना रुक नहीं रहा था।

'ऐ ऽऽ, तुम्हारा नाम क्या है?'

वह चुप, नाक से सुन्न-सुन्न करती हुई।

'चुप हो जाओ। बताओ तुम्हारा नाम क्या है?'

'जो पूछें जवाब देना, नहीं तो निकाल देंगे,' पिता की हिदायत याद आई।

'सारंग नैनी'—उसने सुबकियों के बीच कहा—'सारंग नैनी।'

'हा हा हा हा, सारंग नैनी!' एक ठहाका गूँजा।

वह सन्न सी रह गई। कोई गलती हुई?

मटमैले खेस में लिपटे बिस्तर को देख-देखकर लड़कियाँ मुँह बिचकाने लगीं—छिः! कितना गंदा बिस्तर। कोई छूना नहीं नई लड़की को।

पड़ौसिन चाची की बात याद आई—अरी, सारंग की माँ, एक नई दरी तो मँगा देती। छोरी बिराने ठौर जा रही है, कोई देखे तो क्या कहे? पुरानी खोर में लपेट दिए पिछौरा गेंदुआ। मैले-कुचैले अलग।

नहाने के लिए फ्रॉक निकाली तो फिर वही छिः छिः! वही ठहाका—जानलेवा हँसी।

जीभ निकालकर बिराना—सारंग जानती थी, वे लड़कियाँ उसको चिढ़ा रही हैं। गाँव में भी ऐसे ही चिढ़ाते हैं, लेकिन यहाँ इस चिढ़ाने का दर्द ज्यादा तीखा क्यों है? गाँव होता तो इनमें से एकाध को वह अब तक पटक चुकी होती। लेकिन सामने जो बहनजी खड़ी है, वह इन लड़कियों को हरगिज पीटने नहीं देगी। वह बात-बात में मुझे ही झिड़कती है।

इसके कपड़े मोटे, इसके बर्तन काले, इसकी फ्रॉक—यह गंदी लड़की! आहा सारंग नैनी! और तालियाँ। तालियों के साथ उसकी उपेक्षा का गीत, उपहास के नारे!

मेरे चंदन को ढंग के कपड़े-लत्ते बनवा आना। गाँव में आदमी मोटा खाकर, मोटा पहनकर आराम से जी सकता है। सभ्य कहे जानेवाले लोगों के यहाँ आदमी से ज्यादा कपड़े-लत्ते की कीमत होती है। मेरा बेटा भूखा रहने पर दुखी नहीं होगा, उसके रहन-सहन की अवज्ञा उसको छील-काटकर धर देगी।

रंजीत के 'जल्दी जल्दी' कहते हुए भी उसने अपने ब्याह की कढ़ी हुई चादर निकाल

दी थी, तकिया भी। और अँगोछे की जगह तौलिया। माना कि जेठजी के यहाँ चिढ़ाने-चमकाने को बाल-बच्चे नहीं हैं, पर वे किराये पर जिस घर में रहते हैं, उन्हीं औरतों के सामने जिठानी चंदन को जलील करने लगी तो? ऐसी एक भी कमी नहीं छोड़ेगी सारंग।

पराये घर में रहना बड़ा कठिन होता है।

भगवान किसी बालक को ऐसी सजा न दे कि उसे पराये घर की अवहेलना सहनी पड़े।

तुम क्या समझोगे रंजीत, हॉस्टल और पराये घर में बड़ा अंतर होता है। काश, कन्या गुरुकुल का आश्रम हॉस्टिल होता! पर वह तो बहनजियों और माताजियों का घर था। जहाँ आधा पेट रोटी मिलती थी। जहाँ हर समय निगरानी के रास्ते से गुजरना पड़ता था। मैं पेट में घुटने देकर बैठी रहती, वहीं कुछ लड़कियों ने हालात से लड़ना सीख लिया था—रोटियों की चोरी।

'हमारा चंदन क्या अनाथालय में जा रहा है?' रंजीत ने जोर देकर कहा।

'अनाथालय में तो मैं भी नहीं गई थी। जैसे तुम कह रहे हो कि इसका जीवन बन जाएगा वहाँ, ऐसे ही मेरे पिता ने मुझे विद्या पढ़ने भेजा था।'

पड़ौसिन चाची की बात को बेवजन माना था—छोरी से बीसियों कलसा पानी ढुवाती है दूसरी मइया। अबोध को झाड़ू-बुहारी से लेकर गोबर-पानी में सारा दिन रगड़ती है, फिर भी सारंग दुस्मन हो गई। निकालकर ही छोड़ी घर से। नरक की सामा करती है छिनार। कहती है सारंग माँ-बाप की रखवाली करती है। दोनों को सोने-बैठने नहीं देती चैन से। रात को झिरी में से झाँकती है।

'अरी काहे को?'

'चाची मैं अपने बेटा सौराज की बाँह पकड़कर सौगंध खाती हूँ, यह बतासे भरी लड़की पूरी बीजुरी है। सौराज के बाप मेरे पास आए नहीं कि इसने हल्ला किया नहीं। कभी पानी पिएगी तो कभी पेसाब को उठेगी। कभी चिल्लाएगी कि अम्मा मुझे डर लग रहा है, अपने कोठे में सुला लो। बताओ मैं क्या करूँ? तंग आ गई हूँ। ननसार भेजी थी तो एक महीना पीछे ही छोड़ गया मामा।' माँ ने अपनी स्थिति साफ कर दी थी।

'अरी यह अबोध ⋯'

'अबोध कहती हो अब भी? पेट में दाढ़ी है इसके।'

मैं खतावार थी रंजीत। रात के समय माता-पिता के सुख में खलल डालती थी। अम्मा को आवाज लगाती थी। दादा के पास सोना चाहती थी। सौराज की होड़ करती थी। अम्मा मुझे मारतीं या दादा से लड़तीं तो मैं ढीठ की तरह उन्हें घूरती थी। इसलिए मुझे बनबास दिया गया। गुरुकुल में रहती अधिकतर लड़कियाँ किसी ऐसे ही जुर्म में सजा काटने आई थीं। वे किसी न किसी रूप में माता-पिता, भाई-भाभज या अन्य परिवारी जनों की जिंदगी के सुख पर भारी पड़ रही थीं।

···पर मेरा चंदन? उसने तो ऐसी कोई खता नहीं की।

लेकिन, आगरे जाकर जेठ की जिंदगी के निजीपन पर या उनके मौज-आनंद में कोई रोड़ा न बन जाए? अबोध अकेलापन कोई भी लिहाज-मुलाहिजा नहीं मान पाता। तब क्या उसको उठाकर कहीं तीसरी जगह पटकने जाओगे?

अँधेरी रात का घटाटोप!

करेंट नहीं आया। सारंग ने लालटेन जला ली। मोरों की भयानक फड़फड़ाहट उसके भीतर का सन्नाटा तोड़ रही है। किवाड़ों पर चरमराहट हुई—चीं ऽऽ चर्रर ···

कौन? सारंग का दिल घबराने लगा।

बड़ी बहू।

एक हाथ में लालटेन, दूसरे में मरदाना बंद छाता। लालटेन का शीश बिठाते हुए सारंग ने देखा। बीबी आ गई। बड़ी बहू सारंग के पीहर की ही हैं, सो गाँव-नाते से बहन का रिश्ता मानती हैं। साठ वर्ष की बड़ी बहू का कद दस वर्ष की लड़की से ज्यादा नहीं।

लेकिन बड़ी बहू रात के समय आईं क्यों? आजकल शक-संदेह ज्यादा करने लगी है सारंग। इसमें शक की क्या बात है? बड़ी बहू रात के अँधेरे में कभी बाहर फिरने तक नहीं जातीं। लाला भवानीदास के खास निर्देश हैं कुछ। उनमें से यह भी एक है। चंदन के जाने का सही कारण और सही जगह का पता लगाने आई हैं बड़ी बहू?

नहीं, मैं नहीं बताऊँगी। एक तो डोरिया-थानसिंह बड़ी बहू के पड़ौसी हैं, दूसरे लाला के कृपापात्र। पति से कितनी बातें छिपा सकती हैं बड़ी बहू?

क्या पता कि ये थानसिंह ने ही सिखाकर भेजी हो। सहानुभूति जताने आई हैं या भेद लेने? मुझे सतर्क होकर बात करनी होगी। गुस्से या विश्वास के भरम में सबकुछ उगल देना ही तो आदमी को खाली करके रख देता है। और खाली आदमी की उपयोगिता क्या? उसकी बात का महत्त्व क्या? कल के दिन बड़ी बहू ही धिक्कारने लगेंगी कि तुम तो कायर निकले।

'इतनी रात में बीबी?'

सारंग की महीन-मधुर आवाज सुनकर भी बड़ी बहू उदास ही बनी रहीं। लालटेन एक कोने में धीमी करके रख दी। छाता कोने में टिका दिया। सारंग बैठने को पीढ़ा दे रही थी, उसके इंतजार में खड़ी रहीं। फिर दोनों बहनें दालान में बैठ गईं। सारंग धरती पर बैठी है।

वे गौर से देख रही हैं सारंग की ओर। सारंग सिर झुकाए धरती खरोंच रही है। समझ भी रही है कि बड़ी बहू पहला वाक्य क्या कहेंगी? यही कि तू इतनी उदास क्यों है सारंग?

'तू इतनी उदास सारंग?'

वह चुप।

'सुनकर मुझसे रुका नहीं गया। बिन बछड़ा की गैया सी छटपटा रही होगी मेरी बहन। सो रात में ही चली आई। गैया मैया का बिछोह ही करा दिया सत्यानासियों ने।'

सारंग ने चौंककर सिर उठाया, मन ही मन कहा—तो तुम्हें सब पता है बीबी?

और नामालूम सी हँसी के साथ सोचा—गाँव की दशा छलनी की तरह है, कोई क्या छिपा ले? क्या समेटकर बाँध ले?

'बीबी, मेरा दम घुटा जा रहा था, अच्छा हुआ तुम आ गईं।'

'दलवीर के संग तो गया नहीं। रंजीत ही ले गए होंगे।'

जब तुम्हें सबकुछ मालूम है तो मुझसे क्या उस पर मोहर ठुकवाने आई हो सेठानी। सारंग बुरी तरह चिढ़ गई।

'पढ़ाई की हालत देख रही हो तुम? हमने किसी नासिया के डर के मारे नहीं भेजा चंदन, पढ़ने की खातिर भेजा है। जैसे तुमने अपने बाल-बच्चे भेजे थे। बोलो बीबी, तुम्हें क्या किसी का डर था? कि किसी से दुश्मनी थी तुम्हारी?'

बड़ी बहू ने आश्चर्य से देखा, जैसे कहना चाहती हों—सारंग दहशत तुम्हारे चेहरे पर पुती हुई है, और आवाज में भी समाई हुई है, नहीं तो तुम्हारा रुख बातों के छोर पर ही ऐसा कँटीला हो उठता? मेरे ऊपर भी शक-संदेह!

'तू इतनी परेशान क्यों है री? झपटकर बात कर रही है। जो हो रहा है, किससे छिपा है? बच्चा को यों ही नहीं भेज देता कोई? और फिर तुम्हारे कौन से चार-छः बालक थे? कम से कम दलवीर के यहाँ तो तू भेजती न बाबा।'

बड़ी बहू के तरकश में निशाने पर लगनेवाले तीर हैं।

'और तू इतनी भोरी नहीं कि खूँटा के पड़रा की तरह हाँक देती बालक को?'

'तुमने कैसे हाँक दिए बीबी?' सारंग के प्रतिप्रश्न पर बड़ी बहू जैसे भीतर तक तड़क गईं और टूटती हुई बोलीं—'मैंने किसी के डर से नहीं भेजा था अपना लक्ष्मीनिवास, धौंस के नीचे आकर भेजा था। अपने दिल की चोटें क्या दिखाऊँ? बड़े घर की बड़ी बहू उस देहरी के ये दस्तूर जानती थी कि उसका फर्ज सिर्फ दूसरों को खुश करना है। जिनके चलते हम लोग गाँव की औरतों की तरह हाथ पीट-पीटकर सहज रूप से लड़ नहीं पाए। अच्छे खाने-कपड़ों की बदौलत मुँह सीकर रहना हमारी लाचारी थी। गाँव के आदमी यही समझते और कहते कि लाला के घर लड़ाई होती है सो किसी ने देखी-सुनी है? कोई बता दे तो सौ रुपया इनाम।'

'तीन देवरानी-जिठानियों के न्यारे साझे पर क्या बँटा, क्या लिया-दिया, गाँव की चिड़िया तक ने न जाना। बिधवा ननद के पाँव धो-धोकर पीना हमारा परम धरम था। पर सबकुछ ऐसे ही था, जैसे हमारे गाँव की पोखर—ऊपर से शांत, भीतर बिसैले जिनावर एक-दूसरे को खाते-भखते।'

सारंग अपनी व्यथा खोले बिना रह नहीं पा रही, जैसे पका हुआ फोड़ा अभी-अभी

फूट पड़ा हो। और बड़ी बहू के घर की अंदरूनी नीति सुनने से पहले अपनी बात कहना चाहती हो—'तुम्हें चैन कैसे पड़ा था बीबी? मैं तो पागल हुई जा रही हूँ। रोटी देखकर लगता है, वह भूखा होगा। पानी पिऊँ तो, वह प्यासा होगा। नल के पास जाते ही चंदन की दुबली देह आँखों के सामने प्रकट हो पड़ती है—नादान नहाया होगा कि नहीं? ये छोटी-छोटी चिंताएँ मेरे मन में ऐसे लगी हैं ज्यों दीमक पेड़ को खतम करने पर लगी हो। तुम कैसे रहीं बीबी?'

'सारंग, मेरी रजा पूछनेवाला कौन था री? दूसरों के अहंकार, उनके फरमान ही हमारे हाथों की लकीरें बन गए। माना कि जमाना ज्यादा नहीं बदला, पर तुम सबसे ज्यादा बँधेलुआ थे हम। चूँ तक नहीं कर सकते थे। मालिक का मुँह देखने तक को न मिलता था। जिसके सत्त का वजन कोख में लादे रहते थे, उसे अपनी दुख-तकलीफ सुनाने के हकदार नहीं थे। जो दो-चार घड़ी रात-बिरात के अँधेरे में मिलतीं, उनमें अपना दुखड़ा लेकर बैठ जायँ तो मालिक के लिए न तो गाँव में औरतों की कमी थी, न शहर में बेड़नियों का टोटा।

'बाल बिधवा ननद, जो अधेड़ावस्था तक आते-आते मर्दों की तरह रौब-रुतबे वाली, कठोर रवइया बरतनेवाली हो गई थीं, उनका हुकम बजाना सबसे पहला काम होता। वे भी एक ही थीं। कभी बैयरवानियों की नीचता अख्तियार करतीं, तो कभी कुटनियों के से स्वाँग भरतीं। और कभी मर्दों की तरह कोड़ा लेकर खड़ी हो जातीं। घर में कलह-लड़ाई का चलन होता तो हम बिरोध भी करते, पर बाप ने बड़े घर में ब्याह कर हमसे वह सुभीता भी छीन लिया।

'छः बालक होने तक तेरे जीजा का दिन में संग-साथ नहीं मिला। वे अपनी बहन के दिल में देवता बने रहना चाहते थे। अँधेरे आधी रात परछाईं की तरह दबे पाँव आते और अपना काम करके लौट जाते, बिल्ली के से पंजे रखते हुए ···

'ननद ने हुकम दिया था—लक्ष्मीनिवास शहर में पढ़ेगा। बनवारी (नम्बरदार) ही भेजना जानता है अपने छोरा को अलीगढ़। हमारे यहाँ किस बात की कमी है?

'मैं घूँघट में रोती रही। इतनी हिम्मत नहीं कर सकी कि कहूँ, बच्चा मेरा है, तुम्हें क्या हक मुझसे अलग करने का। असल में वे लक्ष्मीनिवास के जनम से ही खफा रहीं—लक्ष्मीनिवास को मैं आँचर का दूध पिलाती तो वे ऐसे देखतीं जैसे मुझे कच्ची चबा जाएँगी। खूँखार शेरनी सी।'

'अच्छा!' सारंग के मुँह से आह सी निकली।

'अरी बहना, वे कौन सी सदा से ऐसी थीं? बड़े घरों की बड़ी बातें! भेद पर भेद, परत पर परत मिलेगी। सारंग, खूँखार क्या कोई पेट से पैदा होता है? पांचन्ना बीबी को मर्दों के कठघरे रास नहीं आए। बिधवा और कच्ची उमर! परवान चढ़ती जवानी के तकाजे बड़े मुँहजोर होते हैं, और इज्जतवाले आदमी की नाक बहुत ऊँची होती है, मूँछें अकड़ी हुई रहती हैं।

बैयरवानी की लालसा बढ़वार में पड़ते रूख की तरह टहनी फुनगियाँ बनकर सरग से जा लगती हैं। साखें फूटने लगती हैं नई-नई। जब ऐसा छाँहदार बिरवा दिखता है तो राही-पंथी भी बिरमाने आ जुटते हैं। बीबी ने सबसे मुख मोड़ लिया। समझ लिया कि उनकी देह नहीं, कलंक का घड़ा है। तब ही तो पहरे कसे हैं। घर से निकलने पर चौकीदारी है, नजरबंदी में कैद हैं वे। जवानी है कि उमर ढले, कोई हलचल नहीं।

आँखें मींचकर रहती थीं जैसे, तो किसी से आँखें मिलती कैसे? नदिया के पार फूटी गढ़ी है, जहाँ गाँव की मनचली औरतों को चाहे जब देख लो, बीबी के लिए पाप हो गई। पर गाँव में चर्चाओं की कमी नहीं रहती, कहीं न कहीं से धुआँ उठता और बीबी बिलबिलाने लगतीं। हम चाहते, वे कुछ न सुनें पर गाँव में सब एक-दूसरे को जानते हैं और जलते-भुनते हैं, बस बीबी के बारे में बोलकर रंजिश निकालते।

सन्नू फकीर जो गाँव में भीख माँगता है, उसको बरगला लिया लोगों ने। जो कर्जदार थे, अफवाह उड़वाने लगे कि हम दहशत में आ जाएँ। वे कामयाब हो गये सारंग, हम खौफ में आ गए और बीबी जैसे काठ हो गईं। उनने घर से निकलना एक दम बन्द कर दिया। खाना-पीना भी त्याग दिया।

'मेरी गलती क्या है?' हम सब से पूछतीं और फिर कठोर निगाह से दीवार को घूरतीं। तपस्या कर रही थीं कि इज्जत पर आँच न आए। विधवा होना उनका गुनाह बन गया। जानती थीं कि जाटों की तरह हम कहनेवालों की गर्दन नहीं उड़ा पाएँगे।

पिघले रांगे और मोम-सी बीबी धीरे-धीरे अपना मिजाज बदलती गईं। मन ही मन तय कर लिया कि उन्हें औरत की तरह नहीं, मर्द की तरह जिंदा रहना है। हुक्म देने की फौलादी आदत डालनी है, तभी भौजाइयाँ इज्जत से पेश आएँगी जैसे कि घर के मर्दों से पेश आती हैं। उनकी हुंकार घर में गूँजेगी, असर बाहर तक जाएगा। रुतवा बनेगा, लोगों की हिम्मत पस्त होगी। उनमें बदलाव देखकर हम कभी चौंकते, कभी डरते, अन्त में दहलने लगे। एक बार जो कह दिया सो कह दिया। भाई बन्धु अपनी बहन को हर हाल में खुश देखना चाहते थे। वे देख रहे थे, बीबी बनिया की बेटी की तरह नहीं, दिलेर जाटिनी बनकर अपना वजूद कायम किये हुए है। सारंग, बहादुरी बड़ी नियामत है पर बहादुरी के लिए आदमी को अपने खिलाफ भी सख्त होना पड़ता है। नहीं तो बीबी को रेशम की तरह गड्ढा खोदकर कब का गाड़ दिया जाता। पर उनके मारे तो हम तहखाने में छिपने लगे थे।

सारंग की आँखों में दहशत के बदरंग उतर आए।

'तुम कहती हो बीबी, जमाना बदला है, पर कुछ नहीं बदला। सिलसिला बदस्तूर चल रहा है। कभी बदलेगा भी नहीं। मेरी आस मर चुकी है। मैंने रेशम की लाश में प्राण फूँकने चाहे थे, पर क्या हाथ लगा?

'आज मैं कि तुम, दोनों एक ही किश्ती के सवार हैं। यों तो सैकड़ों बालक पढ़ने के लिए शहर जाते हैं, उनकी माँओं को कितना मलाल आता होगा पता नहीं, पर हमारे बालक तो किसी दूसरे की सजा की एवज गाँव से भगाए गए हैं, सबर इसीलिए नहीं बँधता। रह-रहकर परेखे उठते हैं। हमारी दसा धौरी गाय से बेहतर नहीं …'

'यही तो कहती हूँ, सारंग, तू चंदन की जिंदगी का खेल मत खेलना, भले छाती पर पत्थर धरना पड़े।'

सारंग मन ही मन पछताई, मैं दहशत की मारी पागल हो गई हूँ। रस्सी का साँप बनाने लगी हूँ। बड़ी बहू मेरी व्यथा सुनने, अपनी पीर बाँटने आई थी, और मैं? औरतें ऐसी न होतीं तो मर्दों की तरह बात-बात पर कतल-खून करती रहतीं। उनको यही चीज बर्बर होने से बचा लेती है कि अपना दुख एक-दूसरे से कहकर मन हलका कर लेती हैं। आदमी या तो मन ही मन घुटता है, या फिर चुगली करता है। और आगे बढ़ा तो सामनेवाले को नीचा दिखाएगा। सारंग के मन में धुआँ सा भरा है।

रंजीत का स्वभाव उलट गया है।

सारंग की हर बात पर कुछ दिनों से चिड़चिड़ाने लगे थे, मगर जबसे आगरे से लौटे हैं शांत-शांत हैं। चिड़चिड़ाते आए हैं तो अपने दलवीर भइया के ऊपर। उनकी हर बात की काट करने में जुटे रहते हैं। ऐसा क्या देख आए? कितने उदास हैं!

क्या चंदन को भाई के पास वे भी छोड़ना नहीं चाहते थे? क्या सबकुछ मजबूरी में करना पड़ा? क्या कहने और करने में जमीन-आसमान का अंतर दिखाई दे गया उन्हें?

सारंग ने पति का मन हलका करने के लिए कहा था, 'जेठजी बेचारे को बुरा कह लें बाबा, पर गाँव के आदमी बुरा नहीं कहते। कहेंगे भी क्यों, सबको छाती से लगाते आते हैं।'

रंजीत ऐसे देखने लगे जैसे सारंग की मंशा समझ गए हों कि वह ऊपरी बात उनको बहलाने के लिए कर रही है, बोले, 'देखो, जैसे भी हों दलवीर भइया, चंदन को तो वहाँ रहना ही है। थोड़ा कसाला, परेशानी ही सही, पर वे परेशानियाँ उसकी जिंदगी के लिए जरूरी हैं। तुम यही समझ लो कि संकटों में रहकर पुख्ता इनसान बन जाएगा तुम्हारा बेटा।

'रही दलवीर भइया की बात, सो गाँव के आदमी उन्हें देवता मानें या अफसर, पर वे यहाँ आबोहवा बदलने के अलावा खेत का हिसाब-किताब लेने आते हैं, बाकी कुछ

नहीं। और जब न तब अपनी सिपाहीगीरी को मेरी किसानगत से बेहतर सिद्ध करने का मौका निकालते रहते हैं। मुख्यमंत्री के यहाँ ड्यूटी, डाकू त्रिलोचन से मुठभेड़ और तमाम लंबी-चौड़ी बातें! किसलिए? गाँव के लोग विश्वास करते रहें, मैं नहीं करता। सबकी सब समय बरबाद करनेवाली बातें। साले पुलिसवाले दिमागखाऊ ही होते हैं। जब तक उनकी गप्प सुनते रहो—तुम भले। पर कब तक सुनते रहो?'

सारंग ने पूछा, 'क्या हुआ? भइया ने कोई जलने-कुढ़नेवाली बात कह दी?'

'मुझे क्या ज़लाएँगे-कुढ़ाएँगे? यह कहो कि हमारा समय खराब चल रहा है, सो चाहे वे हमें मोह के मारे कहें, या घर-चौखट और रेत-धूल के गुलाम। पिछड़े हुए का खिताब दें या बैलों के संग जुतनेवाला बैल कहें। सारंग, मैं मानता हूँ कि मैं यहाँ एकदम नाकाम रहा। किसी सुधार की बात सोची तो वह केवल योजना तक ही रह गई। ··· लेकिन मेरे मन की लगन आज तक नहीं मर पाई। मेरे भीतर वह कौन सा रंजीत बैठा है, जो यहीं कट-मर जाना चाहता है? आज हालत यह है कि बच्चा कहीं, हम कहीं! मैंने बहुत समझाया अपने आपको कि पशुधन क्या है, आज खरीदा कल बेचा? धरती की कीमत क्या है? कहीं जाकर व्यापार कर लो धरती के दामों से दस गुने बनाकर अमन चैन से रहो। दलवीर भइया तो यहाँ की दुनिया को धूल-मच्छर, झगड़े-टंटों से ज्यादा कुछ समझते नहीं। यह गाँव पुराने रीति-रिवाजों और कुछ बूढ़े खैयड़ों की परंपरा निभानेवाला कबीला है। आदमी कुएँ के मेंढक। भँवर जैसे लड़के पढ़े-लिखे, निपट गँवार, जो सनद को शीशे में मढ़ाकर हल जोत रहे हैं।

'काश, मैं भी इसी तरह मान लेता!'

सारंग मीठे स्वर में समझाती है, 'तुम्हारे गाँव के खेत तुम्हारी जागीर हैं, तो शहर में जेठजी का घर उनका राजमहल। थाना उनका राजपाट। वर्दी उनकी शान है। यह क्यों भूलते हो कि उसी वर्दी की बदौलत डोरिया को हवालात में बंद करा आए थे तुम। कौन पूछ रहा था वहाँ तुम्हारी डिग्री?'

वे बुरी तरह खीझ गए, 'तुम भी मुझे जलील करने पर तुली हो। किसलिए? क्योंकि तुम्हारा बच्चा अब उनकी हथेली तले दबा है? क्योंकि उसके प्राण अब उनकी दया पर हैं? क्योंकि डोरिया-थानसिंह से तुम्हारा बदला वे ले सकते हैं? तुम सचमुच किसी भी माँ की तरह उतनी ही स्वार्थी हो जो नीची से नीची हद पर उतर आती है। भइया से रिटायर होने के बाद पूछूँगा कि कहाँ गई वह वर्दी? कहाँ गई पिस्तौल, जिसको उछाल-उछालकर तुम हम पर मन ही मन हमला करते थे?'

रंजीत को क्या हुआ? वह समझ नहीं पा रही। उनकी मनोदशा ऐसी ··· अगर ये ही बातें उनके भाई के बारे में सारंग कह देती तो फाड़कर खा जाते। बेचारे रंजीत उलटे वारों से तिलमिला उठे। वे भी क्या करें? उनको यह मलाल सदा खाए रहता है कि जो काम दलवीर कर सकते हैं, वे क्यों नहीं कर पाते? गाँव में जो पूछ-गछ उनकी है, रंजीत की क्यों नहीं?

यह समय कलह का नहीं है, सारंग समझा रही है। छोटी-छोटी कलह करने से बड़ी लड़ाई कमजोर पड़ जाती है। उसे शांत रहना है। घर को शांत रखना है। माना कि दिल में उथल-पुथल है, लेकिन आपसी तड़का-भड़की से क्या होगा? यह भी मानती हूँ कि तमाम तरह की शंकाएँ उठेंगी और डर पैदा करेंगी, लेकिन अपनी कमजोरी रंजीत के सामने रखकर उनको कमजोर करने से क्या लाभ? जब जगाना होगा पति को, मौके पर साहस दिलाकर उठाएगी कि वे दुश्मन पर शेर की तरह हमला करें।

चार

गजाधरसिंह का हौसला बार-बार डगमगा जाता है।

हिम्मत बनाए रहने के लिए सावधानी की इतनी जरूरत पड़ने लगी है, जितनी फौज में गोलाबारी करते और झेलते समय न पड़ती थी। अपनी जान की खातिर भी नहीं रखा इतना छींक-छींक कर पाँव। अपना ही गाँव युद्धभूमि से ज्यादा खतरनाक हो उठा!

बाबा सोचते हैं, मनभावन कल्पना करते हैं—काश, इस धरती पर बनिया न होते! बनिया न होते तो गाँव की हवा साफ-सुथरी होती। माना कि तीसरा घर चुप रहता है, लेकिन भवानीदास और नम्बरदार के दो वैश्य घरों ने गाँव का इतिहास पलटकर रख दिया। ऐसा क्यों हुआ? कोई संकल्प था या गाँव में अपनी जड़ें मजबूत करने का स्वार्थ? आदमी को कमजोर करना हो तो पहले उसकी संस्कारी प्रकृति को कुचला जाता है।

जो कहानी बाबा-पड़बाबाओं के गुँहजुबानी गुनी है, वह सोलह आना सच लगती है। अगला-पिछला हिसाब ही चुकता हो रहा है मूलतः। यों जाट लोग उस किस्से को इस रूप में बयान करते हैं, जिससे उनका दबंगपना जाहिर हो सके। बता सकें कि हमारे पुरिखा कितने बलशाली थे और भवानीदास के पूर्वज निहायत कमजोर ...

अतरपुर में एक बनिया आया-जाया करता था—मेवा बनिया। गंगापारी मेवा बंजी बेचता था। उसके पास जर-जमीन नहीं थी। पिछौरा में बँधा चावल, बूरा, गुड़, शक्कर ही उसकी जायदाद थी। कहते हैं, जब पहले दिन इस गाँव में अपनी बकुचिया पीठ पर लादकर आया और चौक में खड़े पीपल के नीचे बंजी उतारी तो गाँव के लड़कों ने मुफ्त में उसका माल लूट लिया था। खाली पिछौरा लेकर वह अपने कस्बे लौट गया।

बनिया और मकड़ी लगनवाले जीव हैं, हिम्मत नहीं छोड़ते। मेवा बनिया भी लड़कों के व्यवहार से उत्तेजित हुआ न क्रुद्ध। सौदा बेचने फिर आ गया। अब की बार लोगों ने उसकी तराजू निकलवाई, गुड़-चावल चढ़वाए और उनके बदले रेत तुलवाया। कुछ रेत उसके ऊपर भी बिखेर दिया—हो-हो करके हल्ला मचाते हुए हँसी उड़ाई।

मगर वह बराबर आता रहा! लोग बूरे-शक्कर के बदले उसे कंकड़-पत्थर देते रहे। पागल आदमी! परंतु पागल को सताना ? ··· तरस आ गया गाँववालों को, कुछ दिन बाद सामान के बदले थोड़ा बहुत अनाज देने लगे और धीरे-धीरे गाँव में ही सामान मिल जाने की सुविधा तले झुकते चले गए, इगलास-हाथरस तक पैदल जाना बच गया। अतः मेवा अब हर घर में बेधड़क जाने लगा। समय बीतते न बीतते सौदा का भाव वह दुगुना बताने लगा, और जाटों की जिद रखने के लिए ड्योढ़े दामों पर दे जाता। उन दिनों हिसाब-किताब का बोलबाला जाटों में न था। और मेवा अपनी नरमाई तथा मीठी जुबान से लोगों के दिल में घर और घर में दिल कर रहा था। साधजी के पुरखों ने उसे एक कोठरी दे दी रहने के लिए। और उसने उसमें दुकान खोल डाली।

एक समय ऐसा भी आया, जब मेवा के पास काफी पैसा हो गया और वह जरूरतमंदों को रुपए उधार देने लगा। 'उधार' को आदमी लेते समय मुफ्त समझ लेता है, देते समय वही मुफ्त बोझ लगने लगता है। मेवा ने कहा—कोई बात नहीं फिर दे देना, बस थोड़ा-सा ब्याज! लोग-बाग खुश हो गए। किसान की फसल आए तो वह दोनों हाथ उलीचने पर आमादा हो जाता है। ब्याह-शादियाँ, घर की छाप-छवाई के संग बनिया का देना-लेना भी सही। धीरे-धीरे जाटों का लट्ठ मेवा के धन के हाथों बिकने पर मजबूर हो गया। आड़े-बिगड़े वक्त ने साहूकारी को शै दी। बनिया ने खेत खरीद लिया और अतरपुर का मुश्तकिल बाशिंदा हो गया। फैलते-फैलते यह कुनबा तीन-चार घरों में फैल गया।

नम्बरदार के पितामह पाँच जमात पास थे, पर वे अंग्रेजों से हाथ मिलाना जानते थे। मुरसान के राजा की शान के माकूल चल लेते थे। एक दिन वे जमींदार घोषित हुए—सात गाँवों की जमींदारी—सिमरधरी, जगता नगरा, हरिया नगरिया, खिराबर, कारस, रायतपुर और अपना गाँव अतरपुर। उसके बाद जमींदारी बाप से बेटे के पास आती गई। जमींदार का भतीजा भवानीदास साहूकारी पर काबिज हुआ। नम्बरदार (भवानीदास के चाचा) के पास जमींदारी का अमला और भतीजे के पास साहूकारी का पंजा। गाँव गुलाम बनकर रह गया। गुलाम—पैसे का, उनके रहन-सहन का, रीति-रिवाजों का और खासकर बैयरवानियों के लिए तंगदिली का। जाटों ने अपनी दिलेरी, खुलापन, शूरता-वीरता साहूकार के यहाँ गिरवी धर दी। बाबा ने औरतों को लेकर इज्जत-आबरू का, ढके-मुँदेपन का, डरने-सहमने का पहला हादसा देखा था—पांचन्ना बीबी का। याद नहीं करना चाहते बाबा ··· कि वे उस घटना से किस कदर प्रभावित हुए थे!

नम्बरदार के भीतर कोई सत्पुरुष भी वास करता है, वे जमींदार रहकर भी रियाया के प्रति कहीं-कहीं तक उदार बने रहे। यह बात अलग है कि वे जमींदार बने रहने का मोह प्रधान की पदवी जकड़े रहने तक पाले रहे। भवानीदास का धर्म पैसा ही रहा। सही अर्थों में गाँव के लिए हंटर!

आज उन्हीं भवानीदास के द्वार से निकल रहे हैं बाबा, कि नम्बरदार ने बुला लिया। ··· लेकिन इन दिनों वे लोगों का सामना करने से कतराते हैं। चंदन के चले जाने

और बछड़े के मरने की बात उनके लिए तौहीन का मुद्दा बन गई है। उन्हें मुड़ना पड़ा फिर भी,—कोई यह न कह दे कि साधजी से मार खाया हुआ गजाधर मुँह छिपाता फिर रहा है ...

तीन-चार खाटों पर नम्बरदार, भवानीदास, फत्तेसिंह प्रधान, गंगाराम और साधजी बैठे थे। लोग और भी थे। झज्जू खटीक था और कुँवरपाल चमार भी।

'आओ बाबा, आओ।'

'क्या हो रहा है भाई?' उन्होंने महज कुछ कहने की खातिर पूछ लिया।

'स्कूल के कल्याण की बातें बाबा,' कहकर झज्जू अपनी बड़ी-बड़ी काली मूँछों में फिक्क से हँस दिया। कुँवरपाल चुप ही बैठा रहा।

'तुम्हारा रहना भी जरूरी है। अपनी कोई राय दो। तुमने तो चंदन आगरे भेज दिया—स्कूल से दुखी होकर,' यह भवानीदास थे।

बाबा समझ गए, यह व्यंग्य है। भवानीदास भी असल बात खूब जान रहा है।

'भाई देखो, सरकार तो एक बार स्कूल खोलकर आँखें मूँदकर बैठ जाती है। उसकी आँखें कौन खोले? नहीं खोले तो होने दे स्कूल और बच्चों का सत्यानाश।'

'लाला, ये बातें तो फत्तेसिंह के सोचने की हैं। आजकल आधी मालिकी चल रही है उनकी। आखिर प्रधान किस बात के हैं? उनको तो इस बात पर रोना चाहिए।'

'फत्ते क्या मास्टर पैदा कर देंगे? बालक क्यों नहीं पढ़ते, यह सोचा है किसी ने? अकेले थानसिंह मास्टर दो सौ बच्चों को कहाँ तक पढ़ाएँ? नेंकसे मास्टर तो छः मील साइकिल चलाकर यहाँ तक पहुँचते हैं, सो दिन भर मेज पर सिर धरकर सोया करते हैं।'

'लाला, यही बात है कि बालक कुदान मारते रहते हैं, या गिल्ली-डंडा खेलते हैं। बेचारे थानसिंह मास्टर च् च् च्! घर-बाहर के पचासियों काम उनकी जान को लगे रहते हैं।' गंगाराम जरा खरी जुबान का आदमी है।

'बताओ जी बाबा, तुम कुछ बताओ।'

'हम क्या बताएँ भवानी? तू ही सोच, प्रधान क्यों नहीं जुटाएगा मास्टर? भाई, अर्जी तो उसको ही देनी होगी। अहलकारों से अपने गाँव की परेसानी कहेगा, गाँव का नुमाइंदा होने के नाते। यह बात क्या तुम नहीं जानते? फालतूफंड में पंचायत जुटा ली।'

'लाला, तुम्हीं चले जाओ बी.डी.ओ. के पास,' पीछे से आवाज आई।

'नहीं तो नम्बरदार को भेज दो। जवाहरकट की जेबों में हाथ डाले मनचाहे जहाँ घुस जाएँगे। इनने जवाहरलाल नेहरू से बातचीत करी है, बी.डी.ओ. कौन खेत की मूली है?'

'तू गँवरईवाली बातें क्यों किया करता है दरियाव?' नम्बरदार ने कडुआ मुँह बनाकर कहा।

'अजी दिखाओ अपने सुराजी हाथ। बालकों का कल्याण हो जाएगा।'

'तू ही न चला जा झज्जू के बच्चा! तू कौन सा कम है? खूब दलित-फलित करना सीख गया है। मैं बूढ़ा धक्के खाता फिरूँ? भाई, अब कमान तुम्हारे हाथ में है।'

झज्जू नर्राकर बोला, 'अब काहे को जाओगे? पिटीसन लड़ने तो खाट में से उठकर भागे गए थे—बीमारी हालियत में। गाँव के स्कूल में तुम्हारे बाल-बच्चे पढ़ते होते तो तुम फिकिर भी करते। तुम्हारे तो पढ़ रहे हैं सहरों के अंगरेजी स्कूल में।'

'यों तो लाला के भी पढ़ रहे हैं सहर में। पर वे तो हमेशा चिंता करते हैं स्कूल की क्या पूरे गाँव की,' साधजी ने सफेद दाढ़ी-मूँछोंवाला घोंसले सा मुँह उठाकर कहा।

बाबा की अवाज में कड़ापन आ गया, 'ऐसी बैठकें तो तुम पचासियों बार कर चुके होगे। कोई तत्त निकला? वही ढाक के तीन पात। सुधार बातों से होगा? सुधार के काम करो तब जानें।'

'जाओ जी फत्ते। इगलास-अलीगढ़ जाओ। न सुनवाई हो तो धरना दो। भूख-हड़ताल करो। प्रधान बने हो तो यह सब आना चाहिए,' रामजी बाम्हन ने चंदन की बिंदीवाला साँवला माथा ऊपर किया।

फत्तेसिंह अपनी मूँछें बड़ी देर से बट रहे थे। अचानक ही नीचे का होंठ ऐंठकर बोले, 'अजी लड्डू हैं सो गपक लो। हड़तालों से पसीजते हैं अफसर? विधायक के डंडे से नीचे काबू में नहीं आते। और विधायक सहज पकड़ में आता है ससुर। तीन बेर अर्जी दे चुका हूँ। साले इस नेंकसे खटीक का तबादला नहीं होता। अफीम खाए स्कूल में सोता रहता है।'

'अपने प्रधानजी भी पूरे अजगर हैं। जिस काम में फायदा नहीं होगा, उस पर मेहनत क्यों करें? हुकमसिंह दे तो रखा है थानसिंह की सेवा में। वही मास्टर हो जाएगा—पक्का।'

'हाँ भाई, मैं अजगर हूँ बस,' प्रधानजी सदा शांति में विश्वास करते हैं।

साधजी लगातर अपना मुँह उठाकर बाबा की ओर देख रहे थे। बाबा समझ गए करनसिंह कुछ कहना चाहता है। साधजी ही क्यों, स्कूल की ऊपरी बातों के भीतर से एक भेदी नजर आकर गजाधरसिंह के चेहरे की एक-एक रेखा की छानबीन करने में जुटी है कि इस शख्स को तौहीन और अपमान ने कितना तोड़ा-मरोड़ा है? कि मैदान से भागकर दुबकते हुए सिपाही की क्या दशा होती है? कि विपता का मारा जान बचाता हुआ आदमी ''' सचमुच चंदन को भेजना उनकी पराजय का झुका हुआ परचम है।

बाबा के मन में उथल-पुथल मची थी, फिर भी वे उसको विस्मृत करके यहाँ पड़ी तीन-चार खटियों के बीच खड़े होकर ऐसे सहज दिखने लगे थे, जैसे अभी-अभी कलेऊ करके डकार लेते चले आ रहे हैं। हालाँकि इस मजलिस में शामिल होने के नाम पर ही उनके दाँत खटिया गए थे, लेकिन ''' आगे की विवशता किसे सुनाएँ वे?

स्कूल की बातों की तरह ही जुताई-बुवाई की बातें भी महज रस्मी थीं। किसने कितना काम निबटा लिया? असाढ़ का पूरा महीना निकल गया, बरसात नहीं हुई। ज्वार, बाजरा, मक्का, चरी की बुवाई की बातों से होती हुई बात रंजीत के कृषिकर्म पर आ टिकी,

और एक ही छलाँग में वहाँ, जहाँ से बाबा खुद को बचाना चाहते थे।

साधजी की भवें बड़ी देर से सिकुड़ रही थीं। माथे पर गहरी दरारें उभर आईं। नाक के बाल तेज साँसों के साथ उड़ रहे थे। कुछ पूछना चाहता है करनसिंह ··· क्या? वही।

'गजाधर मैंने सुनी है बालका तैने आगरे ··· अरे किसने धमकी दी? मुझसे दरियाफ्त तो कर लेता?' साधजी ने बड़े अपनत्व से कहा।

बाबा की छाती पर घन मार ही दिया उन्होंने। धड़कन गड्डमड्ड हो गई। कान सनसना उठे। लेकिन बाबा पहले से सावधान थे। यह सोचकर चबूतरे पर चढ़े थे कि यहाँ उनको उखाड़ने की साजिश हो सकती है और उनको पंजे गड़ा-गड़ाकर चलना होगा।

कोई और होता तो इस बात को पी जाता और बात का रुख दूसरी ओर मोड़ देता, लेकिन वे ऐसा नहीं कर पाए। उन्होंने बारी-बारी नम्बरदार, भवानीदास और अन्य लोगों की ओर देखा, जैसे कह रहे हों, मैं फौजी हूँ। इस कायर के सामने हथियार नहीं डालूँगा, जिसने सरेआम मेरी दुखती रग को छेड़कर मुझे हमले के लिए ललकारा है।

अपनी छप्पर सी सफेद मूँछों में वे बड़ा मीठा मुस्कुराए। नाक के कोनों से सहजता, सरलता छलकाई, 'भाई, रंजीत का मन था। तुम सबको मालूम है कि इस स्कूल का रवइया कितना वाहियात है। फिर भी मुझसे पूछ रहे हो? यहाँ ससुर मास्टर नौकरी नहीं करते, पेंसन खाते हैं। वे अपना फर्ज भूल चुके हैं, तो हम अपनी आँखें क्यों मूँद लें? करनसिंह, हमें धमकी कौन दे सकता है? हमारा मन ही था कि अपने बालक को सहर में पढ़ाएँ।'

यह बात कहकर उन्हें बड़ी राहत मिली। विजय-भाव से सबकी ओर फिर बारी-बारी देखा, जैसे उनके सिर से मनों बोझ उतर गया हो। उस समय वे वहाँ पहुँचने पर एकबारगी खुश हुए, चेहरा सीधा रखा, गर्दन तनी हुई और लगातार यह जताने की कोशिश करते रहे कि हमने अपने चंदन को इन भडुओं की दहशत मानकर आगरे नहीं भेजा। दूसरी ओर यह बात भी साधजी के मुँह पर जूते की तरह मार दी कि तेरा पूत थानसिंह गाँव के स्कूल का हैडमास्टर नहीं, निकम्मा और बेईमान सरकारी नौकर है। तीसरे यह भी कि सालो, जिसे तुम लोग अपनी दहाड़ समझ रहे थे, वह हमने गीदड़-भमकी समझी और उस पर मूत दिया।

साधजी गहरी चुप्पी साधे बैठे थे। अचानक बोले, 'मैं देवी की धुजा छूकर पाँच पंचों के बीच कह सकता हूँ कि रंजीत के बालक से हमारा कोई बैर नहीं था। गजाधर का नाती सो हमारा नाती।'

'हूँ ऽऽऽ ··· हूँ ऽऽऽ ···!' बाबा ने हुंकारा भरा। और फिर स्थिति साफ कर दी, 'भाई, यहाँ बात तो स्कूल की चल रही थी, तू चंदन को बीच में क्यों ले आया? वही कि चोर की दाढ़ी में तिनका। तू अपने दिल से यह बात निकाल क्यों नहीं पाता? बालक से बैर तू कहाँ करता है? रेसम के पेट के बालक से भी वैर नहीं था। पर उसको मार डाला!'

साधजी, जो अब तक देवदूत बने हुए थे, यकायक खलनायकी भृकुटियाँ तानकर बोले, 'तू उस अवैध गरभ को बालक कह रहा है? गजाधर, यहाँ बैठे लोग भी खूब जानते

हैं कि वह अभागा इस दुनिया में जनम ले लेता तो तुम जैसे लोग ही उसे बालक नहीं लेंड़िया कहते। हमारे ऊपर इलजाम है कि हमने उसे गरभ में माँ समेत मार डाला, पर तुम लोग क्या जीते जी मार नहीं डालते? बोलो भाई, मैं झूठ बोल रहा हूँ?' साधजी ने लोगों की ओर देखा।

'इसमें क्या सक है?' गंगाराम खुद लेंड़िया है।

साधजी की बुद्धि और दिलेरी देखकर बाबा की सिट्टी-पिट्टी गुम हो गई। अरे बड़ी काटवाली बातें करने लगा है! एक तो अनर्थ किया, ऊपर से उसको जायज भी मान रहा है! इतने आदमी बैठे हैं, सबके सब चुप हैं! तब क्या मैं यह मान लूँ कि डोरिया ने खून नहीं, धरम का काम किया है? नहीं तो कोई करनसिंह की बात की काट क्यों नहीं कर रहा?

भीतर ही भीतर निराश-हताश होते हुए गजाधरसिंह ने अपनी तीव्र बुद्धि का छोर नहीं छूटने दिया। उन्होंने निश्चय किया कि ईंट का जवाब पत्थर से यहीं देना होगा—चार जनों के बीच। नहीं तो लोग उनकी पराजय खुद-ब-खुद तय कर देंगे और घर जाकर दुनिया भर के सोच-विचार करते हुए वे कुढ़ते रहेंगे।

'तो तेरी भी रजामंदी थी! वाह रे धरमपिता!'

साधजी ने तड़पकर देखा, जैसे उन्हें पत्थर मारकर बाबा ने घायल कर दिया हो।

बाबा की आँखों में सीरक (ठंड) छा गई। आग शांत हुई।

आँखें मींचते हुए मिसमिसाए साधजी, 'मेरी रजामंदी होती तो डोरिया थाने को बँधकर जाता? गजाधर, मैं पुलिस की पैछर मिलते ही लोंड़ा को फरार करा देता। यह कोई मुस्किल बात नहीं थी। पर मैंने सोचा कि इसने गलती की है, सजा मिलनी चाहिए।'

भवानीदास होंठ दबाकर मुस्कुराए।

नम्बरदार बोले, 'यहाँ तो दिलेरी दिखाई साधजी ने।'

लेकिन बाबा ने यह बात सरेआम खारिज कर दी, 'तू जानता था करनसिंह कि डोरिया का गिरफ्तार होना गाँव की निगाह में पाकदामन होने के लिए जरूरी है। जैसे गंगाजी में डुबकी मारकर सुद्ध हो जाता है आदमी। और थानसिंह इस बात से वाकिफ होगा कि गाँव में उसके बदले की घूँस भरनेवाले लोग मौजूद हैं। एक बार थाने-कचेहरी से बेगुनाह साबित हुआ आदमी मोहरबंद सज्जन मान लिया जाता है।' बाबा ने जानबूझकर भवानीदास की ओर नहीं देखा। और अपनी निगाह साधजी पर ही गाड़े रहे।

साधजी कुढ़ गए।

बाबा हँस दिए, 'असल में हम भी क्या करें? रण में तेग-तलवारें चलाना बंद हो गया। अब हमारी आन-बान-शान सब लुगाइयों के कूल्हे पर चढ़कर बोलती है, या थाने-कचेहरियों को अँगूठा दिखाकर।'

साधजी बाबा की तीखी बात ठंडी आँखों झेल गए। केवल दृढ़ स्वर में इतना बोले, 'भाई, कौन सा बाप अपने बेटे को जेल में सड़ने देता? रिहाई हमने कराई है, हमने।

और क्यों न कराते? बताओ तो?'

'यह कही है हजार रुपया की बात! साधजी, डोरिया डाकू बन जाय तो अपने गाँव का नाम रोसन हो जाय,' गंगाराम किसी की नहीं रखता।

दोनों वृद्ध बिफरे हुए मुर्गों की तरह पीछे हट-हटकर एक-दूसरे पर झपट रहे थे। हुक्के पर चिलम गरम कर-करके धरी जा रही थी। क्रोध के शोलों को उछलते देखकर किसको कितना आनंद मिल रहा था, बाबा उस समय गौर करने की स्थिति में नहीं थे। अग्निबाणों का पूरा खाता ब्यौरेवार जमा होता जा रहा था।

मगर कुछ सजग तो वे थे ही। समझ गए कि आगे कहने-सुनने से कुछ हासिल न होगा। बात बिगड़ेगी ही। साधजी भी उनकी गर्वभरी बातों पर चीते का सा वार कर सकते हैं। और वे भी अपना तर्क देकर करनसिंह की हेकड़ी तोड़ सकते हैं। सिलसिलेवार पछाड़ तमाशे से लोगों को खुश करना कहाँ की बुद्धिमानी है? इस मसले पर बहस न करें तो अच्छा हो। साधजी न जाने कब क्या कह बैठे? आगे की योजना भी खुल पड़े तो यह अक्लमंदी नहीं कहलाएगी। करनसिंह की आवाज में टंकार तो है, मगर है खोखली! क्योंकि वह टंकार भवानीदास की तुरही से छनकर आ रही है। साधजी मुझे समझाना चाहता है कि शेरों के मुकाबले अब गीदड़ इतने खतरनाक हो गए हैं कि उनकी वजह से तुम बेघर हो जाओगे। घूँसे की धार तलवार की धार से ज्यादा तेज है और बंदूक की गोली से ज्यादा खतरनाक!

साला! खुद बेटे को सेठ की धिंवरई करके थाने से निकाल लाया, जिसे रिहाई का नाम दे रहा है। दलवीर की वर्दी को चुनौती देता है कि गजाधर-दलवीर का रौब वह बाप क्या खाएगा, जिसका पूत फौज में रहकर बाहरी पल्टन से लड़ा हो। वीरचक्र बैठक में अब भी विराजता है करमवीर का। दलवीर तो तमंचा के फैड़ पर तोपची बना बैठा है।

गजाधरसिंह के होंठ भिंचने लगे, यह साला बोंका न जाने किस दुनिया में जी रहा है। क्या करेगा वीरचक्र? करमवीर मरा तो कुत्ते की मौत—दारू और विष्ठा में लिथड़-लिथड़ कर। बापजी सोच रहे हैं उनका पूत वीरगति पा गया जंग के मैदान में। मैं जान रहा हूँ साधजी कि तुझे चंदन के जाने की खुशी है और भारी चिंता भी। रंजीत अब हाईकोर्ट में जरूर अपील करेगा, क्योंकि बेटे को शहर भेजकर वह निर्द्वंद्व हो गया है। अब तेरा मन जो है, मैं क्या समझ नहीं रहा? सुलहनामा के सपने देख रहा है, पर अब हम तुझे शरीफ माननेवाले नहीं ⋯ यह तमाशा, जो बनिया हमें नट की तरह नचाकर कर रहे हैं, तू भी देखता जा। क्योंकि तू यह भूल चुका है कि मैं हूँ, चाहे तू हो, या फत्ते प्रधान हो, सबके सब मेवा बनिया की बंजी लूटने का कर्ज उतार रहे हैं। नहीं तो तू बनिया के हाथ ऐसा बिक जाता कि मुझसे बातें भी उसकी नजर देखकर कर रहा है और झूठ बोल रहा है कि डोरिया को छुड़ाने में तेरी रज़ामंदी थी। तू लट्ठ का धनी, हौसले का बुलंद यह भी जानता होगा कि डोरिया तेरा बेटा है, तब क्या खूनी नहीं है? इतना बेईमान होना ⋯ ऐसा हिसाब-किताब

समझना तेरे बस का नहीं, अगर यह सब तुझे-मुझे आता तो गाँव को भवानीदास की जरूरत न पड़ती। हम डटकर कर्ज बाँट रहे होते, ब्याज वसूल रहे होते। तू कितना कुछ छिपा रहा है, जैसे मैं छिपा रहा हूँ बहुत सी बातें ... जाटों के सिर सोहनेवाली आनबान की पगड़ी गिरी जा रही है। बनिया नंगा कर रहा है हमें ... बिलकुल फिरंगियों की तरह ... मुझे भवानीदास का डर नहीं, घूँस से थर्रा रहा हूँ।

बाबा ढहनाते हुए आ लगे अपने ओसारे पर। घूँघट किए सारंग किसी काम से निकली होगी बाहर, उससे एक लोटा पानी माँगकर खाट पर ढह गए और हुंकारे भरने लगे— हूँऽऽऽ ... हूँऽऽऽ ... छप्पर के नीचे गाढ़ी गूँज भर गई।

सावन के महीने में औरतें रात-रात भर गीत गाती हैं।

... और सारंग रोया करती है। हिलकी बँध जाती है। कोई क्या कहेगा? पूरी पाठी औरत बच्चों की तरह ...

छिपकर रोती है सारंग। रंजीत झिड़क देते थे कि मूर्ख औरत बेटे की खैर मनाती है कि मनहूस की तरह बिसूरती रहती है। मगर वह करे तो क्या करे? जैसे बच्चे के भूखे होने पर छातियों में दूध उमड़ता है, वैसे ही चंदन के अकेले तड़पने पर सारंग की देह में लपटें उठती हैं। रंजीत कहते हैं, तुम ही हो न अनहोती माँ? दुनिया भर में और कोई औरत माँ नहीं? उनके बालक-बच्चे पढ़ने नहीं जाते?

जाते हैं। जाते क्यों नहीं? पर मेरा चंदन ... पढ़ने के लिए तो कतई नहीं गया। वह तो ढकेला गया है। बोझ की तरह किसी दूसरे के आँगन में पटक दिया गया है। हो सकता है जिंदगी के खतरों से डरकर उसे तुम स्कूल में दाखिल भी न करा के आए हो। मुझे बहलाने के अनेक बहानों में पढ़नेवाला भी एक बहाना हो।

पढ़ाईवाले लड़के-बच्चे छुट्टी में अपने घर लौटते हैं। वह कब लौटेगा, कोई बताए?

डोरिया की देह में कीड़े पड़ें, जिसने पहले मेरी बहन को मौत के घाट उतारा और फिर मेरा बालक ... बड़ी बहू के खसम-पूत मरें, जिनने इस राक्षस का संग साथ दिया—सारंग के कंठ से गीत नहीं गालियाँ फूटती हैं। इस आँगन में सावन तप रहा है।

काजल-बिंदी, लाली-महावर भूल गई वह। परब-त्यौहार याद नहीं रहते। अकेला बच्चा ही पूरे घर-आँगन को गुलजार करे रहता था? कहने को हम तीन जने हैं घर में, लेकिन लगता है कि यह मकान भूतों का डेरा हो और मैं जर्जर बूढ़ी! चलने-फिरने से लाचार!

'कौन कहेगा कि यह दस साल के लड़के की माँ है? चम्पई रंग, सुंदर मुँह, दुबली-पतली लड़कियों जैसी देह और चेहरे पर बच्चों जैसा भोला भाव। अठारह साल से ज्यादा नहीं लगती,' गाँव की औरतों में चर्चा होती थी। प्रधानिन इस बात पर होंठ ऐंठती थी। अरी वाह री चंपा! अब पाला मार गया चम्पई रंगत को। काला पड़ गया चेहरा। मुरझा गई देह।

वह रात-बिरात आँसुओं को पीती रही है, जो आँखों से होकर हलक में उतर जाते हैं। और समझती है—मैं अपना दुख किसी को नहीं दिखाती। कोई नहीं जानता कि मैं अपने बेटे को कितना याद करती हूँ ... याद भी नहीं करना चाहती, मगर उसका लंबोतरा चेहरा रात के अँधेरे में प्रकट हो पड़ता है—अम्मा डर लग रहा है। पगले किसका डर? भूत का। भूत कुछ नहीं होता बेटा, सो जा। अम्मा मैं तेरे पास आ जाऊँ? तू आएगा कैसे ऽऽऽ ...?

झर-झर बरसते मेह में मेंढक टर्राते हैं, पपीहा करुण आवाज में पुकारता है, और मोर फड़फड़ाकर किकिया उठते हैं—कैऔ कैऔ! कुम्हारों के मोहल्ले से ख्याली दादू के चिकाड़े की धुन सन्नाटे को तोड़ती है। ख्याली दादू नल-दमयंती नहीं, मंझारानी की औखा गाया करते हैं। कोई सुने, न सुने। जुड़े, न जुड़े। उनके चिकाड़े का स्वर मौन नहीं होता। इस जमाने के नए चलन पर कभी खफा नहीं हुए ख्याली दादू। कहते हैं ढोला किसी सुनने-बैठनेवाले का मोहताज नहीं। सुर-साधना की तान है। गीत-संगीत की महिमा को कौन क्षीण कर पाया है? हमें किसी की दरकार नहीं। खुद ही गाना, खुद ही गुनना और खुद ही सुनना।

... मगर दो दिन से लगातार रंजीत दादू के पास उनकी बैठक में पहुँच रहे हैं।

'क्यों पहुँच रहे हैं गुलकंदी?'

सारंग नाइन की बेटी गुलकंदी से अचरज भरी आवाज में पूछती है।

जो बताया, सारंग उसे सुनकर चकित रह गई—दादू, मैं तुम्हारे हाथ जोड़ता हूँ, मेरी अरज सुन लो। बिनती करता हूँ, इस पर गौर करो। दो-चार दिन के लिए अपना चिकाड़ा बंद कर दोगे तो घट नहीं जाओगे।

दादू चिकाड़ा बंद करके रंजीत भइया को देखते रह गए, फिर बोले, 'बेटा, ऐसी क्या लाचारी है? बता, तू मुझे तो बता। मैं किसी को दुख देने को सुर-साधना करूँगा भला?'

'क्या बताऊँ दादू? तुमसे छिपा भी क्या है? गाँव में किसी से कुछ छिपा रह सकता है? हम तो फालतूफंड में अपना मन समझाया करते हैं, पर सबको मालूम है एक-एक बात। दादू, तुम मंझा और नल की कथा मत गाया करो। सारंग का दुख दूना ...'

सारंग का मन उमड़ आया। क्या करें रंजीत?

'गुलकंदी लाली! तुम मेरी तरफ से कह देना दादू से, एक दिन ओसारे में ढोला गा दें, उसमें मंझा और नल की कथा ... बीबी अहसान मानूँगी उनका। मेरा जी बड़ा अकुलाता है। हो सकता है कुछ सबर बँधे। मेरे दिल को चैन आ जाए।'

घर-घर बुलावे दिए गए। ख्यालीराम का ढोला होगा—दोपहर पीछे।

गजाधर बाबा के ओसारे में जाजिम बिछ गई। कितने दिनों से लोगों ने एकसाथ बैठकर ढोला नहीं सुना। चरनसिंह बौहरे कहते हैं—यही तो कलजुग है, जिसके चलते

लोग अपने गाँव के गुनी का गुन पहचानना भूल गए। जिसने चिकाड़े के सिवा अपना चित्त किसी दूसरी ओर न भरमाया हो, वह परम जोगी नहीं हुआ क्या? न नार मुई, न संपत्ति नासी, पर ख्यालीराम संन्यासी हो गए। दिन भर धूप में चाक चलाना, अवा लगाना, मिट्टी रूँधना और घर-घर मिट्टी के बासन बाँटना उसका कर्म था तो चिकाड़ा बजाकर ढोला गाना धर्म। गीतकथाओं का मरम भूलनेवाले हमको ही डैमफूल कहते हैं। नए जमाने के लड़के बौहरे की बातों पर हँस देते हैं। लेकिन आज लड़के भी ढोला सुनने आए हैं, भँवर के यार-दोस्त।

'बैठो जी, बैठो। धरम-करम और ढोला-आल्हा में पार्टीबंदी नहीं चलती। ये सब गाँव की विरासत में आते हैं, ये सबके हैं। तुम कलाकार और कला को भूलनेवाले पाप के भागी हो। बताओ तो, इस गाँव में कब से ढोला नहीं हुआ? घर का जोगी जोगना, आन गाँव का सिद्ध। चरनसिंह बौहरे मुकद्दम बने सबको बिठा रहे हैं। साधजी, फत्ते, भवानीदास, नम्बरदार सबके सब रंजीत के द्वार पर! 'कितनी बार कहोगे—घर का जोगी जोगना ··· छठी बार सुन रहे हैं। यही कहते रहोगे कि ढोला भी होगा? अपने आगे किसी को बोलने दें तब न?' पीछे से कोई लड़का बोला।

बौहरे ने अपने तेवर जरा कड़े किए, 'अंगरेजी पढ़े लड़कों की यहाँ कोई जरूरत नहीं है। वे डैमफूल नल-दुम्हेंती की कथा का मरम सौ किताबें पढ़कर भी नहीं समझ पाएँगे। उनसे ज्यादा गहराई से तो सलगी गड़रिया समझ सकता है, जिसने भेंड़ों के अलावा कुछ देखा नहीं।'

रिसालसिंह सफाचट होंठों पर हाथ रखकर हँसता है।

झज्जू ने ख्यालीराम की चेलई अभी दो दिन पहले स्वीकार की है। वह दादू की महिमा पर भाषण देने लगता है—'चरनसिंह चाचा, मैंने तो कह दिया है, दादू पूरे पचास रुपया महीना दूँगा, तुम मेरे रचे भजनों को संगीत में ढाल दो और मुझे गाना सिखा दो। तुम आराम से पान-जर्दा खाओ। मुलहटी मँगाओ, शहद-गिलोय सेवन करो।'

हाँ जी, बारह वर्ष बाद घूरे की भी फिरती है।

कौन बोला?

पन्नासिंह। पन्नासिंह, दादू को घूरा मत कहो जी। चरनसिंह बौहरे कितनी जल्दी सुन लेते हैं। कल ही हाथरस जाकर कान की ठेक निकलवाकर आए हैं।

'अरी भँवर की बहू, ढोला की बेदी पर बैठकर सास की बुराई मत करे,' बौहरे की श्रवण शक्ति!

'है ऽ ऽ डोकरा!' भँवर की बहू घूँघट में फुसफुसाई।

'बेटा, डोकरा तो हैं ही। पर तेरे सुसर से लौहरे (छोटे) हैं।'

भँवर हँस पड़ा, 'बौहरे मोतियाबिंद का इलाज करा आएँगे, तब क्या होगा?'

'जनपरजा को ख्यालीराम का परनाम!'

गद्दी पर बैठे दादू ने सबको हाथ जोड़कर शीश नवाया। और फिर चिकाड़े पर सिर

झुकाकर धोक दी। दादू साठ वर्ष से ज्यादा हैं, पर बालों में सफेदी नहीं। इकहरा शरीर, गेहुआँ रंग। आँखों में सुरमा और मुँह में 'गला-खोल' मसाला। रोली का लम्बा टीका लगाकर आए हैं। गले में काले धागे में बँधी तबिजिया। अपने गाँव के सिद्ध ही लग रहे हैं आज। पास में ढोलक लिए रमला नाई बैठा है। रमला की बनावट ढोलक जैसी ही है—ठिगना कद, चौड़ा सपाट सा सिर। ढोलक बजाते समय उँगलियाँ पल्ले पर नाचती हैं, उसी ताल में सिर हिलाता है। दादू के साथ ही साथ उम्र पार कर रहा है रमला। गले में गाँठदार काले डोरे में देवी मइया का ताबीज।

सारंग औरतों के बीच पीली धरती पर गुलाबी छींटवाली धोती पहनकर आई है। घूँघट में से प्यासी सी दादू की ओर देख रही है।

चिकाड़े पर ताँत चली—ताँय तूँय ताँय ताँय ताँय ··· जाजिम पर बैठे लोगों के सिर तान पर मटकने लगे। दादू ने चरखे की ऐंठन सी आवाज निकाली—बीच कंठ से।

अरी लाज मेरी राखियो तू सारदे माय
कथा राजा पिरथम की सुनाऊँ भोरी माय
अरे औखा रानी मंझा की मैं बरनूँ भोरी माय ···

सारंग अपने कलेजे पर गीत लिख रही है, कथा की मंझा का रूप ले रही है।

राजा पिरथम, रानी मंझा, नरवरगढ़ रजधानी। तो अपनी सरग चूमती चत्तुरसारी पर बैठे दोऊ राजा-रानी। राज में राज, पाट में पाट, परजा, सेना, ऊँट-घोड़ा-हाथियों की असवारी। सरब सुख, सरब आनंद।

पर राजा निपुत्री और रानी बाँझ! आज वे ठाड़े-ठाड़े देखते हैं हींसबिरे (जंगल) के बीचोबीच से उठती धूम की धार! हे राजा, यह धूम-अगिन कैसी? क्या हमारे राज को भसम करने की मंशा से कोई बैरी यह करतब कर रहा है? या हमसे कोई महापातिक बन गया है? हाय-हाय, यह कैसा गजब? राज धुएँ में डूबा जा रहा है। दुहाई है देवी मइया!

राजा पिरथम नेक कुलसील, जग में तिनके मीत ही मीत, मन में तिनके प्रीति ही प्रीति—हे रानी! यह जरूर कोई बनोबासी है। हमसे पातिक नहीं बना, हमारा भाग जागा है।

ओसारे में जुड़ी परजा! किसी का मुँह खुला है, तो कोई साँस रोके सुन रहा है और कोई प्रश्न करता है—आगे क्या हुआ दादू? एक बालक भी चूँए-चाँए करे तो डाँट दिया जाता है—चल भाग रे घर। चनकटा खा जाएगा।

जो राजा अपने राज के पंछी-परेवा तक की बोली सुनकर उसकी मंशा पहचान लेते हैं, वे भला रानी की मनोकामना न जानते?

राजा, हम उन महातमाजी के दर्शन करने चलें?

रानी, तुम्हारे मन में जो इच्छा है, वह मुझसे क्यों छिपाती हो? तुम्हारी नजर में लाड़

और चेहरे पर दुलार छलक रहा है—संतान की मनोकामना जागी है तुम्हारे हिये में।

तो आगे सुनो हवाल ⋯ दादू ने चिकाड़े पर ताँत घिसी। स्वर निकला—ह वा ल!

नीलबरन घोड़े पर मखमली लाल जीन कसी, सोने का पायदान लगाया। रानी खुशी के मारे सिंगार करना भूल गई। नए बस्तर नहीं, पाँवों में पनही नहीं। बाँदी ने चलते-चलते राजा के पीले बागे से रानी की साड़ी का छोर बाँध दिया।

आगे-आगे नीलबरन घोड़ा, पीछे बाजना रथ।

ख्यालीराम ने हाथ उठाया, 'अरे लाऽऽज मेरी राऽऽऽ खियो तू सारदे माय ⋯

सारंग मंझा रानी है। रंजीत के बागे से गाँठ बाँधकर आगे बढ़ रही है।

जंगल में आदमी न आदम जात। जटाजूटधारी एक महात्मा 'तारी' में लीन हैं। पर ध्यान की अवस्था में बिघन डालना महापातिक। करम की मैहमा न्यारी है—चाँद, सुरिज, धरती, अकास सब अपने-अपने करम में लीन हैं। बिघन पड़े तो परलय हो। पूरे सात बरस बाद तारी खुली महाराज की, तो देखते क्या हैं—सामने सूरज जैसे तेजवान राजा पिरथम, धरती जैसी हरीभरी रानी मंझा!

सारंग घूँघट में से उजले माथेवाले रंजीत को देखती है।

तुम्हें क्या दुख राजन्? महारानी तुम्हारा चेहरा क्यों मलिन?

महाराज, संतान-दुख!

सारंग की छाती में शूल उठा। संतान-दुख। जिसके यहाँ पुत्र हुआ ही नहीं, उसे दुख। जिसके होकर चला गया उसको महादुख।

जो राजा सात बरस से खड़े हैं, उनका दुख काटना साधु का धर्म है। महात्माजी ने विष्णु भगवान का ध्यान किया। भगवान ने नारद को बुलाया, भेद खुला—राजा ने आखेट खेलते समय हंस-हंसिनी के छौनों की हत्या की थी। ऐसे महापातिकी के यहाँ इस जनम तो क्या सात जनम संतान-सुख नहीं लिखा। चिकाड़े पर ताँत चली—कोई उपाय, कोई निदान ⋯

देव ने टेर लईं महारानी, देव ने टेर लईं महारानी,
अरे, एक तंदुल के जाचक बन गए तीन लोक के दानी / देव ने ⋯

एक चावल, जिसका सत्त इतना कि सौ चावल मिलाकर एक सौ एक पुत्र पैदा हों। राजा ने हुकम दिया कि एक-एक चावल सौऊ रानी ग्रहन करें।

मंझा की खास बहन सुरजावती, जिसकी मति बेगवान घोड़े की तरह चलती थी, बोली—चावलों से बच्चा पैदा हों तो भंडार भरा है। उसने सब रानियों से चावल फिंकवा दिए। अकेली मंझा गर्भवती हुई। क्योंकि उसने आसा-बिसवास के संग चावल खाया था।

अब देखो प्रभु की लीला और आदमी का फरेब।

सुरजावती को मालूम हुआ कि अकेली मंझा गर्भवती है, अब हमारा क्या होगा? उसने राजपंडित को बुलवाया। सौ मोहरें देकर पंडित को खरीद लिया। पंडित की बुद्धि

लोभ के वशीभूत होकर नष्ट हो गई। उसने बैन किए—हे राजन्, मंझा की कोख से जो बालक जनम लेगा वह तुम्हारी आयु और राजपाट के लिए अनिस्टकारी होगा।

राजा जितने ही नेक, उतने ही कठोर! सोच-बिचार में भी ज्यादा बखत नहीं लिया।

राजा ने चिंतामनि भंगी को बुलवाया और रानी मंझा को देसनिकाले का हुकम दिया। फरमान सुनाया कि मंझा का कतल करके, उसके खून से तन के बस्तर रंग के तथा नेतर निकाल के हमारे सामने पेस करो। सो कहते हैं पंचो कि पुरिख की जाति बस अपनी सगी होती है—राजा पुरिख था।

सारंग को पीछे छुटे अनेक वृत्तांत याद आने लगे।

तो आपसे अब अरज क्या करूँ कि रानी मंझा जब जंजीरों में कसके ले जाई जाने लगी तो महल का खंभा-खंभा रोया। छत में दिरारें पड़ गईं। रानी ने रोते हुए हाथ जोड़कर बिनती की—एक बार राजा का मुख देखना चाहती हूँ। पर राजा इस बात को राजी नहीं। नहीं मानी रानी, आखिरकार राजा पिरथम पीठ फेरकर खड़े हो गए, क्या पता इस औरत की छाया भी घातिक ···

मंझा ने राजा की पीठ को ही अपनी बानी सुनाई—राजा पिरथम, मैंने तुझसे पिरैम किया था। मैं चाहती तो तुझसे अपना हक्क माँगती। पर जिसने पिरैम के बदले पिरैम ही नहीं दिया, वह हक्क क्या देगा? चलो चिंतामनि, ऐसे राजा के राज में मैं अपनी संतान जनमकर अपना और बालक का जीवन अकारथ नहीं करना चाहती। महल छोड़ा। चलते-चलते जा पहुँची बियावान बनी में।

चिंतामनि, भंगी की जाति, पर मंझारानी को बिसेस पिरैम करनेवाला। अपनी माता को कोई मार सकता है? भंगी है तो क्या जल्लाद मान लिया राजा ने? वह रोने लगा। अब क्या करूँ माता मंझा? भगवान की लीला न्यारी। वह अनेक रूप धरकर हाजिर होता है। एक हिरन दौड़ता हुआ वहाँ आ गया। चिंतामनि का काम आसान हो गया। मिरगा मार गिराया। खून में रानी की पोसाक रँगी। हिरना के नेतर निकाले और जाकर राजा के सामने धर दिए।

मतिभिरिष्ट राजा को चेत आया तो खंभों से सिर फोड़ने लगा।

शुभ घड़ी, शुभ महूरत मंझा ने उसी हींसबिरे में पुत्र को जनम दिया।

ढोलागायक के हाथ उठते हैं, होंठों से जादूभरी लय झरती है—

> कि दुरगे माता आई द्वार/कि भैमाता ने काट्यो नार
> कि लछमन सेठ बने गढ़वान/कि रथ में मंझा लई बैठार
> नल को लैकें चले सेठजी दच्छिनपुर दरबार ···
> जगत में जिसका जगतपिता रखवारा/उसे मारनेवाला हमने कोई नहीं निहारा रे
> जगत में जिसका जगतपिता रखवारा ···

'वाह! भाई वाह! ख्यालीराम ढोलावाले वाह!'

लोग उठ खड़े हुए। ढोलावाले दादू की आँखें चमक उठीं। सारंग घूँघट में से देख रही है—जैसे कह रही हो—मेरा चंदन और मैं औखा (विपत्ति) में हैं दादू। बाबा और रंजीत ··· मेरा घर बारहबाट हुआ जाता है। मेरे बेटा को कुछ हो गया तो? बाल बाँका न होगा दादू? मुझे मंझारानी की सी हिम्मत दे दो। अब मैं रोऊँगी नहीं। हौसला रखूँगी ··· उसने मन ही मन दादू को प्रणाम किया। सजल नेत्रों उनकी छवि निहारती रही। जैसे अक्षर-अक्षर कथा लिख रही हो अपने मन में।

'भाई बड़े दिनों बाद रस की धार पड़ी कानों में। अब तक तो सुसर आपसी रंजिश दंदफंद में जिंदगी गँवा रहे थे हम, आज लगा कि हवा बही है हमारी गली में।' बाबा दादू की पीठ ठोक रहे हैं।

'चंदन की जान को खतरा है।' यह खबर कलावती चाची ने पहले ही दी थी। पैंतालीस को पार करती हुई कलावती चाची गाँव में दूती लुगाई के नाम से मशहूर हैं। उनके पास भेदों का खजाना रहता है। गाँव की औरतें कहती हैं—पेटफूला (चाची का पति) क्या भागा, इसे छुट्टल गाय कर गया। चाची के पति अधपगले थे। घर में ध्यान नहीं रमता था। एक दिन लोटा-डोर उठाकर बिना कहे ही ऐसे गए कि आज तक नहीं लौटे। चाची की गोद में रिसाल और पेट में सत्तो को छोड़ गए थे। यहाँ के लोग तो यह भी कहते हैं कि चाची से तंग होकर भाग गए, पर चाची कहती हैं—'भडुआ डरपोक निकला, लाला के कर्ज के मारे भाग गया। अब देख लो कि पाई-पाई पटा दी न मैंने, हम्बैतौ!' ठुकी-कसी देह की चाची की साँवली छवि आज भी लुभाती है। लुभाती होगी किसी को, सारंग को वे फूटी आँखों नहीं सुहातीं। रेशम के पेट को लेकर इस औरत ने ही कानाफूसी की थी।

··· लेकिन इन दिनों सारंग को चाची उतनी बुरी नहीं लगतीं। वह जिस रंजिश में उलझी है, उसमें भेदिया की बड़ी जरूरत है। और सचमुच चाची जरूरी खबर ले आईं।

'सारंग, तेरा दुसमन डोरिया मांदी (बीमार) है। कड़ीखाए की देह को रेसम रूँध रही है। हुकमकौर अपने पूत को जात कराने ले जा रही है। रात में चिंघाड़कर उठ बैठता है। दिन को कोठे से नहीं निकलता। हुकमकौर रेसम को गालियाँ देती है—बैरिन जियत खून पीती थी, अब मरे पीछे भी ···

'बुखार न खाँसी और हालियत देख लो कि ··· आगे बोल न पाई डोरिया की अम्मा। मुँह पर पल्ला डालकर रोने लगी।'

कलावती चाची इस बात को बताकर सारंग की नजरें टटोलती हैं।

वह शांत बैठी थी अभी तक। दादू का ढोला सुनकर सहने की सामर्थ्य और हौसला जुटा रही थी आगे बढ़ने का। लेकिन यकायक लगा कि चाची ने मिट्टी के तेल में भीगी लुत्ती को माचिस की जलती तीली दिखा दी।

खूँखार आग जल उठी एकदम से। उस आग से जलती-झुलसती सोचती है—चुप

बैठी रहेगी तो खुद ही भस्म हो जाएगी।

ऊँट पहाड़ के नीचे है इस समय। ऐसी बीते नासिया पर कि मरे में गिना जाय न जीते में। रेशम के कातिल इस दरिंदे को ··· उसके पेट के बच्चे के इस हत्यारे को ··· प्रथम को मौत की नींद सुलानेवाले को ··· और चंदन को मेरी बाहों से झटक ले जानेवाले को आखिर कौन सी सजा दी जाए?

उठी और रंजीत के पास आ गई।

'क्यों क्या हुआ? ऐसी बदहवास ··· फिर कोई दौरा?'

सारंग का चेहरा लाल हो गया—अंगारे की तरह, झपटती निगाहों से कोठे में पड़ी खाट पर बैठे रंजीत को देखकर बोली, 'तुम चाहो तो उसे मिट्टी में मिला दो।'

'अरे! एकदम बिफर पड़ रही हो तुम तो!' भृकुटी सिकुड़ी उनकी।

'देखो तुम बीमार नहीं, कमजोर नहीं, बूढ़े नहीं, इसको सजा दे सकते हो कुकर्मों की। सनूना (रक्षाबंधन) आ रहा है, तैयार हो जाओ मुकाबले के लिए। दंगल होगा।'

उन्हें नामलूम सी हँसी आ गई, 'ऐसे दाँत पीसना अच्छा नहीं।'

'शांत नहीं रहा जाता रंजीत,' खड़ी-खड़ी हाँफ रही है सारंग।

'गाँव छुड़वाकर मानोगी तुम,' होंठों पर कसैलापन जमा है रंजीत के।

'तुम क्या सोचते हो, मैं भी तुम्हारी तरह चुपचाप खा लूँ और सो जाऊँ द्वार बंद करके?'

'मैं क्या कह रहा हूँ, तुम क्या जवाब दे रही हो?'

'मर्द की जात लम्हे-लम्हे बदलती है रंजीत, मेरी समझ में खूब आ गया,' होंठ क्रूर हो गए उसके।

'सारंग, यहाँ आओ, बैठो। भयानक सपने देखना छोड़ दो। आग को फूँक मार कर ··· रंजिश को रबड़ की तरह तानने में पिछली बातें नहीं सुधरनी।'

सिर झुकाए बैठी है सारंग। मौन और बेहरकत। गजब तो देखो, आगे आकर लड़ने की जब जरूरत है, रंजीत अत्याचार झेलने पर उतारू हैं! क्या उनका क्रोध दूध का उफान भर था? या मेरी उम्मीदों पर पाला गिराना जरूरी समझ रहे हैं? सोच रहे हैं कि सारंग बेवकूफ ··· जैसा कि बार-बार कहते हैं।

फड़फड़ाती लौ की तरह एक बार फिर मन की बात को काबू में नहीं रख पाई, 'तुम बीमार डोरिया का मुकाबला नहीं कर सकते?'

'कर क्यों नहीं सकता? कर सकता हूँ, मगर करूँगा नहीं। उसे पछाड़ देने से क्या मैं उसी की तरह दुष्ट और जल्लाद हो पाऊँगा? अपने गुस्से की लगाम खींचो सारंग। त्रिया-हठ अच्छा नहीं होता। तुममें कितनी अक्ल है? हर औरत की तरह जल्दी से भड़क उठती हो। बात पचाने की कूवत नहीं तो जुबान को लगाम दो।'

रंजीत इतना कहकर उठ गए, जैसे सारंग की बातों में कोई सार न हो। जाते-जाते बोले, 'पागल हो तुम। निरी पागल।'

मुँह देखती रह गई वह ''' मैं पागल हूँ कि तुम बेज़ार हो? मेरी बुद्धि पर भरोसा नहीं तो रंजीत ही क्यों नहीं बताते कि मैं किसके लिए लड़ना चाह रही हूँ? अपनी बहन के लिए? चंदन के लिए? या अपने और रंजीत के लिए ''' ? क्या इस जंग में हम बराबर के शरीक नहीं? सारंग को 'पागल' शब्द जहर-बुझे भाले की तरह कोंचता है। ऐसी ही स्थिति में इस शब्द ने उसे सुन्न कर दिया था पहले भी।

मैं अपने पागलपन से सदा हारती आई हूँ रंजीत, फिर भी यह जुनून मेरे ऊपर से नहीं उतरता। उतर जाता तो गुरुकुल से क्यों निकाली जाती? पिछली परतें उखड़ने लगीं अनचाहे ही ''' माना कि मैं वेदपाठ करने नहीं भेजी गई थी, अपनी विमाता के आनंद पर भारी पड़ रही थी, यही मेरा अपराध था। अधिकांश लड़कियाँ मेरी तरह की दोषिनी थीं। फिर भी हम गुरुकुल से किसी सहृदयता की आशा लगाते थे। ''' मगर वह कैद''' बड़ा फाटक, चारदीवारी पर ठुके काँच के टुकड़े किसी चोर-उचक्के के कारण नहीं, हमारी आजादी को लहूलुहान करने के हथियार थे। हमारा बाहरी-भीतरी संसार केवल औरतों से भरा था। धोबी-माली जैसे पुरुषों का भी प्रवेश वर्जित था। वहाँ तीन माताजियों, दस बहनजियों और तीन सिपाहिनियों का बर्बर साम्राज्य था। अकेले शास्त्रीजी पुरुषों के प्रतिनिधि ''' नहीं तो हम पुरुष चेहरे की पहचान भूल जाते।

मैं अठारह की होते-होते इस बात को अच्छी तरह समझ गई कि अगर बड़ी माताजी ऐसी कड़ी निगरानी और सावधान व्यवस्था न रखें तो कोई भी माँ-बाप, कोई भी संरक्षक अपनी कन्याएँ यहाँ लाकर नहीं छोड़ जाएगा। इस गुरुकुल की पहली शर्त लड़कियों के जीवन को कठोर नियमों की रस्सियों से बाँधना है। घरवालों को निश्चिंत और सुख की नींद आए इसलिए इस कारागृह के अलग-अलग बने कमरों की सुरक्षा पहले उन्हें दिखाई जाती, और उन्हें आश्वासन दिया जाता कि यहाँ से तुम्हारे द्वारा लाई हुई लड़की न तो दीवारें फलाँगकर भाग सकती है, न किसी रेल या बस में बैठकर कहीं उड़ सकती है। वह हमारे सख्त पहरे में है, तुम अपनी शानो-शौकत, इज्जत-आबरू की पताका मजे में फहराओ।

मैं सोचती—मेरे पिता इसी कड़ाई के बदले बड़ी माताजी (प्रधानाचार्य) के नाम रुपयों का मनीआर्डर हर महीने भेजते हैं। हम इसी गुलामी और सजायाफ्ता जिंदगी को ढोने के लिए पढ़ रहे हैं? एक ने हमारी नाक नाथकर काबू में किया है, दूसरा उसे पैसे का डंडा थमा रहा है—इस मौन समझौते के बदले दोनों पक्ष समाज की नजरों में महान और ऊँचे माने जा रहे हैं।

'हे परमपिता, हमें यश दे, बल दे, आयु दे' के मंत्रों को दोहराती हुई मैं खुद से ऐसे ही अनसुलझे सवाल पूछा करती। और उन्हें भूल जाना भी चाहती क्योंकि उपाय तो कोई था नहीं। लेकिन सदाचार, शिष्टाचार और ब्रह्मचर्य के कठिन व्रत से ज्यादातर लड़कियाँ ऊब चुकी थीं। वे सब यह भी जानती थीं कि वे अनेक ब्याह करनेवाले अनाचारी पिता, स्वार्थी माता तथा ऐसे ही संसारी संरक्षकों और भ्रष्ट तथा झूठी जै-जैकार में लीन-लिप्त

माताजियों के पाँवों तले मजबूर होकर पड़ी हैं। जब ऐसी पराधीनता आती है, तब या तो आदमी दीन हो जाता है या फिर विद्रोही।

पाँव डगमगाने लगें, उससे पहले मन डोलने लगा। कक्षा में संस्कृत पढ़ानेवाले शास्त्रीजी पर मधुमक्खियों की तरह लड़कियाँ भिनभिनातीं। उन्हें छिप-छिपकर निहारतीं। उन्हीं की बातें करतीं। आश्रम में रस ही रस घुल जाता। गुरुकुल के द्वार पर लगे वज्र किवाड़ मन के भीतर खुल जाते। परंतु जैसे ही यज्ञ की वेदी पर कदम धरतीं, लगता कि पाप हो गया। फिर मन-वचन-कर्म से आर्य समाज के दसों नियम, मंत्रों और श्लोकों में रम जातीं।

'सब सत्य विद्या और जो पदार्थ विद्या से जाने जाते हैं, उन सबका आदिमूल परमेश्वर है' के साथ ही संसार को देखने की इच्छा, देह की आकांक्षा अँधेरे में बंद कैदी की लालसाओं की तरह सिर चढ़कर बोलतीं।

मुझे शास्त्रीजी की छवि लुभाने ही नहीं लगी, सताने लगी।

शारदा बोली, 'शास्त्रीजी के पास *ऋतुसंहार* है। माँग लें?'

'हाय री! शास्त्रीजी क्या सोचेंगे?'

'कुछ नहीं, एक बार मैंने मणिराम के हाथों मँगाया था।'

मणिराम, शिवराम रसोइए का छोटा भाई, जो खाना बनानेवाले भगौने-पतीले माँजता था। बाईस-तेईस वर्ष का जवान पहाड़ी। देह से स्वस्थ। कद से नाटा। रंग लाल चकत्तेवाला गोरा सा।

अब तक *अभिज्ञान शाकुंतलम्* के कुछ अध्याय, *कादम्बरी* और *दशकुमारचरितसार* तथा *मृच्छकटिकम्* पढ़ चुके थे। *सत्यार्थप्रकाश* का सार घोंट चुके थे। पाणिनी की *अष्टाध्यायी* के साथ व्याकरण के शब्द रूप, धातु रूप, संधि, विग्रह वगैरह का ज्ञान प्राप्त कर चुके थे। *ऋतुसंहार* जैसी शृंगारी पुस्तकें वर्जित थीं। *मेघदूत* भी नहीं पढ़ाया जाता था।

असल में बड़ी माताजी भी क्या करें? संस्कृत को अपने यहाँ की मुख्य भाषा न बनाएँ तो गुरुकुल को पवित्र जगह कौन मानेगा? वेद, मंत्र, श्लोकों की महिमा से आदमी झुक जाता है। लेकिन संस्कृत की बहुत सी किताबों में जो-जो वर्णन हैं, वे किसी भी कुँआरी और जवान लड़की की देह में सनसनाहट पैदा कर सकते हैं। शायद इसीलिए माताजी ने आर्य समाज का साहित्य भी कोर्स में लगा दिया। निराकार ब्रह्म, देखा न सुना, बस मानते रहो, जपते जाओ।

ऋतुसंहार हाथों में क्या आया शास्त्रीजी की मुस्कान दम निकालने लगी।

'हे प्रिये, कमर तक लटकनेवाले केशों से, सुगंधित पुष्पों के गहने धरण किए गए स्तनों से, मधुयुक्त मुखों से स्त्रियाँ विलासियों को रति उत्पन्न कर रही हैं।' अच्छी तरह रट लिया था—शिरोरुहैः श्रोमितरा वलम्बिभिः ...

सत्यार्थ प्रकाश के बीच रखी *ऋतुसंहार* की पतली सी किताब ... मैंने बाल खोलकर छातियों पर डाल लिए। नई जवान हुई देह को खुद ही निहारती रही। मगर यह पाप

था। पाप न होता तो अपनी कमरे की साथिन के घर जाने पर मैं खुशी मनाती? पासवाले तखत पर सो रही होती वह तो *ऋतुसंहार* का आनंद अधूरा रह जाता। मगर वह मधु में सनी रात!

कोई विलासी नहीं शास्त्रीजी। चालीस वर्ष की अवस्था के, गोरे रंग और लंबे कद के मुलायम मुखवाले शास्त्रीजी की छवि बुरी तरह तंग किए थी। बंधन चरमराने लगे। मैं शास्त्रीजी के कमरे में अनायास ही चली गई। महूरत अच्छा था कि किसी ने देखा नहीं। वर्षा ऋतु की तीखी उमस भरी गर्मी। खादी के वस्त्र पहने हुए ... काश, महीन कपड़े होते! वह आलिंगन से चुंबन तक पहुँचने का समय था। मैं भोग की इच्छा रखती हुई भी शास्त्रीजी की बाँहों से फिसल रही थी कि भड़ाक् से दरवाजे की किवाड़ें खुलीं।

तुरंत सँभल गई। शास्त्रीजी ऐसे खड़े हो गए जैसे किताब में से कोई कठिन श्लोक समझा रहे हों। सतर्क और सावधान मुद्रा के नाटककार शास्त्रीजी!

... द्वार खोलनेवाली लड़की तो बदहवास थी। ऐसी बदहाल कि मैं शास्त्री की बाँहों में कसी होती तब भी वह कुछ भी देख न पाती। वह हाँफ रही थी और हिचकियाँ सी लेती हुई बोलने लगी—'शारदा! शारदा!'

क्या हुआ शारदा को?

'चलो, चलो आप। देखिए तो सही ...' कहकर वह भागती हुई निकल गई।

मैं पहुँची तब तक शारदा बड़ी माताजी के कमरे में ले जाई जा चुकी थी। वहाँ सबका प्रवेश वर्जित था। शास्त्रीजी का भी। इसलिए जो सुना उस पर विश्वास कर लिया।

'बर्तन माँजनेवाले मणि की कोठरी में रंगे हाथों पकड़ी गई थी शारदा!'

मेरा हलक सूख गया। गुरुकुल में सन्नाटा पड़ गया। लड़कियों के चेहरे सफेद पड़ गए। अब क्या होगा?

माताजी के बुलाने पर शास्त्रीजी गए।

तय कर आए कि वे सारंग नैनी से शारदा के चरित्र के बारे में जानकारी लेंगे। वह अधिक नजदीकी है, रहस्य जानती होगी सखी का।

मैं शास्त्रीजी के साथ केवल शिष्या के नाते तक सीमित रहती तो शायद उनके आदर में, उनके बड़प्पन से झिझक भी जाती। लेकिन निकटता झिझक खोल देती है। सान्निध्य अधिकार का तकाजा करता है, सो बिफर पड़ी—'अरे वाह! तीन दिन से शारदा को बड़ी माताजी अँधेरी कोठरी में बंद किए हुए हैं, मैं पूछती हूँ क्यों? सुनते हैं, उसके हाथ-पाँव बाँध दिए हैं। खाने के नाम पर नमक का पानी दिया जा रहा है!'

'तुम्हें कैसे मालूम?'

'मालूम नहीं, मालूम कराया जा रहा है कि देखो, लड़की की जरा सी इच्छा की सजा क्या होती है? तुम भी तैयार रहो, यदि आगे पाँव बढ़ाया तो?'

'तुम तो भड़क उठीं!'

'मान लीजिए मैं और आप देख लिए जाते तो ऐसी ही सजा मुझे ... हम तो चोरी

का लाभ ले गए। हम नहीं, केवल मैं। आपको सजा क्यों मिलने लगी भला?'

शास्त्रीजी चिढ़ से गए, 'तुम उस बात को हमारी बात से क्यों जोड़ रही हो?'

'क्योंकि दोनों में अंतर नहीं था।'

'*मेघदूत* पढ़ा है? जब *ऋतुसंहार* पढ़ लिया तो *मेघदूत* भी पढ़ा होगा तु-म-ने।' 'तुमने' शब्द पर शास्त्रीजी ने विशेष जोर दिया। और आँखों में आँखें डालकर बोले, 'याद करो—ज्ञातः स्वादी विवृत जघनां, को विहातुं समर्थः (जिसको एक बार स्वाद लग गया हो तो फिर फैली हुई अनावृत जाँघों को कौन अस्वीकार कर सकता है?)।

'छिः!' शास्त्रीजी इतने नीच! लगा कि इसी समय *ऋतुसंहार, मेघदूत, अभिज्ञान शाकुंतलम्* की चिंदी-चिंदी करके आश्रम के आँगन में बिखेर दूँ और जोर-जोर से हँसूँ। मेरी साँसें मगज को चढ़ने लगीं। सारा दोष शारदा पर ... पुरुष तुम कितने अन्यायी! उसके बाद शास्त्रीजी की सूरत से घृणा होने लगी। मैंने लड़कियों में आवाज उठाई—कोई खाना खाने मत जाओ। विद्यालय, यज्ञशाला में पाँव तक न धरो। ये सब सूलीघर हैं। यहाँ के लोग ढोंगी हैं।

मगर माताजियों ने जमाना देखा था। उन्हें मालूम था लड़कियों का रोसभरा गुब्बारा किस पिन से फुस्स होगा। तीनों माताजी एकसाथ चप्पियों की चटाचट करती हुई आश्रम के आँगन में प्रकट हुईं। यज्ञशाला में सबको इकट्ठा किया गया और धमकी सुना दी—

'जो लड़की आज खाना खाने भोजनालय में नहीं जाएगी, उसके पिता या संरक्षक को बुलाया जाएगा और यहाँ से चरित्र के संदेह में निकाल दिया जाएगा। आज सबकी हाजिरी होगी भोजनालय में।'

यह झटका कड़ा था। लड़कियाँ तिलमिला गईं। सहमकर सिर झुका दिया।

मगर फिर एक हादसा और—

एक थी शकुंतला। आगरा शहर की। गर्भ रह गया था। कहते हैं कि उसने बच्चे के बाप का नाम माताजी को बता दिया था। माताजी उसे सबके सामने दण्ड नहीं दे पाईं। उसके पिता को चिट्ठी लिख दी—अपनी बेटी को ले जाएँ। और शास्त्रीजी को गुरुकुल कांगड़ी भेज दिया।

यह बात नहीं कि पिता आए नहीं, आए थे। माताजी के पाँव पकड़ लिए, गिड़गिड़ाकर बोले, 'आप ही बताएँ, इस कुलच्छिनी को कहाँ ले जाऊँ? गर्भपात भी कराया, तब क्या गर्भ छिप जाएगा? अड़ौसी-पड़ौसी ही बात को ले उड़ेंगे। मैं कहीं का नहीं रहूँगा। शकुंतला रोती रही। पिता ने माताजी से कह दिया—'इससे जूठे बर्तन मँजवाइए, कपड़े धुलवाइए, सारे गुरुकुल में झाड़ू लगवाइए। कुछ भी कराइए, आपकी रजा पर है। मैं अपनी नाक कटाने किसी कीमत पर नहीं ले जाऊँगा इसे। आज से यह मेरी बेटी नहीं, आपकी खादिमा है।'

तब क्या शकुंतला को धक्के मारकर निकाल दिया जाएगा? लड़कियाँ फुसफुसाईं।

शकुंतला के लिए गुरुकुल स्थायी निवास हो गया, मगर वनखण्ड सा उजाड़ ... और

माताजी ने वह नीति अपना ली, जिसमें अपराधी खुद-ब-खुद खत्म हो जाए।

तपस्विनियों के बीच भोग-विलासिनियों का क्या काम? इस कुल्टा से ब्रह्मचारिणियों का स्पर्श वर्जित। शकुंतला को हवन से दूर, मंत्रों से अलग, कक्षा से निकालकर उस कोठरी में डाल दिया गया, जिसमें लकड़ी भरी रहती थी। थाली में ऊपर से खाना डाल दिया जाता। लोटे में ऊपर से ही पानी की धार ''' ग्यारहवीं में पढ़ती गुरुकुल की छात्रा छोटी होती है न नादान। संस्कृत ग्रंथ पढ़ी-लिखी विदुषी लड़की थी। तिरस्कार की भी हद होती है और निर्लज्जता की अपनी गुंजाइश। शकुंतला ने अपने औरतपन को साहस से साधा था। हौसले की कमी न थी। साधन वही चुना, जो उसकी पहुँच में था।

एक सबेरे देखा कि शकुंतला की लाश गुरुकुल की चारदीवारी के नीचे बाहर की ओर खरबूजे की तरह खिली पड़ी है। चील-गिद्ध मँडरा रहे थे, कुछ पास बैठे थे। गुरुकुल में हाहाकार मच गया। पास के गाँव मोहनपुर के आदमी हल्ला मचाने लगे—अरे हमने तो समझा था कि कोई जानवर मरा पड़ा है। यह लड़की थी, च् च् च्!

शकुंतला! दुष्यंत की शकुंतला! लड़कियाँ उसे छेड़ा करती थीं।

माताजियों की टाँगों में करेंट दौड़ गया। यहाँ जा। वहाँ जा, बड़ी माताजी गुरुकुल से बाहर चली गईं। बीचवाली माताजी शकुंतला की लाश के पास खड़ी रहीं। छोटी माताजी ने लड़कियों को फाटक के अंदर ही रोके रखा।

मगर कहाँ रुकीं लड़कियाँ? कुछ वज्र दीवार पर चढ़ गईं। नुकीले काँच से पाँव कट-फट गए। दीवार खून से रँग गई।

दोपहर तक मृतक वाहन आ गया। पेशेवर तरीके से लोग उतरे, और शकुंतला की गीली हड्डियों को उठाकर ले गए।

शकुंतला! शारदा! सारंग!

सारंग जीवित रह गई। क्यों जीवित रह गई? माताजी के ईंट-पत्थरोंवाले गुरुकुल की दीवारों पर सिर पटकने के लिए जिंदा रह गई थी मैं '''

यज्ञ-हवन ठप्प! मंत्र-श्लोक मौन! हम खाना नहीं खाएँगे। यह जगह मरघट है। थाली औंधी कर दो। कोई नारा नहीं। कोई स्वर नहीं। आवाज की महीन सी लय भी नहीं। केवल आपसी मौन इशारे थे, जो एक-दूसरे ने समझ लिए।

और इस मौन में से निकाला गया एक फैसला।

बड़ी माताजी ने मेरे पिता को बुला लिया और कहा—आपकी लड़की के चरित्र पर कोई लांछन नहीं, मगर वह इस हद तक उद्दण्ड है कि हमारा अनुशासन कायम रह नहीं पाता। इसको वापस ले जाना ही होगा।

पिता ने जब बिस्तर उठाया तो कहा था—पागल लड़की!

रंजीत, यह कोई नई बात नहीं कि तुम मुझे पागल समझ रहे हो '''

'मैं सचमुच पगली!' उसने चीखना चाहा, पर आवाज ऊँची करना मुनासिब नहीं! होंठ भींच लिए। घुटनों में मुँह देकर फफक रही है सारंग।

—अपने आपको सब तरह से तो बदल डाला मैंने। गुरुकुल की बोली-भुला दी। कपड़े-लत्तों का पहनना-ओढ़ना ... एकदम बदल दिया। कोई कह सकता है कि कभी यज्ञ किया होगा मैंने? मंत्र-श्लोक बोले होंगे? *सत्यार्थप्रकाश* रटा होगा? *अभिज्ञान शाकुंतलम्* और *कुमारसम्भवम्* पढ़े होंगे? यह घूँघटवाली औरत रंजीत की बहू है, सारंग नहीं। ... मगर यह पिछले सोच-विचारों की कील? कहाँ अटकी रह गई कोई किर्च?

पिछवाड़े औरतें मगन मन सावन के गीत गा रही हैं और मैं हूँ कि मगज की चिंदी-चिंदी करने में जुटी हूँ सोच-सोचकर। पेड़ की महीन पत्तियों में से मेह छन रहा है।

अचानक मोरिनी फड़फड़ाई—केंओं ऽ ऽ केंओं ऽ ऽ फट्ट फट्ट फट्ट!

गीत की कड़ी सुनाई दे रही है—

चंदा की चाँदनि मोरिला रैन उजियार, राजा की रानी पानी नीकरीं जी,
हट हट जा रहे मोरिला भरलिन दे नीर, मो घर सास दुसाबती जी,
तेरी तो सासुल धनियाँ हमरी है माय, आज बसेरौ चम्पे बाग में जी
झटपट झटपट सासुल गगरी उतार, बागन कौ मोरिला मेरे मन बसौ जी

(राजा की रानी चंदा की चाँदनी में नीर भरने चल दी। पर कुएँ पर तो बागों का मोर छेड़छाड़ करता है। ओ प्यारे मोरिला, मुझे जल्दी से नीर भर लेने दे, मेरे घर सास दूसरी (सौतेली) है। मोरिला नहीं मानता—गोरीधन, तुम्हारी सास तो हमारी माय लगी न? वे कुछ नहीं कहेंगी। आज रात बाग में बसेरा करो न! गोरीधन झटपट घर पहुँची—ओ सासुल, जल्दी से गगरी उतार। बागों का मोर मेरे मन बस गया है। हाय बहू! तुझे मोर का ही शौक है तो सोने का मोर गढ़ा दूँगी। नहीं सासुल, उसको तो चोर ले जाएँगे। बागों के मोर की कोंक मेरे मन बसी है ...)

सारंग गोरीधन है। उसे बागों के मोर की याद आई।

बागों का मोर? केलासीसिंह ताड़फड़ेवाले। बलवान और गुणी। भँवर की बुआ की बेटी के जेठ। तनिक अनबन हो गई भँवर की अम्मा की और बुआ की। गाली-गुफ्तार हो गई थोड़ी सी। आवाजाई बंद है इन दिनों। फिर केलासीसिंह का आना? आना लाजिमी है उनका। डोरिया का जवाब कौन? ताड़फड़ेवाले केलासीसिंह।

मेरी खातिर आना होगा उनको ... बैरी की नसनस का चूरन कर जाएँ। परसाद बोल दिया है मैंने।

भँवर से सलाह की—'रक्षाबंधन पर बूरा खाने के बहाने बुला ले ननदोईजी को। दंगल लड़ना भी हो जाएगा।' मुट्ठियाँ भिंचती हैं उसकी।

भँवर सपाट नजर से देख रहा है, याद दिलाने लगा, 'अम्मा देखी है हमारी? अखत्तल गालियाँ बरसाती है बुआ पर और संग में जीजा पर—आवे तो सही केलसिया! कढ़ीखाए के मूँड़ में हड़िया मारूँगी। लौहचटी लालकौर के जँवाई को मैं परोसकर खवाऊँगी? अरे पानी को तरसा दूँगी।'

सारंग मुँह खोले रह गई। आँखों में दुख तिर आया।

भँवर उसकी निराशा से द्रवित हो उठा, 'ठीक है, अम्मा को समझा दूँगा। फिर भी न मानी तो जीजा से कह दूँगा कि उसकी गाली-गलौज को असीस-आशीर्वाद मानकर अख्तियार कर लें।'

दिन-रात केलासीसिंह की तस्वीर छाई रहती है नजरों पर। कलेजा रेशा-रेशा कट गया था, मगर वे रेशे कौन जोड़ रहा है? केलासीसिंह ने सुनहरा जाल बुनकर तैयार कर दिया! या उसी ने बना ली कारगर योजना? अचम्भा होता है खुद पर भी—मेरे भीतर कौन सी औरत है जो ऐसे ताने-बाने बुनती रहती है।

और साक्षात् केलासीसिंह!

लम्बा चेहरा, नुकीली ठोड़ी, मँझोला कद, काले सर्प सी गर्दन ... लगता नहीं कि यह चमकता हुआ आदमी हाड़-मांस का बना है। काले पत्थर की तराशी हुई मूर्ति। अखाड़े में ताल ठोकते हैं तो लगता है लोहे पर हथौड़ा बज रहा है।

कच्चे रास्ते की गीली मिट्टी पर एक घुड़सवार घोड़ी के पाँवों की स्पष्ट टापें छोड़ता आगे बढ़ रहा है। जीन पर ऐसे बैठा है जैसे फन उठाए नाग बैठा रहता है। टापों की लय पर भी देह हिलती नहीं।

कुत्ते भौंकते हैं घोड़ी को देखकर। वह मुस्कुराता है।

'मोटर फटफट पर नहीं भौंकते। घोड़ी की पहचान भूल गए साले।' पन्नासिंह रास्ते में मिल गए। हँसकर रामाकिसना हुई, तीन साल के बाद अब आए हो, शिकवा भी।

केलासीसिंह की घोड़ी जब भँवर के द्वार पर जाकर रुकी, तब रंजीत और भँवर दोनों *अमर उजाला* पढ़ रहे थे—एक-एक पन्ना बाँटकर।

भँवर ने अखबार के ऊपर से नजर हटाकर देखा और बोला—*अमर उजाला* की सबसे सनसनीखेज खबर, आज की ताजा खबर—'केलासीसिंह जीजा का अतरपुर में अचानक दौरा।' रंजीत देखते रह गए।

भँवर की माँ भैंस को सानी दे रही थी। हाथ में थमा मटका लेकर खड़ी की खड़ी रह गई—आज तीन साल पीछे!

जहाँ भँवर ने बढ़कर घोड़ी की रास थाम ली, वहीं भँवर की माँ ने घोड़ी से उतरकर आते हुए केलासीसिंह का माथा चूम लिया, जैसे वे बरसों से बिछुड़े हुए बालक हों।

वे हँसे, 'माईजी, मैंने तो समझा था तुम हड़िया लिए तैयार खड़ी मिलोगी।'

'हाय मेरे पूत! जे बातें समझाई होंगी तुम्हें, मेरी लौहचटी ननद ने। वाह जी वाह! लड़ाई ननद से कि तुमसे? मैं तो लल्लू तरस गई तिहारे दरसन को।'

और ताड़फड़ेवाले ने अपनी दूधिया मुस्कान बिखेरकर भँवर के पिता खूबाराम से बड़ी मुलायम सी राम-राम की। उन्होंने छाती से लगा लिया दामाद को।

रंजीत ने अभिवादन किया और कई कारण उनके दिमाग में एक समय ही घनघना उठे—तो भँवर ने केलासीसिंह को इसलिए बुलाया है कि अब के दंगल में उसकी धाक जम सके। भँवर को आजकल ज्यादा ही नेतई सूझ रही है। हर काम में खुद को आगे रखेगा। ठीक है, बाप तो सदा भोली गाय की तरह जुगाली करते हुए अपने खूँटे से बँधे रहे, बेटा झंडे क्यों न गाड़े? तो डोरिया को पछाड़ने के लिए भँवर ने अपने रूठे जीजा को मना लिया! ये हजरत सारंग के दिल में अपनी जगह बनाना चाहते हैं। गाँव में अपना दबदबा बनाना चाहते हैं! ठीक है, ठीक है, करने दो मन की। मान लो पछाड़ भी दिया डोरिया को, जिसकी कि दूर-दूर की संभावना नहीं है, तब भी भँवर दूसरों के कंधे पर चढ़कर कब तक अपनी ऊँचाई सिद्ध करता रहेगा? पिद्दी न पिद्दी का शोरबा। चल, तू ही लूट अब की बार वाहवाही। घुस जा सारंग के मन में। देखें वह तुझे कौन से झुनझुना पकड़ा देती है? मुझे तो ख्याल ही नहीं आया, नहीं तो मैं केलासीसिंह जैसे चार पहलवान ले आता। तोछीगढ़वाला बजरंगिया एक हफ्ते पहले ही मिला था इगलास की पेंठ में। रंजीत ताड़फड़ेवाले की धोती और मलमल के सफेद कुर्ते के भीतर तक अपनी नजर ले जाकर उनकी नस-नस, हड्डी-हड्डी तोल रहे हैं। उसके बाद वे ज्यादा देर वहाँ रुक नहीं पाए।

सारंग का जीवनक्रम बदलने लगा है। घर-आँगन के काम उठाती है, खेतों-मेंड़ों पर डोलती है, पौहे-जानवरों की खिदमत भी करनी होती है, मगर देह कहीं, ध्यान कहीं! ऐसी लगन लगेगी, सोचा न था। रंजीत को बिना बताए केलासीसिंह को बुला लेना ... छल है या अपराध? पतिधर्म और लोकधर्म कहाँ रहा? मर्यादा और परंपरा कहाँ रही? अभी तक भँवर का शक है रंजीत को, असल बात मालूम हुई तो? यही कहेंगे कि किसी दिन बदमाश बुलाकर मेरा कतल करा देना ... हे भगवान!

निःश्वास छोड़ती हुई सोच रही है वह—कुछ भी हो, मैं यह गिरह उनके सामने नहीं खोल सकती, जैसे वे मेरे कहने से कोई अनिच्छित काम नहीं करते। जिद ठानी है मैंने? नहीं, संकल्प लिया है, कौल धरा है, शपथ ली है कि डोरिया मैं तुझे छठी का दूध याद करा दूँगी, चाहे मुझे इसके लिए कुछ भी करना पड़े। मेरी बहन को सजा देनेवाला तू होता कौन था? मुझे धमकाना तूने आसान समझ लिया सो मुझे बच्चे की धमकी!

केलासीसिंह का ध्यान आते ही उसकी आँखों से किरणें फूटने लगीं। उजियारा सा फैल गया चारों ओर। उन्हीं किरणों में देखा कि रंजीत आ गए। घाव नहीं भरा, पर मरहम की ठंडक है आज। वह उठी, थाली में दूध परोसा। डलिया में से रोटी निकालकर दूध में मींड़ने लगी, और बोली, 'नहा लो जल्दी। जब तक यह दूध भी ठंडा हो लेगा।' वह जानती है रंजीत ज्यादा गरम दूध नहीं पीते।

रंजीत ने बाल्टी उठाई ही थी कि वह झटपट नल पर पहुँच गई। उनके हाथ से

बाल्टी लेकर मोरी पर धर दी और खुद फुर्ती से नल का हत्था चलाने लगी। जैसे रंजीत को कष्ट नहीं देना चाहती हो।

'क्या बात है, आज मेंहदी-फेंहदी नहीं लगाई?' रंजीत ने शरारत से पूछा।

'घर के काम इतने कि मेंहदी लगाने की फुरसत ही नहीं मिली।'

'लगा लेतीं। मेहमान जुड़ रहे हैं—सारंग भाभी को याद कर रहे हैं अगोरनावाले। और पहाड़ीपुरवाले लालसिंह भी कह रहे थे कि रंजीत भइया, भाभी को डिबिया में छिपा लिया है क्या? मैंने कहा तुम जैसे लुंगों के हवाले कैसे कर दूँ? मेरी सारंग बड़ी नाजुक-नरम है।' कहकर आगे बढ़ आए रंजीत। हत्था पकड़ लिया, 'रहने दो, तुम मत खींचो नल। मैं भर लूँगा। नहीं मान रहीं?' रंजीत ने सारंग को बाँहों में भर लिया।

'अरे छोड़ो! किवाड़ें खुली हैं। कहीं बाबा ही ...'

'बाबा क्या जानते नहीं कुछ? हर समय मुझे डर न दिखाया करो। चलो भीतर। आज मन नहीं मान रहा। मेह का मौसम भी ... साली ठंडक बदन में आग लगा देती है।'

सारंग इस पल इनकार न कर सकी, न कोई नखरा ही किया—आदमी का मन!

अपने मन में छिपी हर्षपूर्ण आतुरता ... संयम रखना कितना मुश्किल है? उसने रंजीत से केलासीसिंह के बारे में एक शब्द भी नहीं कहा, न कुछ पूछा ही।

रंजीत नहाए-धोए। धुली कमीज-पैंट पहनी। खाट पर कलेऊ करने बैठ गए। सारंग के मन में उनको लेकर जो कलुष था, एकदम धुल गया। कितने सौम्य, पवित्र और अपने से लग रहे हैं रंजीत। ... पर मैं क्या करूँ, अपने मन के हाथों विवश हो चली हूँ। कितनी बार केलासीसिंह का विचार आया, कितनी बार त्यागा ... लेकिन जब-जब डोरिया की घिनौनी सूरत आँखों के सामने नाचने लगती, केलासीसिंह मेरी जिंदगी में अहमियत के साथ उभरने लगते। मन ही मन अपने किए को तर्क पर घिस रही है सारंग।

कल रक्षाबंधन है। गाँव के लोग कहते हैं 'सनूना'।

कलावती चाची के घर सोहगी आई है। उनकी बेटी सत्तो के ब्याह का पहला सावन है। हरिप्यारी नाइन तो बुलावा दे ही गई थी, चाची भी आकर बुला गई हैं। कह रही थीं—केलासीसिंह भी वहीं पहुँचेंगे। तुझसे मिलना चाहते हैं। वह सोच रही है—मुझे मिलना चाहिए? हाँ क्यों नहीं? बहाना सोहगी को देखने का हो जाएगा। सारंग चप्पल पहनने लगी और भीतरी कोठे का दरवाजा बंद करके चल दी। दुवारी में भँवर मिल गया, बोली, 'तुम यहीं बैठना अपने भइया के संग।'

कलावती चाची के आँगन में दो खाट बिछी हैं। गुलकंदी उन खाटों पर दरी बिछा रही है। चाची सोहगी का सामान खोल रही हैं—गत्ते के लाल-हरे डिब्बे, जिनमें से दो साड़ियाँ झाँक रही हैं—रेशमी और चमकदार—लाल और हरी। चाची ने वे साड़ियाँ दो थालियों में धर दीं। गुलकंदी थालियों में सूखी मेंहदी, चूड़ियाँ, बिंदी, आल्ता, नाखूनी, चुटीला तथा खिलौने आदि रख रही हैं। बूरा और घेवर परातों में सजा दिया गया। चाची सिहा

रही हैं, 'देख ले सारंग, मेरे राजेंद्रसिंह, मेरे मेहमान कितना सिंगार-पिटार लेकर आ गए। लुगाइयों की छाती पर साँप लोटता है, मेरे जमाई को देखकर। बिलकुल रंजीत की उनहार मारती है उनके चेहरा पर। है कोई इतना मलूक?'

औरतें जुटने लगीं। धीरे-धीरे आँगन भर गया।

कलावती चाची ने एक गुलाबी रंग की प्लास्टिक की नन्ही सी डिबिया सारंग को पकड़ा दी, 'बहू इसमें सोने की चीज है। तू सँभालना। लुगाइयों का क्या भरोसा, कोई मुस (चुरा) ले जाए?'

औरतों ने डिबिया की चीज देखनी चाही। चाची चिल्लाने लगीं, 'सँभार कें री सँभार कें। चीज-बर्त वाली बात है। पराई अमानत फिर मैं कहाँ से भरूँगी?'

भँवर की अम्मा बोली, 'क्या चीज आई है?'

'ऐरन हैं, ऐरन। सोने के।'

चरनसिंह बौहरे के देवीचरन की बहू बड़ी चतुर है। हाथ में लेकर तीखी नजर से परखने लगी, फिर बोली, 'सोने के नहीं हैं। मुलम्मा के हैं। दिखा लो चाहे जिसे।'

चाची एकदम काली पड़ गईं। तनिक डपटती सी बोलीं, 'अरी काहे को इलहान करती है? तू क्या सुनार की बेटी है, सो परख लिए।'

सत्तो, जो अब तक चाँदनी सी खिल रही थी, एकदम फक्क पड़ गई। औरतों में कचर-पचर मची है—'दिखाना तो। ला मैं देखूँ। है ऽ ऽ सोने के हैं। ज्यादा ही हुसियार बन रही है देबीचरन की बहू।' सब कोई देवीचरन की बहू की बात काटने में लगी थीं, लेकिन जिस बात में दम हो, उसे कौन तोड़ सकता है भला?

अंत में चाची को ही आगे आना पड़ा, 'अरी लाओ। तुम रहने दो। जिसने सोना पहना हो, वही तो सोने की परख जानेगा। कंजरियों में सोने की पहचान ··· हम्बैतौ!'

देवीचरन की दादी अपनी लठिया के सहारे खड़ी सारी बात सुन रही थीं, एकदम तमक पड़ीं, 'नाँ ऽ ऽ ऽ सोना-कंचन तो कलबतिया ही पहरना जानती है। अब तू कितनी ही दाब, ऐरन सोने के नहीं भए जाते।'

कोई भीड़ में से बोली, 'बड़े खक्कासाह बनते थे रजिन्दर, और ऐरन लाए तो मुलम्मा के। है ऽ ऽ, नाक कटना ही समझो।'

काट-फाँस चल रही थी।

सारंग ने बैठक की ओर उझका। ताड़फड़ेवाले केलासीसिंह धरती पर पाँव लटकाए हुए खाट पर बैठे हैं। वह खिसक ली।

बैठक में आकर घूँघट एकदम खोल दिया। समय ज्यादा नहीं है। जो कहना है जल्दी-जल्दी कहना-सुनना होगा।

सारंग ने खाट पर बैठे उस काले जवान को उत्साह और आशा भरी नजरों से देखा और मोहक मुस्कान से स्वागत करती हुई बोली, 'मेरी पुकार सुन ही ली तुमने।'

केलासीसिंह के श्यामवर्ण चेहरे पर दो आँखें नन्हे चमकदार शीशों सी दमकीं, 'तुम

बुलाओ और मैं न आऊँ? अहसान तो नहीं किया मैंने। अपनों के लिए इतना तो कर ही सकता था।'

'ननदोईजी, मैंने अहसान नहीं माना। यह तो फर्ज ही था तुम्हारा—मेरे लिए।' ढेर सारी मिठास घुली है सारंग की बोली में।

केलासीसिंह महीन सा मुस्कुराकर रह गए। सारंग सोनदेई बीबी की बावत पूछती रही—घर के कुशल-मंगल। ''' लेकिन कुछ ही क्षणों में उसने भाँप लिया कि केलासीसिंह के चेहरे पर पहलवान का वह गर्व नहीं, जो उसे कुश्ती में जिताने की भूमिका निभाता है। उछाह पैदा करता है। माना कि ननदोईजी की पुतलियाँ चमक रही हैं, लेकिन पलकें कुम्हलाई हुई सी ''' पेशानी मुरझा रही है! नामालूम सी आशंका ने खलबली मचा दी सारंग के मन में। इनके होंठ कुछ कहना चाहते हैं, लेकिन कोई झिझक '''

'बैठ जाओ भाभी।'

केलासीसिंह ने यह वाक्य भी उदास लय में बोला।

'कोई बात है ननदोईजी?'

केलासीसिंह ने सिर उठाकर उसकी ओर देखा।

'कहो न क्या बात है? मुझसे लाज-लिहाज कैसा?'

'सुन पाओगी? बड़ी प्राइवेट बात है।'

'मुझे क्या समझा है तुमने? सबकुछ सुन पाऊँगी। वैसे भी नाते में तुम्हारी सलहज लगती हूँ, जिससे झिझक-संकोच नहीं बरता जाता।'

उन्होंने किवाड़ों की ओर इशारा किया—'फेर दो।'

'अब सुनो। मैं कुछ बातें साफ करना चाहता था। तुमने बुला लिया तो चले आना मेरा कर्तव्य बनता था। पर भँवर ने जो कुछ कहा, उसे सुनकर मेरा मन उदास है।'

'ऐसा क्यों ननदोईजी?' सारंग वहीं धरती पर बैठ गई।

'भाभीजी, तुमने जिस केलासीसिंह को पुकारा है, वह अब कहाँ?' कहते-कहते उनकी आवाज थरथराने लगी।

सारंग ने उद्विग्न सी नजर से देखा उन्हें।

'लगातार चार दंगल हार चुका हूँ। दंगल नहीं हारे, मन हारने लगा। सोचा कि कुश्ती छोड़ दूँ। जीने की लालसा भी नहीं रही अब। कुश्ती तो सपने में भी नहीं सोचता। इसीलिए तीन साल से यहाँ नहीं आया। तुम्हारी ननद है सोनदेई, बेचारी मेरे खाने-पीने का ख्याल रखती है। पर छोटे भाई की स्त्री है, उससे कुछ कह नहीं सका कभी। मैं तुम्हारी बात नहीं रख पाऊँगा भाभीजी। नहीं आता तो तुम सोचतीं कि मुँह छिपा गया। कोई औरत बुलाए और मर्द न जाए तो मर्द नहीं, मैं उसे कुत्ता मानता हूँ। बस ऐसे ही एक वचन में बँध गया था ''' अब क्या बताऊँ?'

'सारा किस्सा कहो ननदोईजी,' सारंग का स्वर गंभीर हो गया।

'बनिया की बहू थी एक। हमारे ही गाँव की। मैं अखाड़े में कुश्ती के दाँवपेंच अजमाता,

वह वहाँ से कुछ हाथ दूर खड़ी रहती। लौटता तो पीछे-पीछे छाया की तरह चल देती। पहले चार-छः दिन ध्यान ही नहीं दिया। हफ्ता-दस दिन उससे नजरें चुराकर निकाले। मुझे यह जिद कि उस ठगिनी माया की ओर देखूँ नहीं, और उसकी हठ कि टकटकी लगाकर देखती ही रहती घूँघट में से। सोचा कि खड़ी रह, आखिर कितने दिन तक? मैं अपने उस्ताज की बात नहीं भूलूँगा कि बेटा, औरत तप खंडित करती है। बड़े-बड़े रिस-मुनियों को धरासाई कर दिया। लंगोट के पक्के रह पाना ही सच्ची साधना है। नहीं तो पहलवानी नहीं फलनेवाली। इसी कारन ब्याह नहीं किया मैंने, क्योंकि गुरु के पाँव पूज कर सत्त भरा था कि ताउमर बिरमचारी रहूँगा। अखाड़े की धूल ही मेरी दुनियाँ होगी—बस।

'वह आसपास खड़ी-खड़ी रोया करती। मेरा मन पसीजने लगा अनजाने ही ··· एक दिन जब और साथी आगे बढ़ लिए, मैं जानबूझकर पीछे रह गया। उससे पूछा—क्यों खड़ी रहती हो? मेरी तरफ क्यों देखा करती हो? वह घूँघट उठाकर बोली, क्या कहूँ? मुझे लगता है, मेरी बिपता में तुम मेरा संग दे सकते हो। मैं बाँझ हूँ। मेरे सास-ससुर अपने बेटा का दूसरा ब्याह करने पर उतारू हैं। आदमी कहता है—बंसबेल नहीं चलाएगी तो तुझे हम चाटेंगे धरकर? जिस पेड़ पर फल नहीं लगते उसको काटकर आग में झोंक दिया जाता है। पर मैं नहीं मानती कि मैं बाँझ हूँ। मेरा आदमी ही नामर्द ···

'बस एक बालक ··· और कुछ नहीं माँग रही तुमसे। अपने दर की भिखारिन समझ लो। इस भीख से तुम्हारा क्या घट जाएगा?

'सुनते ही सनसना गया मैं। चार-छः रातें सोच-बिचार में काट दीं। बार-बार मन पीछे हटता और फिर उस बैयर की सरसों सी फूली देह, गुड़हल के फूल सी लाल आँखों में अटक जाता। वह रोती, मेरा कलेजा सुलगता। देखती, ठंडे बादल झुक आते। अब क्या कहूँ तुमसे कि मेरी मर्दानगी ही धिक्कारने लगी मुझे ··· सामने खड़ी औरत दो बूँद का दान माँग रही है और तू लंगोट कस रहा है। इसके घरवालों से ज्यादा कसाई है तू। वे ठुकरा रहे हैं, तू तरसा-तरसाकर मार रहा है। सास्तरों की बातें तुम जैसी पढ़ी-लिखी क्या जानती न होंगी—भोग की इच्छावाली औरत को ठुकरानेवाला मर्द नरकगामी होता है।

'सो होते-होते यह हुआ कि मेरे ऊपर उस्ताजजी नहीं, वह औरत सवार हो गई। मन में यह सवाल भी उठा कि मैं उसकी इच्छा पूरी करना चाहता हूँ या अपनी? जबाब तो नहीं खोज सका इसका, मगर मैं उसके सामने हाजिर हो गया। अब तुमसे क्या छिपाऊँ, बाग के पीछे एक प्याऊ है, जाड़ों में पानी पिलाने का काम नहीं चलता, हम दोनों उस प्याऊ में ···'

केलासीसिंह की नजरें जमीन से लग गईं।

'तप भंग हो गया तुम्हारा!'

'भाभीजी, तप भंग नहीं, बल खंडित हो गया। और पूछो कैसे? उस औरत की नंगी देह मेरी आँखों के सामने अधकुचली नागिन सी छटपटाती रही, तड़पती रही और बार-बार

आस जोड़कर मेरे ऊपर झपटती रही, पर मैं कमजोर ··· शायद नामर्द ··· नपुंसक ··· ' कहते-कहते रुआँसे हो उठे केलासीसिंह।

'उस दिन के बाद उस बैयर से आँखें चुराता फिरा। डर लगने लगा उससे। जब भी टकरा जाती लगता धिक्कार के कोड़े मार-मारकर मुझको लहूलुहान कर रही है।' शोक की मुद्रा में सिर हिलाया ताड़फड़ेवालों ने, 'फिर तो कुश्ती में भी नपुंसक! उस्ताजजी से मिलने की बात सोचते ही रोम-रोम काँप जाता। जान देने के अलावा कोई चारा नहीं··· पर गुरुजी अंतर्यामी हैं। नया गंडा बाँधा। ··· लेकिन मेरी ताकत पर तुसार गिर गया तो कोई हरी-भरी कैसे करे? पहलवानी को इंसानियत खा गई।' केलासीसिंह की गहरी और तपती साँसें गूँजने लगीं बैठक में।

कल इस नौजवान को घोड़ी पर सवार देखकर छोटे-छोटे लड़के अपनी नरम जाँघों पर तालें ठोक रहे थे। आपस में टाँग में टाँग फँसाकर पैंतरे खेल रहे थे। यह जीता-जागता कुश्ती का देव ··· पहलवानी को जैसे गलियों में बिखेरता चला आ रहा था। ··· मगर आज यह रूप! सारंग का खून ठंडा होने लगा।

क्या समझाए, क्या कहे अब?

··· लेकिन हाथ-पाँव डालने का मतलब?

'मैंने तुमसे ऐसी कोई आस नहीं जोड़ी ननदोईजी। चिंता न करना मेरी ओर से। मेरे कहने पर एक काम कर लो बस, कि अपने मन का बहम निकाल दो। तुम नपुंसक न बलहीन। यह तो केवल मन की भावना है कि तुम अपने मन में कूट-कूटकर यह भरे बैठे हो कि औरत के संसर्ग से तुम्हारी साधना खंडित हो जाएगी। उस औरत से तुम पहले से ही डर रहे होगे ननदोईजी, बस उसी डर ने तुम्हारी मर्दानगी क्षीण कर दी। स्त्री की देह से देह का परस ··· महापाप! यही न? इसी बिचार ने तुम्हारी पहलवानी का खात्मा कर डाला। आज यह हालत ··· चृ चृ च!

'सोचो तो ननदोईजी, मर्द औरत को छूता है और उसका उद्धार कर देता है ··· मगर औरत मर्द को छुए तो उसे पाताल में डुबो दे। ऐसा क्यों? अजब बात गढ़ रखी है यह।' सारंग कहते-कहते तनिक मुस्कुरा दी।

'डोरिया बादाम-रोगन की मालिश करवा रहा है। फत्तेसिंह ने उसको गाँव का पहलवान नहीं, तहसील इगलास का मल्ल घोषित कर दिया है। उससे मुकाबला करके तुम सौ फीसदी जीत पक्की रखोगे, ऐसा मैं नहीं सोचती। पर कोशिश करूँगी कि ···

'सादा तेल की मालिश करवाओ, शायद कुछ बात बने।'

वह उठकर कलावती चाची के आँगन में आ गई। कोने में पड़ा बोरा उठाया और बिछाकर बैठ गई। 'चाची, बाबा कौन सा दोहा कहते हैं कि दूरंदेसी बात है ··· '

'दूरंदेसी बात है पुरिख नारि से हीन/सत्रह बिस्वे इस्तिरी, पुरिख है बिस्वे तीन।' चाची ने चटपट दोहा कह दिया।

'हाँ कृष्ण भगवान ने भी गोपियों को छुआ तक न था, उन्होंने तो वेद की ऋचाओं

के संग लीला की थी। गोपियाँ हथिनियाँ बनीं, भगवान को जलक्रीड़ा कराई, मोहनमुरारी को छूकर पवित्र हुईं।' सारंग के होंठों पर क्रूर हँसी उतर आई।

'यह क्या कह रही है सारंग?' चाची मुलम्मा के ऐरनों की बात में उलझी हैं। केलासीसिंह की मालिश? गुलकंदी। नहीं कुँआरी लड़की है, और फिर माँ इस बात को छिपा भी पाएगी कि नहीं? कलावती चाची में दूत करने की आदत जरूर है, लेकिन बात को मौका देखकर होंठों के बाहर निकालती हैं। ऐसे ही, चाहे जब कहती फिरें तो हो गया चुगली का असर। कद-काठी से भी चाची मज़बूत हैं।

वह क्या करे? जो करना है, जल्दी करना है। भाग्य भी दस कदम आगे चलता है। ननदोईजी की पहलवानी को अभी लकवा मारना था! बाँझ को भी पूत इन्हीं का चाहिए था!

मायूस सी सारंग उठी और चाची के पास चौका में चली आई। वे परात में आटा माड़ने पर जुटी हैं दोनों हाथों से—पाहुनों-मेहमानों को रोटी-पानी करना है।

सारंग ने परात अपनी तरफ सरका ली हाथ धोकर, 'हटो चाची, मैं माड़ूँ।'

'क्या करूँ सारंग, इस गाँव की लुगाईं तो सरग में थेगरी लगाती हैं। बताओ, अच्छे-खासे ऐरनों को मुलम्मा के करके धर गईं। पर हममें दम होगी तो मुलम्मा को सोना कर लेंगे हम्बैतौ।' चाची ने हथेली पर हथेली मारकर झन्नाटे से ऐलान किया बाखर में।

'छोड़ो चाची, ऐरन झाले! सत्तो का गहना तो राजेन्द्र लल्लू हैं। वे हजारी उमर पाएँ। लुगाइयों का क्या, आज यहाँ गाल बजाए, कल वहाँ बातें फटकारीं। वे इसी को मौज मानती हैं। अज्ञानिन जो ठहरीं।' सारंग को चाची की जिंदादिली पसंद है।

'अब देख ले, मेहमान को छोरी के मन से उतारने के पाँसे डाल गईं। और रंडियों का बस चले तो हमारे रजिन्दर लल्लू के संग सो जाएँ। हम्बैतौ!'

सारंग ने आटा माँड़कर चूल्हे के पास सरका दिया और हँसने लगी।

'लाओ मैं सेंक दूँ पूरी। तुम कहाँ तक करोगी इतना काम। देर भी हो जाएगी अकेली को।'

'अकेली हूँ सारंग, तो अकेली ही करूँगी। रिसाल की बहू बहुतेरी रोकी कि अब कें पीहर न जाएगी, तो बादर न फट जाएँगे। छोरी की सोहगी का काम फैलेगा, मैं कहाँ तक ··· सो काहे को मानी? पीहर गई है। चल झूल ले सामन। मैं भी नहीं बुलानेवाली भादों तक। पीहर में ही रह रठुली तू, हम्बैतौ!'

'रिसाल मान जाएँगे? देख लेना कल ही भागे जाएँगे लिवाने। बूरा खाने नहीं गए सुसराल?'

'गया नहीं तो जाएगा। अरी, बहन-भानिजों की किसे फिकर?'

'चाची, केलासीसिंह तो बिचारे बड़े दुखी हैं!'

'सो क्यों बहू?'

'कमजोर से हो गए हैं। तुम जानो घर न गृहस्थी। माँ न बाप। कौन ध्यान रखे खाने-पीने

का? पहलवानी क्या पानी पीकर थोड़े ही निभा लेता है आदमी?'

'सो तो तू ठीक कह रही है सारंग। खूबा की भानिज सौनदेई कम नहीं है, बेचारे को रोटी तक मुश्किल से देती होगी। हमने तो यह भी सुनी कि सौनदेई ने जेठ के लंगोट पजार दिए, गालियाँ दीं कि नखट्टू खाता है और डंड पेलता है। हमारा क्या पूत लगता है तू, सो चराएँगे फालतू में। बेचारे केलासीसिंह गऊ आदमी हैं, सब तरह की सुन लेते हैं।'

'तुम्हारी बैठक में ही सोएँगे चाची। ख्याल करना। घी न हो तो मैं घी दे जाऊँगी। दूध भेज दूँगी भँवर के हाथ। भँवर के घर गए तो फिर वहीं के हो जाएँगे। सौनदेई के यहाँ रहना नहीं चाहते। कल को ताने मारे कि मेरी ननसार में तुम गए क्यों?'

'तू बता मुझे। जो खाएँ सो तैयार कर दूँ। छोरी की सोहगी में मेवा आई है, कहे तो खीर राँध दूँ मखाने-छुआरे की। मिठाई आई है, खा लेंगे दूध के संग। मैं तो छोरी के सासरे का वैसे ही नहीं छुऊँगी।'

'चाची, सो तो मैं समझ रही थी कि तुमको अपनी दुविधा बताकर निश्चिंत हो जाऊँगी। अब पहलवानों की खुराक तुम्हीं जानो। तुम्हारे भइया रोसन मामाजी भी तो पहलवान रहे हैं। मैं क्या जानूँ मल्ल-दंगल के मामले में।'

'अरी तू चिंता मत करे। मैं सब सँभाल लूँगी,' कहकर चाची ने सारंग की पीठ थपथपा दी।

सारंग ने सारी पूरियाँ सेंक दीं। कचौरियाँ बना दीं। आलू का साग छौंक दिया।

'चाची, मालिश-फालिश भी तो होती है पहलवानों की।'

'हाँ होती है।'

'तुम कर दोगी? कह तो नहीं रहे थे, पर बेचारे अनमने बोले, भाभी मैंने तो बहुत दिनों से मालिश भी नहीं कराई। देह जम गई है। कुश्ती भी क्या लड़ूँगा?

'मैं सोचती हूँ चाची, मेहमान सौमान-दमाद जमाई, पुन्य ही मिलेगा हमें-तुम्हें।'

'अरी और क्या! मैं तो देह ऐसे सूँत दूँगी कि नस-नस खुल जाएगी बंजमारे की। यह भली कही तैने। अब चिंता छोड़, हम्बैतौ!'

सारंग कुछ चिंतामुक्त सी हुई।

'ब्याहुली! सारंग!'

'हाँ चाची,' सारंग ने साग चलाते से ध्यान उनकी ओर किया।

'अरी बधिया तो नहीं हो गया? मल्लों के ठौर-कुठौर लग जाती है, सो दारी के हो जाते हैं नपुंसिक। पूछी तैने?'

'मैं ऐसी बात कैसे पूछती चाची?'

'क्यों न पूछती, सरहज का रिस्ता है।'

'तुम ही पूछ देखना, बड़ी-बुजुर्ग की तरह।'

सारंग घर आ गई। सनूने (रक्षाबंधन) के एक दिन पहले खजूरियाईं पुजती हैं। पकवान

बनाना है, वह जुट गई। चूल्हे पर बड़ी सी कढ़इया रख ली, ज्यादा सा तेल डाल दिया, जल्दी-जल्दी निकाल दूँगी पूरी-कचौरी। रंजीत मूँग की दाल के वड़े बनाने की कह रहे थे, पर नहीं करता मन। चंदन होता तो चार चीजें ज्यादा बना लेती। अब तो बस नेग के लिए करना-खाना रह गया है।

रात कैसे-कैसे कटी? सोच ही सोच में। बहम पाल बैठे हैं केलासीसिंह, कि सचमुच ही ...

सबेरा कैसे-कैसे निकला!

उजाला होते ही लगा कलावती चाची से पूछे रात का हाल। मन में हलचल मची है। रंजीत से छिपाने-दुराने की दहशत अलग। गाँव के लोग न जान लें यह डर भी ... कहने को मुँह अँधियारे ही उठ गई थी, पर चाची के घर की ओर जाने की हिम्मत न पड़ी। कभी झाड़ा-बुहारी करे, तो कभी घड़ा रिता-रिता कर पानी भरे। पर मन न रमे किसी काम में। आँखों के सामने कभी केलासीसिंह का सुस्त चेहरा तो कभी चाची के मालिश करते हाथ ... सोचते-सोचते हलकान हो उठी वह।

फिर धार काढ़ने (भैंस दुहने) चल दी।

गली में चली आ रही हैं कलावती चाची! हँसती सी चाची!

सारंग के मन में उत्सुकता फड़फड़ाई। आँखों में चमक उतरने लगी।

'सारंग!' चाची की चहकती आवाज!

अपना नाम सुनते ही दोहनी चबूतरे पर धर दी। देह में पंख से खुल आए।

'केलासीसिंह का क्या हाल है चाची? कुछ खाया-पिया? मालिश कराई? तुम्हें छू लेने दी देह? कहते थे, औरत से तो मैं दस गज दूर रहता हूँ। आदमी से ही मालिश कराई है अब तक।'

'अरी बता रही हूँ, दम मार तनक। आ, कोठरी में आ जा। रस्ता चलते लोग लुगाई सुनेंगे यहाँ। दुनियाँ का चबाव होगा फिर। मेरे तो वैसे ही पीछे पड़े रहते हैं धुआँकरे, हम्बैतौ!'

फूटी कोठरी में खड़ी है सारंग, 'अब कहो चाची।'

चाची हँसने की हद तक मुस्कुराईं, 'अरी, उसने तो कर ली पहलमानी! नासपिटा रात भर रोया है।'

कलेजा धक् रह गया सारंग का। नजरें चाची की आँखों में कुछ कुरेद लेना चाहती हैं। केलासीसिंह ने उसे कहीं का नहीं छोड़ा! कहीं पिट ही गए तो बैरी दूने जोर से चढ़ बैठेंगे छाती पर। रंजीत को मालूम हो गया तो? अब कहीं ठौर-ठिकाना नहीं।

'चाची मालिश-फालिश?' गला खुश्क हो गया है सारंग का।

चाची ने हथेली पर हथेली मारी धीरे से, और लगभग फुसफुसाकर बोली, 'बहना, मैंने तो नस-नस सूँत डाली। पूरा पाव सेर तेल पिला दिया उसकी देह को।'

'चाची, पइसा मैं भर दूँगी तेल के।'

कौन सी सौत माँग रही है तो से पइसा! आधी रात तक तो हुज्जित ही करती रही मिटे से। ज्यादा ही सरमदार का घुसला बन रहा था। तैमद ऊपर सरकावै ही न। लत्ता जितना ऊपर उठाऊँ, उतना ही भींचता जाए तैमद को।

'लुगाई है रे तू?' मैंने कही तो सरम के मारे दरी में लिपट गया कि मैं तैमद को हाथ न लगाऊँ, पर मैं कहाँ मानी? देखा कि तीस-बत्तीस साल का आदमी, आठ नौ साल के बच्चा की सी चोचनी, मरी मुसरिया-सी।

'हाथ मेहमन्टा, तेरा ऐसा हाल! अरे तू हीजरा कैसे हो गया?'

वह बिलख-बिलखकर रोने लगा।

मेरा कलेजा उमड़ आया सारंग। किस होनी ने कील दिया बेमइया का लाल।

मालिस करने को हाथ बढ़ाऊँ तो बांसन कूद उछिटै। मैंने कर्रे पकड़ लिया और ऐसे मालिस करी जैसे छः महीना का बालक हो। फिर खाट पै लोट गई उसकी बरब्बर में। लाज की क्या बात रह गई अब?

'लल्लू, भूल जाओ नाते-रिस्ते और उमर का भेद। बखत लिहाज का नहीं है।' मैंने अपने लत्ता खोल दिये, जैसे मैं नंगी गोपिका। और यह देह रहते के करिस्मा। न पाप-पुन्न, न कोई बिगाड़।

सारंग, वे बड़ी देर में निरदन्द भए। निरदन्द पुरिख और बैयर। मैंने उन लल्लू को छाती से चिपकाकर हौसला दिया। मर्दानगी बहुरी। ए भगमान, ऐसा दिन भी आना था जिन्दगानी में! चाल-चलन बचाते-बचाते उमर निकल गई पर आज अपने ही मन से सुरग नसैनी चढ़ गई। जिन्दगानी घसीटनेवाले ताड़फड़े वाले लल्लू शीश उठाकर ठाड़े हो गए। सात जनम के पुन्न कमाए मैंने कि मरता हुआ आदमी जिन्दा हो गया। सारंग, इससे बड़ा सुख क्या होगा! इतना जबर संतोष!

केलासी सिंह ने मेरे पांव पकड़ लिये। मैंने छाती से लगा लिए उठाकर।

फिर मैं उठकर ठाड़ी हो गई, कह दिया—अरे नादान, मेरा अहसान क्या? निरमोही याद रखना, बस। कैसा नाता है, कैसी पिरीत कि देखते ही बने।

फिर क्या, मेरे सीना से लगकर कितना-कितना रोया कि छाती तर हो गई। उसे बालक की तरह थपक-थपककर आँखों में रात काटती रही, तब जाकर कहीं सोया।

अब आई हूँ, तब जगाया है कि उठ, कुल्ला-दातुन कर ले। नहा-धो। कलेऊ में हलुआ कर दूँगी, मेवा डाल के।

सारंग को काटो तो खून नहीं। शरीर में सत्त नहीं। छाती में साँस नहीं। चाची ने यह गजब...वह पलक झपकना भूल गई। फिर बोली, 'चाची, तुमने मेरी खातिर...'

'चल लुच्ची! अरी हम जाटिनी हैं, जेब में बिछिया धरे फिरती हैं, मन आया ता के पहर लिये। तेरी-मेरी खातिर क्या? कौन सी पल्लौ (प्रलय) हो गई?'

सनूना—स्त्री-पुरुषों का मिलाजुला उत्सव—बरखा पर्व!

गाँव के उत्तरी छोर पर बना है अखाड़ा ख्यालू दादू की देखरेख में, वे मिट्टी के पारखी हैं।

'चलो रे प्लेग्राउंड में,' भँवर अंग्रेजी बोल रहा है।

पर मेहमानों पर मस्ती चढ़ी है। सालियाँ तितली की तरह उड़ी फिर रही हैं। अगोरना वाले जीजा बोले, 'ओ कुंती, हरी धोती मत पहना करो, दिल धड़कता है—हरी झंडी लगती है।'

'ओ जीजा, संग विदा करा ले चलो, देखूँ कितनी ताकत है? पानी माँग जाओगे।' आसमान में बादल घुमड़ रहे हैं और गाँव में लड़कियाँ घटाओं की तरह छा रही हैं, नजर ठहरती नहीं मेहमानों की। मंजीरों जैसी महीन हँसी बज उठी, छम्म-छम्म पाँव उठते हैं।

भँवर की बहन गुड्डी की उम्र ग्यारह साल है, मगर चपल लड़की है। भँवर की साली राममूर्ति भी आई है। राममूर्ति बड़ी मलूक लड़की है। गाँव के लड़के उसको तीगते हैं, छेड़ते हैं, दिल्लगी करते हैं। राममूर्ति ने गुड्डी को इशारा देकर गीत उठा लिया—

> चिड़ी तोय चामड़िया भावे,
> तेरे घर में सुंदर नार, बलम तोय परनारी भावे

कुंती, लज्जा, रामवीरी, सरला, प्रेमवती, अंगूरी सब संग-संग गाने लगीं। मनचले झेंप-झेंपकर भाग गए अखाड़े की ओर!

सावन के लहरुओं का क्या भरोसा! महीन झर लग गया तो अखाड़े पर कीचड़ हो जाएगी। तिरपाल ले चलो। ट्रैक्टर की ठिलिया में तिरपाल लादा जा रहा है। पन्नासिंह ठिलिया में बैठे हैं। अब की बार उनने लाठी को खूब तेल पिलाया है। लाठीबाजी भी होगी। जब कोई इस तरह का मुकाबला होता है, पन्नासिंह आँखों में ढेर सारा काजल लगा लेते हैं। सफेद धोती और खाकी कमीज पहनते हैं। सावन महीने में रँडुआ आदमी की बड़ी मुसीबत! पन्नासिंह ने औरतों की ओर से मुँह फेर लिया। कलबतिया चाची जेठ देखे न सुसर, अरी गाओ री। पन्ना को सुना दो 'सावन महीना रँडुआ रोबे सुन-सुन बिछियन की झनकार।'

ट्रैक्टर भट्‌भट्‌ करता हुआ आगे निकल गया।

बाबा के द्वार पर बातें हो रही हैं—'बाबा तोछीगढ़ का बजरंगिया तो आया नहीं,' झज्जू कहता है।

खाट पर बैठे हुए बाबा ने लापरवाही से कहा, 'मत आने दे सुसर को। आ तो गए हमारे ताड़फड़ेवाले मेहमान। बजरंगिया की ऐसी-तैसी।'

केलासीसिंह का चेहरा मुस्कुराहट के बावजूद भी छोटा हो गया। फिर भी वे ही-ही-ही-ही करके खनकदार हँसी हँसने की कोशिश कर रहे हैं।

'ताड़फड़ेवाले मेहमान! अपनी विद्या खूब घोंट-पीस ली? डोरिया दिन-रात बादाम रोगन

में लिथड़ा पड़ा रहता है। लाला ने अच्छी चुगाई करवाई है। पट्ठे की देह शीशा सी दमक रही है,' झज्जू केलासीसिंह को आगाह कर रहा है।

रिसाल ने बात काट दी, 'काहे को गप्प मार रहे हो! तुम भी चले आए डोरिया के एलची। जीजा को डरा रहे हो? हमें सब खबर है—डोरिया पूरे दस दिना मैडीकल में अलीगढ़ रहकर आया है। बिजुली के झटका लगे हैं, तब जाकर देह पर लत्ता छोड़ता है। नहीं तो लत्ता पहराए नहीं कि उसने उतारकर फेंके नहीं। नितंग नंगा हो जाता था। भूल गया साला मुगदर घुमाना।'

झज्जू मूँछों में मुस्काया, 'देख लो रिसालसिंह की बात! लल्लू, जरूर तुझे ये बातें तेरी अम्मा ने बताई होंगी। कलावती चाची ही हैं बेतार का तार। रिसाल! टैनीफूल पर बात कर लई तेरी अम्मा ने डाकधरों से?'

रिसाल का गोरा चेहरा तनिक तन आया। सिर को झटका देकर बोला, 'तुम तो बिना टैनीफूल के ही अफवाह उड़ा रहे हो कि फत्तेसिंह प्रधान ने डोरिया से कुश्ती जीतने पर पाँच सौ रुपया इनाम धरा है। फत्ते अपने बाप को भी पइसा नहीं दे सकता—मक्खीचूस।'

रंजीत ने रिसाल को डपट दिया, 'चुप रह रे। छोटे मुँह बड़ी बात। आदर-इज्जत से बोलते हैं। फत्ते भइया तेरी बराबरी के हैं? अफवाहों की तो रहने ही दो। इस गाँव की बलिहारी! किसी ने मेरा ही नाम लगा दिया है कि केलासीसिंह को मैं ··· फालतूफंड में दुश्मनी ··· !'

भँवर उछल पड़ा, 'बेबात ही चीर का साँप क्यों बना रहे हो? वे जीजा तो हमारे हैं। हम अपने बहनोई को बूरा खाने नहीं बुलाएँगे? तुम बीच में कहाँ से आ गए? हमसे कहे तो कोई? पूछे तो?' भँवर उठ खड़ा हुआ और केलासीसिंह की बाँह पकड़कर बोला—

'चलो जीजा! अखाड़े पर चलो। तुम्हें क्या मतलब गाँव की बातों से? पहलवान आदमी हो। तुम क्यों सिकुड़े जा रहे हो?'

भँवर उठा कि पूरी महफिल उठ खड़ी हुई। गाँव का एक-एक आदमी अखाड़े पर जा रहा है। यहाँ तक कि तीन साल का लड़का भी ताल ठोंकते हुए भाग रहा है।

गाँव की गली से निकलकर चौक में औरतों का रंगबिरंगा काफिला जमा हो गया। हालाँकि औरतों को अखाड़े पर जाने की इजाजत नहीं पर वे मल्लई की बातें बड़े चाव से, मन से कह-सुन रही हैं। अंगूरी के पास सासरे की बातों का खजाना है, उसने भँवर की बहू को अपनी सास की निन्दा में उलझा लिया। भँवर की बहू भी अपनी सास की एकाध बुराई बीच-बीच में कर देती है—आँख बचाकर।

कुंती ने अंगूरी के कंधे पर धौल मारी, 'रंडी, सास-ननद की बुराई-भलाई में ही उलझी रहेगी या कुछ और भी सुनेगी? ताड़फड़ेवाले जीजा लड़ रहे हैं अब की बेर कुश्ती। सुन तो सारंग भाभी क्या कह रही है?'

'कोई यह समझे कि गाँव में शेर पैदा हुआ है, शेरों के दाँत उखाड़नेवाले भी पैदा होते हैं संग में। पहलवानी का लँगोट हिला-हिलाकर ही लोग गाँव पर धौंस जमाते हैं,'

सारंग के होंठों पर कड़वाहट छलक रही है।

'अरी, सेर से सवा सेर भी भिड़ता है कभी न कभी,' लौंगसिरी बीबी ने अपना मत जताया।

'बिचारे ताड़फड़ेवाले तो कमजोर से हो गए हैं,' भँवर की माँ को अपने भानिज जँवाई की जीत पर शक है, सो पहले से ही भूमिका बाँध रही है।

खेरापतिन दादी चली आ रही हैं—धीरे-धीरे। आते ही बोलीं, 'गीत-आखर उठा लो कि चकर-चकर बातें ही बनाती रहोगी।'

'जा डुकरिया को गीतों की ही पड़ी रहती है। चलो उठा लो आखर।'

> हरौ री रँगाय दै अम्मा मेरी डोरिया जी,
> ए जी कोई हरी ही है भइया जी की पाग
> झूला तौ झूलूँ हरियल बाग में जी ऽ ऽ ऽ ...

खेरापतिन दादी आखर की टेक पर अर्थाती हैं—'हाँ साँची है, भइया के लिए पाग हरी रँगा दी और मेरी छोड़ दी? अम्मा दुभाँत करती है। मैं हरियल बाग में क्या ओढ़कर झूला झूलने जाऊँ?'

सारंग का बस चले तो अखाड़े पर चली जाए। उसका मन नहीं रम रहा गीतों में। वह आगे-आगे चली जा रही है। झर लगा था दो दिन से। गली में कीचड़ है, उस कीचड़ को रौंदती सी बेखबर ... उस कीचड़ में पाँव गाड़ती हुई, पाँवों के चिह्न बनाती हुई। औरतें संग-संग नहीं, काफी पीछे रह गईं, उसने पलटकर देखा।

'ओ चाची, आ जाओ जल्दी। गीत ऊसरा में गा लेना,' सारंग ने पीछे मुड़कर आवाज दी और फिर चल दी उसी तरह।

लौंगसिरी बीबी ने पीछे से डपटा, 'तू नई चाल चला रही है! सदा गाते-बजाते हौले हौले पहुँचते हैं पथवारी तक। देखती नहीं, हाथों में घूँघों के शकोरे हैं। तू लोग (मर्द) की तरह चली जा रही है। हमसे नहीं चला जाता। चली जा अकेली।' यह बात सबको मालूम है कि लौंगसिरी बीबी बहुओं-बेटियों की कोई भी बेजा बात सहन नहीं करतीं।

सारंग ने मुड़कर एक निगाह डाली औरतों पर—पैनी, धारदार ... और अपनी चाल चल दी।

अखाड़े पर रिश्तेदारों के चमकदार कपड़ों के कारण रौनक आ गई। लड़कियाँ, जिनके दूल्हा बूरा खाने आए हैं, पलट-पलटकर अखाड़े की ओर देखती हैं। ऊसरा के दाईं ओर छोटे बाग पर जगमगाती मेहमान मंडली, गाँव के बूढ़े-जवान, तो बाईं तरफ अतरपुर की स्त्रियों के रंग-बिरंगे झुंड।

गुलकंदी गुलाबी साड़ी पहनकर आई है। गले में ढोलक लटकाए हुए कभी हँसती है, कभी मुस्काती है, कभी भाभियों से दिल्लगी करती है। भँवर की बहू ने नारंगी धोती पहनी है—जनानी हरी-कमीज। दोनों रंग बहुत फबते हैं सरूपी के ऊपर। थानसिंह की

औरत बैकुंठी कहने को भँवर की माँ की सगी बहन है, पर बेचारी मर्दों की पार्टीबंदी के मारे बहन की ओर मुँह भी नहीं कर सकती। भँवर की अम्मा ही ऊँची आवाज में बोली, 'मेरी बहन तो बैरियों में ऐसे रह रही है, जैसे दाँतों के बीच जीभ।'

बैकुंठी की सास उर्फ थानसिंह-डोरिया की महतारी हुकमकौर ने अपने खुरदरे चेहरे पर रोस लाकर होंठ ऐंठे, और जता दिया—कहती रह तू, मेरे सिंगट्टा से!

उधर लड़कियों-बहुओं के दो दल तैयार हो गए—फसल का गीत गाया जाएगा। एक कतार से गुलकंदी दूसरे पाले में आई—

मैं तौ रारौ, मैं तौ रारौ, बुवाऊँगी ऐसे ऐसे
मोय दाऊ की सों ऐसे।

कुंती घूँघट डालकर बहू बन गई। बीज बोने का अभिनय करती हुई गुलकंदी के पाले में आई—

मैं तो झिनमा, मैं तो झिनमा बुवाऊँगी ऐसे-ऐसे
मोय दाऊ की सों ऐसे

हरिप्यारी गले में ढोलक डाले खड़ी है अब। किसान-किसानिन का गीत चल रहा है—लौंगसिरी बीबी ने अपने पल्ले का साफा सा मार लिया और आगे बढ़ी—

मैं तो निबुआ, मैं तो निबुआ तुड़ाऊँगी ऐसे ऐसे
मोय दाऊ की सों ऐसे

निबुआ की जगह उन्होंने बड़ी बहू की छातियों पर हाथ मारा।

'है ऽ ऽ लुगाई!' बड़ी बहू उछलकर एक तरफ हो गई।

भँवर की बहू से नहीं जीत सकतीं लौंगसिरी बीबी। वह झपटी और बीबी की धोती उठा दी—

मैं तो देबी, मैं तो देबी मनाऊँगी ऐसे ऐसे
मोय दाऊ की सों ऐसे

भँवर की बहू हाथ जोड़कर खड़ी हो गई। औरतें हँस-हँसकर दोहरी होने लगीं—वाह री सरूपी! खूब कराए बीबी की देबी-मइया के दरसन।

'लुच्ची!' लौंगसिरी बीबी ने दबाकर गाली दी।

सारंग पथवारी मइया से क्या माँग रही है? ओ मेरी देबी, गाँव में फसलें उगें, बढ़ें, लहलहाएँ और घर भर जाएँ हमारे। ओ चामड़ मइया, केलासीसिंह का हौसला फसल की तरह ही छा जाय अखाड़े पर। ओ भवानी, तू ने हमारा विश्वास ही तोड़ दिया तो अगले साल यह पूजा किस विधि सम्पन्न होगी? उसके कान छोटे बाग पर लगे हैं। अखाड़े की

ओर से उठती महीन सी ध्वनि भी उसे विचलित कर रही है।

यकायक बाग की ओर से शोर उठा!

हो ऽ ऽ ऽ ··· हो ऽ ऽ ऽ ··· हो ऽ ऽ ऽ ··· सारंग की धुकधुकी नगाड़े की तरह बजने लगी। क्या? हार या जीत? कोई बताए? हे भगवन्! मैं भी ··· औरत होकर बलवान होने के सपने देख रही हूँ! लग रहा है वहाँ ताड़फड़ेवाले नहीं लड़ रहे, मैं अखाड़े में जूझ रही हूँ। मेरी बाँहों, मेरी जाँघों और मेरे कंधों में जोश की लहर क्यों आ-जा रही है? मेरी मुट्ठियाँ क्यों कस रही हैं? मैं धीरज बाँध रही हूँ, कि घबराती हूँ?

सारंग औरतों को वहीं छोड़कर फिर चल दी, कुछ दूर आकर ठिठक गई। शायद कुछ सुनाई पड़े। नहीं, नहीं ··· मुझे पीछे लौट जाना चाहिए। लोग कहेंगे रंजीत की बहू यहाँ अकेली! क्यों? किसलिए? सोचती हुई धीमे-धीमे कदमों से फिर पहुँच गई स्त्रियों के बीच। पर उसका चेहरा अंगारे की तरह दहक रहा है।

स्त्रियों के साथ ही चली आ रही थी सारंग कि जैसे आकाशवाणी हुई हो—

'अजी ताड़फड़ेवाले बड़े सावधान मल्ल हैं।'

आगे कुछ नहीं सुना उसने। मन में मृदंग-झालरें बजने लगीं। बेसुध सी खड़ी की खड़ी रह गई राह पर। ··· लेकिन फिर जागी दूसरे ही पल—फिर से कहे कोई! मैंने झूठ तो नहीं सुन लिया? धीरज कितनी कठिन साधना है, उससे मन का घोड़ा नहीं साधा जा रहा। लगाम टूटते-टूटते बचती है।

जैसे-तैसे घर पकड़ा है। घर आकर भँवर को बुलवाया तुरंत।

'अजी क्या पूछो! केलासीसिंह जीजा ने अखाड़े की मिट्टी माथे पर लगाई और खड़े रहे दो पल। अपने लंगोट से उँगलियाँ छुआकर माथे से लगाईं। डोरिया काला लँगोट बाँधे देखता रहा टकटकी बाँधकर। जीजा ने बाँहें फैलाईं फिर। टाँगें चौड़ाईं और डोरिया की आँखों में आँखें डालकर ऐसे देखा ज्यों वे फुफकार मारते साँप हों। चेहरा फैले हुए फन के माफिक, डोरिया के भारी मुँह पर वार करने को बढ़ता हुआ। और जैसे ही आँखों में आँखें डालकर डोरिया को देखा, साले की देह ढीली होने लगी। गोला बाँधे खड़ी भीड़ में ऐसा सन्नाटा कि लोगों की साँसें भी सुनाई दें। वे उसके कान तोड़ने लगे।

'फिर देह से पहले मन तोड़ देना—भितरमार! जीजा ने अपना हाथ झटके से उठाया कि डोरिया अपना गाल बचा गया और घूँसा पड़ा सीधे नाक पर। चट्टान सी देह हिल गई।

'थानसिंह ने एकदम पुकार मचा दी—बेईमानी, बेईमानी! नाक पर घूँसा क्यों मारा?

बजरंगिया न आया होता तो कुश्ती कैंसिल हो जाती। बजरंगिया इस साल से कुश्ती से संन्यास ले गया है। अपना हाथ उठाकर बोला—भाई मल्ल हमला करने के बजाय बचाव करे, तो इसे ईमानदारी कहोगे तुम? साले तुम लड़ने आए हो कि अपनी खैर मनाने?

'थानसिंह फिर चिल्लाया—कुश्ती के नियम में कहीं नहीं है यह कि नाक पर घूँसा मारो। यह कुश्ती नहीं, बैर निकालने की साजिश है। ताकत से ताकत का मुकाबला हो,

तब देखें सब जने। रगड़ाई क्यों कर रहे हैं केलासीसिंह?

'भीड़ में लहर सी आई। लोग बोले, हाँ ठीक है यह बात। और एकदम तालियाँ पीटकर लोगों ने शोर मचा दिया—हो ऽ ऽ ऽ ...। दोनों पहलवान चुपचाप खड़े थे। हाँ डोरिया की नाक से खून जरूर बह निकला, जिसे हरपरसाद नाई ने अपनी साफी से पोंछने की कोशिश की, मगर डोरिया को यह मंजूर नहीं था, कि वह अपना खून दूसरे किसी से पुछवाए। ऐसे ही खड़ा रहा खून टपकाता हुआ। और फत्तेसिंह के कहने पर कि अब कुश्ती नहीं होगी, उसने प्रधान की ओर ऐसे देखा, ज्यों उनकी नाक पर घूँसा मारना चाहता हो। उसने केलासीसिंह को ललकारा। और फिर अंधाधुंध तरीके से जीजा के ऊपर झपटा। पर ताड़फड़ेवाले जीजा से जीतना ... उन्होंने भरपूर तमाचा दिया गाल पर, ऐसा जैसे हथेली नहीं, हथौड़ा मारा हो और फिर मारते ही चले गए। डोरिया को शायद चक्कर आ रहा था। वह गिर गया, उठा तो फिर थप्पड़ और फिर जीजा करियल सर्प की तरह उससे लिपट गए। जाँघों में जाँघ ऐसे भींच डालीं ज्यों अजगर ने कस लिया हो डोरिया को। जीजा की जाँघोंवाली जकड़ तो शुरू से ही सन्नाम रही है। राये के फकीरा की जाँघों का खून नहीं, माँस निकाल लिया था एक बार। और जैसे ही डोरिया की जाँघों को मीड़ा तो मीड़ते ही चले गए। पर डोरिया जैसा बदन—पूरा हाथी! जीजा को दाब लिया एक बार को। फिर तो दोनों के बीच उठा-पटक चलती रही। यह समझो कि डोरिया को अच्छी तरह रगड़ दिया।

'लोगों की साँसों में हलचल तब हुई जब डोरिया चित्त हो गया। फत्तेसिंह का चेहरा पीला पड़ गया। थानसिंह छोटे बाग से भाग गया। पर प्रधानजी यह बात समझ रहे थे कि झगड़ा हो सकता है, इसलिए डोरिया के भइया भूरा को, साधजी को समझाने लगे—खेल है। हार-जीत तो होती ही है। फिर गाँव का मेहमान और देहरी पर आया कुत्ता एकसमान होता है। कौर-टूँक ले भी गया तो ले जाने दो। भाभी, इन सालों की हेकड़ी! थू!'

सारंग का दिल बाग-बाग है। ... लेकिन इस खुशी से जुड़ी आशंका भी काँटे की तरह रह-रहकर कोंचने लगी—साधजी के पूत बल्लम-लाठियाँ लेकर केलासीसिंह को मारने की योजना बनाएँगे। वह अतिरिक्त सावधान हो गई।

'लल्लू भँवर, गाँव में इस कुश्ती के सही-गलत का फैसला हो, तब तक तुम अपने जीजा को ताड़फड़े छोड़ आओ। नम्बरदार की बंदूक ले जाओ।' सारंग फुर्ती से उठी और कोठे में से बंदूक ले आई। 'रात ही रात पहुँच जाएँ अपने गाँव। इन्हें कुटवा-पिटवाकर हमें अपनी जीत हार में न बदलनी पड़े। सो तुम जैसे बैठे हो, तैसे ही चल दो।'

भँवर चला गया। हे पथवारी मइया, पाँच रुपए का परसाद चढ़ाऊँगी। मेरी लाज रख ली तूने। आज मेरे सीने में ठंडक पड़ गई।

द्वार पर लोग क्या कह रहे हैं!—रंजीत, तुमने छक्का मारा है। मान गए यार तुमको। आज तो सिकरेट पिलाओ रंजीत भइया। बाबा! तुम्हारा घोड़ा जीत गया। अजी घेबर बाँटो। इसको कहते हैं अकलमंदी। अकलमंदी कि राजनीति, कूटनीति।

अपने-अपने विचार धर रहे हैं ओसारे में जुड़े लोग।

बाबा चुप हैं। रंजीत ने कुछ स्वीकार किया, न खंडन।

'रंजीत ने माँफी माँगी है डोरिया से।'

गाँव के एक कोने से यह अफवाह बदबू की तरह उठी।

किसने कहा? कलावती चाची ने। दूती लुगाई किसी की सगी नहीं होती। संता बार-बार कलावती चाची का नाम लेती है। सारंग को विश्वास नहीं। वैसे भी संता कलावती चाची से दुश्मनी मानती है। सो कोई भी कुछ कहे, नाम कलावती चाची का।

रंजीत दुवारी में खड़े विलाप कर रहे हैं—'मैं किस बात की माँफी माँगता उस बेटीचो ··· से?'

कहनेवाला कहता है—इस बात की माँफी कि डोरिया के सामने केलासीसिंह को लाकर खड़ा कर दिया। थानसिंह कह रहा है, असल मर्द बच्चा था तो खुद उतर आता अखाड़े में।

हुकमकौर—डोरिया की अम्मा कह रही है कि गिदड़ा, छोरा तक को तो आगरे कर आया है। अब खुद भी भागेगा डेरा-डंगर बटोरकर।

सारंग बार-बार समझाती है रंजीत को, 'तुम गैरों की बातों पर जा रहे हो! कहनेवाले तो कुछ भी कहेंगे। खिसियाए हुए थानसिंह से क्या उम्मीद करते हो?'

रंजीत मिसमिसाए—'अरे हमारे बूढ़े बाप ने कराया है यह सब। वे ही धरमधारी बने फिरते हैं। लो, और निभा लो धरम। साला गाँव न हो गया ऑल इंडिया रेडियो हो गया! झूठी खबरें! मैं पूछता हूँ दादा से, कि क्या जरूरत थी थानसिंह के घर मुझे जबरदस्ती भेजने की? त्यौहार पर 'राम-राम' करने से बैरी रंजिश भूल जाएँ तो दंगे-फसाद के निबटारे के लिए थाने-कचेहरी क्यों बनें? और ऐसे नीचों के गले लगकर हम करेंगे भी क्या? बाप की बात मानकर ही पछता रहा हूँ आज। नरमाई अक्सर दगा दे जाती है।'

सारंग चुपचाप बैठी है धरती पर, घुटने खड़े करके छोटे से घूँघट में कुछ सोचती हुई ··· रंजीत सामने बैठ गए उसके—

'याद है कुछ। हमारे पिताजी क्या बोले थे अमृतवाणी में?—जमाना खराब है तो हम भी खराब हो जाएँ लल्लू? सनूने का त्यौहार है, तुझे साधजी के यहाँ घूँघा देने जाना चाहिए।' कहकर रंजीत घुटनों पर सिर टेककर बैठ गए।

सारंग नहीं याद करना चाहती, मगर उस दिन की हर बात ···

रंजीत ने सिर उठाया, 'मैंने मना किया था बार-बार और यह भी कहा था कि हर साल तो साधजी ही यहाँ आते थे। मैं नहीं जाऊँगा सिर फुड़वाने। तो क्या बोले दादा—वह तुम्हारे द्वार पर आया था, तो तुमने उसका सिर फोड़ दिया था क्या? वे इतने कायर नहीं रंजीत, बस अन्यायी और लड़ाकू हैं। बेटा, उनके घर की खोटी साल है, बेटा-बहू मरे हैं इसी बरस। नहीं तो साधजी खुद ही चला आता। हर समय की जिद्द अच्छी नहीं होती। अच्छा मत जाओ,

पर आज जो कुछ हुआ है सो? यह तुम्हारी ही साजिस मानी जाएगी। एक बार आमना-सामना कर लो। आँखों से आँखें मिलाने पर बड़े-बड़े मसले हल हो जाते हैं।

'तो तुम ही क्यों नहीं चले जाते दादा?

'मैं चला जाता। जरूर चला जाता। पर बेटा मेरे जाने के दस मतलब फालतू निकाले जाएँगे। साधजी ही कह देगा कि बेटा की पैरवी करने आया है। मैं अवस्था में बड़ा हूँ उससे। उसकी राम-राम अपनी ड्योढ़ी पर लेने का हकदार हूँ। हाँ, तू न होता तो बात दीगर थी। मजबूरी में सबकुछ करता है आदमी।

'मेरी समझ में कुछ नहीं आता दादा।

'मूरख, तू उनके लिए ही नहीं जा रहा वहाँ, अपने लिए भी सोच। वहाँ जाकर तुझे यह इलम भी हो जाएगा कि दुस्मन कितने पानी में है। कहने को तेरा जाना रिवाज ही माना जाएगा। गम और खुशी में सरीक होना तो सास्तरों में भी लिखा है। उठ। दलवीर वाली बंदूक कोठे में से उठा ला। कारतूस भरकर मुझे थमा। मैं चलूँगा पीछे-पीछे। अव्वल तो रात में कोई देखेगा नहीं। देख भी लेगा तो कह दूँगा नम्बरदार के पास जा रहा था।

'बाबा खेस में बंदूक छिपाकर पीछे-पीछे चल दिए।

'मैंने काँपते पाँवों साधजी के कान पर घूँघे धरे थे। राम-राम की थी। साधजी ने घुन्नाई हुई आवाज में असीसा था—बेटा, लड़ने-भिड़ने के लिए ही हजार बरस जियो। थानसिंह वहाँ था नहीं। डोरिया खाट पर बैठा था। भूखे जानवर की तरह देखने लगा। मेरी देह की गर्मी खतम होने लगी। अगर इन्होंने पकड़ लिया तो? इस रस्म-अदाई की क्या जरूरत थी जिसका नतीजा बंदूक के धमाकों पर टँगा हो?

'पर हमारे दादा ··· बोले—बेटा जरूरत है। ये रस्में हमारी भाईबंदी का असूल हैं और बंदूक हमारी हिफाजत का साधन। साधजी भी तेरी राम-राम का निरादर नहीं करेगा। इतना तो मैं जानता हूँ।

'ठीक कह रहे थे दादा। मगर यह तो मुझे मालूम है कि साधजी की भवें तलवार की धार थीं। भले वे बूढ़े थे और डोरिया घायल, लेकिन दोनों के चेहरे मेरा कलेजा कँपा देने के लिए काफी थे। हिम्मत नहीं पड़ी कि इतना भी कह पाता कि केलासीसिंह को भँवर ने बुलाया था।'

'को हग गया? कि हगटरा! जब देखो तब कलावती चाची! रिसाल की महतारी!' द्वार से दुवारी ··· चाची एकदम प्रकट हो पड़ीं। कमर पर हाथ धरकर बोलीं—

'अपने रिसाल की बाँह पकड़ती हूँ, गंगाजली उठवा ले कोई, कि वे राँड़ें उठावें अपने खसम-पूतों की सौगंद, किसम खाकर छुएँ गंगाजल, जिनने मेरे आँचर पर दोस मढ़ा है। हम्बैतौ, जब देखो तब ···' चाची का साँवला चेहरा ताँबे का गोला हो गया।

चाची की आवाज ने रार का माहौल पैदा कर दिया। भँवर पीछे-पीछे चला आया। कलावती चाची को चुप करता हुआ बोला, 'तू बेबात ही गरमी खा रही है। लोग तो लगाएँगे ही। तेरी आदत जो ठहरी दूता-चुगली की। मैं बार-बार कह रहा हूँ कि मैंने बुलाए

थे, मैंने बुलाए थे, पर कोई सुनता नहीं। बारूद जोड़ने में लगे हैं आदमी।'

आवाजें सुनकर गली में से गुजरती हुई संता भी इसी ओर मुड़ आई।

कलावती चाची ने धैर्य खो दिया संता को देखकर, 'लुगाई तमासा देखने आ रही हैं। अपने खसम-पूतों की करतूतें नहीं देखतीं। बिचारे रंजीत के पीछे पड़ी हैं हाथ धोकर। अये हम्बै, मैं भी खूब जानती हूँ, वही होगी फूलसिंह की लुगाई संता।' चाची ने जानबूझकर संता को न देखने का नाटक करते हुए अपनी बात कह दी।

'अरे, बाबरी हो गई हो तुम। संता बेटी थानिग है, लुगाई कहकर लड़ रही हो।' रंजीत ने चाची को फटकारा।

चाची ने एक पाँव धरा धमककर, 'बेटी है तो बेटी की तरह रहे। रंडी-सौत सरीखनी की तरह पैज बाँधती है तो सुनेगी फिर।'

संता चुपचाप चली गई अपने घर को, इशारा ऐसा किया जैसे कहती गई हो कि इस खानगी के मुँह कौन लगे।

रंजीत और भँवर कलावती चाची को अजेय योद्धा मानकर बाहर सरक लिए।

हरिप्यारी नाइन रिसाल की बहू के आने की पूरियाँ बाँट रही थी। ढलती उम्र की विधवा औरत है हरिप्यारी—गुलकंदी की माँ।

सारंग के घर डलिया धरकर सुस्ताने लगी। सारंग हँसती है—गुलकंदी की अम्मा, कलावती चाची के घर की डलिया बाँटते हाथ-पाँव ज्यादा ही थकते हैं?

नाइन ने शिकायत के स्वर में उत्तर दिया, 'वह तो रिसाल के बहू के पीहर की डलिया है, सो बाँट रही हूँ। काये से कि रिसाल की बहू घराने-घर की है। अच्छा बायना लाती है। देख लो मीठी और फीकी दो तरह की पूरियाँ हैं आज भी। राम करे बहू के बेटा हो, गुलकंदी के लिए बिलौज का कटफीस लाई है। सास से दुबकाकर दिया है। बेचारी काँपती है। भगवान ने ऐसी कुटाँट सास सूधरी गाय बहू के भाग में धर दी। मैं तो बाट देख रही थी कि इसकी सत्तो के सासुरे से बायना आए तो दारी डलिया को तीन दिन बासी करके बाँटूँ। पर जैसी करनी तैसी भरनी। सत्तो का खसम लिवा ही नहीं जाता।'

सारंग जानती है, हरिप्यारी नाइन कलावती चाची से क्यों खफा है? चाची कह रही थीं कि नैनियाँ की छोरी कुचाल चल रही है। बिसुनदेवा अब तीसरे दिन फेरा मारता है। कहाँ पहले जाड़े के जाड़े आता था। गुलकंदिया से दीदा जो मिलाने हैं। 'सकल और चंदना' का नाटिक देख लेना एक दिन। रासलीला होगी इसी गाँव में।

'चाची, निर्दोष को दोष! नहीं, चाची नहीं,' वह बोल पड़ी थी। 'बेचारे बिसुनदेवा ने बुरी नीयत से किसी औरत को न देखा होगा। खोटी नजरवाला आदमी पराये गाँव में कितने दिन टिकेगा? जैसा अपरूप मलूक, वैसा ही ओस की बूँद सा निर्मल। बताओ, भोली बछिया सी गुलकंदी ने क्या बिगाड़ा है इनका?'

'सारंग, तू अपु जैसी समझती है सबको। यहाँ एक से एक बदफैल पड़ी है। और एक से एक चौकन्नी। गुलकंदी को क्या समझ रही है तू? एक दिना चिरइया की तरह फुर्र न हो जाए तो मेरा नाम कलाबती नहीं। हरिपिरिया जटवारवाले नाऊ के घर फेरी ही मारती रह जाएगी, और बिसुनदेवा कर जाएँगे जादूगरी।'

क्या सचमुच चाची की आँख में शैतान बैठा है? सोचती है सारंग। इस एक औरत के दो विरोधी रूप ''' केलासीसिंह में जान डाल देनेवाली यही चाची हैं?

'मेरी गुलकंदी को बदनाम करने पर तुली है कलबतिया रंडी,' नाइन फुफकारकर बोली।

सारंग क्या कहे? दोनों की अपनी-अपनी मुसीबतें।

'मालूम होगी बहू तुझे, सत्तो ने कैसे रच्छ मचाए ऐरनों के ऊपर। सुनते हैं कि अपने दुल्हा के मुँह पर डिबिया फेंक के मारी, और अखत्तल गालियाँ दीं कि धुआँकरा, नासपीटा, नकली ऐरन लेकर आया है। पहरा देना अपनी मइया-बहनियाँ को। काला मुँह कर जा यहाँ से। मेरा जाएगा अब सिंगट्टा। बताओ, कोई जँवाई इतनी अवज्ञा सह लेगा? सो चला गया छोड़कर, और जाते-जाते कह गया कि अब तुझे जो असल कंचन पहराए, उसी के संग चली जाना।'

'मेरे गोड़ों का सत्त खिंच गया है सारंग। रतनलाल का बाप तो वैसे ही दो साल से ब्याह टाले जा रहा है। अब छोरी की बदनामी और पहुँची तो यह बहाना नहीं, उसे कोड़ा मिल जाएगा हमारे ऊपर फटकारने के लिए। कोड़ा के आगे कौन टिक सकता है फिर?'

'चाची को यह शोभा नहीं देता। गाँव की बेटी, सो अपनी बेटी। पर वे भी अपनी आदत से लाचार हैं। कोई करे तो क्या करे?' सारंग दुखित हो उठी।

'गुलकंदी तेरे यहाँ तो काम करती है बहू। तू कहना, ऐसे लच्छिन देखे हैं? मैंने तो कह दई कि छोरी भाभी का काज सम्भारना, उसका जी चैन में नहीं। एक ही तो जीवाक (बेटा), वह भी नासियों ने भगवा दिया।'

सारंग के दिल पर घन की चोट पड़ी। चंदन का नाम उसके लिए आघात हो गया है। उसने बात बदल दी, 'गुलकंदी की अम्मा, रतनलाल का बाप अब क्या कहता है?'

नाइन एकदम रुआँसी सी हो आई। साँवला चेहरा दयनीय हो गया। सामने के दो दाँत उखड़े हुए हैं, मुँह खुल पड़ता है—साँप के बिल की तरह।

'बीबी, क्या कहूँ मैं! लम्बद्दार ने मेरा पाँव फँसाया है। नहीं मैं फँसती भड़ुआ के फंदा में? अब कहीं अंत संबंध करने जाऊँ तो लोग कहेंगे कि इसकी बेटी में खोट होगा। सो सगाई टूट गई। कहीं पेट गोद डालने का दोस ही मढ़ दे कोई? हमसे डरनेवाला भी कौन है?

'पहले तो लम्बद्दार ने बताया था कि तैसीलदार ही मइया-बाप हैं रतनलाल के। धरमबाप। असल बाप क्या करेगा? ज्यादा से ज्यादा अपने उस्तरा-पेटी पकड़ा देगा। तैसीलदार ने पक्का चपरासी बनवा दिया है रतनलाल। पर लम्बद्दार के कहे-सुने क्या हुआ? पक्की नौकरी की

कीमत तो बसूल रहा है वो रावनलाल! कड़ीखाए का नाम रामलाल किसने धर दिया?

'कह रहा था कि तुम्हारे गाँव का लम्बद्दार इतना नहीं समझता कि रतनलाल की महतारी का खसम मैं हूँ या तैसीलदार? कि रतना की अम्मा हरिप्यारी की तरह राँड़ हो गई है, सो छोरा के ब्याह के लिए सत्रह बाप ढूँढ़ती फिरे? मैं पाँच हाथ का मर्द बैठा रहूँ और दूसरे आदमी मेरे बेटा का ब्याह तै करें! वाह जी वाह!'

नाइन का लाचार चेहरा ''' सारंग तरस की धार में बहने लगी।

यकायक हरिप्यारी चौकन्नी हो गई।

'सारंग, मेरे मन में भी आई कि दारीके की अकल ठीक कर ही आऊँ। ला कड़ीखाए मैं देखूँ, तू कैसा बाप है? सो मैं जा पहुँची जटवार। और बैठ गई जाकर उसके चौंतरा पर बिछी खाट पर। घूँघट-पर्दा? गया भाड़ में। लाज लिहाज? धर दी उतारकर। तुझे भी नानी याद आ जाएगी भड़ुआ! आज पड़ा है अतरपुर की लुगाई से पाला। ला कर ले मो से बैन।'

'उसके दरबज्जे लोग-लुगाइयों का हजूम जुड़ गया। मुझे ऐसे देख रहे, जैसे बाबरे गाँव में ऊँट आ गया हो। रतनलाल का बाप घर में घुस गया।'

सारंग बोली, 'शरमा गया होगा अपनी करनी पर।'

'अरी काए को! वह तो अपने गाँववालों की लाज से मरा जा रहा था कि बैयरवानी आई है छोरा के संबंध को। भीतर से एक आदमी भेजा और कहलवाया उसी के जरिए, कि बीस हजार नकद लोट भिजवा दें और मनचाहे जहाँ भाँवर डाल लें रतनलाल की।'

'बीस हजार!'

'हाँ, बीस हजार। जैसे हौसला से गई, वैसी ही पोच (कमजोर) होकर आ गई। बहू, कोई किसी का नहीं। जेठ-देबर सबके सब मुँह छिपा गए। जेठ ननुआ कहता रहा कि हमारा हरपस्साद बंबई से आकर बात कर लेगा। बीस हजार नहीं, कुछ कम पर बात तोड़ लेगा। ले, अब तक आता है हरपस्साद।'

'नाइन चाची, तुम गुलकंदी को मत ताँसना। कलाबती चाची दिल की बुरी नहीं। अब वे अपनी सत्तो को किस सूप तले ढकें? सो ज्यादा ही परनिंदा करने लगी हैं। मैं समझा दूँगी उन्हें।'

'मैं गुलकंदिया से कुछ न कहूँगी बहू। पर हाँ उस लुगाईमुँहा बिसुनदेवा की लम्बी-लम्बी लटूरियाँ उखाड़ूँगी। मुँह-माथा दमकता है, तो क्या धिय-बेटी तीगेगा? तिलक-छापे का ढोंग-स्वाँग करता है! मूँड़ में ईंट मारकर सब धजा बिगाड़ दूँगी मुँहपजारे की। रकत-असनान कराऊँगी अच्छी तरह। मैं तो समझती थी बच्चा है—बच्चा पूरा लोग हो रहा है।'

दोपहर ही हुआ था, राकेश दौड़ा आया।

'सारंग चाची, गुलकंदी को पीट रही है दादी। हमारी अम्मा घर नहीं। बचा लो चलकर। मैं जाता हूँ तो मुझे भी मारने भागती है। बाबरी हो गई है।'

सारंग जैसी बैठी थी, तैसी भागी।

दुवारी में हड़कम्प मचा है। गुलकंदी की अम्मा के हाथ में कपड़ा कूटनेवाली मोंगरी है ··· 'हाय-हाय! लड़की के हाथ-पाँव तोड़ोगी! लूली-लंगड़ी करोगी!' सारंग ने झपटकर मोंगरी अपने हाथ में ले ली।

गुलकंदी सारंग के पाँवों से लिपट गई, 'भाभी ऽ ऽ ऽ ··· ओ भाभी!'

अम्मा घूँसों-थप्पड़ों से पीटने लगी—चटाक् धम्म धम्म चटाक् चटाक् ··· 'अरे रे रे! तुम मानतीं क्यों नहीं? लड़की गाय की तरह डकरा रही है और तुम्हारे हाथों में सुरसुरी लगी है!'

'इस हरजाई से कहो कि मैं ज्वानी में राँड़ हुई थी। पंडित-छत्री से लेकर सेठ-साहूकाल ··· पर मैंने थूक दिया उन पर। और यह ··· यह ··· धप्प! धप्प! यह रंडी उस खटीक के मूत पर जान दे रही है! बाम्हन बनता है भड़ुआ! जैसे हम जानते नहीं। घर से निकले पीछे सब नीची जातवाले अपनी जात घर ही छोड़ आते हैं। खटीक है खटीक। बाम्हन होता तो थूकता न तेरे ऊपर!' गुलकंदी की अम्मा की साँस चल रही है—तेज-तेज।

'देख ले सारंग, दूध के दाँत उखड़ते ही दीदा लगा बैठी यह छिनार!'

'अब चुप भी रहो। तुम्हें ब्याह करने को दूध के दाँत नहीं दिख रहे, दीदा लगाने के लिए दुधमुँही हो गई! अजब हो नाइन चाची!' सारंग झुँझला पड़ी।

एक-एक करके मोहल्ले की कई जनी जुड़ गईं।

हरिप्यारी रोना चाहती थी, पर रो न सकी। उलटे हौसला बटोरना पड़ा। गुलकंदी की बाँह पकड़कर बोली, 'उठ, चल, काम-धंधे से लग। हमारे पास बखत कहाँ कि रोवें-धोवें। जो कहती हैं, सो अपनी करनी भोग रही हैं—राँड़ें।'

औरतों को मजा न आया। वे भारी मन, मरे पाँवों लौटने लगीं।

सारंग को कोठे में बुलाकर बताया हरिप्यारी ने, 'बहू, हमारी जिठानी चुनियाँ पूरी फरियाफार है। जात की नाक नीची होने पर वह और उसका पूत हरपस्साद जौहर करने को तैयार हो जाते हैं। अरे तैने सुनी होगी—तोछीगढ़ में किसी ने हरपस्साद से नाई कहकर पानी परोसने को कह दिया था, तो छोरा पंगत छोड़कर चला आया। बंबई में सूरजबंसी ठाकुर बता रखा है सबको। लौंगसिरी का बेटा रामकन्हैया कह गया था गाँव में।'

इतने में हरपरसाद की माँ चुनियाँ आती हुई दिखाई दी।

हरिप्यारी ने गुलकंदी को कोठे में बिछी खाट पर धकेल दिया।

'एं री, कैसे रो रही गुलकंदी?' जिठानी ने सवाल किया।

'बीबी, छोरी को ताप चढ़ा है। माथा धमक रहा है,' गुलकंदी की माँ ने स्वर बदल लिया।

'अरी, अब हाल ही तो दुनियाँ भर का रोना-पीटना, और अब ठनगन! कलजुग ही है राम, लुगाई की जात भी बात पीना सीख गई!' चुनियाँ नाइन अपना झोली सा पेट लेकर उलटी लौट गई।

पाँच

हुकमसिंह आया है, रंजीत को बुलाने के लिए।

दूर गली में खड़े छोट-छोटे बालक एक स्वर में बोल रहे हैं—ऊँट आया ऊँट!

हुकमसिंह उर्फ हुकमा कभी ऐतराज नहीं करता चिढ़ाने-चमकाने पर। फत्तेसिंह कहा करते हैं उनका बेटा अति का सीधा है—गऊ के माफिक। नरम आवाज में विनयपूर्वक बोलता है। सौतेली माँ की आज तक शिकायत नहीं की उसने। मोहल्ला-पड़ौस की औरतें सिखाती-पढ़ाती हैं कि हुकमा, तू अकेला आधे का हिस्सेदार, क्यों दबता है रे? मइया एक कहे, तू चार सुना। ··· मगर हुकमा नहीं उकसता। चुप रहकर ऐसी औरतों को पछाड़ देता है। ऐसा चतुर न होता तो पंद्रहवीं जमात का इम्तहान दे रहा होता? ऐंचकबेंचा है तो क्या? इतनी लम्बाई है किसी की इस गाँव में?

··· मगर इतनी विद्या पढ़कर और फत्तेसिंह के घर में जन्म लेकर भी जिसकी नौकरी न लगे उससे ज्यादा करमहीन कौन? भँवर की नौकरी नहीं लगी, छोड़ो उसकी बात। उसके पिता खूबाराम पूरे भोलाराम हैं। दो-तीन जगह नौकरी के लिए रुपए भरे थे, मारे गए। रंजीत को भी जाने दो कि नौकरपेशा नहीं हो पाया, गजाधर बाबा ने फौज की नौकरी क्या की, उन्हें नौकरी लब्ज से नफरत हो गई।

··· लेकिन फत्ते प्रधान, चपरासी की नौकरी छोड़कर हुकमा को कहीं भी भर्ती कर सकते हैं। कई जगह कसरत कर चुके हैं, पर हुकमा की जुबान को क्या करें। अंगरेजी का हरफ बोलते ही लपेटा खाने लगती है। वह कहता है मेरा शरीर थर्रा जाता है, हाथ-पाँव काँपने लगते हैं। तभी तो 'ह्वेयर इज योर विलेज' का जबाब दिया—'माई विलेज इन तहसील इगलास इन जिला अलीगढ़।' नहीं मिली नौकरी। हुकमा का भागभोग।

प्रधानजी जानते हैं सौतेलापन नहीं होता, सौतेला भाव होता है। सौतेले ग्रह होते हैं। उन ग्रहों के कारण उनका घर जहरीली कलह का मैदान बन जाता है। जब भी हुकमा के पक्ष में एक बात भी बोलें प्रधानिन का मुँह सूज जाता है। मनाना आसान नहीं, एक गहना देना होता है। उन्हें गुस्सा पत्नी पर आता है, पीटते हुकमा को हैं। पक्षदारी सजा हो जाती है अभागे के लिए।

ज़ार-ज़ार रो दिये थे प्रधानजी। कहाँ? थानसिंह मास्टर के पास। थानसिंह का दिल मेह की धार की तरह बह निकला, कह दिया, 'मेरी एवजी पर काम करता रहेगा। मुझे भी फुरसत मिल जाएगी खेती के काम के लिए। दस रुपया रोज इसका जेब खर्च।'

प्रधानजी का गला रुँध गया, 'नहीं यार, तू कुछ मत देना' और अपना मन खोल दिया—

'वह (पत्नी) तो ऐसा समझती है जैसे हुकमा मेरे पिछले कर्मों का दोस हो। उस दोस को उछालकर मुझसे मनमानी करा लेगी। सच मान थानसिंह, मैं इतना कमजोर-दिल

हो गया हूँ कि हुकमा की थाली में देखता हूँ कि भरपेट रोटी मिल रही है उसे या नहीं? वह दिन पर दिन लचर होता जा रहा है। भइया, उसे तनख्वाह की दरकार नहीं, हिल्ले की ताकत चाहिए फिलहाल, फिर और कोई जुगाड़ ...।'

सारंग डोरिया के बारे में बातें कर रही थी, 'देख लिया, देह तोड़ने से ज्यादा जरूरी होता है मनोबल तोड़ना'—लेकिन हुकमा को देखते ही एकदम चुप हो गई।

'हाँ, साले थानसिंह का भी गरब चूर कर गए केलासीसिंह जीजा,' भँवर अपनी रौ में बोले जा रहा था। सारंग ने संकेत दिया आँख का, हुकमा खड़ा है।

भँवर कुछ सुने-समझे तब न। 'सालों का मूत सूख रहा है। डोरिया देखा है तुमने भाभी?'

'भँवर!' सारंग को झिड़कना पड़ा।

हुकमा को देखते ही भँवर हँस दिया झेप भरी हँसी, 'अरे हुकमा! यह तो हमारा यार है। इससे कैसा पर्दा?'

हुकमा संदेश देकर चला गया।

रंजीत अपनी कमीज-पैंट पहनने की तैयारी में हैं, तैमद उतार दिया।

भँवर सुर पर चढ़ा है, 'भइया देख तो आओ, थानसिंह के दाँत कितने घिस गए? प्रधानजी ने अपनी कितनी मूँछें नोंच डालीं? हुकमा आजकल तुम्हारी खुफियागीरी पर तैनात है, कि तुम कहाँ जाते-आते हो? खलबली मची है सुसरों के पेट में कि कहीं अलीगढ़, इलाहाबाद ... यह ऐंचकबेंचा दो बेर साइकिल दौड़ाता हुआ देखा है तुम्हारे पीछे।'

रंजीत भँवर को बोलने के लिए आजादी दिए हैं; जैसे ध्यान देना वक्त बरबाद करना हो। भँवर हँसता है, सारंग मुस्काती है—रंजीत चिढ़ जाते हैं। चिढ़ भी है और भीतरी तौर पर खुशी भी—बैरी आ रहे हैं ठिकाने पर।

आगे-आगे रंजीत, तो पीछे-पीछे भँवर।

'लौट जा भँवर। तू मुझे कितना कमजोर समझता है?'

'भइया, कमजोरी की बात नहीं : इन बदमाशों का क्या ठिकाना? भाई के पीछे भाई चले, यह बात भी हमने साधजी के पूतों से सीखी है।'

लेकिन भँवर को वे अपने साथ नहीं ले गए।

स्थान प्रधानजी की बैठक—

रंजीत ने थानसिंह की ओर देखा नहीं। नजरें मिलीं, न मिलानी चाही। राम-राम का औपचारिक अभिवादन किया—लो या मत लो। आनबान के धनी हैं रंजीत भी। किसी का कुछ ले खाया है?

बैठाए गए तो थानसिंह की बराबरी पर! उन्हें शत-प्रतिशत विश्वास था कि थानसिंह उठकर चला जाएगा, जैसी कि उसकी आदत है। थानसिंह उठ गया। देख लो, उन्होंने ठीक सोचा था। आदमी की प्रकृति बदलती नहीं है और अब बदलेगी, जब उसका भाई सरेआम कुश्ती के नाम पर पीट दिया गया हो?

प्रधानजी रंजीत से मुखातिब हैं। उनकी खिचड़ी मूँछें, जो शायद आज सुबह ही छँटवाई हैं, ईख के जले ठूँठों जैसी लग रही हैं।

कि अचानक थानसिंह भीतर आ गए। बाहर तो वे थूकने के लिए गए थे। आकर वहीं तखत के कोने पर रंजीत की बराबरी पर टिक गए। अपनी काली मूँछों पर उँगली फिराते हुए बैठे हैं। रंजीत को भीतर ही भीतर बारीक सी खुशी महसूस हुई। हो सकता है, क्षणिक हो। और बाहरी तौर पर असहजता। वे जैसे तखत पर नहीं, अधर में लटके हैं। आखिर माजरा क्या है? क्यों बुलाया-बैठाया है उन्हें?

प्रधानजी ने ठंडी सी निगाह बारी-बारी दोनों पर डाली, जैसे दोनों आदमी फत्तेसिंह के कसूरवार बच्चे हों, और वह पिता की अहं भूमिका निभा रहे हों।

'तुम लोग ऐसा ही करते रहे तो एक दिन क्या होगा? हम जाट लोग मारकाट मचाकर आपसी रिस्तों को भी फेंक देंगे। एकता के टुकड़े-टुकड़े हो जाएँगे। तुम क्या सोचते हो बनिया काली कमलिया तानकर सोए हुए हैं; उनकी नींद कुम्भकरण की नींद है? अरे नादानो, वे कुत्ते की नींद सोते हैं। पैछर मिलते ही जाग उठेंगे, और पलक झपकते ही सत्ता पर काबिज हो जाएँगे। हमें तो वे शुरू से ही कुबड्ड मानते रहे हैं। बोलो क्यों? हमारे लट्ठ ने ही हमें कमजोर किया है। आजकल बम का जमाना है और हम लाठियाँ भाँजते फिर रहे हैं। बताओ कौन मानेगा हमें चतुर? जो आदमी अपनों के ऊपर ही वार करे, उससे ज्यादा मूर्ख कौन? वही बात कि जिस डाल पर बैठे हो उसी पर कुल्हाड़ी चला रहे हो। तुम्हारी मति मारी गई है। दोनों लोग पढ़े-लिखे हो। आज कोई सुनता है तो धिक्कारता है हमें—वाह प्रधानजी, खूब तलवारें चलवा रहे हो!

'भइया, पढ़-लिखकर क्या सीखा? किताबों में क्या लिखा है? यही कि ईंट का जबाब पत्थर से दो। सहनशीलता सास घास चरती है? रंजीत, एक बात तुमसे खास तौर पर कहनी है—केलासीसिंह को भँवर ने बुलाया हो या तुम्हारी घरवाली ने, सरासर अन्याय की बात! अपने गाँव के आदमी को रिश्तेदार से पिटवाना ··· तुम सही मानते हो तो तुम्हारी बुद्धि की बलिहारी है। यह तो तुम भी मानते होगे कि केलासीसिंह पहलवानी करने तो शर्तिया नहीं आया था। कुश्ती के नाम पर उसने तुम्हारा बदला ही चुकाया। इस बात में कोई संदेह है क्या? अंधेर कर रहे हो यार!' बोलते-बोलते प्रधान के होंठों से थूक के छींटे उड़े और मूँछों पर जा बैठे।

रंजीत ध्यान से सुन रहे हैं। थानसिंह बाहर की ओर देख रहा है।

'थानसिंह यार, तू तो मास्टर आदमी है। बालकों को पढ़ाता है। सिखाता-गुनाता है। तू ही धीरज धर।' प्रधानजी ने हाथ का पंजा उठाकर थानसिंह को दिलासा दी कि सहनशीलता बरतने को कहा? भाव कुछ मिलाजुला सा था।

'हम क्या चाहते हैं? कि बनिया अधशहरी हमारी लगाम अपने हाथ में थाम लें और मनमाने ढंग से हाँकें? ऐसे लड़ते-भिड़ते रहे तो भइया, चुनाव भी दूर नहीं है। फिर भुगतते रहना। वह भवानीदास का बच्चा इस गाँव का मालिक बन जाएगा और कोड़े से बात

करेगा।

'हाथ मिला लो दोनों जने। गाँव का कल्याण इसी में है। याद रखो, यह गाँव हमारे पुरखों का है। है कि नहीं? बनिया यहाँ परदेसी है, मुनाफागीर।'

रंजीत ने उस वक्त कुछ नहीं सोचा। अध्यापक के रूप में, पिता के रूप में प्रधान की छवि का असर माना और थानसिंह की ओर ऐसे देखा, जैसे कह रहे हों—दुश्मनी किस बात की? एक होने में हर्ज क्या है? सचमुच झगड़ा बरबाद करता है आदमी को।

और चले आए।

घर आकर सारंग से एक ही बात कही, 'भँवर ने केलासीसिंह को बुलाकर हमारा बुरा ही किया है। तुम इस बात पर खुश हो रही हो तो यह तुम्हारी निरी मूर्खता है।

'कहीं तुमने तो नहीं बुलाया था ताड़फड़ेवाले को?'

सारंग चपु रही।

'प्रधान को शक था। लेकिन मैंने कहा, सारंग क्यों बुलाएगी? वह पहलवान और पहलवानी जैसी मर्दों की दुनिया के बारे में क्या जाने? आपको गलतफहमी हुई है फत्ते भइया।'

रंजीत कहते हैं—मैं बीज-खाद के चक्कर में, ट्रैक्टर माँगने के फेर में दिन-रात भागा फिरता हूँ और तुम कहती हो कि हाईकोर्ट-सुप्रीमकोर्ट का दरवाजा खटखटाऊँ! नामुमकिन। फिर भी मैंने कंडोनेसन ऑफ डिले की अर्जी लगा दी है। क्योंकि अपील की मियाद निकल गई थी। लेकिन मन में आता है कि जो बात दब रही है, उसे उछालने का फायदा? एक बार ही रिपोर्ट करके अच्छा नतीजा भोग लिया। मेरे सामने डोरिया की भोंड़ी और खूँखार सूरत हर समय नाचती रहती है, न मालूम तुम कैसे भूल जाती हो? केस, केस की तरह लड़ा जाता है। अपनी खेती-किसानी, और घरबार में आग लगाकर जंग लड़नेवाला क्या कहलाएगा? निहायत बेवकूफ।

सारंग कहना चाहती है—प्रधान ने तुम्हें दोस्ती और गाँव की दुहाई देकर, जाति-बिरादरी का सवाल उठाकर अपनाया है या फाँसा है? यह सवाल मैं भी नहीं सुलझा पा रही। अब तक जो हुआ, भयानक हुआ है। मैं खुद को कुछ कहने की अधिकारिणी मानते हुए डरती हूँ। तुम थानसिंह का समर्थन नहीं कर रहे, यह भी जानती हूँ। सचमुच तुम इन जल्लादों से अलग हो।

रंजीत अब फत्तेसिंह के पास किसी खराश को लेकर नहीं; सद्भावनापूर्वक जाने लगे हैं। अच्छा है। गाँव के समर्थ आदमी से रिश्ता बनना कोई मामूली बात है? अपना महत्त्व सिद्ध कर दिया रंजीत ने। आखिर प्रधान थानसिंह सहित आ ही गया काबू में। कोई दोस्ती का हाथ बढ़ाए तो हमको गुरेज क्यों हो? रंजीत इस भावना के वशीभूत हैं कि प्रधान का बुलाना, उनसे बातचीत करना उनकी अब तक की पराजय पर मरहम का काम करता

है। सारंग उधेड़-बुन करे तो कैसे करे? पर चंदन की याद उसको चैन नहीं लेने देती।

संतान बड़ी दुखदेवा होती है और माँ बड़ी कमजोर ··· सारंग चंदन के बिछोह में तप-तपकर आधी हो गयी है, जैसे लकड़ी जल-सुलगकर कोयले के रूप में अपना वजन खो देती है।

शेरअली कब से खड़ा है? क्यों आया है?

सारंग उसका गदबदा भोला चेहरा देखकर भीतर ही भीतर बह उठी। सूखी आँखों आगे बढ़ी और सिर पर हाथ फेरकर बोली—'क्या बात है बेटा?' बालक तो फिर बालक ही होता है, अपना-पराया कब होता है? शेरअली का सिर है या चंदन का? वह मुँह उठाकर सारंग चाची की ओर देखने लगा—चौकोर नए-नए खुरदरे किनारेवाले दाँत, नकुओं से झाँकती रेंट, गदबदे हाथ, सबकुछ चंदन का। चंदन दुबला था, पर कहीं शेरअली ही था।

'पता बता दो चाची। मैंने चंदन को चिट्ठी लिखी है।' शेरअली मुस्काता है। यह बालक चंदन की कक्षा में पढ़ता था। दोनों एक-दूसरे के साथ पढ़ते, लड़ते और खेलते थे। मंगो दादी का घर चौक के सामने ही पड़ता है और इसके बाबा साँवलिया बाबा के ओसारे में बैठे ढेरी कातते रहते हैं। सुतली बेचने का काम होता है शेरअली के घर। वह पढ़-लिखकर मास्टर बनना चाहता है। सारंग को शेरअली की मंशा चंदन ने बताई थी।

'ला तो चिट्ठी, मैं पढ़ूँ।'

बच्चे का लिखा खत!

'यह खत तुम्हारा यार शेरअली लिख रहा है। अस्सलामालेकुम। दादी दुआ लिखवाती हैं। चाची मजे में हैं। कल रात गीत गा रही थीं। तेरे बाबा का हुक्का भँवर भइया भरते हैं, छुट्टी के बाद मैं भरता हूँ। बाबा कहते हैं—मैं चंदन हूँ। राकेश, जो तुझसे लड़ता रहता था, चिढ़ाता था हमें, वह तेरी बहुत याद करता है। कहता है चंदन जब आएगा तब मैं उससे पक्की यारई कर लूँगा। तू उसको अपना यार मत बनाना, हाँ। नए मास्साब उसे गुंडा कहते हैं। उसने पहले ही दिन नए मास्साब के मेज के पास टूटी टाँगवाली कुर्सी सही करके रख दी थी।'

आगे सारंग ने नहीं पढ़ा। चिट्ठी हाथ में लेकर बोली—

'नया मास्टर आ गया है?' बेहद आश्चर्य हुआ सारंग को।

'हाँ। नेंकसे मास्साब अपना सामान बाँध रहे हैं,' शेरअली ने बता दिया।

सारंग को झटका लगा। जैसे नए मास्टर के न आने से नेंकसे मास्साब रुक जाते।

'कब आया?'

'परसों साँझ।'

तो फत्तेसिंह ने नेंकसेराम का बिस्तर बँधवा ही दिया। छोटी जाति होकर अड़-जिद करता है, कभी-कभी थानसिंह का कहना नहीं मानता। हुकमा को उलटी-सीधी तो नहीं सुनाता, पर खा जानेवाली निगाहों से देखता है। हाजिरीवाला रजिस्टर छिपा देता है। बताओ फिर थानसिंह की गैरहाजिरी में उसके दस्तखत कैसे करे हुकमा? सबका सार हुकमा की

राह का काँटा नेंकसेराम मास्टर, जिसकी औकात इतनी कि जाति से खटीक, इज्जत इतनी कि लड़के-बच्चे उसे अध्यापक नहीं, अपने साथी सा मानते थे और चिढ़ा-बिराकर भागते थे—नेंकसे खटीक / तैने घर-घर माँगी भीख / फिर भी देता हमको सीख ···

'किस खता पर पकड़ लिए नेंकसे मास्टर?' सारंग ने चार दिन पहले ही रंजीत से पूछा था।

'खता होती तो खता बताए कोई। साली सरकार भी अंधी है, मास्टरों के सिर के बाल प्रधानों की मुट्ठी में पकड़ा दिए हैं। वे मनमाने बहाने गढ़ लेते हैं। स्कूल के कल्याण के लिए कितने तबादले होते हैं? ज्यादातर प्रधान अपनी हुकुमउदूली से खफा होकर दरख़्वास्त ठाँस आते हैं सरकारी दफ्तर में। आरोप है कि अफीम खाकर आता है स्कूल में।'

'झज्जू चुप बैठा है अब?' उसने सवाल किया।

रंजीत मुस्कुराकर देखने लगे थे, 'क्यों, तुम्हारे पास तो आता-जाता है। जानती नहीं कि वह साला दलित-दलित करके बड़े लोगों की टाँगों तले होकर ही निकलता है। यही तो अफसोस की बात है। वह ऐसा वकील है, जो जीतनेवाले मुकदमे की ही पैरवी करे। आजकल न साला कोई भीम बाबा, न महात्मा गाँधी। सबके सब हाथ में अवर्ण-सवर्ण की झंडी लेकर सिर पर डलिया भरा धरम-ईमान बेचते फिरते हैं।

'मुझे विश्वास है कि झज्जू एड़ी-चोटी का जोर लगाकर नेंकसे मास्टर को रुकवा लेगा,' सारंग ने निष्ठापूर्वक कहा था।

झज्जू रुकवाएगा तो कुँवरपाल चमार एड़ी-चोटी तक पसीना बहाकर तबादला करवा देगा। नेंकसे खटीक ही तो है, चमार तो नहीं।

सचमुच रंजीत की बात सच हो गई। जिस स्कूल से चंदन के जाने के बाद सारंग का कोई लेना-देना नहीं रह गया है, वह नेंकसे मास्साब के तबादले पर परेशान हो उठी। नेंकसेराम के तबादले पर या थानसिंह के निष्कंटक हो जाने पर? परेशानी किस बात पर है उसे! अपने आपसे पूछती है सारंग।

शेरअली अभी तक मौजूद है। चिट्ठी अब तक सारंग ही पकड़े हुए है। वह जैसे सोते से उठी हो। जल्दी से कोठे में गई और चिट्ठी के ऊपर धीरे-धीरे उम्दा अक्षर बनाते हुए पता लिखने लगी।

शेरअली के जाने के बाद काम में लग गई या जानबूझकर लगा लिया, क्योंकि स्कूल के बारे में सोचना उसके लिए बड़ी तकलीफदेह बात हो जाती है। स्कूल माने चंदन। चंदन को भुलाने के लिए अपना मन कहाँ-कहाँ रमाने की कोशिश नहीं की? कभी मेह न बरसने पर घर-घर की दीवारों पर गोबर की मेहासिन काढ़ती फिरी तो कभी जन्माष्टिमी के हिंडोलों के आगे—जगमग-जगमग होय महल में जोर धरयो दीयो/ श्री भादों आधी रात जनम हरि आठें कू लीयो ··· उसने बारी-बारी हर मोहल्ले में गाया था। आठ दिन पहले से रटा था। सावन भर झूले के गीत गाकर अपने आँगन को गुलजार करने की बात सोचती रही, लेकिन चैन कहाँ? आराम कहाँ? मरी हुई रेशम को यह कहकर कि

इतनी ही उम्र लाई थी, भूलने का बहाना तो कर सकती थी। लेकिन चंदन? चंदन क्यों अलग हो गया मुझसे? उसको क्यों जाना पड़ा यहाँ से? मैं यह भी जानती हूँ कि यह गाँव बड़े होकर शहरी चंदन को रास नहीं आएगा। यहाँ तो केवल वे रहते हैं, जिनके लिए दुनिया का हर द्वार बन्द है—गाँव का मतलब पढ़े-लिखों के दिमाग में इससे ज्यादा कुछ नहीं। मैं चाहती थी, मेरा बेटा अतरपुर की प्राइमरी पाठशाला से होता हुआ जवाहर इण्टर कालिज में पढ़ता। अलीगढ़ से शिक्षा लेकर अपने गाँव की ओर ही रुख करता। पिता की खेती को चार चाँद लगाता। और मैं उसे भँवर की माँ की तरह उसकी पढ़ाई के ताने-उलाहने न देकर प्यार से दुलराती, आँचल में भर लेती। यह आँगन और गाँव गुलजार हो उठता। काश, ऐसा हो। ऐसा ही हो जाय। स्कूल की खस्ता हालत में यह नया मास्टर ही नई ईंटें-सीमेंट लगाकर इसको नया रूप दे। हे भगवन्, ऐसा ही करना।

शेरअली कहता था—'नए मास्साब को सुनाकर हुकमा कह रहा था—पहला मास्टर खटीक था, यह कुम्हार आ गया। हो गया कल्याण।

'मास्साब ने सुन लिया। वे बोले—हाँ मैं जाति से कुम्हार हूँ और मेरा नाम श्रीधर प्रजापति है। बच्चो, तुम अपने नाम बताओ।' शेरअली आनंद में डूबा था। 'चाची, मैंने मास्साब के काम खूब मन से किए। उनकी अटैची कोठरी में धर आया, उनके लिए बाल्टी माँजकर पानी भरा, और हाथ-पाँव धुलाने के लिए नल चलाया। मास्साब ने मेरे सिर पर हाथ धरकर कहा—बड़े अच्छे बच्चे हो तुम। जरूर पढ़ाई में भी मेहनत करते होगे। तुम्हारा दोस्त कौन-कौन है, मुझसे मिलवाना।'

'तूने क्या कहा बेटा?' सारंग बड़ी उत्सुकता से पूछ बैठी थी।

'चाची, मैंने कह दिया, मास्साब मेरा पक्का यार तो यहाँ से चला गया। आगरे चला गया—चंदन।'

'क्यो चला गया?' मास्साब ने पूछा।

शेरअली चुपचाप खड़ा रह गया और सारंग ने भी नहीं पूछा कि तूने अपने मास्साब को चंदन के जाने का कारण क्या बताया बेटा ···

सारंग अपने आपको समझाती है या पछताती है—मुझे क्या लेना-देना इस स्कूल और पुराने-नए मास्टरों से? वह देवता हो कि राक्षस, हमारी जिन्दगी में शरीक किसी बहाने नहीं हो सकता।

—ही ही ही ··· ह हा हा—गुलकंदी!

इस लड़की की आदत नहीं जाएगी। द्वार से दुवारी तक भी नहीं आई थी गुलकंदी कि सारंग उसकी ठिलठिलाती हँसी को पहचान गई। गुलकंदी किसी मनपसंद युवक को देखकर ऐसे ही हँसती है—यह बात गाँव की औरतें कहती हैं। पर सारंग जानती है—गुलकंदी हँसमुख लड़की है, और हँसता हुआ आदमी सारंग को बहुत अच्छा लगता है, फिर गुलकंदी

तो ठहरी सुगढ़ सूरत।

'तुमसे ज्यादा सुगढ़ नहीं हूँ भाभी!' गुलकंदी जरा तिनककर कहा करती है।

'आज भी बिसुनदेवा मिल गया क्या?' सारंग ने आँगन में सूखती मक्का को हाथ से फैलाते हुए यूँ ही हँसकर पूछा। 'वैसे दोपहर ढले तक तो वह लौट जाता है। कोई निशानी दे गया क्या?'

'हट्ट! तुम्हें दिल्लगी ही सूझती रहती है। बिसुनदेवा मेरा कौन लगता है?' वह बैठकर हाथ से मक्का फैलवाने लगी। छोटी-छोटी आँखों को सिकोड़ती हुई, सुन्दर होंठों से हौले-हौले हँस रही है गुलकंदी। धूप तेज है। उसका गेहुआँ रंग ताँबिया हो चला।

'आज खील-मखाने कैसे खिल रहे हैं दिल में, बताओगी नहीं?'

वह गोड़ खड़े करके दालान में बैठ गई। सारंग भी आ बैठी धरती पर।

'भाभी, अब तो नया मास्टर आ गया। जंटलमैन। चंदन को बुला लो न।'

'जंटलमैन!' सारंग को हँसी आ गई।

'भँवर कह रहा था जंटलमैन। कहता था जुल्फों में तेल डालकर, पैंट-कमीज पहनकर हम पर रौब डालने आया है। इन मास्टरजी ने तो पढ़ा लिए बालक। नेंकसे मास्टर को तो पा लिया इसने। भँवर बड़ा कुढ़ैला है भाभी। उसको कोई पैंटबाज अच्छा नहीं लगता। लाला के हरीनिवास से भी कुढ़ता है। उसे देखते ही गाली देगा। मैं तो बड़ी बहू से कहती नहीं। मुझे क्या पड़ी?'

'पर तुम क्यों खुश हो इतनी?'

'मास्टर मेरी तरफ हँसकर देख रहा था। हाथ का झाला देकर बुलाया, हाय! मैं तो गई नहीं। बड़ा अच्छा है पर। तुमको दिखाऊँगी। शेरअली कह रहा था—बड़ी अच्छी पढ़ाई कराते हैं मास्साब।'

'तुम सब पर लट्टू हो जाती हो! बड़ी बाबरी हो। मन भटकता है?' कुछ सोचते हुए सारंग ने फिर पूछा, 'लड़कउमर है क्या? सो तुम रीझ गईं। बड़ी फूल रही हो।'

'भाभी, ऐसे मत कहो। उमर तो भँवर के बराबर ही होगी। दो-एकाध साल ज्यादा होगी। पर मैं क्यों रीझूँगी? अच्छे को अच्छा न कहूँ? मलूक है, तो मलूक नहीं कहूँ?'

सारंग मुस्कुराकर रह गई—हँसी-दिल्लगी की बात। सच पूछा जाय तो सारंग को इस नए मास्टर का आना बिलकुल नहीं सुहा रहा। यह रंगरूट गाँव में कितने दिन टिकेगा? रोज भागा करेगा अपने अलीगढ़। और रोज भागेगा तो थानसिंह से मिलीभगत भी रखेगा। चूल्हे-भाड़ में जाय। वह यह सब हिसाब क्यों लगाती रहती है? नेंकसे मास्साब बेचारे बच्चों के त्यौहार—चट्टा चौथ की तैयारी कराते-कराते चले गए। ढोलावाले ख्याली दादू से रोज चौपाइयों की धुनें निकलवाते थे। ऐन वक्त पर चार्ज देना पड़ा। सारा खेल बिगाड़ दिया इस मास्टर ने तो। निठुर दो दिन बाद ही आ जाता।

पता नहीं क्यों सारंग का मन किया कि मास्टर को देखे। मैं क्यों देखूँ? मुझे क्या मतलब? देखकर अपना कलेजा जलाउँ?

गुलकंदी से बोली, 'चलो, मक्का भरवा दो। तुम्हारे भइया आज ही इसे बेचने ले जाएँगे। हम तो बैठे ही रह गए।'

'अरे ठहरो तो, एक बात सुनो। तुमको मास्टर मिले तो कहना कि बाबा के पास ... नहीं-नहीं, कुछ मत कहना। हम क्यों बुलायें?'

'भाभी, वह तो खुद आएगा। शेरअली कह रहा था—मास्साब चंदन के बाबा से मिलना चाहते हैं,' कहकर गुलकंदी धूप में पड़ी मक्का समेटने लगी।

सारंग चौंकी—क्यों? क्या उसने चंदन के जाने का कारण जान लिया? या हमारी और थानसिंह की दुश्मनी सुन ली? नहीं-नहीं, हमें इस मास्टर से दूर रहना चाहिए। हमें माफ करो तुम सब लोग ... तुम उस थानसिंह—नरक के कीड़े की मातहती करो। यहाँ झाँकना भी मत। अनजान आदमी से हमें क्या लेना-देना? अलीगढ़ का रहनेवाला बताते हैं, क्या पता रंजीत ने जो अर्जी दी है, उसको खारिज करा दे। थानसिंह को खुश करने के हर बहाने को खोजेगा यह मास्टर। नहीं तो यहाँ रुकेगा कैसे? नेंकसे की तरह ही चलता कर दिया जाएगा। सारंग सोच में डूबी है।

गाँव की उत्तरी दिशा में उमंग से चहचहाती चिड़ियों की सी कचपचाहट उभरी।

ये सब कौन? स्कूल के छोटे-बड़े बालक! बड़े से आँगन में उछल-कूदकर शोर मचा रहे हैं। थानसिंह मास्टर अपनी पुरानी बदरंग मेज पर बीसियों बार नया रूल मारकर बच्चों को धमका चुके हैं, लेकिन उमंगें-जोश भला रुकें कैसे?

'हल्ला मत करो रे बालको,' उन्होंने बाहर आकर रूल उछालकर डाँटा। बालकों की महीन आवाजें वहीं छम्म हो गईं। लेकिन सिर्फ क्षण-दो क्षण के लिए।

तभी ख्याली दादू अपना चिकाड़ा कंधे से चिपकाए रमला नाऊ को ढोलक लदवाए वहाँ जा पहुँचे। बालक थानसिंह मास्टर के रूल की धमकी भूल गए। फिर कचपच! कचपच! देखो तो बालकों का उत्साह! नन्ही रंगीन चिड़ियों का मेला! ख्याली दादू की आँखों में ज्योति सी भर गई—बूढ़ी मगर चमकीली आँखों को इधर-उधर घुमाया।

'हम ना भगिहें रण समुहे से ... ' श्रीधर मास्साब ने अब की बार रामायण की चौपाई नहीं, अल्हा की टेकें याद करने को कहा था। बालक गा रहे हैं।

चट्ट-चट्ट चट्टा बाजे। बालिश्त भर की लम्बी पतली रंगीन चिकनी गोल लकड़ियों का तालबद्ध संगीत। जैसे लेजियम। जैसे टिपरी। जैसे डम्बलों की लय-तान। बच्चों के आपसी लय-ताल से उठती मधुर गूँज को सुनकर स्कूल के सामने से गुजरनेवाले दो पल ठिठक जाते हैं। सूना सुस्त स्कूल इन सुरों से जाग उठा, 'मास्टर, बड़ा गुनी लड़का है। पंद्रह दिन के भीतर मीठी धार सा बालकों के मन में उतर गया।' ख्याली दादू अपने चिकाड़े की तान रोककर कहते हैं।

गजाधरसिंह के द्वार पर हुक्का-तमाकू और बतरस-बतविष उगलनेवाले लोग। मजलिस

जुड़ी तो तरह-तरह की बातें उठीं। गाँव के लोगों को बात में से बात निकालना आता है। तिल का ताड़ भी बनाना आता है और पहाड़ की राई भी कर सकते हैं।

—भादों की चौथ कब की निकल गई, अब मन रही है चट्टा चौथ! बेमहूरत असगुन! चरनसिंह बौहरे शहरवालों के सात खून माफ कर सकते हैं क्योंकि वे अंगरेजी पढ़े होते हैं। अंगरेज लोग क्या जाने पत्रा-पंचांग की बातें? उनके तो छूने से अपवित्र हो जाती हैं हमारे धर्म की किताबें। जुलम तो अपने गाँव में हो रहा है। आदमी संस्कार घोलकर पी गया। धरती रसातल को चली जाय, इनकी बला से। मुझे अपनी तौहीन बर्दाश्त है, अपने पत्रा की नहीं।

'मन चंगा तो कठौती में गंगा,' फत्ते प्रधान ने श्रीधर मास्टर का पक्ष लिया। आखिर वह उनका लाया हुआ है, नेंकसेराम मास्टर की जगह पर।

'मूढ़ मति लोग मास्टर नेंकसे से ही राजी रहते थे बौहरे! स्कूल भी पत्रा पूछकर ही खोलता था।'

'भइया फत्ते, मान गए हम तुम्हारी बात। पैंट-कोटवालों की साहबी हमारे पोथी-पत्रा को ही खारिज करके कायम होगी।' चरनसिंह के होंठ करुआ गए, 'पर भइया, हम भी आजिज आ गए। चट्टा पुजवाने की बात अब हमसे न करना। हम साले क्या जिजमानों के गुलाम हो गए? पेट पालने को भगवान की दया से खेती है।'

'रानी रूठेगी तो क्या सुहाग ले लेगी?' कुँवरपाल की बात पर बौहरे तिलमिलाकर रह गए। जैसे उनके कलेजे में सनसनाती गोली आ घुसी हो।

झज्जू ने नरमाई से कहा, 'मास्टर चट्टा निकाल भी रहा है तो किसी का क्या ले रहा है? यह अच्छी भाभई (मुसीबत) है कि कोई कुछ करने की सोचे तो बौहरे दौड़ पड़ें अपने घड़ी-महूरत लेकर।'

झज्जू खटीक की जुबान बहुत चलने लगी है। पन्नासिंह के पिता पंचायती सदस्य हैं, हटक सकते हैं झज्जू को। उन्होंने फटकार डाला, 'चुप रह रे खटीक के! ऊँच-नीच एक हो रहे हैं तो क्या घड़ी-महूरत, विधि-विधान भी अकारथ हो गए?'

बाबा के द्वार पर ये बातें न हो रही होतीं तो वे किसी को न टोकते।

'जलसा हो रहा है और लोग फौजदारी पर उतारू हैं। भाई तुम्हारी क्या खत्ती लुटी जा रही है? बालकों की हँसी-खुशी है,' कहकर बाबा रंजीत की ओर देखने लगे।

रंजीत उठकर घर में चले गए। साले यहाँ आ जाते हैं मजमा लगाने। वे बुदबुदाए कि सारंग को सुना रहे हैं, 'हमें इन बातों से क्या सरोकार? दादा भी बेकार की मुकद्दमी करने लगते हैं। हमारा बच्चा यहाँ से चला गया। अब हमें बुलाना भी नहीं है। यहाँ क्या खाक उन्नति करेगा? भगवान की दया से वहाँ अंगरेजी स्कूल में पढ़ रहा हैं। यहाँ के मास्टर-फास्टरों के बारें में बात करके समय गँवाना मूर्खता नहीं तो और क्या है? ये साले सब एक थैली के चट्टे-बट्टे हैं। मैं इस मास्टर को थानसिंह का चमचा ही मानूँगा। थानसिंह ने इसे क्या समझाया न होगा, जो नेंकसे मास्टर से कहा था—कि नम्बरदार प्रधानी पर

दाँत दिए हैं। हर समय फत्तेसिंह को उखाड़ने की कोशिश करते हैं।

'चलो यह भी मैंने मान लिया कि थानसिंह ने ये बातें जाति-बिरादरी की भावना के वशीभूत होकर कही होंगी। कोई बात नहीं।

'चरनसिंह बौहरे पंडिताई झाड़ते हैं। समझते हैं इनके चूतरों के नीचे गंगा बह रही है और इनके चरणों में चारों धाम हैं।' थानसिंह ने यह कहा। चलो यह भी माना, हर पंडित खुद को बैकुंठ का मालिक समझता है।

'कुँवरपाल चमार अपने भाई की कलक्टरी की पाग सिर पर लगाए फिरता है। बाकी दलितों को अधम नीच मानता है।

'रामजी बाम्हन, करुआ बाम्हन! काला बाम्हन, गोरा चमार—ये दोनों बड़े खतरनाक होते हैं। साला तेरे मुँह पर तेरी सी, मेरे मुँह पर मेरी सी करता रहता है। चलो हमें क्या रामजी से?'

रंजीत को अपने बारे में कही बातें याद आईं तो उनके हलक में उन बातों का निचोड़ करेले के रस की तरह भर गया—'रंजीत बड़ा सुधारवादी, आदर्शवादी बनेगा। जैसे जन-जन को आगे ले जानेवाला यही है—गाँधी महातमा की औलाद। खेती में क्रान्ति लाने के गीत गाएगा तो कभी भ्रष्टाचार की ऐसी-तैसी करेगा। ऐलकार बनने चले थे, दमड़ी की दिहाड़ी नहीं मिली कहीं। हारकर हल की मूँठ से मूँड़ मारा। बैलों के पीछे तिक-तिक करते रहते हैं कुँवरजी।

'थानसिंह, लूँगा बेटा, ट्रैक्टर भी लूँगा। ऋण के लिए अर्जी डाल दी है। कुछ बैंक में भी जमा है। तब दिखा दूँगा थानसिंह, कि खेती कैसे होती है। मैं लाला के तलुए चाटकर या उसका खरीदा हुआ पेशेवर गुंडा बनकर अपनी माली हालत सुधारनेवालों पर थूकता हूँ,' रंजीत किचकिचाए। 'मैं उनमें से भी नहीं कि शेखी में आकर अपना नाश कर लूँ। साँप के मुँह में हाथ दे दूँ कि देखो मैं कितना बहादुर हूँ।'

ये सब बातें रंजीत ने बाबा से नहीं कहीं। सारंग धैर्यवान श्रोता है, सुनती रही। जानती है कि उसे और रंजीत दोनों को चंदन के चले जाने की तकलीफ है। वह अनकही चोट रह-रहकर तरह-तरह से टीसती है—कभी मास्टर को देखकर, तो कभी स्कूल की ओर जाकर और कभी थानसिंह की बातों को सोचकर।

श्रीधर मास्टर से बातें नहीं कीं उसने। शायद रंजीत ने भी नहीं की होंगी। हालाँकि वह बाबा के पास दो दिन बैठकर गया है। सारंग को यह भी नहीं मालूम कि बाबा से उसने किस बाबत बातें की थीं? चंदन के बारे में पूछा था तो क्या पूछा था? बाबा ही दो-तीन बार कह चुके हैं, 'मास्टर तो भला लगता है, गुनी बिदवान भी।'

भोर की होन में जो सपना आता है, वह दिन भर आँखों में छाया रहता है। सूरज आसमान की निचली ओर उतरने लगा, सपना आँखों से नहीं उतरता। सारंग के सपने में चंदन

आया। वह कभी मुस्काती है, कभी भवें सिकोड़ लेती है। बच्चे को देखकर जो सुख मिला, उसकी बातें बड़ी तापवाली थीं। मेरा बेटा प्यार के लिए तरस रहा है ···

कहता है—अम्मा, मैं जंगल में भटक रहा हूँ। देखो, मुझे रास्ता नहीं मिलता। मेरे कपड़े मैले हैं, मेरे हाथ-पाँव चीकट। कंजरों का सा बालक, पर हाथ में तलवार। लाल-लाल आँखें। सिंदूरिया चेहरा। तमतमाकर पूछता है—प्रथम को तुमने मारा है न अम्मा? तुमने और चाचा ने। बाबा ने भी?

सारंग बाबरी सी दोनों बाँहें फैलाए उसे गोद में भरने भागती है—वह आगे-आगे भागता चला जा रहा है। पतले होंठ ऐंठकर सिर के बालों को झटका देता हुआ क्षण भर के लिए पीछे देखता है, वह छाती से लगाना चाहती है—बेटा ··· चंदन कहकर चिल्ला रही है। वह नहीं रुकता। सोच रही है—इसने बाबा को राम-राम तक नहीं की।

तू इतना गुस्सा खा रहा है बेटा?

बाबा लाचार हो गए चंदन। तेरी माँ विवश है। तेरे पिता डर रहे हैं। हमारे बदले की सजा तू भोग रहा है ··· तू आ जा बेटा ऽऽऽ। वह सिसक-सिसककर रोने लगती है।

नहीं, तुम मेरी माँ नहीं। तुम मेरी माँ नहीं। नहीं। नहीं!

वह 'नहीं-नहीं' कहकर चिल्लाने लगी थी।

रंजीत ने कंधे से झकझोरा, 'क्यों चिल्ला रही हो? रो रही हो? उठो।'

वह चौंककर उठ बैठी। इधर-उधर भटकी हुई निगाहों से देखती है, कहाँ हूँ मैं? चिड़ियाँ बोल रही हैं, सबेरा हो गया? आँखें अब भी आँसुओं के कारण धुँधली सी हो रही हैं।

'कोई बुरा सपना देखा?' रंजीत ने पूछा।

सारंग चुपचाप बैठी रंजीत की ओर देखती रही—मेरा बेटा बुला रहा है मुझे। नाराज हो गया है। उसे बुला दो रंजीत। मैं तुम्हारा एहसान मानूँगी। सपने का वेग उफनती नदी की तरह तीव्र होता है। सारंग के प्राणों से एक करुण पुकार निकलती है—हहराती हुई। मैं दुश्मनों को दिखा दूँगी कि मेरा बेटा कायर नहीं। मेरी कोख से जनमनेवाला दशहरे की पूजा में हथियार सँभालेगा। हम क्षत्रिय हैं। जाति-पाँति नहीं होती, आदमी का कर्म क्षत्रिय होता है। डरकर रहना उस कर्म का अपमान है। सोचते-सोचते उसने सिर दोनों हथेलियों में साध लिया।

'औरतों का दिल कच्चा होता है,' रंजीत कहते हैं।

सारंग लबालब आँखों से देखती हुई बोली, 'तो ले आओ न चंदन को।'

'देखो सारंग, सँभालो खुद को। ये नादानी की बातें करना भूल जाओ। त्रिया-चरित्र पसारना तुम जैसी औरत को शोभा नहीं देता।' रंजीत इस बात पर भड़क उठते हैं। वे कंधे पर सफेद तौलिया डालकर बाहर निकल गये।

वह रह-रहकर याद करती है—चिट्ठी में क्या लिख भेजा था चंदन ने? शेरअली, मेरी अम्मा से कह देना, मुझे बुला ले। मैं गाँव में गाय-भैंस चरा लूँगा, पर यहाँ नहीं रहूँगा।

इस उजड़ते गाँव से हर बालक ने ऐसी ही गुहार की होगी। नम्बरदार भवानीदास के बेटे भी ऐसे ही रोए होंगे। माँ के लिए इसी तरह के संदेश ... उनके आगे भी ऐसी ही लाचारी थी, जैसी हमारे सामने ...?

रंजीत चंदन को देखने आगरे चल दिए। सारंग रोती है, इसलिए।

सबेरे का सूरज उदय हुआ। चमकदार धूप भीत पर होकर उतर रही है। बाबा बिना नहाए खेतों पर निकल गए? सूरज देवता को जल ढारे बिना बाबा कहीं नहीं जाते। आज तो उनके धुले धोती-कुर्ता ज्यों के त्यों खूँटी पर लटक रहे हैं। सारंग यह विचार कर ही रही थी कि गली से चौक की ओर आती हुई बच्चों की कतार दिखाई दी।

वह बैठक में से ओसारे में निकल आई। अरे, चट्टावाले बालक!

'चंदन, तेरे बाबा चट्टा चौथ के त्योहार का सामना ... सो चले गए आँखें बचाकर।' सारंग के कंठ में एक घूँट हूक उतर गई। मगर मैं कहाँ चली जाऊँ?

बच्चों की दो कतारें फूलों की दो लम्बी क्यारियों सी सजती चली आ रही हैं। सारंग की आँखें छलक आईं, और ममता भरे मन से बालकों का रूप देखती रह गई। आँखों के आगे से निकलते हुए बालक! लगा कि उसकी अँगनाई भर गई।

पर कहाँ? जैसे करबन नदी का पाट वीरान था, वीरान ही पड़ा है उसका घर-द्वार, सुनसान ... ऊसर। आज चंदन होता तो थाली सजाती। गुड़ की भेली रखती। बतासे सँजोती। ऊपर से उसके सौ नखरे—अम्मा, मास्साब के लिए खाट मत बिछा देना। कुर्सी या मूढ़ा देना। चाय शीशे के गिलास में, जैसे राकेश देता है अपने घर।

... मगर वह निठल्ली सी खड़ी है। सारे काम खत्म हो गए। कुर्सी-मूढ़ों पर कौन बैठेगा?

एक आस रह-रहकर जागती है—रंजीत कहते हैं, थानसिंह अब हम से बैर नहीं निभाना चाहता। इसका मतलब बालकों को ले आएगा हमारे घर? पर क्यों ले आएगा? और वह क्यों बुलाना चाहती है? चल, भीतर चल। यह सब देखना ... उफ्। लेकिन नहीं गई वह।

मन में हिलोर उठती है—नेंकसे मास्साब तुम थे तो स्कूल से प्रेम का, दुख का, शिकायत का एक रिश्ता कायम था, अब वह भी खत्म। आँखें चुराते रहना कैसा दुखदायी है?

कचपचाहट मचाते हुए अनेक बाल पंछी। बच्चों का जुलूस सामने, आँखों के सामने से निकल रहा हैं। उजले-उजले कपड़ों में सजे बालक सामने होकर गुजर गए। वह छेकी फेंकी सी ...

चबूतरे के किनारे पर खड़ी अपनी गुलाबी-धोती के घूँघट में से देखती रह गई। ख्याली दादू भी गए। रमला नाई भी ...

मास्टरों के साथ भवानीदास और नम्बरदार। लौंगसिरी बीबी फत्ते प्रधान के संग-संग चली जा रही हैं। भँवर चबूतरे पर चढ़ आया।

कि तभी अचानक नए मास्टर ने हाथ उठाया।

बच्चों की कतार थम गई।

श्रीधर प्रजापति ने बच्चे उलटी दिशा में मोड़ दिए। उलटी दिशा—सारंग का घर!

सारंग के घूँघट में दुनिया डोल गई। टाँगे काँपने लगीं। छाती के भीतर ढोल बज रहे हैं। यह क्या? मास्टर ने उसकी छाती की भीतरी तहों में छिपी लालसा जान ली?

बच्चे उछलते-कूदते घर की देहरी पर चढ़ आए। शेरअली सारंग चाची को देखते ही लाइन तोड़कर सबसे पहले घर में जा घुसा, 'चाची, मास्साब के लिए मूढ़ा?'

जीवन में बड़े अच्छे सपने भी देखे हैं सारंग ने, लेकिन ऐसा सपना? शुभ और पवित्र। रंग-बिरंगे उत्सव में से आनन्द समेटने के लिए आज उसका आँचल छोटा पड़ रहा है। एक-एक बालक चंदन हो गया। बाबरी पगली मइया की तरह बच्चों के सिरों को छूने-पुचकारने लगी। चबूतरे से लेकर आँगन तक चंदन ही चंदन!

गुलकंदी न हो तो कैसा हो? उसने ही मूढ़ा-कुर्सी झटपट बिछा दिए। थाली लेकर गुड़ और बतासे निकालने को कहने लगी। दोनों मास्टरों का टीका होगा। हल्दी-चावल दो। पानी भरा लोटा धरो। दूब तक नहीं है। मैं अभी लाती हूँ। गुलकंदी भागी गई।

थानसिंह बालकों को बैठने को कह रहे हैं—'स्यामसुन्दर, चंदन नहीं है, उसकी पुरानी तख्ती ही ले आओ।'

कुछ बच्चे बैठ गए, कुछ खड़े हैं। खचाखच भरा है आँगन।

आँख खोलकर जो सपना देखा था, पूरा हुआ। थानसिंह भी आज बैरी नहीं लग रहा। श्रीधर मास्टर उसके बराबरीवाले मूढ़े पर बैठे हैं। सफेद कमीज, नीली पैंट। तिरछी माँग निकालकर बाल काढ़े हुए। गेहुआँ रंग का सपाट माथा । जरा मोटी सी नाक और होंठों की कटावदार छवि। दरमियाना कद।—सारंग ने आज गौर से देखा।

राकेश बालकों की भीड़ से निकलकर बीच आँगन में खड़ा हो गया। मुँह पर हाथ रखकर शरमा रहा है। पंद्रह वर्ष का लम्बा स्वस्थ राकेश कक्षा चार में पढ़ता है। 'बूढ़ा सुग्गा'—राममूर्ति चिढ़ाती है।

'भाई, राकेस जो कुछ गाएगा, वह उसने खुद रचा है। जोर से ताली बजाना।' थानसिंह मास्टर 'श' का सदा 'स' उच्चारण करते हैं। राकेश की आवाज इन्हीं दिनों मोटी हुई है—

> नाई की एक नाइन खोटी / एक चना में सोलह रोटी।
> नाई गया था गूलर खान / पकड़ लिया चेंटी ने कान।
> छोड़ छोड़ मेरी जिजमान / अब नहीं आऊँ गूलर खान।

बच्चे जोर से किलक पड़े। लोग हँसे, खूब हँसे। जोर से तालियाँ पिटीं। राकेश शरमाता हुआ बच्चों के बीच समा गया। गुलकंदी, जो अब तक चहक रही थी, दम साधे खड़ी है। गाते समय राकेश बार-बार उसी की ओर देख रहा था। वह धीरे-धीरे वहीं पहुँच गई,

जहाँ राकेश था। पीछे कान पकड़कर ऐंठने लगी, 'ला कड़ीखाए, मैं खबाऊँ तुझे गूलर। और खा गूलर।' राकेश भद्दा सा मुँह बनाकर कराहा— उ ई ई ऽ ऽ ऽ ...

उधर चिकाड़े और ढोलक की ताल पर पाती और राममूर्ति श्रीधर मास्साब के सिखाए पद गाने लगे—

> हम ना भगिहैं रण समुहे से चाहे प्रान रहे या जायँ
> समुहे रहिके जो मरि जैहैं, हुइहैं जुगन-जुगन तक नाम
> जहाँ पसीना बहे तुम्हारा, तहाँ दै दऊँ रकत की धार
> हम लड़िका जब समरथ हुइहैं, हुइहैं सबै तुम्हारे काम। ...

सारंग एक-एक पंक्ति ध्यानपूर्वक सुन रही है । तो तुम वही हो मास्टर, जिसकी मुझे तलाश है। तुम बहादुरी के नाम पर मक्कारों के किस्से नहीं सुनाते। इन छोटे-छोटों के दिल में वीरता का बीज बोने आए हो। तुम जरूर दुश्मन के सामने सीना तानने का हौसला रखते होगे। इस गाँव में कायरता और गुंडई का बोलबाला है। हम अँधेरों में घिर गए हैं मास्टर। मुझ जैसी घूँघट में आँखें छिपाये कितनी माँएँ तुमको देख रही हैं, तुम्हें क्या मालूम? तुम ध्यान से देखोगे तो देख पाओगे—यहाँ खून के धब्बे और हड्डियों के ढाँचे ...

'भाई वाह!' लोगों के बीच से आई आवाज और तालियों की गड़गड़ाहट ने सारंग का ध्यान तोड़ा। लौंगसिरी बीबी ने गुड़-बतासे बाँटने का जिम्मा उठा लिया। गुलकंदी परात थामे उनके साथ-साथ चलने लगी।

भँवर ने आज बढ़िया पैंट-कमीज पहनी है—नए मास्टर की होड़ में। वह उनके पास ही खड़ा है।

'भाभी टीका,' भँवर ने इशारा किया। सारंग हाथ में हल्दी-चावल-दूब सहित थाली लिए आगे बढ़ चली। बड़े मास्टर थानसिंह—टीका किया। दस का नोट दिया। यह गुरु-दक्षिणा है। उनका हक।

थानसिंह ने तनिक सकुचाकर रुपए ले लिए।

श्रीधर के पास बढ़ती हुई वह घूँघट में मुस्कुराई। फिर पर्दा तनिक ऊँचा किया। थरथराती उँगलियों से हल्दी का टीका लगाया। दो चावल चिपका दिए हल्दी के ऊपर। हाथ में नोट थमाने लगी। वे 'अरे अरे' करके खड़े हो गए। लेकिन उसने हाथ में जबरदस्ती नोट ठूँस दिया। फिर न जाने कौन सी लहर आई, कौन सी हिलोर उठी कि किनारे टूट गए। सारंग श्रीधर के पाँवों पर झुक गई और चरण छू लिए अपना पल्ला डालकर!

श्रीधर हड़बडाकर इधर-उधर देखने लगे।

वह अर्चना में सिर झुकाए खड़ी है।

उन्होंने विनत आँखों हाथ उठा दिया आशीर्वाद में।

बच्चों की किचिरमिचिर मची है, लेकिन बड़े लोग सब चुप हैं।

धुँधलका सा रह गया चट्टा चले जाने के बाद। उस धुँधलके में सारंग खुद को छिपा

लेना चाहती है। गाँव में बच्चा-बच्चा जाति-बिरादरी की बात पर विरोध कर सकता है।

उस धुँधलके में सबसे पहले लौंगसिरी बीबी की तेज धारदार छवि दिखी। बीबी किसी का लिहाज नहीं बरततीं। पीहर में रहनेवाली लौंगसिरी बीबी औरतों के चरित्र की ठेकेदार हैं। इस मामले में उन्होंने अपनी माँ को नहीं बख्शा। सदा उसकी छाती पर सवार रहीं। बड़ी पत्थर-दिल हैं लौंगसिरी। विधवा माँ को ऐसे ताँसती थीं जैसे वह अभागिन इनकी बेटी हो। खेरापतिन दादी को एक-एक किस्सा मालूम है, यह अलग बात है कि झगड़े-फसाद में महारत हासिल लौंगसिरी बीबी को कँटीला झाड़ समझकर दादी कुछ बोलतीं नहीं आज।

सारंग की खैर नहीं।

'क्यों री, उस मास्टर ने लत्ता उजले पहन लिए, तब क्या वह बाम्हन हो गया? दादू कितने गुनी हैं, पर बैठते हैं धरती पर। नेंकसे मास्टर देखा था? क्या कहता था? जौ बड़ा है तो क्या जौ की जाति बड़ी हो जाएगी?' बात करते में लौंगसिरी बीबी थूक फेंकती हैं। छोटी-छोटी बूँदें।

'आजकल जाति-बिरादरी! तुम भी बीबी पुराने समय की बात ...' उसने अपने पक्ष में कहा।

'हम नहीं हैं नए बखत के। हम मर जायँ तब ऐसा घोर कलजुग फैलाना,' फिर थूक।

'हाय मइया, ऐसी बाबरी हो गई कि बिचारी पाँवों में ही गिर पड़ी।'

अब क्या होगा? सारंग सोचती है। ये लोग तिल का ताड़ बना देंगी। अपने-अपने मर्दों से कहेंगी। वे रंजीत से ... एक के बाद एक भय की रेखा ...।

लेकिन क्या हो गया ऐसा? इतनी छोटी सी बात पर डरने लगी? अपने मन से जो कुछ किया उसका फैसला करनेवाला कोई दूसरा कौन होता है? मेरे जीवन में यह घड़ी बहुत ज्यादा आनन्द की थी, उसके लिए डरना क्यों? कितने दिन से वीरान-उजाड़ में भटक रही हूँ। यह कौन आया कि दो बूँद पानी दे गया। मेरे मन का दुख कौन समझ सकता है? मैं श्रीधर के पाँव रोज भी पूजूँ तब भी मेरा डर नहीं छूटेगा। क्योंकि सांत्वना और सहानुभूति देनवाला कोई भी नहीं ... जूझने को मैं अकेली, डराने को इतने लोग! भगवान, आज का दिन ही मेरे घावों का मरहम बन जाए। इस मास्टर ने बच्चों को इशारा दिया था या मुझे? मेरा मन फिर रूई सा हलका क्यों हो गया?

सारंग तू डरना नहीं। जिसने बहन की दर्दनाक मौत और बेटे का अकारण बिछोह सहने का हौसला जुटाया हो, वह डरेगी भला? तन्मयता से खुद को समझाने पर जुटी है।

उसका मन पल-पल मोड़ लेता है। रंजीत आ जाते मगर जल्दी आकर करेंगे क्या? वे भी तो सवाल-जबाब ही करेंगे। मैंने सूली पर चढ़ जानेवाला काम नहीं किया। सबेरे तक सोच रही थी रंजीत कब आएँगे? बेटे की खबर कब मिलेगी? और अब उनका आना टाल देने की इच्छा ...

बाबा? मेरी बात का मरम समझ पाएँगे? बूढ़े आदमी। आदमी कोई भी हो, औरत के कलेजे में भरे मोम का अन्दाजा कैसे लगा सकता है? जबकि औरतें भी नहीं तोल पा रहीं अपनी बराबरी पर धरकर। मेरा दिल जरा सा ताप पाते ही बह निकला। बाबा, मैंने इस घर की बहू के लिए बनाए कायदों को तोड़ा जरूर है, पर किसी गलत इरादे से नहीं। माना कि दोहरा अपराध कर बैठी हूँ—एक तो परदेसी गैरमर्द, दूसरे, छोटी कौम के पाँवों में सिर टेकना। लेकिन मैं क्या करती, गुरुकुल में गुरु का अर्थ बड़ा विराट था। लाख खामियाँ सही, लेकिन वहाँ ऊँचता-नीचता जाति को लेकर नहीं थी। बाबा, कभी तुम्हारे साथ भी तो ऐसा हुआ होगा कि तुम अपने इनसानी प्रेम को बाँध न पाए हो ··· यह मास्टर जादूगर है। मुझे होश ही नहीं रहा।

सारंग ने बाहर जाकर ओसारे का बल्ब जला दिया।

बाबा चुपचाप बैठे थे। पीठदार मूढ़े पर पीठ का सहारा लिए हुए। चेहरे पर क्या भाव रहे होंगे, देखने का साहस हुआ न मौका ही मिला। क्योंकि भँवर के दादा चबूतरे पर चढ़ते चले आ रहे थे।

सारंग आज सबेरे के मनोहारी दृश्य को याद करती है—जाते समय श्रीधर मास्टर का मुड़कर देखना। उसकी नजर में सितारे झिलमिलाना। यह कैसा अनुभव था? मेरी देह बार-बार रोमांचित हो उठती है। मायूसी, जो महीनों से इस घर को घेरे हुए थी, आज कहाँ है? लगता है मेरी राह उजली-उजली सी ··· मास्टर कैसा आदमी है! मन की बात समझ लेता है, है न अचरज की बात!

'हाय-हाय मची। क्या मेरा किया अपराध इतना बड़ा है? गाँव में तो पाँव छूने का चलन है। जिसमें औरतें तो बात-बात पर हर किसी के पाँव छूती रहती हैं। लौंगसिरी बीबी कहती हैं—'रंजीत होता तो ऐसा करता? इस पाँव-पुजनई पर तेरी चुटिया पकड़कर उखाड़ेगा।' वाह री लौंगसिरी बीबी! इस बात को रंजीत पर लागू करके तुमने तो सचमुच ही ऐसी गलती का रूप दे दिया, जिससे बाबा की देहरी, उनकी नाक-मूँछ और जाट बिरादरी के लिए डूब मरनेवाली बात हो गई। यह कोढ़ में खाज! पहले ही क्या कम मुसीबतें थीं! गाँव में माना कि कोई ढोल नहीं पिटा, मुनादी नहीं हुई फिर भी मेरी और मास्टर की बदनामी घर-घर ··· राम-राम! रंजीत की बहू ने लाज-लिहाज उतारकर धर दिया—'सारंग रह-रह कर सोचती है

'अरी, लोट देते बखत खूब हाथ मिसली-मिसला (दबाना) हुई।' कुछ स्त्रियों को मन माँगी मुराद की तरह चटपटी बात मिल गई।

'छैल-चिकनियाँ मास्टर तुझे मिले तो तू संग सो जाएगी रुक्को।' सुनते हैं कि खेरापतिन दादी ने सारंग का पक्ष लिया, जिस पर प्रधानिन चिनचिना पड़ी—

'बूढ़ी डुकरिया जात पर आ रही है। संग सोऊँगी तो क्या चौड़े चौक में?'

संता कहती है—'सारंग भाभी, तुम्हारी सबसे ज्यादा बुराई कलावती चाची कर रही थीं।' संता इस गाँव की बेटी है, बाप की जायदाद पर काबिज है। कलावती चाची से बैर बँधा है उसका । कलावती चाची ने संता के पति फूलसिंह को बदनाम किया था। सरेआम कहा कि फूलसिंह मेरी सत्तो को ज्वार के खेत में खींच ले गया था। शील भंग करने की मंसा थी नासिया की। वह तो मेरी छोरी खरी निकली, सो लात मारी कड़ीखाए की कमर पर और छूटकर भाग आई।

इस बात पर संता कटकर रह गई थी। फूलसिंह बेचारे कुँआ-पोखर में डूबने भागे। नम्बरदार की सोहबत में रहनेवाले के चाल-चलन पर ऐसा धब्बा! संता के घर चूल्हा नहीं सुलगा था। नम्बरदार भी निराहार रहे। पर उसी दिन संता ने एक प्रण लिया—कलबतिया, तेरी असल बात खोलकर रहूँगी।

संता घर-घर गई और पूरे खोल-खोल डाले—अपनी छोरी की नहीं कहती कलावती चाची । और खुद? सत्तो को उठती बछिया की तरह लेकर गई थी 'इनके' जौरें। आदमी तो सिकिल नहीं देखता लुच्ची की। कैसे देखे? कंचन के ऐरन-झाले माँगती है। जब ज्वानी ने जोर मारा तो ऐरन-झाले भूलकर 'लोग' ढूँढ़ने लगी। कलबतिया रोक लेती धिय को। इनसे क्यों बोली थी कि लल्लू, मेरी पत राख दो। यह बे-हा भइया-भतीजे पकड़े कि जात-कुजात से फँसे इससे पहले तुम ही ''' कम से कम रिश्ते में जीजा तो लगते हो।

—ग्वारियों ने खड़ी फसल के बीच खेत में देख लिए दोनों जने। रंडी सत्तो बड़ी चालबाज है, देख लो कि ग्वारियों की पैछर मिलते ही हल्ला कर दिया कि मैं तो जबरदस्ती '''। बताओ अब, करे कोई न्याय कि जीजा के संग सोने में बुराई नहीं थी तो सतमंती बनकर ठाड़ी क्यों हो गई? 'ये' तो वैसे ही दमा-खाँसी के मारे हैं, इनसे सत्तो धींगरी खिंच जाती सो जबरदस्ती का इलजाम दे रही है। मैं तो कहती हूँ कीड़ा पड़ेंगे हरजाइयों के।

लौंगसिरी बीबी ने बड़े जायके ले लेकर सुनी थी यह बात और संता को शै दी थी—अरी ब्याही-ठिहाई ज्वान बेटी बेरुत की आँधी सी समझो, क्या मालूम कि कित कूँ बहक पड़े। बिचारी कलबतिया कहाँ तक पगहा थामे?

सारंग संता की बात नहीं मानती। कलावती चाची उसको लांछन नहीं देंगी।

कलावती चाची के सामने मामला रखा गया तो वे ततैया सी नाचने लगीं, 'मिले तो सही संता। सौत की धोती फाड़ डालूँगी। ले, मैंने तो यह कही कि मास्टर के पाँव ही तो पूजे हैं, कौन उसके हाथ अपनी चूची पकड़ा दी, सो गाँव के लोग-लुगाई मुँह जोड़ रहे हैं।'

सारंग रंजीत की बावत सोचकर काँपने लगती है, तो श्रीधर के बारे में सोचते ही आशा-आकांक्षाओं के बगीचे बोना शुरू कर देती है।

छः

'बाबा गजब!'

भँवर भागता हुआ आया है।

बाबा उठकर खड़े हो गए, 'क्या हो गया रे? क्या ऽ ऽ ऽ?'

'रंजीत भइया और भूरा भिड़ पड़े।'

भँवर की गर्दन और चेहरा पसीने से भीगे हैं। साँस थम नहीं रही।

'अब कहाँ है?' बाबा भँवर को भीतर तक भेद रहे हैं आँखों से।

'पन्ना चाचा न होते तो एक-दूसरे का खून पी जाते। एक न एक मरकर मानता। भइया के पाँव में लग गई है। आँख बच गई समझ लो। तमाम खून-खच्चर!'

'बक-बक ही करे जाएगा कि कुछ बताएगा भी। कहाँ है रंजीत?' बाबा बुरी तरह गुर्राए। फिर झटके से कोने की ओर गए, जहाँ उनकी लठिया टिकी थी। लपलपाती बिजली सी कौंधी आँखों में, बोले, 'चल आ मेरे संग।' बाबा ने इस धमक से कदम रखे कि दरो-दीवार हिल गए।

'परसों ही आया था थानसिंह, और आज देख लो उसके भइया का करतब। ये साले कमीन अपनी बान न छोड़ेंगे,' भँवर कहता हुआ रिसाल के घर की तरफ भागा। 'बाबा मैं रिसाल को लिवा लाऊँ। अभी मत जाना।'

'जाऊँगा कहाँ? तूने बताया है कुछ?'

'भइया आगरे से आ रहे थे, तो कहाँ घेरे होंगे, समझ लो अपने आप। मूँज के झुंडों में छिपा बैठा था भूरा चोट्टा। किसी भेदिया ने भेद दिया कि आज रंजीत लौट रहा है आगरे से। बाबा चलो तुम फिर ··· कजरौठ के रस्ता में—दगरे में।'

भँवर रिसाल को लिवाने चला गया। इतने में इसलाम सक्का आ गया। बोला, 'बाबा, रंजीत भइया को तो प्रधानजी लिवा ले गए हैं, अपने घर।'

'अ-प-ने-घ-र!' बाबा की पकड़ लठिया पर ढ़ीली पड़ गई।

'प्रधान के घर कैसे चला गया? आखिर माजरा क्या है?'

'क्या सल (पता)?'

'यहाँ नहीं आया जाता था।' बाबा की मूँछों में क्रोध काँप उठा। सारंग किवाड़ों के पास खड़ी थर्रा गई। साँसों में आँधी सी घिर आई। ··· यह रोज-रोज का तूफान! जिंदगी यही रह गई है अब?

भँवर वहाँ से चिल्लाता आया, 'प्रधान साला हमें कहीं का न छोड़ेगा। उसने हमें मिटाने की सौगंध खाई है। पहले पिटवा दिया, अब मरहम लगाने ले गया! पर बाबा मैं पहले ठौर मार दूँगा भूरा को। उसकी बल्लम उसके पेट में न घुसेड़ दी तो नाम बदलकर धर देना।' भँवर ऐसे दाँत पीस रहा है जैसे कच्चा चबा जाएगा भूरा को। और लटियावाला

हाथ यों आगे को फेंका ज्यों आसपास में गाड़ देगा अपना लट्ठ।

'भँवर अभी जाओ तुम। चलो मैं चलूँ। धुआँकरे का बीज न बचे।"

सारंग भीतर खड़ी मिसमिसाई और नागिन की तरह फूफकार छोड़ने लगी।

भँवर तेजी से चलने को हुआ कि बाबा ने चबूतरे से कूदकर भँवर का हाथ पकड़ लिया, 'कहाँ जाता है?'

'रोको मत,' भँवर ने अपना हाथ मोड़ लिया।

'लठिया की लड़ाई नहीं रह गई अब,' बाबा की आँखों में जलजला उतर आया। 'पहले मेरी बात सुन। चीख-चिल्लाकर बहादुरी नहीं दिखाई जाती। उछल-कूदकर कौन सा तीर मार लोगे? उसके हाथ में बल्लम है तो तू बंदूक लेकर जा। और झोंक दे साले की छाती में इकट्ठी पाँच गोली। जैसे डोरिया को वे बचा लाए, बाल बाँका तेरा भी नहीं होने दूँगा मैं। पर उतावला होकर अपनी बहादुरी बखानता जाएगा तो शर्तिया हारेगा। और हारने के लिए तुझे मैं जाने नहीं दूँगा, समझा? खामख्वाह झगड़ा बढ़ाकर फौजदारी का मुकदमा खड़ा करेगा? दरोगा दोनों सरीकों को ले जाकर हथकड़ी लगा देगा। फिर लड़ते रहो कचेहरी। कचेहरी ही लड़नी है तो साले आततायियों का खात्मा करके लड़ो।'

बाबा प्रधान के दरवाजे नहीं गए। देह ढीली छोड़कर जहाँ के तहाँ बैठ गए, चुपचाप ··· जैसे खुद को ही गड़गड़ाकर धिक्कार रहे हों—बेटे की बदौलत यहीं बँधकर रह गए गजाधरसिंह। तुम्हारे हाथ-पाँव लाचार नहीं, परवश हैं।

भँवर बाबा का हाथ झटककर पाँव पटकता हुआ घर के भीतर चला गया और कहता गया, 'भइया को कुछ हो गया तो ···'

'तेरे भइया को हमारी जरूरत होती तो प्रधान के यहाँ न जाता।'

'बाबा, तुम्हें भी भइया की कुशलात मालूम न होती तो यहाँ बैठे न रह जाते।'

पन्नासिंह आए तो बात खुली—

बिलंदिया पन्नासिंह! यानि बालिश्त भर के। आज पूरे हौसले के साथ बाबा के बराबर में आ बैठे। माना कि फत्तेसिंह के चचेरे भाई हैं, पर आज रंजीत को बचाया है उन्होंने।

'बाबा, मैं तो खेत में पटेला दे रहा था। अचानक ललकार सुनाई पड़ी। भूरा की गड़गड़ाहट! मैंने कही रे यह राच्छस कहाँ ढूँकार रहा है? पर फिर वही—आ जा, आ जा साले रंजीता, आज देख लूँ तोय। अब लिवा ला ताड़फड़ेवाले केलसिया को। साला वह बेईमान और तू उसका भड़ुआ। और वह रंडी तेरी लुगाई।

'मैं बैलों का रस्सा हुकमा को पकड़ाकर भागा। हुकमा न हो तो आज बारह बीघा में भी बाल न बचे। रंजीत में प्रान बाकी न रहें। रंजीत ने उसकी बल्लम पकड़ ली। भूरा हनुमान की तरह कलामुंडी (गुलाँट) खा गया। मैंने बल्लम में लठिया फँसा दी।'

बाबा जानते हैं कि इस भूसे से आदमी की आँखें चिरौटा की सी जरूर हैं, पर जब लठिया हाथ में होती है तो पूरा भीम हो जाता है। नहीं तो कहाँ लम्बा-तड़ंगा जवान भूरा और कहाँ वामन-अवतारी अधेड़ पन्ना!

'साला भूरा लठिया घुमाना क्या जाने? वह ऊँट तो बल्लम ही उछाल सकता है। मैंने पूरे दाँव-पेच लगा दिए, चारों दिसाओं में लठिया फिराने लगा चकरी की तरह, और फिर निसान बाँधकर वार किया। सधे पुट्ठों की बात है बाबा, अचूक दाँव से साले की बल्लम को फाँस लिया। फिर क्या, भूरा दाँती भींचे, कभी होंठ काटे, पर बल्लम न छूटे। रंजीत भी गुँथ गया, पर उसका पाँव घायल था। खूबी सुसर न आ जाता तो भूरा की कफ्फन-काँटी ही करके आता मैं। साला! थानसिंह का टुकड़खोर। लोखटा!'

बाबा यह भी जानते हैं कि पन्ना की पुरानी दुश्मनी है भूरा से। उसने पन्ना के ब्याह में भाँजी मारी थी—'पन्ना भी कोई आदमी है भला? दस-बारह वर्ष के बालक का रूप। तुम्हारी छोरी उस बामन औतार को क्या गोद खिलाएगी? मेरे ख्याल में तो देह-सरीर से भी ⋯ अजी और क्या जाट नहीं हैं गाँव में?'

और फिर वही सगाई थानसिंह के साले की हुई। जब करमवीर के ब्याह में थानसिंह की सलहज आई थी तो पन्ना किसी न किसी बहाने लाला भवानीदास के चबूतरे पर बैठे रहते थे। गाँव में यह बात भी उड़ी थी कि थानसिंह की सलहज को पन्ना ने छींट की धोती भिजवाई और कहलवाया कि वह नहीं जानती, वे किसी रिश्ते उसके जीजा लगते हैं।

पन्नासिंह सुना रहे हैं, 'साला भूरा जबड़ा तोड़-तोड़कर गाली देता रहा माँ-बहन की।' पर पन्ना के माँ न बहन। स्वर्गवासी आदमी को गाली नहीं लगती।

'बाबा, हिम्मत थी तो भिड़ता हमसे। बेजा बात तो नहीं कह रहा है मैं? पर मैंने भी बेटा लठिया चलानी इसी दिन के लिए सीखी है, नहीं तो तुम सरीखे मुझे दमड़ी के धेंसेर न गिनें। आज सबरी विद्या आ गई काम।'

बाबा ने पन्नासिंह की काजलभरी चुंधी सी आँखों में गजब का उत्साह देखा। और एक बार को लगा कि इस बालिस्त भर के आदमी का कद कितना बड़ा है!

'हाँ पन्ना, भूरा अपनी बल्लिम को तोप समझता है। यह नहीं जानता था कि लट्ठबाज के सामने यह तोप गुब्बारे की तरह फिस्स हो जाएगी। तू तो है ही उस्ताजों का उस्ताज! पर रंजीत भी कम बहादुर नहीं। माना कि वह डोरिया की तरह पहलवान नहीं है, पर भूरा को गिराने की ताकत उसमें जरूर है। असल में बात यह है कि वह जरूरत से ज्यादा सरीफ है।'

'बाबा, रंजीत से कहो बंदूक रखा करे संग में।'

'हाँ भाई, तू ठीक ही कहता है। जब गली-गली रन छिड़ेंगे तो द्वार-द्वार बंदूकें भी तनेंगी।'

'यह कही है बात!' पन्नासिंह ने दोनों होंठों के जोड़ से 'पपा' की आवाज निकाली।

'पन्ना, अब तो यह पारटी तुझसे खफा हो जाएगी।'

'हो जाय सास खफा! मैं किसी पाल्टी-फाल्टी को नहीं समझता।'

'तेरा बाप तो पंचायत का मेंबर है, फत्ते बखसेगा?'

'फत्ते की बाप की है मेंबरी? चुनाव के जरिए मिली है। पहले तो हम फत्ते की ही किरपा समझ रहे थे, पर अब तो बहौत बातें समझ में आ गईं। साला है तो भइयाबंद, पर हमारी भी गाँठ काटे बिना माना नहीं। गली किनारे की जमीन हड़प ली और अपनी हवेली का दरबज्जा बना लिया। हमें डाल दिया पिछवारे! बाबा, वही बात है कि बाँह-भुजावाला किसी से नहीं डरता, हाँ। अब कहता डोलता है कि पन्ना आँखें नटेरता है, बाप को सिखाता है।

'अरे सिखा तो मैं अच्छी तरह देता, पर हमारे बाप तो जनम के हथजोड़ चरनदास हैं। उनकी समझ में नहीं भरती मेरी बात।'

गली में रंजीत चले आ रहे हैं। बाबा ने देखा—लँगड़ाकर चल रहे हैं। एक बाँह भँवर के कंधे पर धरी है। दिन डूबने के बाद आए हैं रंजीत।

बाबा उठकर खड़े हो गए।

वे बाबा के पास आकर रुक गए। बाबा ने कंधा थपथपाया, 'बहादुर होकर घबराता है। साले को मजा चखा दिया तूने! ऐसे तो लगती रहती है।'

रंजीत की आँखें ··· बाबा को लगा चंदन की मासूम नजर के रूबरू हैं वे। अबोध की निगाहों में चालाकी आई न पकापन। तू बच्चा ही रहेगा सदा! अपनी आदतें, अपने संस्कार छोड़ना चाहकर भी नहीं छोड़ पाता। तेरी माँ कहती थी, मेरा रंजीत तो पंडित का बेटा लगता है। ठीक कहती थी, नहीं तो आज यह दशा ···!

सारंग ने आँगन में झटपट खाट बिछा दी। बिछइया बिछा दिया। जब से सुनी, बेचैन सी कभी आँगन में जाए तो कभी दुवारी में, और कभी चबूतरा पर निकल आए। बार-बार बाबा कह रहे थे, 'अरी घबराय मत। प्रधान के यहाँ है रंजीत।'

··· मगर अब! नजरें बचा रही है उनसे। कुछ पूछने की हिम्मत नहीं हो रही। उचटती निगाह से उनकी ओर देखती है। नजरें न मिलें, मुँह फेर लेती है। कहने को सेवा में लगी है—हल्दी मिला दूध ले आई। फिटकरी तैयार रखी है। घाव में बूरा भरना था। ··· मगर सारे उपचार प्रधान के घर कर दिए गए।

आँगन में बल्ब जल रहा है, जिसमें चौंध ज्यादा, रोशनी कम है। वह हिम्मत करके आई। पति के कंधों को छूकर लेटने का इसरार किया, मगर पीठ की ओर से। क्यों? क्यों का उत्तर नहीं है, और है भी। वह कौन सी सारंग थी, जिसने केलासीसिंह को बुलाने की योजना बनाई थी? वह कौन थी, जो कलावती चाची के घर में उनसे मिली थी? और वह ··· जिसने चाची के जरिए केलासीसिंह की पहलवानी को फिर से ··· फिर यह कौन सी सारंग है, जो पति की सेवा करना चाहती है? रंजीत के घावों को सिरा देना चाहती है? अपराधिनी सी खड़ी शर्मसार हुई जा रही है? मन में अनगिनत सवालों-जवाबों का चरखा चल रहा है। पर आँखों के आगे कुछ भी साफ नहीं। मन का ताना-बाना

उलझा सा ···

कैसा घुटन भरा समय है! भँवर चुपचाप खड़ा है। रंजीत माथे पर बाँह रखे लेटे हैं—मुसीबत के लम्हों की निशानी। और दिन होता तो वह भूरा सहित भूरा के खानदान का नाश-मेट रही होती। आज होंठ सिल गए हैं, रंजीत को भूरा ने नहीं मारा, सारंग ने हराया है। उसने सताया है। उसने धराशायी किया है। पापिन है वह। इन सारी बातों के बावजूद कानों को एक यही वाक्य छेदता है—केलासीसिंह को किसने बुलाया था?

रंजीत घबराए से उठकर बैठ गए।

'तू चल भँवर। खूबा चाचा देखते होंगे। कब से यहीं है हमारे संग।'

भँवर रंजीत का यह संकेत खूब पहचानता है। भँवर को जाने के लिए नहीं कहते रंजीत। किसी ऐसे बहाने के सहारे भेज देते हैं। आज भी कुछ इसी तरह देखा उसने, जैसे कह रहा हो—मेरे दादा नहीं बुला रहे, तुम यहाँ से चलता कर रहे हो मुझे।

सारंग अकेली रह गई अब। ज्यादा डर लगने लगा। ··· मगर ज्यादा मुक्त हो गई। भँवर के सामने चूँ भी बोलती तो रंजीत चिंघाड़कर चुप कर देते उसे। बेइज्जत भी करते। अकेले में इतना नहीं चिढ़ेंगे। पता नहीं क्यों भँवर के सामने उसको दुत्कारने में रंजीत को ज्यादा से ज्यादा संतोष मिलता है? यह कैसी अजब आदत है! क्या किया जाए, कलह-रार बचाने के लिए एक को तो सहना ही पड़ता है। सारंग उस समय होंठ कस लेती है कि उफ् तक न निकले।

'ऐसी दगा! थानसिंह तो समझौता करना चाहता था,' सारंग ने नरम से नरम स्वर में पूछ लिया, जैसे उनकी मनोदशा की पूरी-पूरी वाकफियत हो उसे।

सचमुच रंजीत भरे बैठे हैं—

'थानसिंह को मैं अब भी दुश्मन नहीं मानता। मेरा बैरी डोरिया भी नहीं, भूरा भी नहीं, वह है, वह—जिसने केलासीसिंह को न्योतकर ताडफड़े से बुला लिया,' कहकर धधकती हुई आँखों से सारंग की ओर देखा। दाँत अभी तक कसे हैं। जबड़ा तना हुआ है। हे भगवन्! अब क्या होगा?

सारंग मसली हुई मक्खी सी गतिहीन ··· रंजीत की नजरों में भूरा की बल्लम से ज्यादा पैना और नुकीलापन है। वह सिकुड़ी हुई सी एक ओर हो गई। रंजीत के पीठ पीछे जो हौसला जुटा लेती है, वह उनका सामना करते ही ढह जाता है—एक क्षण में।

अभी रंजीत ने कितने ही धारदार सवाल बचा रखे हैं, उसकी देह ठंडी होती जा रही है। हथेलियाँ बर्फ सी ··· गऊबध से भी ज्यादा संगीन अपराध किया है तूने सारंग। रंजीत खून का घूँट पिए बैठे हैं, इसका मतलब यह नहीं कि तू कलंक से मुक्त हो गई। पति से विश्वासघात करना भगवान को धोखा देने के बराबर माना गया है। बड़ी-बूढ़ी झूठ तो नहीं कहतीं। यदि उनका कहना गलत होता तो आज यह समय इतना भारी न पड़ता। जिस खामोशी से हालात को जीतना चाहती थी, वह चुप्पी गले का फंदा बनकर झटका दे रही है।

रंजीत घायल होकर खाट पर बैठे हैं, वे थानसिंह और डोरिया से केस की बावत पराजित हुए हैं। रंजीत को प्रधान ने मीठी बोली से, तो कभी सलाह-मशवरा से पीछे धकेला है, और रंजीत को मरवाने के सामान मैं रोज-रोज कर रही हूँ ··· सारंग धिक्कारती है खुद को। वे मुझे सूली पर चढ़ा दें तब भी कम है।

पति का चेहरा देखकर करुणा उमड़ आई। पाँवों पर हाथ फिराती हुई बोली, 'दर्द ज्यादा है? लेट जाओ।'

'मेरी चिंता न करो। ऐसे तो चलते-फिरते भी लग जाती है,' उन्होंने सहज स्वर में कहा। ··· पर सारंग को वही सहजता बड़ी असामान्य लग रही है। ऐसी लापरवाही भरी बहादुरी!

वह कुछ दूर सरककर धरती पर पड़े बोरे पर बैठ गई। पाँव की बिछियों को टटोलती हुई सोच रही है—मैं दूसरी औरतों की तरह क्यों नहीं रहती? मैं जो कर रही हूँ, गाँव में और कोई क्यों नहीं कर रही? जो बातें गलत हैं, उनको औरतें गलत भी मानती हैं, पर मर्दों की दुनिया में दखल तो नहीं देतीं। मैं घूँघा सिराना भूलकर अखाड़े पर कान-आँखें टाँगे रही। लोकरीति भूल जाना ··· खता नहीं है क्या? अम्मा की बात याद आती है, भले वह सौतेली थीं, पर कहती सही थीं—'सारंग, तेरी आदतें तुझे ही दुख देंगी। बेटी की जात ··· इतनी खुद-हिम्मत!' आज आग की धार में बह रही हूँ मैं।

रंजीत ने ध्यान तोड़ा उसका, 'क्या सोच रही हो? अपने आदमी को पिटा हुआ मान बैठीं? पन्नासिंह न आ जाते तो उस साले की लाश घर जाती।'

बच्चे का कुशल-मंगल कहाँ! चंदन की बात तक करना भूल गई सारंग।

रंजीत खाट पर लेटे हुए हैं। वह पाँयते बैठी उनकी पिंडलियाँ सहला रही है। बातें भी करती है, मगर वे ही बातें, जो रंजीत को सुख दे सकें। चौकन्नी होकर, पूरी सावधानी बरतकर चलाए हैं जिक्र।

'चट्टा चौथ के दिन हमारे घर थानसिंह आया था, और आज? कैसे लोग हैं!'

'क्यों आने दिया?'

सारंग को ऐसी उम्मीद नहीं थी रंजीत से। कहते तो हैं कि आपसी कलह में सार नहीं। झूठ कहते हैं क्या? ऊपर से। अंदरूनी तौर पर थानसिंह के लिए अच्छे भाव नहीं रखते रंजीत ··· तभी न बात बदल दी—

'चंदन को देखोगी तो पहचान नहीं पाओगी। अफसर का सा बालक है। रंग एकदम निखर गया है। यहाँ तो चट्टे बजाकर चौपाई ही गाता। वहाँ भइया ने सौ रुपए महीने का ट्यूशन लगा दिया है।'

सारंग खिली नहीं, रंजीत की आशा के विपरीत गहरा साँस लेकर रह गई।

पता नहीं कौन सी वजह थी कि बातों के दौरान रंजीत की लय टूटने लगी। जैसे

उनके पास एक ही अच्छा समाचार था, सुना दिया मीठी बोली में। स्वर ऊँचा होने लगा। भवों में टेढ़ापन आ गया, आँखों में कठोरता उमड़ आई। और आनेवाले खतरे को भाँपकर सारंग सतर्क होकर मुठभेड़ के लिए ताकत सहेजने लगी। या मुक्ति का मार्ग खोजने की युक्ति में देह में काँटे फूटने लगे। आकाश से देवता उतर आएँ, तब भी ठिकाना न मिलेगा अब! वह क्षण आने ही वाला है, जब रंजीत उसे ठोकर मारकर उसकी औकात बता देंगे।

हे भगवन्! माफी माँग लूँ पहले ही? पाँव पकड़कर गिड़गिड़ाऊँ? इतनी दहशत कि मास्टर की छाया के बारे में भी सोचकर कँपकँपी ··· कैसी मनभावन याद थी कि साँपिन की तरह डसने लगी! इन खौफनाक पलों में मास्टर का भरोसा छूमंतर हो गया! रंजीत, जो उसे कभी भोली कहते हैं, कभी बावरी कहकर लड़ियाते हैं, दया-ममता और प्रीति का कतरा तक नहीं है आँखों में ··· उसने भोलेपन से उजाले में पति की नजर का सामना किया।

'सारंग, जो मैंने सुना है ···'

आगे कुछ भी सुनने से पहले सारंग की छुई-मुई काया में से प्राण जाने लगे।

'भूरा से इतनी मार-पिटाई हुई, मुझे गम नहीं, पर जो कुछ प्रधान की बैठक में सुना ··· सच मुझे विश्वास नहीं हुआ। तुम्हें क्या गर्ज थी कि ··· हमारे घर की इज्जत-आबरू ···'

वह अब कठघरे में खड़ी है। रंजीत की गहरी आवाज और घोर अपवित्रता के लांछन से घिरी हुई। ज्यों भगवान राम ने लपटों के बीच सीता खड़ी कर दी हो। सीता भस्म नहीं हुई, वह सूख रही है। सूखकर ठूँठ हो जाएगी। ठूँठ होकर जल जाना है।

'घर को गोली मारो, पर बिरादरी को क्या मुँह दिखाऊँ? लोग हँसते हैं।'

यह बात छिपी नहीं रही कि रंजीत की उँगली श्रीधर की ओर उठ रही है। वह चुप है। बिलकुल चुप। साँस भी न ले रही हो जैसे। और धीरे-धीरे एक सवाल अँकुआ रहा है—ग्यारह साल से फूँक-फूँककर कदम रखनेवाली सारंग की एक गलती, अगर वह गलती मानी जा रही है तो, एक भूल माफ नहीं की जाएगी? रंजीत, ज्यादा बोझ भरी गाड़ी कभी-कभी उलार होकर पलट जाती है। कसूर बोझ का या बैलों का? मेरे कंधों पर घर की इज्जत की गाड़ी का जुआ धरा था, इसका मुझे एहसास भी था लेकिन बोझ ···

'हमारा बच्चा यहाँ नहीं था तो चट्टों का मतलब?' फिर रंजीत का नुकीला सवाल।

वह चुप। मास्टर लौट पड़ा था, यह कहे तो कैसे कहे? जो बात उसके लिए अमृत से ज्यादा मीठी साबित हुई, वही रंजीत के लिए जहर ··· माना कि थानसिंह के आने से वे खुश ही हुए हैं, भले विरोध जताएँ। बैरी उनकी देहरी पर खुद आया, इससे बड़ा सुख रंजीत के लिए कुछ नहीं। शायद इसीलिए उसके कसूर की छानबीन अगली घड़ी तक के लिए आगे सरका दी थी।

मगर पछाड़े गए बैरी थानसिंह के सामने श्रीधर प्रजापति का मेरे द्वारा चरण स्पर्श।

'साला कल का लौंडा, तुम्हारा पूज्य हो गया? औरतों को बहकानेवाली बात। तुम्हारी कमजोर नस टटोल ली उसने। उसी के जरिए तुमको भरमा गया।'

वह महीन स्वर और कमजोर सी आवाज में इतना कह पाई, 'मेरा वह कुछ नहीं। पूज्य न आदरणीय। चंदन के पुराने स्कूल का मास्टर था सो ···'

'थानसिंह उसके स्कूल का मास्टर नहीं था? उस कुम्हार के पाँव पूजने ही जरूरी थे? तुम दीवानी तो नहीं हो गईं?'

रंजीत मेरे ऊपर रिसिया रहे हैं, या अपनी हार पर भूरा पर किचकिचा रहे हैं? अगर उससे मार-पीट न होती तब भी ऐसा ही कहते, ऐसा ही करते? ये वही रंजीत हैं, जो नेंकसे मास्साब के धरती पर बैठ जाने पर उन्हें बाँहों में भरकर खाट पर बिठा देते थे और कहते थे—'मास्टरजी, मैं दकियानूसी, ऊँच-नीच माननेवाला नहीं, जैसे और लोग हैं। मैं किसी कुबड्ड ब्राह्मण को ब्राह्मण नहीं मानता। आप बालकों को ज्ञान देते हैं, सही माने में ब्राह्मण आप हैं। चाय पियो बेझिझक। जूठा प्याला सारंग धोएगी। हम उनमें से नहीं, जो आपका जूठा बासन आपसे ही धुलवाएँ। हमारी पढ़ाई-लिखाई का फायदा क्या हुआ फिर?' ये सब उद्‌गार रंजीत के ही तो हैं।

सारंग पूछना चाहती है—रंजीत, मैंने तुम्हारी कही हुई बात ही तो व्यवहार में उतार दी। तुम इसे चाल-चलन खराब होना मान बैठे! सफाई भी दूँ तो क्या कहकर?

मौन के गाढ़े सन्नाटे में बैठी सारंग के मन में यह सोचकर हलकापन भी है कि जिस बात पर उसकी जान जा रही थी, वह अब खुली पड़ी है।

रंजीत कुछ बोलना नहीं चाहते, या चुप रहकर खुद के मन में मची हलचल को दबाकर ज्यादा दहशत पैदा करना चाहते हैं? सारंग के साथ मुश्किल यह है कि चुप्पी से उत्पन्न भारीपन में उसका दम घुटने लगता है। वह हमेशा ही किसी तनाव से जल्दी से जल्दी मुक्त होना चाहती है, जैसे इस समय छटपटा रही है।

रंजीत के अनुशासन को चुनौती देनेवाली सारंग, उनके लेखे दो-दो अपराधों के लिए जिम्मेदार है। एक तो, एक नीच और परपुरुष के पाँव छूकर उससे नजदीकी संबंध बनाने की कोशिश की है, दूसरे, उस पाप से ढीठ की तरह इनकार करती है।

सारंग अपनी दोहरी गलती को दरकिनार कर सहज स्वाभाविक ढंग से उठ खड़ी हुई, चौके में गई और दूध में हल्दी मिलाकर बेला भर लाई।

'पी लो।'

'मुझे नहीं पीना!'

चंदन की तरह मचल रहे हैं रंजीत! उसने पति की विषाक्त आवाज को बच्चे की जिद के मानिन्द समझने की चेष्टा करते हुए प्यार से डपटा, 'ऐसे काम नहीं चलेगा। तुम्हारे घायल हो जाने पर बैरी घी के चिराग जला रहे होंगे। जल्दी अच्छे हो जाओ।' कंधे छू लिए।

'जा साली! तू बड़ी शुभचिंतक बन रही है।'

सारंग दम साधकर रह गई। ज्यों की त्यों बेला लिए हुए ··· फिर बैठ गई हताश सी।

रंजीत तनाव में कुछ देर चुप पड़े रहे। मगर सारंग जब दुखी होती है तो वे खुद को उसका सरंक्षक समझने लगते हैं—पिता की तरह उठे, 'तुम यह नहीं जानतीं कि ग्यारह साल नहीं, ग्यारह दिन ही बहुत होते हैं गाँव को समझने के लिए। गाँव की निगाह में तुम रंजीतसिंह जाट की बहू हो, यही तुम्हारी पहचान है। और हम जिस कौम, जिस समाज से जुड़े हैं, उससे अलग वजूद नहीं रखते। बिरादरी से बाहर रहकर हमारी क्या औकात? उसके नियम इसीलिए जरूरी हैं।'

वे सारंग के रुआँसे चेहरे को देखकर पिघले-पिघले से बोल रहे हैं, 'यह बात समझती हो न, कि अकेला आदमी किसी विधान को नहीं तोड़ सकता? तोड़ता है तो अपराधी माना जाता है। मैं तुम्हें माफ भी कर दूँ, मगर उससे फायदा? कल को गली में चलते हुए लोगों की घृणा और निंदा के विष में बुझी निगाहों को झेल लोगी? सारंग, जिस पाठशाला-प्रेम की दुहाई देकर मुझे समझा रही हो न, उसी से आँखें चुराती फिरोगी।'

धीरे-धीरे सारंग के मन की हूक शांत होने लगी। वह हूक आँखों से होती हुई मन और देह में समा गई। पति का चेहरा विचित्र सा होने लगा। जिस रंजीत को वह जानती थी, वह धीरे-धीरे विलुप्त ··· और ये सामने बैठे रंजीत? एम.एससी. (एजी.) की डिग्री लिए पढ़े-लिखे इनसान हैं या बिरादरी और जाति-पाँति का लेखा-जोखा रखनेवाले पंडा? खेती में क्रांति करके नए युग की शुरुआत करने के इरादे और जोखिम उठानेवाले मुझको लोगों की घृणा का डर दिखाकर धमका रहे हैं! क्या यह समझाना चाहते हैं कि सारंग, पर्दे के पीछे रहे, उन्हें कुछ भी नागवार नहीं गुजरेगा, लेकिन बेपर्द होकर इस तरह की जुर्रत! यह गुनाह माफ करने योग्य नहीं ··· पता नहीं रंजीत का सोच दुमुँहा है कि मेरी बुद्धि भोथरी? यह गाँव की पहली घटना ही सही, लेकिन बिरादरी के लिए मेरी कोई दुर्भावना नहीं थी। फिर भी बिरादरी थर्रा रही है। लोग कह रहे हैं रंजीत की बहू ने बड़े-बूढ़ों के गाल पर तमाचा मारा है। छिः! मेरा ऐसा इरादा ··· कोई सुन सकता होता तो बता देती कि मेरे मन की आशा बुझी जा रही थी, दो बूँद नेह जुटा लिया ऐसा करके। दूर ··· बहुत दूर खड़े होकर कैसी अलौकिक ज्योति दिखाई दी कि इस धरती-आकाश का रूप ही बदल गया मेरे लिए। बियावान-सुनसान रेत के वीराने में प्यासे मन पर श्रीधर ने मीठी मुस्कान के झरने बहा दिए, जो मुझ तक ···

भोले चिकने दूधिया गालों पर आँसुओं की दो धारें बह निकलीं।

रंजीत की देह में कुछ पिराया। एकदम से कराहे। सारंग की भीगती हुई पवित्र सुंदरता ··· वर्षा ऋतु के बरसते मेघ ··· रंजीत ने पास आने का इशारा दिया ··· और पास!

'रोना कैसा?' कहते-कहते रंजीत का चेहरा सुरक्षादायक बोध से जरा तन गया। अनूठा सा आत्मविश्वास जगमगाया। वे सारंग को रोती नहीं देख सकते। कहते तो हैं, 'औरत के आँसू मर्द के लिए कायरता की बात है।'

'ऐसी पंचायत हमेशा नहीं होती।'

रंजीत खुश हैं और संतुष्ट भी। पंचायत में भीड़ थी। प्रधान का चबूतरा खचाखच भरा था।

'फत्ते भइया न्याय की बात कहते हैं, न कहते तो उन्हें प्रधान कौन मानता? भूरा को ऐसे ही नहीं छोड़ दिया, पंचायत में पेशी की। मैंने तो बार-बार मना किया था कि पंचायत जोड़कर होगा क्या? जो हो गया, सो हो गया। उनकी कमीनगी तो कम नहीं कर देगी पंचायत? बात-बात पर बल्लम-लठिया भाँजनेवालों का हाथ पकड़ लेंगे पंच?' रंजीत भँवर को बता रहे हैं।

भँवर ने आँगन में खाट पर बैठे रंजीत को गौर से देखा और आँखों में आँखें डालकर खड़ा-खड़ा ही बोला, 'हाँ, गुण्डों के मामले पंचायत में नहीं सुलटा करते। पुलिस का डंडा जरूरी है इनके लिए। तुम तो भइया मरहम-पट्टी के लिए भी प्रधान के घर चले गए! जबकि इगलास के अस्पताल जाना था, यह तो सीधा-सीधा पुलिस केस था।'

'भँवर, कब पेट भरेगा हमारा? जितने लोग वर्दी पहनते हैं, उनसे भगवान बचाए। मैं कोर्ट-कचेहरी, थाने-चौकी से आजिज आ गया हूँ। प्रधान झूठ नहीं कहता कि हर मामला थाने-कचेहरी सुलझा देते हैं क्या? फत्ते भइया सोच-समझकर काम करनेवाले इनसान हैं। कहते हैं—अपने गाँव के सज्जन और गुण्डों को हमसे ज्यादा नहीं जानते थाने-चौकी, कोर्ट-कचेहरी। उनके कागज तो झूठे-सच्चे गवाहों की तिकड़म और तुक्केबाजी पर चलते हैं।'

'प्रधानजी इस गाँव के सुप्रीम कोर्ट!' भँवर ने उपहास किया।

'यार तू बात को समझा कर,' रंजीत के माथे पर झुंझलाहट की तीन रेखाएँ उभरीं।

'मुझे कोई जरूरत नहीं कि प्रधान के पैंतरे समझने में अपना समय खराब करूँ।'

'फिर वही बात! तू था पंचायत में?'

'मैं क्यों होता? बाबा तक तो गए नहीं।'

'तुम और बाबा! एक बात को लेकर मन में गाँठ लगा लेते हो। होते तो देखते, साधजी ने भरी सभा में अपना साफा उतारकर मेरे पाँवों में धर दिया था। सिर आगे को करके बोले—चार पन्हा मार ले रंजीत। इस औलाद ने मुझको कहीं का नहीं छोड़ा। तुझ निहत्थे पर वार …'

भँवर ने रंजीत को बात पूरी नहीं करने दी। हाथ नचाकर बोल पड़ा, 'ऐसी कहानियाँ मैंने ही नहीं, तुमने भी सुनी हैं। यह कोई नई बात नहीं। साधजी की पुरानी आदत है—लड़कों को लट्ठ चलाता देखकर छाती फुलाते हुए गलियों में घूमेंगे और किसी तरह बात बिगड़ने लगेगी तो साफा उतारकर पेश कर देंगे—पाँवों में धरो या अपने सिर पर। आदमी पर सवार होने की सारी विद्याएँ जानते हैं साधजी।'

बाबा नल के पास आ खड़े हुए। लोटा लेकर नल से पानी खींचने लगे। रंजीत खाट से उठकर खड़े हो गए। बात आगे बढ़ाते हुए कहने लगे—

'साधजी की बात मैं भी जानता हूँ, पर थानसिंह? थानसिंह से उम्मीद थी? मैं तो सोच रहा था वह पंचायत में भी नहीं आनेवाला। फत्तेसिंह उसके लिए प्रधान जरूर है, भगवान नहीं, जो उसकी आज्ञा पाते ही वह चला जाए। और इस बात पर तो वह भगवान के बुलाने पर भी न जाता। अब तू कहेगा चट्टा चौथ में आया था। वह तो श्रीधर मास्टर को दिखाने के लिए आया होगा कि देखो मैं कितना महान अध्यापक हूँ, बालकों के मामले में बैर-दुश्मनी का विचार नहीं मानता।'

बाबा हाथ में लोटा थामे बेटे को देखते रहे। भँवर से उनकी निगाह मिली। भँवर ज्यों विवश हो गया हो। रंजीत समझना ही नहीं चाहते। वह क्या करे?

बाबा संजीदा स्वर में बोले, 'रंजीत, आजकल तुझे होता क्या जा रहा है?'

'कुछ नहीं। मैं तो भँवर को बता रहा हूँ कि थानसिंह की नीयत पर खामख्वाह शक करना ··· मुझे तो कोई तुक नहीं लगती। तुमने सुन लिया होगा—पंचायत के सामने चबूतरे पर सरेआम भूरा के मूँड़ में चार-पाँच जूता मारे। बचानेवाले हार गए। भूरा को थानसिंह ने चबूतरे से नीचे पटक दिया। और मुझसे हाथ जोड़कर माफी माँगी। और क्या, किसी की जान लेंगे हम? थानसिंह क्या करे और?'

'कुछ नहीं करे थानसिंह। बेचारा इससे ज्यादा कर भी क्या सकता है? अपना माथा तुम्हारे पाँवों पर रखकर ही तुम्हें पिघला सकता है। पर बेटा तीन महीने तक। बस तीन महीने। ··· क्योंकि तुम्हें हाईकोर्ट में अपील करने को तीन महीने की मोहलत मिल गई है, इसलिए। कागजी कार्यवाही में तुम्हारा जबाब नहीं, पर उसको व्यवहार में लाना तुम्हारे बस का नहीं। मौका चूकनेवाले को लोग क्या कहते हैं?' बाबा रंजीत के पास आकर बोले, 'मोटी सी बात तुम्हारी समझ में नहीं आती।'

'यह हृदय-परिवर्तन! क्या कहने?' भँवर खोखली हँसी हँसा।

रंजीत चिढ़ गए।

'मेरी समझ में क्या आता है, क्या नहीं, यह मुझ पर छोड़ दो। फत्ते भइया का कहना गलत नहीं कि इस गाँव में शांति कायम हो ही नहीं सकती। घरवाले ही उकसा रहे हैं! बताओ मुझे, हाईकोर्ट में अपील करके कौन सा तमगा पा जाऊँगा मैं? पढ़ा-लिखा आदमी गँवारों की तरह बेबात मुकदमेबाजी में पाँव उलझाए, उसे क्या कहेंगे लोग? इस पैजबंदी के कारण तबाही ही हाथ लगेगी। अगला शराफत बरत रहा है, हम उस पर साजिश का इलजाम लगा रहे हैं! यह भले आदमियों का व्यवहार नहीं।

'भँवर, तू एक बात बता कि केलासीसिंह पहलवान को तू लाया या मैं, पिटा तो थानसिंह का भइया डोरिया ही। डोरिया की दाढ़ ठुकवाने के लिए ताड़फड़ेवाले लाए गए थे, यह बात बच्चा तक मान रहा है। नहीं तो तीन साल से वे क्यों नही आए? यह बात थानसिंह पंचायत में कह सकता था, मगर उसने उफ् तक नहीं की। पढ़े-लिखे और गँवार आदमी में यही फर्क होता है। तुम उसको गया-गुजरा समझ रहे हो?'

भँवर, जो अब तक चुपचाप सुन रहा था, माथे पर हाथ धरकर बैठ गया।

रंजीत बिगड़ पड़े, 'करम धुन रहा है, मेरी बात पर! मैं भी तुम्हारी तरह हर बात को झूठ मानूँ या हाय-हाय करूँ? ठट्ठा नहीं है किसी को पिटवा देना। फिर भी फत्ते भइया ने उसे कठघरे में ला खड़ा किया मेरे सामने।'

भँवर चुप था, मगर चकित सा ...

रंजीत को भँवर की चुप्पी भी खल रही है, जिस तरह उसकी बातें चुभ रही थीं। उकसाने लगे बोलने के लिए, और फिर सुना दिया भँवर ने भी—

'वह पंचायत नहीं, पन्नासिंह की बहादुरी का जलसा था। फत्तेसिंह दिखाना चाहते हैं कि देखो लोगो, हमारे पास इतनी ताकत है कि बिलंदिया (बालिश्त भर का) पन्ना भी भूरा जैसे दैत्यों को पछाड़ सकता है। और मेरी मुट्ठी में पन्ना और भूरा दोनों हैं।'

रंजीत गरज उठे, 'तो उसी पन्ना के बाप की मेंबरी की साज-सँभाल हमें क्यों सौंप रहा है फत्ते? तू भी देख लेना, राय हम देंगे, अँगूठा लगाएगा पन्ना का बाप।'

भँवर ने कंधे उचका दिए, 'भाई वाह! प्रधानजी हाथ जोड़कर बुला रहे हैं तुम्हें।'

भँवर चला गया भुनभुनाता हुआ। सारंग घर का काम समेटती हुई सुन रही थी सारी बातें। सारंग की देह कहीं, मन कहीं।

रंजीत खाट पर हाँफते हुए से बैठ गए, जैसे किसी बड़ी जिरह से निकले हों। दोनों हथेलियों के बीच सिर थाम लिया।

सारंग की चूड़ी बजते ही सिर ऊपर उठाया और झपट पड़े, 'भँवर लाल-पीला हो रहा है न, साले को सूँतकर रख दूँगा किसी दिन। मेरी बढ़ती देखकर कलेजा फुंकता है, भइया बनता है कहने को। हमें सीढ़ी बनाकर गाँव के ऊपर चढ़ना चाहता था, मुँह के बल गिर पड़ा। दूसरे अंधे-बहरे बैठे हैं? हवा के साथ नहीं बहोगे बेटा तो पिछड़ोगे ही।'

सारंग के हाथों में बुहारी थी, उसने तेजी से झाड़ना आरम्भ कर दिया। वह कुछ नहीं सुनना चाहती, रंजीत जान लें। पहली बातों से एकदम पल्ला छुड़ा लिया! स्कूल पर अदला चलानेवाला प्रधान उन्नति-तरक्की का ठेकेदार मान लिया! चंद लोगों की हुकूमत, गाँव की बदहाली के बदरंग धब्बे रंजीत की आँखों में चमकीले सितारे हो उठे। प्रधान और थानसिंह जैसे योग्य-समर्थ ही कहते थे कि रंजीत किताबों का न रहा, न माँटी-धूल का। आज वे अपने झुंड में मिलाने को आतुर दिखाई दिए तो रंजीत उनकी कृपा के नीचे दब गए!

यही प्रधान उनको चुनौती देता था कि तू पंचायत-सदस्य के लिए भी नहीं जीत पाएगा। तू उपदेशों भरी टल्लें हाँकता है और गाँव की जनता हँसती है। तू अपने आसपास जुड़े मजमे को गम्भीर लोगों की महफिल समझकर जोश में आ जाता है, इनमें वोट देनेवाला कोई नहीं।

रंजीत गाँव की जनता को कोसते थे। कहते थे—गाँव की प्रजा अंधी-बहरी है। यह नहीं समझना चाहती कि फत्ते की जुबान मांस की, हाथ लोहे के हैं। वह प्रधान तो दूर,

इनसान तक नहीं है। जल्लाद ही नाम हो सकता है उसका। किसान होकर किसानों से गद्दारी ··· सरकारी कारिंदों की तरह पेश आता है। अपने गाँव के किसानों का पसीना पानी लगता है इसे। अब वह भेंड़ों के रेवड़ में मेढ़ा बनकर सींग मार रहा है और भेंड़ों को घायल करके मन ही मन फूल रहा है।

रंजीत उठते-बैठते कुभाखा निकालते थे—

'देख लेना सारंग, एक दिन ऐसा जरूर आएगा, जब यह फत्ते खुद तो हारेगा ही, पन्ना के बाप तक की हमदर्दी न पाएगा, जिसे मोतियाबिंद होने पर भी पंचायती सदस्य के लिए जितवाया है। बेईमान! कुँवरपाल भी इसका साथ नहीं देगा, जो अपने भाई के ओहदे का ताज पहने इसके बाँहजोटी डोलता है। थानसिंह कहाँ का कहाँ जाएगा। हो सकता है एक नई पंचायत का गठन हो, जिसमें फत्तेसिंह नामक प्राणी का नाम तक न लिया जाए। लोग उभरकर आएँगे ऐसे, जो इसके किए हुए का हिसाब माँगेंगे और छलों की सजा तजबीजेंगे। ऐसा वक्त जरूर आएगा। अत्याचार ही तो बगावत को जन्म देते हैं।'

इतने तल्ख और साफगोई से बोलनेवाले रंजीत, आज कौन सी बोली बोल रहे हैं? यह मीठा भरोसा इतना धारदार निकला कि उनके संकल्पों की कड़ियाँ छीजने लगीं! पता नहीं यह कैसे हुआ? रंजीत खुद ही रास्ता बदल रहे हैं या हालात ने थका दिया उनकी मजबूती को ···

रंजीत, पहले रूप में वापिस आओ।

'सारंग, भँवर की बातें मुझसे सुनी नहीं जातीं। जैसी बहादुरी की बातें वह करता है न, वह निपट मूर्खता नहीं है तो क्या है? आजकल बहादुरी एक कोने में पड़ी भिनकती है। धर्म-कर्म की सबसे बड़ी शर्त चतुराई है, चतुराई।'

सारंग ने भयभीत निगाह से देखा, जैसे उसके नीचे से धरती जगह छोड़ रही हो।

एक पुरुष छाया, द्वार के बीचोबीच!

जी धक् से रह गया सारंग का। श्रीधर मास्टर! हे भगवन्, प्रलय हो जाएगी। रंजीत पीछे-पीछे!

'खाट बिछा दो सारंग, मास्टरजी बैठेंगे,' कहकर श्रीधर से मुखातिब हुए वे, 'खाट पर बैठकर खाना खा लोगे न? कि कुर्सी मेज ···'

'नहीं नहीं, खाट बिलकुल ठीक है।'

मन में कड़कते बादल तनिक शांत से हुए। घूँघट के कोने से दो कजरारी आँखों ने श्रीधर को भर नजर देखा—अद्भुत मुस्कान!

पितृ अमावस्या का ब्रह्मपर्व! चरनसिंह बौहरे के संग श्रीधर प्रजापति! पितरों के तर्पण के लिए छोटी कौम ··· रंजीत के भीतर कितनी परतें हैं?

रेशम का श्राद्ध भी डाला है उसने। हाथ कहाँ चलते थे चौका में! कौओं को कागौर डालते समय मरियल सी देह को खिचेड़ती रही। रेशम, चंदन, रंजीत और स्वयं वह तथा मास्टर को लेकर होनी-अनहोनी बातें ··· छत पर कागौर धरकर नीचे उतरी थी, कि चौके में आकर ताजे बनाए भोजन को देखा—हँड़िया में खीर जम गई। आलू की रसेदार सब्जी गाढ़ी होकर सूखी बन गई। हलुआ है कि पत्थर की डेलियाँ! पूरियाँ पिचक गईं! हे राम, अब? जिसमें न्योते हुए ब्राह्मण चरनसिंह बौहरे। बाबा कहते हैं—चटोरा ब्राह्मण और सुस्त नाई सदा मुसीबत पैदा करते हैं। चरनसिंह बौहरे तो बिना खाए ही उठ जाते हैं मारे गुस्से के!

ऊपर से श्रीधर ···

रंजीत भी कसर नहीं छोड़ रहे हैं। उनकी आदत बुरी है—कोई खाने-जेमने आए तो समझो कि बनानेवाली की शामत! पाँव उखाड़ लेते हैं मेरे ··· नमक लाओ। मिर्च लाओ। चम्मच फिर से धोओ। साग ठंडा हो गया, गरम करो। पूरी करारी नहीं हैं, दुबारा सेंको। रायते में धुँवार लगा देती हो, बघार लगाओ अभी।

आज पितरों का तर्पण है या बेटा होने का दस्टौन? सारंग आजिज आ चुकी। लगता है जिन लड़कों की माताएँ उनके बचपन में ही मर जाती हैं, वे खाने के मामले में ऐसे ही नुख्सनवीस हो जाते हैं। खाना बना-बनाकर पारंगत जो होते हैं।

श्रीधर को लिवा लाने की तुक? वह न जाने किन भावनाओं के साथ रच-रचकर खिलाना चाहती थी अपने आँगन में। अक्सर सोचा करती थी—एक दिन मास्टर आए और मैं परसूँ। अपनी नजर के सामने बैठाकर खिलाऊँ। दुनिया दुश्मन हो गई इस मास्टर के पीछे ···

'दो थाली परसो।'

'दो लोटा पानी दो।'

'दो बेला खीर।'

सारंग के हाथ मशीन की तरह तेज रफ्तार पकड़ते जा रहे हैं। कभी चमचा गिरा, तो कभी कटोरा। पानी भरा लोटा छूट पड़ा हाथ से।

'जेंओ बौहरे, जेंओ। मास्टरजी, शुरू करो जल्दी,' रंजीत का स्वर सुन रही है वह। चौके में धुआँ भरा है। चूल्हे को फुँकनी से फूँक-फूँककर हलकान ··· फिर भी एक आंतरिक खुशी से सिहर-सिहर उठती है देह! रंजीत का परसना, जिद कर-करके खिलाना, लगता है सारंग ही जिंवा रही है यहीं से। अपनत्व से मोह रहे हैं रंजीत—'संकोच मत करना मास्टरजी। दही-बूरा अच्छा लगता है न? लाता हूँ। हलुआ में गरम घी डालो, लो। हम लोग तो खीर में भी घी डालकर खाते हैं।' कहकर रंजीत ह-ह-ह-ह करके हँस दिए—'अरे बौहरे! बताओ क्या लाऊँ? तुम्हारी बहू ने मनमाफिक खाना बनाया भी है कि नहीं?'

बौहरे मुँह में ग्रास देने के पहले एक क्षण रुके, 'भाई तुम्हें तो पता है—मैं सारंग नैनी के हाथ का बनाया खाता हूँ या बड़ी बहू के हाथ का। बाकी घरों से तो सूखा परोसा

(आटा, घी, बूरा) ही लेता हूँ।'

सारंग मुस्कुरा पड़ी—'वाह रे रंजीत! मेरी तारीफ करवाकर खुश हो रहे हो! दुश्मन को ही घर लाकर जिंवा रहे हो! आज जाति-बिरादरी से लेकर मास्टर के चाल-चलन तक, कोई शिकायत नहीं! तुम खुश हो या यह सब मुझे खुश देखने के लिए? जान गए हो कि मास्टर को देखकर मैं सुख पाती हूँ? जानते न तो श्रीधर को घर क्यों लाते? ले भी आते मगर खाना खिलाने की तुक? मेरी पाकविद्या की वाहवाही का दिखावा? पर कैसी अचरज की बात है कि मैं मास्टर के सामने पानी भी परोस दूँ तो तुम्हारी भवें तन जाएँगी—निश्चित। बौहरे खाने की तारीफ कर रहे थे, तब ठीक। लेकिन श्रीधर के कुछ बोलते ही माथे पर शिकन पड़ गई। खैर, जो कुछ भी है, तुम्हारा प्यार है। तुम्हारी चिंता है, सावधानी है। मुझे लेकर चारों ओर से सतर्क रहना, यह लगाव ही तो है।' सारंग बार-बार अपना मन समझाती है।

मास्टर बाबा के पास बैठा है—मूढ़े पर।

आज इतवार है। वैसे भी छुट्टी के बाद आ निकलते हैं श्रीधर मास्टर। कभी बाबा से फौज की बातें सुनते हैं, कभी गाँव का इतिहास—सवाल करते हैं श्रीधर, 'बाबा आपने फौज क्यों छोड़ी?'

बाबा तुरंत ही जवाब नहीं दे पाते। अपने सिर के सफेद खूँटों से बालों पर हाथ फिराते हुए सोचते हैं कुछ देर, फिर—

'अब एक बात हो तो तुरत जबाब दें मास्टरजी। कई बातें थीं मिली-जुली कि पल्टन छोड़ने को मन करता था, और एकाध ऐसी दमदार बात थी कि इरादा बदल जाता।

'एक बेर हम एक गाँव में तैनात कर दिए गए—सगथर रियासत जिला झाँसी। गाँव बीहड़ में था। गोरों को बीहड़-जंगल सदा प्यारे रहे हैं। आरामगाह, सब्जगाह ऐसे ही ठौरों पर बनाए। उस गाँव के किनारे कोई आरामगाह तो नहीं था, हाँ तम्बू जरूर तान दिया। फिर हमें हुकुम मिला कि गाँव से पचास आदमी लाओ।

'गोरों की पल्टन! गाँव का आदमी जहाँ देखता, वहीं भगदड़ पड़ जाती। जहाँ-तहाँ दुबक जाते। पर मास्टरजी, हुकम तो हुकम होता है, अदूली कर दो तो खता मानी जाती है। हम लोग पहुँच गए बंदूक ले-लेकर गाँव में।' बाबा साँस लेने को रुके कि श्रीधर बोले, 'आदमी क्यों बुलाए थे?'

'बेगार के लिए, और क्यों? उनको लारी में भरकर अंगरेज वहाँ ले जाते थे, जहाँ बेमजूरी काम कराना हो। माना कोई बाग लगाना है, तो खुदाई कौन करे? मेहनत का काम जहाँ भी दिखे तहीं ले जाना ··· फिर छः-छः महीने, साल-साल न छोड़ना। ना-नुकर करें या किसी तरह अपने घर-गाँव के लिए भाग लें तो हंटरों की मार ··· हमीं बंदूकों की बट से मारते हुए गाँव के पचास आदमियों को ले आए। चालीस तो लारी में भरकर

मेहनत-बेगार के लिए भेज दिए गए, और दस रोक लिए। उनसे वहीं काम लिया—दूध वे मँगाते नहीं थे, भैंसें तम्बू के पास ही बुलवा लेते और वहीं दूध कढ़वाते। इसी तरह राशन, पानी, बकरा, मुर्गा ··· यही सब चल रहा था कि एक नई उम्र का लड़का भाग गया, अपनी भैंस भी ले गया। पकड़ा गया।

'मास्टरजी, मुझे ही हुकम मिला कि इस लड़के को बटों से मार-मारकर बिछा दो। उस बागी भाई को इन हाथों से, इन ··· ' बाबा ने श्रीधर के सामने हथेलियाँ फैला दीं, 'इन हाथों से ··· बंदूक के बट मार-मारकर खतम कर दिया—मैंने, मास्टरजी, मैं ··· ने!' बाबा की आँखें भर आईं। हथेलियाँ बेर की तरह काँपने लगीं।

श्रीधर आगे कुछ पूछ न सके। बाबा और कुछ बता न सके। बस रुँधे कंठ से इतना ही बोले, 'मास्टरजी, मुझे लगता था, हम काले लोगों से कुछ जाती बैर है गोरों को। घोड़े पर चढ़ा रंगरूट आसपास चलते आदमियों को पाँवों में पहने बूटों की ठोकरें मारता चला आता ··· '

श्रीधर को बाबा से घनिष्ठता हो गई! बाबा गाँव की बातें बताने में भी बेबाकी बरतते हैं। 'मास्टरजी, गोरों का अन्याय भी याद है और न्याय भी। वे जो सजा हमें देते थे, वैसी ही अपनों को भी देने की हिम्मत रखते थे। बड़े से बड़े अफसर का कोर्ट-मार्शल किया है उन्होंने, संगीन से संगीन सजाएँ दी हैं। और देखो कि महात्माजी को मरवाया नहीं! मानते हो यह बात तो?

'यों तो हमारे इन गाँवों में भी एक से एक राच्छस मिल जाएँगे तुम्हें। सिमरधरी गाँव का मुखिया ब्याज पर रुपए देता था। इसी गाँव के मेवा बाम्हन का बेटा जगदीस भवानी से चुस बाँध बैठा। वह मुखिया से उधार ले आता था, पर भवानीदास के दरबज्जे कभी झाँका नहीं। दुरभाग कि जगदीस अकाल मौत मर गया। सिमरधरी का मुखिया घोड़ा दौड़ाता तभी आ गया और विलाप करती बहू से एक औरत की मार्फत कहलवाया कि काँटी (अर्थी) तब उठेगी, जब मेरा कर्ज पट जाएगा। जुलम की बात! हम जाटों को पता लग जाता तो साले का मूँड़ वहीं फोड़ देते, पर भवानीदास ने यह मुनासिब न समझा। लाश के ऊपर फौजदारी! भवानी ने चुपचाप पाँच हजार रुपया मुखिया को गिन दिए और उसे रवाना कर दिया। तबसे हम सिमरधारी पाँत-पंगत खाने तक नहीं जाते, न किसी को न्योतते।'

सारंग कब से सोच रही है, कि अवसर मिले तो चंदन के बारे में ··· चार चिट्ठियाँ आ चुकी हैं अब तक। उसका दिल फफोलों से भर गया है। बेटे के लिखे पत्र आँसुओं से भीग चुके हैं। अपनी मनोदशा किसके सामने उघाड़े वह?

सिर पर गोबर की डलिया धरे जा रही थी, कि बीच में मिल गए थे मास्टर। घूँघट उठाकर देखना नहीं चाहती थी, लेकिन मन नहीं माना, या बेचैनी ने मजबूर कर दिया। मुस्कुरा पड़े श्रीधर। सिर पर भार धरे चल रही सारंग फूलों की डाली सी झूम उठी थी। श्रीधर की आँखों में क्या है, जो ऐसी ठंडी-शीतल तरंगों में उतार लेते हैं। जान निकल जाए उनकी मुस्कान पर।

··· शायद इस ताप से भी उबार लें मास्टर! उनके आने से ही घर-द्वार खिल उठता है। बाबा चिंता भूलकर बतियाने लगते हैं। रंजीत भी दो बोल हँसकर बोल लेते हैं उनके संग। वह कब से खड़ी देख रही है आज। उनका इंतजार ···

चंदन की चारों चिट्ठियों की तहें हथेली के बीच कुलबुलाती हैं। जब भी चिट्ठी आती है, धीरज के कगार टूटने लगते हैं। कंठ और आँखों में आँसुओं का अथाह जल ठाठें मारने लगते हैं। ऐसा पता न था कि चंदन इतना दुख दे जाएगा!

जैसे ही श्रीधर बाबा के पास से उठकर चले सारंग चौकन्नी हो गई। चौखट के बीच सँभलकर खड़ी है। चकवी की सी थिर निगाह ···

मास्टर चले आ रहे हैं। घूँघट तनिक ऊपर सरका लिया।

'तुम मुझे बुला रही थीं?' श्रीधर प्रश्न करते हुए चौखट के भीतर आ गए।

अनायास ही उसका हाथ उठा, घूँघट और नीचे खींच लिया। कलेजा बुरी तरह धड़क रहा है, शायद मास्टर भी सुन रहे होंगे धुकधुकी की आवाज।

श्रीधर उससे मुखातिब हैं, घूँघट में छिपी सारंग के ऊपर तनिक आश्चर्यचकित से भी। वह हड़बड़ा रही है। कैसे कहे कि संकोच ने इस कदर दबोच लिया है कि बोलती बंद हो गई। कुछ न बन पड़ा सारंग से। घबराहट और झिझक की मारी ने हथेली के बीच दबी चिट्ठियाँ श्रीधर के सामने कर दीं।

मास्टर ने उसके हाथ में से पत्र लेते वक्त ऐसी गहरी निगाहों से देखा कि घूँघट तार-तार हो गया। सब कुछ आरपार ···

'अ रे रे! तुम रो रही हो?'

हमदर्दी ने धीरज के सारे कगार तोड़ डाले। हिचकियाँ बँध गईं।

'मैं ऽ ऽ, मैं क्या कहूँ तुमसे? कैसे दूँ दिलासा?'

सारंग ने घूँघट ऊपर सरकाया, उसका रोया हुआ चेहरा ··· छोटी बच्ची की सी सुबकियाँ ···

'तुम्हें मेरी कसम है सारंग, रोओ नहीं,' श्रीधर घबराए से बोले।

उसकी आँखें चमक उठीं। एक बार फिर कहो श्रीधर। फिर से कहो 'मेरी कसम'। इस लम्हे तुम मेरे इतने नजदीक ··· सिर झुकाए खड़ी है सारंग। श्रीधर के सामने दीये की लौ सी जगमगा रही है, 'तुम सचमुच इतनी तेजवान! रोती क्यों हो?'

श्रीधर ने चिट्ठियाँ पढ़ना आरंभ किया, उसे मालूम है वे कहाँ-कहाँ से गुजर रहे हैं बाँचते हुए—अम्मा मुझे बुला लो। शहर की बोली नहीं आती। यहाँ के बालक हँसी उड़ाते हैं। नंगी खोपड़ी में टोला मारते हैं। बाबा की सुधि आती है अम्मा।

—रात के बखत ताऊ ने ताई को बहौत मारा था। मैं ताई के ऊपर औंध गया तो मेरी कोहनी में लकड़ी मारी। चाचा को भेज दो अम्मा। भँवर चाचा को ही भेज दो। बाबा को राम-राम। यह लिफाफा भोला ने दिया था, उसकी मम्मी कहती हैं, चंदन अपने गाँव लौट जा।

—अम्मा मुझे पेसाब करने की बीमारी लग गई। ताऊ को देखते ही मेरी पेसाब निकल जाती है। ताई मुझसे कहा करती हैं कि तेरे ताऊ तुझे जानबूझकर नहीं मारते, नसा में कर जाते हैं ऐसा।

—गाँव की सुधि आ रही थी। स्कूल के कोने में खड़ा रो रहा था, तभी मास्टरजी ने पुचकारा। बोले—तुम हुसियार बालक हो। घबड़ाया मत करो। आज ताऊ ने भी प्यार किया था। नई कमीज भी लाए हैं। कह रहे थे—मैं दो-तीन दिन बाद आऊँगा, अपनी ताई के पास ही रहना। भोला कहता है, ताऊ की एक और बहू है। दूर कहीं मकान में रहती है। ताऊ वहीं जा रहे हैं। ताई कहती हैं—भोला झूठ बोलता है, तू उसकी संगत मत किया करे। ताई कहते हुए खूब रो रही थीं।

पत्र पढ़कर श्रीधर ने लम्बी, गहरी साँस भरी। और वे पोस्टकार्ड, अंतर्देशी सारंग को लौटा दिए।

'बुला लो बच्चे को। तुम यहाँ दुखी, वह वहाँ परेशान ...'

वह श्रीधर की नजरों में झलकते अपनेपन का सामना नहीं कर पा रही। होंठ सूखे पत्ते की तरह रह-रहकर कँपकँपा उठते हैं।

'आप भीतर आ जाओ,' सारंग की महीन रोई हुई आवाज मुश्किल से निकली।

'नहीं, चलूँगा अब। रंजीत भइया से सलाह कर लो।'

'उनसे?' वह दयनीय सी हो आई।

'क्यों तुम्हारी बात नहीं मानेंगे वे?'

'नहीं,' शब्द बोला नहीं, 'नाहीं' में सिर हिला दिया।

उस दिन के बाद रोज-रोज आने लगे हैं श्रीधर मास्टर।

बाबा के पास बैठेंगे। गाँव के हालचाल सुनेंगे। ढोलावाले दादू से गीतकथाएँ गवाएँगे। अपनी कापी पर लिखेंगे। गाँव के जीवन में विशेष रस आता है उनको। सारंग दरवाजे के इर्द-गिर्द ही रहती है। कभी पानी देने जाएगी, कभी चाय बनाकर ले जाएगी। फिर किवाड़ से चिपककर खड़ी रहेगी। घरबार भूलने लगी है इन दिनों।

श्रीधर उससे मिलने का मौका ढूँढ़ते हैं। बाबा नहीं मिलते तो पानी बिना पिए मास्टर लौटते नहीं अपने स्कूल को।

रंजीत मुस्कुराकर बोले थे उस दिन, 'भाई सुगढ़ बहू किसी को न मिले। ताजिंदगी आदमी रखवाली ही करता रहे। लोग-बाग अपने घर से प्यासे चले आएँगे, यहाँ पानी ...'

सारंग ने हँसकर उनके मुँह पर हाथ धर दिया, 'कौन है सुगढ़? मलूक होती तो तुम पाँवों में बिछ-बिछ जाते। देखती नहीं, मेरी कितनी कदर करते हो? भँवर से सीख लो कुछ, बिना बहू के रोटी नहीं खाता। चाची कहती हैं—'एक थाली में खाते हैं दोनों। और चरनसिंह बौहरे का देबीचरन ...' मइया, वह तो रोज पाँव पलोटता है बहू के।'

सारंग के मन में आया कह दे श्रीधर से—रोज-रोज न बैठा करो बाबा के पास। इस गाँव के लोग-लुगाई बुरे हैं, राई का पहाड़ बनाते हैं। मौके की ताक में रहती हैं लौंगसिरी बीबी। मुझे बहुत डर लगता है। उस दिन कह रही थीं, यह छिनार तो मास्टर को घर में घुसाए रहती है। कह दो तो चेंकती है। क्यों री, चट्टा चौथ के दिन दीदा लड़ा बैठी। रंजीत किसी दिन अच्छी तरह धुनेगा।

सुनते हैं कि प्रधानिन भी कह रही थी, 'सारंग तो दो-दो मर्द ··· भवानीदास के मोहल्ले में तो ··· डोरिया की अम्मा हाथ फेंक-फेंककर गाली देती है—दोनों बहनें नकटी निकलीं। एक ने पेट टाँग लिया, दूसरी टाँग लेगी तो रंजीत के सिर थोप देगी। फस्सा! और रंजीत? किसी न किसी बात पर सुना ही देते हैं—तुम पर फिदा हो गया है वह साला।

सारंग दो कदम आगे बढ़ती है तो चार कदम पीछे लौटती है। नहीं, अब नहीं मिलूँगी उससे।

लेकिन आज? यह संजोग!

गली से गुजर रहे थे श्रीधर, हाथ का संकेत देकर बुला लिए। जब वे घर की ओर आने लगे तो अपनी ही हिम्मत पर दहल उठी सारंग। हे भगवन्, मैंने यह हौसला फिर ··· चंदन की चिट्ठी आई है फिर। रंजीत को पढ़कर सुनाई थी, और रोने लगी थी। वे चिंघाड़कर पड़े, तू मेरी तो कुदिसा करा ही रही है। उस लड़के को भी नहीं छोड़नेवाली! ठीक है, पिटता-कुटता साला जिंदा तो है वहाँ। यहाँ आने के बाद ··· बैठ जाना निपूती होकर।

··· चंदन तेरा दुख मुझे कहाँ-कहाँ से गुजार देगा!

श्रीधर पाहुने आए तो यह लगा कि रेशम के गदेला बिछा दे। सोने के लोटा में पानी लाए। उनकी छवि—गेहुआँ रंगतवाला सुंदर साफ मुखड़ा। घुँघराले बाल। बच्चों की सी भोली चितवन ··· रोज-रोज देखने पर भी नई लगती है झलक। लोग कहते हैं यह मास्टर झक्की है, पागल है, ढोंगी है। कोई तो कहेगा—हमें अच्छे से अच्छा गाँव दो, स्कूल दो। यह पगला कहता है—बुरे से बुरे, उजाड़ निर्जन वीरानों में जाना चाहता हूँ मैं, ताकि वहाँ बहार के सपने देख सकूँ। सुंदर दुनिया बसा सकूँ। सारंग का संसार उजड़ गया है श्रीधर। घर-आँगन निर्जन सा ··· बसावट चंदन अपने संग ले गया। मेरे बच्चे के लौट आने की जुगत बता दो मास्टर ··· मैं अज्ञानी, नादान! निपट अकेली! उदास आँखों देखती है वह।

'बिठाओगी नहीं ठकुरानी?'

सारंग पूरे वेग से मुस्कुरा पड़ी, 'अरे यह नाम!'

'नेंकसे मास्साब की कृपा से। वे ठकुरानी ही कहते थे न?' श्रीधर खाट पर बैठते हुए पूछते हैं।

'मिले थे?' आँख चमक आई उसकी।

'मिलते न तो पुराना नाम कहाँ से पाता? कह रहे थे ठकुरानी से मिलना, भूखे नहीं रहोगे। मैंने कहा प्यासा ···?' कहकर एकदम जुबान पर काबू कर गए श्रीधर।

सारंग बहुत कुछ समझकर भी कुछ समझना नहीं चाहती। दूर-दूर तक बढ़ना चाहकर भी आगे नहीं बढ़ती। पता नहीं, झिझक है या डर?

'फिर आ गई चंदन की चिट्ठी?' उन्होंने दोनों हथेलियाँ पीछे की ओर टेक रखी हैं।

'तुम्हें कैसे पता?'

'मुझे दो बातें पता हैं—एक तो चंदन की चिट्ठी आई है, दूसरे रंजीत भइया कम से कम इगलास तक गए हैं। हमारी बुलाहट ऐसे ही मौकों पर होती है।

'नहीं, ऐसी बात नहीं,' सारंग धीरे-धीरे मुस्काती है।

'चलो नहीं सही,' वे लापरवाही से बोलते हैं।

'थानसिंह तुम्हारे आने से खफा होता है? कभी कुछ कहा है हमें लेकर?'

'हाँ, होता है। होगा क्यों नहीं? यह गाँव उसका है। स्कूल उसका है। मैं तो हर हाल में पराया। परदेसी। भई, वह स्कूल का हैडमास्टर थोड़े ही है, छोटी-मोटी रियासत का जागीरदार है। हम सब उसके मातहत हैं। मैं अध्यापक और हुकमा कारिंदा। केवल मुआइना करने आते हैं हैडमास्टरजी। यही देखने कि कौन कहाँ है? न मिलने पर जवाब तलब करें। और जब मैं पूछता हूँ कि महाशय आप कहाँ? यह समय स्कूल का है? तो उछल पड़ते हैं। यहाँ के लोग भी अजब है सारंग!'

श्रीधर 'सारंग' कहकर एक पल रुके।

'कोई बात नहीं। नाम लो मेरा। मुझे अच्छा लगता है।'

'हाँ सारंग, अजीब लोग हैं! मुझे धमकाते हैं कि थानसिंह से अटक-लड़ाई लोगे तो पछताओगे। जल्दी ही बिस्तर बँध जाएँगे। बताए कोई मुझे, बिस्तर बँध जाने को डरता तो यह रास्ता चुनता?'

श्रीधर की अड़ियल प्रकृति सारंग के सामने है। लगता है, वे उसके मोह के अलावा थानसिंह को चिढ़ाने के लिए भी उसके घर आते हैं। इस मास्टर को कोई डरा-धमका नहीं सकता। यह निर्भय, साहसी और दिलेर योद्धा है। तो क्या मैं इसी अदा की गुलाम होती जा रही हूँ? सोच रही है वह—शायद। तुम मर्द की जात हो श्रीधर, कुछ भी कर गुजर सकते हो। तुम्हारी निर्भीक गैल ही मुझे तुम्हारे संग के लिए खींच रही है, क्योंकि मैं बंधन में बँधी, रग-रग में दहशत लिए, पाँवों की बेड़ियाँ झनझनाती तुम्हारी ओर बढ़ रही हूँ।

'चुपचाप बैठने को बुलाया है?'

वह धीरे से हँस दी।

—मैं कैसे कहूँ कि तुम्हारे साथ चुपचाप बैठना भी अच्छा लगता है। पता नहीं, मेरे मन में क्या है? कौन सी भावना है? या बिलकुल खाली-खाली है कुछ, जो चुपचाप बैठकर ही भरते रहना चाहता है। बूँद-बूँद साहस जुटाती रही, न जाने कौन ठोकर मारकर फैलाता रहा? तुम्हें देखकर लगता है अब यह घट भर जाएगा। और भरा भी रहेगा।

'श्रीधर, थानसिंह की तानाशाही के चलते हम चंदन को बुलाने की ...' आगे कुछ नहीं कह पाई सारंग।

'पहले घबराना छोड़ दो। तुम चंदन की माँ हो और यह मत भूलो कि माँ बच्चे को जन्म देती है, वह पिता से कई गुना साहसी होती है।'

श्रीधर के सूक्त वाक्यों की एक-एक गिरह बाँध रही है सारंग।

दोपहर ढले रंजीत घर में घुसे, तब सारंग के पास भँवर की माँ बैठी थी। उन्हें देखते ही बोली, 'लो उमर बड़ी है लल्लू, अभी हम तुम्हारी ही बातें कर रहे थे।'

रंजीत का कसा-कसा सा चेहरा देखकर भँवर की माँ बोली, 'सारंग, मैं चलती हूँ। तू लल्लू को रोटी पानी की पूछ। चाह-फाह बना।'

सारंग भी भोली गाय की तरह पति के पैने सींगों को देखती रही। फिर बोली, 'पूरे छः दिन लगा दिए। सलहज ने वशीकरण का मंत्र फेर दिया था?' सारंग की हँसी चूड़ियों की महीन आवाज की तरह खनखनाई। लेकिन रंजीत ने मुँह फेर लिया। उसकी धड़कन कुछ तेज हो गई। दहशत देह के आरपार ··· श्रीधर कहते हैं—डर-भय खुद गढ़ लेता है आदमी, वास्तव में ऐसा कुछ होता नहीं है। लेकिन रंजीत का जो रवैया है, वह क्या कहा जाएगा? बाबा से भी बातें नहीं कीं शायद।

'सौराज की बहू पीहर कब जाएगी? मेरे आने की नहीं कह रह थी?' सारंग उनसे बातें करना चाहती है, कि खुद ही अपराध बोध से घिरी है कहीं? न जाने मास्टर का आना, उससे मिलना उसे अपना जुर्म सा क्यों मालूम देता है? फिर उस जुर्म को नहीं करना चाहकर भी क्यों कर जाती है? भर रही है अब उसका परिणाम ··· पति के होंठों की बेढब बनावट, तनी लवें, और साँसों से छूटती साँप की सी फुफकार ··· इसी रूप का इंतजार किया था पूरे छः दिन?

'क्या हो गया तुम्हें?' उसने सामने चाय का प्याला धर दिया।

'क्यों बेकार की बातें कर रही हो?' कटकर रह गई वह।

'तुम! सतमंती बनने का ढोंग कब तक करोगी आखिर? किस-किस को मूर्ख बनाओगी? पूरे गाँव की आँखों में धूल झोंक दोगी? किसी को सपना नहीं आ रहा कि मास्टर हमारे यहाँ गुलछर्रे ··· देखा होगा तभी न कह रहा होगा मनोहर कि लोग-बाग ससुराल में मेहमानी मार रहे हैं, और मास्टरजी यहाँ आसनाई ··· हा हा हा हा ··· हँस रहे थे लोग। किस ताल-पोखर में गिरूँ मैं? या रोज तुम्हारी ठोका-पीटी करूँ?'

'तुम बाबा से पूछ लो।'

'बाबा! बाबा! बाबा मेरा बाप नहीं, बैरी है। तुम्हें बचाकर वे मुझे खतम कर रहे हैं। मेरी समझ में नहीं आता, बूढ़े को हो क्या गया है? लोकाचार के लिए मैं तुम्हें इसलिए समझाता हूँ कि मेरे घर में ये वाहियात बातें ··· वैसे तुम जैसी बदकार औरत को ···'

सारंग का जबड़ा कस गया, 'तुम शक का नाग पाले बैठे हो रंजीत।'

'शक! तुम दस आदमियों से भी बात करो, मुझे एतराज नहीं। पर मास्टर! उससे

बातें करते समय तुम्हारी नजर दूसरी होती है—बिलकुल दूसरी।'

'तुमने कब देखा?'

'देखने की कोशिश नहीं करनी पड़ती ऐसे मामले में। और सुनो, घर के कुछ कायदे होते हैं, समझो उन्हें।'

'तो मैं घर के कायदे समझती नहीं!'

'देखो, मुझे गुस्सा न दिलाओ।'

'तुम कहते हो मैं आँखें नचाती हूँ! भूरा-मनोहर कहते हैं, मैं आशनाई करती हूँ, यह सब सुनकर मुझे कुछ नहीं होता, और मैं थोड़ा भी बोलूँ तो तुम्हें गुस्सा आता है! ब्याह के ग्यारह वर्ष के बाद मेरा चाल-चलन बिगड़ रहा है! है न?' सारंग के होंठ टेढ़े हो गए कहते-कहते।

रंजीत कुछ नरम पड़े, 'मैं कब कह रहा हूँ कि हँसना-बोलना पाप है? पर यह बात तुम खूब जानती हो, न जानती हो तो जान लो, औरत का किसी मर्द से एकांत में मिलना, मौका देखकर बुलाना, और यदि खुशामद करनेवाला आदमी हुआ तो ··· पतिव्रत धर्म की ऐसी की तैसी! देह, देह का ताप दूर से ही खींच लेती है। यह कौन नहीं जानता?'

सारंग ने धधकती निगाह से रंजीत को देखा, लगा कि छान-छप्परों को ज्यादा देर घूरती रही तो उनमें आग लग जाएगी। दीवारों को रौंद डालेगी उसकी आँखों की तल्खी।

रंजीत ने चाय नहीं पी। प्याले में मक्खी पड़ गई।

'एक बात कहूँ?' स्वर में खम देकर बोली वह।

रंजीत ने उसकी ओर देखा तक नहीं।

'तुम्हारी गलती नहीं। तुम भी क्या करो? नई-नई बातें अपनाना चाहते हो, पर पुराने चरखे को तोड़कर फेंकना तुम्हारे बस का नहीं। तुम्हें नहीं पता क्या करो, क्या न करो? तुम ही नहीं, बहुत से लोग दुविधा में रहते हैं। मुझे इस बात का दुख नहीं। मलाल सिर्फ इतना है कि मेरे चाल-चलन का हिसाब अब मनोहर और भूरा जैसे लोग रखेंगे। और उनके दिए फैसलों पर तुम सजा सुनाओगे। रंजीत, पहले पुरानी फसल काटो, तब नया बीज उगेगा।' ये बातें उसने रंजीत को नहीं, अँगनाई को सुना-सुनाकर कहीं, लेकिन ···

'तू बताएगी मुझे! तू चलना सिखाएगी गैल!' कहकर वे पाँव पटकते हुए बाहर निकल गए। सारंग देखती रह गई। मगर जाते-जाते अचानक लौट पड़े।

'भर तिरबाचा, मास्टर नहीं आया था?'

'क्यों भरूँ? कह तो रही हूँ आया था, आया था, आया था।' घर गूँज गया यकायक।

वे चिंघाड़े, 'नहीं आएगा वह। कतई नहीं आएगा। इस घर का मालिक मैं हूँ। यहाँ वही होगा, जो मैं चाहूँगा। मैं इस घर का कर्ताधर्ता।'

वह सन्न सी देखती रह गई। जिस घर की रानी बनी डोलती है, एक पल में ही अपनी औकात पता चल गई? रंजीत के मनमाफिक चलो, रानी बनी रहोगी। यह वेदवाक्य समझ लेना चाहिए।

रंजीत! तुम चले गए थे, तो तुम्हारी याद आती थी। सच तुम वही हो, जिसको याद कर-करके मैं दिन गुजार रही थी? जड़ उखड़े पेड़ सी गिरी न टूटी। बस धरती से रेशे खिंच जाने की टीसें मार रही हैं। लगाव दरकने की इस टीस को कोई देख पाएगा?

अचानक उठी सारंग। जैसे धूल झाड़कर उठ खड़ी हुई हो।

मैं किसी के गिराए नहीं गिरूँगी। मेरा अपना है—मेरा चंदन। मेरा बेटा। उसको बुलाना होगा। उसके आने से यह घर कई-कई गुना मेरा हो जाएगा। चंदन मेरी फुनगी नहीं, जड़ है। बसावट है। दुनिया है। सृष्टि है।

नई अनुभूति ने घेर लिया उसे ... चंदन, तू छिन गया, तेरी माँ लुट गई। तू चला गया, मैं सूनी-वीरान हो गई। तू पराये आँगन का बिरवा, मैं बाँझ धरती! ... तू आ जा बेटा। लौट आ। हम उजड़ें, या रहें, क्या अंतर पड़ता है?

कोठे में कलम-दवात लेकर बैठी है सारंग। कागज पर कलम चलाती जा रही है, जैसे माँ-बेटे के रिश्ते का शिलालेख लिख रही हो। आँसू, ममता, लाड़, दुलार और विश्वास के अक्षर काढ़ती चली गई—निर्भय और दुस्साहसी इनसान की तरह ...

यकायक उसकी नजर खुली अलमारी पर पड़ी। नया रेडियो! कौन लाया? रंजीत। रंजीत रेडियो लाए थे उसके लिए ... कलह ऐसी मची कि ... सारंग घुटनों में सिर देकर ज़ार-ज़ार रोने लगी।

पीछे से लिखा—बेटा चले आओ, तुम्हारे चाचा भी तुम्हें माफ कर देंगे।

अब तक तीन चिट्ठी डाल चुकी सारंग।

पता नहीं, चिट्ठियाँ कौन निगल गया? चंदन आया, न कोई खबर। सबकुछ तो लिख दिया था कि धुंघी बाबा के जँवाई रहते हैं वहाँ। बेटी रहती हैं। उन्हीं रामवती बुआ के घर पहुँच जाना। संग आ जाएँगे या हाथरस तक छोड़कर कजरौठवाली मोटर में बिठा जाएँगे। पर कुछ भी तो नहीं हुआ। जो जेठ के हाथ लग गई चिट्ठियाँ तो चंदन को मूतना ही नहीं, हगना भी सिखा देगा कसाई।

सारंग की देह थरथर काँपती है। सोचती है श्रीधर से कहे या भँवर को भेज दे? नहीं, इन दोनों के ऊपर तो रंजीत आत्महत्या कर लेंगे। सोच ही रही थी कि—

'कजरौठ की धर्मशाला में बैठा रो रहा है चंदन,' गाँव के दूधिया ने खबर दी। सुनकर भी एक पल विश्वास नहीं हुआ। विश्वास करने की सोचती है तो जूड़ी सी चढ़ने लगती है—अब क्या होगा?

रंजीत घर में घुसे कि सारंग की घिग्घी बँध गई। अपनी दशा भीतर ही भीतर जज्ब करने की कोशिश में लगी है वह।

रंजीत पाँवों की भारी-भरकम आवाज करते हुए आँगन में टहलने लगे—कैसे आ गया यह? कैसे आ गया?

निरुत्तर है सारंग। काम करने में लगी है। काम! दूध की हँड़िया बरोसी में धरनी थी लेकिन नल के नीचे धरकर उसमें पानी चला दिया—पागल हो गई। चूल्हे में रखे कंडों पर मिट्टी का तेल डालना था—सरसों के तेल की बोतल उँड़ेल दी। आज कुछ न होगा उससे। कुछ न बनेगा।

रंजीत कमीज पहन रहे हैं।

वह अनजान बनी चूल्हे के पास बैठी है। चंदन तेरे आने की कैसी लालसा जोड़ी थी! अकेला चला आया? रो क्यों रहा है? बाबा चले जाते लेने। कि मैं ही चली जाऊँ। रंजीत का क्या भरोसा, मार-पीट ··· नहीं-नहीं, चंदन तो उनका ही अंश है। ऐसे क्या कसाई हैं वे? बच्चे से कुछ नहीं कहेंगे।

भँवर अपनी साइकिल चबूतरे के सहारे टिकाकर आँगन में चला आया।

'भाभी, अब तो हो जाओ खुश। कुँवरजी आ गए कजरौठ पर। अगवानी करने जा रहे हैं मैं और भइया,' कहते हुए वह अपनी नीली कमीज को सफेद पैंट के भीतर खोंसने लगा।

सारंग की अटकी हुई साँस वापिस आई। भँवर से भी क्या बताए कि मैंने खुद ही ··· अपना किया कबूल नहीं कर पा रही। आगे बुरा होगा या भला?

'भँवर, देखना, तुम्हारे भइया चंदन को मारें-पीटें नहीं।'

'तो तुम ही चली जाओ जसोदा मइया! हेज फटा जा रहा है ज्यादा,' रंजीत दुवारी में से निकल पड़े।

वह एकदम चुप हो गई। इनको हर बात कँटीली लगती है। हर बात से चिढ़ हो गई है। कौन कहेगा कि कभी दो देह एक जान ··· आएगी वह घड़ी? यह समय बड़ा निर्दयी है। यह समय रंजीत के कब्जे में है। मुँह झूठे को भी खोला तो हाथ छोड़ देंगे। इस नंगी सच्चाई पर पर्दा डालकर ही अपने माफिक घड़ी जुटानी होगी। जैसे पिछले दिनों खुद ही सुलह कर ली थी। आगे आकर खुद ही बोली। बढ़कर नहाते हुए रंजीत की पीठ मलने लगी। उनके हाथ झटकने पर भी नहीं हटी। हाथ ऐंठ देने पर भी नहीं उठी। ये तो सब मर्द के स्वभाव के मुताबिक बातें हैं। बड़ी-बूढ़ियाँ कहती हैं इनका क्या बुरा मानना? और फिर आज तो मेरा चंदन आने को है। कोई मुझे काट भी दे तो भी उफ् नहीं करना है। सारंग सहज स्थिति बनाने की जुगत में लगी है।

रंजीत चल दिए। जाते-जाते एक कोड़ा सनसनाकर मार गए, 'सारंग, जो कुछ हुआ है, उसका कारण क्या है, मैं जानता हूँ। दलवीर भइया संग क्यों आए हैं लौंडा के? मैं तुम्हारे गाल पर दो-चार थप्पड़ रसीद कर दूँ, तो तमाशा बनेगा। लोग मुझे गँवार कहेंगे, लेकिन यह बात मुझे ···' आगे दाँती भींचकर मिसमिसा दिए रंजीत।

सारंग रंजीत के पाँव पकड़ लेना चाहती है। वह बाबा से हाथ जोड़कर विनती करना चाहती है। प्यार, हिम्मत, उत्साह और रोष में लिए गए फैसले का नतीजा ऐसा होगा, सोचा न था। तू अपनी औकात भूल गई? डोर छू लेने से पतंग अपनी नहीं हो जाती। वह तो

उसी की रहती है, जो उसे खींच सकता है, पेच दे सकता है और काट सकता है। किस भ्रम में रही सारंग तू? खुद से ही सवाल पर सवाल पूछती जा रही है—पगली सी।

चंदन को सजा मत देना रंजीत। वह अबोध कसूरवार नहीं ... वह क्या जाने कि अम्मा ने बुलाया है या पिता से अपना अधिकार माँगा है? अम्मा उसकी याद में बेजार है या पिता की धमकियों से दहशत खाई हुई ... अम्मा अपनी स्थिति मजबूत करने को पुकार रही है मुझे। उसे तो चिट्ठी ने यादों के दायरे में खींच लिया होगा। इस ख्याल ने मजबूर किया होगा कि अम्मा से प्यारी कोई चीज नहीं, बाबा से बड़ा कोई नहीं, चाचा से ज्यादा अपना कोई नहीं, गाँव से अच्छी कोई जगह नहीं ... हम सबकी खातिर अपने पुलिसवाले ताऊ से जूझा होगा। कितनी मार खाई होगी, हमें-तुम्हें क्या पता?

सारंग मुँह से एक शब्द भी नहीं बोली। जाते हुए रंजीत की ओर आँखें भी नहीं उठाईं। खुद-ब-खुद हाथ जुड़ गए—बस प्रार्थना ...

रंजीत उसकी ओर मुड़े और कंधा थपथपा दिया।

बाबा खुद जाने को तैयार खड़े थे। भँवर ने समझाया, 'तुम क्या करोगे? दो साइकिलें जा रही हैं। एक पर चंदन बैठेगा, दूसरी पर दलवीर भइया।'

बाबा कुछ बोल नहीं रहे। आँखें बता रही हैं कि उनका गला रुँधा है।

रंजीत की पीठ फिरते ही सारंग चप्पल पहनकर चल दी। चाहती थी कि चंदन के लिए सूजी का हलुआ बनाकर रख दे, उसे अच्छा लगता है। लेकिन कढ़इया-करछली उठाते समय हाथ काँपते हैं। घर में चैन नहीं मिलेगा अब।

पता है कि चंदन एक घंटे से पहले आनेवाला नहीं, लेकिन गली से गुजरती हर परछाईं चंदन का आभास देती है।

वह चली जा रही है—गाँव की गलियों से, पेड़ों-रुखों से, पंछियों की कचपचाहट से—चंदन के आने का गीत बजता है। लगता है लोग पूछें, वह बताए—आज मेरा बेटा आ रहा है। आ रहा है मेरा चंदन। चलो मेरे संग। सब चलो।

दूसरे ही पल मन में अनेक विकार ... चंदन तू चिट्ठी की बावत बता क्यों नहीं देता? अपराध तेरी माँ ने किया है। दुस्साहस मैंने किया है, सजा तू भोगेगा? तू कितना विश्वासी है रे ... कि लोग तेरी चमड़ी उधेड़ते रहें और तूने जुबान न खोली। मेरा मन करता है, अपने गाँव की धरती से कहूँ—तेरा बेटा आ रहा है मइया! चामड़ पथवारी से बोलूँ—असीसना, हाथ धरे रहना उसके शीश पर।

वह मुड़-मुड़कर स्कूल की ओर देखती है, आस लगाती है—चंदन को श्रीधर के चरणों में सौंपकर मैं निश्चिंत हो जाऊँगी।

सामने! हाँ फरास के पेड़ों के पास चली आ रही हैं दो साइकिलें। उसने दिल मजबूत किया। देखते-देखते रंजीत जेठजी को कैरियर पर बिठाकर बगल से निकल गए।

भँवर ने चंदन को सारंग के पास उतार दिया।

सारंग की आँखें धुँधली हो गईं। कहाँ दीख रहा है मेरा बेटा? वह अंधी की तरह

बाँहें फैलाए खड़ी है। चंदन खुद ही आ समाया बाँहों में! आँखें मूँदे, बाँहों में बेटे को भींचे, सुधि-बुधि खोए खड़ी है वह।

नसों में खून ऐसे उमड़-उमड़ पड़ रहा है, जैसे छातियों में दूध भरकर आता था एकदम से। सिर, आँखें, गाल, नाक, कान, कंधे ··· सबकुछ छू-छूकर महसूस कर रही है। कहीं सपना तो नहीं? आँख खोलने से डर लग रहा है। ऐसा न हो पलक खुलते ही सूनी खाट पर पड़ी हो वह। नहीं, चंदन तो रो रहा है! क्यों रोता है? क्योंकि मैं रो रही हूँ।

'भाभी!' भँवर पुकारता है।

सारंग ने धीरे से अपने होंठ चंदन के बालों पर धर दिए।

'अब चलो घर।'

—लल्लू, यहाँ चंदन मुझ अकेली का है—केवल मेरा। जी भर लेने दो। गइया-मइया बिछोह की मारी हुई मैं ··· अब और कुछ नहीं चाहिए, कुछ नहीं।

हे मेरे भगवन् अब ऐसी ताकत दे दे कि मैं अपने बच्चे की ढाल बन जाऊँ। खुद भले ही मिट जाऊँ, लेकिन इसका बाल बाँका न हो ···

घर की ओर चल रही है सारंग। चंदन हाथ पकड़कर संग-संग चलने लगा—हरे चारखाने की कमीज और नीली पैंट। पाँवों में सफेद कपड़े के जूते। दुबला, हड्डी-हड्डी शरीर। सारंग गैल नहीं, बेटे को निहारती चली जा रही है। लम्बा हो गया है। और दूसरे ही पल मन में कुविचार घिर आते हैं—चंदन, तेरा दिल जरूर लोहे का ठोस और मजबूत है। आज मैं जान गई तू गजाधरसिंह का नाती ··· डोरिया की हत्यारी उँगलियों से नहीं डरेगा। जैसे हम रहे हैं यहाँ, वहाँ तू भी तो कुछ कम बिपता में नहीं रहा। तू भूरा और खूबी की पैनी बल्लम के आगे अपनी छोटी सी छाती तानकर खड़ा हो सकता है—मेरे बेटे! तुझे नहीं पता, हम दोनों को जंग के मोर्चे पर चलना है।

सारंग रुकी और अपने आँचल से चंदन का चेहरा पोंछने लगी।

'भँवर, दो पल के लिए श्रीधर के पास,' वह अनुनय करती है।

'घर भइया देखते होंगे,' साइकिल थामे भँवर संग चलता हुआ बोला।

'सजा में कमी तो होनी नहीं।' फीकी सी हँसी आ गई उसे और चंदन की उँगली थामे स्कूल का फाटक पार करने लगी।

गिनती बोलते हुए बच्चे अचानक थम गए। एक-दो बाहर सरक आये अहाते में—चंदन! ओ चंदन! चंदन बार-बार पीछे को गर्दन मोड़कर देखता है, और मुस्कुराता है—लाल-लाल मोटे होंठों पर मासूम सी हँसी। आँखों में चमक।

मास्टर श्रीधर ने दूर से ही देख लिया—यही है सारंग का बेटा! ··· मगर उन्होंने गुरुभाव से अपना आसन नहीं त्यागा—बैठे रहे कुर्सी पर। देखते रहे आगंतुकों को।

माँ-बेटा पास आ गए तो कुर्सी छोड़कर खड़े हो गए श्रीधर।

चंदन पाँवों में झुक गया। उसकी पतली-पतली उँगलियाँ गुरु-पदों से जा लगीं। श्रीधर द्रोणाचार्य की तरह तने खड़े हैं—आँखों में लाड़ न गर्व। विवशता न लाचारी—'अब तुम

इस पाठशाला में पढ़ोगे। यहाँ सब बच्चे तुम्हारे दोस्त हैं।' उन्होंने चंदन के सिर को हलके से हिलाया।

सारंग के हाथ विनती में जुड़ गए खुद-ब-खुद। आँखें मुद गईं। वह स्कूल में नहीं, मंदिर में खड़ी है। वरदान माँगती सी—यह तुम्हारे जैसा ही तेजवान, वीर और विद्यावान, न्यायप्रिय बने। समर्पण कर रही है—यह तुम्हारा है—मेरा नहीं ··· तुम्हारी शिष्यता इसका कल्याण करेगी।

'अब चलूँगी मैं,' कहकर सारंग बालक को साथ लिए घर की ओर चली।

रास्ते भर समझाती आई—'तू बाबा के पास रहना। चाचा का आमना-सामना ज्यादा न करना। सबेरे ही स्कूल में आ जाया करना। अभी तेरे चाचा गुस्से में हैं। दो-एक दिन में ठीक हो जाएँगे। उनको भी तेरी कितनी याद आती थी। थाली परोसकर धरती थी तो अनजाने से बोल पड़ते—चंदन की थाली क्यों नहीं परसी? एक दिन बजार से गेंद और बैट ले आए, बोले चंदन खेलेगा क्रिकेट। मैंने कहा चंदन कहाँ है यहाँ? बोले, कभी तो आएगा। प्रथम की समाधि को देख-देखकर रोते हैं तेरे चाचा।'

'अम्मा! मेरी गलती हो गई न?' चंदन ने रुआँसा मुँह बनाकर पूछा, बड़े बालक की तरह।

'नहीं। नहीं मेरे बेटे, तू अपनी गलती मानकर पछताना नहीं,' सारंग ने झुककर बच्चे को छाती से लगा लिया। 'तू क्यों मुँह सुखाता है? गलती तो उनकी है, जो सजा देते हैं बेकसूर को ··· '

भँवर, जो साइकिल लिए साथ चल रहा था चुपचाप, एकदम बोल पड़ा, 'ऐसे करो, मैं तो चलता हूँ अब। तुम दोनों महतारी-बेटा साँझ तक घर आते रहना। एक-डेढ़ घंटा बीता जाता है, घर नहीं पकड़ पाए अभी तक।'

वह कैसे कहे कि उसका बस चले, या बाबा वहाँ न हों तो सारंग घर कभी न जाए। ···

—लेकिन घर तो जाना होगा। उसको चिंता हो आई। सबेरे से लेकर दोपहर ढलने को आ गई। चूल्हा नहीं सुलगा अभी तक। बाबा भूखे बैठे होंगे। रंजीत के संग जेठजी भी ··· सोचते ही सारंग के कदम तेजी से उठने लगे।

चबूतरे की सीढ़ियों के ऊपर चढ़कर आई। हाथ से हलके से चंदन को बाबा के ओर कर दिया, 'जा उनके चरण छूकर राम-राम कर।''

बाहर इतना ही देखा कि बाबा की बूढ़ी आवाज, जो हुंकारों में फूटती है, चंदन को बाँहों में भरकर कबूतर की तरह कराह-कराहकर उसे दुलरा रही है।

सारंग ने झटपट चूल्हा सुलगाया। पतेली में पानी चढ़ा दिया। अंगारे बनें तो कुकर में आलू रख देगी नीचे। जेठजी को आलू के पराँठे अच्छे लगते हैं, और बाबा को आलू का साग। रंजीत दाल बिना रोटी नहीं खाते। सारंग सूजी बीनने लगी—पुरानी सूजी में एकाध कीड़ा ··· वह झटपट छत पर चढ़ी और भँवर के घर झाँककर बोली, 'सरूपी,

गुड्डी के हाथ सूजी भेज दे। चंदन के लिए हलुआ बनाना है।' सारंग अपनी आवाज पर चकित है, यह खनक अब तक कहाँ गुम हो गई थी? घर मानस-मनिख के प्रताप से ही हराभरा रहता है।

भँवर को बुलाया। थालियाँ खूब चमकदार माँजीं। फूल के छोटे-छोटे बेले निकाले।

'कह दो खाना तैयार है,' तुष्ट आवाज में बोली सारंग।

बाहर बाप-बेटों में क्या बात हुई? वह जानना चाहती है, मगर उससे पहले सब लोग खाना खा लें। थालियाँ परोसने लगी—उड़द की दाल, आलू का साग, हलुआ, दही-बूरा और संग में घी की कटोरी। पनपथी रोटियाँ भाती हैं बाबा को, रंजीत और जेठजी को भी। सारंग कुशल है पनपथी रोटी बनाने में।

'भाभी, तुमने तो पाँत कर डाली,' भँवर थालियाँ उठाते हुए मुस्कुराकर कहता है।

'लल्लू, तुम्हारे भइया चंदन से कुछ कह तो नहीं रहे? कहीं मारछेड़ ...?'

'बाबा के सामने कैसे ताँसेंगे? दलवीर भइया तो मूसटा की तरह बैठे हैं।'

'तो लो, चंदन को भी वहीं दे आओ रोटी। अपने सामने बिठाकर फिर खिला लूँगी।' घर कलहखाना न हो, पूरी तरह सतर्क है सारंग। कलही घर में बरकत नहीं होती। रँधी खीर को कुत्ता भी नहीं खाते।

भँवर फिर आ गया।

'लो, अच्छी तरह परोस देना, जिसको जो अच्छा लगे। खूब-खूब बनाया है, कमी नहीं होगी। और देखो, तुम भी यहीं खाकर जाना।

'एक बात और सुनो, कह देना बाहर, जो कपड़े धोने के हों निकाल दें जेठजी।'

दलवीर को देखकर ओसारे में लोग जुड़ आए।

पन्नासिंह की लाठी को लोग तब से ज्यादा सम्मानपूर्वक देखने लगे हैं, जब से उन्होंने भूरा की बल्लम पर विजय पाकर रंजीत की रक्षा की है। इन दिनों वे अपनी लठिया को सुदर्शन चक्र से कम नहीं समझते—आततायियों की संहारक। द्वार-चौपालों पर ज्यादा बैठते-बोलते हैं। दलवीर के पास भी वे उसी यशोगान को दोहराने के लाहक से आए थे। लठिया बगल में दबाई और पीतल मढ़ी दमदमाती मूंठ को चार हाथ आगे निकाले रहे। जोर से अभिवादन किया। वे बड़े हैं फिर भी—'राम-राम दरोगाजी।' गौर से उनकी खाकी वर्दी की ओर देखा।

भँवर-रिसाल जैसे लड़के हँस पड़े।

'चलो, तुमने दलवीर भइया का प्रमोशन कर दिया। दरोगा बना दिए।'

'चौं, दरोगा ही समझते हैं हम तो अपने दलवीर को,' कहते हुए खाट पर उनसे सटकर बैठ गए। दलवीर की नाक के पास नामालूम सी सिकुड़न उभर आई। जैसे उनकी असहनीय पुरानी गंध पाकर दलवीर का यह विचार मजबूत हुआ हो कि गाँव के लोग तमीज के

नाम पर इतना ही जानते हैं कि बिन-बुलाए आओ और सिर पर सवार हो जाओ।

भँवर विनोद-भाव से बोला, 'भइया, दिखाना तो अपनी टोपी। साली दरोगाई में तो चुना नहीं गया। सिपाही बनकर ही अम्मा को दिखा आऊँ। नहीं तो यही इच्छा लिए परलोक सिधार जाएगी।'

रिसाल ने बात काट दी, 'साले, झूठमाँस के सिपाही का रौब बँधता तो साँचमाँच के को कौन पूछेगा? ऐसे तो सभी टोपी उधार माँग लाएँगे।'

बाबा न मालूम किस बात पर चिढ़े बैठे हैं? मूँछों के छप्पर को होंठों पर पटकते हुए कहने लगे, 'लल्लू, मूँड़ पर टोपी और कमर में पट्टा बाँधकर आदमी कानून का ठेकेदार बन जाए तो हाथरस के तेल-मिल का चौकीदार भी जनता में अहमियत रखता।'

दलवीर का चेहरा अनचाहे ही तन गया।

'गाँव के लोग तो सपनों में खोए रहते हैं। कानून को फूलों का गुलदस्ता समझते हैं और उस गुलदस्ते को तहस-नहस करनेवाले हम सिपाही-दरोगा ... जबकि हम हाड़तोड़ ट्रैनिंग करके खूँखार से खूँखार मुजरिम की पकड़-धकड़ में जान की बाजी लगाए रहते हैं। सरकार अंधी नहीं है, पूरी मशक्कत कराती है, तब पैसे देती है।'

'फिर भी बिचारे सेंध लगाने को मजबूर हैं,' बाबा ने कटाक्ष किया।

दलवीर ने पिता की ओर हिकारतभरी नजर से देखा, जैसे कह रहे हों कि तुम जैसा बाप भी दुनिया में होता है, जो अपने बेटे को ही जलील ...

'देखता क्या है? ये लोग, जो यहाँ बैठे हैं, तेरे भइयाबंद नहीं, उसी रियाया में से हैं, जिनके ऊपर तू जुल्म ढा रहा है,' बाबा की साँसों में तेजी आ गई।

'दादा! बात क्या है और तुम क्या ले पड़े? मैं समझ रहा हूँ तुम क्यों खफा हो। चंदन को फिर से आगरा ले जाना चाहता हूँ इसीलिए न? बताओ, किस साले पर हमने जुल्म ढाया है?'

'यह जरा सा लौंडा हमें अँगूठा दिखाकर भागा है। इसकी तो तुमको खाल उधेड़ देनी चाहिए, पर तुम हो कि उलटे शै दे रहे हो। धुंधी भइया के दामाद के घर पहुँचा था कि जीजा हमें हाथरसवाली बस में बिठा दो। हाथरस से इगलास के लिए तो मैं खुद ही बस पकड़ लूँगा। भला हो जयपालसिंह का, पकड़कर सीधे मेरे पास थाने में ले आए। कल के दिन तुम ही थूकते मुझ पर कि लड़के को सावधानी से नहीं रखा। मन में तो आया साले पिल्ले को कोठरी में बंद कर दूँ ...'

बाबा बीच में ही बोल पड़े, 'हवालात में डाल देता। तुम लोग बालकों और बड़ों में भेद करना भी तो भूल गए हो।' वे वृद्ध पखेरू की तरह चिचियाने लगे। और दूसरे ही क्षण उनकी चिचियाहट करुण स्वर में बदल गई, 'मुझे किस बात पर गुस्सा आ रहा है, तेरी समझ में यह बात आ भी रही होगी तो भी तू जाहिर नहीं करेगा। और मेरी रिसगुस्सा से होगा भी क्या? तुम समर्थ हो, मैं लाचार। मेरे संग बैठे लोग लाचार। मैं तुम्हारी गलतियाँ छिपाने का बोझ ढोने के लिए ही पैदा हुआ हूँ? पर लल्लू, छिपाऊँ तो

तब जब तुमने कुछ छिपाने लायक छोड़ा हो। सुख नहीं दे सके बाप को, तो बेटा, दुख देने का तुमको क्या हक? हम तो तुम्हारी करनी पर अपने करम धुन सकते हैं, या ज़ार-ज़ार रोकर आँसू बहा सकते हैं। पर रोक नहीं पाए तुम्हें ···

'अपने मुँह से कहते बने न लोगों से छिपाते। छिपाऊँगा केवल अपना मन समझाने के लिए। अपनी आँखों पर पर्दा डालने के लिए।

'माना कि अपना बेटा बुरा नहीं लगता किसी को, पर मैं साधजी जैसा बाप नहीं हो पाया रे ···' धीरे-धीरे बाबा का करुणाभरा चेहरा कठोरता धारण करने लगा। नाक तीखी हुई और मुद्रा क्रूर। अपने लट्ठ के सहारे उठ खड़े हुए और तलब करने लगे दलवीरसिंह हैडकांस्टेबिल को—

'बोल, लालकौर के यहाँ से कोई धींवर आया था?

'उसका बेटा हवालात में बंद था?

'रिश्वत में क्या माँगा था तूने?

'बोल क्या माँगा था? जबाब दे। दे जबाब!'

दलवीर सिर झुकाए बैठे थे। जैसे बाप की अदालत में उनकी पैरवी करनेवाले खुद वे भी नहीं हों। बाबा ने पाँव की पनही उठाई और झपट पड़े—

'मैं जानता हूँ क्या माँगा था। उसकी तेरह साल की बेटी!

'बेटी माँगी थी तूने निरबंसिया, बेटी ऽ ऽ ऽ ··· तू सातों जनम बेऔलाद रहे।'

लोग न रोकते तो बाबा जूतों के मारे दलवीर की खोपड़ी तोड़ देते।

··· लेकिन पुलिसवाले दलवीर ने जब बेटे का चोला उतारा तो लपककर बाप का हाथ पकड़ लिया। उनके ऊपर वर्दी सवार है—

'बताओ, किसने देखा? क्या सबूत है इस इलजाम का? फिर तुम कैसे कह सकते हो? होश में आओ दादा, नहीं तो ···'

बाबा की बूढ़ी आँखों में खून उतर आया, 'गवाह! सबूत! ये ही सच्चे और खरे होते तो आज डोरिया सूली चढ़ गया होता। पर फिर भी—बता दे रे पन्ना इसको कि लालकौर ने इसके जनम में थूककर क्या कहा था? इसको कौन से आसीर्वाद बख्से थे कि उसका चचाजाद भाई ऐसा कुकरमी ···

'अरे राच्छस, बहनें भाइयों की बहादुरी के गीत गाया करती हैं। उनका पराकरम बखानती हैं। तू छोरी का मूँड़ धरती में गाड़ आया ··· तू मर क्यों नहीं गया? वहीं बंदूक से भूँज क्यों नहीं दिया क़िसी ने? मैं अभागा बाप ··· नहीं तो अभी हाल गोली उतार देता तेरी छाती में।'

दो क्षण दम लिया बाबा की हँफियाती साँसों ने—

'हमारा बालक आज खतम हो जाए। चंदन के प्रान-पखेरू इसी दम उड़ जाएँ, हमें गम नहीं होगा। मरा तो बैरियों के हाथ तो मारा जाएगा। तेरे जैसे संबंधी अपने बिस की सुई लगा-लगाकर उसका रकत मैला तो नहीं करेंगे। याद रखना कि चंदन रंजीत

का बेटा ही नहीं, गजाधरसिंह फौजी का नाती है।'

भँवर को काटो तो खून नहीं। रंजीत हक्के-बक्के। पन्नासिंह की आँखें दलवीर से मुठभेड़ करती रहीं। जानते सब थे, लेकिन बाबा इस बात को इस तरह सरेआम कहकर अपने ही बेटे की ऐसी गत करेंगे, कौन सोच सकता था? भँवर के हाथों से दलवीर की टोपी नीचे जा गिरी।

दलवीर झटके से उठे और काँपते हाथों से बैठक में टँगा अपना काला बैग खींचने लगे। तेज साँसों के बीच अपने जूते पहने। तसमे बाँधे। बैग कंधे पर लटकाया।

और चल दिए।

बाबा की आँखें अंगारों की तरह धधकती रहीं।

ओसारे में सन्नाटा फैला है। रंजीत उठे और दलवीर के पीछे-पीछे जाने को हुए। बाबा ने शांत स्वर में कहा, 'रंजीत, साइकिल ले जा। जा कजरौठ तक छोड़ आ।' अपने कुर्ते के छोर से भरे हुए कोए पोंछ लिए। गनगनाती आवाज में बोले, 'मेरा बस चले तो इस पापी को जेलखाने भिजवा दूँ। हे राम! आदमी इतना नीचे भी गिर सकता है! ये घिनौने कीड़े मेरे घर जनम लेंगे, ऐसा पता होता तो साली औलाद पैदा ही न करता। मेरे भगवन्, तुम राच्छसों के संघार के लिए धरती पर उतरते हो, अब और कितना इंतजार कराओगे? उसके नहीं तो मेरे प्रान ही ले लो पिरभो ...'

गजाधर भइया ऐसा विलाप करें! खूबाराम (भँवर के पिता) की आँखें भर आईं। सभी जानते हैं, खूबाराम सीधे आदमी हैं। हालाँकि उनकी सगी बहन के यहाँ यह हादसा हुआ, लेकिन वे दलवीर के सामने जुबान नहीं खोल सके। दलवीर की पीठ फिरते ही बाबा को समझाने लगे, 'भइया, कलजुग में यह भी होगा, देख लिया। देवता समान बाप की आतमा ले रहा है। बेटा है कि कसाई?'

ओसारे में होती तड़का-तड़की सुनकर अपने घर से खेरापतिन भी निकल आईं, सूँ-सूँ करती हुई बोलीं, 'तुम भी गजाधर काबू खो बैठते हो। इस गाँव के लोगों की बातों पर परतीत कर ली। यहाँ झूठ-साँची की थाह नहीं पा सकता कोई।'

चिढ़कर पन्ना बोले, 'दादी, बात झूठ होती तो हमें इतनी भद्दी बात कहने का सौक था क्या?'

रंजीत का बस चले तो अपने ही बाल नोच डालें।

चंदन ने रेडियो खोल दिया था। कोई गाना बजा। सारंग मुस्कुराई। चंदन खिल गया।

रंजीत ने रेडियो गुस्से से इस तरह बंद किया, जैसे नोब को ऐंठकर तोड़ डालेंगे। वे फन्नाते हुए घर में घुसे थे। सारंग बुलबुल की तरह फड़फड़ाने लगी—कहाँ दुबक जाए चंदन को लेकर? ओसारे में जो महाभारत मचा था, उसका असर बरकरार है अभी तक। इस घर में सेही का काँटा कौन बैरी धर गया? खौफ-दहशत हमारे आँचल में बँध गई है। दूसरे

घरों में तो रार-कलह दूसरों के कारण होते हैं, यहाँ आपस में ही सिर फोड़ रहे हैं। बानक ऐसे ही बन गए तो क्या करे फिर आदमी? होनी के आगे सिर पटकना ही बाकी है।

सारंग का कलेजा कंठ में आ अटका है।

रंजीत को देखकर आखिर क्या सोचे वह? चंदन की बाँह पकड़कर ऐंठ डाली। गाल पर तमाचों की बौछार! गालियाँ—'साले ठौर मार दूँगा। तू क्या समझ रहा है, यहाँ मौज करने आया है। गीत-गाने सुनेगा? गुलछर्रे उड़ाएगा? ला मैं सुनवाऊँ फिल्मी गाने!'

सारंग के हाथ से पतीली छूटकर आँगन में गिरी।

वह दौड़कर चंदन के पास पहुँची और रंजीत से जूझने लगी, 'छोड़ो। छोड़ो ...'

'छुड़ाकर देख तू! देख छुड़ाकर। बदजात की ...' रंजीत किचकिचाए।

'हम तो बदजात हैं ही, पर ताज्जुब है कि भइया की यशगाथा सुनकर भी तुम्हारा बोलने का मुँह रह गया है। छोड़ो लड़के को।'

तड़ाक्-तड़ाक्! चंदन की बाँह पर पकड़ ढीली छोड़कर रंजीत ने सारंग को धर लिया। दो तमाचे दिए गाल पर। धोती का पल्ला सिर से कंधे पर गिर गया।

चंदन चिंघाड़कर रोने लगा। खुद पिटकर इतना नहीं रोया था।

'मार लेने दे बेटा। इस आदमी को मनमानी कर लेने दे। मुझे मारकर इनके भइया की काली करतूत धुल जाए तो मैं पिट भी लूँगी। वह जो गीदड़ की तरह भाग गया ... इन बेचारे को मलाल तो यही है कि गाँव के सामने खुद रह गए सामना करने को। महात्माजी कैसे आँखें मिलाएँ संत भइया के कारनामों पर?'

सारंग बातों को कटार की धार से ज्यादा पैना करना चाहती है।

'ज्यादा गुस्सा मत दिला हराम ...'

'मैं ही गुस्सा दिलाती हूँ। मैं ही गलती करती हूँ। जो न बोले, वही कसूरवार! अच्छा अँधेर है रे। मर्दानगी दिखाओगे तो मेरे और मेरे बालक के ऊपर! बाहर नहीं जाती पेश। पन्ना दाऊजी न बचाएँ तो भूरा ही ढेर कर देता उस दिन।' सारंग की छाती धौंकनी की तरह फूल-पिचक रही है।

आग में घी! सारंग ने आग में घी की धार छोड़ दी।

'ले, दिखाऊँ मर्दानगी। देख मर्दानगी।' तड़ातड़ थप्पड़ों की बारिश में घिर गई सारंग। चंदन बाप की टाँगों से लिपट गया, 'चाचा ऽ ऽ ऽ ... चाचा, अम्मा को मत मारो। मत मारो चाचा ऽ ऽ ऽ ...'

'बेटा तू अलग हट जा। मत छुए इस आदमी को। यह तेरा बाप नहीं, इस गाँव का राजा बनने जा रहा है। फत्ते प्रधानी सौंप रहा है, सो रौब अजमाना सीख रहे हैं अपनी औरत पर।'

'किस साले को चाहिए प्रधानी?' सारंग को झटके से छोड़ दिया रंजीत ने। वह गिरते-गिरते बची।

'प्रधानी लूँगा अपने दम पर। दिखा दूँगा।'

बाबा अपनी लाठी लेकर लपकते हुए घर में घुस आए। संग-संग साधजी भी थे।

सारंग ने झटपट घूँघट ओढ़ लिया। एक ओर को पीठ फेरकर खड़ी हो गई। न जाने क्यों जिस हौसले से अब तक जूझ रही थी, वह कमजोर पड़ने लगा। बाबा को देखते ही छोटी बच्ची की भाँति फफक-फफककर रो उठी।

साधजी अपनी सफेद मूँछों-दाढ़ी से ढके घोंसले से मुँह को उठाकर समझाने लगे, 'रंजीत! तू बेटा पढ़ा-लिखा और ऐसी गँवरई! ऐसी उम्मेद नहीं थी तुझसे हमको। बहू पर हाथ उठाता है!'

रंजीत भीतर से उमड़ते तूफान को साधे खड़े हों जैसे। साधजी की सफेद भवों और झुर्री भरे माथे पर नजरें गाड़े तेज-तेज साँस लेते रहे।

'बेटी, तू समझदार है। गम खा।'

बाबा ने अपनी जलती हुई निगाहों से रंजीत को झुलसा डाला।

दोनों बूढ़े बाहर निकल गए। बाबा ने रंजीत को बाहर आने का इशारा दिया।

रंजीत बुदबुदाए, 'साधजी! हमारा न्याय करने चला आ रहा है! साला बूढ़ा ढोंगी। जले पर नमक छिड़कने आया है। असल जड़ तो यही है। थानसिंह को बेकार लपेटते हैं लोग। और हमारे बापजी! धन्य-धन्य है इनको। अपने घर का पिटारा खुद ही लोगों को बुला-बुलाकर दिखाते हैं।

'साले इस घर में आग लगा दूँ। दलवीर भइया की बातें बड़ी-बड़ी, काम ऐसे टुच्चे! और यह औरत रंडी-वेश्या को मात कर रही है।' सारंग की ओर इशारा था यह।

रंजीत बाहर निकल आए।

ओसारे में दोनों बूढ़ों की बातें रंजीत को ऐसे लगीं जैसे दो बगुला हंस होने का ढोंग रच रहे हों—

साधजी कह रहे थे, 'हम लोग अपने सुख-दुख एक-दूसरे से कह-सुनकर काट लेते हैं। ठीक है, हम आपस में लड़ते-भिड़ते हैं, पर नफरत नहीं करते।'

'साधजी, मैं तो समझता था रंजीत संजीदा किस्म का लड़का है। जानता होगा कि सहरी बातें हमारे लिए दूर के किस्से हैं। वे किस्से यहाँ तक आने में अभी सैकड़ों बरस लगेंगे। इसे कैसे समझाऊँ कि तू जो समझ रहा है कि बड़ा होसियार-चालाक हो गया है, पर दलवीर की सी दोमुँही चालाकी है तेरे बस की? फत्ते जितनी चतुराई भी तेरे बूते की नहीं। वह भी लदैना ही लदवाएगा। इतना ही आता है कि क्रोध आया और बहू को पीट दिया।'

'जान से मार तो नहीं डालता बहू को,' रंजीत अपना गुस्सा काबू में नहीं रख पाए। बाबा समझते हैं कि यह बात उन्होंने साधजी को सुनाने को कही है।

बाबा चुप हो गए।

'साधजी, इन दिनों इस लड़के का दिमाग ठिकाने नहीं ...' बाबा के स्वर में लाचारी है और क्षमा-प्रार्थना भी। साधजी निश्चित ही यह बात समझ रहे हैं।

क्योंकि वे जाने के लिए उठे, मगर उठ नहीं पाए।

सात

श्रीधर प्रजापति!

लोगों ने कहा—प्रजापति का मतलब? कुम्हार।

'हाँ, मेरी जाति कुम्हार है,' वे सगर्व कहते हैं।

सारंग का विचार है, मास्टर छोटी कौम का होने के बावजूद भी कुंठा का शिकार नहीं। भँवर ने अनुमोदन किया—हाँ, 'छोटी कौम बड़ी कौम' का नारा गाँवों में ही लगाते रहो, शहरों में तो सब धान सत्ताईस सेर के। कौन पूछता है कि तू पंडित है या भंगी? होटलों में एक मेज पर, एक से बर्तनों में कंधे से कंधा भिड़ाकर खाते हैं। चरनसिंह बौहरे अलीगढ़ के 'जै भगवान' होटल में उसी तौलिया से हाथ-मुँह पोंछ आए थे, जिससे मिस्सी भंगी आध घंटा पहले पोंछ गया था। मनोहर उतनी देर न बैठा रहता तो बौहरे को गंगाजल से नहाने की कौन याद दिलाता?

—अजी गाँवों में ही छुआछूत की लकीर पीटी जा रही है, यह तो हम सभी जान गए हैं कि दबने-दबानेवाले का रुतबा जाति के आधार पर नहीं, धन, पावर और सत्ता से चलता है। वह अलग बात है कि कभी-कभी हाथ जोड़नेवाला ही अकड़नेवालों को मक्खी की तरह मसल डालता है।

कुँवरपाल का रुतबा देखकर लोग सोचते हैं दलित वर्ग, यानि कि सिर पर चढ़कर आनेवाली फौजें! श्रीधर भी उसी सेना का सिपाही है, भले पिछड़े वर्ग में आता है। बाँदीपुर से चौबीस घंटे के नोटिस पर निकाला गया। जुर्म? कुम्हार होकर खटीकों की लड़की के मामले में टाँग अड़ा रहा था। ऐसे ही हसनगढ़ में बच्चों की पास-कराई को लेकर हंगामा किया था, कि बच्चे तो अपनी मेहनत से पास होते हैं। पास-कराई की रकम बढ़ती चली जा रही है, गरीब और छोटी जाति के बालकों को इसीलिए फेल किया जाता है। श्रीधर आदर्श का पुतला है, कहते हैं अफसरों के खिलाफ भी ... परीक्षा परिणाम शीट पर एस.डी.आई. दस्तखत नहीं करता! कारण? लोभ-लालच! मैं पर्दाफाश करके रहूँगा। अफसरों ने एक स्वर से कहा—चींटी के भी पर!

बाँदीपुर की खटीक लड़की से ... छिः छिः ... कहता है—मेरे व्यक्तिगत संबंधों का सरकार से क्या वास्ता? इस बात को मेरी नौकरी से जोड़कर तबादले का बहाना ढूँढ़ा है। क्योंकि मैं अन्य मास्टरों की तरह अपना दो महीने का वेतन अफसरों के दरबार में चढ़ौती नहीं चढ़ाता, इसलिए वरदान की जगह शाप दे दिया गया मुझे। मेरी तो भगवान में भी इसीलिए आस्था नहीं कि वह प्रसाद चढ़ानेवालों पर अपनी दया लुटाता है। जब ईश्वर ही नहीं तो इन संसारी भगवानों के चंगुल में मैं क्यों फँसू?

'जीवन के प्रति ऐसा रवइया! यह मास्टर इस गाँव में कितने दिन टिकेगा?' चरनसिंह बौहरे ने शंका प्रकट की।

प्रधानजी आकर स्कूल में कुर्सी पर बैठ गए, बोले, 'प्रजापतिजी की जाति?'

कटाक्ष को समझ लिया श्रीधर ने, बोले, 'कुम्हार। मैं कुम्हार का बेटा हूँ, जो चाक चलाकर बर्तन बनाता था, और आप जैसे किसानों के घर की पूर्ति करता था।'

'गजब! भाई इतना घमंड!' प्रधानजी ने स्कूल से आते हुए कहा।

रंजीत हँसे थे, 'भइया, जिसकी रीढ़ जितनी कमजोर होगी, वह उतना ही अकड़कर चलेगा। अपने पन्नासिंह को देख लो। मुट्ठी भर के हैं, सो छः फीट की ठुकवाँ लठिया को सोते-जागते चिपकाए रहते हैं।'

श्रीधर को मालूम है—पहले का जमाना होता तो ब्राह्मण कहलाना ही गर्व की बात होती। स्कूल में जब श्रीप्रसाद मास्साब (बाबूजी) ने उनके नाम के आगे वार्ष्णेय लगाना चाहा था, तो वहाँ खड़े लोगों ने कहा—झूठ कभी न कभी खुल जाएगा'। तब फिर लिखा गया प्रजापति। वार्ष्णेय के मुकाबले प्रजापति कितना भारी है!

बचपन की बातें कुछ सुनी हैं, कुछ याद हैं। किन्हीं से सहमत हैं, किन्हीं से असहमत। यही कि माँ मर गई थी, इसलिए बेचारे को श्रीप्रसाद मास्टर के यहाँ नौकरी करनी पड़ी—बच्चा खिलाने की। नहीं ... नहीं मानते श्रीधर—माँ मर गई थी, इसका मतलब यह नहीं कि अनाथ हो गए थे वे। पिता थे, जो प्यार करते थे। पालन भी कर सकते थे। बर्तन बनाकर भी गुजर-बसर चल सकती थी। मेहनत—सच्ची कमाई। यह बात कहते हुए श्रीधर उन लोगों की ओर जरूर देखेंगे, जिनका हेराफेरी से दूर का भी संबंध है।

पढ़ाई के लिए मन मचलता था, इसीलिए पिता ने सहपऊ इण्टर कालिज के प्रवक्ता श्रीप्रसाद वार्ष्णेय के घर उन्हें रख दिया। विद्वान आदमी की संगत-सोहबत किसी खजाने से कम नहीं। पिता जिस तरह अच्छे से अच्छे बर्तन बनाने के लिए बार-बार मिट्टी छानते-छनवाते, उसी तरह श्रीप्रसाद विद्यार्थियों को विद्या के चाक पर मेहनत की मिट्टी से गढ़ते। श्रीधर को गर्व है। लेकिन इस बात को कहते हुए वे लोगों की प्रतिक्रिया जानना चाहते हैं, क्योंकि मन के किसी कोने में साथ-साथ छोटे-बड़े शूलों की तरह बीते जीवन में मिली उपेक्षा भी सिर उठाने लगती है। वे नुकीले कोने मन में गड़े हैं, जो ऊपर से सम्भ्रांत, सौम्य और दयावान स्वाभिमानी श्रीधर में कहीं किसी कोने से नहीं झलकते, लेकिन वे टीसें?—इस लड़के को देखो, दिन-रात बेगार करता है। मास्टर के बालकों के टट्टी-पेशाब धोता है। बिन मइया का बेटा! बेचारा नीची जात है, सो सब तरह के कामों को हाजिर। मास्टरनी रोटी भी खीझ-खीझकर देती है। वह तो श्रीप्रसाद मास्टर की आँख में दया-माया है, नहीं तो वह चुड़ैल इसके हाथ-पाँव तोड़कर धर दे, इतनी तेहा-गुस्सावाली है। बाप भी कैसा कसाई था कि संग भेज दिया ऐसों के।

सारी कठिनाइयाँ सहपऊ से अलीगढ़ आने के बाद हुईं। अपनी मुसीबतों को दूसरे के चेहरों पर देखकर श्रीधर में आत्मदया नहीं, आत्मसम्मान पनपने लगा। च् च् च् अभागा-अनाथ कहलाता-कहलाता इण्टर पास कर गया।

'बेचारा गू-मूत धोकर पढ़ा है।' यह शहादत जहर लगती थी। बी.ए. के पहले साल

में ही सोचा, यहाँ नहीं रहना है। अपनी मेहनत और जीवन की सहजता लोग-बागों के तरस के हाथ गिरवी धरकर क्या बनेगा? इस तरस की बेड़ी को तोड़ना होगा ... भागो श्रीधर!

श्रीधर ने सोचा था आदमी तरक्कीयाफ्ता हो जाता है, तब लोग भूल जाते हैं पिछली बातें। ... लेकिन कितनी गलत साबित हुई यह धारणा—उन्हें लग रहा है कि उन्नतिशील आदमी के पहले जीवन की खुदाई फिर से चालू कर दी जाती है ... सहपऊ-अलीगढ़ की बातें यहाँ तक आना कोई कठिन है!—'कौन है तुम्हारे गाँव में मास्टर? अच्छा, अच्छा, श्रीधर प्रजापति! अच्छा है बेचारा। गू-मूत धोकर पढ़ाई की है। आधे पेट खाकर सोया है। बड़ी उन्नति की। भगवान घूरे की भी सुनता है एक दिन। बारह वर्ष बाद दरिद्री के भी दिन फिरते हैं।' ये बातें श्रीधर की छाती पर हथौड़ा सी बजती हैं, और वे सो नहीं पाते।

अलीगढ़ की गलियाँ-सड़कें पक्की तो जरूर थीं, सहपऊ के उनके कच्चे घर के मुकाबले अपनत्व और गर्माहट भरी नहीं। पिता का चाक याद आता। नींद में भी बर्तनों को भीतर-बाहर से ठोकने की 'ठप्प ठप्प' ध्वनि सुनते। मिट्टी छानने-गूँथने और चाक पर धरने के सपने देखते। बर्तन को आकार देते अपनी छोटी-छोटी उँगलियों से। मगर सबेरे उठते ही ... बाबूजी के बेटे को गोद में लेकर उदास-उदास सारा दिन गुजार देते।

श्रीप्रसाद वार्ष्णेय पुस्तकालयाध्यक्ष होकर आए थे अलीगढ़। श्रीधर को बहुत बड़ा सहारा मिल गया—किताबें! संस्कृत-हिंदी के ग्रंथ। साहित्य और समाज की पुस्तकें। श्रीप्रसादजी के आर्यसमाजी परिवार में खुद को ढाल लिया था श्रीधर ने। वे संध्या वंदना, सबेरे और रात के श्लोक बोलना सीख गए, और उनके अर्थ जानने की जिज्ञासा में किताबें पढ़ने लगे। अंग्रेजी भी पढ़ी स्कूल में। विद्या की पोटली में एक गाँठ ठोस पड़ी रह गई—हीनता।

कोई पूछता, तुम कौन, कहाँ से?

'श्रीप्रसाद वार्ष्णेय का बेटा हूँ।'

हा हा हा हा! तो फिर वार्ष्णेय क्यों नहीं लिखा। प्रजापतियों को तो दलितों में ... अच्छा-अच्छा, नौकरी मिलने की सहूलियत!

उस अज्ञानी का अज्ञान सुधारते हुए कहते श्रीधर, 'श्रीमानजी, कुम्हारों को सरकार ने अनुसूचित जाति में शुमार नहीं किया।'

तब से वे जिस पिता के बेटे हैं, उसी का बताते हैं। झूठ आखिर झूठ ही होता है।

गाँव में जीवन के अबोध वर्ष बिताए थे। जब पिता नहीं रहे तो गाँव बुरी तरह जेहन पर छा गया। मन में आया कि उस चाक को लाद लाएँ, जो उनकी विरासत है। जन्म और जन्मस्थान आदमी के अपने निजी होते हैं, जिनसे वह अपनी भावना के जरिये जुड़ा रहता है। ये कोमल तंतु मरते हैं न टूटते हैं, केवल खिंचते हैं और टीसते हैं।

अपने चाक से मोह था श्रीधर को। श्रीप्रसाद बाबूजी से बोले, 'पढ़-लिख गया हूँ तो अब इस तरह का एक ही पेशा है जिसे कर सकता हूँ—अध्यापकी। बी.ए. पूरा कर

लिया तो यहीं कहीं खप जाऊँगा। मैं प्राइमरी पाठशाला में जाना चाहता हूँ, जहाँ बालकों को अपने हिसाब से ढाल सकूँ।'

'पागल हो तुम श्रीधर,' बाबूजी की पहली प्रतिक्रिया।

मगर चलते समय उन्होंने कहा, 'मैं जानता था, तू किसी न किसी दिन ऐसा ही कोई फैसला लेगा, जो हमें चकित कर दे। नहीं तो जिसने चिकनी सड़क पर चलने का सुख-लाभ लिया हो, वह कंकड़, मिट्टी, धूल, काँटों में ··· बस एक ही प्रार्थना करता हूँ ईश्वर से, कि तुझे हिम्मत दी है तो सहनशक्ति भी दे।'

श्रीधर हँसकर कहते हैं, 'यह बाबूजी का दिया ताप, ताकत, अनुभव और आशीर्वाद है। मेरे पिता की लौ-लगन, हाथों में बसी विद्या और उँगलियों का करिश्मा मेरी रग-रग में बहता है।'

सहपऊ के लोग गर्व करते हैं श्रीधर के ऊपर—हमारे गाँव का निवासी है वह। पद से नहीं, कद से बड़ा है। गाँव के नवयुवकों की संस्थाओं से निमंत्रण आते हैं श्रीधर के नाम—उद्घाटन, भाषण और उत्सवों का समापन करने के लिए।

मगर स्कूलों के मास्टर! 'अजी दिमाग खराब है उसका। नेतागीरी करता है। उपदेश झाड़ता है। वह तो अकेला है, हमारे बालकों के पेट उपदेशों से भर जाएँगे? खाए न खाने दे।'

शुरू शुरू में आए थे श्रीधर। कक्षा में बच्चों को पढ़ा रहे थे।

थानसिंह दरवाजा खोलकर अंदर आए तो श्रीधर ने देखा तक नहीं।

ऐन सामने आकर खड़े हो गए हैडमास्टरजी।

श्रीधर उठकर खड़े हो गए। देखा कि मँझोले कद का ठुकी-कसी मजबूत देहवाला गौरवर्ण आदमी सामने खड़ा है। चेहरे पर शराफत है। मूँछें करीने से कटी हुईं। ऐसी बात नहीं कि थानसिंह को पहले कभी श्रीधर ने देखा न हो, देखा है—इगलास के दफ्तर में होती मीटिंगों में देखा है। पहचानते भी हैं ··· लेकिन यहाँ उनके व्यक्तित्व में अनोखा ही बाँकपन है। यह बाँकपन श्रीधर को चकित नहीं कर रहा। ऐसा तीखा रौब अपनी गली में बैठे कुत्ते में भी आ जाता है। उन्हें अनचाहे ही हँसी आ गई।

थानसिंह की आवाज मिश्री के माफिक है। 'आओ, श्रीधर मास्साब, कुछ बातचीत हो जाए। अब यहाँ रहना ही है, तो गाँव के आदमियों की बावत बताना हम अपना फर्ज समझते हैं, जिससे तुम बेधड़क काम कर सको।'

थानसिंह हैडमास्टर के घर दो-तीन दिन भोजन किया है श्रीधर ने। नमक खाया है। वे कृतज्ञ हैं। बोले, 'कक्षा का टाइम खतम होने दो। बैठते हैं आपके पास।'

सबसे पहले थानसिंह ने गाँव का स्वभाव बताया—

'इस गाँव के लोग, पढ़े-अनपढ़े सब एक से हैं। नम्बरी शातिर। तुमको ऐसा ढर्रा

अपनाना होगा कि नकेल हथ में रहे। नकेल हाथ में होगी तो साले झुककर सलूट मारेंगे। सलूट तो इज्जत में ही मारा जाता है। इज्जत करेंगे तो प्रेम भी जताएँगे। और प्रेम के चलते फिर तुम्हारी बात टालना मुश्किल होगी।'

'यह कैसे होगा हैडमास्टरजी?' श्रीधर भोले बालक की तरह पूछ बैठे।

'यह!' कहकर हँसे थानसिंह। 'कमउमर हो मास्टरजी, सो कम तजुरबा है। मास्टर के हाथ में कुबेर का खजाना नहीं होता, सृष्टि का खजाना होता है। जिसके बालक की चुटिया हमारे हाथ में हो, फिर क्या दुर्लभ, क्या कठिन? मैंने एक बात सोची है—अब की बार छमाही इम्तहान में आधे से ज्यादा बालक फेल कर दो, सालाना में दूसरे आधे ...'

'हमारा क्या होगा हैडमास्टरजी? जूते पड़ेंगे। गाँव के आदमी इतने अंधे नहीं कि अपने बच्चों की योग्यता न जानें। अनपढ़ों की बात नहीं करता, पर आजकल इतने पढ़े तो हर गाँव में मिल जाएँगे कि प्राइमरी के बच्चे की थाह ले लें। जो बच्चे पढ़ने में कमजोर हैं, उनको छमाही तक सँभाला जा सकता है।'

'तब तुमसे बात करना बेकार रहा। भय बिन प्रीत न होत गुसाईं—सुना है? तुम साज-सँभाल मत करो। सीधे फेल करने का टारगेट बनाओ।'

'सो क्यों?'

'सो यों कि महतारी-बाप भागे-भागे आएँगे तुम्हारे पास और ट्यूशन के लिए गिड़गिड़ाएँगे। यह कोई इण्टर कालेज नहीं कि हर बच्चा ट्यूशन की नसैनी चढ़े बिना अगली कक्षा में चढ़ जाता है। यहाँ तो हमें ही युक्ति सोचनी पड़ेगी। सो सोच ली तरकीब। मनमाने पैसे माँग लेना। थोड़ा, नामालूम सा कमीशन मेरा। मैं तो साफ बात कहता हूँ।'

श्रीधर ऐसे देखते रह गए, ज्यों सोच रहे हों कि उनके सामने थानसिंह मास्टर नहीं, कोई संत बैठा है, जिसकी वाणी में मधुरता है और माथे में बुद्धि। बातें कपटरहित ...

'ऐसे क्या देख रहे हो? देखो, हमारी दिन की पगार में हीला नहीं, रात के समय के चार पैसा पैदा करने हैं। समय जाया करने से कोई तमगे तो मिल नहीं जाएँगे। और फिर इसमें हर्ज ही क्या है?'

श्रीधर असमंजस में बैठे थे—चाहकर भी ऐसा किया जा सकता है? थानसिंह मास्टर की बातों ने तो दिमागी उलझन बढ़ा दी।

'श्रीधर, इतनी बुद्धि न रखें तो हमारे गाँव का बनिया ही हमारी मास्टरी की तनख्वाह को ब्याज में घोलकर पी जाए।'

ऐसा आदमी कहाँ मिलेगा श्रीधर को? निष्कपट और निश्छल। अपने सहकर्मी की चिंता में घुलनेवाला। मसीहा है थानसिंह मास्टर। घर से लेकर बाहर तक मसीहा ... लोग कहते हैं, अपने बड़े भाई के लिए कमसिन लड़की खरीदी थी—चालीस हजार में। भाई मर गया तो उस विधवा को अपनी सेज पर शरण दे दी। उसकी खेती जोत रहा है। बच्चों को उपदेश देते समय परम ज्ञानी, इगलास के दफ्तर की मीटिंग में समाज सुधारक। गाँव में वीर और चतुर योद्धा। बल्लम, लाठी और बंदूक के जोर पर आदमी की आँतें

निकलवा ले। ऐसे पुरोधा का यहाँ का प्रधान भी सम्मान और सहयोग करता है, तो इसमें अचरज क्यों? थानसिंह इस वज्र देहात में जगमगाता सूरज है, सू-र-ज।

और इसी सूरज की रोशनी को फत्तेसिंह प्रधान ने अपना बेटा हुकमसिंह अर्पण कर दिया है, तो कोई बेजा बात नहीं।

दोपहर के अवकाश के बाद साँझ की कक्षाएँ लगीं। उसके बाद छुट्टी हुई।

श्रीधर अपने कमरे में आकर खाट पर लेट गए। टेपरिकार्डर लाए थे संग, मगर यहाँ एक दिन भी ऐसा नहीं आया कि उनका मन हुआ हो टेप सुनने का। हर समय भागमभाग। जब देखो तब स्कूल के रजिस्टर, सामान और बच्चों में उलझे हुए श्रीधर। उसके बाद गाँव का एक फेरा, जिसे वे किसी भी अध्यापक के लिए बहुत जरूरी मानते हैं। जिन माता-पिताओं, संरक्षकों को यहाँ आने का समय नहीं, खेती से, मजदूरी से या अन्य कारणों से ··· वे मास्टर को अपने द्वार आया देख दो पल बतिया सकते हैं अपने बच्चे की बावत।

टेपरिकार्डर जैसे उनके दिमाग में फिट है। थानसिंह की आवाज का कैसेट बज रहा है—फेल कर दो सालों को। महतारी-बाप अपने आप भागे आएँगे ··· थानसिंह खुद कितना काम करते हैं? पंद्रह-पंद्रह दिन लगातार नहीं आते। अपनी खेती सँभालते हैं। कहो तो यह जवाब तैयार है—पहाड़ीपुरवाले पाठक मास्टर मास्टरी कितनी करते हैं? आढ़त है इगलास में। रामपुरावाले की चक्की है, जब देखो तब अनाज-आटा तोलता मिल जाएगा। किस-किस की बताएँ? अकेली मास्टरी की तनख्वाह में बाल-बच्चेदार आदमी का पूरा नहीं होता। तुम खुद को बीच में न लाना। तुम्हें हम आदमी नहीं मानते। नौकरी तो साली ब्याहता औरत की तरह जाएगी कहाँ? बहुत से बहुत पीहर! हमारा भी बहुत से बहुत तबादला! सात फेरों का सा जन्म-जन्मांतरों का किस्सा है। अकलमंद आदमी एक ही जगह पौहे की तरह नहीं बँधा रहता। ··· सोच-सोचकर श्रीधर का दिमाग सन्ना गया। वे सो नहीं सकेंगे आज रात। सिर फटा जा रहा है।

दिन निकल आया।

वे उठे और जल्दी-जल्दी तैयार होने लगे। अपने ही हाथों को ताज्जुब से देखा उन्होंने। उँगलियाँ अजीब वहशीपन से झपटती हैं हर चीज पर। पैंट खूँटी से उतरी नहीं, फिर भी खींचते रहे। फँसकर बकसुआ टूट गया।

उनकी चाल में तेजी है। पाँवों में जूते पहनकर बाहर निकले ··· खचक् खचक् खचक् ··· कच्चे फर्श पर जूतों के चिह्न! बच्चे आ रहे हैं, चिड़ियों की सी कचरपचर करते हुए। और उनकी दैत्य की सी दृष्टि उस बाज पर लगी है, जो इन बच्चों के हित को ···

हुकमसिंह ने पाँव इस तरह आगे बढ़ाए ज्यों गद्देदार पंजे रखती हुई बिल्ली बढ़ रही हो कदम-दर-कदम।

बेआवाज चाल की धमक से परेशान हैं श्रीधर। उनके कान बेहद सतर्क, सचेत रहने

लगे हैं आजकल। हुकमा सेंध लगाने आ रहा है? लम्बे-लम्बे सुनसान डग मास्टर के पीठ पीछे की खामोशी रौंद रहे हैं। रजिस्टर निकाल लिया हुकमा ने।

सारा लाज-लिहाज फाड़कर चिथड़े कर डाला श्रीधर ने। आवेश में भूल गए कि हुकमा प्रधानजी का कुलदीपक है। झपटकर रजिस्टर छीन लिया। शैतान सवार है मास्टर पर, 'तू यह चोरी! किसलिए करता है? क्यों ऽ ऽ ऽ?'

लड़का हड़बड़ा नहीं गया, काँप गया। घिग्घी बँध गई।

'मैं रोज सोचता था—आज कहूँ, आज कहूँ कड़ाई के साथ। ··· लेकिन तुम पढ़े-लिखे हो हुकमसिंह, लियाकत बरतते हो व्यवहार में, इसलिए ··· मैंने इशारा किया था, पर तुम समझना नहीं चाहते, या जानबूझकर ···? थानसिंह गैरहाजिर रहते हैं तो उनकी हाजिरी भरने की तुक?'

हुकमा शरीफों की तरह सिर झुकाकर खड़ा हो गया।

'कितने रुपए लेते हो?'

'तीन सौ,' यह कहकर हुकमसिंह ने रजिस्टर फिर झपट लिया। और इसी छीना-झपटी में श्रीधर और हुकमा गुँथ पड़े। स्कूल के बच्चे इधर-उधर भागने लगे।

'सालो, बेईमानी करते हो! रिपोर्ट करूँगा मैं। भले अलीगढ़ से लखनऊ तक ··· एक-एक का पर्दाफाश करूँगा। इस थानसिंह को मुअत्तिल न कराया तो ···'

राकेश ने भाई का पक्ष नहीं लिया। श्यामसुंदर और हरिओम जैसे बड़े-बड़े लड़कों की मदद से बीच-बिचाव हुआ। श्रीधर मास्टर खुद भी हट गए एक ओर। रजिस्टर उनके हाथ में था।

'तो तुम, प्रधान के बेटे होने की वजह से इस चोरी में शामिल हो। चोरी और सीनाजोरी का हक तुम्हें हासिल है। तुम्हारे पिताजी को तीन सौ रुपए महीने की जरूरत है? मेरे ख्याल में नहीं। तो फिर वे तुम्हारी सज्जनता को जलील कराने पर क्यों तुले हैं? तुम्हारी एवजी पर थानसिंह मास्टरजी दो हजार फोकट के अपनी जेब में धर लेते हैं—हर महीने। माँ मर गई तो ईमानदारी से रहने का हक भी छीन लिया तुम्हारे पिता ने? नौकरी नहीं लगी तो उठाईगीरी पर उतार दिया?'

हुकमसिंह की आँखों में यकायक तरल कतरे छलछला आए और फूट-फूटकर रोने लगा, जैसे उपेक्षा-अवमानना का सोता खुल पड़ा हो आँसुओं की धारों में।

गाँव में होहल्ला हो गया—मास्टर और हुकमा में मारपीट हो गई।

थानसिंह अपने भाइयों के साथ दनदनाता आया, 'साले की मश्कें बँधवा दूँगा। समझता क्या है? हमारी बिल्ली, हमसे ही म्याऊँ! कुम्हारटा की हिम्मत तो देखो, हुकमा पर हाथ छोड़ गया!'

प्रधानजी के संग रंजीत भी आ गए स्कूल में। श्रीधर को एक ओर ले जाकर बोले, 'क्या जरूरत थी तुम्हें? अपने काम से काम रखो। भाड़ में जाए साली हैडमास्टरी। गाँव के लोग तो सोचते नहीं, आप सोचते हो।'

थानसिंह जबड़े खोलकर दनदनाना चाहता था, मगर उसका भाई भूरा आगे-आगे बोलने लगा, 'ला रे राकेसा, ला रजिस्टर। हम करते हैं दस्कत। रोके साला हमें कोई।'

रंजीत थानसिंह को समझाने लगे, 'तुम्हारे स्कूल का मास्टर है। भूरा को बीच में मत डालो।' प्रधानजी से मुखातिब हैं रंजीत, 'फत्ते भइया, सरकारी बातों में, खासकर स्कूल के मामले में श्रीधर से ज्यादा हम थोड़े ही जानते हैं? तुम हुकमा को घर ले जाओ। फौजदारी पर क्यों तुले हो? भाई है तो यह मास्टर, योग्य-मेहनती भी है।'

'हाँ हाँ, तुम्हें तो यह मास्टर विद्यापति लगेगा, क्योंकि तुम्हारा पूत जो पढ़ने लगा है अब मदरसा में,' चरखा की तरह भन्नाया भूरा।

आपसी सलाह-मशवरा के चलते थानसिंह पाबंदी से स्कूल में जाने लगे। लोग कहते हैं, इसमें सौ फीसदी प्रधानजी का हाथ है। भँवर हँसता है—देखा नहीं, बगुले की सी रंगतवाली धोती, साफ-शुद्ध चेहरा, खिचड़ी मूँछें, पर एकसार छँटी हुई। हँसते हुए मुस्काते रहते हैं—कांगरेसी देवताओं की तरह! प्रधानजी सज्जनता में स्नान करते हैं रोज!

नहीं नहीं, हुकमा भी रोया था—कि इतने पढ़-लिखकर उचक्कापन का काम उससे नहीं होगा। सौतेली माँ ने ताना दिया था उसको—कढ़ीखाए, चोट्टा ही रहा! वह भी पराई भड़ैंती पर।

न जाए हुकमा, प्रधानजी रोज-रोज जाते हैं स्कूल में। उनको सरकार ने हक दिया है—मास्टर की निगरानी का। शायद वे इस मौके की तलाश में हैं कि कब श्रीधर प्रजापति की ओर से लापरवाही हो, और कब वे ताल ठोककर अर्जी ठाँस दें एस.डी.आई. के यहाँ।

प्रधानजी जनता-जनार्दन के काम भी स्कूल में बैठकर ही निपटाते हैं।

श्रीधर मास्टर बेवकूफ है। अपने और प्रधानजी के पद की दूरी फलाँगकर उनकी पी हुई बीड़ी के टोंटे गिनता है। किसी दिन चौबीस तो किसी दिन छत्तीस।

'हम कहते हैं, ये चौबीस सौ और छत्तीस सौ भी हो सकते हैं। जनसम्पर्की आदमी हैं हम। जहाँ हम होंगे, तहाँ जन होंगे। केस-मुकदमा से लेकर हाट-पेंठ तक जाने के पहले हमारे पास आता है आदमी। ग्राम समाज, खाद-बीज, मद-मजदूरी और सहकारी-सरकारी योजनाओं का हिसाब-किताब हम करेंगे, कि सुसरजी तुम करोगे?'

'रोते फिर रहे हैं अपनी नकल-इमला को लेकर। सुसरी आर्ट-फार्ट लेकर। एकाध जानवर गोबर कर गया तो उठवाकर फिंकवा दो। इतने बालक बैठे हैं। पेंठ को जाता मोतिया चमार बैल दिखाने लाया था। तुम किताब में छपे निर्जीव पौहे दिखाते हो बालकों को, जिंदा आ गया तुम्हारे सामने, बता सकते थे उसके बारे में।'

'ले आ तो रे राकेसा, मास्टरजी से कैंची ले आ, न्हों (नाखुन) बढ़ गए हैं।'

'लइयो तो सेरअली कलम-दवात माँगकर मास्टरजी से। पैन हो तो और अच्छा। या तू मास्टर को ही लिवा ला, बढ़िया दरखास लिख देगा। बैंक की अर्जी सावधानी से ...'

'आओ, आओ धीरीसिंह। आज कैसे भूल पड़े? यह क्या है हाथ में?'

'आल्हाखंड है। छोरा ने मँगाया था।'

'हो जाए तो आज।'

'यहाँ तो बालक पढ़ रहे हैं।'

'छुट्टी करवा देंगे, या बालक भी आल्हा सुन लेंगे।'

श्रीधर ने एक-एक बात के साथ एक-एक खूँन का घूँट पिया है। थानसिंह मास्टर प्रधानजी के साथ ही बरामदे में कुर्सी पर बैठे हैं। श्रीधर उधर से निगाह हटाकर अपनी कुर्सी को खरोंचने लगे। यह सही वक्त नहीं है। ये लोग वाकई स्कूल की अहमियत, उसकी शर्तें, उसका निजी अस्तित्व नहीं समझते, या मुझे चिढ़ाने-उखाड़ने के लिए ··· उन्होंने अपनी उघड़ी बाँह कमीज की मुड़ी हुई आस्तीन से ढक लीं और अपने कमरे में चले गए। आल्हा होने लगा—

धुआँ उड़ानों आसमान में, सबिता रहे धुंध में छाय।
लानत तुम्हरी रजपूती पर, तेगा बँधिवे को बेकार।
जो गति कीन्हीं तुम मोहबे में, सो गति करौं तुम्हारी आज।
चहुँ दिस गोला छूटन लागे, कह कह करें अगिनिया बान।

श्रीधर एक-एक शब्द सुनते रहे। शब्दों का सार लय में घुलकर खून में उतर गया। अब उनकी गाँठ में राई के बराबर भी सहन-शक्ति नहीं बची। लेकिन किसी तरह कंठ भींचकर, होंठ कसकर पड़े रहे खाट पर। स्कूल के बच्चे कहाँ? वे तो आल्हा सुनते ही उड़नछू हो गए।

रात के समय बाबा के द्वार पर जाते हैं श्रीधर। हालाँकि इस समय उन्हें लग रहा था कि सारंग से मिलना जरूरी है—उसके लिए भी, अपने लिए भी। लेकिन जाने का मन हुआ न हौसला ही बँधा। एक-एक घड़ी रात काटी। जब रात काटनी होती है, तब रात रात नहीं होती, पहाड़ हो जाती है—बड़ा सा पथरीला पहाड़! श्रीधर के खून में शोले बन रहे हैं।

सबेरा हुआ। धुँधलके में ही बाहर आ खड़े हुए श्रीधर। रात बीतने पर साँसों की तेजी, सीने की धड़धड़ाहट, मुट्ठियों की कसावट जैसी शारीरिक क्रोध की लहरें शांत पड़ चुकी थीं। लेकिन मन ··· मानसिक पीड़ा को सहना ···

आज, कल, परसों ··· नहीं, नहीं, आज ही, आज।

स्कूल में प्रधानजी के लिए बरामदे में कुर्सी बिछाई श्रीधर ने।

'बैठो प्रधानजी।'

'खफा तो नहीं हो मास्टरजी? आल्हा नहीं सुना तुमने,' कहते हुए वे कुर्सी पर बैठ गए।

'मैंने सुना था। समझा भी था। पूरे ग्रंथ को पढना-गुनना होगा।'

'बात तो ऐसी ही है।'

'प्रधानजी,' सामनेवाली कुर्सी पर बिराज गए श्रीधर।

'कुछ कहना है?'

'बुरा तो नहीं लगेगा?'

'लगेगा तो लगता रहेगा। तुम तो कह डालो।'

'प्रधानजी, कुछ बातें हैं, जिन्हें आप गौर से सुनें, सुनकर फिर गौर करें। देखिए, यह स्कूल आपका है। गाँव आपका है। पूरा जनसमाज आपका है। हम परदेसी तो आज यहाँ, कल वहाँ। है न? आप आए, हम स्वागत करते हैं।

'... पर प्रधानजी, कक्षा लगते समय नहीं। कक्षा लगते समय न यह स्कूल आपका, न बच्चे आपके, और न गाँव ही आपका। मेरा मतलब है गाँव के लोगों को स्कूल में जुटाना भी आप अपने अधिकार में न समझें। उस वक्त सारे हक हम अध्यापकों के हाथ में होते हैं। उसी हक के आधार पर हम अपने छात्रों को सहूलियत और उनके हित के अनुसार पढ़ाते, खिलाते और सिखाते हैं।'

'असल बात पर आओ,' प्रधानजी ने सपाट स्वर में कहा।

'आप समझ गए हो। कक्षा के समय आप नहीं ...' श्रीधर ने विनयपूर्वक सिर हिलाया।

... मगर प्रधानजी का चेहरा एकदम उदास हो गया। फिर भी नियंत्रण के धनी प्रधानजी किसी खलनायक की तरह गरजे नहीं, मुस्कुरा दिए केवल।

श्रीधर पानी पानी हो गए। प्रधानजी की शराफत में ऐसी धार ... कि श्रीधर की हिमाकत के दो टुकड़े करके डाल दिए!

वे धीरे से बोले, 'सरकारी कायदा-कानून का इलम है मास्टरजी?'

है, आपको स्कूल का मुआयना करना चाहिए। पर वे सरकारी बातें! बच्चे क्या जानें? उनके लिए तो सारी दुनिया एकसमान है। माता-पिता और गुरु इनसे बड़ा कोई नहीं। और गुरु को तो वे ईश्वर की तरह मानते हैं।' मास्टर प्रधानजी की आँखों को पढ़ रहे हैं।

'हाँ मास्टरजी, गुरु से बड़ा ईश्वर भी नहीं है।'

प्रधानजी की मीठी बोली ने श्रीधर के शरीर की अकड़न का एक-एक बल खोल दिया। अंत में बोले, 'एक ही गुजारिस है आपसे मास्टरजी, हमारी अरज अपने हाकिमों तक पहुँचा दो, वे जब मन चाहे तब घोड़े की तरह दुलत्ती फेंकते न आया करें स्कूल में। बालकों की पढ़ाई में हर्जा तो तब भी होता है।'

श्रीधर सिटपिटा गए।

'प्रधानजी, आपने लाख रुपए की बात कही है,' इस ठंडी सी दलील में इतना ताप ...। 'प्रधानजी, अफसर लोग! हुँह! अरे, उन्हें तो आप ऐसे ही समझ लें जैसे पुलिस बैंड, जिसे हँसी-खुशी, दुख-गमी में बजकर अपनी उम्र पूरी करनी होती है। हमारे बच्चे उनके आँकड़े बनकर रजिस्टरों में बंद हो जाएँ? सरकार को बच्चों की सही-सही तालीम से कोई सरोकार नहीं। स्कूल कागजों पर खड़े हैं, और आँकड़ों पर खड़ा है शिक्षा विभाग।

पर इसका यह अर्थ नहीं कि हम और आप भी आपस में अफसर और मातहत वाला रिश्ता कायम कर लें। इन मासूमों का क्या होगा? सो अफसरों को उनकी अपनी दुनिया में बिचरने दो। हम ही तो बच्चों के ज्यादा से ज्यादा नजदीक हैं।'

प्रधानजी अच्छे श्रोता हैं। गाँव में यह बात ज्यादातर लोग जानते हैं कि फत्तेसिंह ज्ञान की बात तो अपने दुश्मन से भी छीन लेते हैं। यह गुण न होता तो श्रीधर मास्टर के लम्बे आलाप को धैर्यपूर्वक सुनते रहते?

'मैंने एक जगह पढ़ा था--कि अफसर लोग समझते हैं, सरकारी कुर्सियों के नीचे असर्फियाँ दबी रहती हैं। खुदाई करते जाओ। मालामाल हो जाओगे। शिक्षा विभाग में ही क्या, हर विभाग में ऐसा हो रहा है। प्रौढ़ शिक्षा, नारी शिक्षा, बाल शिक्षा, कैंप, नुमाइश और साले निलयम-शिलयम सब बकवास! ढोंग हैं ··· तमाशे। इन तमाशों का भोंपू बजना चालू होता है तो बजता ही रहता है। और जब म्याद पूरी होने को आती है, संबंधित लोग अपने-अपने थैलों के मुँह खोल देते हैं और भर-भरकर ढो ले जाते हैं।

'ये सब दुखदायिनी बातें मैं करना नहीं चाहता था प्रधानजी। जानबूझकर इन्हें दिल से दूर रखता हूँ। हाँ, अब यही सोचता हूँ कि हमें ही गम्भीरता बरतनी होगी, क्योंकि हमारे बच्चों के जीवन में दोबारा बचपन नहीं आएगा कि वे निश्चिंत होकर पढ़-लिख लें। परंतु देखो कि हम अभागे उन खजानाखोरों का मुँह ताकते हैं।'

'बात दुरुस्त है मास्टरजी।'

'तो यह भी गौर करने लायक बात है प्रधानजी कि पिछले समय में गुरु-विद्यार्थी संबंध कैसा था? राजा तक उनके बीच आने की हिम्मत नहीं करता था। मेरी समझ में तो खेती और किसान, डाक्टर और मरीज, फौज और सेनापति के बीच अड़ंगा बनने की किसी को छूट नहीं मिलनी चाहिए। उसी तरह गुरु और शिष्य के बीच ··· गुरु कुम्हार शिष कुम्भ! सुना है न आपने?'

थानसिंह हों या प्रधानजी, चाहते तो दो झापड़ रसीद करके श्रीधर को उनकी औकात दिखा सकते थे, और मास्टर पलटकर वार कर पाता इसमें संदेह है। ··· अपनी दीन भावना पर गुरुभाव का मुलम्मा आखिर कब तक? अपने ऊपर ही झुँझला उठते हैं श्रीधर।

सारंग से प्रधानिन और हुकमा की बावत बातें हो रही हैं, प्रधानिन ने मास्टर का पक्ष लिया है, सुनते हैं। उनको आश्चर्य हुआ और खुशी भी, जिसे वे दबा गए।

सारंग ने अर्थपूर्ण दृष्टि से देखा श्रीधर की ओर।

'क्यों, क्या देख रही हो ऐसे?'

'यही कि प्रधानिन तुम्हारे सात खून माफ करने को तैयार हो गई? माना कि हुकमा से चिढ़ती है वह, पर तुम्हारे लिए खास तरफदारी ···?'

हँस पड़े श्रीधर। 'सारंग, दुर्भाग्य ही समझो कि आज स्कूल मास्टर की कोई वक़त

नहीं। उसकी आवाज में दम नहीं। जो दशा हुई है, अध्यापकों के अपने रवैये के कारण हुई है कुछ तो। जिम्मेदार खुद हैं तो भुगतेगा कौन? फिलहाल खुद को लेकर मुझे यह संतोष तो है कि जो बात चुभती है, उसे कह डालता हूँ। सचमुच मन हलका हो गया आज।'

वह गौर से देखने लगी।

'बहुत बक-बक कर रहा हूँ मैं?'

'हाँ,' कहकर सारंग गंभीर हो गई। श्रीधर एकदम चुप बैठे रहे कुछ देर।

'तुम कब तक जूझते रहोगे?'

'अरे! यह मेरे बस में है क्या? मैं ऐसे झंझटों में जानबूझकर पड़ता हूँ? यह बात मेरे मन में भी आती है बहुत बार—क्यों दखल देता हूँ मैं? मेरे चीखने-चिल्लाने से, भिड़ पड़ने से कितना कुछ सुधर जाएगा? मैं बलिदान भी हो जाऊँ तब भी कुछ नहीं ··· रेले का पानी होता है अन्याय, एक ओर से रोको, दूसरी ओर से बहने लगेगा। पर मैं भी क्या करूँ? कुछ सिद्धांत जड़ जमाकर बैठ गए हैं, इस कपाल में। मौका मिलते ही फूट पड़ते हैं। ये जड़ें ही मुझे तबाह कर देंगी, है न?' श्रीधर ने माथे पर तेजी से उँगलियाँ फिराईं।

'लगता तो ऐसा ही है,' सारंग ने उनकी बात का समर्थन करते हुए उन्हें ही काट डाला हो ज्यों।

'तो तुम मान रही हो कि प्रधानजी और थानसिंह को सही राह दिखा दी मैंने? तुम मानती रहो, पर मैं समझ रहा हूँ कि यह मेरा किया हुआ सुधार नहीं, उनके सोचे हुए कुछ अवसर-मौके हैं। नरमाई बरतने लगे, इसका मतलब यह नहीं, कि भीतर का खुरदरापन खत्म हो गया। यह तो बिल्ले के झपट्टा मारने से पहले दो कदम पीछे हट जाना भर है। जो कुछ मैंने कहा, वह बच्चों के हित में था निखालिस, यह प्रधानजी ने नहीं माना है, यह भी इल्म है मुझे।

'फिर भी वे सज्जन हैं। नहीं तो इस गाँव से कई मास्टर पिटकर गए हैं, या पिटते-पिटते रह गये हैं।

'नेंकसे मास्साब को तो प्रशस्तिपत्र मिलना चाहिए। गाँधी की तरह 'दादा भइया' कहकर अपनी पारी खेल गए! वरन्, मैंने सुन रखा है, मौलवी साहब ने धुंधी के लड़के को मारा था एक बार, बदले में पिटनेवाले लड़के के बड़े भाई ने मौलवी साहब की दाढ़ तोड़कर बदला पूरा किया था। तोछीगढ़ के मुँछई मास्टर ने परसादी चमार के लड़के को मुर्गा बना दिया था, चमारों ने तुरंत उनकी मूँछें उखाड़ने का ऐलान कर दिया। बेचारे ने रातोरात मूँछें मुड़वा लीं। सबेरे स्कूल में पहुँचे, किसी ने पहचाना नहीं। हल्ला हुआ कि नए मास्टरजी आ गए।'

सारंग हँसे जा रही है। 'इतना कुछ पता है फिर भी यहाँ चले आए!'

'भई, जब संजोग जुड़ते हैं, तो वे काटे नहीं कटते। विनाशकाले विपरीत बुद्धिः!

इगलास तहसील के सैकड़ों गाँवों में से भाग्य में लिखा था—मौजा अतरपुर। दाना-पानी था यहाँ का, या शायद इस गाँव में कोई जादूगरनी है, जो मास्टरों की दुर्गति कराकर वापिस भेजती है।' यकायक न जाने क्या याद आ गया श्रीधर को? बोले, 'अब चलता हूँ। तुम भी घर जाओ।'

गुलकंदी के पेट में एक बात तितली की तरह फड़फड़ा रही थी। वह जानबूझकर स्कूल के पास होकर निकली। स्कूल के पास होकर निकलने का मतलब स्कूल की दीवारों के दर्शन करना थोड़े ही था? वह स्कूल के अंदर घुस गई। दिन डूब रहा है, श्रीधर बरामदे में खड़े मिल गए।

'कैसे आ निकलीं गुलकंदी? किसी घर का बुलावा देने आई थीं?' देखते ही श्रीधर हँसते हुए कहने लगे।

गुलकंदी पहली नजर में शरमाती है। दो पल के बाद झिझक से उबरती है। मास्टरजी पढ़े-लिखे बाबू आदमी। उसको शरम लगती है—जानते हैं श्रीधर।

'कहो, क्या कहने आई हो?'

गुलकंदी का चेहरा उदास हो गया।

'तुम्हारी अम्मा ने मारा है तुम्हें? या किसी से गाली खाकर आई हो?' श्रीधर मुस्कुराते हैं। 'देखो, श्यामचरन मिले तो कहना दूध दे जाए। आज मैं रोटी नहीं खाऊँगा।'

'मास्टरजी, तुमको भी भूख नहीं लगी?'

'क्यों पूछ रही हो? हाँ, मुझे भूख नहीं।'

'सारंग भाभी ने आज पूरे दिन रोटी नहीं खाई। निर्जल बैठी हैं सबेरे से।'

'क्यों?' श्रीधर ने आश्चर्य जताते हुए पूछा।

'रंजीत भइया ने ताँसा है खूब।'

'ताँसा है?'

'हाँ, कहते थे, चंदन को बुलाने की हिम्मत तुमने किसके दम पर की है, यह भी मैं अच्छी तरह जानता हूँ। चाहे यह लौंडा अनपढ़ रह जाय, उस कमीन की देख-रेख में नहीं जाने दूँगा। तुम्हारी यह जिद है कि तुम इसे श्रीधर बनाओ, और मेरी यह हठ कि उसकी परछाईं तक न पड़ने दूँ। देख लो अब मेरी भी ताकत। हरामी साला! घर बरबाद करने पर तुला है।'

हरामी माने श्रीधर। श्रीधर को आदत हो चुकी है ऐसी गालियाँ सुनने की । ऐसी बातों पर उन्हें अचम्भा होता न बुरा लगता है ··· लेकिन सारंग! सारंग की बदनामी! उस दिन झज्जू कह रहा था—मास्टरजी, गाँव में गलत हवा फैल रही है सारंग भाभी को लेकर। हमारी बहू कह रही थी कि फूलसिंह मेहमान तक यह बात कह रहे हैं कि सारंग को मास्टर के संग खेत-डौलों पर घूमते-फिरते चाहे जब देख लो। मैं न हुआ मास्टरजी, नहीं तो करारा

जवाब देता। फूलसिंह अपना दामन नहीं देखते। कलावती चाची की सत्तो ... जैसा आदमी होगा, वैसी ही बात बिचारेगा।

श्रीधर सोच में हैं—आज यह गुलकंदी भी वैसा ही समाचार ले आई।

'सारंग कहाँ मिलेगी?'

'भाभी ने कहा है, कि अब मास्टर मुझसे मिलने न आएँ।'

'मिलना नहीं चाहती? और भूखी भी मर रही है! यह दोहरा दुख क्यों?'

गुलकंदी श्रीधर की आधी बात भी नहीं समझी। उत्तर क्या दे?

'अच्छा तुम जाओ। सारंग से कहना, भूखी-प्यासी न रहे। हालात ऐसे ही नहीं रहेंगे सदा।'

गुलकंदी चली गई। सारंग के लिए संदेश दे दिया, इस सबसे मन शांत तो नहीं हुआ। दुगुनी बेकली बढ़ाकर चली गई गुलकंदी ... रंजीत का बौखला उठना भी स्वाभाविक है। वे अपनी पत्नी की नाकद्री करते हों, ऐसा तो नहीं लगता। ... लेकिन सारंग का इस तरह, खुदमुख्तार होकर कुछ कर गुजर जाना ... या मुझसे बेपर्दगी ... उनको उसकी बेवफाई लगती है, फरेब लगता है। और सारंग को धर पटकते हैं या पछाड़ने की सोचते हैं।

क्या सारंग भी ऐसा ही रवैया रखती उनको लेकर? औरतें तो आदमी के फरेब को भी पीती रहती हैं। उपेक्षा को रो-रोकर सहन कर लेती हैं।

श्रीधर को सारंग की ज्यादा चिंता होने लगी, अपने विषय में भूल गए। न जाने क्यों ऐसे समय में उनको अपनी माँ का ध्यान हो आता है। माँ—दुखी और परेशान! पिता कर्मठ, ईमानदार और विनयशील। फिर माँ के साथ उन्होंने ऐसा क्यों किया? याद आता है—पिता के चाल-चलन पर कुढ़ा करती थीं माँ। उनके सिर पर हाथ फेरकर रोती जातीं—तू बड़ा होगा तो सारे दुख दूर हो जाएँगे। ज्यादा कलह हुई और शायद मार-पिटाई भी ... अम्मा को गर्भ था तब। वे रूठकर पीहर चली गईं। चीख-पुकारवाला धुँधलका याद है श्रीधर को। माँ सिसकती हुई घर से निकली थीं—खाली हाथ। वे दूर तक भागे थे छोटे-छोटे कदमों से—अम्मा के पीछे-पीछे ... मगर पिता की मजबूत बाँहों ने उन्हें झटके से खींच लिया। अम्मा का चिंघाड़ भरा विलाप ... 'छीन लो, छीन लो! तुम मुझे ज्यादा से ज्यादा दुख दो ऽऽऽ ...' माँ की सिकुड़ती हुई ठोड़ी और निकले दाँतों से कटते हुए होंठों की दुखद तस्वीर कभी नहीं भूले वे ... वह तस्वीर सारंग से क्योंकर आ मिली!

वे शायद उसी काले इतिहास को उजाले में देखते फिरते हैं। माँ की अवश आँखें, उनकी लाचारी की भारी शिला ... श्रीधर का मन कुचलकर धर गई। दर्द की कड़ियाँ जुड़ती जाती हैं—रेशम की दर्दनाक मौत! बाँदीपुर में भेड़ियों से घिरी केका। और यह सारंग ... ये स्त्रियाँ उनकी माँ की छवि में तिर आती हैं। तभी तो श्रीधर पगला, हरामी, लुच्चा, बदमाश हो गया!

मन में प्रेम की लौ निरंतर जलती रहती है, लेकिन हाथ बढ़ाकर किसी को अपना लेने की हिम्मत नहीं कर पाए। अवश और संज्ञाहीन! मन टूटने लगता है, पुरुषत्व

चकनाचूर ··· माँ की छवि आ जुड़ती है किर्च-किर्च वजूद से और श्रीधर भक्तिभाव से औरतों को देखने लगते हैं।

मगर भक्तिभाव! सारंग से मिलने-जुलने पर अंकुश! नहीं, वे नहीं रह पाएँगे सारंग के बिना। उन्हें मिलना होगा। एक अदृश्य ताकत ललकार रही है। देते रहें रंजीत अपने बयान। उछालते रहें उनके चाल-चलन को। बच्चों को पढ़ाने जैसे पवित्र काम पर उनको धब्बा साबित करते रहें। हो सकता है, तबादला भी करा दें। ··· लेकिन तबादले के नाम पर श्रीधर का मन थर्रा गया। नहीं, नहीं! दूर से ही सही, सारंग के आसपास बने रहना ही काफी है उनके लिए। वे उसकी गली से भी नहीं गुजरेंगे। मन बड़ी कच्ची चीज है! सोचना आसान है। प्यास बढ़ती जाती है।

बेकरारी से कमरे में टहलने लगे। सिर भिन्ना गया, देह जलने लगी—बुखार चढ़ा है उन्हें। बुख़ार कि सारंग के बिछोह का ताप? तड़पने लगे श्रीधर।

घड़े में से एक लोटा पानी औंझा और गटागट पी गए। मगर सब व्यर्थ!

कोई सारंग को लिवा लाए। वे उसे आगोश में भर लें और बस एक बार यह कह पाएँ—तुम जैसी दिलेर, मगर बदनाम, लांछन ढोनेवाली पतित स्त्री को मेरा प्रणाम। तुम ईमानदार और सच्ची औरत की साहसी तस्वीर हो—सदेह-सप्रमाण। मैं तुम्हें प्यार करता हूँ सारंग।

सारंग ने चंदन को ही भेजा है, साँझ ढले।

'मास्साब, तुम्हें हमारी अम्मा ने बुलाया है।'

'तुम चलो, मैं आता हूँ। और यह बताओ कि तुम्हारे चाचा कहाँ हैं?'

'चाचा घर हैं। तुमको भँवर चाचा की मड़इया पर बुलाया है अम्मा ने।'

'अच्छा!' श्रीधर होंठों ही होंठों में बोले।

बच्चा कहकर चला गया। श्रीधर का अंश वापिस आ गया हो जैसे। हाथ-पाँव फुर्ती से चलने लगे। नई कमीज सिलाई है, सोचते थे इगलास मीटिंग में जाएँगे तब पहनेंगे। लेकिन आज ही पहन रहे हैं। पैंट सिकुड़ गई है—इस्तिरी कर लें? टेपरिकार्डर के बटन पर कब उँगली दब गई?

··· हम आज कहीं दिल खो बैठे, हम आज कहीं ···
यों समझो किसी के हो बैठे, हम आज कहीं ···

सारी निराशा धुल गई। आँखों के सामने छाया अँधेरा और मन के तंतुओं की उलझन कहाँ बिला गई? ··· नजरों में समाया कोई, मगर कौन आया किसी को क्या है खबर ···

चलते समय टेप बंद किया। दरवाजे का ताला लगाया।

रास्ते भर सारंग की तस्वीर आँखों के सामने नाचती रही—दो संजीदा आँखें ··· चंचल

गर्दन—कबूतरी की तरह। लंबा कद और सादा बाना!

'श्रीधर, मैं तुम्हें घर नहीं बुला सकती अब। रंजीत सूँघते रहते हैं। गंध मिलते ही दबोच लेंगे।' सारंग ने कहा था, तो वे हँस पड़े थे, 'चोरी चोरी मिलना होगा?'

तड़प उठी थी सारंग, 'मेरी लाचारी को चोरी मत कहो। झूठ और चोरी की राह ही अख्तियार करनी होती तो इतने दुख ··· जिस घर में रह रही हूँ, उस पर मेरा हक कितना है, यह भी कोई कहने की बात है? घरवाले का घर है श्रीधर, और वह मालिक मुझे कभी भी मेरी औकात बता सकता है। फालतू में तुमको मुसीबत में ···'

सारंग पुरानी रीतियों, कुरीतियों, रूढ़ियों से लड़ती तो शायद इतना टकराव न होता, उसका रास्ता दूसरा है, जो बेहद टेढ़ा और शूलों भरा है। क्योंकि वह पति से लड़ना चाहती है। कई बार मन में आता है, समझाया जाए उसे कि देखो, परंपराओं में रहकर, रीतियों को मानकर तुम सुखी और सुरक्षित रहोगी। तुम ऐसी सत्ता से लड़ना चाहती हो, जिससे अब तक तो कोई जीता नहीं। रंजीत का विरोध करके खुद ही चूर-चूर हो जाओगी।

कैसे समझाऊँ उसे?—सोचते हैं श्रीधर। मैं कौन हूँ उसका? स्कूल का मास्टर। थानसिंह और प्रधान जैसों की आँख का काँटा। मेरी दुश्मनी-दोस्ती से उसे क्या लेना-देना? आखिर क्या चाहती है वह? कोई तंतु तो है जो उसको मुझसे जोड़ता है, और उसी जुड़ाव के सहारे मैं उसके सुख-दुख के करीब पहुँचता हूँ। क्या रंजीत का कठोर खुरदरा बर्ताव उसको असंतोष देता है? वह किसी मुलायम कोमलता की तलाश में है? सभ्य-शिष्ट व्यवहार के लिए तरसती है? मुझमें कौन से गुण देखे हैं फिर कि वह घर की मर्यादा दाँव पर लगाकर मुझसे यहाँ-वहाँ मिलती है? खुद को खाक करने पर तुली है, क्योंकि वह यह भी जानती है कि परपुरुष—वर्जित फल!

··· मुझे ही पीछे लौट लेना चाहिए। मैं अपनी कुंठाओं की भरपाई क्यों करता फिरता हूँ? अपने अभावों के खाली घड़े ··· कभी किसी के द्वारा, कभी किसी के ···

श्रीधर एक पल को ठिठक गए। लौटने के विचार से।

पीछे से एक ठहाका गूँजा। मुड़कर देखते हैं—दो-तीन लड़कों के बीच मनोहर! कालिज में पढ़नेवाले लड़के हँस रहे हैं उनकी ओर देखकर। मनोहर गाता है—'लागी छूटे ना, लागी छूटे ना अब तो सनम ··· अई श्याबासे! कब का गीत निकाला है मनोहर भइया!'

श्रीधर तिलमिला गए। तेज कदमों से आगे चल दिए। ··· यह मोह नहीं टूट सकता। उन्होंने खेत में बालिश्त भर लंबे-लंबे पौधों को देखा—कोमल और हरे-भरे—मौन ताजगी भरे गीत से! ··· सारंग तू ने जो भरोसे की फसल उगा ली है, अपने भीतर—मैं उसे रौंद नहीं सकता—श्रीधर के मन में दृढ़ विचार आकर ठिठक गया। इस धरती से मोह हो गया है—जगह-जगह, कोने-कोने प्यार, ममता और भरोसा खोजनेवाला श्रीधर आगे ही आगे बढ़ता चला जा रहा है। माँ मरखप गई, खाक हो गई। उसकी खाक की जगह सारंग जैसी युवतियाँ पाँव धरेंगी, तो मिट्टी सोते से जाग उठेगी।

बूढ़े सूरज की लाल-लाल धूप। उसरा जगमगा उठा।

'मैं बाबा से कहकर आई हूँ श्रीधर। अब तो उनसे चंदन के जरिये बोलने-बतियाने का सुभीता हो गया है।' गुलाबी धोती की हरी किनारी का नन्हा सा घूँघट, सारंग सामने खड़ी है।

ओसारे में चारा काटनेवाली मशीन गड़ी है। कुटी का छोटा सा ढेर पड़ा है मशीन के पास कोने में। बाहर दो बैल खूँटों से बँधे जुगाली कर रहे हैं।

ओसारे में एक ओर बनी छोटी सी चबूतरी पर बैठ गई सारंग—पाँवों के बल। श्रीधर पाँव लटकाकर बैठे। वे देख रहे हैं—सारंग का मुख गुलाब के फूल सा खिला हुआ। हर चिंता से मुक्त। जैसे अपनी जिंदगी के रथ की खुद सारथी हो।

'श्रीधर!'

'हाँ।'

'चंदन को अब तक दाखिल नहीं किया?'

'कोई लाया ही नहीं।'

'यह तुम कह रहे हो?'

श्रीधर अनसमझ से उसका मुँह देखने लगे।

'आगरे से कौन लाया था उसे?'

गुलाब से खिले चेहरे में से धीरे-धीरे एक अंगारा सा उभरता आ रहा है।

'अरे तुम तो खामख्वाह इतनी परेशान ··· बाबा को ही भेज देना।'

'श्रीधर, तुम क्या कहना चाहते हो?'

'तुम सुनने के मन से आई हो?' कहकर हलके से मुस्कुरा दिए श्रीधर।

'मैं ठट्ठा करने नहीं आई, देखो,' वह क्रोधित होकर बोली।

'जानता हूँ। कोई गम्भीर बात ही होगी, तभी तुम आई हो। वैसे तुम्हारी ताकत को मैं कम नहीं आँकता कभी। सुन चुका हूँ, डोरिया को पिटवाने के लिए एक पहलवान बुला लिया था।' श्रीधर फिर हँस दिए।

सारंग का चेहरा तन गया और भी। बदहवासी उतर आई।

'गुस्से से लाल हुई औरत! सचमुच पहली बार देख रहा हूँ। अब तक तो औरतों को रोते, मिनमिनाते ही देखा है।'

'सुनो पहले मेरी। मैंने चंदन को अंडे की तरह सेने नहीं बुलाया। डर-भय त्यागा है तो उसको आँचल में दुबकाने के लिए नहीं। ··· लेकिन यह जरूर सोचा था कि तुम इन खतरों में मेरे साथ-साथ रहोगे,' कहकर सारंग ने श्रीधर की बुजदिली दिखा दी।

'सारंग! मैं तुम्हारे साथ नहीं क्या? आगे अब तक इसलिए नहीं बढ़ा कि मेरे किए की सजा तुम्हें मिलेगी,' श्रीधर अपनी मात पर तिलमिला उठे।

'यह सोचकर बड़ा अहसान किया! रंजीत तुमको सारे इलजामों से बरी कर देंगे। तुम्हें जोड़कर अब मुझे गाली नहीं देंगे। यही सब चाहते हो तो एकदम ही ताल्लुक काट दो श्रीधर ··· क्योंकि अब दामन बचाकर भी आग से नहीं बच पाओगे। तुम जिंदगी जी

रहे हो। मेरे लिए जिंदगी और मौत बराबर हो गई हैं। तुम्हें बेदाग रहने की लालसा है, और मैं दागदार जीवन से डरती नहीं,' उसके कठोर और वज्र होंठ!

'सारंग, तुम कैसी बातें करती हो!' बेहद दुखी हो गए श्रीधर। आवेश में कंधे पर हाथ धर दिया ज्यों मनाना चाहते हों उसे।

झटक दिया श्रीधर का हाथ।

'मुझे अकेली छोड़ दो। तुम्हारे जैसे बुजदिल मास्टर पर भरोसा करके मैंने गलती की। तुम जैसे ही होते होंगे, जिनके चलते स्कूल के बच्चे अपने गाँव-सिवाने से दूर पटक दिए जाते होंगे। तुम अपना रजिस्टर चंदन के पिता के कहने पर ही खोलोगे? बाबा के रूप में एक मौहर चाहिए तुम्हें? मेरा कहना कोई माने नहीं रखता? कम से कम मैं तुमसे ऐसी उम्मीद नहीं करती थी।' एक तीखी, हृदय को भेदनेवाली मुस्कान सारंग के होंठों से उठी और श्रीधर के आरपार हो गई।

जब मीठापन नहीं होता सारंग में तो वह अतिरिक्त कठोर हो जाती है। श्रीधर उन लपलपाती नजरों के सामने सिर नहीं उठा सके।

'अब देखो न मेरी तरफ!'

तिल-तिल पिघलने लगी सारंग, 'मेरा कुछ भी तो तुमसे छिपा नहीं है श्रीधर! तुम वही तो हो, जिसने मेरे दुख को मेरी आँखों में घूँघट के भीतर ही पढ़ लिया था। मैं आज तुम्हें दोष देने नहीं आई, बस यह कहना चाहती हूँ कि मेरे पाँवों में पड़ी बेड़ियों की झनझनाहट को तुम सुनकर भी अनसुना कर रहे हो, या बहरे हो गए हो?' कहते-कहते सारंग का चेहरा फिर सख्त होने लगा।

श्रीधर सजग और सतर्क हो गए। नींद से उठे मनुष्य की तरह, एकटक देखते रहे सारंग को। सारी आवाजें कानों में तिर रही हैं। ये आवाजें ऊँची, और ऊँची होती जाती हैं। उनकी अपनी ही आवाजें ... सारंग का संकल्प! तुम दामन बचा रहे हो श्रीधर—रंजीत के क्रोध से डर रहे हो। सारंग की गृहस्थी के उजड़ जाने का अपयश दहला रहा है तुमको। तुम चुपचाप हो, लेकिन वह अपने जीवन की धार मोड़ने में लगी है। ऐसा न होता तो चंदन को तुम्हारे हाथ सौंपना चाहती? तुम पर विश्वास है, उसके बच्चे को सही आकार दोगे। विश्वास न होता तो इतनी खीझती?

... अपनी ताकत को घटते कौन देखना चाहता है? रंजीत के अपने दुख हैं।... लेकिन सारंग जो सोचती है, उसे व्यवहार में लाने पर उतारू है। अपना फैसला, जुझारूपन और आजादी का साक्षात् रूप—सारंग ... मैं इसी सारंग से मिलने आया था?

'सबेरे चंदन को भेज देना,' कहकर श्रीधर ने सारंग का हाथ थाम लिया।

'श्रीधर, मैं चंदन को आगरे किसी सूरत में नहीं लौटने दूँगी,' चुनौती भरा तेवर ओसारे में फैल गया और उसने श्रीधर का हाथ जकड़ लिया।

आठ

औरतें करवाचौथ का व्रत कर रही हैं।

एक जमाना था, जब जाटों में करवाचौथ नहीं मनाई जाती थी, लेकिन जब से लड़कियाँ-बहुएँ अलीगढ़-हाथरस में जाकर सिनेमा-ठेठर देखने लगी हैं, तब से 'मैं तो छोड़ चली बाबुल का देस, पिया का घर प्यारा लगे' के अंदाज में सजकर नाचती-गाती हैं—सातों कौम की स्त्रियाँ।

रंग-बिरंगे कपड़ों में सजी ब्याहुली-गौनायतों, अधेड़-बूढ़ी स्त्रियों के दल खेरापतिन दादी के चौक में आ जुटे। कजरौठ का मानिकचंदी सुनार दादी के चबूतरा पर बैठता है अपनी बकुचिया सजाकर—मीनादार बिछिया, चाँदी का गुच्छा, चिड़ी-पान की तोड़ियाँ।

हरिप्यारी नाइन ने गुलकंदी की काढ़ी हुई रंगीन बोरी बिछा दी, जिस पर अल्ता, बिंदी, काजल, चुटीला, किलफें, पौडर-क्रीम सजे हैं।

शेरअली की दादी मंगो जमाने से चूडियाँ पहनाती आई है, सो आज भी बैठी है—कामदानी, प्लेन, रेशमी और धूप-छाँह की चूडियों की मालाएँ सजाए ।

कुम्हारिनें सबेरे से झालों (बड़ी डलियों) में करवे धरकर डोल रही हैं घर-घर। जितनी सुहागिनें उतने ही करवे। उतने की ढक्कन। उतने ही दिवले।

सारंग ने मुँह अँधियारे ही चौका-आँगन लीप लिया था। गुलकंदी को बुलाकर भीगे चावलों का ऐंपन पिसवाया। गेरू से दीवार पोती। करवाचौथ काढ़ने में सारंग के जोड़ की कोई औरत नहीं। पहले जमाने में बड़ी बहू रहीं, उसी की तरह चीतनेवाली। पर अब तो बड़ी बहू की गर्दन हिलती है, हाथ काँपते हैं।

सारंग ने करवाचौथ काढ़ी है, ज्यों कागज पर छपी तस्वीर हो—पूरे चंद्रमा का गोला, जिसके हाथ, पाँव, पेट, कमर, आँख, नाक, कान सबकुछ। आसपास सात भाभी—चुनरी ओढ़े हुए। छः भाई कुर्ता-धोती पहने हुए, एक भाई नसैनी पर चढ़ा चलनी में ढककर दीपक दिखाता हुआ। बीजा बहन अर्घ्य देती हुई ··· बाकी चूड़ी-बिछिया के संग सुहाग-पिटारी।

आज ब्याहवाली साड़ी पहनी है सारंग ने। गुलाबी रेशमी साड़ी की हरी फूलदार किनारी। माथे पर लाल बिन्दी। आँखों में काजल। पाँवों में पायजेब, गले में हँसली और कानों में झुमकी झिलमिला रही हैं। सोने का और सारंग का एक रंग। गली में घूँघट डालकर निकलती है तो लोग कनखियों से देखते हैं।

मलूकाई में सारंग के मुकाबले की कोई धिय-बेटी न बहू-बधू।

··· लेकिन आजकल रंजीत नहीं देखते उसकी ओर। देखते क्यों नहीं, खूब देखते हैं। पर कहते हैं—चेहरा वही, रंगरूप वही फिर बदला क्या है? कुछ बदला जरूर है सारंग! तुम पहली सारंग क्यों नहीं लगतीं?

सारंग क्या सोचे, क्या नहीं? आज की घड़ी उसके सुहाग की पवित्र बेला है। निर्जला

व्रत रही है वह।

औरतों की किचरमिचर मची है। रिसाल की बहू कहती है—चूड़ियाँ तो तब पहने कोई जब मुट्ठी में दाम हों। सास से माँग ले। दे दिए सास ने। सास पहले तो अपना ही टिमाक पूरा कर ले। कलावती चाची विधवा हैं न सधवा, भागे हुए पति की पत्नी। उनके शृंगार को लेकर यह सीधा वार। उन्होंने धोती के छोर में बँधी गाँठ खोली और फेंक दिया दस का नोट बहू की ओर, 'बीच लुगाइयों में मेरे सिर दोस मढ़ रही है छिनार। लै, पहर लै चुरी, हम्बैतौ। मैं नहीं पहरूँगी। तू खुस रह।'

'अरी गुलकंदिया, तू भी बरती रही है?'

'अरी काये को जुलम करती हो! वारी-कुँवारी छोरी बरती रहती हैं, बोलो तो? हद्द है संता बीबी की।'

'फिर मेरी जीभ औखटी है! रतनलाल के संग नहीं सोई, तो क्या छोरी उनकी उमर की खैर न मनाये? रह जाती उपासी। उपास में क्या दोस?'

कलावती चाची ने वार खाली नहीं जाने दिया, 'रतनलाल! कौन पूछ रहा है रतनलाल को? अब लाली तो बिसुनदेवा के नाम के लोटा ढार रही है।'

भला अपने मोहल्ले की गुलकंदी की अवज्ञा देख लें लौंगसिरी बीबी? तड़ाक से बोलीं, 'लेउ, सूप बोले तो बोले, चलनी भी बोली, जिसमें बहत्तर छेद। तू ही बता दे, तेरी सत्तो रही है बरती?'

कलावती चाची ने बात अनसुनी कर दी, और चंदा अर्थात् भँवर की अम्मा से बतियाने लगीं।

'अब काए को सुनेगी? अरी वे ऐरन मुलम्मा के कि खरे सोने के? मुलम्मा के ऐरन वाले के लिए कौन रहता है बरती। बरती तो उसको ही रहेगी जो रात को ... अपने फूलसिंह जीजा को। क्यों संता, आधा खसम सत्तो के नाम करा दिया तैने?'

कलावती चाची खड़ी हो गईं और ताली पीटकर बोलीं, 'मेरी सत्तो, खसम के होते-सोते पीहर में नहीं रह रही राँड़ की तरह। हम्बैतौ।'

बात सीधी लौंगसिरी बीबी पर मारी थी, वे तिलमिला गईं। जवाब तो देना था, सो दिया, 'तेरी सत्तो तो बड़ी सतजुगिन है। रिसाल की बहू ने कैसे राँड़ की तरह हबर-हबर खा लिया। तेरे बेटा की करवाचौथ को सींग दिखा दिया सौत।'

कलावती चाची ने बहू को चबा जानेवाली नजरों से देखा।

सत्तो, जो अब तक शान्त थी, धीमी आवाज में बोली, 'भाई, लुगाइयों की हद्द है। आठ दिना पीछे आएँगे, हमारे 'ये', लिवा ले जाएँगे। हम किसी का कुछ खा रहे हैं क्या?' सत्तो की माँग में छटाँक भर ईंगुर भरा है। अठन्नी भर बिन्दी माथे पर लगी है। पाँवों की तीन-तीन उँगलियों में बिछिया पहने है। अठ्ठा पर अठ्ठा निकल रहे हैं—कोई आया न गया।

चर्चा है—कि बड़ी बहू चाय पी-पीकर बरत रहती हैं। औरतें कहती हैं—बूढ़ी है बिचारी,

पी लेने दो चाह। भवानी पका बेर ठहरा, टपके तो टपक जाए। थानसिंह की औरत बैकुंठी बरत नहीं करती। भूखी रहने पर बेहोश हो जाती है। सास कहती है—मक्कड़ बना रही है। थानसिंह पढ़ा-लिखा मास्टर आदमी, कह दिया कि कोई जरूरत नहीं है अरवा-करवा चौथ की। सब साले ढोंग।

—धुंधी के बेटा की बहू को पीलिया हो गया। दवा खाती है। आज दवा नहीं खाएगी। दवा के साथ पानी भी तो जाएगा। बरत खंडित हो जाता है ऐसे। एक दिन में मर तो नहीं जाएगी। देख लो चरनसिंह के बेटा की बहू को! पेट काटकर अपरेसन हुआ था। कल ही गाड़ी में धरकर लाए हैं, पर बरत नहीं तोड़ा। निर्जला रही। कहती है—हम मर जायँ तो हमारा सौभाग्य। सुहागिन मरना कितनों को मिलता है? पति के कंधों पर चढ़कर चिता तक जाएँगे। मुँह से पानी की बूँद नहीं छुआई। भाई ऐसी होती हैं सती। ऐसी सतियों से ही चल रहा है संसार, नहीं तो अब तक दुनियाँ रसातल को चली गई होती।

खेरापतिन दादी के सन से सफेद बाल कातिक की नरम धूप में चाँदी से चमकते हैं। औरतों के बीच आ बैठीं। सूँ सूँ सूँ का बारहमासी जुकाम ··· दादी कहानी कहना शुरू करेंगी। मुँह पर कथा कहने के पहले की गम्भीर मुद्रा।

'अरी बातचीत बन्द करो। सास-नन्द की निन्दा बस बस! कहानी सुनो,' हरिप्यारी नाइन ने हाथ उठाकर खड़े-खड़े ऐलान किया।

चूड़ी, बिन्दी, अल्ता, नाखूनी की खरीद थोड़ी देर के लिए रुकी।

दादी पीढ़ा पर बैठी हैं। सिर की धोती तनिक माथे की ओर सरकाई। गोरे लकीरों भरे होंठों में हरकत हुई—

सात भइया और सात भाभी!

तिनके एक बीजा बहन। बीजा बहन के ब्याह की पहली करवाचौथ। सात भइयों की प्यारी, दुलारी, आँख की तारईं बीजा बरती रही। 'आज तो तुम्हारी बहन बरती रहेगी। तुम सातों भोजन-पानी कर लो,' भाभियों ने अपने-अपने पतियों से कहा।

खा लें, बिना बीजा के? नहीं; हम नहीं करने देंगे बरत। हमारी फूल सी बहन कुम्हला जाएगी। हमसे न देखा जाएगा।

भाभियाँ बोलीं—अरे! हम कितने सालों से भूखी-प्यासी रहकर बरत करती आ रही हैं, तुम सातों ने एक बार भी यह बात नहीं सोची। आज अपनी बहन का बड़ा दर्द लगा।

हाँ लगा। हम अन्न-पानी ग्रहन नहीं करेंगे। भइयों ने ऐलान कर दिया। सो भइया भी निर्जल बरती। करवाचौथ का चंदा देर से निकलता है। बखत भारी पड़ने लगा। हलक सूख गए। देह ढहनाने लगी। अब क्या हो? हमारी बहन तो प्रान तज देगी भूखी-प्यासी। छोटे भइया को एक जुगत सूझी। दीया और चलनी लेकर नसैनी पर चढ़ गया। दिया के ऊपर चलनी ढककर पेड़ बराबर ऊँचाई से बोला, 'चंदा निकल आया। अरघ दे दो। बीजा से कहो अरघ दे दे। बीजा ने भाभियों से कहा—चलो अरघ दे आएँ।

भाभियाँ बोलीं, हम तो नहीं देते अरघ। इतनी जल्दी चंदा कहीं निकलता है?

बीजा ने सोचा—मेरा भइया झूठ क्यों कहेगा भला?

वह उठी, करवा भरा और अरघ दे आई।

भौजाइयाँ हँसीं। प्यार में आँधरे हो गए भइया!

सातों भइया खाने बैठ गए। बीजा भी संग बिठा ली। उसके सामने थाली परसकर आई, बीजा ने हाथ जोड़ लिए—करवाचौथ मइया, मेरी भूल-चूक माफ ···

पहला गिरास तोड़ा बीजा ने, सो बाल निकला कौर में।

दूजे में निकली मक्खी।

और तीजा गिरास तोड़ते ही ··· खेरापतिन दादी एक क्षण को रुकती हैं, लम्बा साँस छोड़ती हैं, फिर कहती हैं—तीजा गिरास तोड़ते ही बीजा के सासरे का भंगी आन पहौंचा दरबज्जे पर—कुँवरजी नहीं रहे!

बरत खंडित! बीजा पति-मारनी। बीजा हत्यारी। बीजा पापिन।

भौजाइयों ने ननद का मुँह न देखा।

बीजा जैसी बैठी थी, वैसी ही चल दी सासरे। जो भाग में बदा था, सो हुआ। बरत खंडन भी किसी देव-दानो ने कराया होगा। आदमी की क्या सामा?

पर देखो सत्त की माया! खेरापतिन दादी नाक से तीन बार सूँ सूँ सूँ की ध्वनि निकालती हैं—बीजा अपने पति की लहास लेकर कोठे में बैठी रही साल भर। लहास में हरे-हरे काँटे फूट आये, बीजा बीनती रही। करवाचौथ का इन्तजार करती रही।

आई अगली करवाचौथ। भाभियों ने अठावरी मनसी। करवे पलटे—अधवर खानी करवा लै। सदा सुहागिन करवा लै। भूखी-प्यासी बीजा! मुरझाई-ढहनाई बीजा! रोती हुई बोली, करवा तब लूँगी, जब मेरा सुहाग लौटा दोगी।

बड़ी भाभी कहती है, हम कहाँ से लौटा दें? छोटी से माँग। उसके आदमी ने ही तेरा बरत तोड़ा था। बीजा ने छोटी की चूँदरी पकड़ ली। छोटी ने अपने करवे में से ननदोई पर छींटे मारे। कुँवरजी हरे-हरे करके उठ खड़े हुए।

अंत में खेरापतिन दादी हाथ जोड़ती हैं, आँखें बन्द करती हैं—हे मेरी करवाचौथ मइया, तू साल की साल आ। जैसी बीजा बहन की घड़ी फेरी, सबकी हजारी उमर कर।

औरतों ने पल्ले डालकर खेरापतिन के चरण छुए। हाथों में कलाए बँधवाए। करवे की महत्ता समझाती हैं दादी—बंस बढ़ोतरी की निसानी है करवा। साल भर तक सँभालकर रखना।

सारंग ने करवे में पानी भरा, चंद्रमा निकलने से पहले। दिया उजियार कर करवे के ढक्कन पर रख लिया। साड़ी का पल्ला सिर पर साधे हाथ जोड़कर बैठ गई। दीपक की लौ को प्रणाम कर रंजीत का ध्यान करने लगी। आँखों में मंगल कामनाएँ—हे करवा चौथ मइया, रंजीत ··· यह मिट्टी का करवा—बंश की निशानी।

यह! दीपक से उठती सुनहरी लौ!

लौ में जगमगाते—श्रीधर! श्रीधर! श्रीधर!

सारंग हड़बड़ा गई। मेरा व्रत खंडित होता है क्या? ओ खेरापतिन दादी, यह गैर मर्द मेरे उपवास की लौ में! पाप हुआ जाता है। बीजा बहन ने दीप जलाया था न दादी? दीप की रोशनी में काँटे बीने थे पति की देह में से?

यह दीपक छल है, या रोशनी? मैं कपट कर रही हूँ या ईमानदारी बरत रही हूँ? कोई बताओ मुझे, मैं क्या कर रही हूँ यह?

लौ एक तेज से बराबर जल रही है। सारंग ने दीया उठा लिया करवे के ऊपर से। मेरा भ्रम है यह। यहाँ रंजीत न श्रीधर।

··· नहीं, रंजीत भी हैं यहाँ, और श्रीधर भी। करवे में कौन स्थापित है? दीये की लौ में कौन जगमगाता है? सारंग बार-बार आँखें मूँदती है, बार-बार खोलती है।

तुम से डर लग रहा है? श्रीधर तुम मेरा व्रत खंडित करने चले आए। तुम यह भी जानते हो कि इस लौ को फूँक मारकर मैं बुझा नहीं पाऊँगी ···

रंजीत गुमसुम से रहते हैं। सारंग देख-देखकर परेशान थी। बार-बार कहती थी, 'मैंने कोई गलत काम तो नहीं किया। बाबा से पूछ लो। चंदन को दाखिल तो करना ही था।'

रंजीत झुंझला गए, 'सारंग, तुम अपने कामों पर बाबा की मोहर लगा देती हो। जानती हो कि मैं अपने बाप से गाली-गलौज और जूतम-पैजार नहीं कर सकता। और इसी का तुम फायदा उठाती हो। मैं कौन हूँ अब इस घर में? मेरी औकात ही क्या रह गई है?'

सारंग कुढ़कर रह गई। भला यह भी बिसूरने की बात है। सीधा करो, उलटा लगता है। इसमें इनका महत्त्व कम हो गया?

कहाँ खुद भी कहते थे, 'चंदन को आगरे भेजना पड़ा। नहीं तो इसी स्कूल में अच्छी तरह पढ़ लेता। श्रीधर मास्टर बड़ी मेहनत करता है बालकों के संग। थानसिंह कुछ कहे, प्रधान कुछ बके, मास्टर की योग्यता और लगन में कमी नहीं। ये सुसर तो बेईमान हैं। इनकी आँखों में क्यों चढ़ेगा श्रीधर?' सारंग क्या-क्या याद करे?

कभी-कभी इतने कठोर हो जाते हैं रंजीत कि उन्हें पहचानना मुश्किल पड़ता है। उनकी नीयत का खुलासा ऐसी घड़ियों में होगा, कहाँ पता था? इतने दिनों किस भ्रम में रही फिर? प्राणों से प्यारा पति दुश्मन हो उठेगा, यह समय का खोट है या मेरा?

मुझे मालूम है कि भँवर की मड़ैया पर रंजीत लगातार तीन दिन तक जाते रहे कि मास्टर के संग मुझको धर पकड़ें। लेकिन ऐसा सुअवसर उन्हें मिला नहीं, यह बात अलग है। आज भी दो-एक जगह निगाह मारते हुए आएँगे, अवश्य। साहस और पक्केपन के बाद की स्थितियाँ कितनी गम्भीर हो जाती हैं, सारंग से पूछे कोई। चंदन का स्कूल में दाखिला कराना संगीन जुर्म माना जा रहा है, 'उस साले के कारण तू लड़के को भी मरवा डालेगी,' रंजीत ने कहा था।

सारंग खौफ से भीतों पर चढ़ती धूप को देख रही है, जैसे आँगन में अँधेरा होते

ही कोई खतरनाक डाकू आनेवाला है, जो बेकसूरों को ही मारा-कुचला करता है। वह खुद को कुचले जाने के लिए तैयार कर रही है। उसका अनुभव है—शायद हर औरत अपने कसूर-बेकसूरदार तन-मन को इसी तरह तैयार करती रहती है—मालिक की निगाह किस तरह पड़े?

कितना गलत सोच रही थी सारंग।

उसक वहम ही निकला न, शोक-दुख के हहराते सोचों का ज्वार!

रंजीत हँसी-खुशी आए हैं।

पेशानी पर साइकिल चलाने का कसाला जरूर है पर होंठों पर मुस्कुराहट है। जब मुस्काते हैं, तो बहुत सुन्दर मुस्काते हैं। वह निछावर होने लगी।

घर से लाल किनारियों से बना झोला संग ले गए थे, इगलास से काला बैग कंधे पर लटकाकर लौटे हैं—शहरी मुसाफिर की तरह।

कमीज-पैंट पहनकर गए थे, उठी कालर का सफेद खादी का कुर्ता, वैसा ही पाजामा में नेताजी का वेश। प्रधानजी पर भी नहीं फबता ऐसा तो। धूप में रहकर कलछौहें न पड़े होते तो अंगरेजी रंग निकल आता रंजीत का ।

सारंग के मन का कलुष धीरे-धीरे हलका पड़ने लगा। बीड़ी की जगह सिगरेट!

अरे देखो तो जैंटिलमैन को!

नेता बनें, चाहे सिगरेट पियें। बैग डालकर शहरी बाबू बने डोलें, हमें क्या? हमारे लिए तो वही—चेरी से क्या होंगे रानी। सारंग ने रंजीत को कनखियों से देखकर चट से पीठ मोड़ ली।

'क्या अभी तक रिस-गुस्सा ही बैठी हुई हो?' रंजीत धरती पर काला बैग धरकर खोल रहे हैं। 'छोड़ो, तुम भी अपनी आदत नहीं छोड़तीं। एक बात को गेरू की तरह घोलती रहोगी।'

'जैसे गाली देकर गए थे, आकर भी दो। इन बातों से कुछ बदलनेवाला नहीं।'

'अरे! तुम तो सचमुच सिर पर अंगारों भरी परात धरे खड़ी हो! मैंने कौन सी गाली दे दी, मुझे तो याद भी नहीं है। तुम भी पुरानी बातों को ⋯'

'सबेरे की कही बात पुरानी हो गई! तुम्हारे लिए हो गई होगी पुरानी, भूल भी गए तुम! कमाल है! पर जिसके तीर लगा, उसके घाव की टीस दूसरा कोई कैसे जानेगा?'

'लो, चंदन के लिए कुछ कापियाँ, पेंसिल, पैमाना, नई चाल की रबड़ और ड्राइंग बॉक्स ले आया हूँ। पढ़े तो अच्छी तरह पढ़े। साला यह मास्टर भी देख ले कि हम गाँव में रहते हैं, तो कुबड्ड नहीं। ज्ञान रखते हैं हर चीज का।'

सारंग की आँखें—कली से फूल की तरह विकसित होती गईं। सारा कलुष मन ही मन धो डाला। बोली, 'यह ⋯ यह ⋯ यह तुम!' हकला गई बोलते समय।

'अरे, जिसकी माँ निर्जल व्रत रहकर घर-गृहस्थ का उद्धार चाहे, उसका पिता उस माँ के बेटे के लिए किताबें भी नहीं ला सकता?' सारंग ने लक्ष्य किया कि रंजीत के

मुँह में पान की गिलौरी भी है।

'आज यह छैलई? पहचाने नहीं जा रहे, तुम्हारी कसम।'

'गोरी तेरे नैना हैं जादू भरे, ओ गोरी तेरे ... ' रंजीत का पान भरा स्वर। पहले शुरुआत में कभी यही गीत गाया करते थे, आज कितने दिनों बाद ... मौज-मस्ती के लम्हे!

रंजीत का रूप-मन सबकुछ बदल गया। कम समय बीता है? पुरे बारह वर्ष। किताबों में भी लिखा है बारह वर्ष में देह हर तरह से बदल जाती है, उसी के हिसाब से मन। प्रकृति से मिले इस बदलाव को रोकनेवाले ज्ञानी कितने होते हैं?

लेकिन रंजीत तो पुरानी अवस्था को लौट रहे हैं। उनकी आँखें किशोर बालक की तरह चंचल हैं। उनके हावभाव अल्हड़ युवक के से। वे चौका में सारंग के पास आ बैठे। परात में रखे सूखे आटे को टटोलते रहे। सारंग ने अपनी ओर परात खिसकाई और आटे में पानी डालकर दोनों हाथों से माँड़ने लगी। रंजीत मँड़े आटे में से जरा सा तोड़कर विभिन्न आकार बनाने लगे—आदमियों के से आकार। घर का सा रूप।

'सारंग, सोचता हूँ अब की बार बसंत के मेले में तुम्हें भी ले जाऊँ।'

वह चूल्हे में कंडों के टुकड़े रखकर सुलगाती रही।

'आज तो कमाल ही हो गया।'

सारंग ने सिर उठाकर देखा—'क्या कमाल?'

'तुम होतीं तो देखतीं।'

वह उसी मुद्रा में।

'तुम विश्वास नहीं करोगी,' मुस्कुराहट के कारण उनके सुंदर दाँत झलक उठे।

'क्यों नहीं करूँगी?'

'अरे भाई, तुम हमको समझती ही कुछ नहीं।'

'बातें न बनाओ।'

रंजीत धरती पर पाल्थी मारे बैठे हुए हैं। गरम चादर कंधों पर पड़ी है। चेहरे पर सरसों के फूलों की सी ताजगी।

'फत्तेसिंह प्रधानजी भी याद करेंगे सारंग। हम पहुँचे तो ब्लॉक में किसान सम्मेलन चल रहा था। गाँवों के प्रधान, पंच, सरपंच सब। ब्लॉकों के एडिओ-बीडियो-सैनेटरी इंस्पेक्टर तक। अलीगढ़ के अफसरों से लेकर आगरा रीजन की अफसरान टोली। दो विधायक और एक सासंद। तमाम तामझाम।

'अफसर ऊँचे मंच पर पड़ी कुर्सियों पर विराजमान। सामने लम्बी सी मेज, जिस पर गुलदस्ता में सजे फूल। भाई, बड़ी शोभा। कालेज के दिन याद आ गए।

'भाषण चलने लगे।

'दो-एक ही लोग बोले होंगे कि मंच से नीचे जाजिम पर बैठे किसान लोग ऊँघने लगे। पूछा तो बोले, भइया हमारे पल्ले नहीं पड़ रहा है। झूठे को भी। ये कौन सी बोली बोल रहे हैं? सारंग, वे लोग वजनदार शब्द इस्तेमाल करके भाषण को भारी तो बना सकते

हैं, पर जरूरी तो नहीं कि उन शब्दों का जनता पर पड़नेवाला असर भी भारी हो। वे ठहरे एक से एक धुर अज्ञानी। और दूसरी पार्टी ताजादम चमचमाती किताबों का रस पीकर आई थी जिनको हल-पटेला कभी सपने में भी न दिखाई दिए हों। खुरपी-फावड़े लकड़ी-लोहे से बनते हैं, या प्लास्टिक और रबड़ से, वे बता नहीं पाएँगे।

'लम्बे-लम्बे बयान मैं भी सुन रहा था।

'सुन रहा था कि कुढ़ रहा था।

'जब सब बोल चुके। रीत गए सबके ज्ञान-कोष, तब हमारे फत्ते भइया ने हाथ जोड़कर विनम्र स्वर में बड़ी तहजीब से पूछा, महानुभाव, हमारे साथ हमारा छोटा भाई आया है। शहर में पढ़ा है, मगर उसको कार्यरूप गाँव में दे रहा है। गाँव में रहनेवाला, किसान भाइयों के बारे में कितना कुछ न जानेगा? किताबें पढ़कर जिसने डिगरी हासिल की है, वह उस शहरी ज्ञान से भी वाकिफ है। एम.एससी. एजी. पास हमारे रंजीतसिंह। आपकी रजा हो तो दो बोल आपके सामने ...

'नहीं-नहीं भइया, हम नहीं।

'अरे बोलिए जी। बोलिए। बोलो भइया, तुम्हारी ही बात हमारी समझ में भर जाए।

'माइकवाले ने ऐलान किया, 'किसानों की भागीदारी अनूठा रूप प्रदान करेगी आज सम्मेलन को। आपकी समस्याएँ—आपके ही सुझाव! क्या आयडिया है!

'मैंने बोलना चालू किया—

'सर! जो कुछ पढ़ा है उसके आधार पर मुझे कृषि वैज्ञानिक मान सकते हैं आप, और जो कुछ किया है, उसके चलते किसान।

'वैसे हमारे गाँव के लिए यह धिक्कार की बात है कि सोलह दर्जा पढ़ा लड़का हल जोते, खेत सींचे, खलिहान उठाए। ... लेकिन मैं इसी बात को आदर्श मानता हूँ अपना।

'मेरे दोस्तो! पढ़कर मुझे रासायनिक खाद और उन्नत बीजों की किस्मों के बारे में पता चला, नई-नई तकनीकों की जानकारी मिली। बंजर धरती का कटाव रोककर, उसमें अनुकूल खाद-खुदाई करके उपजाऊ बनाने के नुसखे हासिल हुए।

'दूसरी ओर अनुभव ने यह ज्ञान दिया कि कीटनाशकों के दुष्प्रभाव को देखा जाय तो एक डरावनी तस्वीर हमारे सामने होगी। एल्डरिन बड़ी खतरनाक चीज है। खून का कैंसर इसी का फल है, यह तो मैं साबित नहीं कर सकता, लेकिन इतना कह सकता हूँ कि किसानों का स्वास्थ्य खराब करने में इसका बहुत बड़ा हाथ है। बी.एच.सी. और डी.डी.टी. भी जहरीली चीजें हैं। हमारे पशुओं में कैंसर की रसौली जैसी बीमारी इसी का फल है, मुझे ऐसा लगता है। इसे बंद करके भी देखा है मैंने। डी.डी.टी. तो शरीर के अन्दर जमता जाता है, यह ध्रुव सत्य है। खर-पतवार खत्म करने की दवा केंचुओं, गिजाई और बीरबहूटियों का नाश कर देती है। ये कीड़े धरती के दोस्त हैं। पक्षी भी मर जाते हैं कीटनाशक दवाओं के असर से। किसान इन्हें प्राकृतिक-स्रोतों की हत्या मानता है। ... मगर वही अनपढ़ किसान, दुर्भाग्य का मारा, आज तक सूदखोरों के चंगुल से नहीं

निकल पाया।

'हालाँकि पुराने किसानों के पास अनुभव की सम्पदा है। वे बादलों की जाति-प्रजाति देखकर ही बता देंगे कि बरसनेवाली घटा कौन सी है—करिया बादर जी डरवावे, भूरा बादर पानी लावे! मिट्टी सूँघकर घोषणा कर देंगे कि इसमें गेहूँ बोना ठीक रहेगा या चना? कि मिट्टी अभी बीज पचाने लायक बनी भी है या नहीं? उन बूढ़ों को आप क्या कहेंगे? वैज्ञानिक!

' ··· मगर यंत्र-उपकरणों ने किसान की हाड़तोड़ मेहनत और समय की बचत की है। जो लोग पूरी तरह उन यंत्रों का इस्तेमाल करते हैं, उनके लिए खेती साल भर की नहीं, महज तीन दिन की है—ट्रैक्टर, थ्रेशर, कल्टीवेटर, सीड्रिल!

'उख्टा रोग, चेंपा, इल्ली-गिड़ार, टिड्डी आदि फसलनाशक चीजें हमारे देशी साधनों से काबू नहीं आतीं तो किताबों में उन पर काबू पाने के कारगर साधन दिए हैं। वैज्ञानिकों ने खोजें की हैं। उख्टा रोग का उपचार फसल चक्र! अर्थात् बदल-बदलकर फसल उगाना। एक ही अनाज की किस्म बोते रहने से हरी-भरी फसल को सूखने का रोग लग जाता है। अतः गेंहू के बाद चना, चना के बाद मटर, मटर के बाद ··· उसके उपचार हैं।

'और मेहासिन काढ़ने से ग्रामवधुएँ इंद्र भगवान से मेह बरसवा लेती हैं! आप कहेंगे अंधविश्वास! लेकिन विश्वास फलने लगे तब?

'असल में अनुभव और ज्ञान-विज्ञान के जरिये नए किसान का जन्म होगा, धरती को नया जीवन मिलेगा। अब पता नहीं कि ये विचार कैसे लगे आप लोगों को?

'मैं हाथ जोड़े खड़ा था। तालियों की गड़गड़ाहट से शामियाना गूँजता रहा—पट् पट् पट् पट् पट्!' रंजीत तालियाँ पीटते रहे, जैसे उनकी हथेलियों में शाबशी की फसलें उग आई हों!

सारंग का चेहरा आह्लाद से लाल हो गया और चमकती नजरें झिलमिला उठीं। रंजीत की कीमत पहचान ली न लोगों ने!

वे नरम और गहरे स्वर में बोले, 'सारंग नैनी, सुन लिया? कैसा लगा?'

'जुबान से क्या कहूँ?' कहकर सारी खुशी मोहक मुस्कान के हवाले कर दी।

'हाँ! तो तुम्हारे श्रीधर प्रजापति, प्राइमरी पाठशाला अतरपुर के अध्यापक, ही नहीं ले आए ज्ञान और विद्या का ठेका! हमें भी बहुत कुछ आता है। तुम समझती हो रंजीत क्या? धूल-गर्द भरा खुरदरा किसान!'

'तुम ऐसा सोचते हो?' सारंग ने आश्चर्य से आँखें फैला दीं।

रंजीत मौज में आए हुए हैं, उसके गाल पर प्यार भरी चपत लगाकर बोले, 'चलोगी मेला देखने? उस मास्टर को भी ले चलेंगे संग। फत्ते भइया के ट्रैक्टर में ट्रॉली लगा लेंगे।'

सचमुच सारंग की खुशी का पारावार नहीं। साथ ही साथ उसके अचरज का ठिकाना नहीं। ये रंजीत कभी अगिया बैताल तो कभी रस की धार! मास्टर अच्छा भी लगता है और बुरा भी! हद हैं रंजीत ··· लेकिन मैं कब क्या करूँ? किस समय कैसा व्यवहार?

तुम्हारा मन घड़ी-घड़ी बदलता है। मुझसे कहते हो तुम मुझे कुछ समझतीं नहीं। नौकरी करता तो मेरी कद्र करतीं। तुम्हें कौन समझा सकता है?

एक दिन दोपहर ढले सचमुच ही ट्रैक्टर ले आए रंजीत। कजरौठ के सुलैमानसिंह का ट्रैक्टर। सारंग से जिद करने लगे—चलो बैठो।

बताओ, काम के दिन! और इन्हें मौज-मस्ती सूझ रही है!

मोहल्ले के बालक इकट्ठे हो गए ट्रैक्टर के आसपास। भँवर की अम्मा ने समझा रंजीत अपना ट्रैक्टर ले आए हैं। पूछने भागी आई, 'कितने का आया है बहू?'

'मैंने कहा था न, काम-धन्धा फिर कर लेना। गेहूँ फिर नहीं बिनेंगे?' रंजीत ने गेहूँ भरा ढला उठाकर एक ओर रख दिया। बाँह थाम ली सारंग की, 'चलो, जल्दी।'

रंजीत बालक की तरह हाथ पकड़ते हैं। बड़े-छोटे का भी ज्ञान-विचार नहीं मानते फिर।

भँवर की माँ हँसती हुई लौट गईं। बाबा मुस्काने लगे चुपके-चुपके। सारंग ने घूँघट में से देखा। अच्छे खेल कर रहे हैं। कौन कहेगा ये दस वर्ष के लड़के के बाप ...

'अरी, चली जा री बहू। हमारे खेत में चना का साग हो गया है, तोड़कर लेती आना। बैठ जा टैक्टर में।' सारंग जान गई बाबा चने के साग का बहाना ले रहे हैं। मन मगन है बाबा का। खेरापतिन दादी से कहा था—खेरापतिन, अपनी आँखों से वह दिन देखने को तरस गया हूँ, जब रंजीत और बहू हँसें-खेलें। घर भीतर से हँसने-बोलने की आवाजें आतीं ही नहीं! बड़ा जी घबराता है।

चंदन को ने जाने किसने इत्तला दे दी, स्कूल छोड़कर भागा चला आया।

'अम्मा, तू इगलास जा रही है। टैक्टर में बैठकर? मैं भी चलूँगा। चड्डू खाऊँगा।'

'तेरे मास्साब गुस्सा करेंगे, चल स्कूल में,' रंजीत ने डपट दिया चंदन को।

सारंग ने बेटे को चढ़ा लिया अपने पास। चल, आ गया है तो आ जा। पर मैं इगलास नहीं जा रही। खेतों पर चल।'

खेतों की छटा देख रही है सारंग। कहने को रोज आती है इधर, पर संग-साथ और मुक्त मन की बात कुछ और होती है। आज रंजीत रोजवाले रंजीत नहीं लग रहे। खेत रोज देखे खेत नहीं लग रहे। कितना शान्त संसार है! हराभरा, भरापूरा! ट्रैक्टर की गद्दी पर स्टीयरिंग थामे रंजीत मन मोह-मोह लेते हैं।

चंदन किलक रहा है। जिद करता है, 'चाचा, मैं चलाऊँगा ट्रैक्टर। राकेश चलाता है। मुझे चिढ़ा रहा था कि तेरे घर में बैलों से खेती होती है। चाचा, तुम भी ले आओ न अपना ट्रैक्टर। ले आओगे न? तब मैं उसको दिखा दूँगा कि देख, हमारा नया ट्रैक्टर। तेरा तो झज्झड़ है।'

'तेरी अम्मा कहेगी तो ले आएँगे,' एक पल पीछे को देखा रंजीत ने, और मुस्कुरा

दिए। ऐसी जानलेवा मुस्कान! सारंग की आँखों में कलियाँ चटकने लगीं।

'अम्मा कह दे न? अभी कह दे। चाचा ले तभी आएँगे।'

'बड़ा बाबरा है तू चंदन! जैसे ही तेरे चाचा, तैसा ही तू,' सारंग ने बातों ही बातों में ताना दिया, मीठा ताना।

रंजीत खूब तेज दौड़ा रहे हैं ट्रैक्टर।

'चलो, इगलास ही चलो अब,' सारंग कहती है। 'बहुत दिनों से नहीं गई मैं तो शहर। घर से ही फुरसत नहीं।'

'पइसा लाई है अम्मा? पेड़ा लेंगे,' चंदन को सदा खाने की पड़ी रहती है।

'तू तो चंदन चटोरा ठहरा।'

'कह दो—बिलकुल बाप की तरह चटोरा,' रंजीत चेहरा पीछे मोड़कर बोले।

करवाचौथ से दीवाली तक! पूरे बारह दिन!! हाँ, पूरे बारह दिन से मुँह नहीं देखा श्रीधर का । सारंग का घर शांत है। उसके मन में कोई हलचल नहीं। रंजीत प्यारे मीठे पति हो चले हैं। सारंग का एक-एक नखरा साधते हैं।

हे भगवन्! ऐसे ही रखना मेरा संसार। मुझे कोई जरूरत नहीं काँटों में उलझने की, लांछन सहने की, बदनामी कराने की—सारंग बार-बार सोचती है।

दीवाली के दिन घर-आँगन लीपा। चौका-चूल्हा सहेजा। पूरी-पकवान का दिन है दीवाली। सारंग सबेरे से लगी है। रंजीत खील-बताशे धर रहे हैं थालियों में।

'अरे भले आदमी, सबेरे तो पूरियों का चूरमा बँटेगा। तू खील-बतासे धर रहा है,' बाबा आँगन में खड़े-खड़े कह रहे हैं। नया कुर्ता-धोती और सदरी पहने खड़े हैं बाबा।

'बाबा! बाबा! सुनो बाबा!' चंदन बाबा का कुर्ता खींच रहा है।

'बता, क्या कहता है?' बाबा ने चंदन के सिर पर हाथ फेरकर पूछा।

'बाबा मैं अनार लाऊँगा। राकेस लाया है। पाँच रुपया दे दो। दे दो बाबा! मैं अनार लाऊँगा,' चंदन ने बाबा की जेब में हाथ डाल दिया।

'अनार? वह धमाकेवाला! अरे नहीं! बड़ी खतरनाक चीज है। लाने दे राकेस को। वह तो औटपाई (शैतान) है। तू बदमासी मत करे।'

'धमाका नहीं बाबा, फुलझड़ी की सुर्री। सुर्री छूटेगी। तुम देखना। कुंती बीबी के ब्याह में नहीं छूटी थी सुर्री? बाबा, पाँच रुपया दे दो। ऊँ हुँ हुँ ऊँ ⋯ ' चंदन हुनहुनाने लगा।

'ले, और सावधानी से चलाइयो, हाँ,' बाबा ने पाँच रुपए दिए हैं चंदन को। रंजीत मुस्काते हैं, 'माँ की तरह चालाक-चतुर है। बाबा को भरमा ही लिया।'

सारंग होंठ बिचकाती है, 'मेरी तरह कि अपने बाबा की ही तरह। अंगरेजों की आँखों से बचकर भाग आए थे, उसी बाबा का नाती है। रस्ता चलतों को बातों में दे लें बाबा।'

रात के समय काँसे की थाली में दिवला उजियार कर सजा लिए सारंग ने।

सौरती पूजते-पाजते रात ज्यादा हो गई।

अमावस की अँधियारी रात। सास के थान पर दीप धरने जाना है। चंदन तो सुर्री, धमाके-पटाखों में ऐसा मस्त है कि दोपहर से घर में नहीं आया। रंजीत को ताश खेलने की जल्दी है। सारंग झल्ला उठी, 'खा लिया, खेल लिए। लड़का और बाप दोनों को और कुछ सूझता ही नहीं—अम्मा के थान की याद है किसी को? बाबा कैसे कहें बेचारे? सकुच में बैठे हैं। और यहाँ अपने सिवा दूसरे की चिंता ही नहीं लोगों को।'

रंजीत ने तुरंत टॉर्च खोजी। 'चलो, चलो जल्दी। मैं चल तो रहा हूँ।'

'हाँ हाँ, कैसी जल्दी मच रही है! जुआ के पत्ते जो बँट गए होंगे। भाई, बाबरे हो गए इस गाँव के आदमी तो,' सारंग बड़बड़ा रही है।

रंजीत टॉर्च लेकर खड़े हैं बाहर। सारंग दीयों की थाली लेकर पीछे-पीछे चल दी। रंजीत को खील-बताशों की पोटली पकड़ा दी। सामने से चंदन आता दिखाई दिया। उन्होंने पोटली चंदन के सिर पर रख दी।

एक दीपक सास के थान पर। दूसरा गाँव के सिवाने पर। तीसरा पथवारी पर। चौथा खेत में। पाँचवाँ मंदिर पर। छठा घेर में।

स्कूल पर आते ही रंजीत ठिठक गए।

'मास्टरजी! ओ मास्टरजी!'

'अजी, अँधेरा कैसे कर रखा है?' कहते हुए वे भीतर घुसते चले गए फाटक के।

श्रीधर बाहर निकल आए।

'अरे! रंजीत भइया! आओ, आओ! मैं बाबा के पास जरूर आता।'

'मैं एक बार और देखता गया हूँ। कहाँ गए थे?'

'नम्बरदार ने बुला लिया था। उनके दरवाजे का बल्ब फ्यूज हो गया था। सो नया लगाकर आया हूँ। फिर लौंगसिरी बीबी के घर चला गया।'

सारंग अब भी चारदीवारी के बाहर खड़ी है।

'चंदन! अपनी अम्मा को लिवा ला यहाँ। दीया नहीं धरेगी स्कूल में। सेंतमेंत में ही बेटा को पढ़ा लेगी,' कहकर रंजीत हँस पड़े। श्रीधर भी हँसने लगे।

सारंग और चंदन आ गए, धीरे-धीरे।

'खील-बताशे दे मास्साब को। पाँव पूज। खड़ा है उजबक सा। दीया धरो सारंग।'

चंदन और सारंग चाबी भरे खिलौने से वही करने लगे, जो रंजीत कह रहे थे। अँधियारे में उजियारा भर गया। खील-बताशों से श्रीधर की गोद भर दी।

सारंग ऐसी नहीं दिखती अक्सर। श्रीधर ने एक निगाह अचरज से देखा।

'श्रीधर मास्टरजी, चलो, घर चलो। बाबा ने अभी कुछ खाया-पिया नहीं। तुम भी यहाँ अकेले। यह बात ठीक नहीं। हमारे रहते तुम …'

'मैं आ जाऊँगा, रंजीत भइया।'

'कैसी बात कर रहे हो? सारंग कहती क्यों नहीं? इनके लिए खाना नहीं बनाया क्या

तुमने?'

सारंग क्या कहे? उसे कहने का कितना हक दिया है? कैसे पूछे रंजीत से?

रंजीत नहीं माने, श्रीधर को साथ ले आए। चंदन मास्साब से पटाखे छोड़ने की बातें बता रहा है। राकेश की चुगली कर रहा है कि वह कितने खतरनाक पटाखे चला रहा है।

'ताश खेलोगे मास्टरजी?'

'आप कहोगे तो खेल लेंगे,' श्रीधर मुस्कुराकर बोले, सारंग की ओर भूलकर भी नहीं देखा।

'खाना खाकर चलना आप हमारे संग।'

बाबा के पाँव छूकर प्रणाम किया श्रीधर ने।

सारंग को लगा, उसके घर की दीवारें, छतें, खिड़कियाँ, आँगन, रौसें ⋯ सब हिल रहे हैं। धरती भी कसमसा रही है। श्रीधर तुम क्यों चले आए? मैं कहाँ तक लड़ूँ?

प्रधान को मोह लिया है रंजीत ने।

लोग खेतों में पहला पानी देते हुए चर्चा करते हैं। गाय-भैंस चराते ग्वाले हों या मेहनती मजदूर, एक स्वर में कहते हैं—रंजीत भइया को दूसरा प्रधान समझो—छोटा प्रधान।

पंडित चरनसिंह बौहरे बोले, 'लीडरी सीख रहे हो भइया! सीखो, सीखो।'

भवानीदास ने मुस्कुराकर कहा, 'हाँ भाई, अकेला फत्ते क्या-क्या काम करे? मददगार तो कोई होना ही चाहिए।'

झज्जू बोला, 'बात में घुंडी है लाला (बात में घुंडी कहना झज्जू की पुरानी आदत है)।

'तेरी आँख में तो सुसरे सुअर का बाल है। हर बात में घुंडी दिखाई देती है।'

'न मानो तो देख लेना। अपने आप समझ में आ जाएगी तुम्हारे भी।'

'समझ में आ नहीं रही? खूब आ रही है। ग्राम पंचायत के चुनाव को अब ज्यादा दिन नहीं। फत्तेसिंह अपना मुकट उतारकर रंजीत के माथे पर धरना चाहते होंगे, सो टिरैनिंग दे रहे हैं अब ही से,' लाला ने बात साफ कर दी।

'यह तो नेक काम होगा लाला। वैसे प्रधानजी ऐसे त्यागी जीव नहीं कि सत्ता-सासन निरमोह होकर छोड़ दें।'

'अब तक तो खूब पेट भर गया होगा!'

'पेट भर गया होगा, मान लिया। पर मन भरा है किसी का जस और धन से? सहज छोड़नेवाले नहीं फत्तेसिंह।'

'रंजीत बेचारा इसी लाहक से बेगार में लगा है, कि चुनाव में फत्ते के गुट का समर्थन मिल जाए तो नैया पार हो जाए। मेहनत-मशक्कत करने में क्या खर्च होता है?'

'ऐसे ही थानसिंह को सरपंची का लोभ दिया था, पर बेचारे थानसिंह का तो तब

से जी ही चैन में नहीं। एक न एक बनउआ (झंझट) लगा ही रहता है।'

'खैर! आजकल रंजीत का झंडा ऊँचा है। और एक अचम्भा भी देख लो कि रंजीत जिन गाँववालों को, जिन गरीब, दीन, मेहनती किसानों को प्रधान के हाथों खटमल की तरह मसला हुआ मान रहा था, उनको धरउअल गालियाँ देता है। कहता है—गँवई धुर्र और बदतमीज आदमी! इनको भोला-सीधा कहना गुनाह है। एक से एक छँटा पौलसीबाज है। सरकारी आदमियों के कान कतर सकते हैं ये लोग ⋯ और जमा कर देंगे जाकर सरकार में।'

सचमुच इन दिनों रंजीत झुँझलाते हैं, 'प्रधान भइया कहते हैं, मजदूर लगा दो पोखर खोदने को। कहाँ से लगा दें? सलगी गड़रिया तक ने पशु अस्पताल के डॉक्टर, कम्पाउंडर को पटा लिया है—हेरफेर करके। वे पूछ रहे थे—तुम्हारे गाँव के शालिगराम, जो भेंड़-बकरी ⋯ जरा भेज देना उनको।

—यह वही सलगी है, जो रोज पीछे-पीछे घूमता था कि भइया कहीं मजूरी ⋯ अपने चारों लड़कों को लगा दूँगा। अब तो सुना है कि दो लड़के पशु डाक्टर के घर काम करने लगे हैं। दो ईख छील रहे हैं। जब ईख का रस मिले तो पोखर का काम क्या रुचेगा? फत्ते कहते हैं उनके लिए जिन्न की तरह आज ही मजदूर पैदा करो। विकास-कार्य जल्दी से जल्दी होना है। हथेली पर राई नहीं टिकती एकदम। पंचायत चुनाव की धमकी सुन लो फिर। पंचायत चुनाव न हो गया, साला भिड़िया-बघर्रा हो गया कि आया आया आया!

अच्छा धंधा है यह! लोग उनको प्रधान का दायाँ हाथ समझकर जाली काम सधवाने चले आते हैं। बीस बार समझा दिया है कि जालसाजी नहीं चलेगी। ऐसा ही चाहते हो तो पन्नासिंह के बाप से बात कर लो। मोतियाबिंद का फायदा उठाओ। बिना देखे अँगूठा मारेगा बूढ़ा।

'उन्हें दम लेने की फुरसत नहीं। सरकारी पैसा लौटाना नहीं है। भले किसी बहाने अपने पास रख लो'—फत्तेसिंह कहते हैं।

भँवर हँसता है, 'भइया, विकास-कार्यों में पइसा फूँक रहे हो, विकास साला धुआँ होकर रह जाता है। अच्छा हो विनाश-कार्यों में लगा दो। पोखर खुदवाओ नहीं, पटवा दो। नालियाँ पुरवा दो। गलियाँ खोद डालो। ग्राम समाज की जमीन पर मधुशाला। प्रधानजी का प्लान ऐसा ही है। कुछ तुम करो, कुछ वे। मामला सैट हो जाएगा।

'पंचायत सैकेटरी, ग्रामसेवक ⋯ कोई भी नहीं रहता यहाँ। अपना ही राज है। वे बिचारे रहें भी कैसे? अंगरेजी स्कूल यहाँ है नहीं। ऊँची एड़ी के सैंडिल पहनकर आई थी पंचायत सैकेटरनी, सो पाँव फिसल गया, ऊँची-नीची गलियों में। तुरंत हाथरस ले भागे। डाक्टर बोला—फ्रैक्चर! तब से सरकारी आदमी यहाँ रहने की कसम खा गया।'

भँवर सदा निराशाजनक बातें करता है।

रंजीत को उसकी बातें नहीं सुहातीं। वे इंच-टेप लेकर जा रहे हैं, गली नापने।

रंजीत नाप रहे हैं—नाली बनेगी कहाँ से कहाँ तक? खड़ंजा होगा कहाँ से कहाँ तक?

मोहल्ला तय है। गली तय है। मगर वे गाँव भर को नापे डाल रहे हैं। कोई बात नहीं। सबको हौंस सी भी लगी है, देखें तो उनका घर कितना रकबा समेटे है?

वे बताते जाते हैं—यह लड़ामनी टूटेगी। इस नाँद को फोड़ दो। यह चबूतरा दो इंच ज्यादा निकला है आगे को। यहाँ ये किसके बैल बँधे हैं? शिवला के। क्यों, यह तो परसादी की जमीन है? जिसका कब्जा तीन साल से ज्यादा रहे जमीन उसी की मानी जाती है—रंजीत क्या समझते नहीं इस बात को? इस बात पर फौजदारी हो सकती है। फौजदारी और दीवानी के मुकदमे लड़े जा सकते हैं; इतना रुपया खर्च हो सकता है कि बँधे हुए बैल भी बिक जायँ। मामला अपने आप समझौते की डगर पर आ जाएगा।

नहीं जी, लेखपाल बताएगा। सूत-सूत बराबर धरती का हिसाब उसके पास रहता है। साला लेखपाल! स्याही में पानी मिलाकर धुँधला लिखता है, खुद को लेखपाल नहीं, लोकपाल समझता है।

'भाई, गाँव के आदमी कम बेईमान नहीं, मेरी सुनो,' लेखपाल ने कहा था। 'मेरे नक्शे में यह जमीन परसादीलाल वल्द तोलाराम की है, लेकिन नाँद-लड़ामनी शिवला की गड़ी हैं। भँवरसिंह की नाली यहाँ नहीं, यहाँ से दस कदम के फासले पर थी, मगर वह तो अपनी जगह से पंद्रह फीट हट चुकी। खूबाराम (भँवर के पिता) सीधे-सादे, मुँह में बोल नहीं, केवल हाथों से नियमपूर्वक दो गोंदा कीच नाली के किनारे धरते रहते हैं। प्रगति आपके सामने है। वे चाहें तो नदियों का रुख मोड़ दें। हा हा हा हा!'

भँवर झेंप गया।

'जमीन के मामले में सबके सब गलाकाट मुकाबले में माहिर हैं,' लेखपाल ने कहा था। बेचारा रुआँसा हो गया।

रंजीत की भवें चढ़ गईं।

'अवैध अधिकार! ग्राम समाज की जमीन पर कब्जा! हटाओ ये छप्पर। फोड़ो ये चबूतरा। यहाँ किसी की बेईमानी नहीं चलेगी। यह किसी के बाप-दादों की जमीन नहीं है। खोलो गाय-बकरी। खोलो बछड़ा-बच्चा।

'लाओ रे फावड़ा, ढहाओ यह चबूतरा। सरासर गलत। देखो, गली कितनी तंग हो चली है।' मजदूरों के फावड़े चलने लगे। रंजीत की विजय का डंका बजने लगा।

फत्तेसिंह प्रधान लपकते कदमों से आए और पीछे से रंजीत के कंधे पर हाथ धर दिया—रंजीत ने पलटकर देखा, 'फत्ते भइया!'

'पहले यह ···' उन्होंने रंजीत के हाथ से नापनेवाला फीता लिया और एक तरफ फेंक दिया, जैसे वह विषैला साँप हो।

फिर तेज साँस लेते हुए रंजीत के कान में फुसफसाए, 'तोता गड़रिया को हमें बेघर दिखाना है—कागजों पर।'

'बेघर कैसे? इसका तो यह घर ···'

'हर बात का जबाब गली में देना ठीक नहीं,' कहकर फत्तेसिंह ने रंजीत की पीठ

थपथपा दी।

'आगे बढ़ो रंजीत, और देखो, ज्यादा जुल्म किसी पर मत करो। वोट देते समय ये लोग याद रखते हैं। फिर हमें तो अपने पद के हिसाब से मीठा व्यवहार करना चाहिए। कागा की तरह धन हरनेवाली आवाज ''' दुखदायी होती है। आगे बढ़ते जाओ।

'ग्राम विकास तभी हो सकता है, जब आदमी का अपना विकास हो। इशारे में समझ लो तो कहूँ—निर्णयक वोट तो ये ही हैं।'

वोट! उम्मीदवार! चुनाव! प्रधान! ये दो-चार शब्द रंजीत पर धतूरे का सा असर करने लगे। हरियाली देखकर किसका मन नहीं बदलता? मनुष्य-प्रकृति।

मनोबल गजों ऊँचा बढ़ गया। गाँव की बागडोर उनके हाथ में है। मौका है।

साला हरपरसाद! कितने सेठों की मालिश करेगा? सेठ तो वहाँ बैठे हैं बम्बई में। चुनाव होगा अतरपुर में। कहता था—नाई हूँ तो क्या, चुनाव नहीं लड़ सकता? छोटी कौम की सीटें रिजर्ब हैं। रिजर्ब-बेरिजर्ब सब पैसा खाती हैं। रुपयों के खड़ंजा जमा देंगे। नालियाँ पक्की करा देंगे। मुँह सामने की बातें बड़ी फर्क होती हैं।

देखें रुपया जीतता है या हमारा काम, योग्यता, भाईचारा?

फत्तेसिंह प्रधान के चबूतरे पर पंचायत बैठती है, लेकिन कोई मंत्रणा करनी हो तो वे अपनी बैठक का इस्तेमाल करते हैं। हुकमसिंह इंतजाम में लगा हुआ था।

बैठक में से कुर्सी-मूढ़ा उठा दिए गए, केवल एक दरी बिछी हुई है। कुँवरपाल चमार उसी दरी पर बैठा है। थानसिंह मास्टर भी कुँवरपाल के पास ही आकर बैठ गए। झज्जू की नीयत और उसकी निष्ठा को जानते हुए भी प्रधानजी ने बुला लिया है। कल के दिन यह न हो कि प्रधानजी अपने आदमी जोड़कर मास्टर के ऊपर दबाव बनाना चाहते थे।

थानसिंह का तबादला हो गया, जिम्मेदार श्रीधर प्रजापति है।

चार लोग इकट्ठे करके यह खुलासा करना है कि श्रीधर मास्टर ने अपनी जिद के कारण थानसिंह को सजा का भागीदार बनाया है। झज्जू भी सुन ले और श्रीधर के हितैषी भी।

सो इस सभा के खास सदस्य रंजीत को भी बुलाया गया, विशेष तौर पर। वे आए, मगर झज्जू, भँवर और पन्नासिंह के पास न बैठकर प्रधान के पास बैठ गए। प्रधानजी जानते हैं यह बात कि रंजीत के मन में इस समय दुविधा होगी। और इसमें शक नहीं कि दुचित्तापन है उनके भीतर। तय नहीं कर पा रहे कि थानसिंह के तबादले के विपक्ष में बोलना चाहिए या श्रीधर के आदर्शों का साथ देना चाहिए।

मन में आया कि हवा का रुख देखेंगे वे। चुनाव में खड़े होने की बात सोचते हैं, तो प्रधान को नाराज करना कहाँ की बुद्धिमानी है? लेकिन प्रधान गलत बात पर अड़े तो? श्रीधर की शुभ और सच्ची बातों का विरोध करे तो? मेहनती और विद्वान अध्यापक को खामख्वाह जलील करना ''' बाबा को बुलाने चल दिए रंजीत।

किसी ने कहा नम्बरदार भी आ जाते। आ गए न नम्बरदार! जब देखो तब सुराज और महात्मा गाँधी की मिसालें। दस पीढ़ियों तक वही ढोल बाजता रहेगा? हमने तो नहीं देखे महात्मा गाँधी! कौन बोला यह? गंगाराम बोल रहा है। और कौन बोलेगा?

थानसिंह! गर्दन डालकर मत बैठ यार, तू भी राँड़ के जँवाई की तरह ··· प्रधान पंचायत जोड़ रहे हैं, और क्या करें, बता? लो भवानीदास भी आ गए। खाता पुजवाना था फिर भी?

श्रीधर आ गए। नीली कमीज और सफेद झक्क पैंट। अधबहियाँ स्वेटर-सलेटी।

कुछ देर सभा में चुप्पी छाई रही। शुरुआत भवानीदास ने ही की, 'भाई मास्टरजी, थानसिंह ने तुम्हारे संग कुछ बुरा नहीं किया। हम तो यह जानते हैं कि तुम्हें इस गाँव में लानेवाला थानसिंह है, और तुमने उसी की जड़ ··· बात का छोर फत्तेसिंह ने पकड़ लिया, 'आज हम ही तुम्हारे खिलाफ एक अर्जी लिख दें तो?' प्रधान ने कहकर थानसिंह के तने हुए चेहरे की ओर देखा।

बाबा आ चुके थे, पीछे बैठे थे, वहीं से बोले, 'चुप कैसे बैठे हो सिरीधर, दे दो ज्वाब।' श्रीधर बाबा की ओर देखकर किंचित मुस्कुराए और खड़े हो गए।

'ताज्जुब है, आप लोग मेरी औकात इतनी ऊँची नाप रहे हें। मैं अफसर हूँ क्या?'

थानसिंह धीर-धीरे सिर हिला रहे हैं; चेहरे पर व्यंग-भाव है। यकायक बोले—'सारी जिम्मेदारी हैडमास्टर पर आ पड़ती है, और गलती तुम्हारी थी मास्टर श्रीधर।'

'मेरी गलती! क्या थी मेरी गलती?' श्रीधर उँगलियाँ हिलाकर पूछते हैं।

'यही कि अलीगढ़ के हैड आफिस से अफसर का हुकुम आया था कि वे इगलास से होते हुए हाथरस जाएँगे। आप बालक-बच्चे लेकर सड़क पर पहुँच जायँ। बी.डी.ओ. ने अफसर के स्वागत में तुम्हारा स्कूल कजरौठ पर बुलाया था।' जवाब प्रधानजी ने दिया।

'इतना बकवास हुकुम! स्वागत ही कराना था तो कजरौठ के स्कूलवाले बच्चों से करा लेते। हमारे बालकों का समय और मेहनत जाया करने में उनको क्या आनन्द आ रहा था? अच्छा मजाक है प्रधानजी ! आप भी उसी की पैरोकारी कर रहे हैं। मोटर से आनेवाला अफसर यहाँ तक नहीं आ सकता और हमारे बच्चे दो मील रास्ता तय करके वहाँ तक जाएँ। वे अपनी ड्यूटी न निभाएँ? विद्यार्थी ही उनके सामने जाकर खड़े हो जाएँ। क्या गारंटी थी कि वे समय पर ही गुजरते? तब क्या हमारे बालक भूखे-प्यासे वहाँ पूरे दिन खड़े रहते?'

'मैं तुससे बहस नहीं कर रहा हूँ मास्टरजी। मैं तो कह रहा हूँ कि थानसिंह खामख्वाह ··· '

'प्रधानजी, याद है आपको, आपने क्या कहा था? यही कि अफसर घोड़ों की तरह हिनहिनाते हुए चाहे जब चले आते हैं। ठीक कहा था आपने। पर ये अफसर तो उनसे ज्यादा गए-गुजरे निकले।

'मैं मना कब कर रहा हूँ कि थानसिंह मास्साब ने मुझको ऑडर नहीं दिया था, दिया था। कहा था तैयारी कराओ। पर प्रधानजी कैसी तैयारी? मैं तो बच्चों से खुद कह चुका

था कि अफसर यहाँ भी आएगा, तब भी हम लोग कक्षाओं में नहीं जाएँगे। क्योंकि उन्होंने स्कूल का सामान नहीं भेजा। टाट-पट्टी, मेज-कुर्सी, खेल का सामान, संगीत का सामान, घड़ी आदि देने का या तो वादा मत करो, या फिर ईमानदारी से दो। पढ़कर हम ईमानदार बनना चाहते हैं, झूठे और मक्कार नहीं। सवाल यह है कि यह सामान अतरपुर के लिए फटा-पुराना, टूटा-फूटा ही भेजा जाएगा। बहुत हुआ तो जोड़-गाँठ करा दी। लेकिन कजरौठ के लिए सबकुछ साबुत नया चमकदार क्यों? इसलिए कि वहाँ एम.एल.ए. जी का निवास-स्थान है। इगलास में क्यों? इसलिए कि वह सड़क पर है, तहसील है, अफसर वहीं आते हैं। नेता उसी स्कूल को देखते हैं।

'प्रधानजी, वेश्या अपने शरीर को सजाती रहती है, लेकिन आत्मा? दीजिए मेरी बात का जवाब। आत्मा जो दिन-दिन बदरूप होती जाती है। गाँव ऐसी ही तो आत्मा है जिसके भाग्य में विनाश की ओर जाना लिखा है।'

प्रधानजी श्रीधर का मुँह देखने लगे। निरुत्तर।

थानसिंह को गुस्सा तो बहुत ज्यादा है, मगर सरकारी बातों में वे अपने क्रोध को धीमी लय पर रखते हैं, क्योंकि श्रीधर ने एक अर्जी दे दी तो दूसरा बवाल और खड़ा हो जाएगा।

'भाई श्रीधर, इस मामले को तो निबटवाओ। एस.डी.आई. तुम्हारी फेंटी का है,' कुँवरपाल ने मिचमिची आँखों को और छोटा करते हुए कहा। कुँवरपाल जब बोलता है तो लगता है सीटी बजा रहा है।

'मैं कैसे निबटवाऊँ? एस.डी.आई. मेरा बाप होता तो भी मेरी बात न मानता। उनके और जिला शिक्षा अधिकारी के बीच क्या बात हुई है, मैं क्या जानूँ?'

'अजी, ऐसी बात नहीं है!' रंजीत ने कुछ कहने के लिए कुछ कहा।

थानसिंह रुआँसी आवाज में बोल रहे हैं, 'बताओ, मेरी क्या गलती थी? मैंने क्यारियों में पानी तक खुद डाला, स्कूल की झाड़-पोंछ कराई कि क्या मालूम अफसर यहीं न चला आए। सुसर स्वागत गान इतना पुराना हो गया था कि गाते-गाते घिस गया था, सो नया स्वागत गान इगलास के एक कवि 'अंगारे'जी से लिखवाकर लाया। लेकिन अकेला चना क्या भाड़ फोड़ लेगा? श्रीधर मास्टरजी तो अपनी अकड़ में ही रहते हैं। बालकों के कपड़े-लत्तों का जिम्मा दिया था सो बोले, कि इन गरीब बालकों के पास चट्टा चौथ वाली वर्दी अब तक रह गई है, जिसे पहनकर ये सोते हैं, जगते हैं, खेलते हैं, स्कूल आते हैं। बोलो फत्ते भइया, यही है एक मास्टर का कर्तव्य? अरे, उन बालकों को बताएगा कौन कि भले ठंड से अकड़ जाओ, गर्मी से झुलस जाओ, नंगे रहो पर ये कपड़ा तभी पहनो जब कोई अफसर ...'

'श्रीधर क्या कहना चाहते हो जबाब में?'

'यही कि बालकों की जरूरतों को स्कूल की शोभा बनाना कहाँ तक उचित है? हैडमास्टरजी के पास जो अहिंसावादी वर्दी है, वही क्या कम शोभायमान करती है पाठशाला

को? वह बच्चों को देखेगा ही कब?' वे उत्तेजित हो उठे।

'प्रणाम! ऐसे अफसर को प्रणाम! जिसने इन मासूमों की छोटी-छोटी चीजों में से कमीशन खाया हो और पूरी-पूरी रकम हजम कर रहा हो। यह इनकी बढ़ती, विकसित होती उम्र के साथ उसी तरह की बेईमानी है, जैसे कोई कच्चे पौधों की धूप छीन ले जाए, कोंपलों की हवा चुरा ले। गीली मिट्टी के बर्तनों को धूप दिखाने के नाम पर आग में धर दे। प्रधानजी, इन्हीं सत्पुरुषों की कृपा से स्कूलों में अध्यापक नहीं, दलाल तैनात किए जाते हैं। गाँव के मुखिया न्यायकारी प्रधान नहीं; गुंडों की भूमिका निभाते हैं। पाँच हजार का सामान आना था स्कूल में, कहाँ आया? रुपए कहाँ गए? ऊपर से इन मासूमों को सजा!'

प्रधान को बेइंतहा गुस्सा आया होगा, लेकिन ईश्वर का दिया यह गुण उनके पास है कि गुस्से को जज्ब कर जाते हैं।

'भाई श्रीधर, दुनियाँ में परलय होती रहे । हमें तो अपने गाँव से मतलब है। यहाँ अब तक चैन था। आज इसका तबादला हुआ. कल तुम्हारा। यही होता रहा तो बालकों की पढ़ाई?' प्रधानजी ने बातों में लपेटकर धमकी दी।

'मेरा तबादला आज हो जाय। लेकिन यकीन मानिए, हैडमास्टरजी के तबादले के बारे में मुझे कोई जानकारी नहीं।'

'भाई, तुम लोगों को कुछ पूछना है? कुछ कहना है झज्जू?'

'प्रधानजी, थानसिंह भइया का तबादला तो तुम्हीं रुकवा सकते हो। इस गाँव के लीडर हो। और फिर गाँव के नाम की बात है। रंजीत भइया, कहो तुम ही, गलत कह रहे हैं हम। आज हमारे नम्बरदार प्रधान होते तो जवाहरकट के जेबों में हाथ डाले चाहे किसी ऐलकार के यहाँ घुस जाते। अफसर हाथ जोड़कर तबादला रद्द कर देते। मुंशी गिरपरसाद छः बेर रोके थे।'

प्रधानजी ऐसे नहीं कि पोदीना के पेड़ पर चढ़ जाएँ। थानसिंह का गाँव में रुकना उनके लिए फायदेमंद तो है, लेकिन है जरा घाटे का सौदा। प्रधानजी आँखें मूँदकर सोचने की मुद्रा में चले गए।

सभा समाप्त हो गई।

शाम तक गाँव में अनेक अफवाहों ने गर्माहट पकड़ ली।

सबसे पहले तो यह कि प्रधान श्रीधर को गालियाँ दे रहा था—बड़ा कुत्ता आदमी है यह नया मास्टर। साला सामने दुम हिलाएगा, पीछे से पिंडली मरेगा। कहाँ से डसा है थानसिंह को। इसके खिलाफ अर्जी लिखो।

कोई कहता—भवानीदास ने घूँस देकर थानसिंह का तबादला कराया है—उनका रुपया नहीं पटवाया, बल्कि मरवा दिया खिराबर के जाटों को शह देकर। लाला अब दिलचस्पी क्यों लें?'

'यहाँ रहता तो प्रधानी लेने के मंसूबे बाँधता। साला उखाड़ दिया।'

'अजी नहीं। साधजी के बेटों को कोई हरा पाया है? श्रीधर मास्टर एक हड्डी और

एक नस का आदमी। इतनी हिम्मत कर जाता? वह तो देवी का श्राप लगा है भइया। साला जात कर आया, होम नहीं किया। देवी दुर्गा कोप नहीं करेगी?'

'असली बात किसी को पता नहीं। जफरा फकीर बता रहा था। अफसर आ न जाए सो बेचारा पेसाब तक करने नहीं गया। गया तो सड़क की ओर ही मुड़-मुड़कर देखता रहा। बाबरे ने यह गौर नहीं किया कि भसानी के थान पर मूत रहा है।'

अंधविश्वास! श्रीधर कहते हैं।

रंजीत खास तौर पर श्रीधर को अपने घर लेकर आए। रास्ते में लोगों की नजरें उठीं। कमाल! बैरी का बैरी--मीत। रंजीत मिल गए हैं मास्टर से। जिसकी गिरती है, उसका साथ देनेवाला कौन? प्रधान भी आँखें चुरा रहा है बेचारे थानसिंह से। यहाँ डोरिया का लट्ठ भी बेकार।

रंजीत ने श्रीधर को सीधा कोठे में ला बिठाया।

'सारंग, आओ भाई। मास्टरजी का मुँह मीठा कराओ।'

सारंग हौले-हौले आ खड़ी हुई। उसे मालूम है, थानसिंह का तबादला ...

'इन्होंने शिवजी का धनुष तोड़ दिया। बधाई दो। मुबारक।'

'भइया की बातों में न आना सारंग। मैंने कुछ नहीं किया।'

'तुम लाख बार मना करो। पर हम तुम्हें मान गए। लोगों को चकित कर दिया। प्रधान बहुतेरा धमकी देने पर आया, पर तुमने हर बार निरुत्तर कर दिया। अब निकाल ले बल्लम-भाले। कर दे श्रीधर का खून। साले को पता लग जाएगा। नौकरी बड़ी बुरी चीज है।'

सारंग देख रही है--रंजीत! सचमुच श्रीधर की विजय पर खुश हो रहे हैं या अपनी ही कोई टीस सहला रहे हैं? प्रधान की शिकस्त मान रहे हैं, या थानसिंह जैसे खूँखार रोड़े का हट जाना शुभ लगा है? या गाँव को दिखाना चाहते हैं कि देखो, जिराने थानसिंह को चित्त कर दिया, वह श्रीधर हमारा नजदीकी है।

सारंग कुछ भी सोचती रहे। रंजीत बाहर तक छोड़ने जा रहे थे श्रीधर को। दुवारी में ही रुक गए। हाथ पकड़ लिया आत्मीयता से, 'यह बताओ कि तुम आते क्यों नहीं? कुछ बात बुरी लगी? बुरी लगी भी हो तो दिल से निकाल दो। मैं चंदन के लिए कितना घबड़ाता था, तुमने सँभाल लिया सबकुछ। बदले में मैं क्या कर सकता हूँ तुम्हारे लिए। गाँव की हालत देख रहे हो! अपना समझते हो तो आया-जाया करो।'

श्रीधर चुपचाप अभिभूत से खड़े हैं। सारंग इस आदमी के लिए मन में विष भरे रहती है!

'बाबा तो बिना तुम्हारे वार-त्यौहार खा ही नहीं सकते। चंदन अलग दस बार याद करता है। देखता हूँ आते-जाते हो कि नहीं? तुम्हारा घर है यह।'

'भइया, तुम मेरी ओर से कभी कोई बात न सोचना,' कहकर श्रीधर घर के बाहर निकल गए।

नौ

गुलकंदी ऽऽऽ ... ओ री गुलकंदी!

अरी बिसुनदेवा, आ गया री बिसुनदेवा ऽऽऽ!

राकेश की पुकार पर गुलकंदी ने चनकटा उछाला, जान बूझकर छेड़ता धुआँकरा। 'अरे, मैं क्या करूँ बिसुनदेवा आ गया तो? ले जा अपने घर। तेरी मइयो ने ही खीर राँधी होगी बिसुनदेवा के लिए।'

'मारने दौड़ रही है अब तो, बिसुनदेवा चला जाता तो मेरे कान मलती है कि बताया क्यों नहीं, अब दूँगी तुझे झरबेरी के बेर।'

गुलकंदी प्यार से चपत लगाती है राकेश के सिर पर और मीठा सा मुस्कुराती हुई एकटक बिसुनदेवा को देखती रह जाती है। आँखों की कनखी देती है और बिसुनदेवा चल देता है। जानता है कि गुलकंदी का इशारा किस ओर हुआ है, उसी गली में मिलता है फिर। आँखों का जादू जानती है गुलकंदी। पदों में से पद निकालकर भरमाने की विद्या आती है बिसुनदेवा को। कलावती चाची कहती हैं—है तो नासपीटा छिनट्टा पर गा-बजा लेता है सो लोग-लुगाई रिझा लेता है।

केसरिया कुर्ता और सफेद धोती काछे बिसुनदेवा अपनी बड़ी-बड़ी घुँघराली लटों को झटके दे-देकर कंधों पर नचाता है। दोनों हाथों में खरतालें, बाँहें ऊँची उठाकर छम्म-छम्म बजाना शुरू करता है कि गली-मोहल्ले के नन्हे-बड़े बालक जुट आते हैं, किवाड़ों की ओट से घूँघटवालियाँ झाँकने लगती हैं। बिसुनदेवा मगन होकर आगे बढ़ता है, कहता है—यही है मेरी कला का फल!

देख लो छोड़े-बड़े बालकों की पट्ट-पट्ट बजती तालियाँ—तालियों की लय पर हिरनी की तरह छलाँगें लगाती गुलकंदी—'तन चंचल मन चोर' कहकर मुस्कुरा पड़ता है बिसुनदेवा। गुलकंदी की आँखों से आँखें लड़ाकर गाता है—

> अनुखन राधा राधा सुमिरत, माधव भेल मधाई
> हो रामा माधव भेल मधाई ऽ ऽ ऽ ...

आँख मूँदकर गाते हुए बिसुनदेवा के पद का अर्थ गुलकंदी बिलकुल नहीं समझती। पर प्रेम में देह का रूप बदल जाना महसूस करती है। तू भीख माँगता है, या मेरी जान लेता है? गाया मत कर बिसुनदेवा, मैं तो अपने ही दुख से दुखी ... संग-साथ भी कितनी देर का? क्या द्वार-द्वार संग डोल सकूँगी? नासपिटे, तू बाजीगर है? उँगली से उँगली नहीं छुई, फिर आँखें कैसे जोड़ बैठी मैं? मैंने किसी से कुछ कहा नहीं फिर मेरी प्रीति को कैसे जान लिया सबने? तुझे देखने भर की सजा भुगतती हूँ मैं। देखना भी कोई प्यार होता है?

आज गुलकंदी हँसी नहीं, उदास सा चेहरा और बेगानी नजर ··· सारंग के घर में घुस गई।

गुलकंदी के दर्शन पाकर भिक्षा की बात भूल जाता है बिसुनदेवा। कई बार वह बिना भीख लिए ही लौट गया है, यह बात कोई जानता है कि नहीं, गुलकंदी जानती है।

वह बिकल हो उठा। आज भी बिना भीख के ··· गुरु महाराज की चट्टियाँ खाने को तैयार हो जाओ बिसुनदेवा। गुरु महाराज? अनुरक्त पद सिखानेवाले राधा-भक्त। लेकिन गाँव में उन पदों को कौन सुनना चाहता है? उन्हें तो बिसुनदेवा अपनी प्रीति में बहकर ही गाने लगता है। गाँवों में गाने के लिए तो तुकबंदियाँ रचता है, जिनकी खबर गुरुजी को लगे तो खाल उधेड़ दें। मन में आता है कि कह दे—सूप सी सफेद दाढ़ी और गाय के सींग जैसी मूँछों के मालिक स्वामी श्रद्धानंदजी, गाँव से भीख माँगकर दिखा दो एक दिन, तो जानें। कलजुग में तुम सतजुग के पदों की महिमा बखानकर कानी कौड़ी नहीं कमा सकते।

सारंग दरवाजे पर आ गई। पीछे-पीछे गुलकंदी—चेहरा सिंदूरिया आम सरीखा। आज क्यों रूठी है बिसाखा सखी? बिसुनदेवा ने तुकबंदी से काम लिया—

पार परौसिन कर रही काम, तुम रूठी ठाड़ी जिजमान
हरिगंगा।
भीतर से तुम बाहर आउ, दरसन की भिक्खा दै जाउ
हरिगंगा।

सारंग हँस पड़ी। गुलकंदी मुँह में धोती का कोना दबाकर अपनी हँसी छिपाती है। सारंग भीतर से चुटकी भर आटा लेने गई कि बिसुनदेवा ने पद बदल दिया—

राधे रानी कैसे कुपित भईं
नीर भरन को, जमुना के तट न गईं। सो राधे रानी ···

राकेश नाचने लगा। गुलकंदी मिसमिसाई। झूठी रिस। देह का रोम-रोम लहरों में बहा जाता है। फिर भी झपटकर राकेश की बाँह मरोड़ दी। तीन-चार थप्पड़। थप्पड़ भी ऐसे, ज्यों खरतालों की लय पर ताल दे रही हो। राकेश आपा खो बैठा—'हम गाते हैं तो मारती है, बिसुनदेवा से नैन-मटक्का। नहीं चहिए झरबेरी के बेर। तू न, तू—तू छिनार है, हमारी अम्मा कह रही थी।'

सारंग ने बिसुनदेवा की खुर्जी में आटा डालते हुए राकेश को फटकारा—'लड़कियों को गाली देनेवालों की जीभ में कीड़े पड़ जाते हैं।'

'बिसुनदेवा अपने नाम-गाँववाला पद सुनाओगो?' चंदन महीन आवाज में पूछता है।

'अरे बाल गोपाल! साधुओं का नाम क्या, गाँव क्या? पर तुम मेरे सखा-संगी हो मोहन मुरारी, गोबर्धनधारी, तिरपुरारी, तुम्हारी इच्छा को कैसे टाल सकता हूँ? सुनो—

हिंडौल, नसीटी, कुलवारा, टेंटी का गाँव बधनवारा
पाँच गाँव के पंडित जान, पिता हमारे चतुर सुजान

'बिसुनदेवा टेंटी का गाँव भी होता है? उसमें टेंटी ही टेंटी?'

'हाँ, आम का गाँव—अमगाँव। बेर का गाँव—बेरगाँव। हमारा गाँव—टेंटी का गाँव, जिला मथुरा।'

बिसुनदेवा झूठा। जाति का खटीक है। बनता है पंडित। पंडित न बने तो भिक्षा-दक्षिणा कैसे पाए। कोई-कोई रोजगार भी बिना जाति के नहीं चलता। घर से भागा था बचपन में ही। पिता गाँव के साहूकार के घोड़े की टाँगों की मालिश करते थे। रातिब-दाना देते थे। बिसुनदेवा संग जाता था। एक दिन उसका कान ऐंठते हुए साहूकारजी बोले—'बाप-बेटे दोनों लगें, तब भी ब्याज पूरा न होगा। खड़ा-खड़ा क्या देख रहा है? तेरी किताब-कापियों के लिए उधार माँगता है तेरा बाप, तेरी जैसी औलाद का पेट भरने के लिए ··· यहाँ बाबू बना खड़ा है साला।'

गाँव में उन दिनों कुछ साधु आए थे—गंगाघाट के। बिसुनदेवा उनके संग भाग लिया—तभी लौटूँगा, जब तेरा ऋण सूद सहित ··· राजघाट के स्वामी की सेवा की, पद सीखे। मुंडन-कनछेदन-महूरत संस्कार खूब किए, कमाया। और जो कमाया साहूकार के मुँह पर दे मारा। उस दिन से पिता से भी नाता तोड़ लिया—मैं तुमसे और साहूकार से बराबर का गुस्सा हूँ। उसने चूसा, तुम चुसे—बराबर! लोग कहते हैं पाखंडी है बिसुनदेवा। ढोंगी है। कठोर है—पत्थर से भी कठोर। माँ-बाप का कपूत। साहूकार का ऋण चुकाने से क्या माँ-बाप का ऋण अदा हो जाता है?

··· लेकिन बिसुनदेवा को देखकर कौन कहेगा कि यह कठोर है, कपूत है?

पन्नासिंह के यहाँ पहुँचा बिसुनदेवा एक दिन। उसे क्या पता था कि असल स्थिति क्या है? बेचारों की आँखें दुखने आई हुई हैं। नारायन की चक्की बंद है, दो दिन से करेंट नहीं आया। घर में एक मुट्ठी आटा नहीं। क्या करें पन्ना, आँखों पर घूँघट डालकर हाथ की चाखी पीसने बैठ गए।

'ओ गोरी चंदा सी नार / आए संत तिहारे द्वार
बालक बच्चों बिन सब सून / तुम ही डारौ चुकटी चून
हरिगंगा ···'

पन्नासिंह पीढ़ा से उठे। पिछौरा ओढ़ लिया। हाथ में आटा भरकर आगे बढ़े। चौखट पर जा पहुँचे कि बिसुनदेवा कूदकर दो कदम पीछे हट गया, बेतहाशा खरतालें बजाने लगा—

मैंने तो जानी कुलमंतिन नार / जा में निकसीं सइयाँ यार
हरिगंगा ···

पन्नासिंह ने आटे की चुटकी वहीं फेंकी। पिछौरा उतार कर एक ओर डाला। लपककर अपनी लठिया उठा ली—आ साले, तुझे कुलमंतिन नार दिखा दूँ।

बिसुनदेवा ने बछेड़ा की तरह कुलाँचें भरीं। झोली कहीं गिरी, खरतालें कहीं छूटीं। वह दौड़ता-भागता सारंग के कदमों में आ गिरा—माताराम!

बच्चे झोली उठा लाए, और खरतालें लाई थी गुलकंदी। हाथ में पकड़ाई थी खरतालें, कि नजरों ने नजरों को बाँध दिया कि दिल भी संग-संग दे दिया। इस घटना से ही शुरू हुआ था प्रीति का सिलसिला ···

यह उन दिनों की बात है, जब थानसिंह ने स्कूल नहीं छोडा था, हालाँकि तबादला हो चुका था।

'सारंग, तुमने बिसुनदेवा के हाथ बुलवाया था श्रीधर को?' रंजीत ने पूछा तो वह दहल गई। क्या उत्तर दे? सारंग की यह स्थिति नई नहीं है। सवालों की नोकें भाले की नोक से ज्यादा नुकीली होती हैं। अब क्या हुआ इन्हें? अभी तक तो श्रीधर को कंधों पर उठाए फिर रहे थे! उसने कभी झूठ नहीं बोला लेकिन अब—

'नहीं तो! मैं क्यों बुलाती?' डर के मारे झूठ बोल गई सारंग।

मगर रंजीत इतने भोले नहीं कि सारंग बहका ले। चंदना की गीतकथा के कुँवरजी की तरह लाल नेत्र करके कहा, 'बिसुनदेवा अलख जगाता फिर रहा है कि श्रीधर मास्टर कहाँ चले गए? विरह में गाँव की गोपियाँ व्याकुल हैं।'

'झूठा है बिसुनदेवा। और फिर गोपियों का मतलब 'मैं'? सच कहो, कौन कह रहा था?'

सारंग लोगों की जहरीली निगाहों का क्या उपचार करे? हाँ कहा था, कहा था बिसुनदेवा से कि लल्लू तुम्हें एक पता दूँगी। चले जाओगे? स्कूल के मास्टरजी बीमारी की हालत में अलीगढ़ गए थे, पूरे पन्द्रह दिन बीत गए, कोई खबर नहीं ···

इसमें गलत हो गया कुछ? घर आते-जाते हैं श्रीधर, मेल-मिलाप है उनसे, हारी-बीमारी की चिन्ता होनी तो लाजिमी है हमको। यह गुनाह हुआ?

'सारंग ··· मेरे पास इतनी फुरसत नहीं कि मैं यहाँ बैठा उलझता रहूँ। अब तक तो मुझे फत्ते भइया की बैठक में हाजिर हो जाना था, लोग बैठे होंगे इंतजार में।'

सारंग ने ऐसे देखा जैसे कह रही हो—जाते क्यों नहीं फिर?

'चाहता हूँ कि तुम यह बात समझ लो कि मर्द की भूल को तो आई-गई कर देते हैं लोग, क्योंकि वह दस दरवाजे झाँकने के बाद भी धुला-पुँछा सा लौट आता है अपने घर। ··· मगर औरत? उसके अच्छे होने की निशानी ही केवल उसका पवित्र चाल-चलन है। गंदी नजरवाली औरत को लोग रंडी-वेश्या ही कहकर पुकारते हैं।'

सारंग सोच रही थी मैं मास्टर की उँगली पकड़कर ज्ञान के संसार में प्रवेश कर रही

हूँ, मगर रंजीत, 'गली में निकलकर देखो, थू-थू होती है कि नहीं? घर का सत्यानाश हो रहा है। और तुम हो कि गृहस्थ को ठट्ठा समझ रही हो। ऐसे नहीं चलेंगे रिश्ते, तुम डोर तोड़ने के हिसाब से खींचे जा रही हो।'

निगाहों से एक-एक वाक्य को नकार दिया सारंग ने।

रंजीत इतने बुद्धू नहीं कि उसके इशारे समझ न सकें। झल्ला उठे, 'मैं बाहरी दुनिया के हिसाब से नहीं कह रहा कुछ, मेरी अपनी राय है। ऐसी कौन सी पीर है जो मास्टर ही हरेगा? भूलों की माफी भी कोई कहाँ तक ...।'

'मैंने तो तुमसे ही कहा था रंजीत कि पता करो श्रीधर का हालचाल!'

'क्या पता करता? जब तक यहाँ था, उसकी हालत के बारे में पूछता रहा था।'

'हाँ, मैं कब मना करती हूँ, दवा देकर आए थे।'

'और क्या चाहती हो तुम?'

सारंग बोले क्या? अपने में खोई हुई सी ... मेरे दिलो-दिमाग पर क्यों छा गया है वह आदमी? उसका आसपास होना ही मेरे लिए सर्वसुख है। श्रीधर का बोलना, चलना, देखना ही इस गाँव की उदासी में खुशियों की लहरें भर देता है। मैं कैसे कहूँ रंजीत से कि मेरी जिंदगी सूनी थी, घायल थी, लाचार थी। वे आए तो लगा घुटन भरे आसमान को फोड़कर हवा का कोई ताजा झोंका आया है, जो मेरे भीतर नई साँसें ... घावों पर शीतल मरहम और सुनसान में मेले! तुम इसे कोई भी नाम दो। ज्ञान-ध्यान कहो, या प्यार-प्रीति।

उसे नहीं पता कि रंजीत जा चुके हैं। पता होता तो मौन संवादों में लीन होती?

मैंने अपने ऊपर काबू पाने की कोशिश नहीं की, ऐसी बात नहीं। श्रीधर के बिछोह को सहन करने के कितने ही उपाय किए हैं। जब से चक्की लगी है, कभी पीसा नहीं, पर इन दिनों जानबूझकर ढला भरकर मक्का रख लेती हूँ और बेरहमी से चाखी चलाती जाती हूँ। मैं अपनी इच्छाओं को पीस डालना चाहती हूँ रंजीत। तुम देखते होगे ओखली में बाजरा भरकर कूटने लगती हूँ तो सारी ताकत निचोड़कर धर देती हूँ कि अपने किए संकल्प को जड़-मूल से कुचल डालूँ। घंटों सिर झुकाए बैठी रही हूँ—चुपचाप, एकदम निष्क्रिय। पर इस सबके चलते क्या मैं अपनी जिन्दगी के दर्द को भूल पाई? श्रीधर से घृणा करने लगूँ, तब क्या वे दिन में दसियों बार याद नहीं आएँगे?

वही यादों की चिड़चिड़ाहट कि चंदन पर उखड़ गई मैं।

'अम्मा, मास्साब आ गए।'

'आ गए होंगे।'

'पूछ रहे थे, तुम्हारी अम्मा ठीक हैं?'

'कहा नहीं कि तुम नहीं आए थे सो बिछोह में मर गई हमारी माँ।'

बच्चा सहमा सा देखता रह गया। उसे इस कड़वाहट की उम्मीद नहीं थी। गैल में मिले थे श्रीधर। पास आकर ठिठक गए। बोलने का उपक्रम ... मैंने बुरी तरह झिड़क

दिया, 'पराई औरत से राह-गली बोलना-बतियाना हमारे रिवाजों में नहीं,' कहकर हाथ में दोहनी लिए बेरहमी से निकल गई आगे। ··· लेकिन धौरी गाय का दूध उन्हीं के लिए निकाल लेना चाहती थी, सो भैंस का पड्डा लगाकर गाय को पसुआया और बीमार श्रीधर के लिए दूध ··· इसे तुम चाहे जो भी नाम दे सकते हो रंजीत। ··· लेकिन यह जो तुम लोकलाज की दुहाई देते हो, वह तो सीधा-सीधा तुम्हारी हमदर्दी का खत्म होना है, नहीं तो तुम मुझे इस तरह बाँधते? तुम्हें कड़ी से कड़ी सजा देने का हक है और मुझे हर बेरहमी को सहने की आदत!

घटनाएँ या उत्पात?

यदि वे घटनाएँ न होतीं तो सारंग इस कदर विचलित होती?

मगर लोग उन घटनाओं को महत्त्व नहीं देते।

अरे क्या हुआ? लड़की डर गई, बहम हो गया। अँधियारी गली से गुजर रही थी, किसी ने हाथ पकड़ लिया। किसने? मुँह नहीं दिखाई दिया। अँधेरी फूटी कोठरी की ओर खींच रहा था। मुँह पर डाठा बँधा था। फुस्स-फुस्स करके बोल रहा था। राममूर्ति चीखी। लौंगसिरी बीबी न गुजर रही होतीं तो न जाने क्या होता?

'को है रे?'

'बीबी ऽ ऽ ऽ,' राममूर्ति लौंगसिरी बीबी से चिपट गई। हाँफती हुई रोती जाए।

'अरी बोल लाली, कौन था? क्या देख लिया?'

'भूरा! बीबी, भूरा!'

'कड़ीखाये, ला मैं देखूँ।' बिजली नहीं थी। लालटेन आई, तब तक कोई नहीं था।

कोई नहीं है। कहाँ है कोई? अँधेरे में डर गई है। हाथ पर नील पड़ गया । कैसे? भूत-प्रेत भी नील डाल देते हैं। मनोहर की बहू भूत ने पकड़ ली थी। पूरी देह नीली ···

राममूर्ति के जीजाजी भँवर किसको दोष दें? किस पर इलजाम लगाएँ?

सारंग को इतना क्रोध आया कि जेठजी की बन्दूक उठाए और झोंक दे साधजी के पूरे खानदान की छाती में। लेकिन लाचार। रंजीत कहते हैं—तुम पागल हो चुकी हो, पागल।

भँवर की माँ ने घर सिर पर उठा लिया—इस लड़की को इसके घर छोड़ आ बेटा। कल के दिन कोई ऊँच-नीच हो तो हम कहीं के नहीं रहेंगे। बिरथा बदनामी और दुस्मनी।

भँवर ने रंजीत से कहा, 'पंचायत जोड़ते हैं भइया। न्याय तो होना चाहिए।'

रंजीत ने समझा दिया, 'क्यों लड़की को बदनाम करने पर तुला है? कहीं सगाई-संबंध भी नहीं होगा। फिर क्या सबूत है कि वह भूरा ··· कौन कर सकता है बिन देखे का न्याय?'

'भइया! तुम भी संदेह-लाभ दे रहे हो उसे?'

'संदेह-लाभ नहीं, पर ऐसे उठाए जाते हैं मामले?'

भँवर आश्चर्य और दुख की विकट स्थिति से गुजर गया हो जैसे... अकेला निपट...!

उसने कुछ कहा न सुना, बस रंजीत के ओसारे में, सारंग के पास, उसके घर आना बंद कर दिया। देखता है तो घृणा की निगाह से—मैं तुम्हारी संकट-बिपत में शामिल रहा और तुम?

राममूर्ति की विदा कितनी भारी थी! भँवर के माँ-बाप परायी लड़की का बोझ अपने सिर क्यों लेते? भँवर की बहू की दहशत भरी आँखें ... और राममूर्ति तो जैसे पत्थर हो गई। औरतें कहतीं—बाहरी हवा ऐसे ही पत्थर कर देती है आदमी को। खून का पानी कर देती है। अकेली-दुकेली जवान होती छोरी ... कच्ची उमर में ही धर दबाती है ऊपर की हवा ...

भँवर बेबस बँधे शेर की तरह ... 'भाभी, हम अम्मा और दादा के घर रह रहे हैं। इन्हीं का खेत जोतकर खा रहे हैं। इनके आधीन हैं। आज यह लड़की इस घर की बेटी होती तो? मैं इसकी माँ के पास इसको छोड़ आऊँ तो क्या गारंटी है कि इस अबोध का बचाव हो जाएगा? अपनी गुड्डी को कहाँ छोड़ आएँगे हम? पूछो तो अम्मा दादा से।

'... भाभी, सोच रहा हूँ ऐसी जगह ले जाऊँ, जहाँ कोई इसकी छाया तक न छू पाए। केलासीसिंह जीजा ... सोनदेई बीबी के यहाँ छोड़कर मैं साधजी के पूतों का सत्यानाश करने लौटूँगा।'

भँवर की अम्मा की आँखें भर आईं।

'बेटा, तू मेरे ऊपर दोस मढ़ रहा है। अपनी मौसी को देखता है? बैकुंठी को? मेरी ही सगी बहन है। थानसिंह ने मेरे भइया को भरमा लिया और खरीद ली मेरी अबोध बहन। नत्था जब चालीस का था, तब यह तेरह की। सत्यानसी मर गया। और थानसिंह ने खुद के लिए बैठा ली, अपनी बहू के जीते जी ... पीछे से वह भी मर गई। मैं दूध की जली हूँ बेटा ... मेरे मन में संसय के नाग फुफकारते हैं। कहीं ऐसा न हो कि छोरी को कुँआरे ही ... और फिर बदनामी कर दें। डोरिया के लिए माँगने लगें।

'बैकुंठी के बखत मैं झिझक में रही और मेरा भइया निकला लालची। अब ऐसी नौबत नहीं आने दूँगी। कहाँ अच्छी तरह रहेगी, यह तू सोच ले। जिद्द-पैज में कुछ नहीं धरा। बेटा, लड़ नहीं सकते हम, बच तो सकते हैं।'

राममूर्ति चली गई। सबके सब बेबस। हाथ में बकसिया लिए, पीठ पर दो चोटी लटकाए सफेद धोती पहनकर जाती हुई उस बच्ची को देखते रहे सबके सब।

राकेश शैतान! रास्ते में मिला, उसकी चोटी खींचकर बोला, 'कहाँ जा रही है? अरे, बोलती नहीं? नाराज होकर जा रही है? बूढ़ा सुग्गा भी नहीं कह रही?

'सारंग चाची, यह राममूर्ति?'

सारंग को चट्टाचौथ के दिन राममूर्ति की गाई कड़ी बरबस याद हो आई—'हम लड़िका

जब समरथ हुइहैं, तब ही बनें तुम्हारे काम ...' बेटा राकेश, माना कि तू अभी समर्थ नहीं, पर अपनी सखी के दुख को समझ पाए तो याद जरूर रखना।

श्रीधर की याद आई थी उसे। तुम कहते थे श्रीधर, साहस के संग-संग सहने की ताकत भी जुटाओ।

मैं पूछती हूँ कितनी ताकत?

देखी है मनोहर की बहू? देखना जरूर।

जिरौली वाली का तमाशा तुमने नहीं देखा तो देख लोगे। बिन पैसे का नंगा नाच।

सारा गाँव देखता है। लोग कहते हैं कोई देव या चुड़ैल! तुम कहोगे अंधविश्वास। जो भी हो, यह साँवले रंग की, कसी देह की औरत रात के समय अपनी छत पर चढ़कर बाल बिखेरकर नंगी खड़ी हो जाती है। हाथ में धनकुटा (मूसर) लेकर दाएँ-बाएँ फिराती हुई नाचती है। साथ में एक फूहड़ सा गीत—

उधारी दै दे भाएली, मोय एक रात भरतार / उधारी ...

लोगों का आनंद ... सिसकारियाँ भरते हुए गाँव के छैला। ताली पीट-पीटकर हँसते हुए जवान। औरतें बेहा, लुच्ची, छिनार और डायन कहकर दाँत किटकिटाती हैं। बूढ़े आँखें झुका लेते हैं। कोई उसका संबंध पौहे-पशुओं से जोड़ रहा होता है, तो कोई उसे दबोचने का दाँव लगा रहा होता है। वह किलकिलाकर कूदती है। लोग दूर छिटक जाते हैं।

चुड़ैल चढ़ी औरत में दस पट्ठों के बराबर ताकत आ जाती है। किसी ने धोती पहनाई, उसने तुरंत उतारकर फेंक दी। किसी ने ब्लाउज फँसा दिया, उसने धनकुटा एक ओर पटककर ब्लाउज चीर-चीर कर डाला। नंगी देह को हँस-हँसकर देखती है ज्यों अपना ही मखौल बना रही हो। औरत नहीं, डंकिनी-शंखिनी! कोई औरत ऐसी बेहयाई नहीं कर सकती। औरत होती तो धरती में गड़ जाती।

गूगुल, सिंदूर, आक के पत्ते। धुजा नारियल—देवी के पूजन की सामग्री। मोरपंखी की झाडू, मिर्चों की धूमनी, जलते अंगारे—चुड़ैल विदा करने के उपाय। जिरौली वाली को तीन-चार जवानों ने कसकर दबा लिया। नहीं काबू में आई तो मसला-नोचा और पूरी ताकत लगाकर उसका मुँह मिर्चों के धुएँ के ऊपर औंधा दिया। वह खाँस-खाँस के बेहाल हो गई। ओझा बराबर अंगारों पर मिर्च का चूरा डालता जा रहा था।

किसी तरह छूट गई। भागने लगी, तो लोग तड़ातड़ जूतों से पीटने लगे।

मनोहर अकेला पकड़ता न था, डरता था।

चरनसिंह बौहरे आए, सबको हटाया। जिरौली वाली की पीठ पर हाथ फेरा। कमाल! बौहरे का परस पाते ही शान्त हो गई। ज़ार-ज़ार रोने लगी।

चुड़ैल उतर जाने के बाद औरत जब असली चोले में आती है तो रोने लगती है। ऊपरी वजन कम हो जाता है। भगर झज्जू कहेगा—मनोहर साला एक नम्बर का हरामी।

बाम्हन होकर भी जल्लाद का मूत। पापी, कुकरमी। जिरौली वाली के पेट में मुस्किल से गरभ ठहरा था। पहलौटी का छः माह का गरभ, हाथरस की डाकधरनी से कटवा-कटवा कर निकलवा दिया—बच्चा पूरा का पूरा—टुकड़ों-पेड़ों में ···

मनोहर साला नपुंसक! कहता था बच्चा मेरा नहीं है, चरनसिंह बौहरे का है ··· तेरे धरे खसम का। जिरौली वाली का खोटा करम, इस नामर्द को ब्याह आई। बेचारी ओझा के नाम से काँप उठती है।

सारंग बुरी तरह घबरा उठी। इस गाँव के किसी मर्द को इस तरह मिर्चों के धुएँ पर नहीं औंधाया किसी ने। कितनी सहन-शक्ति श्रीधर? कितना झेलें? तुम कहाँ हो! देखो!

श्रीधर अपनी डायरी में लिखते हैं—अब तक मैंने केवल सुना था। आज अपनी आँखों देख लिया ··· समय—आधी रात। मनोहर की बहू की दुर्दशा! अमानवीय यंत्रणा!

हर स्त्री छटपटाती होगी, मगर कुछ कहती नहीं। नहीं तो एक भी औरत उन मर्दों की तरह हँस क्यों नहीं रही थी?—कामुक हँसी।

ढोलावाले दादू रानी मंझा की कथा सुनाते हैं। क्या सुनती हैं ये औरतें? सुनकर समझतीं नहीं? यह विडम्बना असाध्य रोग की तरह हर गाँव में किसी न किसी रूप में मिलेगी। क्या इस दारुण कथा का अन्त सम्भव नहीं? यदि अपने औरतपन के लिए औरत लड़ने लगे तो वह चुड़ैल। मैं सचमुच ही मनोहर की बहू से मिलना चाहता हूँ। उसके बनाए हुए वे छोटे-छोटे कपड़े देखना चाहता हूँ, जिन्हें देखकर वह अपने कपड़े फाड़ने लगती है।

लौंगसिरी बीबी से मधुर संबंध इसीलिए पनपा कि वे राममूर्ति की बात को लेकर चिल्लाई थीं। सवाल किया था उस आततायी से। उनकी सूरत मेरी माँ से मिलती है।

सारंग को कैसे समझाऊँ कि वह जो कहती है—नहीं चाहिए जिरौलीवाली को अपनी जिंदगी। यह जिंदगी जानवरों से भी बदतर ··· क्या होगा राममूर्ति का भविष्य? ऐसे ही छिपती फिरगी? बचेगी भी? मैं कहता हूँ—

यही प्रताड़ना देखकर तुम्हारे ही बीच से कोई मंझा उठेगी सारंग, जो अपनी मर्जी से अपना बच्चा पैदा करेगी। भले बालक हींसबिरे (जगंल) में जन्मे। उसकी कोख का फैसला करनेवाला कोई राजा होगा न मालिक, और न कोई देवता। नल की तरह जन्म लेनेवाला प्यारा सा बच्चा सिर्फ अपनी माँ को पहचानेगा, किसी राजा पिरथम को नहीं। जिरौलीवाली को दी गई यातना व्यर्थ नहीं जाएगी ··· तुम्हारे मन में विक्षोभ की एक चिनगारी छिटकी, यही क्या कम है? लपटें भी उठेंगी, जो छीन लेंगी अपने हक को, इन वीर्यवर्द्धक जड़ी-बूटी और शिलाजीत खानेवाले मर्दों से ···

सेठ लछमनदास सरीखा भाई आएगा भँवर के रूप में। जो अपनी मुँहबोली बहन

को रथ में बिठाकर ले जाएगा।

भैमाता अपन सिरजी सृष्टि को अपने हाथों पर रखकर देखेगी, मुस्कुराहट के साथ।

तुम कहती हो यह ऊसर भैमाता के कोप से उजड़ा हुआ स्थान है—चंदना को यहीं काटा था कुँवरजी ने, जिस पर एक अँखुआ घास तक नहीं जमती। जरूर यहीं।

सारंग, जब तक स्त्री का अपमान होता रहेगा, ऊसर भूमि ऐसे ही जलती रहेगी। फसल को वीराने में बदल देगी। मंझा स्त्री थी, स्त्री की पीर जानती थी, तभी तो साधु-महात्मा से एक चावल नहीं, अपनी जैसी बाँझपन भोगती हुई सौ रानियों के लिए सौ चावल लाई थी। चंदना की पुकार भी यही कहती है—बेटियों को मार-काटकर कोई हरित क्रांति नहीं कर सकता। हमारा जीवन ··· हमारा हक ··· चंदना पुकारती है।

मैं यह कथा ढोलावाले दादू के मंझा प्रकरण में जोडूँगा। तभी आख्यान पूरा होगा। खेरापतिन दादी से कहूँगा—अधूरी कथा न सुनाया करें।

श्रीधर को कितनी बेचैनी थी! जब से आए सारंग कभी-कभार ही मिली । उसका परेशान चेहरा आँखों के सामने रहता है। द्वार से जब कभी निकला, बाबा से जैरामजी की हुई। अब बाबा भी दिखाई नहीं देते। चंदन कह रहा था ईख पिरेगी। झोंपड़ी छवा रहे हैं—खेत पर।

सारंग घर नहीं रहती। फसल को दूसरी बार का पानी चाहिए। रंजीत व्यस्त हैं—मेहनती, ईख कटाई में जुटे हुए हैं। खेत में पानी सारंग को काटना होता है।

वे खेत पर ही जा पहुँचे।

'तुम!' सारंग चौंकती है।

'चला आया।'

फावड़ा पकड़े हुए सारंग क्यारी काटना भूल गई।

'अरे, तुम तो जगमगा रही हो!'

'मैं नहीं, ढलते सूरज की धूप दमक रही है,' कहकर उसने झुककर एक डौल काट दी और दूसरी के कटाव पर फावड़े से गीली मिट्टी धर दी।

'सुनो, मैं एक काम से आया हूँ।'

वह सीधी खड़ी हो गई।

'हम नाटक कर रहे हैं—एकलव्य नाटक। तुमको संवाद लिखने होंगे।'

'मैं, मैं ऽ ऽ ऽ ···' वह हकला गई।

'क्यों, तुम क्यों नहीं?'

'पढ़ना होता तो बन जाता मुझसे। लिखना ··· नहीं, नहीं हो पाएगा।'

'साथ नहीं दोगी सखि,' कहकर मोहक हँसी हँसते हैं श्रीधर।

'मुझसे कुछ हो पाएगा?'

'अरे! बच्चे कितनी छोटी-छोटी लाइनें बोल सकते है, यह बात माँ से ज्यादा कौन जानेगा? कमाल है, तुम फावड़ा लेकर खेत पर तो आ सकती हो, कलम लेकर स्कूल

में नहीं!'

'स्कूल तक जाने की मोहलत?'

'किससे?'

सारंग को निरुत्तर कर दिया श्रीधर ने।

राह में मिलते स्त्री पुरुषों की निगाहों का असर लेना छोड़ चुकी है सारंग। उनकी क्या, वे सब तो यही कहेंगे कि सारंग का घर बरबाद हो गया, क्योंकि रंजीत की बहू आजाद हो गई।

एक युवती माथे के नीचे तक का घूँघट खींचे, पीली धोती पहने स्कूल की ओर तेज कदमों से चली जा रही है—कौन?

'सारंग!' लौंगसिरी बीबी ने आवाज दी।

वह रुकी तो, मगर झुंझलाहट के साथ।

'स्कूल में जा रही है?' लौंगसिरी बीबी ने दाँतों से दो बूँद थूक छोड़ा।

वह चुप रही। क्या बता दे, अभी शुरू हो जाएगी—राधा बनी डोल रही है सारंग! 'जा रही हो तो श्रीधर से कह देना, मैंने रोटी कर ली है, खा जाए।'

सारंग भौंचक!

'अरी, बड़ा अच्छा छोरा है। मेरा गोड़ सीधा नहीं होता था, मल्लिम ले आया। कहता था, अम्मा, मैं लगा दूँगा। मैंने कहा बेटा, लगाने को तो गुलकंदी लगा देगी। पर तू दरसन दे जाना।' बीबी के होंठ कृतज्ञता में फैल गए हैं।

सारंग जानकार है, और भला बीबी को न जाने? उनके भीतर छल न कपट। हर बात होंठों पर धरी रहती है। मरहम से ज्यादा 'अम्मा' शब्द ने ठंडक पहुँचाई होगी। बीबी के अकेलेपन के टीसते दर्द की दवा—अम्मा!

पाठशाला के बरामदे में कुर्सी डाले बैठे हैं श्रीधर मास्टर।

टाट-पट्टियों की दो कतारों पर बच्चे बैठे हुए हैं। आज छुट्टी है। केवल नाटकवाले बच्चे आए हैं।

तीसरे पहर की खिली धूप स्कूल के बड़े आँगन में फैली हुई है। क्यारियों में गेंदे के पीले सुंदर फूल। छोटे-छोटे पौधों पर गुलाबी, बैंजनी और सफेद फूल ··· सारंग को यकायक गुरुकुल के विद्यालय की याद आ गई। ऐसी ही कतारें तो खिल जाती थीं।

वह बरामदे पर दो सीढ़ी चढ़कर पहुँची। श्रीधर के बराबर में कुर्सी खाली रखी गई थी—'बैठो यहाँ,' उन्होंने कुर्सी पर हाथ धरते हुए कहा।

उसके ऊपर जैसे लिहाज-शरम ने झपट्टा मारा हो।

'मैं, मैं यहाँ नहीं, वहाँ कमरे की चौखट के ऊपर बैठ जाऊँगी।'

श्रीधर ने उसे उसकी इच्छा पर छोड़ दिया।

'कौन था एकलव्य?—ततो निषादराजस्य हिरण्यधनुषः सुतः एकलव्यः। अर्थात् निषादराज हिरण्यधनु का बेटा एकलव्य। बच्चो, हिरण्यधनु जाति से भील थे। जंगल में बसते थे। नाव चलाने का काम करते थे। मछली पालते थे।'

श्रीधर बच्चों को समझा रहे हैं। बीच-बीच में सारंग की ओर देख लेते हैं।

'द्रोणाचार्य उन्हीं दिनों घूमते-घामते हस्तिनापुर पहुँचे। द्रोणाचार्य धनुषविद्या में पारंगत। पर अपने मित्र द्रुपद से दुखी थे। द्रुपद ने द्रोण को बेइज्जत करके निकाल दिया था। लेकिन भाग्य ने उनका साथ दिया, वे हस्तिनापुर के कौरव और पांडव राजकुमारों को बाणविद्या सिखाने के लिए नियुक्त कर लिए गए। बच्चो, तुम मेरी भाषा समझ रहे हो न? जैसे हम तुम्हारे अध्यापक हैं, ऐसे ही वे राजकुमारों के थे।

बच्चे खिलखिलाकर हँस पड़े।

'द्रोणाचार्य का यश चारों ओर फैल गया। अच्छे मास्टर की तारीफ सभी करते हैं। निषादराज के पुत्र एकलव्य ने भी सुना। वह बाणविद्या सीखने के लिए आतुर हो उठा। ऐसा आकुल हुआ कि द्रोणाचार्य के पास जा पहुँचा। अपनी मंशा जता दी।

'आचार्य ने सुनी तो वे सोच में पड़ गए। क्यों पड़ गए सोच में? बोलो तुम।'

जब कोई कुछ न बोला तो श्रीधर समझाने लगे—'उनकी मजबूरी यह थी कि राजकुमारों को जो विद्या पढ़ा रहे हैं, वही इल्म भील बालक को कैसे सिखाएँ? यह तो राजद्रोह होगा। कहाँ राजा के बेटे, कहाँ नीच जाति का बालक।'

श्रीधर ने सारंग की ओर मुँह करके कहा, 'ब्राह्मणत्व भी राजत्व की छाया में पलनेवाला दास ही था। आज भी हालत बदली नहीं। अध्यापक सरकारी शिकंजे में जकड़ा हुआ है। सरकारी रसद पर पेट पालनेवाला जीव स्वाभिमानी ब्राह्मण की भूमिका अदा करे, यह तो बड़ा मुश्किल काम है।

'सो भइया, मेरे पास तो राजकुँवर पढ़ते हैं, इसलिए तुमको नहीं पढ़ा सकता। उनके समान विद्या दूँगा तो मुझे ही दण्ड मिलेगा। उनको द्रुपद राजा से मिला अपमान याद आ गया।

'एकलव्य उठ खड़ा हुआ। समझ गया कि आचार्यजी गुरु तो हैं, मगर डर रहे हैं। सो बोला, आचार्य गुरु को अपना गुरुपद छिन जाने का भय रहता है, पर मैं तो शिष्य हूँ, विद्यार्थी की राह में भय कहीं नहीं आता। वह तो आजाद है।

'कृत्वा द्रोण महीमहम्—मैंने आपको धारण किया। आप मेरे गुरु हुए। बच्चो, तुम समझ गए, गुरु को मन से मानना पड़ता है, सच्ची विद्या तभी आती है। एकलव्य ने द्रोणाचार्य की एक मूर्ति बनाई। ऐसी जगह स्थापित कर ली, जहाँ उसे अभ्यास करना था।

'एक दिन वह बाणविद्या में पारंगत हो गया। जैसे श्यामसुंदर हस्तकला में निपुण है, पाती इतिहास में, शेरअली गणित में।'

मास्साब ने चंदन का नाम नहीं लिया। उसका मुँह छोटा हो गया।

सारंग मुस्कुराने लगी।

'और चंदन हिंदी में पारंगत। राकेश पारंगत होने की कोशिश में लगा है। बढ़िया कोशिश। उससे सीख लेनी चाहिए।'

'और मास्साब राममूर्ति?' उत्साह में आकर राकेश पूछ बैठा।

श्रीधर अवसाद में घिर आए, लेकिन दुख को जज्ब करना उन्हें आता है, सहज से होकर बोले, 'उसे तो संगीत सीखना चाहिए।'

सारंग ने पेट तक गहरी साँस ली। बच्चों की आखें श्रीधर के चेहरे पर जुड़ी हैं।

'तो एक बार आचार्य अपने राजकुमार शिष्यों के साथ वन में घूम रहे थे, देखते क्या हैं कि एक कुत्ता चला आ रहा है, जिसका मुँह सात बाणों से बिंधा है, मगर वह घायल नहीं है। केवल भौंक नहीं पा रहा है।

'आश्चर्य! द्रोण के मुँह से निकला। अर्जुन इस धरती का सबसे श्रेष्ठ धनुर्धर है, वे घोषणा कर चुके थे। आज अर्जुन के सामने आँखें कैसे उठाएँ? जैसे ऊपर देखते उन्हें लगता अर्जुन उनसे गर्दन पकड़कर पूछ रहा है—आचार्य, तुम धोखे में थे, या हमसे गद्दारी कर रहे थे?

'वे लपकते कदमों से चल दिए। वहीं जा पहुँचे, जहाँ एकलव्य बाण चला रहा था।

'द्रोणाचार्य की आँखें छलछला आईं। उनका ही अपना शिष्य एकलव्य! पर जल्दी ही खुद को सँभाल लिया—यह वे क्या कर रहे हैं? भावकुता महँगी पड़ेगी। नीच कौम के बालक से वे लगाव नहीं दिखा सकते। और फिर सरकारी सत्ता का नौकर बनकर उन्होंने जल्लाद का चोला पहन लिया। गुरु ने एकलव्य से अपनी दक्षिणा माँग ली।

'तम ब्रवीत त्वयांगुष्ठो दक्षिणे दीयताम् इति—अर्थात् तुम अपने दाएँ हाथ का अँगूठा देकर मेरी मूर्ति का दक्षिणा के रूप में कर्ज अदा करो।'

'अँगूठा!' बच्चों में से आवाज आई।

'हाँ अँगूठा। एकलव्य ने एक क्षण भी नहीं लगाया। अँगूठा काटकर दे दिया।'

बच्चों ने दो पल को आँखें मींच लीं।

'द्रोणाचार्य की मनोकामना पूरी हुई। उन्होंने सोच लिया अर्जुन ही सर्वश्रेष्ठ धनुर्धर हुआ। उन्होंने मुस्कुराकर कौरव-पांडव राजकुमारों की ओर देखा।

'बताओ बच्चो, गुरु ज्ञानी था या शिष्य?'

बच्चे चुप बैठ रहे। पाती उठकर बोला, 'सिस्य।'

'एकलव्य ने बाएँ हाथ से तीर चलाना सीख लिया।'

'मास्साब, पाती डेरे (बाएँ) हाथ से लिखता है।'

'और बाद में जिस तरह द्रोणाचार्य अपने मित्र द्रुपद से खफा थे सो उनकी बेटी द्रौपदी के दुश्मनों की ओर से लड़े, उसी तरह एकलव्य अर्जुन के विरोधी कौरवों की ओर से महाभारत में लड़ा। हो गया बराबर हिसाब।

'मैं तुमको यह बताना चाहता हूँ कि यह नाटक हम क्यों कर रहे हैं? इसलिए कि

हम यह सवाल पूछना चाहते हैं कि द्रोण को विद्या देनेवाला आचार्य क्यों माना गया, जबकि उन्होंने अध्यापक की नीति के विरुद्ध काम किया था? यह बात लोगों को उस समय भी खली होगी, तभी तो संस्कृत का यह श्लोक रचा गया होगा—यानि अस्माकं सुचरितानि तानि त्वया गृहीतव्यानि, न इतराणि। अर्थात् हे शिष्य, तुम गुरु द्वारा किए गए अच्छे कामों को ही अपनाओ। यदि वह कुकर्म करता है तो अनुसरण मत करो।'

श्रीधर ने सारंग की ओर देखा, 'यही संदेश है इस नाटक का।'

'तुमने तो मुझे ही समझाया है। संस्कृत के श्लोक ये बच्चे तो समझ नहीं सकते। हाँ, मुझे जरूर भूली-बिसरी विभक्तियाँ, रूप याद आने लगे हैं।'

'बस तो। माँ को समझ में आना बहुत जरूरी है। बालक आसानी से समझ जाएगा। सारंग, यह संदेश अध्यापकों के लिए भी है, गाँव के लिए भी और बच्चों के लिए भी है। गुरु और विद्यार्थी के बीच जब-जब राजसत्ता आएगी, तब-तब एकलव्यों के अँगूठे माँगे जाएँगे। मैंने प्रधानजी से यही बात कहनी चाही थी, वे खफा हो गए।'

सारंग हलके से मुस्कुराती हुई देखती है।

'मैं कहता हूँ, वह अँगूठा नहीं, दाहिना हाथ था। हाथ काटना मामूली जुर्म है? लेकिन द्रोणाचार्य को कोई सजा भी नहीं मिली। कारण यह कि उन्होंने शिष्य की परवाह न करके राजद्रोह से अपने आपको बचा लिया। हो सकता है, राजपरिवार से इस बात पर इनाम भी मिला हो। लेकिन आम आदमी उन्हें माफ नहीं करेगा सारंग!

'हाँ, यह बात जरूर है कि नाटक के इस पक्ष को मैं पेश करूँगा तो कुछ पढ़े-लिखे लोग मुझ पर थूकेंगे। क्योंकि यह शिष्य की आज्ञाकारिता का नहीं, अध्यापक की कमीनगी का खुलासा है।'

तम्बू, कनातें, पोशाकें!

बच्चों के चेहरे खिल गए। मुकुट, नकली बाल, दाढ़ी-मूँछें! छू-छूकर देख रहे हैं सब। मास्साब ने दो खाटों पर सजवा दिया है सामान।

'आओ झज्जू भइया, तुम भी देख लो। सब तुम्हारा ही सहयोग है। मैं ठहरा यहाँ अकेला। दादू ने बड़ी मदद की, वे ही लाए हैं ये सब।'

बच्चे अपने हाथ उठा-उठाकर, मुँह मटका-मटकाकर संवाद बोलते हुए अभ्यास में जुटे है। मास्साब, पाती गलत बोल रहा है। शेरअली से धनुर्धर नहीं बोला जा रहा।

झज्जू अपनी मूँछों पर हाथ फेर रहा ०। ज्यादा खुशी हो, या ज्यादा क्रोध में हो झज्जू, तब ऐसा ही करता है।

'क्यों रे बालको, तुममें से कौन क्या बनेगा?' झज्जू का प्रश्न बच्चों से।

'सारंग चाची के पास पर्चा रखा है। उसमें पढ़ लो। हमारे पास समय नहीं बताने का, रिहर्सल करनी है।'

शेरअली—अर्जुन, पाती—द्रोणाचार्य, गोपीचंद—युधिष्ठिर, गुल्लूसिंह—भीम, संत-बसंत—नकुल-सहदेव।

'राकेसा को नहीं बनाया कुछ?'

'राकेश और श्यामसुंदर बड़े हैं। नाटक का इन्तजाम देखेंगे।'

पीछे से आवाज आई, 'राकेश कुत्ता बनेगा, जिसके मुँह में सात बाण बिंधे हैं।' हा हा हा हा! ठहाका गूँजा। 'भौंक भी नहीं पायेगा। यही पाट ठीक है उसके लिए' हा हा हा हा!

राकेश खिसिया गया। संजीदा स्वर में बोला, 'कुत्ता क्या बुरी चीज है? उसे ही देखकर तो एकलव्य की विद्या के बारे में गुरुजी ने जाना था।'

'शाबाश!' मास्साब ने जोर से ताली पीटी।

'एकलव्य कौन?'

'चंदन।'

चंदन का माथा तनिक ऊँचा हो गया।

आजकल बच्चे मास्साब के बहुत नजदीक हैं। मास्साब का टेप रिकॉर्डर बिना उनसे पूछे भी चला देते हैं। मास्साब के पास बहुत सारे कैसेट हैं, मगर बालकों को वे दो ही कैसेट देते हैं—फिल्म 'जागृति' और फिल्म 'उपकार'। या खुद बजाकर सुनाएँगे—हमको मन की शक्ति दो कि मन विजय करें/दूसरों की जय से पहले खुद को जय करें ...

'मास्साब कहते हैं एक कैसेट में हमारा नाटक भरेंगे।'

'फिर सुनना अपनी-अपनी आवाज पट्ठे,' झज्जू ने पाती की पीठ में धौल मारकर अपने दाँतों को निचले होंठ के ऊपर चढ़ा लिया।

पोशाकों के रंग—लाल, हरा, सफेद, पीला, सुनहरी। मुकुटों में लगी झिलमिलाती पन्नियाँ। बालकों की आँखें चमकने लगीं।

'जुँएँ, जुँएँ!' पाती चिल्लाया। 'कोटों में जुँएँ हैं। कालरों के नीचे देखो।'

'धूप में डालो, धूप में,' हलचल मच गई।

'चुप रहो, चुप रहो। जुँएँ क्या तुम्हें खा जाएँगी? घर जाकर नीम के पानी से नहा लेना,' कजरौठवाले मुँछई मास्साब ने बालकों को फटकारा।

'कोट तो आदमियों के नाप के ले आए हैं। बच्चे तो पूरे के पूरे ढक जाएँगे,' श्रीधर ने चिंता जाहिर की।

'कोई बात नहीं, जूतों का झंझट खतम। अभी तुम जूतों की फिकर कर रहे थे न? कोट नहीं; शेरवानी लगेंगे। और ठीक, रौब पड़ेगा।' मुँछई मास्साब से किसी भी तरह समझवा लो।

सारंग ने श्रीधर को समझाया, जो किसी तरह संतुष्ट नहीं हो रहे थे, 'यहाँ तुम्हारी ऐसी बारीकियाँ कौन देखता है? ये बैठे हैं झज्जू। बैल की पूँछ की तरह की मूँछें हैं इनकी, जनानी धोती पहनकर होली में औरत बन जाते हैं, और घंटों नाच लेते हैं—घूँघट मारकर।

लोग महीनों तक भौजी-भौजी कहकर बुलाते हैं।'

बच्चों में छीना-झपटी होने लगी—

नीला कोट तू नहीं मैं। लाल तू पहन ले। मूँछें मैं लगाऊँगा। दाढ़ी अर्जुन की है, वही तो सबसे बड़ा धनुर्धर है। नहीं दाढ़ी गुरुजी लगाएँगे।

श्रीधर ने दोनों हाथ उठाए—शांत-शांत शांत!

'भाई, लड़ते क्यों हो? पाती सुनो, तुम द्रोणाचार्य बने हो। भगवा कुर्ता-दुशाला पहनोगे। कोट के लिए लड़ रहे हो। बालों का जटाजूट तुम्हारे लिए है। इसका खास मतलब है—पहले शिक्षक वनवासी होते थे, इसी तरह साधु का सा वेश रखते थे। अपने शिष्यों से तप करा सकें इसलिए।

'शेरअली, तुम बहुत बुद्धिमान हो। संवाद भी बढ़िया तरीके से बोल लेते हो। लेकिन राजकुमार को सुंदर दिखना भी जरूरी है। इसी दम पर वे राजकुमार कहलाते हैं। अपना मुँह मत फाड़ना, नहीं तो लगेगा लकड़हारा किसी राजकुमार का कोट चुरा लाया है। अर्थात् राजसी ढंग भी सीखना होगा। समझे अर्जुन?

'गोपीचंद युधिष्ठर। सफेद कोट पहनोगे। शांति की निशानी है सफेद रंग। तुम अपने गुस्से पर काबू रखना। गाली-गलौज आज से हमेशा को बंद।

'भीम को केसरिया कोट। शक्ति, ताकतवाला बालक था भीम।

'नकुल-सहदेव दोनों को हरे कोट पहनना है। दोनों को धरतीपुत्र कहा गया है।

'पाँचों राजकुमार मुकुट लगाएँगे—राजपरिवार की निशानी।

'चंदन, तुम सिर्फ एक लँगोटी पहनोगे। जंगल में रहनेवाली जातियाँ कम से कम कपड़ों में गुजारा करती हैं। मौसमों को जीतनेवाले होते हैं वे बालक। तभी तो राजकुमारों से आगे निकल गए। और द्रोण जैसे आचार्य को हरा लिया।'

कापी और पैन लिए सारंग खड़ी है।

'संवाद बुलवाओ सारंग,' कहते-कहते मुस्कुरा पड़े श्रीधर।

'क्यों हँस रहे हो?' सारंग हलके से मुस्कुराई।

'छोड़ गए बालम, मुझे हाय अकेला छोड़ गए ··· रंजीतसिंह का क्या हाल होगा?'

'भगवान रखवाला है,' सारंग ने ठंडी साँस लेकर जोड़ा।

'चंदन तो गड़बड़ाता है। धनुर्विद्या कहते-कहते हकला जाता है। इसकी जगह धनुष-विद्या करो। "धनुष चलाने की कला" बहुत लम्बा हो जाएगा।'

'लेकिन हिरण्यधनु का क्या होगा?'

'मैं निषादराज का बेटा हूँ—बस।'

'चंदन, संवाद बोलते समय हाथ से इशारे भी करो। हाथ झुलाए क्या खड़े हो? देखते हो पाती को? कुछ नहीं बनता तो बगल में हाथ दबा लो।'

'मास्साब, यह क्या लिखा है सारंग चाची ने? वत्स वत्स ···'

'सारंग चाची से बुलवाकर सीखो।'

'सारंग, जो संवाद कहानी में हमने जोड़े हैं, वे ज्यादा महत्त्व के हैं। उनको असरदार तरीके से बच्चे अदा करें तो मजा आ जाए।'

'जैसे?'

'जैसे—ऐसी दक्षिणा! हा ऐसी दक्षिणा! गुरुवर आप से ऐसी आशा कदापि न थी। यह ··· दक्षिणा नहीं, दंड हुआ तात, दंड ··· एकलव्य सचमुच वीर है, लेकिन ··· मैं धर्म-भीरु ··· हतभाग्य!'

श्रीधर ने सारे वाक्यों पर अभिनय करके दिखाया और फिर सारंग की ओर देखकर बोले—अद्‌भुत! ये तुम्हारे लिखे संवाद हैं! सारंग, सच, मुझे तुमसे इतनी ऊँची उम्मीद नहीं थी। जो भूल गई थीं, ब्याज समेत लौटाकर ला रही हो! क्यों?'

'मेरी मेहनत वसूल हुई,' सारंग ने सिर झुकाकर कहा। आँखों में नम कतरे मचलने लगे।

सारंग को न जाने कहाँ से याद हो आया, 'शिशिर ऋतु है। चंद्र किरणें रातों को बर्फ सी ठंडी कर देती हैं। तारे तक ठिठुरने लगे हैं। छत पर सफेद बर्फीली ओस झरती है। तब अग्नि और सूरज का ताप तो लोगों को अच्छा लगता है, शीतल पवन आनंदित नहीं करता। हे प्रिये मोटे कपड़े सेवनीय हैं।'

'ऋतु संहार!' श्रीधर कहकर जोर से हँस पड़े।

लोग रजाई-कम्बल लिए हुए स्कूल के अहाते में घुसे चले आ रहे हैं। देखते-देखते स्कूल का प्रांगण भरा जा रहा है। बाबा, साधजी और नम्बरदार जैसे बड़े-बूढ़ों के लिए खाटें डाली जा रही हैं। राकेश बड़ा सेवाभावी लड़का है। जो खाटें आगे डाली गई हैं, उन पर कमजोर नजरवाले वृद्ध बिठाए जाएँगे। झज्जू बोला—प्रधानजी को बिठा दो। सबसे ज्यादा मंद नजर गाँव में उनकी ही है।

सारंग ने घूँघट में से देखा—रंजीत? बैठे हैं फत्तेसिंह के साथ।

'तुम्हारा आना तो बैन है प्रधानजी,' भँवर अंगरेजी लगाकर बोलता है।

'अरे, स्कूल क्या किसी के बाप का है? जनता-जर्नादन की चीज ··· '

'देख लो भाई श्रीधर मास्साब की योग्यता! आदमी विद्वान है।'

'बाईस साल किसी आर्यसमाजी के घर चाकरी करी है।'

लोग मंत्रमुग्ध से बैठे रहे। तीन साल के बच्चे तक ने चूँ-चाँय नहीं की। माताओं-बहनों को घरबार, दूध-बूँद, भैंस-पड़िया की याद नहीं आई।

पाती किताब की बोली बोल रहा है। हाय! यह देखो, कहीं लगता है हमारा गुल्लुआ? नासमिटा धूल-माँटी में न खेले तो राजकुँवर ही लगे। वह शेरअली? जीभ में लपेटा दे-देकर ··· और चंदन बेचारा? निपट भिखारी! भिखारी कौन कह रहा है एकलव्य को? नासमझों की बुद्धि में महाभारत-गीता आएगी भला? चले आते हैं ···। देखो तो, गेरुआ लत्तोंवाला छोरा बिसुनदेवा है क्या? हत्तेरे की, बिसुनदेवा दस वर्ष के लड़के के बराबर हो जाएगा! पाती है वह, पाती। देखो तो, पाती ने औतार ले लिया साधू-महातमा के चोला में।

कैसे-कैसे बचन उचार रहे हैं छोटे-छोटे बालक! ऐसे तो चरनसिंह बौहरे ही भले बोल पाए। अजी बौहरे! उनने तो सत्तनरायन की कथा मुँहजुबानी रट ली है, पत्रा तो जनता को बहकाने के लिए खोल लेते हैं। पत्रा भी पलटते हैं झूठमाँस के लिए ··· हा हा हा हा।

नाटक खत्म होते ही तालियों से गूँज गया स्कूल का परकोटा। फत्ते प्रधान बंद गले का कोट पहने उठकर खड़े हो गए, उसके बाद, 'भाइयो और बहनो! माताओ और बहुओ! मुझ नाचीज की छोटी सी कोसिस। अपने श्रीधर मास्टर की किरपा और बालकों की मेहनत आपकी नजर ···' रंजीत सीधे श्रीधर के पास पहुँचे। हाथ मिलाया। पीठ थपथपाई।

'कमाल कर डाला मास्टरजी! इस गाँव की तकदीर में कहाँ था ऐसा नाटक। भाई बहुत बढ़िया। घर आना, तब होंगी जमकर बातें।'

लौंगसिरी बीबी शाल लपेटती हुई लपककर आगे आईं, बड़ी बहू संग-संग है। ठंड से कँपकँपा रही हैं।

'हाय बाजीगरनी! तू पेट में इतना बड़ा इलम धरे बैठी थी! क्या बढ़िया नाटिका बनाया है। सौ बातों की एक बात कि सिरीधर ने तेरी निखारी कर दी।'

'घर नहीं चलना?' सारंग ने रंजीत की आवाज सुनी कि पीठ पर घूसा सा लगा।

वह पलट पड़ी। चंदन बाबा से लिपट रहा है नंगा ही। ठंड नहीं लग रही इस लड़के को ··· ठिठकी थी सारंग कि रंजीत ने दोबारा चेताया, 'जो रह गया है, कल हो जाएगा। अब यहाँ खड़े-खड़े क्या ···?' सारंग श्रीधर से मिलकर जाना चाहती है, यह जानते हैं वे।

कहने को घर में उजाला था, लेकिन सारंग की निगाहों को अँधेरे ने घेर लिया। रंजीत ने मफलर फटकारते हुए कहा, 'कान खोलकर सुन ले, अब बहुत हो चुका मास्टरनीपना। स्कूल की तरफ मुँह करते न देखूँ मैं।'

सारंग थाली परोसने जा रही थी, हाथ पतीली में चमचा चलाते हुए ठहर गया—इतना गुस्सा! क्यों?

'वहाँ जो जोर से ताली बजा रहे थे, उन्हीं में से मुझे सुना-सुनाकर यह भी कह रहे थे—श्रीधर मास्टर और रंजीत की घरवाली की अच्छी जोड़ी बनी है।

'थानसिंह आँख मारकर बोला, दोनों जने गाँव में क्रांति लाकर रहेंगे। हुसियार हो जाओ भइया। खबरदार। क्या नाटक लिखा है, वाह! साले गुरू की ऐसी-तैसी कर दी।

'आगे का नाटक क्या होगा? लुगाइयो, अपने-अपने बालक लेकर खसम से अलग हो जाओ। खसम आदमी नहीं, जल्लाद होता है। हमारे हाथ-पाँव काटता है। लो हो गया कल्याण! कमाल है, लोग सहन कर रहे हैं। क्या करें बिचारे, लाचार हैं। कहकर मेरी ओर देखते हैं।

'बताओ, मैं किस-किस से लड़ूँ? बस, कह रहा हूँ सो सुन लो। आगे से ···'

सारंग ने मुड़कर रंजीत को देखा, 'क्यों किसी दूसरे का नाम लगाते हो?'

रंजीत गुस्से से पाँव पटकते हुए बोले, 'कहे देता हूँ, अब ऐसी जुर्रत की तो मार-मार कर खाल उधेड़ दूँगा, हाँ।' और वे कोठे में जाकर पालिका पर हँफियाते हुए से बैठ गए।

बाबा आ चुके थे। आँगन में चले आए। शांत भाव से बोले, 'बहू, यह रंजीत क्यों चिंघाड़ रहा है री?'

सारंग के मन में आया घूँघट खोलकर कह दे, 'मुझसे दुश्मनी है तुम्हारे बेटे को। जो बातें द्रोणाचार्य और राजपरिवार के लिए मैंने लिखी थीं, वे अपने लिए समझ रहे हैं। एकलव्य चंदन था, मगर मैं एकलव्य की माँ बनकर बोल रही थी। ऐसे-ऐसे अंदाजे लगाएँगे तो इसे क्या कहूँ मैं? चोर की दाढ़ी में तिनका।'

बाबा सीधे कोठे में गए, 'क्यों रे रंजीत, क्या बात है?'

रंजीत ने जहरीले स्वर में कहा, 'मैं इतना बेलिहाज नहीं कि ...'

'इसमें बेलिहाजी की क्या बात हो गई?'

'कल को यह मास्टर के संग स्कूल में ही रहने लगे, तब भी पूछोगे तुम कि इसमें बेलिहाजी की क्या बात?'

'तेरा तो दिमाग खराब हो गया है।'

'हाँ, मैं ही पागल हो गया हूँ। तुम बूढ़े से कहने आएगा कोई? हुक्के के लालच में ओसारे में बैठे आदमी तुमको बुरी लगनेवाली बात कहेंगे? मुझे गाँव के सैकड़ों आदमियों से रोज मिलना पड़ता है। तुम करते सामना जरा मनोहर का, खूबी-भूरा का, थानसिंह का, और तो और, कुँवरपाल चमार का!'

'तो ये करेंगे अब हमारी बहू की बावत फैसला। ये सब तेरे लिए हमसे ज्यादा हो गए!' बाबा ने कड़वा मुँह बनाकर बात में झोल दी, 'मार-पीट करने की जरूरत नहीं है, समझा तू?'

चंदन आया, और माँ से हँस-हँसकर अपने अभिनय की बातें खोलने लगा।

सारंग को हँसी नहीं आ रही। सारा उल्लास काफूर ...

चंदन तनिक उदास होकर बोला, 'क्या बात है अम्मा? चाचा ने तुझसे लड़ाई की है? क्यों की है? इतना अच्छा नाटक लिखा, मास्साब और प्रधानजी बातें कर रहे थे।'

सारंग ने मन ही मन सोचा, बेटा, संवाद-लेखिका अब यहाँ सिकुड़ी बैठी है। तेरे बाप जानते हैं, दहशत बनाए रखने के लिए कौन से औजारों का इस्तेमाल करना चाहिए।

सारंग थाली परोसने लगी—बाबा के लिए, चंदन के लिए।

बाबा सामने आए अन्न का कभी अपमान नहीं करते। भूख थोड़ी हो, बहुत हो, खा ही लेते हैं। कहते हैं अन्न-पानी त्यागकर आदमी दुख और कलह को बढ़ाता ही है।

सारंग बाबा को खिलाकर बहुत देर तक चूल्हे के पास बैठकर आग पर हाथ सेंकती रही। कोठे में जाने का मन न था। दुनिया भर के ख्याल आ रहे हैं—

जिस दिन ब्याहकर आई थी, रंजीत सहित उनके भाई और पिता का सीना गज-गज चौड़ा हो गया था। ऐसी बहू, जो संस्कृत के शुद्ध श्लोक बोले, अर्थ करे, बनियों के घर में भी नहीं आई। इतनी लियाकत से रहनेवाली सारंग! बाबा घर को देख-देखकर सिहाते। विद्वान बहू हर बात की ऊँच-नीच, सँभाल-सुधार जानती है—सबसे कहते। गृहस्थ तप है। हमारी सारंग बड़ी समझदारी से काम लेती है।

रंजीत ने डैने खोल दिए थे—सारंग, मेरे संगी-साथी तक डाह करते हैं। इतनी योग्य लड़की कहाँ से पाई यार! जाटों में ऐसी पढ़ी-लिखी लड़की! कन्या गुरुकुल में पढ़ी लड़की का मुकाबला कॉलिज की पढ़ी लड़की से क्या? एक कोयल, दूसरी तितली।

'सारंग, घर की मान-मर्यादा रखना। पर्दा मुझे खुद नहीं अच्छा लगता। बस दलवीर भइया और दादा की आड़ कर ली। वैसे घूँघट में तुम बहुत अच्छी लगती हो,' कहकर वे मुस्करा दिए—गोरी तेरे नैना हैं जादू भरे, ओ गोरी तेरे ...' रंजीत बहुत अच्छा गा लेते हैं।

तारीफ का नशा सिर चढ़कर बोलता है। वह गृहिणी का फर्ज निभाती हुई तारीफें लूटती रही। ज्यादा से ज्यादा बंधनों में जकड़ती गई। भूलने लगी गुरुकुल में पढ़ी विद्या। रहन-सहन, भाषा-बोली, पढ़ने-लिखने की आदत बीते जमाने की बात हो गई।

आज जहाँ खड़ी है, लग रहा है—बंधनों में खुद को कस लेना कितनी महिमा की बात है। बंधन काटना—बेशर्मी!

सचमुच बेशर्म, बेलाज होती जा रही है सारंग।

ऐसी न होती तो रंजीत कोप-शैया पर न पड़े होते? सोचकर उसे किंचित हँसी आ गई।

ऐसे हालात को शांतिपूर्वक कई बार फतह किया है उसने। झटपट थाली परोस ली। लोटे में पानी भर लिया और दोनों हाथों में भोजन-पानी साधकर कोठे में आ गई।

'उठो। खाना खा लो। खाने से क्या बैर?'

'मुझे भूख नहीं,' रंजीत ने दूसरी ओर करवट ले लिया।

'तुम्हें भूख होती ही कब है? आजकल तो बस गुस्सा खा रहे हो।' उसने थाली एक ओर धरती पर रख दी और रंजीत को बाँह से उठाने की कोशिश करते हुए गाल को चूम लिया, 'अब उठो। बहुत हो गया। लोग तो रोटी खाकर सो भी गए होंगे।'

'देखो, मुझे परेशान न करो,' वे उठ पड़े।

वह असली और बनावटी क्रोध को पहचानती है। थाली उठाकर रंजीत के सामने धरते हुए बोली—

'सच्ची, यह मास्टर हमारे घर में जब देखो तब कलह करा देता है। मास्टर नहीं, सेही काँटा है। तुम्हीं बताओ, लिखने को मना कर देती तो कहता—चार अक्षर पढ़ना-लिखना क्या जानती है, चंदन की माँ गुमान करती है। क्या करें? अपना बच्चा पढ़ रहा है। आधा साल आगरे में खर्च कर आया है, यह मास्टर चंदन को फेल करने का बहाना पा जाएगा।

तनिक ज्यादा ध्यान क्या देता है चंदन पर, पूरा बदला निकाल लेता है। खाने-पीने से लेकर रुपया-पैसा तक की मदद करते हैं हम तो। अब देख लो, बीमार हुआ तो दवा-गोली लाकर तुम्हीं भागे गए। कह रहा था सौ का नोट भी दिया तुमने। खैर, जो हुआ सो हुआ, अब मैंने खुलासा कर दिया है कि मास्टरजी, मेरे ऊपर तो कृपा करो। घर में काम भी करना होता है मुझे।'

रंजीत खाने लगे और बोले, 'तुम नहीं खाओगी?'

'हमारा चंदन भी तो बड़ा चिद्दी है, कहता था अम्मा तुम नाटक नहीं लिखोगी तो मास्साब मुझे एकलव्य नहीं बनाएँगे। लिख दो अम्मा, मेरे लिए।'

रंजीत ने सारंग का हाथ थाम लिया, 'खा लो इसी थाली में। तुम्हें मेरी कसम।'

सारंग तुरंत खाने बैठ गई।

'आज कितने दिनों बाद संग-संग ··· याद है कुछ?' सारंग ने रंजीत की आँखों में आँखें डालकर कहा।

सारंग जानती है, रंजीत का दोष क्या? वे बेचारे अपनी भावना को दबा नहीं पाते। श्रीधर यही तो कहते हैं—पुरुष में एकाधिकार की भावना होती है, क्योंकि उसके संस्कार ऐसे ही होते हैं। रंजीत आजकल ज्यादा से ज्यादा समय फत्तेसिंह की बैठक में गुजारते थे, जब से उसने स्कूल में आना-जाना शुरू किया, वे घर में धूनी रमाकर बैठने लगे। कभी चंदन को धुड़की देकर पढ़ाई-लिखाई की बावत चेताते, कभी नाटक को नौटंकी और स्वाँग बताकर बच्चों के बिगड़ जाने की बात करते। चंदन के साथ-साथ वह भी डर जाती।

सारंग खाना खिलाकर रंजीत के पाँव दबाने लगी।

खुद को समझाती जा रही थी—आदमी का स्वभाव, कभी तल्ख तो कभी नरम। लड़ाई का क्या बुझाना? ईर्ष्या-द्वेष के चलते क्रोध-गुस्सा ··· चलो मारो परे। घर में चैन-शांति रहे बस।

रंजीत ने सारंग को अपनी बाँहों में खींच लिया। उसके कपड़ों से जूझने लगे। कोई बटन टूटा—टक्क। कहीं से सिलाई उखड़ी—चिर। उसने प्रतिरोध नहीं किया, उलटा सहयोग ही दिया—मैं खुद उतार देती हूँ। तुम्हें बड़ी उतावली मची है। सबर करो।

पलिका के ऊपर लेटी सारंग अँधेरे कोठे में हमले पर हमला झेल रही है। बेबस सी, मगर अपनी सहमति दिखाते हूए। आह-कराह को होंठ भींचकर पीती हुई, लेकिन रंजीत की पीठ को कोमल हाथों से सहलाती हुई ··· सहयोग का अभिनय ··· पति ने पूरी ताकत निचोड़ दी। मर्दानगी के बोझ से कुचल डाला। अभिसार की रस्म-अदाई पूरे मन से हुई। उसे परास्त करके रंजीत संतुष्ट हैं।

उनका मन नरम से भी ज्यादा नरम हो आया। अँधेरे में सारंग को अपनी छाती से लगाकर बोले, 'बड़ी छुपी रुस्तम निकलीं तुम! ऐसी विद्या कहाँ सहेजे रहीं अब तक? साले लोग जलते हैं। कैसे देखें कि रंजीत की बहू इतनी विद्वान ··· उस साले श्रीधर मास्टर

के तो बाप के बस का नहीं था, ऐसा नाटक करना। सारा तुम्हारी लिखाई का कमाल है। सोओगी? मेरी बाँह पर सो जाओ। थक गई होगी, मैं तुम्हें सुला दूँगा। आओ न पास, और पास! ··· सारंग, तुम्हारे बिना नहीं रह सकता मैं,' कहकर उन्होंने उसे अपनी छाती में भींच लिया।

दस

लौंगसिरी बीबी!

मास्टर ने तरह-तरह की बातें सुनी हैं उनके बारे में। उम्र से अधेड़ क्या, उम्र ढलान पर है। मँझोला कद और चेहरा-मोहरा ब्राह्मणत्व से भरा हुआ—चंदन की गोल बिंदी लगी रहती है माथे पर, यह बात अलग है कि बोलते समय आगे के दो लंबे-लंबे दाँतों के बीच से थूक के छींटे उड़ते हैं, होंठों में लार चाशनी की तरह चिपकती है।

सदा पीहर में रहीं। किसी बड़ी-बूढ़ी से पूछो तो कहेगी—रहती न? बाप की जायदाद की अकेली वारिस और महतारी की चौकीदारी। जल्लाद जिसने न देखा हो, लौंगसिरी को देख ले। मइयो के ऊपर जम की तरह सवार रहीं। बद्री बाम्हन को निगाहों से ही फूँक डालतीं। उन दोनों की प्रीति और लौंगसिरी की देह में जलजला!

माना कि उमड़ती बादरी और घुमड़ती प्रीति बिन बरसे नहीं रहती पर राँड़ लुगाई के लिए वर्जित फल। मइया डाल-डाल तो बेटी पात-पात। वह मर्द का वेश धरकर मिलने जाती थी। कद-काठी की छोटी सो आठ-दस वर्ष के बालक से ज्यादा न जँचे। सो तो रात के अँधेरे में लोग पहचान करना चाहते थे—धुंधी भइया, को है कंधा पर?'

'बालका है रे। बुखार आ गया सो टट्टी फिराने ···'

तब लौंगसिरी गहरी नींद सोई होतीं, पर लौटकर आने पर? मइया की धोती फाड़तीं। बुरी मार देतीं। सबेरे लौंगसिरी की अम्मा चेहरा और बाँहों पर पड़े नील, सूजी आँखें लिए घेर तक भी न चल पाती। घर की दुवारी में ही हगना-मूतना ···

कहते हैं औलाद का डर मालिक से भी ज्यादा होता है, लौंगसिरी का रोज-रोज ख्वारी करना ··· माँ, बेटी से हारती चली जा रही थी। होते-होते यहाँ तक हुआ कि बद्री बाम्हन बीमार हो गए और लौंगसिरी ने माँ को ताले में रखना शुरू कर दिया।

पिछवाड़े ही घर था बद्री का। रोआ-राट पड़े तो अभागिन समझ गई कि संगी चल दिया छोड़कर ··· चौखट पर सिर मार-मारकर पछाड़ें खाने लगी लौंगसिरी की अम्मा।

··· और फिर कितने दिन जी सकी? मुश्किल से छः महीने पूरे कर पाई।

उन दिनों इतनी कठोर थीं लौंगसिरी बीबी कि देवर-भाभी भी बात करते हों तो मुँह

पर ही चाल-चलन की धज्जियाँ उड़ा देतीं। नई बहू ब्याहकर आती है, सास यह सीख जरूर देती है कि लौंगसिरी बीबी की मर्यादा भंग न हो किसी तरह।

यही कारण है कि नई बहुएँ इस मजबूत कद-काठी की औरत की परछाईं देखते ही हाथ भर लंबा घूँघट ओढ़ लेती हैं, भले उनके पीठ पीछे जेठ से बोलचाल रखें।

वह कर्कशा लौंगसिरी मास्टर को न्योंत जिंवा रही हैं। क्यों?

'अरी नाटिक मन भा गया मेरे। ऊपर से मास्टर बिन मइया का लाल।'

कलावती चाची मुँह ऐंठकर कहती हैं—अपनी बेर को सत्रह इलहान! यह नहीं कहती कि मास्टर आधी रात तक गोड़ दबाता रहता है, बहाना तो देखो—घोंटू उठता नहीं। आय हाय हिन्नी (हिरनी) की तरह कुलाँचें भरती फिरती हैं गाँव में और मास्टर को देखते ही गोड़! ठीक है री, मास्टर माताजी कहकर बोलता है। माँ-बेटा के रिस्ते पर लांछन दे, वह पापी। आयोडस की सीसी लाया था, सो क्या सेंत? बिना नागा आता-जाता है। आय हाय, बिन मिठाई चींटी लगती हैं कहीं? खसम को तो दुलत्ती झाड़ती है लौंगसिरिया। सो जुंगा बजार की लुगाइयों को सूँघता फिरता है।

छोड़ो, छोड़ो कलावती चाची की बातें, वह तो अच्छी निगाह से किसी को देखतीं ही नहीं। चाल-चलन को गुड़ का पुआ समझती हैं—गप्प से खाने के लिए। प्रधान से बिटौरा धरने के लिए गाँव समाज की जमीन हड़प ही ली, कहो तो खसम-पूतों को कोसेंगी। बताओ फिर कौन लुगाई खोले अपना मुँह?

हरपरसाद की अम्मा अपने दोनों पूतों की सौगंध खाकर कहती है, है तो माँ-बेटा का रिस्ता ही। अपने कान सुनी हैं उनकी बातें। कहती थीं—सिरीधर बेटा, तू कहाँ से आ गया मो अभागिन की सूनी गैल में? बीबी, तुम जैसी माता ने पुकार लिया होगा मुझे। बेटा कसाई हैं, कहते हैं हमारी बहुएँ पसंद नहीं करतीं सास को। अम्मा इकल-खुरिया है।

श्रीधर से पूछे कोई—बीबी का चेहरा मेरी माँ की उनहार। छोटी-छोटी आँखें, कोमल नाक, साँवला सा रंग, लगता है खोई-बिछुड़ी माता ही हैं मेरी।

वाह रे कुम्हार के पूत! लौंगसिरी का बेटा बनता है। ठहर जा बेटा, अभी असल रंगत देखी नहीं है, थोड़ी भी चूँ-चपड़ करी तो चूतरों पर लात मारकर निकाल देगी घर से। जिसकी अपनी माँ से नहीं निभी, खसम को लतिया दिया, पूत दस कोस से ही हाथ जोड़ते हैं, बहुएँ शकल नहीं देखना चाहतीं, उसके आँचल में मूँड़ धरने मास्टरजी आए हैं—हा हा हा हा!

मास्टर लंबे-लंबे डग भरता हुआ बीबी के द्वार पर आ पहुँचा।

'बीबी ऽ ऽ ऽ।'

'को है रे?'

'मैं श्रीधर।'

वे द्वार की ओर लपक आईं, 'सिरीधर! अरे आ, आ जा,' कहकर दुवारी में खाट

नबाने लगीं, जहाँ धूप का उजला टुकड़ा तिरछा होकर फैल रहा था।

श्रीधर ने उनके हाथों से खाट झपट ली, 'तुम मत बिछाओ, मैं ...'

बैठ गए, इधर-उधर का जायजा लेते हुए हर्षित हैं, आज बीबी ने उन्हें न्योंत बुलाया है बड़े चाव से। कि यकायक नजर बीबी के चेहरे पर गड़कर रह गई। सुन्न-सुन्न की आवाज ... जुकाम नहीं है, बीबी तो रोई हुई लगती हैं।

'तुम परेशान सी क्यों ...?'

'सारंग नहीं आई, अभी तक!' बात बदल दी उन्होंने।

'तो वह भी रसखीर खाएगी,' श्रीधर शरारत से हँसे।

'नाटिक तो उसने भी बनाया, रसखीर तू अकेला ही ...!'

अपने गाल के ऊपर बीबी के थूक के छींटे महसूस किए श्रीधर ने, लिहाज में पोंछना भी नहीं चाहते, बीबी को मालूम हो जाएगा कि बोलते समय थूक ...

वे दालान में गईं और एक टेढ़ा सा तार उतार लाईं खूँटी से, जिसमें बीसियों चिट्ठियाँ लगी थीं, नई-पुरानी। यत्नपूर्वक एक चिट्ठी खींची ऊपर को और श्रीधर को पकड़ा दी, 'आज ही आई है, पढ़ तो बेटा। मेरे ख्याल में रामकन्हैया की है।'

अनपढ़ बीबी बेटे की लिखावट को पहचानती हैं! डाकिया की बाट में बैठी रहती हैं कि भूपाल ताल और बंबई से वह झोले में भरकर उनके बेटों की खबर लाएगा।

श्रीधर पढ़कर सुनाने लगे—'अम्मा, नौकरी नहीं मिल पाई थी, सो चिट्ठी डालने में देर हो गई। हरपरसाद कह रहा था कि तूने मेरी नौकरी के लिए अखण्ड कीर्तन करवाया है। होटल में पर्ची काटने का काम मिला था, पर रुपया सिर्फ तीन सौ। दो वक्त पेट भरना मुश्किल था। सोचा कि गाँव लौट लूँ। मगर पढ़ाई-लिखाई के बाद गाँव की ही धूल फाँकना, नहीं जाना वहाँ। कमाने पर आए आदमी तो जुटा ही लेता है कुछ न कुछ। हरपरसाद के संग सेठों के यहाँ जाने लगा, मालिश का काम मिल गया। इस परदेश में कौन जानता है कि मैं ब्राह्मण, जैसे नहीं ज़ानते कि हरपरसाद नाई है। बड़े-बड़े सेठों की बड़ी बातें। हम उनकी सेवा करते हैं, वे सौ-पचास बख्शीश में फेंकने से गुरेज नहीं मानते। गुजारे के लाले थे, पर अब पइसा हाथ में आ गया है। मैं गाँव आऊँगा, जल्दी ही आऊँगा।'

श्रीधर ने कागज के ऊपर से निगाह उठाई, बीबी मिट्टी के पुतले की तरह निर्जीव सी ... आँखें ठहरी हुईं ...

उन्होंने कागज आगे बढ़ाया, वे ज्यों की त्यों।

'बीबी!'

श्रीधर की आवाज के असर से चेतना जागी मुरझाए हुए हाथों में, और एक खलबली ने दबोच लिया उनका पूरा का पूरा वजूद ... यकायक झपटीं चिट्ठी के ऊपर। श्रीधर से लगभग छीनने की मुद्रा में चिट्ठी ली और दाँतों से निचला होंठ दबाकर अंतर्देशी चीर-चीर कर डाला।

अंत में फफक-फफककर रो पड़ीं। हिलकी बँध गई।

श्रीधर उठे और छाती से लगा लिया बीबी को। अपने कंधे पर टिका लिया उनका आँसुओं में डूबा चेहरा। पीठ थपथपाते रहे प्यार और सांत्वना भरी हथेली से।

ज्वार थमा कुछ देर में। वे अपने मैले आँचल से आँखें पोंछती हुई धरती पर बैठ गईं।

टूटती हुई आवाज, फिर-फिर भर आनेवाले कंठ और आँखों की दशा से परे जाकर आत्मालाप सा करने लगीं, 'बेटा रामकन्हैया, तुम चम्पी करो, मालिस करो, भले किसी जात के पाँव धोओ—मेरी आँख नीची नहीं होगी। ··· पर बेटा तुम तो बखसीसों पर बिक गए ऽ ऽ ऽ ··· अपनी खेती-किसानी छोड़कर इसलिए भागे थे? भीख की चाट लग गई तुम्हें ··· अब मैं समझ गई कि मेरा रामकन्हैया लौटनेवाला नहीं। वह आएगा तो पइसा से इज्जत खरीदने की खातर आएगा ···'

वे श्रीधर से मुखातिब हुईं, 'सिरीधर, एक चिट्ठी लिख देना बेटा कि अब वह इस गाँव न आए, उसकी मइया पूत से मिलने की तिरिसना काट बैठी ···'

अवसन्न से हैं श्रीधर। मन में मना रहे हैं सारंग जल्दी आ जाय।

बीबी उठीं, जैसे धूल झाड़कर खड़ी हो गई हों, 'तेरे लिए परोस लाऊँ सिरीधर? सारंग तो न जाने कितनी देर में ···?'

सारंग ने देहरी पर चप्पल उतारीं, बीबी गीली आँखों चहक उठीं, 'बेगि आ। सिरीधर बैठा ऊब रहा है कि इस डुकरिया से क्या बातें करूँ?'

'झूठ! एकदम झूठ।' श्रीधर बोल पड़े।

तीनों ने मिलकर खाया-पिया। बीबी के पाँव जमीन पर न पड़ते थे। आखिर में बोल ही दी, 'आज मेरा आँगन गुलजार हो गया। लगा बाल-बच्चे आ गए।'

'एक बात मेरी और सुनना सिरीधर, तू परधानिन के बुलाने पर चला जाना बेटा। कह रही थी, मैं मास्टर का न्योंता करूँगी। तू नहीं जाएगा तो वह सारंग के खसम-पूत कोसेगी। बुरी आदत है उसे गाली देने की।'

'सो क्या कह रही थी?' सारंग पूछने लगी।

'छोड़ उस बात को। कह रही होगी कुछ।'

सारंग जानती है कि एक-एक बात उसे कौन बता सकता है? गुलकंदी या कलावती चाची। पर क्या करेगी पूछकर? अपना मन ही खराब करना बाकी है।

सारंग अपने घर की ओर चली जा रही थी कि रास्ते में गुलकंदी मिल गई।

'कहाँ जा रही हो गुलकंदी?'

'स्कूल पर।'

'क्यों?'

'मास्टर का न्योंता किया है परधानिन ने।'

सारंग के ऊपर कमजोरी सवार है। मन करता है कि पूछ ले प्रधानिन ने उसके बारे में क्या कहा? और यह भी सोचती है कि प्रधानिन जैसी जाहिल औरत का उसके जीवन

में क्या महत्त्व? नहीं माना मन, पूछ बैठी।

गुलकंदी स्वभाव से, देह से, नजर से, यह समझो कि हर तरफ से चंचल है। जैसे बताने को उतावली ही हो—

'भाभी, मालूम है, परधानिन क्यों न्योंत रही है मास्साब को? कहती थी—मूसटा (चूहा) सा चंदन एकलब्ब बन गया, और हमारे राकेसा को नाटिक में पाट नहीं दिया। एकलब्ब! बनेगा नहीं एकलब्ब? उसकी मइयो जो सिरीधर की चरन-चप्पी कर रही है। ऐना (आइना) की तरह मुँह के सामने धरे रहती है। तो फिर चंदन लल्लू को तो मास्टर गोद खिलाएगा ही।

'हमें ही क्या बैर है मास्टर से? बिचारा परदेसी। यहाँ बैयरवानी कैसे सार-पाँसे खेलती हैं, वह भोला मास्टर क्या जाने? राधिका-गोपिका बनकर रास रचाया है राँड़ ने कि खिलाओ हमारा ललुआ। बनाओ इसे हाकिम। तिरिया-चरित्तर दिखाके ⋯ बीबी गुलकंदी, मास्टर पर मुझे बड़ा तरस आता है। तुम एक काम करना, बड़ी बहू के घर से बारह लंबर की सलाई माँग लाना। ऊन धरी है, सोच रही हूँ मास्टर के लिए एक सूटर बुन दूँ। अकेला है बिचारा। इस गाँव में उसको भरमानेवाले बहुत मिल जाएँगे, पच्छदारी करनेवाला कोई नहीं। बताओ, बीमार हुआ तो अलीगढ़ जाना पड़ा। इतने बड़े गाँव में दो बूँद दूध देनेवाला नहीं निकला कोई। हम तो गुलकंदी, उसकी सारंग नैनी के भोरे (धोखे) में रह गए। नहीं तो एक छाक (वक्त) दूध पहुँचाना कौन सी बड़ी बात थी? गए भी नहीं इस्कूल में कि क्या मालूम राधेरानी वहीं पाँव पलोटने पहुँची हों। हम दाल-भात में मूसरचंद।

'वो ऽ ऽ ऽ, सारंग का मुतमुन्ना (हरामी) चंदन! हमारे राकेसा से कहता था बानबिंधा कुत्ता। अरे कुत्ता तो तू है। असल कुतिया तो तेरी मौसी और मइया ही निकलीं—छिनारें। आदमियों के मूँड़ फुड़वा रही हैं। रेसमिया पा गई मजा। इस सारंगिया को देखते हैं कि कब तक रंजीत को दगा देकर घूँघट में से नैन मटकाती है? सुसर अलग मुट्ठी में कर राखे हैं। सिरीधर मास्टर को यही तो समझाए कोई कि तेरी जान मद्दी है क्या? क्यों इस मिठबोलनी से चिपट रहा है? यह अपने खसम की सगी नहीं।

'जा रही हूँ भाभी। परधानिन बाजरा का भात राँधेगी सो मुझे बाजरा भी कूटना है। जल्दी से मास्साब को संदेस कह आऊँ।' कहकर हँसती हुई चली गई गुलकंदी।

सारंग बेचैन हो रही है, तो अपने कारण। गाँव की राय उसके बारे में यह ⋯? उसके भीतर उथल-पुथल मची है—श्रीधर को लेकर। प्रधानिन के घर दावत खाने जा रहे हैं! मैंने श्रीधर के कारण अपने पति की मार सही है। बदनाम हुई हूँ। अपना घर उजड़ जाने की कीमत पर प्रेम किया है उनसे। मेरी साधना बस इतनी ही थी कि उसको प्रधानिन एक पल में खंडित कर डाले। उसे श्रीधर से चिढ़ होने लगी। प्रधानिन में ऐसा क्या है, जो मुझमें नहीं? वह एक दिन में ही इतनी गुणवती-रूपवती हो गई? सारंग अपने घर ऐसे पहुँची जैसे ऊबड़-खाबड़ रास्तों पर गिरती-पड़ती आ रही हो।

श्रीधर बाबा के पास बैठे मिले।

उसने उधर देखा तक नहीं। घर में घुसी और भड़ाक् से दरवाजा बंद कर लिया, आवाज इतने जोर की हुई है कि श्रीधर चौंककर देखने लगे। उसका दिल जल रहा है। वह श्रीधर का मुँह कभी नहीं देखेगी। जाएँ, खूब जाएँ, मुझे क्या पड़ी? परदेसी आदमी कभी सगा हुआ है किसी का? जिधर मीठा दीखा, उधर ही उड़कर चल दिए। हाँ, हमारे रंजीत भी प्रधान होते, तो यहाँ भी सिर के बल हाजिरी देने आते। ढोंग कैसे करते हैं—मैं किसी प्रधान को नहीं समझता। नहीं समझते तो साफ मना कर देते कि मैं नहीं आ सकता। सब ऊपरी ढकोसला।

गुलकंदी सारंग और श्रीधर के बीच दुभाँत नहीं करती। इतवार के दिन नौ बजे आ गई।

जो बातें सारंग को बताई थीं, श्रीधर को भी ओर से छोर तक बता दीं।

'परधानिन मेहरबान है। बाजरा का भात बना रही है। कढ़ी कर रही है। संग में रसखीर। ताजा गुड़ में मेवा डालकर सोंठिया बनवाया है कोल्हू पर। दूध भेजने की कह रही थी। स्वेटर बुनना शुरू कर दिया है। नाप लेने भी बुलाया करेगी।'

'किसे?' श्रीधर ने पूछा।

'तुम्हें,' गुलकंदी ने आँखें नचाकर उत्तर दिया और खिलखिला उठी।

'शैतान लड़की!' उन्होंने थप्पड़ उछाला।

'तुम्हारी किसम मास्टरजी? तिलबच्चा (तिरवाचा)!'

श्रीधर गुलकंदी की ओर देखते रह गए।

'ऐसे क्या देख रहे हो? न्योंतने आई थी तुम्हें। दोपहर को पहुँचना है।'

'जो न पहुँचूँ तो?'

'अभी बता दो मास्टरजी। कहीं परधानिन भाभी के हाथ मेरी फजियत कराओ।'

'फजियत करेगी? तब तो आना पड़ेगा।'

गुलकंदी तितली की तरह उड़ गई।

श्रीधर के मन में लड्डू फूटने लगे—अरे वाह श्रीधर! दिन पर दिन कीमत बढ़ती चली जा रही है! गाँव की औरतें किस कदर निछावर! सारंग की बात तो समझ में आती है, वह घबराई हुई थी—बहन का वध और बेटे का वनवास। अपने भीतरी खालीपन से विकल। लौंगसिरी बीबी को भी एकांत खाए जा रहा है। भरा पूरा गाँव है, लेकिन अपना कहने के लिए? वे प्यार के एक-एक कतरे को प्यासी सी तरसती हैं।

··· लेकिन प्रधानिन को क्या हुआ? क्यों बुलाना चाहती है? क्यों याद किया है? उसे किसी बात का कोई अभाव नहीं। इस गाँव की राजरानी है। वह भी दूसरे किसी मर्द से बात करने को तरसती है? दूजिहाँ पति को ब्याही है, मन की आशाएँ पूरी नहीं हुईं?

··· या सारंग की होड़? सोचती हो जो कुछ सारंग कर रही है, जो कुछ सारंग को

हासिल है, जिन बंधनों को सारंग तोड़ चुकी है, जो आजादी उसने पाई है, उससे प्रधानिन क्यों वंचित रहे? मैं अच्छा लगता हूँ प्रधानिन को! श्रीधर ने अपने आगे-पीछे कोमल फूलों की क्यारियाँ उगा लीं। मन में अनगिनत तितलियाँ उड़ने लगीं—रंग-बिरंगी चिलकियाँ!

खुशी और गम में अपना टेपरिकार्डर जरूर शरीक करते हैं श्रीधर। वक्त के माफिक गीत—

सुहाना सफर और ये मौसम हँसीं
हमें डर है, हम खो न जाएँ कहीं

श्रीधर तैयार होने को हैं। दरी बिछाकर कमीज पर इस्तिरी कर रहे हैं। बाँहों पर, कॉलर पर, आगे, पीछे ⋯ प्लग निकालते ही गीत थम गया था। इस्तिरी हो चुकी, प्लग जहाँ का तहाँ लगा दिया, कमरा गीत-संगीत से फिर भर गया—

ये कौन हँसता है फूलों में छिपकर
बहार बेचैन है किसकी धुन पर
कहीं रुनझुन, कहीं गुनगुन कि जैसे नाचे जमीं ⋯

शीशे में चेहरा देखकर बाल काढ़ रहे हैं श्रीधर। उनके घुँघराले बाल सदा सुंदर कहे जाते रहे हैं। पैंट सलेटी, कमीज सफेद। ऊपर से सलेटी ही कोट—हलके चारखानेवाला।

काले जूते—धूलधूसरित! तुरंत कपड़े से पोंछे, चमकाए।

इतराकर सोचते हैं—इस गाँव में दो चीजें शिद्दत से मिली हैं उन्हें—प्यार और विरोध। करीने और जतन से काम करनेवाला आदमी आत्मविश्वास से भरा होता है। श्रीधर से पूछे कोई, वे लबालब हैं इस समय। गाँव के आदमी घाघ होते हैं, ऐसा सुना था। लेकिन किसी खतरनाक घाघ से पाला नहीं पड़ा। यहाँ तो जो कुछ है, सब सामने है।

सुहाना समय जाड़े का। नरम सूरज की धूप। गाँव के पेड़-रूख, घर-दीवार खिले-खिले से। श्रीधर की आँखों की ज्योति दोगुनी हो गई। प्रेम-प्रीति के परे अपने भीतर से उठते गर्व की तरंगें! ऊँचे घरों में भी उनका मूल्य कम नहीं। पता नहीं, बड़ी बिरादरी की औरतें उन्हें अनजाने ही क्यों खींचती हैं?

प्रधानिन आँगन में खड़ी है। श्रीधर ने चौखट पर कदम रखते ही देख लिया।

गोरे और स्वस्थ रंग की भरी-पूरी देहवाली युवतीनुमा औरत। लाल धोती पर सफेद छोटे-छोटे फूल! श्रीधर कुछ और आगे बढ़ आए। इस निर्विकार चेहरे को इतने पास से देखा नहीं था कभी। सूरजमुखी के ताजा फूल सा चेहरा। पवित्र हँसी—लाल तख्ती पर लिखे सफेद पंक्तिबद्ध अक्षरों जैसे दाँत! सचमुच श्रीधर ने पहले कभी देखे नहीं। जाटिनी ज्यादातर खूबसूरत ही क्यों होती हैं?

श्रीधर के माथे पर पसीने की छोटी-छोटी बूँदें रिस आईं। हवा में तैरती हलकी सी घबराहट ⋯ यह स्त्री भी उनके ऊपर प्यार की मुट्ठी मारना चाहती है?

वह राकेश की बाँह पकड़कर आगे बढ़ आई।

'मास्टरजी, यह बदमासी करता है न? कान उखाड़ो इसके। चल पाँव पूज राकेस।' उसने मास्टरजी की ओर मोहिनी मुस्कान छोड़कर राकेश को उनके पाँवों में झुका दिया।

राकेश पाँव छू चुका तो बोली, 'मास्टरजी, यह छोरा रोज बाप से मार खा रहा है। उन्होंने कह दिया—सिरीधर तेरे गुरु हैं। उनकी हुकमअदूली करी तो हमसे बुरा न होगा।'

श्रीधर क्या कहें? प्रधानिन लगातार मुस्कुरा रही है। सारंग कितने दिनों तक खुल कर बोल नहीं पाई। वह शरमीली थी। यह चपल!

राकेश सूत का पलिका बिछा चुका। दरी-चादर डाल चुका। इस घर का रुतबा दूसरा है। इस रहन-सहन के मुकाबले सारंग निपट गँवार तरीके से रहती है—पढ़ी है तो क्या? साधन सीमित हैं। सम्पन्नता झिझक भी खोल देती है।

श्रीधर पलिका पर बैठे हैं, प्रधानिन पास पड़े मूढ़ा पर।

क्या बोलें श्रीधर? वे तो इधर-उधर निगाह दौड़ाकर हुकमसिंह को खोज लेना चाहते हैं। पूछ लिया उसके बारे में। पता लगा कि वह अपनी ननिहाल गया है। प्रधानिन ने बात आगे बढ़ाई—

'मास्टरजी, चंदन को तो तुमने आदमी का बच्चा बना दिया। पहले देखते, हाथ-पाँवों पर ओक बहते थे। हकला-तुतलाकर बोलता था। आज देख लो कि नूर बरसते हैं। ऐसे ही चंदन की महतारी। घूँघट के ऊपर सेर भर मक्खी लदी रहती थीं। पढ़ी-लिखी कहते थे लोग—बेद-सास्तर पढ़ी। लगता था घास खोदकर आ रही है खेत-मेंड़ से। बेद तो अब पढ़ रही हैं सारंग नैनी।' कहकर खिलखिला पड़ी प्रधानिन।

श्रीधर एक तरह से अपनी ही तारीफ सुन रहे हैं। अपनी तारीफ किसे अच्छी नहीं लगती? अचानक प्रधानजी का प्रवेश हुआ। श्रीधर उठ खड़े हुए।

पूरी बाँह के सफेद कुर्ते पर बादामी सदरी। सफेद धोती। सिर के छोटे-छोटे खिचड़ी बालों से मेल खाती खिचड़ी मूँछें—करीने से कटी हुईं। भारी साँवला चेहरा—भद्र पुरुष।

प्रधानिन चौके की ओर लपकी।

थाली परसकर आई—पूरी-पुआ, बाजरा की टिकिया। मूँग की दाल के बड़े। आलू की बड़ी-बड़ी पतली कचौरी, दही-बूरा, खीर। गुलकंदी तू कितना झूठ बोल रही थी—श्रीधर ने सोचा? कढ़ी-भात कहाँ गया?

'मास्टरजी, हमें देर हो गई तनक। एक आदमी का मुकदमा था, सो दोनों फरीक यहीं आ गए। उनके संग कजरौठ तक जाना पड़ा। सुलैमानसिंह कजरौठवाले हमारे नाते में भाई भी हैं और यार भी। उन्हीं के हवाले करके लौट आया। कह दिया कि भइया, आज हमें जरूरी काम है।'

पलिका के आगे मेज पड़ी है। मेज पर दो थालियाँ हैं। प्रधानजी और श्रीधर खा रहे हैं। प्रधानजी श्रीधर की थाली के ऊपर से मक्खियाँ उड़ाते जाते हैं साथ-साथ। अंत में राकेश हाथ का बीजना (पंखा) लेकर आ गया। मक्खियों से बचाव करने लगा।

'खीर और ला रे। बूरा और।'

'मास्टरजी, आलू का साग ले लो।' प्रधानजी हर चीज का ध्यान कर रहे हैं।

अब की बार प्रधानिन अपने हाथ से परोसने आ गई, 'एक गरम कचौरी और। मैंने तो कितना बनाया और ये चिरइया की तरह चुग रहे हैं!'

प्रधानजी जैसे ही किसी काम से भीतर गए कि प्रधानिन का मनुहार भरा स्वर बदल गया, 'तुम्हें मेरी किसम सिरीधर, मेरे नाम की एक कचौरी ले लो। मलाल रह जाएगा नहीं तो!' श्रीधर मना नहीं कर पाए।

भोजन खत्म हुआ। सोंफ-सुपारी की रस्म हुई।

प्रधानजी कोठे में से निकलकर मूढ़ा पर आ बिराजे।

'मास्टरजी, आपकी सरकारी जमात की भी बलिहारी! साले फौज की फौज फिरते हैं, यहाँ के लिए थानसिंह की जगह पर एक मास्टर तो नहीं जुटा? पर मान गए हम तुम्हें! अकेले दो सौ बालकों को पढ़ा रहे हो। अंधेर है साला! अब देखो कि जहाँ थानसिंह गया है, वहाँ बालक पचास और मास्टर पाँच।'

'असल में प्रधानजी, वह गाँव भीतरी क्षेत्र में पड़ता है। मास्टर लोगों को सहूलियत रहती है। पंद्रह दिन में दो-चार दिन घूम आए, बाकी कौन पूछनेवाला है। आपस में यह समझौता कि तू कह न मेरी, मैं कहूँ न तेरी।'

'हम तो कह रहे थे कि तुम भी हुकमा की सेवा ले लेते। पइसा की दरकार हमें नहीं। बस तुम्हारी खिदमत करता रहता।'

'हुकमसिंह की जिंदगी ऐसे बरबाद क्यों करनी प्रधानजी?' कहकर श्रीधर मुस्कुराने की नाकाम कोशिश करने लगे।

'मास्टरजी, हम सोचते हैं कि सरकारी योजना को मारें गोली। अपनी योजना बनाकर सरकार को दें। इसी उसरा में जूनियर हाईस्कूल का पिलान है हमारा। हाल में तो चुनाव ही मेहमान की तरह दरवज्जे पर खड़ा है। सो सोचा है कि पहले इसी से निपट लें।' प्रधानजी की बातों में व्यक्तिगत आत्मीयता झलकने लगी। श्रीधर जैसे उनके राजदार होने जा रहे हों।

··· लेकिन जब वे अपनी मूँछों पर हाथ फेरते हैं तो श्रीधर चार कदम दूर आ पड़ते हैं। जाट और कुम्हार का फासला!

'चुनाव कब है?' उन्होंने पूछने के लिए पूछा।

'सरकारी हिसाब से भले छः महिना पीछे हो, पर हमको तो अभी से तैयारी करनी है। छोरी के ब्याह का सा हिसाब है।'

'आप तो खड़े होंगे ही।'

'अजी राम का नाम लो।'

'क्यों?'

'बहुत कर ली प्रधानी।'

'तो लड़वाएँगे,' हँसकर कहा श्रीधर ने।

और खिलखिला पड़े फत्तेसिंह प्रधान।

'कुछ भी समझ लो। असल में लाला भवानीदास की भी मंशा है कि वे अपने छोटे बेटे हरीनिवास को खड़ा करें। इधर हमारे रंजीतसिंह हैं। मन तो डोरिया भी बना रहा है, पर उस साले को अपनी अम्मा तक का वोट नहीं मिलेगा। थानसिंह भी खड़ा हो सकता है। हमसे तो कजरौठवाले सुलैमानसिंह कह रहे थे प्रमुख के लिए खड़े हो जाओ। हमने उनके सामने तो अभी हाँ कर दी है, पर मन नहीं है, साँची पूछो तो। अब प्रमुखी में धरा क्या है? सारे हक तो सरकार ने प्रधान की झोली में भर दिए। हम तो चाहते हैं जिला अध्यक्षी के लिए लड़ें। तब तो कुछ बात बने।'

श्रीधर के भीतर शर्म की सरसराहट तैर गई—इस प्रधान को मैंने स्कूल में से उठा दिया था। आज वह ऐसा दरियादिल होकर अपनी निजी और गोपनीय बातें बता रहा है! धिक्कारना चाहता है? या यह दर्शा रहा है कि नापो हमारे हाथों की लंबाई, हम यहीं बैठे-बैठे तुम जैसों की गर्दन में कुंदा डालकर खिंचवा सकते हैं। जिला पंचायत के अध्यक्ष की कुर्सी की महिमा क्या है, यह भी कोई पूछने की बात है! लगभग मंत्री का सा तामझाम। बोलबाला। रौब-रुतबा।

कुछ देर तक माथे पर हाथ रखकर गहन सोच की मुद्रा में बैठे रहे प्रधानजी।

श्रीधर उनके वचनों का इंतजार कर रहे हैं।

बोले प्रधानजी—

'अतरपुर कई मायनों में इस एरिया में आगे है मास्टरजी। कजरौठ से गाँव तक चकरोड हमने ही बनवाया है। हमारे नम्बरदारजी पूरे बीस साल प्रधान बने रहे। आजादी के सिपाही की टोपी पहनते रहे, पर एक कंकड़ तक नहीं डलवा पाए रेत भरे दगड़े पर। खड़ंजा डालकर गाँव को सड़क से जोड़ा है हमने। ए.एन.एम. सेंटर की मंजूरी हम लेकर आए हैं। रंजीत और हम बीज भंडार की कोशिश में जुटे हैं। असल में इगलास-हाथरस के बीज भंडार छोटे किसानों की नहीं सुनते। भवानीदास जैसे सेठों की रीझबूझ है वहाँ। समझ गए न? या सरकारी उधारी को हजम कर जानेवाले माल-मारा लोगों का बोलबाला है। हम प्रधान होने के नाते अपने गाँव के लोगों के संग न जायँ, शिनाख्त न दें तो कौन पूछे उनको?'

'हाँ, इसमें क्या शक है?' अच्छे श्रोता की तरह श्रीधर ने उनका समर्थन किया।

'पर मास्टरजी, हमार दुरभाग यह है, कि हम चार लोगों की मन की करते हैं तो छः नाराज हो जाते हैं। छः भी ऐसे जो दस को अपने संग मिला लें। भवानीदास लोगों से मुँह मिलाकर बातें करना जानते हैं। भले बाद में उनकी गाँठ काट लें। नम्बरदार अपनी जमींदारी के जमाने बखानते हैं। गाँव के लोग बड़ी जल्दी रौब खा जाते हैं। हम तो यह पूछते हैं कि जमींदार ने लोगों को तो पिटवाया ही था कि नहीं? ··· मगर इन बातों से दिल क्या लगाना?'

'सच कहते हैं आप, प्रधानजी। हम समझते थे कि आपसे ज्यादा सुखी और निरापद कोई नहीं, पर आप तो ... सारे जमाने के दर्द समेटे बैठे हैं,' श्रीधर ने प्रधानजी के प्रति गम्भीरता दिखाई।

'बस एक अच्छी बात है, मास्टरजी। बोलो क्या?' कहकर वे एक क्षण रुके और फिर मुस्कुराते हुए कहने लगे, 'अफसर लोग हमसे सदा खुश रहते हैं। हम भी कभी उनके काम में टाँग नहीं अड़ाते। नेंकसे मास्टर से हमें तनक उनकी सुस्ती देखकर शिकायत हुई थी। अफसर ने हमारा इशारा भाँपकर उन्हें बदल दिया। पर थानसिंह का तबादला रुकवाने हम नहीं गए। थानसिंह इस बात की गाँठ दाबे बैठा है—पेट में,' कहकर प्रधानजी ने आँखें चौड़ा दीं।

'उसका मन हमारी तरफ से कुंद हो गया है, हो जाने दो। हमने तो उसे भली और सही सलाह ही दी थी, कि भइया गाँव-घर का मोह त्यागो। तबादला तो नौकरी की शर्तों में आता है। बेजा तो नहीं कही?'

श्रीधर इस मामले में बोलना नहीं चाहते, सो चुप हैं।

'यह बात तो तुम मानते होगे मास्टरजी कि ज्यादा दिन रुका पानी सड़ाँध देने लगता है।'

श्रीधर ने लक्ष्य किया, प्रधानजी ने एक वाक्य में जीवन दर्शन समझा दिया।

'थानसिंह के जाने से डोरिया का भी हौसला टूटेगा, आई बात समझ में?'

श्रीधर की समझ में गूढ़ ज्ञान आता जा रहा है।

'रंजीत की बहू हमारे गाँव में एक ही औरत है—पढ़ी-लिखी, समझदार। डोरिया उससे उलझ पड़ता है। वह इतनी नेक है कि अपने मुँह से उफ् तक नहीं करती। उस गँवार ने गली-कूचे अल्लगल्ल बका भी तो वह भली औरत घूँघट मारे नीची निगाह किए चली गई। होगी कोई ऐसी? और कुछ नहीं तो साधजी की मूँछों पर भूमर (आग) डाल सकती थी। पर लियाकतवाली औरत ऐसी ही होती हैं। शांत, अपने काम से काम। भाई श्रीधर, हम तो नाटक देखकर और भी चकित रह गए—इतनी विद्वान औरत!'

श्रीधर पर प्रधानजी का असर सारंग की बड़ाई के पहले वाक्य से ही होने लगा था। यहाँ तक आते-आते वे उनके स्वर में फूल की तरह गुँथ गए। सारंग की प्रशंसा, नाटक की तारीफ, गुलाम बना लेने के लिए काफी था।

'अब हम चाहते हैं, हमारे गाँव के स्कूल की इमारत नई हो जाय। इसके लिए हम बराबर चार दिन अलीगढ़-इगलास भागते रहे थांग लगाते हुए (जाँच करते हुए)। इंजीनियरजी भी मिल गए लगे हाथ। बड़े भले आदमी हैं, बोले हम क्यों रोड़ा अटकाएँगे? तुम कहते हो तो कंडम कर देंगे आपके गाँव का स्कूल। नई बनवाओ इमारत।'

श्रीधर ज्यों नींद से जागे हों अचानक।

'अर्जी लिखवा ली है, आप और देख लो। लाते हैं अभी।'

श्रीधर के सामने सबकुछ तेजी से घटित होता जा रहा है। उनकी एक जोड़ी आँखें

शून्य में अटकी हैं, भौंचक्की सी।

प्रधानजी एक सफेद कागज लेकर प्रकट हुए। आकर श्रीधर के हाथ में थमा दिया, 'बी.डी.ओ. साहब ने खुद कहा हमसे कि अर्जी लगाओ, बिल्डिंग फंड आ रहा है। मास्टरजी, अफसर भी जानते हैं कि प्रधान कितना तरक्कीपसंद है!'

अर्जी पढ़कर श्रीधर का चेहरा उतर गया। अर्जी के अक्षरों में चुभता सा अक्स ··· क्यों? न मालूम क्यों? प्रधानजी का सत्कार शूल सा चुभने लगा। क्यों? न जाने क्यों?

'हमने जिला बेसिक से भी बात की थी (प्रधानजी जिला बेसिक शिक्षा अधिकारी को जिला बेसिक कहते हैं)। वे भी चाहते हैं, मौका चूकना नहीं चाहिए। जूनियर हाईस्कूल तक तो कौन राजा का राज? इसे मत छोड़ो।'

प्रधानजी के साँवले चेहरे पर बसंत खिला है। और श्रीधर को तनाव ने जकड़ लिया है—इस पर मेरे भी दस्तखत ···

'सो मास्टरजी, मारो इस पर दस्कत।'

चाशनी में घुले शब्द, मगर श्रीधर को मीठे लगे न फीके। कड़वे हैं। खाली-खाली आँखें, भरा-भरा दिल।

'करो, करो!'

'मैं?' श्रीधर हकलाए।

'हाँ तुम। तुम्हारी रजामंदी बिना काम अधूरा है। अकेले हमारी क्या कीमत?' अपनी तुच्छता जता रहे हैं वे, पर माथे पर चमक है।

श्रीधर सोच में डूबे हुए अर्जी पर नजरें गाड़े, ऐसा अभिनय करते रहे ज्यों अर्जी को ध्यान से, और ध्यान से पढ़ने में लगे हों। जबकि कागज पर लिखे शब्द कभी ऐसे दिखते ज्यों किसी ने स्याही पोत दी हो, या फिर ऐसे मालूम होते कि चीख रहे हों—सत्यवादी, आदर्शवादी श्रीधर अब निकलो चक्रव्यूह से तो जानें। गाँव के हित में होते हुए काम को रोको तो जानें। प्रधान की सद्‌भावना पर अपनी राय की कुल्हाड़ी मारो तो जानें?

'प्रधानजी, यह अर्जी तो है, लेकिन मेरे हिसाब से गलत हलफनामा है। स्कूल की बिल्डिंग तो ठीक-ठाक है। बल्कि खूब मजबूत है। मैं आपकी भावना की कद्र करता हूँ, जो सोचा है गाँव के हित में सोचा है लेकिन ···

'लेकिन क्या मास्टरजी?' प्रधानजी आश्चर्य में डूबते हुए से बोले।

'असल में इससे भी अच्छी बात यह होगी कि आप इस फंड को ऐसे स्कूलों के लिए जाने दें, जहाँ इमारत के नाम पर पेड़ों के नीचे बैठकर बच्चे पढ़ते हैं। प्रधानजी, मैं ऐसे ही स्कूल से यहाँ तबादला होकर आया हूँ, जहाँ धूप की तीखी चिलचिलाहट, किटकिटाती ठंड और आँधी-पानी के मौसमों को बालक अपनी छोटी-छोटी देहों पर झेलते थे। आपके थानसिंह जहाँ गए हैं, वहाँ भी ऐसा ही खुला स्कूल है। उनका हक मारकर हम बेईमानी ही करेंगे न?'

प्रधानजी के चेहरे पर खिला बसंत मुरझाने लगा।

'यार, तुम दुनिया भर का दर्द महसूस कर रहे हो। हम तो अपने गाँव की बात जानते हैं। औसर चूके तो हमारे गाँव के बालकों को भी मौसमों से जंग लड़नी पड़ेगी। उन गाँवों के प्रधान साले घसखोदा होंगे। वे नहीं सोचते अपने गाँव की बावत तो हमारा कसूर है?'

'एक मायने में हमारा ही कसूर है प्रधानजी। हम उनके हक पर झपट्टा मारने को बाज की तरह तैयार बैठे हैं, तो उनका क्या दोष?'

प्रधानजी की मोटी भवों में बल पड़ गए। कुछ कहने के लिए शायद कोई असरदार वाक्य सोच रहे हों और तुरंत ही उँड़ेल देना चाहते हों। शायद उन्हें ऐसे विरोध की आशा न थी।

वे धैर्यवान प्राणी हैं। क्रोध पी जाना उनकी आदत में आ गया है।

'मास्टरजी, तुम भी यार! सरकारी खजाने का मोह छाती से लगाए फिर रहे हो। जमींदारी के जमाने हमारे बापदादों ने देखे हैं, वे बताते थे कि जनता की गाढ़ी कमाई पर सदा अंगरेजों के पिट्‌ठू मौज करते थे। तुम क्या समझते हो मास्टरजी, अफसरों से हम यह धन न छीनें तो क्या वे उन गाँवों की ओर धन की नहर का रुख मोड़ देंगे, जिनके दर्द ने आपको बेहाल कर रखा है?'

निरुत्तर हो गए श्रीधर। निरुत्तर और परेशान भी।

उन्हें मिचली सी आने लगी। जो खाया है, उसे उलट देंगे। ज्यादा विरोध और बहस करूँगा तो प्रधान ही धक्के मारकर निकाल देगा। चुपचाप उठ चलो।

प्रधानजी की नजर चारों ओर से घेर रही है। हे भगवन्! यहाँ से उठ जाना ··· जंग का बिगुल फूँकना ही तो हुआ। और यहाँ बैठना लाचार अवस्था काटने जैसा ··· उठते बने न बैठते।

'मास्टरजी, अफसर और नेता बंदरबाँट कर लेते हैं, इस बात को हम खूब जान चुके हैं, और वाकिफ आप भी होंगे। हमारे गाँव के नाम के आगे लाल स्याही का निसान लगाकर डकार तक नहीं लेंगे। यह भी भला कोई कहने-सुनने की बात है?'

प्रधानजी की पीड़ा अपनी जगह दुरुस्त है और भावना नेक ही मानी जाएगी। लेकिन श्रीधर का जिद्दी स्वभाव। जिद्द न ठान रहे होते तो ऐसे बेअसर रहते? गाँवों के स्कूल में पढ़ाने की ललक और गाँवों के हित के बारे में जानबूझकर बेखबर रहना क्या कहलाएगा? प्रधानजी इसको उनका ढोंग नहीं मानेंगे भला? मानेंगे भी और नेता-अफसरों की बिरादरी में शामिल कर देंगे कि यह मास्टर भी कुछ ले-देकर ही दस्तखत करना चाहता है।

'असल में मेरे अपने भी कुछ सिद्धांत हैं प्रधानजी। मैं आपकी मदद चाहकर भी नहीं कर पा रहा। आप इसको किसी और तरह से न लीजिए।' श्रीधर कागज लौटाने लगे।

कागज श्रीधर की काँपती उँगलियों के बीच थरथराता हुआ दो पल शून्य में लटका रहा। 'अब मैं चलूँगा प्रधानजी,' कहकर उन्होंने कागज उनकी गोद में रख दिया।

'अरे! हम तो कहते हैं, आप बैठते। फिर बिचार देखो अपने मन में। हम तो स्कूल में भी इसी मारे नहीं आए कि तुम्हारे पढ़ाने-लिखाने में बिघन डालना हमें अच्छा नहीं लगता।'

प्रधानजी ने बड़ी आत्मीयता से श्रीधर के कंधे पर हाथ धर दिया।

उनकी नजर यकायक प्रधानिन पर पड़ी, जो कोठे में खड़ी मोहक रूप से मुस्कुरा रही है। जहरीली हँसी! श्रीधर ने नजर फेर ली।

गए थे तो पूरी सावधानी बरती थी। सारंग के द्वार पर होकर न निकलें। लौटेंगे, तब खिझाएँगे। सारंग का खीझना! मुस्कुरा उठे थे श्रीधर। फुफकारने लगेगी, सलौनी नागिन! फिर मना लेंगे वे, जैसे सँपेरा बीन की तान पर ···

अब लौटे तो चोरों की तरह, ज्यों प्रधान अर्जी लेकर पीछे से उन्हें खदेड़ता हुआ आ रहा है। सारंग क्या, कोई भी न देखे उन्हें। जल्द से जल्द अपना सिर कहीं छिपा लें। रास्ता कितना लम्बा हो गया! अपने स्कूल में प्रधानजी को अपने नियम समझाकर किस हौसले से विदा कर आए थे। ··· मगर आज उनके घर से उसी अवस्था में लौटना ··· उफ्!

अपने कमरे में आकर खाट पर ढह गए। किवाड़ें बंद कर लीं। अपने आपको कुरेदने की भी हिम्मत नहीं। धूल भरे अंधड़ में खुद भी विलीन होते जा रहे हैं। आरपार कुछ भी तो स्पष्ट नहीं। दिखता है तो केवल प्रधान का चेहरा! प्रधानिन की हँसी से छूटता एक शूल, जो उनकी ओर लपक रहा है।

आँखें मूँद लीं श्रीधर ने। सोचने से परे की अवस्था में जाना चाहते हैं, कि तने हुए माथे की भीतरी तहें शांत हो सकें। कानों में बजती किकियाती सीटियाँ थमें। देह सत्तविहीन सी हो गई है। प्रधानजी की आँखों में आँखें डालकर उनकी रजा को खारिज कर देना ··· एक मामूली स्कूल मास्टर के लिए भीषण जंग से ज्यादा खौफनाक चीज है। सारी ताकत खर्च कर दी उन्होंने ··· आलम यह कि अब पलकें उठ गईं तो झपकना दूभर।

वे जानते हैं प्रधान माफ नहीं करेगा। कुछ न कुछ सजा देकर रहेगा। करा दे तबादला! सोचते हैं। सोचते ही लगा कि ऐसा हौसला नहीं जुटा पाएँगे। सारंग से बिछोह?

अजब बात है यह भी। सारंग के कारण ही तन गए थे प्रधान के सामने कि दिखा दूँगा मैं कितना दृढ़ आदमी हूँ। और अब सारंग के लिए ही कमजोर पड़ने लगे! काश, मेरे दो रूप होते! एक प्रधान जैसे लोगों से लड़ता, दूसरा सारंग के आसपास रहता।

चकनाचूर हुए जा रहे हैं लेटे-लेटे ··· ऐसी स्थितियों में उनके साथी गीत-गाने होते हैं केवल। टेपरिकार्डर सहेज लेता है उन्हें। खाट पर लेटे-लेटे ही टेढ़े हुए। कैसेट छाँटा और लगाकर टेप ऑन कर दिया। जगजीतसिंह के स्वर में—

> पत्थर के खुदा, पत्थर के सनम, पत्थर के ही इंसा पाए हैं
> तुम शहरे मुहब्बत कहते हो, हम जान बचाकर आए हैं
> पत्थर के खुदा ···
> बुतखाना समझते हो जिसको, पूछो न वहाँ क्या हालत है।
> हम लोग वहीं से लौटे हैं, बस शुकर करो लौट आए हैं ···

श्रीधर गजल में डूब गए। नई परतों में ढकी पुरानी जिंदगी ··· यार-दोस्त गीत-गजलों का माहौल याद कर रहे हैं। अनिश्चित भविष्य, मगर अल्हड़ बेफिक्र उम्र! आदर्शवाद का नशा!

टक्क! बटन ऊपर हो गया रिकार्डर का। स्वर विलीन हो गया। फिर से अँधेरे कमरे में लौट पड़े श्रीधर। किवाड़ें, देहरी, दीवारें, छत ··· सब एक ही रंग में पुती हुईं—काले रंग में! लगता है नींद नहीं आएगी।

अब क्या करें श्रीधर? कहाँ तक बचें? जिस गाँव में चौबीसों घंटे, तीसों दिन, बारहों महीने रहना हो, उस गाँव के लोगों की निगाह से कब तक बच सकता है आदमी? काश, मास्टर के पास कोई जादुई ताकत होती तो वे प्रधानजी को देखते ही तुरंत अदृश्य हो जाते।

प्रधानजी सत्पुरुष हैं। प्रधानजी शिकारी हैं।

फाटक के भीतर घुसे चले आ रहे हैं प्रधानजी। उनका प्रभावशाली व्यक्तित्व ··· श्रीधर सिकुड़ने लगे। जूतियों की चर्रमर्र ··· कोई खाल उधेड़ रहा है ··· बिलबिला गए मास्साब। सीने पर हथौड़ा सा पड़ा, भीतरी तहें बोलीं—धक्क्!

आज अपनी माँद में नहीं बुलाया श्रीधर को, स्कूल में ही माँद चली आ रही है।

प्रधान शिकार करके छोड़ेगा ···

एक अरसे से नहीं आए थे फत्तेसिंह प्रधान, आज ऐसे मुस्कुराते चले आ रहे हैं, ज्यों रोज ही आते-जाते हों दोस्ती-यारी में। श्रीधर और उनकी एक ही बात हो।

'लो, आज तो नहीं आए हम तुम्हारी पढ़ाई-लिखाई के बखत?' प्रधानजी बरामदे में खड़े हो गए, जहाँ साँझ के समय श्रीधर मेज-कुर्सी डालकर बैठ जाते हैं, अखबार पढ़ते हैं, किताबें पढ़ते हैं। कभी-कभी कुछ लिखते हैं।

श्रीधर उनकी मंशा न भाँप रहे होते तो चुटकी भी लेते हलकी सी—प्रधानजी, बच्चों की पढ़ाई-लिखाई के समय नहीं आए आप, मेरी पढ़ाई-लिखाई में तो खलल डाला ही है। ··· मगर ऐसी हलकी-फुलकी बातों के क्षण कहाँ? हलक सूख रहा है। हो न हो प्रधान उसी अर्जी की बावत आया है।

मेज के दूसरी ओर कुर्सी रख दी श्रीधर ने।

कंधे थाम लिए प्रधानजी ने, 'अरे मास्टरजी, कुर्सी रख रहे हो आप!'

'कहिए प्रधानजी,' श्रीधर दोनों कोहनियाँ मेज पर टिकाए हुए हैं। ठंडी-सी निगाह और बरामदे की दीवारों, स्कूल के चौक, चारदीवारी के बीच से उठती आवाजों की लपटें ···

'कहें क्या? वही काम है मास्टरजी, अब तो अच्छी तरह सोच-समझ लिया होगा। उस दिन हमने भी बेजा कर दी। सोचा ही नहीं कि पढ़ा-लिखा आदमी गँवारों की तरह ठस्स दिमाग नहीं होता। सोचने-बिचारनेवाला मास्टर क्या एकदम ही ठाँस देता दस्कत?'

श्रीधर चुप और मायूस से। प्रधानजी की विनयी बोली के झपट्टों से बचने का उपाय खोजने में लगे हैं।

'हम तो यह कहते हैं, इस सास अर्जी में कोई कमी-बेसी रह गई हो तो फाड़कर फेंक दो। अपने हाथों लिखो और हमारे दस्कत ले लो।' अपनेपन की गूढ़ता छा गई उनकी आँखों में।

'प्रधानजी! देख रहे हैं आप यह इमारत? यह गिर सकती है? बच्चों को चोट आने की संभावना है? मैं तो यह कहता हूँ कि इंजीनियर को बुला लीजिए। जाँच कराइए और लिखवाइए मेरे सामने।' श्रीधर का चेहरा अनचाहे ही सख्त होता गया।

'इंजीनियर क्या साला इंदर भगवान है कि मन चाहे तब आ जाएगा? पर मास्टरजी, हमें तुम्हारी नादानी पर हँसी आ रही है, अर्जी देंगे तभी तो जाँच करने आएगा अहलकार। क्या हम पहले से ही लिख दें कि हमारे यहाँ की बिल्डिंग ताजमहल है आगरे का?

'और फिर तुम क्या जानो? इस स्कूल की ईंट हमारे सामने रखी गई है। मास्टरजी आप ठहरे परदेसी आदमी, आज यहाँ तो कल वहाँ। हमारा सुख-दुख तो हमारे गाँववालों के संग है। हम यह बात किसी रिस-गुस्सा में नहीं कह रहे, मान-मोहब्बत से दो आँक काढ़ने की प्रार्थना कर रहे हैं—पुन्न का काम है। यह तो मानते हो। हम तो सपने में भी नहीं सोचते कि श्रीधर जैसा नेक ख्याल मास्टर जनहित के काम को नजरंदाज करेगा।'

अनमने से श्रीधर ने प्रधानजी की ओर देखा तो उन्हें तरेर भरी नजर से खुद को घूरते पाया। एक सिहरन ने बदन को जकड़ लिया—किस प्रकार छुटकारा मिले? प्रधान क्या, पानी की जोंक हो गया। इसकी आवाज की लय और आँखों के खूँखारपन में कितना अंतर है!

स्कूल के सामने कुछ लोग दिखाई दिए।

प्रधानजी ने एक नजर उन्हें देखा। जल्दबाजी उभर आई बातों में।

फिर अर्जी श्रीधर के सामने रखकर बोले, 'हम अब रुक नहीं सकते। जगता नगरा के लोग हैं। इनके आदमी की जमानत कराने जाना है। फिर दरोगा मिले न मिले। तुम अर्जी पर दस्कत करके राकेस के हाथ घर भिजवा देना।'

वे लपकते कदमों से अहाते के बाहर हो गए।

मास्टर की बेबसी क्या होती है, कोई श्रीधर से पूछे? हाड़-मांस की यह देह दूसरों की सही-गलत आज्ञा ढोने के लिए है। इसके भीतर धड़कता कलेजा सहमने-सकुचने के लिए है। तुम कौन होते हो अपना निर्णय लेनेवाले? तुम्हारी औकात क्या है श्रीधर? प्राइमरी पाठशाला का अध्यापक समाज सुधार की बातें सोचे, तो लोग उसकी हँसी उड़ाते हैं। गँवई मास्टर विश्वविद्यालय में स्थापित आचार्यों की तरह विचार करे! कौआ चला हंस की चाल! कुछ स्त्रियाँ तुम्हें छोटी कौम का होने के बावजूद भी पूज लेती हैं, तो तुम खुद को उनका उद्धारक मान बैठे! बालकों से लेकर स्कूल के सरकारी कामों में दखल देने का हौसला करने लगे! समाज उन औरतों के जरिए नहीं चलता। उन पुरुषों द्वारा चलाया जाता है, जो तुम्हें

तुम्हारी औकात पर रखते हैं। चुपचाप दस्तखत कर दो। भाड़ में गई बाँदीपुर की पाठशाला, जो बड़ के पेड़ तले लगती है। तुमने किसी दीनहीन का ठेका नहीं लिया। मत सोचो बाँदीपुर के बच्चों के बारे में। उनके भाग्य में वही लिखा है, जो किसी करमहीन के भाग्य में लिखा होता है। इस गाँव के लोगों को जानते हो अच्छी तरह, फिर भी ···! प्रधान की विनय कितनी खतरनाक है, क्यों उड़ रहे हो फिर ···?

श्रीधर डाल-डाल तो प्रधान पात-पात!

दो दिन बाद फिर—'यार बखत बरबाद मत करो। एक-एक दिन टैम निकलता जा रहा है। सारी भाग-दौड़ अकारथ हो जाएगी। नैम-कानून पीछे समझाते रहना भइया, अभी तो तुम इस काम को पार पर डालो। बात गाँव के हित की है सोलहों आना।'

'प्रधानजी, गाँव के हित की ही बात है, लेकिन जिन गाँवों में इमारतें खण्डहर हो गईं, या बनी ही नहीं, उनका हक?'

'श्रीधर मास्टर, तुम बार-बार उन गाँवों की बात क्यों ले पड़ते हो? उन गाँवों के प्रधान साले गावधू हैं। अपना भला-बुरा नहीं सोचते--कुएँ के मेंढक। उनके नाम पर तुम बेकार ही ढप बजाने में लगे हो,' कहकर गुस्साते हुए चले गए थे प्रधानजी।

प्रधानजी श्रीधर के करीब खिसक आए। फुसफुसाकर बोले—अगले दिन ···

'हम समझ रहे हैं, तुम क्यों रूठे हो? हमारे बालक की उमर के तुम मास्टरजी, समझते हो कि हम तुम्हारे दिल की बात न समझेंगे? हिस्सा तुम्हारा भी होगा। मुफ्त में नहीं लेना चाहते तुम्हारे दस्कत। जब सबके दस्कत की कीमत है, तो तुम्हारे दस्कतों की क्यों न होगी? दो कोठरा भी खड़े नहीं करने। इसी स्कूल की रँगाई-पुताई करवानी है, बस। इंजीनियर बिल्डिंग पास कर देगा। अहलकार दस्कत करके मंजूरी दे देंगे। बोलो, तुम कितना माँगते हो? दस हजार? बारह? चलो पंद्रह हजार तक।'

श्रीधर इसी बात को सुनना चाहते थे। अपनी निजी राय पर प्रधान की मोहर लगाना चाहते थे। कितना सही सोच रहे थे वे ··· कोहरे में से कोई स्पष्ट शोर आया और श्रीधर के कानों के आरपार हो गया ··· बोलो कितना माँगते हो! तुम्हारा हिस्सा! तुम्हारा हिस्सा! बोलो कितना ···

प्रधानजी की भारी मौजूदगी! जुबान का असह्य लकड़ाना! श्रीधर चाहते हैं आँखें मूँद लें। सिर में उठती घुमेरों की लहरों पर किसी प्रकार टिके रहें, लड़खड़ाकर गिर पड़ेंगे नहीं तो।

'क्या सोच रहे हो मास्टरजी?'

'जो सोच रहा हूँ, आपको समझा नहीं पाऊँगा,' श्रीधर की आँखों में हारी-हारी सी चमक है। बेबस और बेबाक शब्द!

'तो अपना इरादा बदला नहीं?'

'फिलहाल नहीं,' भारी और सर्द सी आवाज में गजब का हौसला है, अपने आप पर चौंक पड़े श्रीधर।

प्रधानजी पाँव पटकते हुए धम-धम करते चले जाएँगे, यही सोच रहे थे श्रीधर। और फिर चलेगा उनको तोड़ने का अनंत सिलसिला ··· तैयार हो जाओ मास्टर। आदर्शवादी बनने की कीमत चुकाने के लिए कमर कसो। प्रधान की फौज के अफसर-सिपाही आ रहे हैं।

··· लेकिन ऐसा कुछ भी नहीं हुआ।

प्रधानजी की जुबान में शहद घुल आया—

'मारो गोली! नहीं मन मानता तो न सही। हमारा मास्टर कह रहा है कि यह बिल्डिंग सही-सलामत है, तो हम उसके कहे को गलत कैसे ठहरा सकते हैं? अफसर-अहलकार भी हमें जाल में फाँसने की जुगत बिठाते रहते हैं, मास्टरजी। साले अपना तो ईमान बिगाड़ते ही हैं, हमारा भी लोक-परलोक मेटने पर तुले हैं।'

प्रधानजी ने अर्जी उसी जगह फाड़कर फेंक दी।

श्रीधर ने आँखें फैलाकर देखा।

'ऐसे क्या देख रहे हो मास्टरजी? साले चुनाव ने हमें भी पागल बना दिया कि नब्बे हजार मिलेंगे, काट-पीटकर जो बचेंगे, चुनाव में काम आ जाएँगे। फसल आने पर भर देंगे या न भरेंगे। चुनाव भी जनता का ही काम है। बस इसी कारण आ गए हम अफसरों की बातों में। बी.डी.ओ. साहब ने खास तौर पर कहा था कि लगाओ अर्जी। फंड आ रहे हैं। बेईमानों की जमात जुड़ी है। गाँव के आदमी को भरमाने की विद्या खूब जानते हैं अफसर लोग। मास्टरजी, आपको हमने खूब जाँच लिया। हमारे और हमारे गाँव के भाग्य कि आप जैसा हीरा आदमी ··· ' प्रधान का कंठ भर सा गया।

ग्यारह

संक्रांति का दिन—

बहुत दिनों बाद नई तर्ज का झगड़ा हुआ।

सूरज का घाम है कि चाँदनी? माघ माह की किटकिटाती ठंड में अतरपुर की जन-परजा करबन नदी के पाट पर जमा है। पछइयाँ शीत हवाओं के महूरत में पुण्य नहान। जो न नहाए गर्दभ योनि को जाए।

पाट पर नहाई भीगी औरतें बेर, तिल, चावल, दाल और नया गुड़ थालियों में धर-धरकर बैठी चरनसिंह बौहरे का इंतजार कर रही हैं। आज बौहरे को हुआ क्या? वे तो सबसे पहले आ जाते थे।

हरिप्यारी नाइन ने फटे बाँस की सी आवाज में ऐलान किया, 'अरी, चरनसिंह बौहरे

नहीं आनेवाले, उनके यहाँ तो रार मची है।'

पूजा की बात भूल गईं नहानवालियाँ। झगड़े की बावत सुनकर चेहरे ऐसे हो गए, ज्यों देहों में उत्सुकता की फुरहरी फिर गई हो।

'अरी, किन-किन में हो पड़ी रार?' कलावती चाची की पीपनी सी आवाज आई।

'जरूर मनोहर की बहू का किस्सा उठाया होगा उनके देबीचरन ने,' भँवर की अम्मा।

'काये को! किस्सा-फिस्सा कुछ नहीं। बौहरे ने अपनी पतोहू से मौसी कह दिया।'

'मौसी! हाय पल्लौ (प्रलय)!'

सुनते हैं कि बौहरे की फूँस सी अम्मा बहू से झगड़ रही थी। बहू ने कह दिया—'ऐ बहना, मुझसे मत उलझो। जो कहनी है अपने बेटा-नाती से कहो।'

'डुकरिया म्यान में से निकल पड़ी और बौहरे से बोली कि अब इस घर में मैं रहूँगी या ठग्गो बहू। बताओ बहना कहती है, मैं इसके बाप से जायन्दा हूँ?'

'बौहरे का मइयो-पिरैम जागा, सो दनदनाते हुए पहुँचे चौका में, जहाँ वह रोटी सेंक रही थी, मान-मरियाद त्यागन करके बोले, ऐं री बहू, तू हमारी मइयो से बहना कहकर बोली तो अब हम तुझसे मौसी कहेंगे, मौसी।'

'बड़ी तप-तेजवाली है देबीचरन की बहू। बहुत गम खाई अपने चलते, पर मन का ताप मूँड़ पर चढ़कर बोलता है। ऊपर बूढ़ी की बक्क-बक्क, दम फूलने लगा पर चुप न हो। बहू ने तबा उतारकर औंधा कर दिया और उठकर बौहरे के लत्ता, पोथी-पत्रा गली में फेंक दिए और बूढ़ी अम्मा की मुट्ठी भरी हड्डियाँ बाहों में उठाकर चबूतरे पर बिछी खाट पर पटक आई। घूँघट में मिसमिसाकर बोली, अम्माजी, ओ मेरे बाप की अम्माजी, आयंदा घर में पाँव धरा तो मुझसे बुरी न होगी कोई। दो रोटी और एक गड़ई पानी यहीं धरी मिलेगी दोनों बखत। मुझे रार-कलह का रिबित (आदत) नहीं।'

सब जानते हैं देबीचरन की बहू शांत रबभाव की है। आठ जमात पढ़ी लड़की को गाली देना आएगा भला? कुटाँट बुढ़िया बिना गाली के बात नहीं करती।

बौहरे की छीछालेदर देखकर गली से गुजरते हुए आदमी च् च् च् करके कलजुग को कोसने के सिवा और क्या करें? हर बूढ़े का भविष्य यही है। वे दिन कहाँ गए जब बहू अपने दिन की शुरुआत सास-सुसर के पाँव पूजकर करती थी। अब तो पीहर से हाथ में खाँड़ा लेकर आती हैं। सास मुसटिया और सुसर मुँह में मुछीका देकर रहे तो भली भला।

लोगों की बातों ने बौहरे को सान पर चढ़ा दिया। आँगन में खड़े होकर गनगनाने लगे—

'औलाद! छाती पर चढ़कर खाना चाहती है। देबिया साला जोरू का जरखरीद। इसकी खातिर मैंने छल-फरेब किए हैं, अपना परलोक बिगाड़ा। चम्पा मामा तीस बीघा खेत ··· साले इस घर में आग लगा दूँगा। पत्रा फेंक दिया तो मारो पंडिताई को लात, दाने-दाने को तरसोगे। अपनी बहू से हमें पिटवाकर मौज करना चाहता है। भूल जा लल्लू, भूल जा।'

देवीचरन की बहू पढ़ी ही नहीं, गुनी भी है। रोष में आए हुए और बाप पर झपटते देवीचरन की बाँह पकड़ ली, 'तुम्हें मेरी कसम। मारो परे। ईमानदारी-बेईमानी करके हमारे ऊपर अहसान नहीं किया, हर बूढ़ा अपनी संतान के लिए करता है। बाप को पीटकर अपना नाम क्यों खराब करना, यह तो तिनका-तिनका हमारे लिए ही जोड़ेगा।'

देवीचरन भौंचक्का सा देखता रह गया।

बहू बोली, 'मैंने इतना सब करके दोनों बूढ़ों को उनकी औकात बता दी है कि आगे कभी ··· पाँव की जूती नहीं हूँ मैं कि अम्मा चाहे जब फटफटाएँ।'

'अब बौहरे पूजा-महातम सब भूले बैठे होंगे।'

'अरी नहीं, सो तो दया-माया है बहू के मन में। पोथी-पत्रा खुद उठाए। सुसर को साफ कपड़ा दिए, नहाने को पानी रखा, चंदन घिसा। संकरांयत का नहान—खिचड़ी पूरे छः महीने चलेगी। घी-गुड़-शक्कर अलग। रार में क्या रखा है? समझदार है देबी की बहू।'

'लो वे आ गए चरनसिंह बौहरे। देबीचरन का कोट पहना है।'

'चरनसिंह बौहरे क्या जानते नहीं, कि उनकी बूढ़ी अम्मा की अकल कुंद पड़ गई है। दिन भर बर्र-बर्र करती रहती है। कह रहे थे—अम्मा को बाहर की बैठक में रहना चाहिए—संन्यास आसरम। बहू की तारीफ ही करी बिचारों ने। कहते थे—बिचारी बहू! घूँघट-पर्दा के चलते बेबस गाय की तरह कुछ कह नहीं सकती, तो सींग भी न हिलाए?'

सबने देखा, नहान के लिए देबीचरन की बहू भी आ गई।

बौहरे ने बारी-बारी सबकी पूजा-मंसी कराई। मंत्र पढ़े। खिचड़ी का अर्पण कराया। तिल, चावल, फूल, पत्ते और बेर नदी में सिराए।

देवीचरन की बहू नहाकर आई। सूरज को जल दिया और फिर पल्ला डालकर सुसर के पाँव छुए। बौहरे गद्‌गद।

सबने देखा बौहरे की पलकों में दो बूँद आँसू उलझे हैं।

'ऐसे ही न होते तो सास और सुसर दोनों का हक निभा लेते चरनसिंह बौहरे,' बड़ी बहू ने सारी औरतों के बीच कहा। 'ज्ञानी आदमी ऐसा ही होता है, नहीं तो गाँव में पुजते बौहरे? घर साधने की कला जो जानता हो, वह गाँव भी साध सकता है।'

'देखो, देखो बिसुनदेवा!' बच्चों में शोर हुआ।

गुलकंदी की आँखों में वह रूप कैद हो गया। एकटक देखती है गुलकंदी। ध्यान टूटता है अचानक। अपने आसपास देखने लगती है, कोई देख तो नहीं रहा।

बिसुनदेवा की तान से कौन बेखबर रह सकता है? गुलकंदी सोचती है उसी की तरह सारी दुनिया बिसुनदेवा की दीवानी है।

आज बिसुनदेवा अपनी मंडली बनाकर लाया है। उसे मालूम है कि संक्रांति के मेले में कैसी रौनक होती है। चार चाँद लगा देगा वह भी। गुलकंदी से कहकर गया था, 'संकरांयत के दिन होगा मिलन।'

राकेश मजीरे बजा रहा है। श्यामसुंदर ढोलक। बाकी बच्चे तालियाँ। खरतालों की

लय से नदी का पाट झंकृत होने लगा। गुलकंदी के पाँव अपने आप ही थिरकते हैं। मन की थिरकन पाँवों में! उसकी अंदरूनी दुनिया में तहलका मचा है—छमा छम, छमा छम!

हमउम्र लड़कियाँ बिसुनदेवा की घुँघराली लटों को गौर से देख रही हैं। वह आँखें मूँद लेता है। मिची आँखें, मुँह उठाकर पद गाता बिसुनदेवा। गुलकंदी को मक्का के कच्चे दुद्धल दानों की याद आती है—बिसुनदेवा के दाँत उसी तरह सुंदर हैं।

बड़ी बहू की दी हुई छींटदार गुलाबी धोती उसने खास तौर पर आज के लिए ही सँभालकर रखी थी। जरा झिझकती सी सरसों के खेत के पास चली गई।

बिसुनदेवा ने पलकें उठाईं, धीरे से बोला, 'गुल, गुला ऽ ऽ ब!'

राकेश खिल खिलाकर हँस पड़ा। बिसुनदेवा ने संकेत से झिड़क दिया और आँख का कोना दबाते हुए सिर को झटका देकर बताया कि ढोलक, मजीरे, खरतालें शुरू!

संगीत के झंकृत होते स्वरों के साथ-साथ बिसुनदेवा की लड़कियों जैसी नरम बाहें लहरा रही हैं—

अरी छोरी, तू अति की बहौत मलूक री
इतनी बड़ी तो क्वारी चौं रही री ऽ ऽ ऽ ...

सारंग ने गुलकंदी को इशारा दिया—बिसुनदेवा जीतकर न जा पाए। गुलकंदी सारंग भाभी के संकेत खूब समझती है—मुकाबला होगा अब।

अरे छोरा, तू अति कौ बहौत मलूक रे
इतनो बड़ौ तो क्वारो चौं रह्यो रे ऽ ऽ ऽ ...

अरी छोरी, मेरे मर गए माई बाप रे
भइया भरोसे क्वारे हम रहे रे ऽ ऽ ऽ ...

अरे छोरा, मैं बाप ने छोड़ी गोद रे
मइया के ढूँढ़े साजन ना फिरे रे ऽ ऽ ऽ

अरी छोरी, अब चंदा बादर ओट री
जुर मिल के डारें दोऊ भाँवरी जी ऽ ऽ ऽ ...

(ओ लड़के, तू इतना सुंदर है! फिर भी अब तक कुँआरा क्यों है? अरी लड़की तू भी तो इतनी रूपमती है फिर तू अभी तक कुँआरी? ओ लड़की, मेरे तो माता-पिता मर गए, भइया के भरोसे रह गया, सो कुँआरा हूँ। ओ लड़के, मेरे पिता ने माँ की गोद में छोड़ी थी। माँ ने जो वर ढूँढ़ा वह लौटा ही नहीं ... ओ छोरी, चंद्रमा बादलों की ओट हो गया। हमें कोई नहीं देखता, आ दोनों भाँवरें डाल लें—एक हो जाएँ।)

राकेश अभी तक ढोलक की तान पर नाच रहा है—जुर मिल के डारें दोऊ भाँवरी

जी ऽ ऽ ऽ ··· बिसुनदेवा गुलकंदी को स्थिर नजर से देखने की बार-बार कोशिश करता है। गुलकंदी कभी कनखियों से निहारती है, कभी नीचा मुँह करके आँखें चुराती है—बराबर मुस्कुरा रही है गुलकंदी!

उसने यह ढोला बीसियों बार गाया है। मगर आज आखर-आखर सरसों के खिले हुए फूल! करबन नदी का पाट रास में देखा जमुना तट लग रहा है और वह खुद राधेरानी। बस चले तो बिसुनदेवा की खरतालें छिपा दे। उसको अपने पीछे-पीछे फिराकर सताए। आँखों में भर गया सारा समाँ। घर लौटने को पाँव आगे नहीं बढ़नेवाले ··· बिसुनदेवा ने जोगिन कर दी गुलकंदी।

घर जाकर नशा उतर गया!

अम्मा ने देहरी में घुसते ही चार-पाँच चनकटों से स्वागत किया।

'बेहा, भले मुझे रतनलाल के बाप के गोड़ पकड़ने पड़ें, रतनलाल की हा हा खाऊँ, अपनी मड़इया गिरवी-गहने धरूँ, पर तेरे लिए खसम जुटाकर मानूँगी।'

गुलकंदी गाल सहलाती हुई फटी-फटी आँखों देखने लगी।

'तू रमढोल गा रही थी, उस छिनट्टा के संग जोड़ी बना के! घर के लोग बैरी हैं, खबर कर आएँगे तेरे सासरे। फिर? इस भिखमंगा के संग भागेगी? खरतालें बजाती डोलेगी द्वार-द्वार?'

गुलकंदी ने साहस किया, गाल का दर्द भूलकर बोली, 'अम्मा, धूल डाल उस रतनलाल पर। मैं कुँआरी भली। अपनी घर-मड़इया नहीं बेचनी।'

बेटी की बात पर उसका दिल भर आया। फूट-फूटकर रोने लगी। अपने फूटे नसीब को और गुलकंदी की जवानी को कोस लेती है हरिप्यारी ··· उसका दिल बहुत कच्चा है।

शाम को ही कुआँ के घाट पर तकरार छिड़ी।

लड़नेवाली एक ओर गुलकंदी की ताई तो दूसरी ओर उसकी अम्मा। गुलकंदी प्रकरण ने जोर पकड़ लिया कि देवरानी-जिठानी के आपसी ईर्ष्या-द्वेष ने कलह को पनघट पर जुड़ी औरतों के लिए चटपटा बना दिया।

दाँवपेंच चलने लगे। किसी की बाल्टी कुएँ में फँसी है, खींचना भूल गई, कोई भरा घड़ा सिर पर धरे घाट पर ठहरी हुई है, तो कोई रस्सी को लपेटती हुई ···

'गुलकंदिया खूब छंद-बंद कर रही है। भिखमंगा छोरा मिलजुलके भाँवरी डालने के सपने देख रहा है। स्कूल में डट गया है, अब नहीं जाने का। अरी क्यों जाए, नार नवेली मिल गई तो बसेगा भी यहीं।'

हरिप्यारी समझ गई कि जिठानी सरेआम बदनाम करने पर उतारू है।

'मोरिन रिझा रहा है, खरतालें बजा के,' एक और वार।

हरिप्यारी अब तक अपनी गागर कुएँ की दीवारों से बचा-बचाकर खींचने में लगी थी, लेकिन ये बातें सुनते ही पीपल के फल की तरह उसका कलेजा फट गया। बेटी

की बात ··· सूँसा तेली की बहू हरिप्यारी के चेहरे को गौर से देख रही है। वह हहराता रोस और गहराता आँसुओं का ज्वार रोके हुए है।

'हाय! जटवार वाला रतनलाल! मुफत में मारा गया! बाप से लड़ा था कि दहेज की रकम घटाओ, इधर लाली बिसुनदेवा का लट्टू ··· ' हरपरसाद की अम्मा ने भरा घड़ा ठसक से अपने कूल्हे पर रख लिया और मटककर चलने लगी।

कहनेवाली ने कह दिया सबकुछ। हरिप्यारी गम खाकर रह जाए? उसने गुस्से में आकर इतनी जोर से ताली पीटी कि उँगली से चाँदी का छल्ला उछलकर न जाने कहाँ जा गिरा। ··· मगर परवाह नहीं, फुरसत भी नहीं छल्ले की खातिर। गालियों के मौसम में ढूँढ़ा-ढाँढ़ी! लानत है, वह अबाध गति से गालियाँ बरसाने लगी, 'रंडी, बेहा, राँड़, अऊती (निपूती), मेरी छोरी को दोस मढ़ती है! अपना आँचर देख छिनार, बहू तेरे पूत छीता की मर्दानगी पर भूभर (आग) फेंककर गई। तेरे खास जँवाई के मूँड़ में चप्पल मारी। तो जैसी भी बात करती है।'

गुलकंदी की ताई कमर पर रखा घड़ा हिलाते हुए चिचियाई—छिनार होगी तू और तेरी गुलकंदिया, रंडी कुँआरी बूढ़ी।'

गुलकंदी की माँ का स्वर टूटे टीन की तरह झनझनाया, 'अरे, असल की हो तो बुला ले अपनी छीता की बहू को, वह तो कुँआरी न राँड़।'

हरिप्यारी नाइन बराबर से मुकाबला ही नहीं कर रही, जिठानी को चित्त कर दिया बहू की बावत कहकर। पनिहारिनों ने उसे वाहवाही की नजर से देखा।

··· मगर यह तो हरिप्यारी ही जानती है कि जिठानी ने गुलकंदी से कुँआरी बूढ़ी कहकर उसकी पीठ की खाल उधेड़ दी है। इस दुखती रग को छेड़ते ही वह बिलबिला जाती है। खिसियाया सा मुँह, बेजान से हाथ, दो पल में तीन घड़े फूट गए उससे।

लौंगसिरी बीबी से न रहा गया। यह वे खुद भी जानती हैं कि बीच-बिचाव की नीयत से नहीं, हरपरसाद की माँ को नीचा दिखाने और पछाड़ने के लिए वे बीच में कूदी हैं—बैर है हरपरसाद से उनका। इत्तिफाकन सारंग चली आ रही है। माजरा क्या है? लौंगसिरी बीबी भी उसके आगे-आगे ही आई हैं।

पूरी लड़ाई सुनना उनके लिए जरूरी नहीं, वे बीच से भी बात का छोर निकालने का इल्म रखती हैं—क्यों री चुनियाँ, तेरा जँवाई चेतराम दो बोतल के नसे में नहीं आया था? उसने अंडे का साग छीता की बहू से नहीं बनवाया था? तुझे और छीता को अनगिनत गालियाँ सुनाई थीं, तब तू कंडों में क्यों दुबक गई थी? छीता फत्ते की बैठक में क्यों बैठा रहा?

—चेतराम ने पैंट की जेब में से दस-दस के लोट बहू के सामने फैलाए थे, तब छिनार तू कहाँ थी? होंठों पर जीभ फिरा-फिरा कर कह रहा था—उठाओ मेरी रानी। तब छीता कहाँ था? छीता से हबरहौलू कहा था, सुना नहीं था तैने?

—छीता की बहू ने फूकनी मार-मारकर उसकी कमर तोड़ दी, तब भी चुप्प दुबकी

रही तू। और वह नामर्द छीता आया तो लोट बीनने लगा। बहू की पुकार न सुनी।

—फिर रहती वह तुम्हारे यहाँ? तुम जैसे भी बात करते हैं। ला हमें दे ज्वाब। क्या कहती है? रंडी ने कमजोर समझकर दबा ली है हरिप्यारी। जब देखो तब धर दबोचो गुलकंदी को। ऐसे ही नाकवाले हो तो करो छोरी का ब्याह। ढोला के दो आखर गा दिए, तो जुलम हो गया। ये लुगाइएँ तमासा देख रही हैं। न्याय की बात नहीं कह रहीं।

हरपरसाद की अम्मा हाथ फेंक-फेंककर 'बीबी, बीबी सुनो, बीबी, मेरी तो सुनो,' कहती रह गई। पर लौंगसिरी बीबी आजकल प्रेमियों पर निछावर हैं।

कुएँ पर जुड़ी पनिहारिनें बीबी को ताज्जुब से देखती हैं। इन्हें क्या हो गया है? ये तो ऐसी न थीं। सबसे पहले गुलकंदी के सहस्सर टुकड़ा ये ही करतीं, पर अब तो ···

गुलकंदी की माँ की आँखें भर आईं।

अंत में लौंगसिरी बीबी ने शांतिपूर्वक दोनों को समझाया, 'रंडियो, अपने घर की बात यहाँ कुआँ के घाट पर खड़ी उघाड़ रही हो! लड़ाई-झगड़े से कोई बात सधती है?' दोनों जनी चुप हो गईं। झगड़ा चुसे गन्ने की तरह बेरस हो गया। अब क्या धरा है? पनिहारिनों ने अपनी-अपनी लेजु-बाल्टी सँभाली। घड़े सिर पर धरे। तमाम काम पड़े हैं घर पर।

नहा-धोकर बसंती रंग की धोती पहनी है गुलकंदी ने।

बसंत पंचमी के मेले जा रही है।

हरिप्यारी नाइन अपना बिल सा मुँह खोलकर बार-बार बेटी की ओर देखती है जैसे कुछ कहना चाहती हो। पर बार-बार एक ही बात कहती है—'गुलकंदी, मेला में रतनलाल आवेंगे बेटी, कैसी हुसियारी से, समझदारी से काम लेगी। कंदो, हमारे घर में ब्याह-सगाई की बावत बात करनेवाला तेरे-मेरे सिवा कोई नहीं ··· लाज के भरोसे रहे तो काज बिगड़ेंगे।' कहते-कहते हरिप्यारी के होंठ व्यथा से काँप उठे। बोल रही है कि रो रही है, अंतर मालूम नहीं पड़ता। वह तो ऐसे ही कह रही है जैसे जिजमानों की बेटियों को विदा करते समय जल भरा गडुआ (लोटा) लेकर पीछे-पीछे सुबकती चलती है, और पीहर की ओर से सीख देती जाती है—सील निभाना लाली। लाज-लिहाज से रहना, बाप की देहरी का नाम निकालना ···

··· लेकिन समय की मार देखो कि आज गुलकंदी को उलटी सीख देनी पड़ रही है, 'खुलासा कर लेना बेटा। कोई करुगी (कड़वी) बात तो निकालना मत मुँह से, पर झिझक-सरम में अनकही भी मत रखना।'

हरिप्यारी खूब जानती है कि गुलकंदी का दिल सुलग रहा है। आँखें पिरा उठीं भडुआ रतनलाल की आस में ··· होंस फूल में कैसी फिरकनी सी नाचा करती थी!—कान्हा बरसाने में आ जइयो, बुला रही राधा प्यारी ··· पर वह कान्हा होता तो आता, कठकरेज कंस की जोनि का है—राच्छस। छोरी की तिरिसना कुचलकर धर दी।

आँसू की धार बह आई मुरझाए हुए पिचके से गाल पर।

गुलकंदी ने अपनी धोती के छोर से पोंछ डाला गीलापन। अम्मा के कंधे पर हाथ धरकर कराहते से स्वर में बोली, 'तू बाबरी है, सो रो रही है। मैं तेरे कहे से बाहरी हो जाऊँगी? तू आज्ञा तो दे ··· सुरगवासी बाप की आन नहीं तोड़ूँगी अम्मा।' कहते-कहते आँखें भर आईं गुलकंदी की।

माँ कुछ कहने की हालत में नहीं। ऐसी कुघड़ी है कि गली की कुतिया भी नाम धरकर चलती है। बिसुनदेवा जाति का खटीक, मुँह नहीं दिखा सकूँगी मैं। बिरादरी कोड़े मार-मारकर अलग पटक देगी जाति से। अब नए जन्मे बड़ी-बड़ी मूँछोंवालों से कैसे लड़े हरिप्यारी? कहीं दूसरी जगह संबंध लेकर जाय तो वह अपनी बातें पसारकर बैठ जाएगा। एक ने तो इसी बात पर नाहीं कर दी कि छोरी के भइया न बाप, मेरा बेटा क्या लुगाइयों में जाकर बैठा करेगा? हुक्का-पानी का पुछइया जिसके द्वार पर नहीं, उससे सगाई-संबंध? एक से एक लेंड़िया पड़े हैं—दूसरा कहता था, जेठ को लिवाकर ला, उससे बात करेंगे हम। आदमी की बात होती है, बैयर के तो नाक न हो तो गू खा ले।

गुलकंदी के साथ अम्मा स्कूल तक आई।

राकेश कुछ बच्चों के साथ मेला जाने को तैयार खड़ा है। दल बाँधकर बालक चले आ रहे हैं।

'मास्साब कहाँ है रे?' गुलकंदी ने दरियाफ्त की।

'आय हाय! आज तो बड़ी सजधजकर आई है! पीली धोती, ओफ्फो!' राकेश ने 'ओफ्फो' मास्साब से ही सीखा है।

'देख ले राकेसा को! यह जाएगा तो मैं नहीं जाऊँगी मेला। पूरी गैल यह धुआँकरा चैन नहीं लगने देगा।' उसकी काजल भरी आँखों में गुस्से की लहर उठी, जो होंठों पर आकर रुक गई। हरिप्यारी कोमल निगाहों से राकेश को देखती है।

'अभागी, यह तो तेरा भइया है। प्यार से बोलेगी तो कंधे पर बिठा ले जाएगा। तू ही सदा कटखनी कुतिया की तरह घुर्राती रहती है।'

'मास्साब कहाँ? भीतर हैं। बताता क्यों नहीं? क्या कर रहे हैं?' गुलकंदी ने झुंझलाते हुए पूछा।

'हाँ हैं भीतर। क्या कर रहे हैं, तुझे क्या बता दूँ? तू जनगणना जानती है? पशु-गणना जानती है? उसी की सूची तैयार कर रहे हैं। बता, क्या समझ में आया?'

गुलकंदी ने राकेश के सिर में एक चपत मारी, 'तू तो सब जानता है।'

'हाँ जानता हूँ। मैंने और पाती ने मास्साब के संग-संग जाकर घर-घर के बूढ़े-जवान और बालकों की गिनती कराई। गाय, भैंस कितनी ग्याभन, कितनी दूध देनेवाली हैं, कितने बछड़ा-बछिया, पड्डा-पड़िया, सब लिखाया। पढ़े-अनपढ़े आदमी लिखवाए। औरतें लिखवाईं और तू—अनपढ़,' कहकर वह हँस दिया।

'और तेरी अम्मा?' गुलकंदी ने राकेश का कान पकड़ लिया। 'वह क्या बेद पढ़ती है?'

मास्साब अपनी कमीज के बटन लगाते हुए बाहर न निकल आते तो राकेश गुलकंदी की चोटी-माँग सब बिगाड़ देता। क्योंकि गुलकंदी ने राकेश की जुल्फें खराब कर दी थीं। वह आजकल जेब में छोटा सा कंघा रखता है, तुरंत बाल काढ़ लिए—मास्साब की तरह।

'अरे गुलकंदी!' मास्साब ने दो पल उसे गौर से देखा।

'वाह! तुम तो सचमुच 'बसंतबाला' बन गईं। तुम्हारी अम्मा को तुम्हारा नाम बसंतबाला रखना चाहिए था। वैसे गुलकंदी भी ठीक है। सदा खिली रहती हो।'

'बाला!' गुलकंदी ने अचरज से नाम दोहराया।

'बाला नाम तो बड़ी बहू कभी न धरने देती। उनके बड़े बेटा की बहू का नाम है न शीशीबाला!'

श्रीधर खिलखिलाकर हँस पड़े।

'शीशीबाला! बोतलबाला! ओफ्फो! शशिबाला होगा।'

हरिप्यारी घर लौट गई।

श्रीधर मास्साब अपने दलबल सहित बसंत पंचमी का मेला देखने-दिखाने चल दिए।

कुछ बालकों का झुंड आगे। कुछ बालक पीछे।

श्रीधर और गुलकंदी लगभग बराबर पर चल रहे थे। बस, राकेश और श्यामसुंदर थे, जो कभी उनके बराबर आ जाते, तो कभी आगे-पीछे हो जाते।

'अपने-अपने पैसे सँभालकर रखना। मेले में एक-दूसरे का हाथ पकड़े रहना। यदि कोई अलग हो जाए तो मैं जाते ही तुमको पुलिस-तम्बू दिखा दूँगा, वहाँ पहुँच जाना। सिपाही से कहोगे तो वह तुम्हारा नाम बताकर हमको सूचना दे देगा। समझे?'

'हाँ मास्साब,' बच्चों के महीन स्वरों की एक लय।

गाँव से निकलते समय गली में गुलकंदी को कई चाची-भाभियों ने टोका था—'मेला जा रही हो गुलकंदी! रतनलाल भी जरूर मिलेंगे। मुलाकात कर आओ। अरी नहीं, कहाँ रतनलाल! गुलकंदी लाली तो बिसुनदेवा के पद सुनने जा रही हैं, हर साल आता है हाथरसवालों की नौटंकी के संग।'

चुनियाँ ताई की राजेसुरी ठुमका मारकर नाचने लगी थी—'पाँचाना की पाव जलेबी बैठ सड़क पै खाऊँगी / पाँच रुपइया दै दै री अम्मा मैं मेला कूँ जाऊँगी।'

लौंगसिरी बीबी ने फटकारा—'चल! पाँचाना की पाव जलेबी अब मिलती है? लौहचटी हमारे जमाने का गीत गा रही है।'

गुलकंदी ने किसी की सुनी, किसी की नहीं सुनी, बस एक ही जवाब देती रही, 'मैं तो परधानिन भाभी ने भेजी हूँ। राकेसा के पइसा मेरे बटुआ में धरे हैं और कहा है कि बीबी गुलकंदी, राकेसा ऐब करे तो संटी से सूँत देना। मैं देती हूँ तुम्हें संटी। रावण के मेला में से पंद्रह रुपया की एक महजत (मस्जिद) ले आया था हरामी। बताओ, हम सक्का हैं क्या?' गुलकंदी अपनी तरह सबको भोली समझती है।

गुलकंदी की बातें! सुननेवाला हँसता ही रहे। सीधे-सादे वाक्य—

'मास्साब, पता है डोरिया का ब्याह क्यों नहीं हुआ? सगाईवाले आए तो देखा कि चेंदी (जड़) की ओर से गाजर खा रहा है। बेटी के बाप ने कहा, ऐसा हौलू छोरा! बाबरा है, पागल! लौट गए। बिचारा डोरिया।'

'मास्साब, बड़ी बहू ने तीन दिन से रोटी नहीं खाई। यह बात बस मुझे ही मालूम है।'

'क्यों?'

'अरे, लाला उनकी भतीजी की सगाई चाट-खोमचावाले के छोरा से कर आए हैं। बड़ी बहू कहती हैं, बिरादरी में थू-थू होगी। छोरा का बाप दिन भर सोंठ-दही में सना रहता है। सरम के मारे लाला तक से मिलने नहीं आया। पर लाला कहते हैं, नहीं आया तो न सही। दुकान तो अच्छी चलती है। और फिर छोरी के लिए रोटी-पानी का टंटा नहीं। सुसर ही परामटे (पराँठे) बना लेता है, मजे से सोंठ के संग खा लो। है न सुख?'

श्रीधर हँसते रहे। गुलकंदी के खिले-खिले चेहरे को देखते रहे। जैसे कहना चाहते हों—गुलकंदी तुम्हारी जैसी निश्छल लड़कियाँ इस जमाने के दाँवपेंचों में ··· तुम पर इन मौसमों का कोई असर नहीं!

असर है कि नहीं? गुलकंदी ने यह सब भी बड़ी सहजता से कह दिया, 'मास्साब, तुमसे क्या छिपाना? बिसुनदेवा भी सारी बता गया होगा। आज मैं रतनलाल से बात करने जा रही हूँ। ब्याह की बात करने। उसके बाद बिसुनदेवा से कह दूँगी, तू जटवार कभी मत आना। तेरी खरतालें वहाँ कभी सुनाई न दें। मास्साब, तुम भी कह देना, मैं उसे अपने मन में छिपा ले जाऊँगी। मोतिनी की तरह। तुमने दादू से मोतिनी की कथा सुनी है मास्साब? दाने की बेटी मोतिनी के मन में नल बस गया। नल के मन में मोतिनी ने डेरा डाल दिया। पर ब्याह हो तो कैसे हो? दाना तो ठहरा राच्छस से भी खूँखार। आदमी की जात में अपनी बेटी का ब्याह करे? मोतिनी ने रो-रोकर कहा कि नल लौट जा अपनी नगरी। मेरा बाप तुझे खा जाएगा। पर नल माने तब न? दाना आया। मढ़िया में मानुसगंध। सूँघ लिया—कि हो न हो आज मानुस ··· मेरा सिकार। खूब पेट भरेगा। मोतिनी ने झट से मंतर फूँककर नल को मक्खी बना दिया, और अपने बैना (वेणी) में चिपका लिया। दाना कह-कहकर हार गया कि छोरी मुझे मानुस गंध आती है। तू झूठ बोल रही है कि मढ़िया में तेरे सिवा कोई नहीं ···

गुलकंदी गाकर सुनाने लगी—

> दाने ने कमची लई उठाई / मोतिनी की दीनी खाल उड़ाई।
> बाबुल तोय मेरौ साँच न आवै / मारे ते मानुस मिलि नहीं जावै।
> मानुस ढूँढ़ रही सक तेरी / खाय लै, तेरे आगे देह परी है मेरी।

गुलकंदी आगे सुनाती है—'मास्साब, मोतिनी की पीठ की खाल उधेड़ दी। पर मानुस नहीं मिला। रिसियाकर दाने ने उसका जूरा (जूड़ा) पकड़ लिया। अस्सी हाथ लम्बी बेनी खुली

तो मढ़िया में अँधेरा छा गया। हाथों हाथ न दिखे। दाना झल्लाकर बाहर भागा कि यह कोई जादू-मानुस की करामात है। पर करामात थी सब मोतिनी की, जिसने अपनी पिरीत के बल से नल को छिपा लिया। दाना जंगल में निकल गया तो फिर मोतिनी ने नल को मानुस बना लिया।

'अम्मा का कर्ज है मेरे ऊपर। अपनी देह रहते यह कर्ज मैं उतारूँगी मास्साब। अम्मा चाहती तो दूसरा आदमी कर लेती, पर वह कहती है कि दूसरा आदमी अम्मा की कदर करता, मेरी नहीं। तुम भी कह देना मास्साब, बिसुनदेवा को मैं कभी भूलूँगी नहीं। पर कभी नाम भी नहीं लूँगी उसका …' कहते-कहते उसकी आँखें छलक पड़ीं।

'जुलम हो गया! गुलकंदी मेला में से लौटी नहीं।'

हरपरसाद की अम्मा अपने चबूतरे पर हाथ पीट-पीटकर कहती है—'पार उतर गई मेरी बात। भजि गई उस भिखमंगा को लेकर। अब आवें वे रंडी-राँड़ें, कर लें मुझसे बात। उस दिन कुआँ के ऊपर तो बड़ी पंचायत छाँट रही थी।'

हरपरसाद की अम्मा का सीधा इशारा लौंगसिरी बीबी की तरफ है। हरपरसाद की अम्मा को हरपरसाद बता गया है कि तू किसी को भी गाली दे सकती है। आजकल बड़ा-छोटा कोई नहीं, सब जात समान हैं। तो क्यों डरें? लौंगसिरी बीबी बाम्हनी हैं तो क्या? नाऊ के बराबर ही माने जाते हैं आजकल बाम्हन। चुनियाँ इस बात पर खास जोर दे रही है, 'खटीक, भिखमंगा मुँहपजरा बिसुनदेवा! और कोई नहीं मिला था रंडी को? नौटंकी में न नाचे तो मेरा नाम बदल दे कोई! गई है खरतालिया के संग ही।'

हरिप्यारी घर में दुबकी बैठी है, लेकिन आँखों से गंगा-जमुना … अंधी हो जाएगी हरिप्यारी, 'अरी मेरी गुलकंदो ऽऽऽ … तू मेरी नार में फंदा लगा जाती री ऽऽऽ … बाप की तरियाँ तू भी दगा दैके भागी री ऽऽऽ …' नाइन का तो संसार ही मानो उजड़ गया।

घर में औरतें जुट आईं। 'तुम तो मास्टर की नार (गर्दन) पकड़ो हरिप्यारी चाची। उसी की जिम्मेदारी पर भेजी थी। उसी के संग।' सूँसा तेली की बहू घूँघट में से बोलती है, 'इस मास्टर ने जैसा अधरम अजस मचाया है, वैसा तो आज तक नहीं किया किसी ने। बताओ बेचारे थानसिंह बदली करवा दिए और यह बदमास यहीं जमा रहने दिया। फत्ते ही देख लें अपने अपनी करनी का फल।' मनोहर की माँ ऐसा झमाकेवाला किस्सा सुनकर पल्ले छोर से भागी आई है।

लौंगसिरी बीबी इतने धीरे बोल रही हैं कि केवल हरिप्यारी ही सुने, 'काहे को तमासा दिखा रही है। उठ हाथ-मुँह धो। अपने काम में लग। लोगों को मजा मिल रहा है—धुआँकरे।'

सारंग गई नाइन के घर तक, लेकिन औरतों के मजमे को देखकर लौट आई।

ओसारे में बैठे चरनसिंह बौहरे और रामजी बाम्हन आपस में मशवरा कर रहे हैं—'कहाँ ले गया होगा? वहीं जाया जाय।'

'कहीं नौटंकी-फौटंकी में ले गया होगा।'

बाबा चुप हैं, बेटी की बात पर क्या बोलें? हरपरसाद का छोटा भाई छीता वहीं आ गया। बाँह तानकर बोला, 'आ जाने दो हरपरसाद को। पहले तो साले मास्टर को बँधवाएँगे। यही हमारी बहन को फुसलाकर ले गया था मेला दिखाने। इसी ने भगाया है। हमने खबर कर दी है बंबई, आता होगा भाई। अपने आप बक्कारेगा मास्टर। हमारी हरिप्यारी चाची का तो बोल बंद हो गया है। सदमा है सदमा। तो हम क्या किसी को ऐसे ही छोड़ देंगे? हमारा घर बरबाद किया है। मिला नहीं स्कूल पर, नहीं तो साले की खोपड़ी ...'

इस समय कोई कुछ नहीं बोलना चाहता। जो बोलेगा, वही फँसाया जाएगा। नहीं तो चरनसिंह बौहरे चुप रह जाते? रामजी बाम्हन भी छीता की इतनी बात बर्दाश्त नहीं करते। मास्टर भले छोटी कौम का सही, पर ये दोनों तो उसका मान करते हैं।

पर इतनी कहे बिना चरनसिंह बौहरे नहीं माने, 'बिसुनदेवा बिना दाँत का बछड़ा था, सो मास्टर के कहे से चला जाता। सोचनेवाली बात है, रोज दस गाँव का पानी पीनेवाला आदमी मामूली नहीं होता।'

'बौहरे, बाम्हन की छोरी को कोई तेली-तमोली लेकर भाग जाय तो तुमको कैसा लगेगा? और यह भी पक्की बात है कि बिसुनदेवा सिरिफ अपने बलबूते पर लेकर नहीं भागेगा। किसी की सै पर ही ... तुम बूढ़े होकर इतनी बात न समझते हो, यह मैं नहीं मानता।' छीता अपने भाई हरपरसाद की तरह बोल रहा है।

'अच्छा भाई छीता, तू जा। गरमी ज्यादा है तुझे। इस बखत कुछ कहना-सुनना ठीक नहीं। अपने बाप ननुआँ को भेजना यहाँ। हम पूछेंगे-जाँचेंगे मास्टर से भी।' बाबा ने छीता को ढाढ़स बँधाया।

कुछ लोग यह भी कहने लगे कि श्रीधर मास्टर ने मेले से लौटते ही हरिप्यारी को एक नई ही कथा गढ़कर सुना दी—गुलकंदी सौ फीसदी रतनलाल से मिलने गई थी। तुमने कहा था रतनलाल तहसील के दरवाजे पर मिलेंगे। वह बेचारी वहीं जमी बैठी रही। देखते-देखते साँझ हो गई। वह राकेश के साथ वहीं लौट आई जहाँ गाँव चलने के लिए सब बच्चे खड़े थे। मैं और बिसुनदेवा भी।

वह रो रही थी। मैंने पूछा, तुम पहचानती हो न रतनलाल को?

आँचल से आँखें पोंछती हुई बोली, 'खूब पहचानती हूँ। तीन बार गाँव आ चुका है।'

'नहीं मिले?'

'मास्साब, वे नहीं मिले। पर मैंने पहचान लिए। छीता की बहू के संग हाथ में हाथ डाले ...' गुलकंदी खिसिया गई।

रहा-सहा हाल राकेश ने सुना दिया, 'रतनलाल सूट-बूट पहने छीता की बहू के संग जा रहे थे। गुलकंदी बीबी पीछे भागी, पर वे चले गए। देखकर भी नहीं देखा। गुलकंदी

ठाड़ी की ठाड़ी रह गई, भीड़ में बाबरी सी। लोग पाँव कुचलते गए, तब भी नहीं चेती। मैं खींच लाया वहाँ तक।' राकेश गवाह है, श्रीधर ने कुछ इस तरह देखा।

मास्टर श्रीधर ने गुलकंदी की माँ को समझा दिया है—जिसके पीछे सालों से भाग रही हो और वह देख तक नहीं रहा। क्या हासिल होगा उससे तुम्हें? बिसुनदेवा और गुलकंदी एक-दूसरे को चाहते हैं। चलते समय गुलकंदी ने कहा था—'मेरी अम्मा से कह देना, अम्मा की खुशी के लिए मैं रतनलाल को खोजती आई थी। पर अम्मा का कर्ज उतारना मेरे भाग में बदा नहीं था। माफी दे दे मुझे। मेरा संजोग तो बिसुनदेवा के संग लिखा है। होनी को यही मंजूर है, तभी तो यह हुआ।'

हरिप्यारी नाइन चुपचाप सुनती रही। बीच-बीच में सिसक उठती। अंत में बोली, 'मास्टरजी, मेरी बेटी है वह। आदमी, डाकू-चोर औलाद को नहीं तियागता पर अब जात-बिरादरी और घर-गाँव ··· मुझे चैन से जीना नसीब न होगा ···'

एक नई खबर और फैली—तीन दिन बाद।

लौंगसिरी बीबी ने गुलकंदी के भागने को भागना नहीं माना, कहती हैं, गुलकंदी ने गंधरव ब्याह किया है। गंधरव ब्याह? यह क्या बला? चरनसिंह बौहरे से पूछो। वे भी बीबी की हाँ में हाँ मिलाते हैं। श्रीधर मास्टर भी कहता है—अपनी रजा से लड़की ब्याह करे तो उसे 'भागना' कहकर बदनाम करना है। गंधर्व विवाह कहो, गंधर्व विवाह।

बीबी ने हरिप्यारी के आँगन में ढोलक बजवाई। गीत गाए।

हरपरसाद आ चुका है।

हरपरसाद गुलकंदी के ताऊ नन्नूमल उर्फ ननुआँ का बेटा। चुनियाँ नाइन का बेटा और छीता का भाई। तगड़ा बदन, गेहुआँ रंग, ऊँचा माथा, मँझोला कद। एक आँख भेंड़ी न होती तो हरपरसाद के व्यक्तित्व में ऐलकारी•रुतबा झलकता। सफारी सूट पहनता है। पावों में काले चमकदार बूट।

वह ढोलक की आवाज सुनकर धम-धम करता हुआ हरिप्यारी चाची की दुवारी में आ गया। देहरी पर खड़े होकर कड़वा मुँह बनाते हुए बोला, 'हमारी तो इज्जत लुट गई लौंगसिरी बीबी, तुझे रमढोल सूझ रहे हैं।'

बीबी ने गर्दन मोड़कर पीछे को देखा। गीत की गूँज में आधी बात सुनाई पड़ी। बीबी ने गीत रोका नहीं। जो औरतें चुप हुई थीं उनको आँख के इशारे से कहा—गाओ। गीत पूरा हो गया तो फिर पीछे को देखा। हरपरसाद अब भी पाँव गाड़े खड़ा है।

'हाँ, बोल भइया? क्या कह रहा था?'

हरपरसाद ने अपनी बात दोहरा दी।

'च् च् च्! मेरा हरपरसाद आ गया। अरी रोओ, रोओ री! किसका नाम लेकर रोएँ लल्लू? तनिक बता तो?'

'कर ले बीबी मखौल। तुम बाम्हन-ठाकुरों को हम ही मिलते हैं हँसी-मजाक के लिए। उड़ाओ मजाक। पर इतनी सुन ले बीबी, रोएँगे हमारे दुस्मन। हम तो सुसरी की चुटिया

पकड़कर खींच लाएँगे।' हरपरसाद ने 'सुसरी' शब्द पर खास तौर से जोर दिया, ज्यों यह गाली उसने गुलकंदी के लिए नहीं, लौंगसिरी बीबी के लिए दी है। फिर क्रूर हँसी!

आज की अदावत नहीं है बीबी की। यह हरामजादा ही मेरे रामकन्हैया को बरबाद करने फुसलाकर ले गया था—यह बात सदा बीबी के मन में खोंटें मारती रहती है, कौए की तरह ...। वे अधबूढ़ी होने के बावजूद बिजली की गति से उठीं, और देहरी पर पड़ी किसी की सिलीपर उठाकर पाँच-छः झाड़ दीं हरपरसाद के सिर में।

'यों मत समझना कि औलाद चली गई, आदमी यहाँ नहीं है, तो तू मुझे साली-सुसरी बनाएगा। हिम्मत है तो उठा जूता? मार सकता है? कढ़ीखाए, तेरी छाती का खून पी जाऊँगी। बना है ठाकुर-बाम्हन। ठाकुर-बाम्हन बना है तो उनकी आनबान भी सीख। छोरी के ब्याह के लिए आगे बढ़ता। तब चलती तेरी ठकुरास।'

यह तो निश्चित था कि हरपरसाद चाहता तो भी पलटकर बीबी को नहीं मार सकता था। अभी उसके संस्कार ऐसे जाग्रत नहीं हुए। वैसे भी देखकर अचरज में रह गया कि जैसे अपने लकदक करते कपड़ों और चमकदार जूतों के चलते उसे ऐसे बेबाक व्यवहार की उम्मीद नहीं थी।

अब क्या करे? इस बूढ़ी औरत ने बेइज्जती करके धर दी, इस कड़वी भावना को दाँतों में पीसता, पाँव पटकता हुआ घर के बाहर हो गया।

घर जाकर माँ से सवाल किया—तू किसी के घर बुलावा देने जाती है? नहीं। तू जिजमानों की टहल-चाकरी के लिए भूले से भी गई? नहीं। छीता ने पेटी-उस्तरा तो नहीं उठाए? नहीं। दादा तो किसी की दाढ़ी छीलने नहीं जा पहुँचे? नहीं।

... तो फिर इस बाम्हनी ने मुझसे बदसलूकी क्यों की? मजा चखा दूँगा। अभी मुझे प्रधान से मिलने जाना है। इस गाँव को भी दिखा दूँगा कि मैं कैसा लीडर हो सकता हूँ, साले कुएँ के मेंढक! हरपरसाद की आवाज से अम्मा, भइया, दादा ही नहीं सारा घर सनसना गया। छीता की बाँहें फड़कने लगीं, बोला, 'किसने की बदसलूकी?'

'तू चुप रह। तेरे बस का कुछ नहीं।'

हरपरसाद जानता है कि रौब-गालिब करना है तो सबसे पहले घरवालों पर ही करना चाहिए। भाई का लिहाज बरतो तो उसे विभीषण होते देर नहीं लगती। बंबई में रहकर बहुत कुछ सीखा है हरपरसाद ने।

सारंग श्रीधर से हाथ जोड़कर विनती करनेवाली थी कि इन दिनों गाँव में मत रहो।

'यह मास्टर जेल जाएगा,' सुनकर सारंग की देह में काँटे उग आए। रंजीत क्या कह रहे हैं?

'हरपरसाद और प्रधानजी इसे गिरफ्तार कराके छोड़ेंगे! साला लफंगा। ऐसा ही होना भी चाहिए। इसका पागलपन है या कुसंस्कार?' श्रीधर का नाम लेते ही रंजीत उत्तेजित

हो उठते हैं। सारंग का दुख समझते हैं रंजीत, तभी तो उसे दूना करते हैं। उन्होंने शिवजी की तरह तीसरा नेत्र खोला—लाल गुड़हल के फूल सा तीसरा नेत्र—एक चिट्ठी!

'तुम्हारे कृष्ण कन्हैया की करतूत!' सारंग के ऊपर मारना चाहा कागज, मगर वह कुछ दूर जा गिरा। रंजीत जब तक सामने रहे उसने कागज नहीं उठाया। चंदन उठाने को लपका था, जोर से डपट दिया, 'भूमर (आग) पड़े इस कागज पर। हमको क्या लेना-देना? छूना मत।' मगर मन में आग की लपटें सारा धीरज जलाकर भस्म किए दे रही हैं। क्या है आखिर?

'इस लड़के का मास्टर न हो गया, साला मंदिर का महादेव बना बैठा है, जबकि गाँव-गाँव लड़कियाँ भगाने का काम किया है इसने। मैं चाहता तो प्रधान को थमा आता, पर तुम्हारा ख्याल करके ··· वह साला विष्ठा में मुँह मार रहा है, और तुम आँचल पसारे उसका थूथड़ा पोंछने को तैयार खड़ी हो। पूजो, ढारो, देवता है तुम्हारा! नीच कुल में जन्मा आदमी ऊँचे काम करने के ढोंग कर सकता है, बस। कुत्ता जब मूतता है तो टाँग उठाकर ही मूतेगा, बान जो ठहरी।' रंजीत श्रीधर को चीर देने के बहाने सारंग की फाँकें करने पर तुले हैं।

वे बाहर निकल गए। कागज पड़ा रह गया।

चिट्ठी पढ़कर सारंग का चेहरा तप गया—प्यारे मास्टरजी, तुम्हें देखने को आँखें तरस गईं। एक-एक दिन पहाड़ ··· तुम्हारे संग हमारी जान गई होती तो ··· अब इस देह का क्या होगा? सुसर आए। पंचायत हुई। विदा नहीं हुई, फजियत हुई। मेरा मालिक आया था, गाँव बाहर तक मुझे खिंचेड़ा। तमाशा हुआ। सबने देखा। कुछ बालक चीखे। बाकी सब चुप रहे। अम्मा दूर तक भागी। दादा मौन। तुम होते तो ऐसा न होता। मेरे हाथ कुछ कंकड़-पत्थर आ गए, मैंने अपने मालिक में दे मारे। उसकी नाक से खून बह निकला। उस पत्थर ने मुझे आजाद कर दिया। मानस-मार औरत की विदा! नहीं, हरगिज नहीं।

पिता एक गाय और एक बकरी के संग मुझे उसी मालिक को फिर थरप आए। दक्षिणा के साथ मैं अपना ली। मालिक नहीं था, सुसर था। आगे क्या कहूँ? मैं अपने गाँव के लड़के हरिपद के संग भाग आई। मास्टरजी, तुम मेरे मन में जहर का पौधा रोप गए हो। अब वह फलने-फूलने लगा तो मैं अच्छी किसे लगूँगी? मुझे अच्छा कौन लगेगा? कैसी अजब बात है मास्टरजी, जिसे मैं अच्छी नहीं लगती, बार-बार उसी की शरण में पटकी जाती हूँ। और जिसे मैं भाती थी, वह मुझे ले जा नहीं पाया!—तुम्हारी केका; बकलम हरिपद पाठक।

यह मीराबाई! सारंग ने तीखी नजर डालकर उस चिट्ठी को मुट्ठी में भींच लिया। श्रीधर गाँव-गाँव यही करते हैं! तुम क्या चीज हो श्रीधर? अंगारा? चिनगारी? या कोई धमाका? कितनी जिंदगियों में आग लगाओगे? इस केका का कटा-फटा कलेजा ··· गुलकंदी की मुहाल जिंदगी और मैं? मैंने तुम्हें गले लगाया तो मेरा ही हिया चीर डाला! और जानी-

अनजानी कितनी ··· इस कामयाबी पर तुम खुश हो रहे हो? जबकि तुम शांत जिंदगी में मिट्टी का तेल छिड़ककर जलती तीली छुआ देते हो।

'अम्मा, इस चिट्ठी को मास्साब को दे आऊँ?' चंदन की महीन आवाज, पर उसने बच्चे के कोमल गाल पर झन्न से एक तमाचा जड़ दिया। वह चिट्ठी अपनी जेब में धर चुका था।

'आग डाल। कफ्फन फेंक उस श्रीधर मास्टर पर। दगाबाज। बैरी!' कहते-कहते उसकी आवाज भर्रा गई। 'हमारा माथा धरती में गड़ने से बच गया। कोई देख लेता तो?' लगभग रोने लगी सारंग।

छिनार बना दिया मुझे। हमारे घर आना-जाना है, बाबा को कोई बोलने देगा? इसकी मैली चादर ओढ़े खड़ी हूँ। रंजीत के सामने उठा सकती हूँ आँख? हाय, बच गए रंजीत, प्रधान को डाकिया दे गया होता तो जूते मारता फत्तेसिंह रंजीत में।

सारंग बीमार सी बैठी है।

रंजीत बिना खाए ही चले गए। साग-रोटी सब धरा रह गया। कोई उसे हाथ पकड़कर उठाए, तब भी नहीं उठा जाएगा। उसे गुस्सा केका नाम की औरत या लड़की जो भी है, पर भी आया। खत पर खत सरका रही है। यह नहीं जानती कि पराये आदमी का संग और बदली की छाँव एक सी होती है। अब आई, अब गई। नहीं तो ये कुँवर-कन्हैया भाँवर न डाल लेते? अपने इन्हीं गुणों के मारे अभी तक कुँआरे डोल रहे हैं। गाँव-गाँव औरतें उनके नाम की भागवत बाँचें, यही लालसा है। सो पूरी हो रही है। और चाहिए भी क्या?

'चंदन, चिट्ठी कहाँ है? तू बाबा को सुना देगा।'

बच्चे ने चुपचाप जेब से निकालकर चिट्ठी दे दी।

दिल में अंधड़ चल रहा है, मालूम नहीं उसमें क्या-क्या शामिल है? लेकिन तेज तूफान दम नहीं ले रहा। वह उठी, कोठे में गई। बक्स खोला। कुछ दिन पहले श्रीधर का दिया एक पर्चा धोतियों की तहों के बीच सहेजकर रखा था, जिसे हवा भी नहीं छू सकती थी। उसमें लिखा था—'दुष्यंत ने सोचा, शकुंतला अतिशय इच्छा रखते हुए भी अपने प्रियतम के प्रतिकूल व्यवहार करती है, यद्यपि मिलन-सुख की अभिलाषा रखती है। फिर भी समर्पण करने में कातरता दिखाती है। अतएव कामदेव उन्हें ही पीड़ा नहीं देता, यह बाला कामदेव को भी सताती है।' / 'ओ सुंदरी! जिस तरह छाया पेड़ से दूर जाकर भी उसका मूल भाग नहीं छोड़ती, उसी तरह दूर चली जाकर तुम मेरा हृदय नहीं छोड़तीं, मैं क्या करूँ?'

यह सब ढोंग श्रीधर! कितनों के आगे करोगे ये स्वाँग! उसने कागज चीर-चीर कर डाला। सारा गुस्सा, सारी ताकत उस कागज को फाड़ने में लगा दी। और फिर एक कराह भरी रह गई कंठ में ··· चंदन! लगता है बेटा, हमारे भाग्य में सुख-चैन नहीं। जिंदगी में ऐसी आग लगी है कि खाक ही करके छोड़ेगी। श्रीधर के ऊपर भरोसा कर रही हूँ मैं! बेटा

तुम अब अपना दाना-पानी इस गाँव से उठा ही समझो। मैं सिर पटक-पटककर मर जाऊँगी, वे हालात नहीं जुटा पाऊँगी, जिनमें तुम और हम शांति से अपने घर में बने रहें। कोई न कोई हमारा घोंसला छिन्न-भिन्न करने के साधन करता ही रहेगा ···

'अम्मा, मास्साब!' चंदन एकदम उठ खड़ा हुआ।

वह दालान में बैठी-बैठी काठ हो गई।

काठ हो गई कि पाँचों इंद्रियाँ चेत गईं! श्रीधर देहरी पर जूते उतार रहे हैं। आँगन पार करते हुए दालान में ···

हे भगवन्! यह आदमी मेरे घर को तबाह करने पर तुला है। कहूँ कि तेरे हाथ जोड़ती हूँ, तेरे पाँव पूजती हूँ, देवता, तू मुझ पर दया कर। अपनी नजर फेर ले। तेरी मेहरबानी, तेरी रिझावट और तेरे ज्ञान-गुण से परेशान आ गई मैं। आज मेरा आदमी भूखा इगलास चला गया। आज मेरा बेटा हक्का-बक्का सा तेरी करतूत ··· आज मैं अपने मन के खंड-खंड ···

'चंदन तुम चलो बाहर,' हुक्म दे रहे हैं श्रीधर।

इससे पहले कि वह भी वहाँ से उठकर चल देती, इससे पहले कि वह अपने काम समेटने लगती, इससे पहले कि इस दगाबाज आदमी को उसकी करतूतों पर शर्मिंदा करती, श्रीधर ने उसका हाथ पकड़ लिया, 'क्या हो गया है तुम्हें?'

सारंग से कुछ कहते नहीं बन रहा। हाथ खींच रही है।

'चला जाऊँगा यहाँ से। सबकी आँखों का काँटा हो चुका हूँ। सभी मुझसे जान छुड़ाना चाहते हैं। पर इतना जान लूँ कि मेरा कसूर क्या है? सारंग ···'

'तुम रो रही हो सारंग?'

उन्होंने अपने हाथ से उसकी आँखों में से ढुलकते आँसू पोंछे ही थे कि ज़ार-ज़ार रो उठी वह।

श्रीधर ने आगोश में ले लिया। छोरी बच्ची की तरह पुचकारने लगे। वह उनके कंधे पर सिर रखे रोए जा रही है! रोते-रोते सोच रही है, आज वह सब हो पड़ा जिसकी इच्छा कितने दिनों से जुटी थी। श्रीधर के कंधे पर सिर धरकर रो देना। कितना बड़ा सुख पा लिया मैंने!

'क्या भूल हुई सारंग? बोलो?' वे पूछ रहे हैं।

वह क्या बताए? सोचती है जीवन भर यों ही खड़ी रहे। ऐसे ही तुम्हारे साथ, तुमसे एकरूप होकर। आज प्यार सँभाले नहीं सँभल रहा।

'लाओ चिट्ठी,' सारंग को गले से लगाए ही लगाए तकाजा किया श्रीधर ने।

वह एकदम अलग हुई, 'तुम्हें कैसे मालूम?' आँसुओं से भीगा चेहरा देखकर हँस दिए वे। और सारंग निर्मल आँखों से उन्हें बच्चे की भाँति देख रही थी।

'तुम क्या सोचती हो, रंजीत भइया तुम्हारे ही हैं? मेरे कुछ नहीं? कह रहे थे—गजब हो जाता। इस गाँव के लोगों को जानते नहीं क्या? कम से कम अब तो लापरवाही ···

किसी लड़की की चिट्ठी है। प्रधानजी के पास पहुँच जाती तो? कोई देख लेता तो? वैसे ही गाँव में गुलकंदीवाला बखेड़ा ··· सारंग से ले लेना। मैं इगलास जा रहा हूँ। हरपरसाद जैसों के हाथ में ऐसा कागज आ जाए तो तुम्हारे खिलाफ उसका इस्तेमाल ···'

लोग कहा करते हैं त्रिया चरित्रं पुरुषस्य भाग्यम् ··· पर रंजीत के चरित्र को क्या कहे वह? वे उसे नाजुक से नाजुक समय में अचरज में डाल देते हैं।

'चंदन!' उन्होंने बाहर जाकर आवाज दी।

चंदन खाट पर सुस्त सा बैठा था। श्रीधर के बुलाने पर लपककर उठा।

'आओ। सुनो, आज तुम चाय बनाओगे। अपनी अम्मा को और मुझे पिलाओ। हम दोनों को लंबी कहानी कहनी-सुननी है। करो यार हमारी मदद।'

चंदन झटपट तैयार हो गया। बर्तन रखनेवाली बड़ी डलिया में से पीतल की छोटी पतीली निकाली। पानी डाला और चूल्हे में कंडे रखने लगा।

'स्टोव जला ले,' माँ ने कहा। माँ कोठे में बोरे पर बैठी है, मास्साब पलिका पर।

'मैंने बताया था न सारंग, वह लड़की पहली बार स्कूल में बच्चों के लिए दलिया बनाने आई थी। आँगनबाड़ी थी, मगर बालाहार स्कूल में ही देते थे। वह सोलह-सत्रह वर्ष की होगी। स्टोव माँजना, तेल भरना, दलिया-खिचड़ी बनाने के बर्तन धोने का काम बखूबी निपटाती। मैं कहता, यह काम करना है तो साफ-सुथरी होकर आया करो। वह तालाब में नहाकर आने लगी। आकर बोलती—देखो मास्टरजी, मैं साफ-सुथरी होकर आई हूँ न? मेरी धोती देखो, रेह (ऊसर में जमा सफेद सोडा) से धुली है। मैंने सरसों का तेल डालकर बाल काढ़े हैं। मैं तुम्हारा काम कर दूँ? उसने मेरे कपड़े धोना, खाना बनाना मेरे मना करते-करते शुरू कर दिया। मैं मना क्यों करता था? यह इतना प्यारा अनुभव! केका को देखकर मैं खिल उठता। वह मुझे पता नहीं क्या, क्या लगती? तुम इसे मेरा बहाना मानोगी, इसलिए कोई संबंध उससे नहीं जोड़ना चाहता। आदमी सचमुच बड़ा स्वार्थी होता है—अलग-अलग औरतों की अलग-अलग अदा पर फिदा हो जाता है। यह कहूँ कि वह भी मुझसे हिलमिल गई थी, तो गलत नहीं। गुमसुम रहनेवाली केका खिलखिलाकर हँसने लगी थी। मेरा अपनापन बढ़ता जा रहा था, उस प्यारी सी लड़की को देखकर। कह सकती हो कि घर की बसावट ने निजी रूप लेना शुरू कर दिया था। न मैं कुछ, न वह कुछ, मगर वहाँ सबकुछ था।

'गाँववालों के सिर पर शैतान सवार हो गया तो मैं क्या करूँ? उस गाँव में केका के सिवा मुझे चाहनेवाला कोई नहीं था। लोगों का क्या? लोगों के हिसाब से वह गलत इरादों से बनाया गया अवैध संबंध था। और मेरे मन में उस मासूम लड़की द्वारा दिए संरक्षण से उपजा निःस्वार्थ प्रेम था। अपनी जगह गाँववाले, अपनी जगह केका और अपनी जगह मैं, सबके सब सही थे। क्योंकि केका शादीशुदा थी, केका सताई हुई थी, केका जवानी की दहलीज पर खड़ी थी। मैं जवान पुरुष—बिन ब्याहा, बेपरिवार ··· सारा कुछ वहाँ के लोगों को सोचने का एक माहौल देता था, लांछन लगाना कोई आश्चर्यजनक

बात नहीं थी।

'उसका ससुर विदा करा ले गया।

'सचमुच मैं बीमार बछड़े की तरह कमरे में पड़ा रहा। उस मैली-कुचैली लड़की के बिना मुझे स्कूल सुनसान लगने लगा। तीखे नाक-नक्शवाली साँवली और दुबली लड़की।

'ससुराल में पंद्रह दिन भी नहीं रही, चली आई वह। प्रेम की बात नहीं छिपती—लोगों ने कहा। ठीक कहा, वह मेरे बिना नहीं रह सकी।

'मुझे बहुत अच्छा लगा, जिंदगी लौट आई।

'केका के घर हंगामा हो गया। माँ ने केका को बहुत पीटा। वह ससुराल से आने का बहाना नहीं गढ़ पाई, केवल बोली, वहाँ वह नहीं रहता यानि पति, तो मैं कैसे रहूँ? ससुर दारू पीकर गैरहोस पड़ा रहता है, उसके यार-दोस्त मुझे ''' आगे कुछ बताते-बताते वह खूब रोई थी। तू पंचायत में कहेगी यह बात? मैंने पूछा था।

'नहीं कहूँगी। वह बोली। क्यों? क्योंकि कोई इस बात को नहीं मानता। कहते हैं एक यही बहाना सारी लड़कियाँ लेती हैं—दारू पीकर मारना-पीटना, दारू पीकर पकड़ना-धकड़ना! इसका उपाय क्या है तू ही बता? मैं क्या बताऊँगी मास्टरजी?

'पता नहीं केका का ताप था या उसके बिछोह से उपजा दुख, मैं प्रधान पर बिगड़ पड़ा, जब उसे वहाँ रहना पसंद नहीं, तो आप लोग उसे हाँकनेवाले कौन होते हैं?

'मास्टरजी, अभी कुँवारे हो। छुट्टा साँड़ खूँटों के कायदे क्या जाने? उन्होंने कड़वी हँसी हँसकर कहा।

'साँड़ क्या बैलों की बिरादरी में इसलिए शामिल नहीं किया जाता कि वह नाथ नहीं पहनता? यदि यह समझते हो तो भूल करते हो आप। वह बैलों में इसलिए नहीं मिलता कि वह नपुंसक नहीं होता। प्रधानजी, यह बड़े दुख की बात है कि आपके गाँव का अपराधी भी हवालात तक पहुँचता है तो आप जैसे चार लोग बिना सोचे-समझे उसकी जमानत को भागे जाते हैं, लेकिन इस बेजुबान लड़की का हिमायती कोई नहीं कि उसके दुख को समझे? माता-पिता, भइया-चाचा गाँव में आपसी रंजिश पर लट्ठ तानकर खड़े हो जाएँगे पर केका की बात पर कटे केंचुए से बस बिलबिला रहे हैं, उसी की धुनाई कर रहे हैं।

'परंतु प्रधान ने नजरें नीची कर लीं, यह नहीं कहा कि हम हैं केका के भइया-चाचा। हमारी बेटी है वह। हमारी औलाद को दुख देने का कोई हकदार नहीं।

'यह बात एस.डी.आई. ने सुनी तो तुरंत मेरा तबादला कर दिया। साथी लोग बोले, धन्यवाद दो एस.डी.आई. खरे को, बचा लिया. नहीं तो लड़की भगाने के जुर्म में तुम्हें सजा होती।

'मैं चिल्लाता रहा, सर, उस लड़की की उम्र अठारह साल नहीं है। कानूनन उसकी शादी भी नहीं हो सकती। मैं उन सबको जेल करा दूँगा।

'खरे ने मुझसे सवाल किया—तुम्हारे पास क्या सबूत है कि वह अठारह साल की नहीं है? तुम डाक्टरी कराओगे, वे झूठा सर्टिफिकेट देंगे। यह क्यों नहीं मान रहे कि केका

अब महज लड़की नहीं रही, उस गाँव की इज्जत में शामिल हो गई है। गाँव की इज्जत से लड़ना, तुम्हारे क्या, किसी के बस की बात नहीं। अपना भला चाहते हो तो चौबीस घंटे के अंदर बाँदीपुर छोड़ दो, और अतरपुर चले जाओ।

'मेरी किस्मत! यहाँ आया तो यह गाँव कत्ल-केस से जूझ रहा था।'

वे ठंडी साँस लेकर बोले, 'देख लिए सब गाँव! हम गाँवों की संवेदनाओं के मारे हुए ··· अमृत वर्षा करनेवाले अध्यापक के आदर्श बाँधकर घर से चले थे, जबकि यहाँ के लोग हमारे लिए जहर के प्याले लेकर तैयार खड़े हैं।'

सारंग देख रही है—श्रीधर का चेहरा निचुड़ा सा ··· आगे कहने-सुनने की गैल नहीं।

'श्रीधर!' उसने श्रीधर का हाथ अपनी कोमल हथेली के बीच दबा लिया।

'मुझे माफ करना श्रीधर। भूल-चूक में कोई बात ···' कहते-कहते सारंग की आँखें फिर छलछला आईं।

'रोना नहीं सारंग। यह बात समझती हो न, कि प्रेम और संबंध दो अलग चीजें हैं। तुम्हारा संबंध रंजीत से है। घरवालों से है। अपने भाई-भाभी, माता-पिता से है। अगर इन सबसे तुम्हारा संबंध न होता तो प्रेम भी न होता। पर मुझसे तुम्हारा प्रेम है, केवल प्रेम। यही मेरा खजाना है। मानता हूँ, इस समय तुम मुझसे नफरत कर रही हो, तब क्या प्रेम खत्म हो गया? चाहना तो नफरत के समय अधिक तेज हो जाती है। तुम्हारी लाल आँखें, फूली हुई लाल नाक कह रही है—प्रेम से लबालब है सारंग। प्रेम करनेवाला जीव भरोसा भी जरूर करता है।

'अब तो दे दो चिट्ठी। क्या पता तुम ही मेरे खिलाफ इस्तेमाल करके मुझे हवालात भिजवा दो। इस समय गाँव में मेरे खिलाफ सबूत जुटाने की साजिश चल रही है,' कहकर श्रीधर जादूभरी आँखों से मुस्कुराए।

'च् च् च् तुम बड़ी जलती हो! प्रधानिन गई तो केका आ मरी। पर जाना होगा केका की खबर-सुधि लेने भी, देखो कब पहुँच पाता हूँ? जलोगी तो नहीं?'

श्रीधर आगे बढ़े ही थे कि चंदन आया, 'चाय दोबारा गर्म कर लाऊँ? एक बार की तो ठंडी हो गई।'

'रहने दे। मैं बनाऊँगी अब। तू और मास्साब बैठकर पीना।'

सारंग क्या सोच रही थी, क्या सामने आया?—मैं जैसे ही आँचल खींचना चाहती हूँ, श्रीधर हठी बालक से आकर लिपट जाते हैं। मैं ही अपनी राह से भटक जाती हूँ, या वे ही कोई बहाना खोज लेते हैं। तभी तो श्रीधर हँसते हैं—तुम किसी और की अमानत, और हम जैसे सेंधखोर ··· मरवा दोगी किसी दिन। मेरा क्या दोष? नेंकसे मास्टर यहाँ की सारंग नैनी को देखकर हसनपुर स्कूल में पढ़ाते समय शेरो-शायरी किया करते हैं। वियोगी कवि—नेंकसे राम; प्रेरणा—सारंग नैनी। कहते हैं गिनकर तीन बार चाय पी है तुम्हारे हाथ की। भाग्य के बली, कि रंजीत भइया ने उनसे कभी गुरेज नहीं किया।

सारंग खिलखिलाकर हँसती है।

'कहाँ चली गई गुलकंदी?' सारंग ने प्रसंग बदल दिया।

'जहाँ बिसुनदेवा गया होगा वहाँ। राम के संग सीता। नल के साथ दमयन्ती।' वे हँसे।

'तुम्हें सच में मालूम नहीं? और हँस रहे हो?'

'मैं इस बारे में एक शब्द भी नहीं बोलूँगा।'

'मुझसे भी नहीं?'

'दीवारों के कान बताए गए हैं।'

'अच्छा, नहीं पूछती।'

'हाँ, नहीं पूछो तो अच्छा रहेगा।'

श्रीधर के कानों में अविराम एक ध्वनि गूँजती रहती है—चंदन! चंदन!

वह ध्वनि कानों से होकर आँखों पर तस्वीर बनकर उभरती है—चंदन का चेहरा, उसकी दो खौफनाक आँखें! सारंग से क्या कहें इस बात को? उसे तो बच्चा अपना ही दूसरा भाग लगता है, जैसे वह उसके मन और शरीर का कोमल हिस्सा हो। वह यह नहीं समझ सकती कि रंजीत से भी ज्यादा बड़ा संबंध चंदन है। और जब कभी हमारी भारी अंतरंगता और यह कोमल संबंध आपस में टकरा पड़े तो टूटना अंतरंगता को ही है। भावावेश में हम क्या-क्या कर जाते हैं! मुझे सचमुच उसकी कँटीली नजर से डर लगता है, और उसे कड़ाई से हुक्म देने लगता हूँ। सारंग सोच भी सकती है, कि मैं काँप जाता हूँ। उस समय वह मुझे अपना विद्यार्थी नहीं, सारंग का ताकतवर पहरेदार लगता है। उसकी नरम कोमल आँखों में पुतलियाँ खूँखार हो उठती हैं। हो सकता है यह मेरा वहम ही हो। लेकिन वहम बार-बार होनेवाली चीज नहीं। एक ही भाव क्यों जागता है चंदन को देखकर, कि उसे हमारा संबंध पसंद नहीं ...

श्रीधर खरहरी खाट के अदवायन में पाँव रगड़ने लगे—कैसी दुविधा है! सारंग का परस और नजदीकियाँ मन को विभोर किए हैं, और दूसरी ओर चंदन! रंजीत की गैरहाजिरी में कैसे आसानी से चला जाता हूँ सारंग के पास! और खुद को निर्दोष-निष्पाप भी सिद्ध कर लेता हूँ कि सारंग मानसिक रूप से टूटी हुई है, मैं उसका सम्बल ... मगर चंदन का क्या करूँ? उसको लेकर तो रंजीत जैसी बात नहीं सोची जा सकती। और न उसकी समझ में ही आएगा कुछ।

सारंग नादान! बेटे के सिर पर लाड़ भरा हाथ फिराकर समझ लेती है कि वह भोला बालक उसके किए पर गौर नहीं कर रहा। भ्रम पाले रहना चाहती है वह ... इस स्थिति पर हम दो विपरीत छोरों पर हैं।

श्रीधर के मन में सारंग के प्रति आक्रोश जागा है या असहमति की तीव्र प्रक्रिया ... वह समझा सकती है बेटे को—कि मैं वह रास्ता खोलने जा रही हूँ, जिसे खोलना औरत

के लिए वर्जित है? लोकलाज का डर मुझे नहीं। तेरे पिता को लेकर मैं गद्दारी नहीं कर रही। यह व्यभिचार नहीं आजादी है। चंदन इस समय अच्छी सीखों के सिवा अन्य किसी अच्छाई को नहीं समझता। नैतिकता की बातें दिन में दस बार उसे हमीं बताते होंगे। वह माँ को माफ करेगा न अपने मास्साब को। सारंग को वह अलग करके क्यों देखेगा, अन्य स्त्रियों के मुकाबले?

वह सचेत-सतर्क करता है हमें—चाचा आ रहे हैं! जानता है कि हम लोग कुछ गलत ''' जो उसके पिता के सामने नहीं हो सकता। सच, मुझे उससे आँखें मिलाते नहीं बनतीं। उसे समझा सकता हूँ मैं, कि तेरी माँ के कितने हिस्से कुँआरे रह गए हैं? सामना भी करता हूँ उस छोटे से बालक का तो असहज हो उठता हूँ। अपनी प्यास को जता न दूँ, कहीं! डरता हूँ कि चंदन के भीतर मुझे और सारंग को लेकर जो एक 'पूरा पन' भरा हुआ है, वह खंडित न हो जाए।

सारंग कहती है—वह तुम्हें बहुत प्यार करता है श्रीधर। ''' लेकिन यह नहीं जानती कि अपने पिता के वर्चस्व से वह कई गुना ज्यादा प्रभावित है, ऐसा न होता तो हमें रंजीत से बचाने की कोशिश करता?

आधी रात से ज्यादा बीत गई जागते-जागते। एक-दो कुत्ते गली में रो रहे हैं। असगुन! सारंग असगुन मानेगी इस बेवक्त के रोने को। पता नहीं यह अशुभ महूरत है या बदलाव? इस तरह की स्थितियाँ जहाँ आ जाती हैं, वहाँ असगुन भी होने लगते हैं। नहीं तो इतने खड्ड-खाई रास्ते में आते ही क्यों? समतल पाने के लिए खुद ही जमीन एकसार करनी होगी। कल को यदि चंदन ही कक्षा में सीधा पड़ जाए तो झेलने की सामर्थ्य जुटानी होगी—यह सोचना कितना आसान है, लेकिन साक्षात् घटित होना ''' उफ्!

रंजीत अमर उजाला के पन्ने पलट रहे थे। सारंग मोरी पर कपड़े धोने लगी।

'चाय बना देतीं,' उन्होंने अखबार से आँख उठाकर तनिक जोर से बोला कि कपड़ा पीटते हुए सारंग सुन ले।

'चंदन बना दे रे चाचा के लिए चाय।'

चंदन कंचे-गोली गिनने में लगा हुआ था।

दस ही मिनट बीते होंगे कि माँ फिर चिल्लाई, 'देख ले, सुनता तो नहीं। तू तो दिन पर दिन ढीठ होता जा रहा है—अपरमुड़ार! चाय के लिए उठा तो नहीं?'

चंदन ने कंचे बटोरते हुए उत्तर दिया, 'बनाई नहीं थी कल्ल? दो बार बनाई। खुद तो उठी नहीं। मास्साब के लिए कितनी अच्छी चाय बनाई थी। तुमने पी तो थी।'

सारंग की जीभ दाँतों तले आ गई।

रंजीत के कान सचेत हुए—अच्छा तो मास्टर बैठा भी था घर में। चाय भी पी थी। जब इतनी देर रुका था तो बातें भी हुई होंगी। दो-एक लोगों की निगाह में भी यह बात

आई होगी कि ··· घटाटोप तनाव बढ़ता जा रहा है रंजीत के भीतर। बच्चा झूठ नहीं बोलेगा। सारंग ने बताया तो नहीं मुझे। चंदन के मुँह से यह बात न निकलती तो मैं पकड़ सकता था सारंग का कपट? छली औरत! अखबार पर लिखे अक्षर गड्डमड्ड होने लगे और उस जगह श्रीधर और सारंग की मिलीजुली सूरतें उभर आईं। हँसती-मुस्कुराती, रूठती-मनाती ··· चिट्ठी रंजीत ने पढ़ी है। सारंग उस खत को पाकर खुश तो नहीं होगी, और यह भी जाहिर हो गया कि श्रीधर को लड़-झगड़कर घर से निकाला नहीं। मान-मनौवल हुआ है। वह साला भी अव्वल नम्बर का बेशरम है। अपनी करतूत पर कोई और तो मुँह भी नहीं दिखाता पर वह लहला कुत्ते की तरह चला आया हौकता हुआ। रंजीत की मूँछों के बीच अंडी भर जगह फड़की। नाक से तेज झार निकली। रौस पर बैठ-बैठे झुलस रहे हैं।

सारंग ने एक बार भी रंजीत की ओर आँख उठाकर नहीं देखा।

वे गुस्से से पागल हुए जा रहे हैं—यह औरत अपनी जिद पर अड़ी है। वह साला खून भी कर आएगा, तब भी अवतारी मानकर उसके चरण धोएगी। पता नहीं क्या सोच रखा है इसने? एक मौका नहीं चूकती। धक्के मारकर अपने घर से निकाल देती तो उसकी भी समझ में आ जाता कि कमीनगी करने का क्या नतीजा होता है। पर सारंग नैनी तो प्रेम-दीवानी हुई हैं ··· साली! उन्होंने दाँत भींचकर, मुट्ठियाँ कसकर अपने क्रोध को किस-किस तरह काबू में किया, वे ही जान रहे हैं। वे जाकर कोठे में पलिका पर औंधे लेट गए। आँखें मूँदे हुए विष पिए जा रहे हैं ···

सारंग आई है, पाँव की आहट से समझ रहे हैं। चूड़ियाँ भी बज रही हैं।

चुपचाप खड़ी है? खड़ी रह। आँख मिलाने के काबिल है? मगर तभी एक नरम हाथ का स्पर्श! बिलबिला उठे रंजीत और झटक दिया हाथ जैसे बिच्छू रेंगा हो उनके ऊपर।

'यहाँ क्यों पड़ गए? आकर रोटी खा लो। भूख नहीं लगी? दोपहर भी ढल गई।'

मन आया कि कह दें, तेरे हाथ का खाना—विष्ठा खाना! बदजात। जा उसे ही खिला, जिसके संग बैठकर चाय उड़ाई है कल। मेरे संग रहने का पाखंड क्यों पसार रही है। रह भी उसी के साथ। दिल राख हुआ जाता है रंजीत का। समझाने के काबिल भी नहीं रही। उस कुम्हार ने बड़ा पक्का जादू फेंका है।

उस मास्टर को ही दिखा दूँ उसकी औकात? छिनरपना करता है, हमारी बहू-बेटियों से? जूते मारकर इस गाँव से निकाला जाता। वह तो मैंने ही चिट्ठी प्रधान के हाथ में नहीं पकड़ाई। नहीं तो वह हरपरसाद को देकर सबूत के साथ गुलकंदी को भगाने के आरोप में इसकी थाने में रिपोर्ट करवाता।

करवाता? करवाता? रंजीत ने खुद से कई बार पूछा।

और जवाब पाने के पहले ही सारंग से बोले, 'मैं आता हूँ। थाली परसो।'

सारंग भौंचक सी खड़ी है—उठकर बैठ गए रंजीत। और सारंग बाहर निकल गई।

सारंग क्या जाने कि प्रधान ने किन हथकड़ियों में कस लिया है मुझे?

प्रधानजी आजकल बड़ी तमीज से बोलते हैं। रंजीत का मान करते हैं—थानसिंह, कुँवरपाल, हरपरसाद से ज्यादा मान। रंजीत के लिए यह बड़ी बात है। यही प्रधान अब तक उनको घास नहीं डालता था। चीनी का कोटा भी कुँवरपाल को दे दिया था। वे लिहाज कर गए, नहीं तो मन में आया कि साफ कह दें—हमें क्यों बुलाते हो फत्ते भइया? क्यों दिलासा देते हो? चीनी का कोटा, ऋणवाले बाबू की चुटिया तो कुँवरपाल की मुट्ठी में है। पशु अस्पताल का डाक्टर उसे सलाम ठोकता है। पब्लिक का दिल भी वही जीतेगा। चीनी की चाशनी डालकर।

मन में यह भी आया कि प्रधान की पहली औकात इसके मुँह पर ही झाड़ दें। भरतसिंह, तेरा बाप, सारी जाट बिरादरी के पौहे (पशु) चराता था। आज तू प्रधान होकर सोच रहा है कि बीते कल को कौन पहचानेगा? यह बात नहीं, पर हम भी आशा में बिंधे हैं, और आशा बुरी चीज है। क्योंकि तू चुनाव की रणनीति तैयार करने में महारत हासिल कर चुका है। गाँववालों को तेरी चुनौती है कि वे वोट किसी को भी दें, जीत तेरी ही मानी जाएगी।

रंजीत को राकेश के हाथों जल्दी से जल्दी बुलाया था एक दिन। बैठक में भरे लोगों के बीच से उन्हें एकांत में अलग ले गए थे फत्ते प्रधान और बड़े व्यक्तिगत तौर पर अपनेपन में आवाज भिगोकर कहा था, 'रंजीत, इस मास्टर के पास हम लगातार तीन दिन से बराबर जा रहे हैं। पर साला काबू में ही नहीं आता। अर्जी पर दस्तखत तो दूर, उसे देखता तक नहीं। ऐसे तो स्कूल बिल्डिंग के फंड की तारीख निकल जाएगी। यह हमारा बंटाढार करके छोड़ेगा। बड़ी तकलीफ़ की बात है कि ग्राम विकास के ऐसे-ऐसे दुस्मन भी मास्टरी पर तैनात हैं। जनता इनको ईमानदार और सुभचिंतक मानकर बड़ी-बड़ी आसाएँ लगाती है। बताओ कैसा बगुला-भगत है!'

'मैं क्या कर सकता हूँ?' रंजीत ने भोले भाव पूछा।

'थानसिंह का तबादला न हुआ होता तो इसके दाँत कोई देखता? ऊपर से साला वह एस.डी.आई. खरे! इसको कंधे पर धरकर चलता है। सो इसकी गर्दन और अकड़ी रहती है। मन तो आया, कह दूँ थानसिंह से, डोरिया धुन देगा इसे कपास की तरह। पर कुछ सोचकर रह गया। जब तक खरे का इगलास से तबादला नहीं होता, थानसिंह भी विचारा सूली पर लटक रहा है। और यह बेहूदा यहाँ ...'

'हाँ, इसमें क्या शक है,' रंजीत ने सहमति जताई।

'अब रंजीत दारमदार तेरे ऊपर है। समेटो काम को जल्दी से जल्दी। कहने को कोई लम्बा-चौड़ा काम नहीं है। पर यह रूढ़ अटक गया है, सो बड़ी दिक्कत हो गई। मियाद में बँधा बखत न होता तो हवा की तरह दिन भी न उड़ते। वह उल्लू का पट्ठा जिला बेसिक, जब से सो रहा था। ऐन बखत पर बी.डी.ओ. को चेताया है कि अतरपुर के प्रधानजी को खबर कर दो। हम क्या साले पलक झपकते हथेली पर सरसों जमा दें?

भइया, तू झटपट एक अर्जी और लिख, पहले उससे दस्तखत करा, बाद में हम करते रहेंगे। क्योंकि वह हमारे हाथ की अर्जी और हमारे दस्तखत देखकर तो बिगड़े हुए साँड़ की तरह बिदकेगा। नब्बे हजार की बात है। थोड़ी बहुत रकम नहीं।'

रंजीत 'जो आज्ञा है' की मुद्रा में आ गए। लगभग रामभक्त हनुमान की तरह ··· 'फत्ते भइया, मैं पूरी कोशिश करूँगा। संजीवनी सहित पूरा पर्वत उखाड़ लाऊँगा।'

'हमारा नाम मत लेना भइया रंजीत। हमारे नाम से ही उसके पेट में मरोड़ उठेगी।'

'नहीं, तुम्हारा नाम क्यों, सारंग की मंसा भी शामिल कर लूँगा अपने साथ,' रंजीत का तीर निशाने पर लगा—'बस रंजीत, बस। तू ने दाब ली नस। इसे कहते हैं दूरंदेसी अकल। भाई पढ़े-लिखों की बात ही निराली होती है।' फत्तेसिंह बागबाग हैं और उनके खुशनुमा तेवर देखकर रंजीत की बाँछें खिल गई थीं।

ये सब बातें इस समय सोचकर भी उनका मन बदल गया है। क्रोध, गुस्सा और सारंग को पीटने की हद तक चढ़ा जुनून पानी में पड़े नमक की तरह घुल गया।

वे दालान में बिछे बोरे पर परसी हुई थाली के सामने बैठ गए। पानी भरे लोटे में से एक तरफ को मुड़कर हाथ धोए और सारंग से बोले, 'तुम भी खा लेतीं। अब तो साँझ होने को आई। भूख लगी होगी।' सारंग की चिंता है उन्हें।

रंजीत की हुंकार-फुंकार से सारा घर काँप गया था। अब देखो तो, छप्पर पर बैठी तमाम छोटी-छोटी चिड़ियाँ चहक रही हैं। मीठी कचपचाहट—चिं चिं चिं चिं!

सारंग कभी घी से सराबोर करके रोटी थाली में धरती है, कभी कटोरे को खाली होने से पहले ही दाल डालती है। 'दही-बूरा ले आऊँ?' वह डर से मुक्त हुई पूछ रही है।

स्कूल में लालटेन जली हुई है। गाँव भी अँधेरे में डूबा हुआ है, बिजली गुल है। रंजीत को आया देखकर श्रीधर ने हाथ में थमी किताब पास रखे छोटे मूढ़े पर धर दी और कुर्ता ठीक करते हुए उठकर खड़े हो गए—'रंजीत भैया!' श्रीधर जब हँसने लगते हैं तो चेहरे की रौनक देखते ही बनती है। दाँत बहुत सुंदर जो हैं—सफेद-सफेद, अंडी-चियों जैसे। सारंग ठीक ही रीझती है। इस मास्टर पर कौन न रीझ जाए?

रंजीत को आज श्रीधर बहुत प्रिय, दर्शनीय और भरोसेमंद से लग रहे हैं। उनका व्यवहार ही मन मोह ले किसी का। प्रधान भी जानता है कि यह नटवर किसी के बस का नहीं।

जिद करके खाट पर बिठा लिया रंजीत को। खुद अभी तक खड़े हैं अर्दली की तरह।

प्रधान कौन सा भला है। अपना रौब गालिब करना चाहता होगा। नहीं तो श्रीधर की भलमनसाहत में कमी नहीं। लौंगसिरी बीबी जैसी कठोर औरत का दिल जीते बैठा

है, क्या ऐसे ही? विनम्रता की अपनी महिमा है, खाली ठसक का ही बोलबाला नहीं है दुनिया में। जब देखो थानसिंह की ठसक! भला हुआ तबादला होकर चला गया, प्रधान को जोरू की तरह संग लगाए फिरता था।

'भइया, कैसे भूल पड़े?' श्रीधर ने बातचीत को आरंभ किया।

'ऐसे ही मन हो आया कि तुम्हारा हाल लेता चलूँ। सारंग से चिट्ठी ले ली? भाँय-भाँय तो नहीं कर रही थी? बाबरी है, कुछ कह-सुन दिया हो तो मन में मत धरे रहना। हमसे कह लो उसके बदले। बाकी गाँव की हवा आजकल खराब है, समझ तो गए होगे तुम मामले को?'

'हाँ, नहीं! कुछ नहीं भइया!' श्रीधर शर्मिंदा से बोले और किताब को मूढ़े पर से उठाकर उस पर बैठ गए। जैसे उनकी समझ में न आ रहा हो क्या कहें, क्या न कहें?

श्रीधर धरती तक झुका जाता है। तब क्या उतनी सी बात मानेगा नहीं? मनोकामना पूरी होगी जरूर। मना-वना करेगा तो थोड़ी खुशामद कर ली जाएगी। खुशामद से तो सिंदूर पुते पत्थर के हनुमान तक पिघल जाते हैं—लोगों का ख्याल गलत थोड़े ही है? फिर भी थोड़ी झिझक है मन में। कैसे कहें? कहाँ से शुरू करें? शुरुआत ऐसी हो कि ··· श्रीधर के मुँह से किंतु-परंतु न निकल पाए।

'श्रीधर, तुम कुछ कमजोर दिख रहे हो। दूध नहीं पीते? चंदन से मँगा लिया करो। सारंग तो घर के कामों में पागल की तरह लगी रहती है। घर का काम तो था ही, अब मेरे बदले का भी सँभालना पड़ता है। मुझे प्रधान ने जो जुटा लिया है, गाँव के कामों में। सारंग को इस सबसे बड़ी खुशी मिलती है। वह चाहती थी कि मैं गाँव सुधार-विकास के काम में दिलचस्पी रखूँ। चलो उसी की इच्छा पूरी हो। भला काम भला ही होता है,' उन्हें लग रहा है कि वे एक-एक अक्षर सच कह रहे हैं। सचमुच वे सारंग को इसी तरह खुश देखना चाहते हैं। गुस्सा-कोप न जाने कहाँ से आता है? वे तो सारंग को टूटकर चाहनेवाले रंजीत हैं—आज अपनी आत्मा की आवाज सुन रहे हैं वे।

'प्रधान ने कुछ कहा है आपसे?' श्रीधर ने यों ही पूछ लिया।

'प्रधान क्या कहता हमसे?'

'ऐसे ही, पूछ रहा हूँ। कहीं स्कूल बिल्डिंग की बावत ···'

'भला वह क्यों कहेगा हमसे?' कहते-कहते रंजीत ने सही मौका ताड़ लिया।

'हाँ, सारंग जरूर कह रही थी कि स्कूल की नई इमारत बन जाती तो रंग आ जाता गाँव में,' कहते-कहते रंजीत हकला गए। यह क्या? झूठ बोल दिया? क्यों बोल दिया? अगर श्रीधर पूछ बैठा तो? सारंग हाँ कभी नहीं भरेगी, कभी नहीं। पर तीर कमान से निकल चुका। अब अपनी ही जुबान झूठी पड़ती है—लौटते हैं तो।

'नई इमारत! सारंग! बात मेरी समझ में नहीं आई।'

रंजीत का कलेजा जोर-जोर से धड़क उठा।

लालटेन की बत्ती को ऊँचा करके कमरे में तेज रोशनी करना चाहते हैं श्रीधर।

उन्होंने बत्ती का पेच दाईं ओर घुमाया, 'अर्जी पर दस्तखत करने होंगे मुझे?'

'हाँ श्रीधर!' रंजीत का मुँह जरा नीचे हो गया।

'लाओ इधर।'

उनसे देते नहीं बन रहा। कागज निकालने के लिए हाथ जेब में डाला था, मगर ··· कोशिश करके हाथ में कागज थमाया।

श्रीधर कागज देखकर हँस पड़े। देर तक हँसी कमरे में खनकती रही। रंजीत को उस हँसी से डर सा लगने लगा।

'भइया, तुम प्रधान की आज्ञा का उल्लंघन करना नहीं चाहते, वरना मंशा तुम्हारी न सारंग की। चुनाव तक तुमको ऐसी ही परीक्षाएँ देनी पड़ेंगी और खुद की क्षमता को चोटी तक लाकर दिखाना होगा ··· फिर भी सुफल मिलेगा या नहीं?'

रंजीत झेंप गए। झेंप गए और क्रोध भी आया भीतर ही भीतर। यह हमको हँस-हँसकर बहला रहा है, या हमारा ही मखौल उड़ा रहा है? अभी तक जताई सारी विनम्रता धो-पोंछ डाली और आ गया अपनी जात पर! यह सोचते-सोचते दो क्षण तक जवाब नहीं दे पाए रंजीत।

मगर जवाब दें कि तुम दस्तखत नहीं करोगे तो कुफल को तैयार हो जाओ। नहीं, ऐसा वे कर नहीं सकते। ऐसा करेंगे तो काम बिगड़ेगा ही। काम बिगाड़ने नहीं आए। धीरज छोड़कर हासिल भी क्या होना है?

'श्रीधर, हम बड़ी उम्मीद लेकर आए हैं। साली दरख्वास्त पर दस्तखत हों न हों, पर हमको इतना भरोसा जरूर था कि तुम हमारी बात रख लोगे। प्रधान हमें क्या देगा? क्या दे सकता है? हमें अपनी योग्यता किसी के आगे सिद्ध करने की जरूरत है? हम तो यह चाहते हैं कि एक बार इनको इनसानियत का मर्म समझा दें कि देखो जो काम तुम प्रधान की गद्दी पर बैठकर नहीं करवा पाए, वह हमारी मेल-मोहब्बत से संभव हो गया। कि देखो, श्रीधर तुम्हारे रौब-रुतवे को ठोकर पर गिनता है, वह तो प्रेमभाव के हाथ मोल बिका है। कि मास्टर को तुम धौंस दिखाकर हिला तक न पाओगे, उखाड़ने की क्या सोचते हो? कि उसे तुम्हारे और तुम्हारे पिट्ठुओं का कोई डर नहीं। सच श्रीधर, ये बातें सिद्ध करने के लिए हमारा मन छटपटाता है। हरपरसाद, जो तुम्हें गिरफ्तार कराने के मंसूबे बाँध रहा है, उसको मुँह के बल पटकने का सपना देखते हैं हम आजकल।'

'रंजीत भइया, हम तुम्हारे कदमों में झुक सकते हैं,' कहकर श्रीधर ने उनके पाँवों की ओर हाथ बढ़ाया।

'श्रीधर तुम्हारी यह सादगी ही वशीकरण मंत्र है। कोई भी तुम्हारा गुलाम हो सकता है।'

श्रीधर चुप हैं। उनका चेहरा उदास, और उदास होता चला जा रहा है।

'रंजीत भइया, तुम प्रधान के चक्कर में मत पड़ो। इसमें जरूर कोई पेच है। वे उस्ताद आदमी हैं और आप एक राह के चले। खामख्वाह फाँस लिया है आपको।'

रंजीत का दिल डूबने लगा। स्याही सी छाने लगी गोरे चेहरे पर।

'मैं इसलिए कह रहा हूँ कि आप सच्चे और न्यायप्रिय आदमी हैं।'

रंजीत यकायक दाँत किटकिटाकर रह गए—मुझे नसीहत मत दो। मैं जानता हूँ, मुझे न्याय करना है या अन्याय? पर तुम अपनी फुफकार मारकर यह सोचो कि हर किसी को डस लोगे, सो भूल जाओ। हम भी ऐसा कीलेंगे कि ··· खुदा समझ बैठे हो अपने आपको?

बोले केवल एक वाक्य, 'अच्छा, तुम्हारी राजी रही। मत करो दस्तखत। कोई जबरदस्ती नहीं। मैं भला किस हैसियत से तुम्हारे ऊपर दबाव डाल सकता हूँ?'

'भइया, बात केवल तुम्हारी होती, तो मेरी जान हाजिर थी, लेकिन इसमें जो लच्छे हैं, उलझाव हैं, उनको मैं जानते हुए भी तुम्हें नहीं बताना चाहता।'

रंजीत उठे और चलने लगे। अचानक पलटकर बोले, 'मुझे किसी की जान चाहिए न ईमान। मैं किसी को भ्रष्ट क्यों करूँगा भला? धर्म की बात तुम ही अकेले जानते हो, इस भ्रम में मत रहो।' ये वाक्य उन्होंने टूटती हुई आवाज में कहे और ढहनाते से आगे बढ़ चले।

श्रीधर लालटेन लिए बाहर निकले कि रंजीत भइया की राह में जहाँ तक उजाला कर सकें, करें।··· लेकिन प्रधान की बैठक की ओर मुड़ गए जिधर रात के समय महफिल···

पढ़े-लिखे रंजीत से बड़ी-बड़ी आशाएँ जोड़ी हैं बाबा ने। बड़े-बड़े सपने देखे हैं। उनका रंजीत नौकरपेशा न सही, गाँव का बड़ा किसान बन गया है। गाँव के लोग उससे राय-मशवरा माँगने आते हैं। मुखिया नहीं है, फिर भी मुखिया की तरह पूछते हैं, क्योंकि वह पढ़ा लिखा है—ज्ञान-ध्यान की बातें जानता है। कृषि संबंधी किताबें पढ़ता है। जो बातें गाँववाले अपने इस जन्म में नहीं सुन-समझ सकते, उन बातों को जेहन में समोए बैठा है रंजीत। निकालेगा तो अज्ञानों की झोली भर देगा। उन्हें जीने की सही राह दिखा देगा। मन ही मन कुम्हार की तरह एक अलग किस्म का बासन रंजीत के रूप में गढ़ा है बाबा ने। वह सबकी पीरें, सबके दुख अपने घर में धरकर उनको दिलासा देगा, गैल सुझाएगा। इस बज्र देहात में जुल्म और अत्याचारों की नींव हिला देगा।

बाबा के सपने महज सपने की तरह ही टूट गए। जब देखा कि भँवर और कुँवरपाल चमार रंजीत को सहारा देकर ला रहे हैं। आधी रात से ज्यादा की वेला थी। बाबा जागे हुए थे। उनकी आँखों में तब तक नींद यों भी नहीं आती, जब तक कि रंजीत न आ जाएँ।

बल्ब के उजाले में साफ दिखाई देता है—शराब में धुत हैं रंजीत।

रंजीत की निकली हुई आँखें, लकड़ाती हुई जुबान, लँगड़ाते हुए बोल और लस्त पाँव-हाथ ··· काश, साधजी की तरह उनकी आँखों में भी मोतियाबिंद उतर आता तो वे अपने

बेटे की यह दुर्दशा केवल सुनते भर। अविश्वास भी कर सकते थे, देखते तो नहीं। बाबा की आँखें कौड़ी की तरह खुली हैं। उनके चेहरे पर पत्थर की सी कठोरता ···

'द्वार की साँकल मत खटकाना रे भँवर। इसको यहीं बैठक में खाट बिछाकर लिटा दे। बहू इस नसा के मारे को सँभाल नहीं पाएगी। और तू यहीं रुक।'

रंजीत सोते नहीं, उठ-उठकर बैठने लगते हैं। लगातार बोल रहे हैं—

'भँवर ··· इस मास्टर-को-तूने-बताया-नहीं कि—हम किसी का माल नहीं मारते। हमने अपने चाचा को अपने खेत में से खेत दिया है। कोई बाँट देगा दूर के चाचा को अपनी जायदाद? श्रीधर का बच्चा! कहता है दस्तखत नहीं करूँगा / नहीं करूँगा / नहीं करूँगा। साला नीच जात। उल्लू का पट्ठा।' ये वाक्य उन्होंने तोड़-तोड़कर, किर्च-किर्च शब्दों में कहे।

बाबा का दिल पहले ही खौल रहा था, उफन पड़े, 'चुप रह कपूत।'

'भँवर, दादा कपूत कह रहे हैं। कपूत। कपूत। कपूत। मैं कपूत हूँ? हूँ भँवर ···' कहकर हँस दिए रंजीत। बड़ी घिनौनी सी हँसी। बाबा ने मुँह फेर लिया।

'वो है न, वो तेरी भाभी। सारंग नैनी। सारंग नैनी, साले उस मास्टर को भगवान मानती है। पूजती है। पूज। वह बाम्हन बनकर पुजना चाहता है। यही एक ख्वाइश है उसकी। अपनी भाभी से कह देना भँवर, उसे घी-गुड़ से पूज दे।'

'भँवर, यह मास्टर युवा शक्ति का दुश्मन है। दुश्मन। दुश्मन। दुश्मन। हंस के वेश में बगुला। बगुला जानता है न तू? बगुला। पर इस उल्लू को कौन समझाए, समझाए कि हमारे संकल्प भी कच्चे नहीं। नहीं हैं न भँवर? आज तू इस ओसारे में कितने दिन बाद आया है! चल आ गया। नाराज हो गया था?' वाक्यों के खंड-खंड हो रहे हैं।

'दादा, मालूम है प्रधान की पदवी कितनी बड़ी होती है? भारत के प्रधानमंत्री से भी बड़ी। पर दादा, साले मास्टर ने कबाड़ा कर दिया। प्रधान कहता था रंजीत, सत्ता और मछली बड़ी चिकनी चीजें हैं, औरत की तरह चिकनी! हाथ से फिसल जायँ तो बड़ी मुश्किल से हाथ आती हैं।' जुबान की लड़खड़ाहट ने इन बातों को वीभत्स बना डाला।

बाबा बंद बैठक के भीतर चिंघाड़े, 'रंजीता के बच्चे! साले ज्यादा बक्क-बक्क करी तो लट्ठ के मारे खोपड़ी फोड़ दूँगा,' और वे अर्रा पड़े बेटे के ऊपर। भँवर ने रोके किसी तरह।

बाबा और भँवर का ख्याल है कि सारंग सो रही है। लेकिन घर की किवाड़ों के पीछे चूड़ियों की छनछनाहट ··· एक औरत सीने में साँसें रोके किवाड़ों के पीछे खड़ी है। पति का यह हाल! उसका जीना-मरना बराबर हो गया।

ये वही रंजीत हैं, जो कहते थे—बहादुरी और चतुराई की परख विपत्ति के समय होती है, हमको प्रधान ने खूब परख लिया है। कुँवरपाल को चीनी का कोटा सँभलवाकर फत्तेसिंह प्रधान खुद पछता रहे हैं, वह साला खुद को चीनी गोदामों का मालिक समझ रहा है। साला कुत्ता! सारंग, तुमने पढ़ी होगी वह कहावत कि कुत्ते को थोड़ी सी मांस-मज्जा

लगी हड्डी मिल गई, बस हो गया निहाल। शेर तो पूरा का पूरा सियार पाकर भी हाथी के शिकार को निकल पड़ता है। अपना-अपना स्वभाव है। आज स्वभाव को क्या हुआ?

सारंग ठंडी साँसें भरती है। श्रीधर ने स्कूल बिल्डिंग की रकमवाली अर्जी पर दस्तखत नहीं किए। रंजीत घबरा गए। घबराकर नशा कर बैठे! ऐसे कैसे चलेगा? रंजीत, तुमको मैं गलत नहीं कहती। तुम प्रधान को खुश करने में लगे हो क्योंकि तुम्हें किसी भी तरह प्रधानी लेनी है। तुम नहीं चाहते कि कुँवरपाल का भाई तुम्हारे संग पढ़कर ही सरकारी तौर पर इतनी ऊँची पदवी ले गया, अब कुँवरपाल प्रधानी भी छीन ले जाए। श्रीधर इस बात को नहीं समझते कि रंजीत किसी का बुरा नहीं चाह रहे। उन्हें पूरी तरह यह भी नहीं पता कि रुपया कब मिलेगा? वे तो इस गाँव की निगाह में दो अंगुल ऊँचा उठना चाहते हैं। लेकिन मुझे गुस्सा आता है। मेरी बरबादी का कारण रंजीत ही हैं, जिनको अपने आपको तक साधना नहीं आता! भगवन् मैं क्या करूँ? मेरी बात सुनते नहीं···

'बदफरोस! हरामखोर! चुप नहीं होगा?' बाबा की झल्लाहट भरी चिंघाड़!

सारंग रात भर किवाड़ों पर टँगी रही है।

आसमान से अँधेरा हटने लगा। तारे फीके से हो आए। उसने किवाड़ें खोलीं।

बाबा ने तड़ातड़ जूता बजाना शुरू कर दिया—

'साले, तू सोच रहा है, तेरी हरकत आज मालूम हुई है मुझे? मैं तो यह देख रहा था कि अब सुधरे, अब सुधरे। पर तू ऽ ऽ ऽ, तू ऽ ऽ ऽ ···' बाबा अपनी पनही से पीटने लगे—ताड़! ताड़! ताड़! 'भँवर कहाँ गया?'

'बाबा ऽ ऽ ऽ ··· बाबा! बाबा ऽ ऽ ऽ ··· ' सारंग रोती हुई दौड़ी।

रंजीत का सिर सारंग के सामने झुक गया, 'अब नहीं, अब नहीं पिऊँगा दादा,' कहते-कहते गला रुँध आया।

बाबा ने जैसे ही जूता उछाला, सारंग ने अपनी देह रंजीत के ऊपर औंधा दी।

बाबा हाँफते हुए अलग हट गए।

'वादा! सौगंध! कौल-करार! इन पछतावों से गलती नहीं सुधरती बेटा ··· सोहबत और उठने-बैठने का बहाना भी मैं नहीं मानता। अपनी लतों को किसी बहाने पर खड़ा करो सो बेकार। तुम कह सकते हो कि मैं हुक्का-तमाकू ··· हाँ-हाँ, अपनी तलब के लिए पीता हूँ, पर ऐसे गैरहोस होकर किसी के कंधे पर लदकर नहीं आता। तुम्हारी सोहबत तुम्हारे लिए नरक हो जाय, तो वह किस काम की? दारू पी-पिलाकर वोटों की चाहत है तुमको? तुमसे ज्यादा बड़ा मूरख कौन?'

'लोग कहते हैं, संत-महंत होकर तुमको क्या मिला रंजीत?' वे धीरे से बोले।

'रंजीत, भगवान बन में जाकर जीत हासिल करके आए थे। महातमाजी ने सुराज की जंग किसी गद्दी पर बैठकर नहीं जीती थी। हम तो ऐसे ही लोगों से नसीहत लेते हैं बेटा,' बाबा का गला रुँध आया। रंजीत की बाँह पकड़ ली, लगभग रोते हुए, 'तू दलवीरा मत बने रे ··· मैं अकेला रह जाऊँगा ··· निपट अकेला ऽ ऽ ऽ!'

बारह

शेरअली का बड़ा भाई बेरअली इगलास में *अमर उजाला* की एक सनसनी खेज खबर ले आया—आनेवाले महीनों में पंचायती चुनाव।

पंद्रह वर्षीय लड़के के मुँह से निकली बात गाँव में ऐसे फिर गई जैसे दही की मटकिया में मथनी। गड्डमड्ड हो गए कई लोगों के कलेजे।

कहाँ है बेरअली? शहजादी बुआ के गाँव चला गया। शेरअली अब तक इस वाक्य को पंद्रह बार बोल चुका है, गिनकर।

गावँ के उन घरों में *अमर उजाला* खखोला गया, जहाँ अखबार पढ़नेवाले सजग लोग हैं। मगर कहाँ आया है अखबार? आज तो अखबार छपा ही नहीं।

फिर बेरअली कहाँ से पढ़ आया? इस बात से सिर लड़ाने में कोई फायदा नहीं। अखबार में छपी बात झूठ नहीं हो सकती—एक लिखा सौ बका। गाँव के लोग छपी इबारत में अटूट विश्वास रखते हैं। नतीजन अब तक गुड़-गन्ने की धुआँधार बिक्री चल रही थी, किसानों के मन दो कदम पीछे हट गए। चुनाव गन्ने से ज्यादा रसदार और प्रभावशाली मुद्दा है।

मंसूबों ने सिर उठाया। अटकलें चल निकलीं। योजनाएँ बनने लगीं।

—भाई ऐसा आदमी खड़ा होना चाहिए, जो सारे काम अपने कंधों पर उठाकर चले। सरकारी योजनाओं के तहत अपने दस्तखत से ऋण लेकर किसानों के हाथ पर धर दे।

—घूँस-पत्तर का सफाया करो।

—नहीं जी, फलाँ तो पूरा पाकिटमार है। चमचम-बालूसाही खाने की लत लगी है बेचारे को। कई साल प्रधानी करते हो गई, रोटी का टैस्ट भूल गया है।

—अलाँ को खड़ा करना चाहिए, जाति के बाम्हन, हर दूसरे दिन बरत।

—हम तो नाम लेकर कहते हैं भवानीदास क्या किसी से बुरे हैं; शक्कर की बीमारी है, चमचम देखें न बालूसाही। केला की गहर तक को हाथ नहीं लगाते। चना भले चाब लें।

—बेचारे रामजी बाम्हन! प्रधान बनने की लालसा में बूढ़े हुए जा रहे हैं, मूँछें सफेद हो गईं, सो मुड़वा दीं कि कहीं लोग बुढ़ापे के कारण उन्हें खारिज न कर दें।

चुनाव माने दंगल! ऐसा दंगल जिसमें गाँव के हर आदमी को कुश्ती लड़नी है। पैंतरे पर पैंतरा, दाँव पर दाँव लगाने की जुगत में अलावों को घेरे रहते हैं लोग—आधी-आधी रात तक ...

—चरनसिंह बौहरे! उनकी आँख में मोतियाबिंद बताया है। फत्ते ने पन्ना के बाप को अभी-अभी मोतियाबिंद के कारण सदस्य की गद्दी से उतारकर बरखास किया है, अँगूठा कागज के नीचे धरती पर टीप देता था।

पिछली बेर क्यों हारे रामजी बाम्हन?

फत्तेसिंह वोटरों को पहले ही समेट ले गया था दाऊजी के दर्सनों को—तुर्क आदमी! सिनेमा लगी बस में बैठकर लोग चक्क हो गए। गर्मी के मौसम में बस सिमला पहाड़। तोफा तेलिन को निमोनिया हो गया, पसलियाँ चढ़ गईं। पर तोफा ने लोगों के संग दाऊजी को भूल फत्ते के जैकारे डटकर बोले। चुनाव चिह्न—लोटा लोटा लोटा। और लौटकर बस सीधी जा लगाई पोलिंग बूथ पर। तीरथयातरी कैदियों की तरह सीधे लैन लगाकर घुसा दिए भीतर। आदमी का मन बदलते देर लगती है भला? नाते-रिश्तेदार ही आँखों में भरमा लें। पालिटिक्स में भाई बड़ी सावधानी बरतनी पड़ती है।

गंगाराम जाट ने मरवाया रामजी बाम्हन को। बेचारे कानों की लवों पर चंदन पोते रह गए।

साला दारूखोर! रामजी आज भी गाली देकर बताते हैं—बोतल का सौकीन आदमी अपनी अम्मा का सगा हो न लुगाई का। फत्ते ने तो दारू के बम्बे खोल दिए। झिककर पियो। पेट भरकर खाओ। चुनाव के एक दिन पहले तो पूरी रात चली। गंगाराम का गिलास खाली नहीं होने दिया। सबेरे ग्यारह बजे तक उसका दिमाक चक्कड़ खा गया। गुट के लोग पूछें, वोट किसको देने हैं गंगाराम भइया, तो बोले नहीं, बस फत्ते की ओर हाथ करे। लोग समझे वह फत्ते को वोट देने की कह रहा है, पर वह तो शराब माँग रहा था। हालत यह हुई कि धोती में ही पेसाब उतर गया। सरम के मारे वोट देने तक नहीं उठा।

रामजी बाम्हन आज भी हथेली धरती पर मारकर कहते हैं—'गंगाराम होस में होता तो फत्ते जीत नहीं सकता था। वह तो उसे धोखे में डाले रहा। जब जरा होस आया तो दरियाफ्त की कि वोट कब पड़ेंगे भइया? हमारे आदमी? फत्ते का पूत हुकमा पूरा जनखा। लुगाई की तरह उसको बाँहों में भरकर कहता—चाचा, अभी अहलकार नहीं आए। पेटियाँ तक नहीं धरी गईं। एक गिलास और। दोपहर तक एकदम गैरहोस हो गया गंगाराम।'

'होस आया तब तक चिड़ियाँ चुग गईं खेत—हा हा हा हा!' फूलसिंह चुटकी बजाकर हँसते हैं। वहाँ बैठे लोग दिल खोलकर हँस पड़े। 'किसी की गिरती में सबको खुशी मिलती है, और करो हा हा हा हा!'—रामजी बाम्हन खिसियाकर कहते हैं।

'फूलसिंह, तुम नहीं चले गए थे, कुँवरपाल चमार के संग वैष्णोदेवी की जात के लिए?' अपनी खिसियाहट कैसे उतारें रामजी बाम्हन?

'हम क्या, तुम्हारे गाँव के तमाम आदमी गए थे। मनोहर साला वैसे तो जाति-जाति का जाप करता रहता है और मैटाडोर में कूदकर बैठ गया—मुफत का चंदन, घिस मेरे नंदन।'

'तब ही तो कुँवरपाल आज भी ऊँची कौम का मांजना (घमंड) झाड़ देता है। छोटी कौम होकर उसने बाम्हन-जाटों के जनम में थूक दिया।'

कुँवरपालवाली वह घटना बहुतों के कलेजे में कसकती है। कहता था—गाजियाबाद

में नाश्ता-पानी का इन्तजाम किया है—उसके कलक्टर भाई पदमसिंह ने। बँगला भी देख आना। मंदिर देखना आसान है, कलक्टर के बँगले में कौन घुसने देगा गाँव के धुर्रों को? मैटाडोर बुलंदशहर से आगे बढ़ी। सिकन्दराबाद आया। लौंगसिरी बीबी के रामकन्हैया ने अखबार ले लिया एक रुपया खर्च करके। अखबार देखा कि परलय हो गई—उत्तरप्रदेश में ग्राम पंचायत के चुनाव स्थगित। कुँवरपाल को किसी के बाप का डर नहीं। उसने तुरन्त ड्राइवर से कहा—गाड़ी वापिस लौटाओ जी। हो गए देवीजी के दर्शन।

'तेरा सत्यानास जाय ढेड़ के,' लोगों ने फुसफसाकर गाली दी। 'गाली कोई मत दो हमको, नहीं बीच रास्ते उतार देंगे, हाँ।' कुँवरपाल ने पूरे समुदाय को सुना दिया।

भँवर ने तीर्थयात्रियों की खूब मखौल उड़ाई, 'कुँवरपाल बहुत अक्लमंद है। उसे मालूम है बिकनेवालों को चाहे जब खरीद लो। अब फिर तैयार रहना, सीधा जगन्नाथ धाम ले जाएगा।'

आजकल रंजीत अपने ओसारे में जाजिम डालकर चार-छः आदमियों को जोड़ लेते हैं। उनके बीच खुद पाल्थी लगाकर बैठ जाते हैं—देखो भाइयो, अगर तुमको प्रधान के कर्तव्यों के बारे में मालूम नहीं है, तो चुनाव में अपना वोट देकर गाँव के साथ गद्दारी मत करो। प्रधान का पद मामूली चीज नहीं है।

झज्जू, भँवर, फूलसिंह, चरनसिंह बौहरे, रामचंद आदि के साथ धुंधी जाट का पूरा मोहल्ला आ जुड़ता है—क्या हो रहा है भाई, देखें तो सही। 'चुनाव के पहले की रहरसल,' लोगों के बीच से कोई बोलता है। 'रहरसल! क्या स्वाँग करना है? स्वाँग, जिंदगी ही स्वाँग है,' झज्जू दार्शनिक अंदाज में कहता है।

'मेरा मतलब है प्रधान को मन-वचन-कर्म से अपनी जनता के बारे में सोचना चाहिए। पर ऐसे प्रधान कितने होते हैं?' रंजीत ने लोगों को संबोधित किया।

'भइया, तुम भी खड़े होने की सोच रहे हो क्या? क्योंकि पिछली बार फत्तेसिंह ने भी बिलकुल यही बात कही थी।'

'मेरे भाइयों का क्या बना? जिन्होंने मुझे इस पद के लिए चुना है, उनकी समस्या, उनकी परेशानी को किस हद तक हल किया है मैंने?' रंजीत ने दूसरी पंक्ति कही।

'हूबहू नकल उतार दी तुमने तो। झज्जू सच्ची कह रहा था, स्वाँग कर रहे हो तुम।'

'कौन है यह? सभा को संबोधित नहीं करने दे रहा?'

'मैं जानता हूँ, ऐसी बाधाएँ आती रहती हैं। कोई बात नहीं, जनता को बोलने का सदा अधिकार मिलना चाहिए। इसी तरह बेझिझक होकर अपनी आवाज उठाओ।'

'पहले तुम बन तो जाओ,' पीछे से ठहाका ···

'गंगाराम की यही आदत बुरी है। सदा असगुन की बात बोलेगा। किसी का भला होते देख नहीं सकता। इसे ही कहा जाता है—जरेंटा। पिछली बार दारू पीकर सब गुड़गोबर

कर दिया था। अब की भी कोई ऐसी ही गपड़चौथ ...'

'नहीं-नहीं, गंगाराम भइया को दोष मत दो साथियो। उनकी मंशा किसी के साथ धोखेबाजी करने की नहीं थी, उलटा उनके साथ ही धोखा किया गया।' रंजीत दुश्मन को भी दोस्त बनाने की विद्या सीख चुके हैं। गंगाराम मुँह फाड़कर देखता रह गया।

'रंजीत, यार तूने तो मुझे साँची कायल कर दिया,' गंगाराम का दिल पिघल आया।

मैं समझूँगा, मेरे भाइयों ने मुझे वोट नहीं दिए, प्यार और विश्वास दिया है। उनके दिए भरोसे को मैं अपनी जान पर खेलकर निभाऊँगा।'

'भाई वाह!' दरियावसिंह बोलकर देर तक अपनी बाँह ऊपर उठाए रहे।

'जो हक मुझे मिलेगा, वह मेरे कर्तव्य को समर्पित होगा। लोभ-लालच के कीटाणु भ्रष्टाचार को जन्म देते हैं। किसानों को ठगने के हथकंडे सरकारी गुलामों ने बना रखे हैं। उनके बहकावे में मुझे आना है न तुम लोगों को आने देना है। खाद और बीज भंडार हमारे हैं। स्कूल और डाकघर, पुल, सड़क, बम्बा नहरें हमारी अमानत हैं, हमारी। अफसर लोग तो केवल इन्हें मुहैया कराने भर के जरिये मात्र हैं।' रंजीत उत्तेजना में गला खोलकर बोल रहे हैं।

'ऐं भइया, रंजीत कैसे उखड़ रहा है? किसी से रार-टंटा?'

'भासन दे रहा है, भासन। देख लो अपने गाँव का आदमी कजरौठ के एमैले जी से ज्यादा जोर से चिल्लाकर भासन दे सकता है। आगे एमैले भी बन सकता है।'

'भली करी,' मानसिंह ने उजबक की तरह देखकर कहा।

'भली करी! सुसर कुछ समझें न बूझें। यहाँ ठाड़े देख रहे हैं, हाथ में लट्ठ लिए। बैठ जाओ बैठना है तो,' दरियाव ने मानसिंह को घुड़क दिया। 'नाहीं तो अपना रस्ता देखो।'

रंजीत ने बाँहे आगे करके दोनों हथेलियाँ दिखाईं—'शांत, शांत।'

आगे कहा—'गाँव की उन्नति सचमुच प्रधान के दिमाग की उपज होती है।' इतना ही बोल पाए थे रंजीत कि पीछे से दो लड़कों की लहराती हुई हँसी ...

'कौन है यह? ठिलठिला रहा है बेमतलब में। सभा में ऐसों का क्या काम? लुंगा साले! लियाकत नहीं बेतमीजों में,' कहकर एक नजर दरियावसिंह ने गंगाराम पर डाली इसी अर्थ में। गंगाराम अपने जनेऊ चढ़े मैले दाँतों की दरारों को नीम की सूखी सींक से खरोंचने में लगा था। दरियाव की बात सुनकर बोला, 'मेरी ओर क्या देख रहा है? पीछे देख, हँस रहा है तेरा ही पूत।'

भीमा जाट ने अपनी काली खुरदरी बाँह उठाकर एक गुहार की, 'भइया रंजीत, मेरी भैंस मेंड़ पर चर रही थी और मनसींगा उसे काँजीहौद में लगा आया है। कुछ न्याय है इस बात का?'

दरियावसिंह आज की सभा के सैक्रेटरी है; यह ऐलान झज्जू पहले ही कर चुका है। अतः बेप्रसंग बातों को वे अपने मोटे-मोटे होंठ उठाकर तुरंत खारिज कर देते हैं,

'भैंस का न्याय-काज चुनाव के बाद होगा। आज तो आप लोग बस गिराम-पंचायत के प्रधान की बावत बात कर सकते हैं।'

रंजीत ठुकराए हुए लोगों को उठाने का वचन देना चाहते हैं। भीमा जाट की ओर मुखातिब होकर बोले, 'भीमा चाचा, सभा के बाद मैं तुम्हारे संग चलूँगा। इगलास चलकर देखेंगे, क्या हो सकता है?'

'हाँ देख लो अब। सोच-समझकर वोट डालना। ऐसा आदमी लाना है, जो भीमा जैसे असहायों के संग चल दे। बेपढ़ों को तो ऐलकार घुड़की देकर भगा देते हैं। आई बात समझ में?' दरियावसिंह जोश में हैं। क्यों न हों? फत्ते ने अपने हुकमा की सगाई उनकी साली से करने की बात पर गौर नहीं किया। वे अपनी ससुराल में मुँह दिखाने के काबिल नहीं रहे। 'साला फत्ते! प्रधान के नशे में चूर है! हम उसके घमंड को मोतीचूर के लड्डू की तरह फोड़कर मिट्टी में मिला देंगे।'

झज्जू बोला, 'कुँवरपाल नाग है पूरा। साला चीनी नहीं, गाँव में रंजीत भइया के खिलाफ विष बाँट रहा है। कहता है, चासनी की नदियाँ बहा दूँगा अतरपुर में। सातो जात भागी जा रही है उसके दरवज्जे पर चीनी तुलाने। साला बेईमान! ईमानदार बनकर दिखा रहा है!'

रंजीत समझ रहे हैं—झज्जू कुँवरपाल से खार खाता है। दोनों छोटी कौम के हैं। झज्जू खुद को कुँवरपाल से चार हाथ ऊपर मानता है। पद रचनेवाला और पक्के मकान चिन लेनेवाला झज्जू जैसा कलाकार और कहाँ अँखमिच्चा कुँवरपाल, जो अपने भाई की कलक्टरी हैसियत सुनाकर प्रधान की बगल में घुस गया है।

'मैंने तो कह दिया भइया, साले तू कुछ भी बन जा, फत्ते का पाँव-चट्टू ही रहेगा। सुनते ही बोला कि हम प्रधान के पाँव-चटुआ हैं, और रहेंगे। पर तेरे जैसे भडुओं से फिर भी अच्छे। मास्टर का दूत बनकर मैं उसे किलोलें तो नहीं करा रहा?' झज्जू कहकर रंजीत का मुँह देखने लगा। 'लाज-लिहाज भी धोकर पी गया! हमसे नहीं सुनी जाती भइया ···'

कभी-कभी हमदर्दी कितनी नुकीली होती है। कलेजा के आरपार हो गए झज्जू के बैन ··· इशारा सारंग की ओर है, रंजीत क्या समझते नहीं? वे बिलबिला कर रह गए। समय कितना नाजुक है! इस वक्त कुछ कहने-सुनने से सारी हवा बिगड़ जाएगी। अपना दामन कुचलवाकर कुछ हासिल न होगा। लोगों को बात ले उड़ने का मौका मिल जाएगा। फत्ते भी दाँत निकाल देगा कि रंजीत, गाँव में तो तुम्हारी अच्छी फजीहत हो रही है, जीतोगे कैसे? हमारे वोट और बेकार कर दोगे।

रंजीत का सितारा जगमगा रहा है।

'प्रधान मीठे मुँह का है। डोरिया और थानसिंह के खिलाफ हाईकोट में अर्जी देने

से रंजीत को रोक ही लिया।' इस बात को सुनते ही रंजीत भड़क उठते हैं—'दीवानी-फौजदारी करते-करते ही तो गाँव का आदमी बरबाद होता रहता है। रंजिश को रबड़ की तरह खींचने से क्या फायदा? फिर हममें और कुबड्डों में भेद ही क्या रहा? लोगों को तमाशा देखे बिना चैन नहीं पड़ता तो हम ही मिले हैं लट्टू की तरह घुमाने को?'

प्रधान मूढ़े पर बैठे रंजीत को एकटक देखते हैं। वे क्षण भर रुककर कहते हैं, 'मूरख लोगों की कमी नहीं है दुनिया में। पन्ना को देख लिया? अभी तुम्हारे सामने ही उठाया है। जिद ठान रहा है कि बाप मर गए हैं तो तेरहीं में मालपुआ ही करूँगा। तुम पइसा नहीं लगाओगे तो लाला से कर्ज लाऊँगा। बात की घुंडी तुम्हारी समझ में आ गई होगी अब तो। साले बनिया हमें चैन से जीने नहीं देंगे। लाला के तो दोनों हाथों में लड्डू हैं—मूढ़मति पन्ना भी खुश, ब्याज अलग मिलेगा। गाँव के नादीदे लोग भवानीदास को वाहवाही देंगे कि मालपुओं का भूला हुआ स्वाद चखा दिया। बनिया पन्ना को भी हमसे फोड़ लेगा। मैंने तो कह दिया कि साले, तू आँखों में पाव सेर काजल आँजकर रोज यहाँ आ बैठता है, अपना भला-बुरा नहीं देखता? यह पीतल की मूठ लगी चिकनी लठिया, जिसका तुझे बल है, भवानीदास ब्याज में भी नहीं लेगा कुत्ता मारने के लिए। चार बीघा खेत है, उसे छीने लेगा और तुझे बना देगा भिखारी।'

रंजीत आश्चर्य में है, और प्रधान के प्रति उनकी आँखों में निजीपन का भाव बड़े वेग से उभरा। सचमुच, फत्ते भइया, बनियों से कैसे-कैसे पार पा रहे हैं।

'छोड़ो इन बातों को। चलो कुछ काम की बातें हो जाएँ।' फत्तेसिंह ने मलालवाली बात बड़ी आसानी से परे फेंक दी। वे बीड़ी के लम्बे-लम्बे कश लेते हैं। जाँघ पर हाथ फेरते जाते हैं। सोच की मुद्रा में यह सब करते हैं फत्ते भइया, रंजीत जानते हैं।

'मेहनत कभी अकारथ नहीं जाती। यहाँ देर है अंधेर नहीं।' प्रधानजी के सूक्त वाक्यों को किस छोर से जोड़ें रंजीत, समझ में नहीं आया। मगर वे कृतज्ञता से आधे झुक आए।

'हमें तुम पर पूरा भरोसा है रंजीत।' फत्तेसिंह अब तू की जगह रंजीत से तुम का व्यवहार करने लगे हैं। बीड़ी को पूरी तरह सूँतकर उन्होंने टोंटा एक ओर फेंक दिया।

'देखो रंजीत, तुम पढ़े-लिखे हो। अंगरेजी किताबों से लेकर अखबार तक रोज बाँचते हो। गाँव को नई दुनियाँ में ले जा सकते हो। योग्य हो। अरे इगलास-हाथरस में ही कौन से आँकला वजीर हैं? साले सड़क-मोटरों के ऊपर बाबू बने बैठे हैं। इसी को कोई उनकी योग्यता कहे तो बेवकूफी है। पतलून पहनने से आदमी पढ़ा-लिखा हो जाता तो अपने गाँव का मिस्सी भंगी आज सबसे बड़ा बिदवान होता । अलीगढ़ में मैला-गाड़ी हाँकता है। गाँव में सफारी पहनकर आता है। कान पर टिरांजिस्टर लगा रहता है। तुममें मुझे यही सबसे बड़ा गुण दिखाई दिया कि इतनी योग्यता हासिल करके भी गर्व न गुमान। मोटा खाना, मोटा पहनना। धूल-माँटी से परहेज नहीं। ऐसे लोगों को ही नेता होना चाहिए। हमारा बस चले तो तुम्हें जिला पंचायत का चुनाव लड़वा दें।'

प्रधान की बातें कि शहद की धार! रंजीत मंत्रमुग्ध से देखते रह गए फत्तेसिंह की

मनमोहिनी छवि। तारीफ करनेवाले व्यक्ति का चेहरा कितना सुंदर दिखता है!

'भइया, हम इतने काबिल नहीं, जितना आपने कह दिया।' आवाज में मिश्री अपने आप ही घुली जा रही है।

'पन्ना का बाप बीमार रहा। मर गया। काम तुम सँभालते रहे, हम देख तो रहे ही हैं। तुम्हारी बुद्धिमानी, तुम्हारी होसियारी और भरोसेदारी पर हम हिम्मत बाँधे हुए हैं।' वे रंजीत के कुछ और निकट खिसक आए। रंजीत को प्रधानजी प्यारे से भी प्यारे लगने लगे।

'रंजीत भइया, अब अँगूठाछाप आदमी का काम नहीं रह गया प्रधानी में। कलम का धनी चाहिए। सरकारी धन का खर्चा ब्यौरेवार दिखाना होता है। साले अहलकारों को मात देनी होती है। हम गाँववालों को तो अफसरों से ही मुठभेड़ करनी होती है।'

अपनी मूँछों की ओर उँगली करते हैं प्रधानजी, 'ये रहें या मुँड़ जायँ। साली घास के समान हैं आज के जमाने में। सच कहो तो यह कि गलत असर डालती हैं लोगों पर। मुलायम चेहरे के लोग सभ्यतादार माने जाते हैं। बहुत मामलों में निर्दोष भी मान लिए जाते हैं।'

रंजीत अच्छे और विश्वसनीय श्रोता की तरह सुनकर बातों को गाँठ में बाँध रहे हैं।

'सो हमने सोचा कि प्रधानी दें भी हम, तो सही हाथों में जाय।'

'दे ही क्यों रहे हो फत्ते भइया? असल में गाँव का रवैया आपसे ज्यादा समझेगा कौन?'

'रंजीत, हम नम्बरदार की तरह अपनी थुक्का-फजियत नहीं कराना चाहते। ऐसा टुच्चा काम पके हुए आदमियों को नहीं सोहता कि बुढ़ापे में पिटीसन लड़ते फिरें। थूककर चाटना।'

वाह फत्ते भइया वाह! रंजीत की आँखें चमक उठीं। आप तो अपने पिता की तरह ही संत हो। बाहर से प्रधान, भीतर से जोगी बने बैठे हो।

'मेरा विश्वास आपके साथ है फत्ते भइया।'

'विश्वास नहीं वचन! वचन दो हमें।'

'आप हुकम करो।'

'हुकम नहीं रंजीत, हम तो सलाह देंगे बस।' प्रधानजी ने आँखों में पुचकारा।

'भइया, यह तो हम भी चाहते थे। क्योंकि आदमी को ज्ञान तो किताबों से मिल सकता है, पर व्यवहार की बात तो अनुभव से ही आएगी। बिना अनुभव के कोरा ज्ञान लँगड़ा ही हुआ।'

'तो बस चले चलो हमारे संग-संग। देखें कोई कैसे पछाड़े फिर तुम्हें? सोने पर सुहागा तो समझते ही होगे?' कहकर प्रधानजी धोती उठाते हुए बाहर निकल गए, शायद पेशाब करने।

रंजीत पर बोतलों नशा चढ़ता जा रहा है—वे प्रधान हैं। पंचायत निबटा रहे हैं।

ग्राम समाज की जमीन बाँटने में मुकद्दमी कर रहे हैं। गाँव के विकास का कार्य तेजी पर है। सड़क पक्की, नालियाँ पक्की और साफ। धुआँरहित चूल्हे, गोबर गैस प्लांट, नदी पर रेलिंग लगा पुल, स्कूल की चमचमाती इमारत, बीज भंडार, डिस्पेंसरी, पोस्ट ऑफिस, पेड़ रोपवा रहे हैं वे। ऊसर लहलहा उठा। ट्रैक्टर कतारों में लगे हैं। ट्यूब्वेलों से पानी की धारें उछल रही हैं—अहा, ग्राम्य-जीवन भी क्या है! रंजीत के मन में तरंगे उठने लगीं। युग-युगों से चलता आ रहा ग्राम्य-स्वप्न साकार!

उन्हें दम मारने की फुरसत नहीं। कभी विकास कार्यालय तो कभी सहकारी बैंक। काँजीहाउस यहीं बनवाना होगा। इगलास तक दौड़ना! बीजगोदाम में सारे किसानों को जगह दी जा रही है। रासायनिक खादों के फायदे-नुकसान समझाते हुए धोती-कुर्ता और सदरी पहने जिस गली से निकल जाते हैं, जय-जयकार होने लगती है उनकी।

ओ रंजीत! ओ भइया! ओ बेटा! ओ लल्लू! ओ चाचा! गाँव के लोगों का काफिला है उनके पीछे। वे सबको गले लगाना चाहते हैं। सच, इतना सुख उन्हें जीवन में कभी मिला नहीं ···

वे मदहोश हैं। खुशी में गड़े हुए ··· प्रधान ने ऊपर से मिट्टी डालना शुरू किया—'रंजीत, मैं तुम्हारी कदर न जानता तो थानसिंह से लड़ लेता? उसकी मंसा का विरोध करता? भूरा ने भँवर की साली को रात में जानबूझकर छेड़ा था कि छोरी की बदनामी हो जाय और थानसिंह देवता बनकर राममूर्ति को डोरिया के लिए माँग ले। मैंने कहा—साले भूरा को चौक में खड़ा करके पचास जूते लगवाऊँगा। रंजीत के संबंधी हैं वे लोग। माना कि भँवर अक्खड़ है, पर अपने बच्चा अक्खड़ हों तो उनको ऐसे तोड़ो?'

रंजीत जोश में आ गए, 'भइया, तुम्हारा भरोसा था मुझे। भँवर ने आना-जाना बंद कर दिया था हमारे घर। नया लड़का, उबाल खा गया।'

फत्तेसिंह की आँखें साँड़ की आँखों की तरह गम्भीर हैं। चंचलता-उतावली दिखाना नादानों का काम है। वे लगभग रंजीत से सट गए और फुसफुसाकर बोले, 'एक बात और पते की सुन लो। चुनाव लड़ना है तो अभी से तैयारी करो। ये साले सरकारी हाकिम तो पैंतालीस दिन पहले ही अपनी घोषणा करेंगे। हम इनकी मुनादी के भरोसे नहीं बैठे रह सकते। खर्च-पानी एक दिन में ही नहीं जुट जाता। पैंतालिस दिन भी कम पड़ेंगे। तुम पर वजन डालना नहीं चाहता मैं। क्योंकि प्रधानी में तनख्वाह तो मिलती नहीं, उलटे अपनी गिरह से साबुन की टिकिया और घिसो, तब उजले लत्ता पहनकर प्रधानी की पत राखो। गाँव की सेवा का भूत सवार होता है, तो आदमी छीजता ही है।' पिछले वाक्यों को कहकर प्रधानजी मूँछों मुस्काने लगे।

'बताओ आप, कितना और कैसे जुटाएँ?' रंजीत ने गम्भीरतापूर्वक पूछा।

'देखो, साफ बात तो यह है कि गाँव से चंदा तो कभी होता नहीं। और वे चंदा क्यों देंगे? वे तो उलटे लेने को बैठे हैं। जिस जनता के उद्धार की बात तुम सोच रहे हो, जिन बेघर-बेजमीन गरीबों को उठाने के लिए तुम कमर कसकर खड़े होना चाहते

हो, वे ही लोग तुम्हें उठाने का मोल मागेंगे, सबसे पहले। लो, कर लो कल्याण की बात। लाओ विकास! किसके लिए? उन्हीं के लिए, जिन्होंने तुम्हें अपना वोट मोल बेचा है। रकम नहीं दोगे तो तुम्हारे नाम पर पेटी रीती जाएगी।'

पहले रूप में होते रंजीत तो अब तक उठकर चल दिए होते। भ्रष्टाचार और चरित्रहीनता की तोहमत प्रधान के सिर मढ़ रहे होते। लेकिन अब ऐसी गुस्ताखी नहीं। अक्खड़ लोग पिछड़ जाते हैं। साफगोई की एक सीमा होती है। रंजीत अपने भीतर बदलाव महसूस कर रहे हैं। विनम्रता उनके ऊपर हावी है। प्रधानी के पद की विनम्रता!

'बताओ भइया, मैं क्या करूँ?'

प्रधानजी बैल की तरह निर्भाव हैं। हो सकता है कुछ महत्त्वपूर्ण सोच रहे हों। कोई कीमती विचार आया हो मन में। रंजीत मुँह जोह रहे हैं।

'तुम्हारा वह लालबुझक्कड़ तो गंगा जली उठाए बैठा है कि बिल्डिंग की अर्जी पर दस्तखत नहीं करेगा। कर देता तो …'

रंजीत उस प्रसंग को याद करना नहीं चाहते।

तिलमिलाकर कहने लगे, 'तब?'

'तब क्या? अपनी बहू से बातचीत करना। उसकी बात नहीं टालेगा। इतना तो हम भी भाँप लेते हैं। वह बैयरों की इज्जत करता है। सारंग होसियार है, पढ़ी-लिखी है, बात साधना भी आता है उसे। उसकी लियाकत पर हमें भरोसा है। और फिर अपने आदमी के लिए क्या नहीं कर सकती?'

प्रधानजी जानते हैं, रंजीत से कब तू-तड़ाक करनी है। इसलिए स्वर को जरा खींच दिया—'ऐसे क्या देखता है मेरे यार? मास्टर हमसे बाहर नहीं जा सकता। हम चाहें तो साले को आज हवालात भिजवा दें। नाइन की छोरी अभी बरामद तो हुई नहीं। तू कुछ मत कहना, सारंग जता देगी श्रीधर को कि प्रधानजी ने हरपरसाद को रोक रखा है, नहीं तो वह थाने में रपट लिखाए दे रहा था। दरोगा मेल-परता का है, सो सब सम्भव हो गया।

'पर भइया रंजीत, बी.डी.ओ मियाद निकले पीछे हमारी अर्जी नहीं लेगा। अफसर लोग मेल-मोहब्बत के चलते अपना पाँव नहीं फँसाते। भले उन्हें भूखे मरकर नौकरी निभानी पड़े।'

रंजीत प्रधान के माथे पर पड़ते खूँखार बलों से दहल गए।

'तुम दस्तखत कराओ। बाकी काम हमारा,' कहकर फत्तेसिंह ने रंजीत के कंधे पर हाथ रखा तो लगा कि वे दबे जा रहे हैं—एक बड़ी दीवार के नीचे …

'नब्बे हजार का सट्टा है। हाथ आ गया तो दो चुनाव लड़ लोगे। बाद में मिट्टी और पक्की ईंटों के दो कोठरा खड़े करा देंगे। इंजीनीयर तैयार बैठा है। हिसाब लगाया था, सबका हिस्सा देकर पैंसठ हजार कहीं नहीं गए। चुनाव में खर्च एक लाख से ज्यादा करना नहीं हमें। फिर भी प्रधानी बुरी नहीं इतने मं।'

रंजीत मेंढक की तरह देखते रह गए।

पैंसठ हजार के बाद?' उन्होंने डरते-डरते पूछा।

'तुम्हें सारा भेद जानकर क्या लेना? वैसे तुम्हारा भाग्य कि हमारे गाँव में नदिया महारानी उतरी हुई हैं। भूमि संरक्षण निरीक्षक आया था। किनारे के खेतों में पड़े कटाव की लेवलिंग करनी थी, कर गया। चेकडम देखा है तुमने? एक लाख की मंजूरी मिली होगी। बाबूजी मुस्किल से तीस पैंतीस हजार रुपया खर्च कर गए हैं। बाकी की डकार भी नहीं ली। जानता है कि इन रुपयों पर सरकार की वसूली भी नहीं। निसुल्क काम! सो वे भी बेनाथ के बैल की तरह आए और सींग मारकर भाग गए। सोचते होंगे गाँव के आदमी को बाबरा बनाने में उन्हें महारत हासिल है। पर हम बैठे हैं उनके बाप। साले ने सौ फुट नापा और बनवाया पचास फुट। सरियों की बीम देख लो, पहली बार का पानी भी नहीं सह पाएगी। सीमेंट चटनी की तरह लगाया है। बेटीचो ... उठाईगीरा!' सचमुझ गुस्से के मारे प्रधानजी की मोटी नाक काँप रही है।

'हमने ऐन बखत पर पकड़ लिए कान, कि बेटा वे जमाने न समझना जब पैंटवाला आदमी किसान को आसानी से उल्लू बना जाता था और वे बेचारे हाथ जोड़कर रह जाते थे। हम मामूली किसान भी नहीं, किसान-प्रधान हैं। तुझसे पाई-पाई हगवा लेंगे। पचासियों हजार हजम कर गए। अफसरों को तर कर रहे हो! हम क्या राँड़ के जमाई थे, कि हमारा हिस्सा पी गए? पच्चीस हजार यहाँ धर जाओ, नहीं तो जाते हैं हम विधायक के पास। विधायक की धमकी पर काबू में आ गया। पहले एक अफसर से हमने डी.एम. का नाम लिया था, सो बोला—डी.एम. को पहले ही चढ़ा आए हैं हम । क्या करेगा डी.एम. हमारा? सो अब की हमने सीधा इक्का मारा, ले बच, कहाँ जाएगा बचकर?

'दस्तखत तो हमारे ही होंगे। हमारी मोहर के बिना उसका काम क्या, और वह क्या? नहीं देती सरकार तनख्वाह तो हक भी नहीं देगी क्या?'

फत्तेसिंह की चतुराई पूरी बैठक में व्याप्त है। रंजीत उठे और पाँवों पर झुक गए। धरमपिता! नहीं, गुरू! वे बैठक से ऐसे निकले ज्यों गंडा बँधवाकर जा रहे हों।

'सारंग नैनी तुम इतनी विकल?' श्रीधर ने हँसकर कहा।

श्रीधर स्कूल की चारदीवारी के पास खड़े मिल गए। सारंग खेत से लौट रही थी। दो पल ठिठक गई। ऐसा चाहकर भी नहीं हो पाता कि उन्हें अनदेखा करके चलती बने।

'तुम तो हँसते ही रहना बस,' कहकर उसने कटाक्ष किया।

'और हँसते-हँसते हवालात में बंद हो जाना। आगे कहो,' श्रीधर ने पहला वाक्य सारंग की नकल करते हुए बोला।

'हाँ, मुझे तुम्हारी यही आदत अच्छी नहीं लगती। क्या कहते हैं कि बेबात ही हेकड़ी दिखाना। हेकड़ी दिखाकर तो हवालात ही मिलेगी। क्यों करते हो ऐसा? प्रधान से बात क्यों

नहीं करते? तुम जो सोच रहे हो कि हरपरसाद चुप बैठा रहेगा, तो तुम्हारा भरम है। त्याग दो इसे । अब की बार वह बम्बई भी नहीं जा रहा। यहीं जमा है। नाइन को समझा लिया। उसने तुम्हारी छाती में मुँह नहीं गाड़ा तो क्या तुम मुनादी करते फिरोगे कि गुलकंदी को तुमने डंके की चोट भगवाया, और गाँव के लोग तुम्हें छाती से लगा लेंगे?'

'खट्टा खाकर आई हो कि कड़वा? दो पल को मिली हो और वार पर वार करे जा रही हो।'

'तो क्या तुम्हारे गिरफ्तार होने की खुशी में आरती की थाली सजाऊँ?'

'सजानी चाहिए। शहीदों को विदा करते समय आरती नहीं करते उनकी?'

'मुझे हँसी नहीं आ सकती श्रीधर!'

'सारंग, मत हँसो। पर इतना तो बता दो कि जो तुम कह रही हो, क्या वह तुमने ही सोचा है?'

'हाँ, मैंने। मैं अकेली ने। इसमें मैंने भँवर का भी सहारा नहीं लिया। हरपरसाद बम्बई घूमा हुआ आदमी है, गुलकंदी की उम्र अठारह से कम लिखाकर आया है। अब तुम्हें कौन बचाएगा?'

'रंजीत भइया और प्रधानजी।'

'बेकार की बातें मत करो।'

'तुम देख लेना, प्रधान मुझे गिरफ्तार नहीं होने देगा।'

इससे ज्यादा बात हो नहीं सकी। रास्ते से जो निकलता अपनी नजरें उन्हीं दोनों पर ठहरा देता। लोग निगाहों से ही बहुत कुछ कह जाते हैं। हो सकता है अब तक किसी ने रंजीत के कान में भी डाल दिया हो कि सारंग श्रीधर के पास ...

वह घर में घुसी तो आँगन में टहलते हुए रंजीत दिखाई दिए।

पता नहीं क्यों, श्रीधर भले दो पल को मिलें, लेकिन रंजीत के सामने आते ही उसकी छाती बुरी तरह धड़क उठती है, जैसे वह कोई अपराध करके आ रही हो।

वे हँसकर बोले, 'कहाँ हो आईं, फिर कोई पढ़ा-लिखी का चक्कर?'

तो देख लिया है रंजीत ने। वे अपनी नजर की दाद दे रहे हैं कि देखो, तुम मुझसे छिपकर तिनका भी नहीं तोड़ सकतीं। पाँवों में हलकापन सा उतर आया सारंग के। लेकिन वे मीठी नजर से देख रहे हैं। अभी तक दूर-दूर ही रहती आई है सारंग। रंजीत का क्या ठिकाना, कब भड़क उठें? कब लांछन देने लगें? छोटी-छोटी बातों का बहाना खोजते हैं आजकल। कहते थे—'औरतों को तो तहखाने में भी बन्द कर दो फिर भी राह निकाल ही लेंगी। अरे, औरत जात सदा से आदमी का सत्त डिगाती आई है।' यह बात किसको सुनाकर कह रहे थे? इतना भी नहीं समझती क्या मैं? ऐसी कँटीली बातों से दूर ही भली। रंजीत का विश्वास एक बार डगमगा गया तो डगमगा गया। ऊपर से यह कि जैसे मैं ही मास्टर को गड्ढे में पटक रही हूँ।

रंजीत की मीठी नजर! आज उनका मन अच्छा है। दारू भी नहीं पी।

'आज क्या बात है? बड़े खुश हो!'

वे हलके से हँस दिए। सच, इस हँसी को देखने के लिए तरस गई सारंग। दो कजरारी आँखें अब भी अविश्वास से खुली हैं।

'आओ बैठो यहाँ, मेरे पास खाट पर।'

आँगन में खाट पर बैठना बहू के लिए वर्जित तो नहीं, लेकिन लिहाज-लाज से परे माना जाता है। वह बोली, 'हाँ आती हूँ, पहले द्वार बंद कर आऊँ।'

रंजीत भूमिका बाँधना नहीं जानते। होंठों के कोण बदलना मेरे पति को नहीं आता। यह धारणा सारंग की है, जो सच है—

'सारंग, मैं आज बहुत खुश हूँ। मैं समझता था मेरे प्रधानपद के लिए खड़े होने पर थानसिंह सबसे पहले उज्र करेगा और फत्तेसिंह मुझको अपना समर्थन नहीं दे पाएँगे। पर तुम इस बात का विश्वास कर सकती हो कि सबसे पहले उसने ही प्रधानजी को मेरा नाम सुझाया। भले जाति-बिरादरी की बात सही, पर उसने दुश्मनी तो भुला दी। अब तक मैं समझता था, ऊपरी दिखावट है, लेकिन अब सारे वहम जाते रहे।'

वे आगे बोले, 'दूसरी बात यह कि अब हरपरसाद मास्टर का बाल बाँका नहीं कर सकता। हम सब मिलकर चलेंगे तो नाइयों की क्या हिम्मत कि हमारे बच्चों को पढ़ाने वाले मास्टर की ओर आँख उठाएँ? साले, लौंडिया भागी है तुम्हारी और इलजाम मढ़ते हो मास्टर के सिर! मेरे सिर से मनों बोझ उतर गया सारंग। सोचता था यह मास्टर तो अखेल बछडा की तरह शहर से कूदता चला आया है, इसे नहीं पता कि यहाँ अच्छे-अच्छे बछड़ों को नाथ दिया जाता है, बधिया ··· यही चिंता थी कि बँधकर जेलखाने चला गया तो तुम्हारे आगे मैं सिर कैसे उठा पाऊँगा? जैसा भी है, स्कूल के लिए जान देता है। थानसिंह ने तो स्कूल को भेंड़ों का घेर बना दिया था।'

सारंग हँस पाई न रो पाई। पता नहीं क्यों, थानसिंह-डोरिया का नाम सुनते ही उसके बदन में झुरझुरी भर जाती है। जो तर्क रंजीत दे रहे हैं, उस पर उसकी आस्था नहीं।

'सारंग, मैं जानता हूँ तुम मेरी नाराजी को बचाने के कारण श्रीधर से छिटकी रहती हो। बीमार हुआ, उसकी खबर तुमने ली नहीं। इसीलिए कम आता-जाता है।'

क्षण भर रुककर बोले रंजीत, 'एक काम करो, उसके लिए घी पहुँचा दो। है ताजा घी? मैं झर्रा जाता हूँ, तुम उसको गाँठ बाँधकर बैठ जाती हो। देखती नहीं, मेरी जान को कितने झंझट हैं? चारों तरफ से नागों में घिरा हूँ, कब कौन सा डस ले, चौकन्ना रहना पड़ता है। तुम्हें सारी बातें बताऊँ तो पागल हो जाओगी।'

सारंग निर्भाव सी देखती रही। जैसे उसे कोई शिकवा न हो रंजीत से, कोई आशा भी न हो। भरोसा भी नहीं ··· यह आदमी कब सुर बदल दे? बस डर समाया हुआ है मन में ।

'ऐसे क्या देख रही हो? उठो, घी गरम कर लो।'

ऐसी क्या जल्दी है?' अनमनी सी बोली वह।

रंजीत मुस्कुरा पड़े, 'जल्दी न हो तो काम करना ही नहीं चाहिए?'

सारंग ने बहुत दिन बाद ऐसा वाक्य सुना है, उनके मुँह से। ऐसी निगाह से देखा पति को कि तुम वाकई अपने पहले चोले में लौट रहे हो। मैं एक वाक्य पर निछावर हो गई।

बरोसी में कंडा सुलगा रही थी सारंग, द्वार के पास दुवारी में।

रंजीत बाबा के पास जा बैठे। वहीं चंदन खेल रहा था कंचे।

'देख ले, वहाँ खेल चौक में। चबूतरे पर गुच्ची खोद दी तूने?' रंजीत ने तनिक डपटकर कहा। 'हाथ-पाँव तक नहीं धोए, कैसा मैला मुँह हो रहा है!'

चंदन खड़ा हो गया कंचे समेटकर। पिता से डरता है वह। बाबा के संग खेलता है। बोला, 'बाबा भी तो खेल रहे थे मेरे संग।' बाबा ह ह ह ह करके हँसने लगे।

'चल, आ जा यहाँ, बैठ। तू एक पल को बैठता नहीं। तभी तो कमजोर है। सारा दिन धमा-चौकड़ी!' बाबा ने चंदन को खाट पर खुद से सटाकर बिठा लिया। चंदन के बाल घुटा दिए हैं बाबा ने। छोटी-छोटी फुड़िया लेकर आया था आगरे से । ठीक ही नहीं होती थीं। बाबा बोले, बालों पर उस्तरा फिरवा दो। जहाँ फोड़ा है, वहाँ कैंची से कटवा दो। नीम की छाल घिसकर लगाएँगे। आठ दिनों में सूख जाएँगी फुड़ियाँ-फँसूगरी। सारंग लाड़ भरी आँखों से देख रही है तीनों बाप-बेटों को।

रंजीत हँस पड़े यकायक।

'चाचा, क्यों हँस रहे हैं?' चंदन दाँत निकालकर बोला, झेंपता सा।

'तेरी खोपड़ी बिलकुल बाबा की खोपड़ी जैसी है। देख ले हाथ फिराकर।'

चंदन सचमुच बाबा के सिर पर हाथ फिराने लगा। बाबा मुस्काते हैं।

'बाबा! कहानी कहो,' चंदन को तो हर समय कोई न कोई धुन सवार रहती है।

'दिन में कहानी? मामा गैल भूल जाएँगे।'

'इसका मामा नहीं भूल सकता गैल। बड़ा चालाक है,' कहकर रंजीत ने सारंग की ओर कनखी से देखा, जो बरोसी के पास दुवारी में बैठी थी छोटा सा घूँघट किए।

'बाबा, कहो न कहानी,' चंदन बाबा के लाड़ में है, ठुनठुनाने लगा।

'अच्छा, बूझनेवाली कहानी कहते हैं,' बाबा ने बच्चे को बहलाया।

'उनसे नहीं भूलेंगे मामा गैल?'

'नहीं। तेरा चाचा सुनाएगा पहले।'

रंजीत ने छोटी सी पहेली कही—'भींत में भींत, पछीत में पानी, कूद पड़ी फूलनदेई रानी।'

'बता चंदन,' बाबा बोले।

'पूरी,' चंदन ने एकदम से कहा।

'अब तू कह।'

'पीरी पोखर पीरे अंडा। बेग बता, नहीं देतूँ डंडा।'

रंजीत ने चंदन के गाल पर प्यार भरी चपत जड़ दी, 'डंडा-लठिया ही चलाना।'

'बता तो सही तू,' बाबा ने रंजीत की ओर देखकर कहा।

'कढ़ी-पकौड़ी,' कहकर रंजीत हँस पड़े।

'अब बाबा तुम कहो,' चंदन जिद पड़ गया।

'मेरी पहेली तो तेरे बाप से भी न बतेगी।'

'अच्छा कहो,' चंदन ने बाबा का घुटना हिलाया। बाबा गाने लगे—

'एक सखी मैंने ऐसी देखी, जैसे ऊँट पहाड़ी कौ
अस्सी गज कौ लहँगा पहरै, नारौ बंद हजारी कौ
कानन में तो ऐरन पहरे, जैसे बेंट कुल्हाड़ी कौ
नाक में तो सेंठा पहरै, जैसे पहियौ गाड़ी कौ
बारह खेत गाजर के खाय गई, खाय गई मूरा बारी कौ
चार चरस पानी के पी गई, पेट न भर्‌यौ बिचारी कौ
चढ़ कोठे पै मूतन लागी, पुल टूट्‌यौ रैबारी कौ
चार दुकान बनियन की बहि गईं, घर बहि गयौ भटियारी कौ'

रंजीत हँस-हँस कर दोहरे हो गए। चंदन लोट-पोट हुआ जाता है। दुवारी में सारंग खिलिल-खिलिल हँस रही है।

'बाबा! हैं! बाबा! हैं ह ह ह ह बाबा ह ह ह ह ··· बाबा!'

बाबा बोले, 'पहले पेट भरकर हँस ले तू चंदन।'

'बाबा अता-पता बताओ इस पहेली का,' हँसी जरा सी थमी तो चंदन ने पूछा। रंजीत अब भी पेट पकड़कर हँसे जा रहे हैं। सारंग रह-रहकर हँस रही है।

'अता-पता? बेटा, किसानों के घर की चीज है। खेत-क्यार में काम आनेवाली।

किसी से न बूझी गई पहेली।

'हार गए?' बाबा ने पूछा।

भीतर से हाथ का झाला दिया सारंग ने। चंदन आ गया माँ के पास।

'कह दे बाबा से 'पुर-बर्त' हैं। पैर चलती है न, पैर, उसके सामान हैं सब।'

'अरे वाह! चंदन तेरी माँ बड़ी अकलमंद है।'

रंजीत बोले, 'इसे पैर की क्या मालूम? हमें तो मालूम है खैर।'

बाबा ने कहा, 'मालूम होगी ही। हर गाँव में ट्यूब्वेल एक संग थोडे ही लग गईं। पहले हम लोग सिंचाई करते थे कुएँ से। कुएँ में चमड़े का चरस (पुर) जाता था, बर्त (मोटी रस्सी) के जरिये। तो अस्सी गज का लहँगा हुआ चरस और हजार गज का नाड़ा हुई बर्त। ऊपर की गरीली (लकड़ी का बड़ा पहिया) हुई नाक की लौंग-सेंठा। दोनों ओर की लकड़ियाँ हुईं कानों के ऐरन। बस जब सिंचाई के लिए पानी निकालना शुरू किया तो बारह खेत सींचे बिना बंद नहीं किया। फिर क्या गाजर का खेत, क्या मूली का खेत! औरत का रूप बाँधा है पहेली में सिंचाई का।'

'जाओ, तुम्हीं चली जाओ। चाहो तो चंदन को लिवा जाओ,' रंजीत ने भीतर आकर जोर दिया। 'फिर श्रीधर कहीं निकल न जाए, इगलास जाना था उसे।'

सारंग गौर से देख रही है पति को। आज तो नशा भी नहीं किया, फिर?

'तुम ऐसे क्या देख रही हो? श्रीधर से मेरी दुश्मनी तो नहीं। जब कभी मन उखड़ा है तो दूसरों की छींटाकशी पर। लच्छेदार बातें करनी मुझे आतीं नहीं।' भोले-भाले और सादे स्वभाव के रंजीत ने सारंग की कमजोर नस पर हाथ धर दिया।

सारंग की हथेली पर गुनगुना घी भरा मल्सा धरा है। हालाँकि इस घी को देने रंजीत की पत्नी जा रही है, पर सारंग के मन में श्रीधर से मिलने की अपनी निजी ललक जाग्रत है।

बरामदे में आते ही लगा, कमरे में स्टोव जल रहा है—घर्र ··· घर्र ···

'आओ सारंग, आओ,' श्रीधर बिन चौंके बोले तो उसे आश्चर्य हुआ। इन्हें क्या मालूम था कि मैं आऊँगी?

सफेद कुर्ता-पाजामा के ऊपर बादामी चादर ओढ़े श्रीधर बदले-बदले से लग रहे हैं। उसने मल्सा जमीन पर रख दिया। समझ में नहीं आ रहा क्या कहे? बात का छोर ढूढ़ रही है। स्टोव के बर्नर पर भगोने के नीचे आग का लाल फूल फड़फड़ा रहा है। श्रीधर की आँखों में ठंडापन है। उसकी मोहलत में मिली आजादी और मिलने की निडर खुशी मुरझाने लगी।

न बैठने को कहा, न प्रेम के दो बोल! न नजरों में कोई लगाव ··· इस रूखेपन ने भीतर का सारा नेह एक पल में सोख लिया!

'सारंग!'

'हाँ।'

'क्या हो रहा है यह? देखो, इस गाँव का आदमी बेईमान ही नहीं, बेशर्म भी है। गिरोहबाज भी। मैं समझ सकता हूँ तुम्हारी बहन को डोरिया ने नहीं मारा, रंजीत और प्रधान ने मरवाया होगा और मरवाकर बेहयाई से रिपोर्ट कर आए होंगे। साले! मुझे धमकी देते हैं! मुझे बँधवा देंगे! इनकी धमकियाँ, हुँह! गंदगी और लालच में सने ये लोग ··· मैं गुलकंदी को आसमान से उतारकर पेश कर दूँगा, पर इनके मंसूबे पूरे नहीं होने दूँगा, कह दिया है मैंने।'

उसका मुँह फक्क पड़ गया। बिना कहे अपने आप ही बैठ गई थी, तब क्या बिना कुछ कहे-सुने उठ जाए? थर-थर काँपने लगी। रंजीत ने उसे इतना-इतना मारा है कि हल्दी-चूना लगाना पड़ा है, मगर यह ताड़ना? उन कोड़ों के मुकाबले कई गुना ज्यादा असह्य है।

स्टोव घरघरा रहा है। आग के छींटे फैल रहे हैं।

'प्रधान कहता है—लड़की खुद भागकर गई है, चिंता मत करो।'

'रंजीत कहते हैं, अर्जी पर दस्तखत करो, नहीं तो प्रधानजी लड़की भगवाने के जुर्म में तुम्हें हथकड़ी लगवा देंगे। साथ ही अपनापा भी कि मेरी मान लो, मैं तुम्हारा अपना

हूँ। वाह रे रंजीत! और रही-सही कसर तुम पूरी करने आ गईं यह मल्सा लटकाकर! तुम पर मैं बड़ा भरोसा करता था सारंग। सारा गाँव मेरा दुश्मन हो जाए मगर मेरी सारंग मेरी ही रहेगी। कितना नादान था मैं! आज साफ हो गई बात। तुम सब लोग तो मुझे घेर रहे हो! किस माँद में ले जाकर मारना चाहते हो?' अंतिम वाक्य पर श्रीधर कराह उठे। पानी मिला दूध उफनकर ऊपर ही आना चाहता था कि उसने चाबी घुमाकर हवा निकाल दी। घरघराहट बंद हो गई। उफान बैठ गया। वह अनजान सी देखने लगी।

श्रीधर का स्वर तनिक नरम हो आया—'सारंग, मैं अकेला हूँ, लेकिन कायर नहीं। तुम जानती हो खूब कि यह पूरा गाँव भी मुझे झुका नहीं सकता।' उनके हर शब्द में गर्व है, चुनौती है, चेहरे पर अक्खड़पन है और आँखों में कठोरता। सबकुछ ऐसा जो उनकी किसी भी तरह की हीन भावना पर भारी पड़े।

'बोलो, तुम क्या कहने आई हो?'

सारंग अवाक्।

रंजीत से ऐसी आशा नहीं थी। मुझे यहाँ किसलिए भेज रहे हैं, बताया क्यों नहीं? या कि श्रीधर से क्या बात करके गए हैं, छुपाया क्यों? उनका डाँटना-फटकारना, बंदिशें लगाना और मारपीट करना इस ओछी हरकत का मुकाबला नहीं कर सकते। इतने दिनों का भरोसा, रंजीत ने चुटकियों में ढहा दिया! यह उनका पैंतरा है? नहीं, शायद खुद ही बौखला गए हैं। या मैं ही उनको कब तक यों बहाने गढ़-गढ़कर बचाती रहूँगी? वक्त के साथ आदमी बदलता भी तो जाता है। कभी लोहे की तरह ठोस थे, अब बेरीढ़ ढुलमुल होते जा रहे हैं।

'क्या सोचने लगीं?'

वह कुर्सी पर ठीक से बैठ गई, अपने आपको सँभाल रही है।

आवाज सहज करने की कोशिश की कि आँसुओं का रेशा तक न छू सके स्वर को—'श्रीधर, मैं तुम्हें समझा सकूँ, ऐसी लियाकत मुझमें नहीं। फिर भी, तुम विश्वास इतनी जल्दी तोड़ बैठोगे, मैं सोचती न थी। विश्वास खोकर जिंदा रहना ··· बियाबान में जिंदगी हो सकती है कहीं? रहते तो लोगों के बीच में ही हैं हम। मैं किस बोली में बोलूँ कि तुम्हें भरोसा हो सके। शायद कोई आखर मेरे मन को खोल सके! या खुद ही समझ लो न । सदा तुमसे सीखा है। संकोच लगता है, कुछ कहते हुए ··· अपना ज्ञान दिखाते हुए।'

दोनों चुप थे, बहुत देर तक चुप रहे।

'क्या लाईं थी इसमें? घी? क्यों?'

'अवज्ञा ही कर दी तो अब क्या पूछते हो?'

'रंजीत भइया को क्या हो गया है?'

'नशा।'

'पीते हैं?'

'पीने का होता तो उतर जाता और तुम्हारे पास न आते।'

वह उठकर खड़ी हो गई।

'सारंग, मैं रंजीत भइया की इज्जत करता हूँ। उनसे ऐसी घटिया हरकत की उम्मीद नहीं रखता था। इसीलिए इतना क्रोध कर बैठा। कुँवरपाल ऐसी हरकत करता, हरपरसाद ऐसा काम करता, थानसिंह यह बात लेकर आता तो मैं यह मान लेता कि ये लोग टुच्चे, छोटी प्रकृति के और साजिश करनेवाले हैं। मगर रंजीत! वे किस चक्कर में फँसे हैं? प्रधान उनको खड़ा करनेवाला कौन होता है? गाँव में क्या राजनैतिक पार्टियाँ हैं, जो अपना नेता खड़ा करेंगी?'

'श्रीधर!' सारंग ने आँखों ही आँखों में ललकारा, 'मुझसे आइंदा इस बारे कोई बात करने की जरूरत नहीं।'

'ठीक है। नहीं करूँगा। तुम्हारे पति के बारे में कुछ इस तरह कहूँ तो जाहिर है तुमको तकलीफ होगी। तुम्हारा नाराज होना लाजिमी है। कोई औरत अपने पति और अपनी संतान के खिलाफ नहीं सुनना चाहती। परिवार के छोटे से छोटे फायदे के लिए वह खुद को कुरबान कर सकती है। यही बात उसके चरित्र को बेदम कर देती है।'

'तुम्हारा वहम है श्रीधर,' उसकी आवाज गाढ़ी थी।

'मैं गलत कह रहा हूँ? तुम्हारा उखड़ जाना इस बात का सबूत है।'

'मैं तुम्हारी बात पलट डालूँगी,' कहते हुए सारंग ने तीखी निगाहों से श्रीधर को छेद डाला। मल्सा उठाया और चली आई। रास्ते में कौन मिला कौन नहीं, क्या ध्यान?

घर तक आते-आते वह ढहना गई। हाँफने लगी, ज्यों घी भरा मल्सा नहीं, अपमान से लबालब घड़ा लादकर आ पहुँची हो ···

घर लौटी है—स्याह अँधेरे में! चंदन पीछे-पीछे चला आया।

मल्सा चौके में धर दिया अंदाज से, और काँपते से हाथों से स्विच खोल दिया। आँगन में रोशनी फैल गई। देखा कि रंजीत खाट पर लेटे हैं दालान में। आँखों में आग जलने लगी—खुद पर काबू नहीं रख पा रही वह। खाट के पास झपटकर पहुँची और रंजीत को झकझोर डाला, 'तुम! तुम सोचते हो कुछ भी करोगे और मैं डरके मारे कुछ नहीं कहूँगी? तुमसे डरती ही रहूँगी? तुम दुमुँहा हो गए हो तो मैं तुम्हारा फन कुचल न डालूँगी। यह मत समझना की दो रोटी के पीछे ··· क्यों भेजा था मुझे? क्यों किया अपने कुकरमों में शामिल? बोलो, क्यों? दो जबाब?'

रंजीत ने अपना भारी सिर उठाया। वे उठकर बैठ गए।

'यार-से-मिल-कर-बड़ी बातें ···'

सारंग सन्न रह गई। जिसे दुमुँहा समझ रही थी वह करियल नाग की तरह फन मारकर हमला कर रहा है! लड़खड़ाती जुबान ··· पी आए हैं। सधा नहीं जा रहा। धमाके करना चाहते हैं!

'दे आए प्रधान के यहाँ हाजिरी। ले आए चिरनामिर्त। हमें किस नरक में जाकर पटकोगे?' कहते-कहते उसकी आवाज फटने लगी। 'चंदन, बाबा को बुला।'

'तू बक-बक ··· मास्टर-साला-उल्लू-का-पट्ठा! खुदा-का-चिराग-है-वह? कुत्ता-है-कुत्ता! कुत्ता-समझती-है?' रंजीत के होंठ टेढ़े-मेढ़े होकर लटक गए।

'दारू पीकर आए हो और हमें धमकाते हो!' आँखें निकालकर गुर्रा रही है सारंग। 'पागल-भैवल बना रखा है हमें तो। बच्चे का भी ख्याल नहीं। क्या सीखेगा यह?'

'हाँ, पी है। पी है, हाँ। बोल-बोल-बोल-क्या-करेगी-तू? हम-गाँव-के-प्रधान हैं। जानती-है-गाँव-के-प्रधान! अतरपुर-के-प्रधान-प्रधान-प्रधान!' वे एक शब्द को कई बार दोहराते हैं।

आँखों के बड़े-बड़े गटा निकले पड़ रहे हैं। बेबस से देख रहे हैं, जैसे जान रहे हों कि कोई जबरदस्त शिकंजा दिमाग को कसता चला जा रहा है। कुछ कहना चाहते हैं, मुँह से कुछ और ही निकल जाता है। जुबान पर काबू नहीं रहा। जबड़ा नियंत्रण के बाहर है—लकड़ाने की हालत में ···

लेकिन अपने होशो-हवास को दुरुस्त दिखाना चाहते हैं। लड़खड़ाते हुए खूँटी तक गए और रस्सा उतार लिया, फटकारने लगे सारंग को निशाना बनाकर। लेकिन रस्सा कहीं से उठता है, कहीं लटक जाता है। हाथों की जुम्बिश खत्म!

सारंग की आँखों में आँसू भरे हैं, लेकिन उसे हँसी आ गई।

हँसी! रंजीत रस्सों से उसकी खाल उधेड़ देते, इतनी टीस तब भी न उठती, जितना कष्ट उनके हाथों को यों निर्जीव होते देखकर हो रहा है। वह फूट पड़ी। दालान के खम्भे से सिर टिकाकर बिलख रही है। रुलाई के वेग में पेट और पीठ फफक रहे हैं।

'रो ऽ ऽ ऽ ··· मैं ऽ ऽ ऽ ··· मर-गया हूँ।

'कि ··· उस-यार-को, जिसके-संग-सो ऽ ऽ ···'

'रंजी ऽ ऽ त! हत्यारे!' सारंग दाँती भींचकर चिंघाड़ पड़ी।

चंदन माँ की धोती पकड़कर खड़ा है। रोया हुआ सा बेढब चेहरा। होंठ फैले हुए, दाँत निकले से ··· माँ ऐसे कभी नहीं चिल्लाई, उसको लग रहा हो मानो।

सारंग ने चंदन को धक्का दिया—'बाबा को बुला। खड़ा क्यों है?'

'बुला ऽ ऽ ऽ ··· वह ··· बू ऽ ऽ ऽ ढ़ा ··· पुरानी-रें!'

रंजीत इतना ही कह पाए थे कि जोर से कै करने की मुद्रा में नाली के छेद की तरह मुँह खुल आया। फटकार कर उल्टियाँ हुईं। दालान का लिपा फर्श भर गया। घर में बदबू ही बदबू!

सारंग का कलेजा टूट आया। जल्दी से पति को थाम लिया। धीरे-धीरे मोरी की ओर ले गई और वहीं से चिल्लाई, 'चंदन, जल्दी से भागकर द्वार की साँकल बंद कर आ। कहीं कोई आ न जाए। कोई खटकाए, तब भी मत खोलना।'

रंजीत धरती पर ही मुर्दे की तरह लेट गए। सारंग से उनका शिथिल शरीर सँभाला

नहीं जा रहा। चंदन मदद करने लगा। मानो ओकते-हबकते पिता और लाचार रोती-कलपती माँ के छोटे से संसार के सिवा उसकी कोई और दुनिया न हो। दुख की पराकाष्ठा पर पहुँचा हुआ बालक-मन उसकी अबोध आँखों में झलक रहा है। नल से पानी खींच रहा है चंदन। बाल्टी भर गई।

सारंग रंजीत के लिथड़े-सने हाथ-पाँव धोने-पोंछने में जुटी है। भूल गई बाहरी संसार की मोह-ममता, हमदर्दी, राग-द्वेष, ईर्ष्या-क्लेश। खाट पर बिछौना बिछाकर पति को लिटा दिया। कम्बल ओढ़ा दिया। माथा सहला रही है सिरहाने बैठी।

फिर झटपट उठी। खुरपी लेकर दालान की गंदगी-भरी लीपन खुरचने लगी। और रंजीत के प्राणों की सलामती चाहती हुई भगवान का लाख-लाख धन्यवाद किया कि आज रंजीत गैरों के सामने बेइज्जत होने से बच गए।

पर कब तक? सारंग ने बेबस नजर से रंजीत को देखा—अर्द्ध-मूर्च्छित सी अवस्था। कोई होश-हवास नहीं ···

सबेरे से रंजीत की आँखें झुकी हुई हैं।

'नशे में क्या कर बैठा!' उनके स्वर में पश्चात्ताप है। वे दही बिलोती सारंग के पीढ़े के पास धरती पर आ बैठे।

सारंग ने दोहनी में चलती रई (मथनी) रोकी नहीं। चूड़ियों की छनछनाहट से कोठे का मौन टूट रहा है।

'अभी तक नाराज हो?' उन्होंने पत्नी की बाँह पकड़ ली। प्रार्थनाभरा स्वर ···

'छुओ मत,' सारंग ने झटक दिया उनका हाथ।

'सारंग, मैंने इतनी बड़ी भूल की है, जितना तुम दुत्कार रही हो?'

'जब तुम्हें सुनना ही कुछ नहीं तो मैं तुमसे बोल-बतियाकर क्या लूँगी?' उसने हाथ रोककर निगाहों से निगाहें भिड़ाकर कहा।

'क्या कहती हो तुम? बोलो। सुनने बैठा हूँ।'

सारंग देख रही है, उसका घुटना पकड़े बैठे हुए रंजीत की आँखों में पछतावे की झलक दपदपा रही है। अपने मन की बात निकाले बिना नहीं रह पाई—'प्रधान बुद्धू बना रहा है तुम्हें। तुम जो रोज भाषणों की पोटली खोलकर द्वार पर बैठ जाते हो न, लोग हँसते हैं तुम पर! विकास-विकास की रटना लगाए हो न, इस विकास को ही नए लड़के विनाश कह रहे हैं। मान लो तुम खड़े हो गए, जीत गए। उसके बाद? तुम मनमानी हरगिज नहीं कर सकते। मास्टर कहता है—कोई मोहरा अपने आप अपनी जगह नहीं बदल सकता।'

मास्टर का नाम आते ही रंजीत का चेहरा मामूली सा कठोर हो गया, 'बकता है मास्टर। क्यों नहीं चलने देगा? मैं सोच रहा हूँ, न्याय को हथियाने के लिए थोड़े दिन बेवकूफ ही बना रहूँ।'

'जिस दिन जानकार बनकर खड़े हो जाओगे, वह तुम्हारे खिलाफ अविश्वास प्रस्ताव पास करा देगा, भले ही उसे कितनी ही भागदौड़ करनी पड़े। कान पकड़कर प्रधान की गद्दी से उतारकर छोड़ेगा। तुम फिर पागल न हो उठोगे?'

'कायदा-कानून की बड़ी-चड़ी बातें जान गई हो।'

'प्रधान तुमको पागल बनाए हुए है, और तुम मुझे। क्यों भेजा था मुझे श्रीधर के पास? वह मेरा कौन लगता था जो मेरी बात मानकर बिल्डिंग फंड की अर्जी पर दस्तखत कर देता।'

'यही मैं कहता हूँ, क्यों गई थीं? मैं कहूँगा कुएँ में कूद जाओ, कूद जाओगी? अगर ऐसा ही था तो अपने भाई सौराज के पास क्यों नहीं चली गईं रुपया उठाने? माना कि मैंने साफ-साफ नहीं कहा था, लेकिन तुम इतनी भोली नहीं कि मेरी मंशा न समझी हो। तुमने जानबूझकर बात का बिलमा दिया। और मैं भी जानता था कि यह सारंग वह नहीं, जो मेरी खातिर चुपचाप कुछ भी करने को राजी हो जाए। हालाँकि प्रधानजी यही मानते हैं। लेकिन कोई भी अपने घर में पड़ी दरार दूसरों को नहीं दिखा सकता।

'तुम्हारा जवाब क्या होता, यह भी मुझे पता था, कहो तो बताऊँ? आजकल जिस बोली में तुम हार-जीत का खेल खेलने लगी हो, उस बोली से मुझे चिढ़ है। तुम पहली तरह कहतीं, रंजीत तुमसे मुझे ऐसी आशा नहीं थी। मैं डोरिया को नीच मानती थी लेकिन थानसिंह मास्टर जब डोरिया को बरी करा लाया, तब मुझे वह डोरिया से ज्यादा नीच लगा। यह बात उस पहलू को सोचकर तुमने नहीं कहीं थी, जिस पर थानसिंह और डोरिया का 'एक खून एक दूध' का संबंध बनता है और उस संबंध के चलते आदमी कुछ भी करने को मजबूर हो जाता है। तुम्हारे मन में अब संबंधों की कोई कीमत नहीं रही।'

'हाँ, मैं तो आज भी कहती हूँ, सौराज से चुनाव के लिए रुपये माँगने मैं नहीं जाती। मुझसे कहते न बनता कि सौराज भइया, मेरा पति चाँद-खिलौना लेने को मचल रहा है, जिसकी खातिर मैं झोली फैलाए घूम रही हूँ।'

'तो बस। फिर क्यों कहती हो कि श्रीधर के पास तुम्हें मैंने भेजा। तुम तो उसके पास किसी भी बहाने पहुँच जाना चाहती हो।' कहते-कहते रंजीत की आँखों में ठंडा सा तूफान पैदा होने लगा। होंठों के कोने नामालूम से तिरछे हुए।

'अगर श्रीधर की गिरफ्तारी की नौबत आती है, तो लिखवा लो मुझसे कि तुम प्रधान के पाँव पकड़ लोगी।'

सारंग ने सपाट नजरों से देखा—रंजीत अपने किए पर शर्मिंदा होने आए थे, अब खाल उधेड़ने पर लगे हुए हैं। सनासना गई सारंग। उसको पति की बातों में जलन की गंध आ रही है, 'मर जाने दो श्रीधर को। उसने गलत किया है तो फल भोगेगा। मैं उसे क्यों बचाऊँगी? प्रधान के पाँव कितनी बार पकड़ूँगी? घूँस का सौदा एक बार की बात नहीं। चालू हुआ तो सिलसिला बन जाता है, इतना तो मैं जरूर जानती हूँ।'

इस कँटीली बात पर, रंजीत चाहते तो सारंग को पीट डालते। उसकी औकात बताते हुए समझा देते कि औरत को बहस करने की सजा क्या मिलती है। लेकिन उन्होंने अपने क्रोध को जज्ब कर लिया। अभी तो बीते कल का कर्ज ही चढ़ा था। उनका मन इस समय जाग्रत है। सँभल-सँभलकर चलना है। गँवार की तरह बात-बात पर औरत को धुनते रहें तो वे अन्य लोगों से जुदा कैसे हुए? जिस हैसियत पर वे पहुँचना चाहते हैं, उस हैसियत के आदमी को औरत पर हाथ उठाते हुए देखकर वे भी लानत देंगे, जो अपनी घरवाली से बिना जूते के बात नहीं करते। सारी बर्बरता पी जानी होगी। संयम रखना है इस परीक्षा की घड़ी में।

तेरह

'सीस जमाई का काटूँ, अरु बेटी को डारूँ मार'

नाइयों को ठाकुरास सूझ रही है। हरपरसाद, जो कमाऊ और धनवान होने का दावा करता है, साथ ही 'होनहार विरवान' पर भी काबिज है, रौब-रुतबे का धनी है। पिता श्री नन्नूमल उर्फ ननुआँ की बेदम बात को भी दमदार मानने लगे हैं नाई लोग। ननुआँ को कुछ दिनों से बिरादरी की सरपंची मिली हुई है। ... लेकिन इन दिनों यह उलट जो हो गया। ननुआँ के छोटे भाई की बेटी गुलकंदी ने बिसुनदेवा खटीक के संग भागने की गुस्ताखी कर डाली। बिरादरी के लोग गाँव-आनगाँव से रोज आते-जाते हैं।

ननुआँ क्या करे? मुँह में दाँत न पेट में आँत, आँखों में पाव भर कीचड़ लटका रहे, देह सूख गई, फिर भी वह बिरादरी के झगड़े-फसाद निबटानेवाला मुखिया था, दूसरों के मामले की तजवीज करना, दोनों फरीकों को लानत-मलामत देना बड़ा आसान है। लोग कहते हैं—लड़की के बदले हरिप्यारी को ताँसो-डाँटो ... नहीं, हरिप्यारी, औरत जात, खोजने भी कहाँ जाय?

... लेकिन हरपरसाद, बाप को भी ले धरता है हरिप्यारी के संग। जवान कमाऊ लड़का—पैंट-पतलून पहनकर बाम्हन-बनियों की बराबरी में बैठनेवाला ... ननुआँ अपनी उस्तरा-छाप बोली चाहकर भी नहीं निकाल पाता। कैसे कहे कि हमारी करनी-धरनी जात है, जुलम नहीं हो गया।

'दादा, गुलकंदी भागी नहीं, भगाई गई है। दूसरी बात यह कि बड़ी जाति के लोग गुम्म होकर बैठ गए हैं। तीसरी यह कि बिसुनदेवा भिखमंगा के साथ खटीक ... क्या समझ रखा है, हमारे यहाँ चाल-चलन नाम की कोई चीज नहीं? नीच जाति में चली गई हमारी छोरी, लोग रस ले रहे हैं। भाग गई, भाग गई का कीर्तन गाकर बात को ज्यादा से ज्यादा

फैला रहे हैं।' हरपरसाद की बातों में पैनी धार है, वार खाकर ननुआँ चुप हो जाता है। इधर हरिप्यारी गंगाजली उठाकर कह गई है कि गुलकंदी के आँचर पर जो दोख आया है, उसे धोकर रहेगी। लड़की को पंचों में हाजिर कर देगी। बस थोड़ी सी मोहलत ··· झज्जू खटीक साला अलग से मुकद्दम बना फिर रहा है। खटीक हमारी बेटी क्या भगा ले गया, झज्जू के हौसले दस बाँस बुलंद कर गया। कहता है बिसुनदेवा का सीस काटने से पहले अपने जमाई चेतराम का सीस कतर दो। रतनलाल की गर्दन उड़ा दो ··· ये सुरक्षित मर्द हैं, बस इसीलिए इनके लिए सजा नहीं? कोई बिसुनदेवा को हाथ लगाकर तो देखे, मैं ताड़फड़ेवाले जीजा को लिवा लाऊँगा। डोरिया का हश्र याद होगा, ज्यादा पुरानी बात नहीं है। ननुआँ की समझ में कुछ नहीं आता, बात बिरादरी से बाहर निकल चुकी है।

हरपरसाद पैसे के बल पर जंग जीत ले अब ऐसे आसार नहीं ··· ननुआँ और ननुआँ के पूर्वजों ने सेवा-टहल की है इस गाँव की। अपमान भी सहा है, साथ ही सुरक्षा भी मिली है। ऐसे झगड़ों को नम्बरदार आनन-फानन में सुलझा देते थे। खुद मुकद्दम होकर कितना लाचार हो गया है ननुआँ। कुछ दिन से ही बढ़ाई हुई मोंछें काँप रही हैं।

झज्जू झूठ तो नहीं कहता कि बैयर को धमका रहे हो तुम लोग। दिन-रात टोला मार-मारकर उसकी कमर तोड़े दे रहे हैं बिरादरीवाले। झज्जू दबे पाँव हरिप्यारी के घर जाता है, ननुआँ देख लेने पर भी अनदेखी कर जाता है। सभी दुश्मन हो जाएँगे तो अभागिन जिएगी कैसे? वह कुछ कहे तो हरपरसाद कुत्ते की तरह झपटेगा और फफेड़ डालेगा हरिप्यारी के संग उसे भी। हरपरसाद की माँ कहती है—ननुआँ डरपोक है। पर अब हरिप्यारी का खून किया जाय, या लड़की को ढूँढ़कर फाँसी पर लटकाया जाय। पहले भी ऐसी भागा-भूगी हुई है, इतना हंगामा मचा है कभी?

डोरिया ने हरपरसाद को सान पर चढ़ा दिया है। लोग देख रहे हैं कि हरपरसाद लाला भवानीदास से होड़ ले रहा है, सो उसके धन पर लुटेरों की आँख लगी है। कहते हैं डोरिया ने बीस हजार माँगे हैं अपने ब्याह के लिए। थानसिंह को भी पन्हा (जूती) मारी हैं कि 'तुम्हें मेरा हिस्सा खाने की चाट पड़ गई है। पाप मैं कमाऊँ, मौज तुम मारो। अब जो पाप-पुन्न करेगा सब अपने लिए।' कलजुग है। पहले बेटा-भाई जवान होते थे—बाप और बड़े भाई के कंधों का भार हलका करने के लिए, पर अब ··· अपने रुतबे की गठरी ढोने के लिए बाप-भइया का इस्तेमाल कर रहे हैं नौजवान!

ननुआँ के मन में कुछ इस तरह की कड़वी-कसैली बातें भरी हैं। लाचारी यह कि वह उन्हें निगल भी नहीं पाता, और थूक भी नहीं सकता। एक ओर असहाय हरिप्यारी, दूसरी ओर समर्थ बेटा। बस प्रार्थना कर रहा है—हरपरसाद की मति फेर भवानी मइया।

हरिप्यारी आधी हो गई है। बिना खाए-पिए तड़पती रहती है, हरपरसाद की धौंस के मारे अधमरी ··· झज्जू कहता है, पैसा पाए बली हो गया हरपरसाद, नहीं तो रंजीत भइया ही चार जूते मारते।

सारंग और लौंगसिरी बीबी!

ननुआँ दुवारी में खाट पर कम्बल ओढ़े बैठा है ठिठुरा हुआ सा। देखते ही कम्बल फेंककर अचकचाकर उठकर खड़ा हो गया।

हरपरसाद मुख्य द्वार की चौखट के साथ लगा खड़ा था। बाप की हरकत पर भवें वक्र हो आईं उसकी। मगर ननुआँ धन्न भाग की अवस्था में बोला, 'अरे रंजीत की बहू! लौंगसिरी!

गर्दन मोड़कर वह बेटे से मुखातिब हुआ, 'अपनी अम्मा को बोल।'

बाप के उत्साह भरे बोल पर चिढ़ छूटी हरपरसाद को। जैसे जान गया हो कि यह खुशी पिता की गुलामी का बदला हुआ रूप है। ननुआँ के कंधे पर हाथ धर दिया, ज्यों ताकत की सुई दे रहा हो पिता के जिस्म को, 'बैठो दादा। तुम उठे क्यों?'

ननुआँ की कीचड़ सनी आँखें अचरज से तनिक ज्यादा खुल आईं।

'मैं कहता हूँ बैठो खाट पर। कम्बल ओढ़ लो।'

'अरे क्या गजब! बैयरबानी ठाड़ी रहें और मैं ...' ननुआँ ने अपना कंधा खींच लिया।

चुनियाँ पीढ़ा लेकर प्रकट हो गई। पीढ़ा झटपट एक ओर रखकर बीबी के पाँवों लगी, 'हाय, मेरी नन्द! क्या भाग कि तुम्हारे चरन ...' चुनियाँ बीबी को देखती है तो कभी सारंग को। आनन्द में विभोर सी भूल गई कि अभी दस दिन पहले लौंगसिरी बीबी से झगड़ा हुआ था। खुशी के मारे दाँत होंठों में बंद नहीं हो रहे। माथे तक घूँघट किए खड़ी चुनियाँ ने सारंग की बाँह पकड़कर कहा, 'बैठो बहू।'

प्रेम और अपनत्व! हरपरसाद का कलेजा जल उठा। मिसमिसाया बुरी तरह, 'अम्मा, मैं क्या कह रहा हूँ? पीढ़ा भीतर धरकर आ।'

'चल कढ़ीखाए.' चुनियाँ ने बेटे का मंसूबा झटक दिया।'

'पीढ़ा भीतर ...' क्रोध से नाक तनी है और शब्दों को दाँतों से पीस रहा है वह।

'उस बिचारी का क्या कसूर? हम नहीं बैठ रहे तेरे सिंघासन पर, निसाखातिर रह। हरिपिरिया के मारे आने पड़ा, नहीं तो दिलिद्दिरी, थूकने न आते तेरे रहते इस देहरी पर।' बीबी तमक पड़ीं।

चुनियाँ बेटे को कंधे पकड़कर धकेलने लगी, 'तू बाहर जा। बात हम कर लेंगे।'

'पहले यह तो पूछ ले कि ये सारंग भाभीजी क्या हुकम लाई हैं,' माँ को हलके से उलटा धकेलते हुए हरपरसाद टेढ़े होंठ करके बोला।

सारंग ने ननुआँ की ओर घूँघट की ओट कर ली, 'लल्लू, तुम मेरी बात अच्छी तरह समझ रहे हो, जैसे मैं समझ रही हूँ तुम्हारा मतलब।'

'तो बात साफ कर लो यहीं। जानती हो हम पर क्या बीत रही है? बहन-बेटियों के संबंध अब कैसे होंगे? किस मुँह से जायँ किसी के द्वार? हमारी चाची तो बेटी के मोह में पागल है, ऊपर से तुम जैसे लोग ... वह तो साला खटीक ठहरा, कोई बाम्हन-जाट भी ऐसी हरकत करता, तो भी हमारी तौहीन होती। तुम लोग पहली बातें लिए डोल रहे हो! ठट्टा समझ लिया। सुन लो, हमें यह कतई मंजूर नहीं कि बात आई-गई कर दी जाय।'

हरपरसाद के साँवले नथुने बुरी तरह फूल गए।

बीबी हाथ का पंजा उठाकर समझाना चाहती हैं, मगर हरपरसाद उनकी ओर ध्यान देना जरूरी नहीं समझता। अब की बार कहने का मौका पा ही गई बीबी, 'मान ले रे कि गुलकंदी आ गई, क्या करेगा फिर? जो हो गया वह लौटनेवाला है? पंचायत क्या गुलकंदी को कुँआरी कन्या बनाकर तुम को सौंप देगी, और तुम मनमानी ब्याह कर लोगे उसका? ख्वारी करा रहे हो अपनी ही, नहीं तो जोगी-जती की जात-बिरादरी किसने जाँच पाई है? बिरथा ही खटीक-खटीक का ढोल पीट दिया, हम कहते हैं इस गाँव में किसने नाल काटा है बिसुनदेवा का?'

चुनियाँ दाँत निपोरे खड़ी थी, कि उसे कोई मलाल आ गया, 'बीबी, मेरी राजेसुरी बिन ब्याही ··· बिरादरी में हाथ नहीं धरने देगा कोई।'

'अम्मा, बिरादरी का एक-एक हिसाब चुका लूँगा, तब ही पानी पीऊँगा।'

सारंग जबड़ा कसे खड़ी है।

'भेंचो ··· अच्छी मखौल बना राखी है। जाटों की लड़की ही कोई खटीक भगा ले जाता तो रंजीत भइया और फत्ते प्रधान ही बंदूक ले-लेकर आ जाते। खून की नदियाँ बह जातीं गाँव में। झज्जू के घर की बहन-बेटियों की इज्जत उतारते सबसे पहले।' हरपरसाद ने यह कहकर बड़े संतोष से सारंग की ओर देखा। और गर्व भरी निगाह डाली अपने पिता के ऊपर, जिसे जबरन खाट पर बिठा रखा है।

सारंग जानती है, कहाँ वार करना है, उसकी तुष्टता को ही धर लिया, 'तुम्हारी भी क्या गलती लल्लू? पैसा पाए संस्कार, विवेक-बुद्धि तो आई नहीं, अहंकार घर कर बैठा। कुबड्ड-अनपढ़ों की यही मुसीबत है। बहुतेरे पढ़े-लिखे भी ··· छोटी जाति में पैदा होने के दर्द से कराहते रहते हैं। सो बड़ी कौम से मुकाबला करते-करते चुक जाती है धन-माया और जिंदगानी।'

'साँची बात है सारंग, पापी पइसा पा जाए तो शंख-झालर ही ज्यादा बजवाता है, कि कोई उसके पापों को भूलकर धरमातमा मान ले उसे।' लौंगसिरी बीबी को ज्ञान नहीं, अनुभव है।

'बीबी, तुम न्याय की कहना, या हरपरसाद की अम्मा, तुम ही कहो, अपने से नीचे में कोड़ा मारना कहाँ की अकलमंदी है? बस गर्व हो सकता है कि बड़े हो गए। होड़ हो सकती है कि हम भी ठाकुरों की तरह की जल्लादी कर सकते हैं। यह कोई ऊँचा उठना हुआ? सो धन पाए मद, और मद आए क्रूरता ··· यह भावना तुम्हें कहीं का नहीं रहने देगी लल्लू।'

हरपरसाद ने ऐसे देखा, ज्यों सारंग निहायत गैरजरूरी बातें कर रही हो।

ननुआँ बार-बार हाथ जोड़ता है, 'ब्याहुली, इसकी बात पर चित न धरना। यह तो आज आया, कल चला जाएगा।'

'अरे! तुम चुप क्यों नहीं रहते?' हरपरसाद बाप पर अर्रा पड़ा।

सारंग आँखे तरेरकर बोली, 'होश की दवा खाओ हरपरसाद! हम लोगों के बीच दखल देने की जरूरत नहीं। अब की बार जाकर गाँव में लौटोगे, तब तक यहाँ बहुत कुछ बदल चुका होगा। गुलकंदी, हरिप्यारी, तुम्हारे माता-पिता, तुम्हारे संबंधी जरूर हैं, पर हैं गाँव की अमानत। तुम बंबई में नहीं, यहाँ परदेसी हो।'

'लै, ब्याहुली ने कही है लाख टका की एक बात। हरिप्यारी और हम एक ही माया ठहरे। गलती-दोस छिमा नहीं किए जाते क्या?'

'लूट पड़ रही है! दादा, यह साला गाँव है, शहर होता तो अब तक हवालात में बंद होता वह भिखारी और छोरी बरामद करा ली होती हमने।'

'है ऽ ऽ कढ़ीखाए,' चुनियाँ बेटे को बरजने की कोशिश करती है कि वह सारंग या बीबी से बदजुबान न बोल पाए।

ननुआँ की ओर घूँघट की आड़ में से सारंग का महीन स्वर आया, 'नहीं समझता बेटा, तो रहने दो चाचाजी। तुम अपनी पीढ़ी निभा ली प्रेमभाव से। आगे की बागडोर नासमझों ने थाम ली तो कोई क्या करे? भाई-बहन का कैसा नाता है यह? संकट की घड़ी में भइया दुश्मन हो गया। पेटी-उस्तरा त्याग दिए चाचाजी पर स्वभाव नहीं त्यागा तुमने। तब ही तो हम अब तक खड़े हैं इस चौखट पर, उसी प्यार और मान-आदर के भरोसे।'

'अरी, क्या करे ननुआँ? वह तो बहुतेरा पाँव फेंक रहा है, पर यह कनास जाने कौन सी विद्या पढ़ आया है कि बाप की आवाज ही कील दी।'

'चलो बीबी,' सारंग आशा-निराशा में डूब-उतरा रही है। गुलकंदी के भविष्य को रौंदती आ रही आँधी में काली-पीली दिशाओं की ओर देखती है, तो अपने मन से फूटती महीन सी किरणों से आश्वस्त ··· 'हम भी देखेंगे तेरी बाजुओं में कितना दम है।'

'देख लिया सारंग, पहली नरमाई बेटों के हाथों कुचलकर रिरिया भी नहीं पा रही!'

बीबी का गूढ़ ज्ञान और रंजीत की आशा भरी नजरों से सामना एक साथ हुआ! लगता है रंजीत का असरदार भाषण हुआ है आज। चेहरे पर छाया आत्मविश्वास बता रहा है कि लोगों ने उनके कृषिज्ञान को दोनों हाथ बटोरा है।

सारंग की दिनचर्या का ब्यौरा माँगने के बजाय, उमंगों में बहने लगे—'अफसर धाँधलेबाजी नहीं कर पाएँगे मैंने कह दिया, ऐसे-ऐसे उपाय बता दूँगा कि खेती में पूरे साल सिर नहीं मारना पड़ेगा, केवल तीन दिन। डबल पेटी का सीड्रैल और नए तरीके की खाद। किस्तों पर ट्रैक्टर। लोगों ने कितने चाव से सुनी मेरी बातें! धीर-धीरे समझ रहा है गाँव।'

वे क्या-क्या कह रहे हैं, सारंग पूरी तरह सुन पा रही है, लेकिन समझ नहीं पा रही। मन में तो दूसरा ही अंधड़ उठ रहा है—गुलकंदी को बाँधकर लाए बिना यह कसाई मानेगा नहीं। श्रीधर को भी बेइज्जत करेगा। अब मेरे सामने कोई उपाय नहीं। कैसे बचाऊँ? रंजीत? नहीं-नहीं, वे सहमत नहीं होंगे। ··· लेकिन! इस 'लेकिन' के आधार पर ही खड़ी

हूँ मैं।

'सारंग तुम ननुआँ के घर गई थीं क्या?'

'हाँ गई थी।'

'हरपरसाद से बात हुई।'

'हुई।'

'क्या बोला?'

'उसके बोलने और न बोलने की हमारे लिए कोई कीमत नहीं। इतना कह आए हैं कि गुलकंदी की अम्मा को धमकाने की कोई जरूरत नहीं। वैसे हरपरसाद को मैं बात करने लायक नहीं समझती।'

रंजीत कोई प्रतिक्रिया देने की बजाय आश्चर्य से देख रहे हैं पत्नी को।

रात हुई। रोटी बनाई। सबको खिला-पिलाकर जो भाया, उतना खा लिया।

पर नींद नहीं आती उसको। आँखें कौड़ी की तरह खुली हैं। नहीं मुँदेंगी पलकें। पलकों के भीतर कभी गुलकंदी फड़फड़ाती है तो कभी श्रीधर प्रकट हो जाते हैं—इस गाँव की दास्तान सुनाते हैं बार-बार ...

मैं क्या करूँ? रंजीत कहते हैं—दिखाओ हिम्मत। रोको इन्हें। मैं लोहा मान जाऊँगा तुम्हारा। तुम मुझको सीख देती हो! मैं कम से कम मूर्ख बनकर ही सही, बुद्धू कहलाकर ही सही इन दुष्टों को रोककर खड़ा तो हूँ। तुम्हारे मास्टर की भक्ति, लगन, श्रद्धा, प्यार किस काम आए? तुम्हारे दीवानेपन ने क्या किया? प्रेम की लौ का उजाला कहाँ तक गया? मास्टर तुम्हारे हौसले के गुणगान करता फिरता है, तो पैदा करो उस हौसले को? अपना सा मुँह लेकर नाई के द्वार से चली क्यों आईं?

सबकुछ! सबकुछ मालूम है रंजीत को। कोई खुफिया आँख हम पर हर समय नजर रखती है—छोटे से गाँव में यह काम मुश्किल भी क्या है? पराजय का कारण यही तो नहीं?

श्रीधर! तुम कहते हो—मेरी झलक तुम्हारी आँखों में कौंधती है, तो तुम जड़ से जीवित हो उठते हो। लेकिन मुझे लगता है, तुम्हारे ऊपर मेरे कारण ही कहर बरसेगा। मेरी जैसी जुझारू स्त्री कायर सी खड़ी रह जाएगी। सचमुच मेरा प्रेम-साहस-विश्वास खंड-खंड हुआ जाता है। गाँव में हर तरह साजिश चल रही है। मेरी ताकत चुक रही है। तुम आज मुझे वह ताकत दे दो कि मैं ... गुलकंदी की जिंदगी को कुछ हुआ तो मेरी जिंदगी? सच, उसी तरह निर्जीव हो जाएगी, जैसे रेशम के समय ... वह गाय की तरह पवित्र और भोली लड़की गाँव में कुल्टा के रूप में रखी जा रही है। काश, यह मेरी देह कोमल न होकर लोहे में ढल जाती!

'सारंग, श्रीधर मास्टर नाग निकला।' यह बात मैं नहीं कहता, गाँव के सभी बड़े-बड़े लोग कहते हैं। 'इसकी बदली होनी चाहिए।'

रंजीत भी जागे हुए हैं। नींद उन्हें भी नहीं आ रही । वे सुनाने की नीयत से बोले—'मुझे

तो उससे कोई शिकायत नहीं। तुम्हारा दिल तो कोई भी जीत सकता है, जो जरा चिकना-चुपड़ा हो। मैं ठहरा खुरदरा किसान, पढ़ा-लिखा होकर भी असभ्य, तुमको भाऊँ भी तो कैसे?'

··· मगर एकदम! रंजीत सोए कब थे? सोए नहीं थे तो यह बर्राहट?

वे जोर से रोए—'कुँवरपाल ··· हरपरसाद ··· थानसिंह ··· फत्ते! मुझसे नहीं। मेरे बस की नहीं। नहीं। नहीं।'

'अरे! क्या हो गया?' सारंग ने रंजीत की छाती पर हाथ धरकर उन्हें हिलाया। 'क्या हुआ, बोलो? गाँव के आदमियों के नाम क्यों ले रहे थे?'

वे हड़बड़ाकर जागे। उठकर बैठ गए।

'सारंग पानी ले आओ। प्यास लग रही है।'

'प्यासे ही सो गए होगे, तभी खराब सपना ··· पर हरपरसाद, फत्ते, कुँवरपाल! ये लोग तुम्हें सपने में भी डराते हैं? अभी तक तो कभी नहीं रोए तुम इस तरह!'

'सो जाओ सारंग। रात बहुत हो गई है। सो जाओ।'

रंजीत करवट बदलकर सो गए।

पता नहीं रहस्यमय सा क्यों है सबकुछ! समझना चाहूँ तो भी समझ में नहीं आता। मैं सोचती हूँ रंजीत मूर्खता कर रहे हैं, और रंजीत मानकर बैठे हैं मैं पागल-दीवानी हो गई हूँ।

'सारंग, चुनाव के लिए थोड़ा सा पैसा जुट जाता तो सोने पर सुहागा था। यदि चुनाव में खड़ा न हो पाया तो बड़ी मिट्टी पलीद होगी। हाथ में आई चीज मूर्ख लोग खो देते हैं। नाते-रिश्तेदारों में हँसी उड़ेगी,' रंजीत ने कहा था।

मन में उफान सा आया था कि कह दे—तुम ऐसी बातें सोचकर बेकार ही अपने आपको कमजोर करते चले जा रहे हो। यह भी कोई बात हुई कि पैसा जुटाओ, चुनाव लड़ो, तब पब्लिक के बीच मूँछें तानो।

मगर बिन सुने ही उखड़ पड़े थे रंजीत, 'तुम असल में क्या जानो कि मैं किसलिए इतनी भाग-दौड़ कर रहा हूँ। राजनीति की बातें औरतों के दिमाग के बाहर की चीजें हैं।'

'ठीक है, हमारे दायरे की चीज नहीं तुम्हारा चुनाव-फुनाव तो समझाते क्यों हो? मैं तो यहाँ रहना तक नहीं चाहती, इतनी तंग आ गई हूँ, तुम्हारे रवइया से।'

'ए ऽ ऽ! धमकी किसे दे रही हो? इसी वक्त दफा हो जाओ और फिर कभी मत आना। किसको परवाह है तुम्हारी? उस भइया का गुमान दिखा रही हो, जिसने हमारे संकट में दाँत दिखा दिए। साला बना है धन्नासेठ। तुम भी वहीं पधार जाओ, यहाँ से रोज की चिकचिक भी चली जाएगी। और हाँ, मैं जीतूँ या हारूँ, मुँह मत दिखाना मुझे,' चिढ़ गए रंजीत।

सारंग क्या मुँह लगे। इस आदमी को प्रधान की गद्दी अपनी औरत से प्यारी नहीं, अपनी जिंदगी से भी ज्यादा प्यारी है। यही हालत रही तो ···? हर संजीदा बात को औरत

की बात कहकर टाल देते हैं।

दरवाजा खटका।

कौन है? कोई बोला नहीं, बस दरवाजा खटका।

बाहर बाबा ने जोर की आवाज दी—को हे रे भाई?

'मैं कुँवरपाल।' सुनते ही रंजीत चौखट पर जा पहुँचे।

'कुँवरपाल, मैं आ ही रहा था।'

'यार वहाँ ईंटों का ठेला आ गया है। खाली करवाकर हिसाब-किताब करो।' कुँवरपाल की आवाज के अंत में फुसफुसाहट सी हुई। रंजीत के पाँवों की सैंडिली आवाज की चर्रमर्र वह दूर तक सुनती रही। सुनते-सुनते न जाने कब आँख लग गई—अनचाही, बिन बुलाई नींद!

चश्मदीद गवाह कोई न था।

भोर होने से पहले ही गाँव में हड़कम्प मच गया। श्रीधर मास्टर को किसी ने बुरी तरह पीटा है। आँख बच गई नहीं तो फूट जाती। माथे से खून बह रहा है।

झज्जू खटीक खेत में से चिलमिली की पत्ती तोड़कर भागा, खून तो बंद हो जाएगा अर्क लगाने से। हिम्मतवाला है झज्जू। ख्यालीराम दादू के तो हाथ काँपने लगे। लेकिन उन्होंने खुद को हौसला दिया और लाला भवानीदास को जाकर सूचना दी—भवानीदास सफेद चादर फेंककर फुर्ती से उठे। पटादार घुटन्ना के ऊपर जल्दी से धोती लपेटी।

मंदिरवाले मोहल्ले से यह सूचना नम्बरदार के पास हवेलीवाले मोहल्ले में पहुँची तो नम्बरदार एकदम से बोले, 'सरकारी आदमी की मारपीट! बँधेगा यह गाँव। इस गाँव के गुंडों ने स्कूल का यह हाल कर दिया कि साला स्कूल नहीं, कसाईखाना ...।' फूलसिंह जाट बोले, 'प्रधानजी को भी मजा मिल जाएगा। जबसे हुकमा को स्कूल से अलग किया है, मास्टर को काँटे की जात करके देखने लगे हैं।'

कुँवरपाल से जलनेवाले चमारों ने चमरिहाने में कुँवरपाल के चाचा को पकड़ लिया—साला नेता बनकर बैठता है। और रात के अँधेरे में डाका डालता है। मास्टर को लूटने पहुँच गया। चमारों का नाम बदनाम किसने किया? कुँवरपाल ने। नेंकसेराम मास्टर की बाल्टी छीन ली थी।

'स्कूल में मास्टर अकेला पड़ा है, इस पर ध्यान किसी का नहीं,' चरनसिंह बौहरे लोगों को गरियाते हुए भागे जा रहे हैं, 'साले पंचायत छाँटने में माहिर हैं सबके सब।'

'नहीं जी, नहीं,' बाबा पहुँच गए। चिलमिली का अर्क लगाकर बहते खून को रोक दिया।

'बूरा लाओ रे, बूरा। घाव में भरो। खून भी बंद होगा और मरहम का काम भी करेगा।'

भवानीदास ऐसे मौकों पर जाना टाल जाते हैं। बड़ी बहू को डिटॉल की शीशी और

रूई देकर भेज दिया—नई रूई इस्तेमाल करना। गाँव के लोग दस साल पुरानी रजाइयों में से नामा (पुरानी रूई) निकाल लाते हैं। घाव में पकाव पड़ जाएगा।

लौंगसिरी बीबी कागज के थैले में बूरा लेकर रुआँसा मुँह किए हुए आ गईं। सिकुड़नों भरा पेट रह-रहकर काँप उठता है, 'इनके नास जाएँ, इनके खोज खो जाएँ, कढ़ीखाए।'

सारंग और भँवर एकसाथ भागे चले आए।

सारंग ने मन ही मन देवी-देवता सुमिरे—ओ मेरी पथवारी मइया!

स्कूल के अहाते में जुड़ी गाँव के लोगों की भीड़। च् च् च् करते हुए लोग। हाय-हाय मचाते हुए तमाशबीन ...

नम्बरदार फूलसिंह को लेकर जब स्कूल में पहुँचे तो नजारा बड़ा करुण था—चारपाई पर लेटा हुआ मास्टर श्रीधर चादर से ढका था—मुर्दे की तरह। झज्जू चेहरे पर ऐसा भाव लिए सबकी ओर बारी-बारी देख रहा था कि लो, यह होना बाकी था सतनजी (मिली-जुली) पंचायत के राज में।

गेंदा चमार दो-तीन लड़कों के साथ तेजा चमार को पकड़कर आ गया—पाँच जूता मारो इसके मूँड़ में। यह कल सिरीधर मास्टर को माँ की गाली दे रहा था। यह करतब इसी का है। अब बुला ला बेटा कुँवरपाल को। अब तो वह भी हवालात को जाएगा। सरकारी आदमी से अटकना मामूली जुलम नहीं है। कहो जी लम्बरदार?

कुँवरपाल बिगड़े बछेड़े की तरह कूदकर आगे आया, 'गेंदा के बच्चा, होस की दवा खा।'

गेंदा का सर्वांग काँप गया। नम्बरदार की ओर याचक सा देखने लगा, मगर वे तो खुद ही दूसरी ओर देखकर कह रहे हैं, 'गुंडों का बोलबाला इसे कहते हैं। धींग मारे रोने न दे!'

'अजी तुमने थोड़े ही मारे हैं धींग और निरबल?' कुँवरपाल नर्राया।

किसने मारा? क्यों? बेचारा मास्टर! पढ़नेवाले बालकों को उँगली से भी नहीं छुआ कभी। प्यार ही प्यार करता है।

'अजी कई लोग तो इसी पर ऐतराज करते हैं कि प्यार से रात को बालकों को अपने पास क्यों सुलाता है? ऐब सिखाता है जरूर।' फूलसिंह इस बात को न जाने कहाँ से ले आए।

रिसाल ने फूलसिंह की बात काट दी अपनी बैर-परम्परा के अनुसार, 'सब बेकार की बातें है। नम्बरदार चाचा कहते हैं न कि गंदा मुँह गंदी बातें करता है।'

सारंग आती हुई दिखाई दी, भँवर के साथ-साथ। सबकी आँखें उसी ओर उठ गईं।

उसने किसी की ओर नहीं देखा, छोटा सा घूँघट किए आई और मास्टर की खाट के पास धरती पर बैठ गई। तमाशबीन औरतों में फुसफुसाहट सरसराने लगी।

उसने श्रीधर के पास चेहरा ले जाकर पूछा, 'किसने मारा? चुप क्यों हो? सच-सच कह दो श्रीधर ... मेरा दम निकला जाता है,' उसने महसूस किया हाथ-पाँवों में कमजोरी है।

'कैसे बताऊँ ऽ ऽ ऽ ... जो आए थे, अँधेरा करके आए थे, लालटेन फोड़ दी, बल्ब तोड़ डाला। चेहरे ढके थे। कागज सरकाया था सामने और हमला पीछे से किया,' कराह-कराहकर बता दिया श्रीधर ने।

बाबा ने ध्यानपूर्वक सुना बयान।

'अजी, पुलिस केस है सीधा-सीधा,' चरनसिंह बौहरे ने ऐलान किया।

'लत्ता ठूँसा है मुँह में। होंठों के दोनों किनारे कटे हैं। माथे पर वार किया है, देखो घाव। आँख च् च् बच गई। नील कितना बड़ा पड़ गया है, आँख के नीचे। कंधा पर भी चोट है। हाथ की उँगलियाँ देखो तो। गाइयों (उँगलियों के बीच) से खून ... दाँत में भी लगी है क्या? एक तरफ का गाल क्यों सूज गया फिर?'

'ज्यादा पूछा-पाछी मत करो भाई। मुँह मुस्किल से खुलता है।'

'लौंगसिरी, तू गालियाँ दे-देकर आज ही पूरे गाँव को सराप देगी?'

'सरापें न तो क्या करें बीबी? गऊ का वध कौन देख लेगा?' कलावती चाची का हृदय मोम का बना है।

भँवर को गुस्सा आ गया, 'गऊ बनकर ही तो अपनी दशा कराई है। ऊपर से चुप पड़े हैं! वाह री शहादत! जहर में अमरित खोजने निकले हैं मास्साब! सो मिलने से रहा।'

बदहवास मुद्रा में फत्तेसिंह प्रधान! लोगों ने मास्टर तक पहुँच जाने की जगह दे दी। श्रीधर की खाट पर झुके, मुआयना किया, कराहकर चिल्लाए, 'अरे ओ भँवर! लल्लू, झज्जू! ओ रे पन्ना, भइया जल्दी से जल्दी मास्टरजी को सफाखाने पहुँचाओ।'

'हाँ ऽ ऽ ऽ, जल्दी! नहीं तो बँध जाओगे प्रधानजी तुम भी,' गंगाराम की जीभ मांस की नहीं, करेले की बनी है।

'संगीन जुर्म ही माना जाएगा। सरकारी आदमी है मास्टर,' नम्बरदार बिना कानून के बात नहीं करते।

मनोहर मुँह पर हाथ धरकर फिक्क से हँसा।

नम्बरदार के मोटे होंठों पर कड़वाहट फिर गई, 'हँसी सूझ रही है। दरोगा का डंडा जब तड़ातड़ बाजेगा न, चाहे जिसकी पीठ पर, तब पूछेंगे हम तुमसे हँसी की बावत।'

'लिवा लाओ दरोगा को। डरता कौन है?'

'लल्लू, तू क्या समझ रहा है, बिलकुल ही कंधे डाल दिए मैंने? दरोगा को भी बुलाकर ले आऊँगा और मुजरिम को बँधवा भी दूँगा।' नम्बरदार अपनी बूढ़ी नसों की मुरझाहट को जोश के जल से सींचते रहते हैं।

रंजीत आ गए! सारंग ने घूँघट में से देखा—कमीज-पैंट और बालों का बासीपन बता रहा है कि वे कहीं से ज्यों के त्यों चले आ रहे हैं। ईंटों के कितने ठेले आए? अभी तक खाली कराते रहे क्या? सारंग खुद को अकेली पाकर घबरा रही है—मास्टर पर वार करके किसी ने अप्रत्यक्ष रूप से उसकी हिम्मत को कुचला है। हे ईश्वर, तुझे मैंने देखा नहीं, जहाँ भी हो मेरे साथ खड़ा हो जा ... आंतरिक पुकार न जाने कहाँ तक गई?

झज्जू मास्टरजी के घावों पर चिलमिली का अर्क लेपते हुए बोल रहा है, 'मैं जा रहा हूँ थाने। भाभी, तुम भँवर के संग मास्टरजी को सफाखाने (अस्पताल) ले चलो। अब मारो कोई मुझे, मेरा खून हाजिर है। चलो जी रामजी बौहरे, संग देते हो कि नहीं?'

रामजी बाम्हन, जो धड़ के बल बरामदे के खम्भे के सहारे टिके थे, बड़ी सहज आवाज में कहने लगे, 'तू परीक्षा ले रहा है? चल, अभी चलते हैं। भाई हमारी तो हमेसा की नीति यही रही है कि जिसका कोई नहीं, उसका संग देने को हम आधी रात तैयार हैं।' कहकर उन्होंने भीड़ में खड़े उन लोगों के चेहरे नजरों से छू लिए जो वाकई दीन-हीन हैं।

भँवर को झुँझलाहट छूटती है रामजी पर।

'भाई हद है। एक आदमी तो घायल पड़ा है, लोगबाग चुनावी भाषण झाड़ रहे हैं। झज्जू, तू यहाँ धौंस दिखाने की खातिर आया है या मास्टरजी की खातिर? जानता तो है तेरा रुतबा किसी पर असर नहीं करनेवाला।'

रंजीत ने अपना सिर झटकते हुए भँवर की बात पूरी होते ही सुना दिया, 'यहाँ तो छोटी कौम बड़ी कौम का भजन होता रहेगा भँवर। मैं तो कहता हूँ सबके सब थाने चले जाओ। देखें, मास्टर की जान बचा लें दरोगा-सिपाही।

'ओ जी फत्ते भइया,' उन्होंने प्रधानजी की ओर रुख किया, 'अजी, अपना ट्रैक्टर निकलवाओ। इगलास ले चलते हैं।' दूसरी ओर घूमकर बोले, 'सारंग घर से दुतई खेस और गद्दा भिजवा देना। भँवर कपड़े बदलवा देगा।'

झज्जू बीच में बोल पड़ा, 'लत्ता नहीं बदले जाएँगे किसी कीमत पर। लत्ता ही तो बताएँगे कि कतल की कोसिस की गई है।'

बाबा मुँह नीचा किए सोच में बैठे हैं कुर्सी पर । ध्यान सा लगा रहे हैं। न जाने उनका इरादा कहाँ से कहाँ तक पहुँच रहा है? कभी कड़वा सा मुँह बनाते हैं तो कभी खोखली सी हँसी हँस देते हैं, जैसे वे इस झुंड में शामिल ही नहीं।

खफा हैं बाबा, मगर किस पर? अपने आप पर? उनकी मूँछों पर दर्दनाक लाचारी है। उनके लक्षण उसी तरह के हैं, जिस दिन वे दलवीर से वाद-विवाद होने के बाद पगला से गए थे, और अपनी वर्दी को सलूट ... क्यों मार रहे थे सलूट? शायद यह सोच रहे थे कि इस वर्दी को पहनकर मैंने अपने और गैरों का संहार किया है, आज सौगंध लेना चाहता हूँ कि गाँव की धरती पर किसी तरह का अन्याय ... बहुत बातें हैं, जिन पर बाबा पछताते हैं, जिन पर बाबा गर्व करते हैं। ... लेकिन आज उनका चेहरा ऐसा है जैसा कभी नहीं देखा किसी ने। कोई विचित्र निर्णय लेना चाहते हैं वे? नहीं तो मूँछें चबाते हुए आँखों से लाल-लाल चिनगारियाँ क्यों छिटक रही हैं?

ट्रैक्टर आ गया, ठिलिया लग गई। सारंग ने रंजीत को दुतई खेस थमा दिए। चंदन गद्दा सिर पर लादकर ला रहा है, लगता है गद्दे के ही दो पतली-पतली टाँगें उग आई हैं।

रंजीत मास्टर श्रीधर की चोटों को ध्यान में रखकर ठिलिया में बिस्तर बिछाने लगे। 'तकिया नहीं लाया चंदन? जा भागकर ले आ।'

ट्रैक्टर के पास भीड़ जुट गई, जैसे मास्टर के घावों की नुमाइश होनी हो।

बाबा अभी तक कुछ नहीं बोले—यह यकायक आकाशवाणी!

'अरी बहू, तू चली जा री सिरीधर के संग, हिफाजत से ले जाएगी।'

आकाशवाणी नहीं, बाबा की घोषणा है। सारंग ने आश्चर्य से घूँघट में आँखें उठाईं। क्या ठानी है बाबा ने अपने मन में? भँवर और फत्ते तक देखते रह गए।

रंजीत लम्बी साँस छोड़कर जहरीली नजर से देखते हैं पिता को। सारंग भय के कारण उनके पास से हट गई।

इस घटना से परे साधजी लोगों को अपना पक्ष सुना रहे हैं, 'मैं पूछता हूँ कि को हग गया कि हगटरा। लोग हर बारदात में डोरिया को समेट लेते हैं। अब कौन सा डोरिया आ गया भाई? मेरा डोरिया तो पंद्रह दिन से थानसिंह की ससुराल में रह रहा है।'

'साधजी, अपना चारज सँभलवा गया होगा किसी को, वह हग गया। डोरिया को दूध का धुला कोई नहीं मानेगा,' भँवर निडर प्राणी है।

'भँवर, भाई जब इस मास्टर ने थानसिंह का तबादला करा दिया था, तब तो मन बनाया था सिरीधर के हाथ-पाँव चटकाने का, पर मैंने अपने मरे मुँह की सौगंध देकर रोक लिया था कि रे मूरख छोरा, इस कुम्हार को ठोक भी लोगे, तो कौन सी जागीर पा लोगे? लड़ो उनसे, जो तुम्हारे मुकाबले के हों। यारई और बैर उठाईगीरों की तरह नहीं निभाए जाते, ये तो ताजिंदगी चलनेवाली मजबूत चीजें हैं।'

'साधजी, बात बिल्डिंग फंड को लेकर है, हम क्या समझ नहीं गए? मास्टरजी संत बने हुए हैं, सो नाम नहीं लेते।'

नम्बरदार की बात सुनकर साधजी ने एक भद्दी गाली दी, 'साले पिटे क्या अपनी माँ ... किसी का भला होता हो तो भी पिट ले आदमी, यह तो वही बात कि बीछिया उतारने को राँड़ हुए।'

बच्चे एकदम चुप हैं। पाती और राकेश को पकड़कर पूछता है भँवर, लेकिन बच्चों के चेहरों पर भय की मुर्दनी सी छायी हुई है। मनाया, बहलाया, मगर नहीं, गुमसुम हैं बालक।

मुश्किल से बोल फूटे, 'हमने कुछ नहीं देखा, तिलबच्चा (तिरवाचा)।'

एक वाक्य दो स्वर—एक सा उतार-चढ़ाव।

भँवर जानता है कि यह वाक्य रटा हुआ है।

'तुम दोनों झूठ बोल रहे हो। सच बता दो नहीं तो दरोगा के सामने ले जाऊँगा।'

'मास्साब ने मना किया है, हम नहीं बताएँगे,' वही बँधा स्वर फिर से ...

'तुम्हारे मास्साब मर गए फिर भी नहीं बताओगे? देखे थे, ठिलिया में मरे से पड़े थे।'

बच्चे एक-दूसरे का मुँह देखने लगे। सहमे चेहरों पर दो जोड़ी आँखों में आँसू छलछला आए। 'अच्छा चंदन को भी बुला लो।'

भँवर चंदन और शेरअली की तलाश में गली-गली छानने लगा और पकड़ लाया। राकेश और पाती नदारद मिले।

गहरा साँस लेकर बोला, 'अच्छा तो यह बात। तुम दोनों भागना चाहते हो तो मैं कोठे में तुम्हें बंद कर जाऊँ?'

चंदन की आँखों में आँसू आ गए।

'तुम लोग बात-बात पर रोते हो, क्यों? क्या देखा ऐसा? डर लग रहा है?'

भँवर एक क्षण बाद ही बोला, 'ऐसा करो, मेरी साइकिल पर एक आगे बैठो एक पीछे। चलो, पाती और राकेश को ढूँढ़ते हैं।'

'वे बुर्जी में बैठे हैं। लाला की बुर्जी में,' शेरअली के मुँह से निकल गया।

बुर्जी के द्वार पर भँवर ने साइकिल रोक दी। भुस के मंदिरनुमा घरौंदे में दोनों पाँव पसारे बैठे हैं। द्वार से सटा साइकिल का पहिया देखकर झाँकने लगे।

लेकिन भँवर को साइकिल के पीछे देखते ही पता चला कि चंदन बीच में ही उतर गया।

साला बदमाश! चलो तीन ही सही। तीनों बराबर-बराबर खड़े कर लिए।

'धीरे बोलना।'

'बिजली नहीं थी भँवर भइया। अँधेरा था गाँव से स्कूल तक। हम तो मास्साब के पास से पढ़कर जानेवाले थे। एक लालटेन बुझा दी थी, दूसरी जल रही थी। हम स्कूल से निकल गए। अँधेरे में लगा कि तीन लोग आ रहे हैं। राकेश बोला—कौन है रे?

'हम पहाड़ीपुर के मास्टर माधोराम।

'वे चले गए। हम फिर गली में खड़े रहे। तनिक देर बाद मास्साब के कमरे में से धम्म-धम्म की अवाज आने लगी। हम भागे। स्कूल में घुस गए। कमरे में अँधेरा था। एक ने टॉर्च चमकाई। मास्साब का मुँह धरती में गड़ा था। लात, घूँसा—धड़ाधड़, तड़ातड़। चंदन जोर से रोने लगा। वे मास्साब को उठाकर पटकने लगे। मार-मारकर पूछने लगे—बोल करेगा दस्कत? कर, अभी कर।

'टॉर्च की रोशनी में एक कागज। मास्साब ने लिया और फाड़ डाला। दो टुकड़े कर दिए।

'साले जान से मार देंगे, कहकर वे मास्साब की गर्दन पकड़कर भींचने लगे। उनके कंठ से गों-गों की आवाज निकलने लगी । हम डर गए। वे गिड़ोरे से बिलबिला रहे थे, फिर भी बोले, नहीं करूँगा। कभी नहीं।

'वे लोग फिर मारने लगे लात, घूँसा। राकेश ने एक की टाँगें जकड़ लीं और पाती ने एक का हाथ काट लिया। फिर मास्साब के ऊपर औंध गया चंदन अँधेरे में ही।

'मास्साब बच्चों की चीख-पुकार सुनकर चिल्लाए, चले जाओ यहाँ से। बच्चो, तुम

जाओ। पिटो मत। वे लोग भाग गए फिर।

'हम अभी बुला लाते हैं किसी को। गाँव को जगाते हैं, राकेश ने कहा।

'नहीं, तुम्हें अपनी विद्या की कसम। जो फैसला होगा, आज हो जाने दो, मास्साब चीखे।'

'पहचाना किसी को? गावँ का ही था कोई?' भँवर ने पूछा। 'आवाज तो पहचान ली होगी?'

'खोल दूँ,' राकेश ने आँखों ही आँखों में शेरअली से पूछा।

उसने मना किया राकेश को और कहा, 'मैंने 'ईमान से' की किसम खाई है। मैं कुछ नहीं खोलूँगा। तुम खोलोगे तो विद्यारानी नहीं आएगी कभी भी।'

राकेश और पाती रोने में आ गए, 'भँवर भइया, हम मास्साब से पूछे बिना कसम कैसे उतार दें? पूछ आओ तब हम भी इगलास चलेंगे। हमारा मन तो कर रहा है कि नाम खोल दें। पर मास्साब कहेंगे, तुमने मेरा कहना नहीं माना? हम रात में उन्हीं के पास सोए थे।'

भँवर ने गुस्से में आकर दो तमाचे दिए राकेश के गाल पर, दो पाती और शेरअली के, 'सालो मरो कसम खाकर,' और वह साइकिल उठाकर उस पर सवार हुआ। इगलास की ओर चल दिया। राकेश अभी तक गाल सहला रहा है।

मार-पीटकर चल दिया भँवर। मन में दया भी जागी, गुस्सा भी—पीछे को मुड़कर देखा। तीनों बालक उदास, फीके सितारों से चमक रहे हैं।

'आता हूँ। आता हूँ लौटकर। आता हूँ,' भँवर ने लम्बी आवाज दी।

बच्चों ने हाथ हिलाए। उम्मीद में अटके हुए छोटे-छोटे हाथ ...

झज्जू से पहले प्रधानजी ने रिपोर्ट कर दी थी थाने में। पुलिस केस तो हर हालत में बनना है। सरकारी डाक्टर भी तब तक हाथ नहीं लगाएगा, जब तक कि दरोगा अपनी तसदीक न कर ले । प्रधानजी अपने कर्तव्य से नहीं चूकते। श्रीधर का भी बयान होगा। उन्होंने कह दिया था, साफ-साफ बता देना मास्टरजी। कसूरवार का चालान होना ही चाहिए।

इगलास का अस्पताल ऐसा नहीं कि जहाँ हड्डी की जोड़-तोड़ हो सके। भला हुआ श्रीधर की कोई हड्डी नहीं टूटी। डाक्टर कहता है सारी 'मस्कूलर इंजरीज' हैं, फ्रैक्चर नहीं। लेकिन हाँ, सिर में जो चोट लगी है, खतरनाक है, जान भी जा सकती थी। अलीगढ़ दिखा लो। मैं रैफर कर दूँगा।

'अलीगढ़ तुम नहीं जाओगी,' रंजीत ने सारंग को हुक्म सुना दिया। ट्रैक्टर के पास खड़े हैं दोनों।

'मैं क्यों नहीं?'

'क्योंकि इनकी कोई माताजी वहाँ हैं।'

सारंग क्या कहे? कैसे कहे कि मेरे प्राण निकले जा रहे हैं। वह पुनः-पुनः ममता से ठिलिया में सोए श्रीधर को देखती है—तंद्रा में लीन आदमी को कहीं ले जाकर पटक दो। डाक्टर ने सोने का इंजेक्शन दिया है। नींद पूरे बारह घंटे बाद टूटेगी। दर्द महसूस नहीं होगा। लेकिन सारंग का कलेजा जो काट रहे हैं लोग, उसके लिए कौन देगा नींद की सुई?

'नहीं-नहीं, इस हालत में मैं अकेले श्रीधर को कहीं नहीं जाने दूँगी।'

'अपनी चलाने की जरूरत नहीं।'

'नहीं,' सारंग का घूँघट हिला।

'दरोगा रोज पूछताछ करेगा।'

वह चुप है।

नहीं मानी सारंग। सारंग जिद्दिन है, हठी है। सारा गाँव जानता है कि उसकी अड़ जाने की आदत बुरी है।

'तुम भी लपेट में आ जाओगी, तब मानोगी?'

वह अपनी बात से टस से मस नहीं होनेवाली।

प्रधानजी सामने खड़े हैं। शायद सिपाही भी साथ जाएँगे, रंजीत सारंग से बहस करें, डराएँ, धमकाएँ, मारपीट ··· कुछ भी सम्भव नहीं।

एकांत में बुलाया। पास ही चक्की है—उसके पीछे।

'क्या चाहती है तू?'

वह चुप।

'हमारे बूढ़े बाप का दिमाग खराब हो गया है। कोई अपनी बहू को इस तरह गैर मर्द के संग ··· और तुझे मेरी नजर भाँपने की जरूरत नहीं। यह साला क्या मर रहा है? चुटिया पकड़कर यहाँ से गाँव तक खिचेडूँगा। लोग तो लोग, साला दरोगा भी मर्द-औरत के रिश्ते पर चूँ नहीं कर सकता।'

सारंग पत्थर हो गई।

रंजीत दाँती पीस रहे हैं। और कुछ न बना तो नाखूनों के बीच उसकी नरम बाँह भर ली—'लौटती है कि नहीं?'

कोई जवाब नहीं दिया। माथे तक आया घूँघट भवों पर है, धोती की लाल किनारी के नीचे दो हीरे, दो आँखें नागिन सी चिलकीं। ऐसी चिलक कि रंजीत की आखों में दमकता शेर का सा आतंक भी दरक उठा।

उनकी ठोड़ी का रोम-रोम काँप गया। सारंग अवसर पहचानने लगी है। क्योंकि जैसे ही फत्तेसिंह प्रधान दिखाई दिए, घूँघट नीचा किया और बोली, 'मेरा अलीगढ़ तक जाना लाजिमी है, क्योंकि वहाँ इनका कोई नहीं।' वह इस जिद को लेकर रंजीत के पीछे नहीं, प्रधान के पीछे चली, कि हे यमराज, मेरे सत्यवान के साथ मुझे रहना होगा।

जानती है रंजीत गुस्सा नहीं दिखा पाएँगे, पर इसका मतलब यह नहीं कि उन्हें क्रोध

नहीं। हाँ प्रधान के सामने होने से उनकी दाँतेदार नजर कुंद पड़ गई है।

फागुन की धूप तेज है। सारंग ने श्रीधर का चेहरा पिछौरा से ढक दिया।

यदि रंजीत को वहीं से वहीं किसी रिश्तेदारी में न जाना पड़ता तो वे गाँव तक साथ आते। प्रधानजी ने कहा था, 'रंजीत को कुछ दिन गाँव से दूर रहना चाहिए। मास्टर के केस की बावत पुलिस की आवाजाही रहेगी। गाँव में सौ दुश्मन, क्या मालूम कौन मुखबिर हो जाए? कौन सा भइया विभीषनी बोली बोलने लगे। चुनाव का माहौल न होता तो डर न रहता। फालतूफंड में ही आफत में पड़ जाएँ।' सारंग के लिए यह बात अजूबा नहीं थी।

'इतना समझाए देता हूँ, इस मास्टर को तू मेरे घर नहीं ले जाएगी।' रंजीत ने इन बोलों को जहर में सानकर सारंग को ग्रहण करने को दिया हो मानो। पति के होंठों का क्रूर टेढ़ापन साफ-साफ बयान कर रहा था कि आज्ञा न मानने का नतीजा क्या होगा? ठिलिया का किनारा पकड़े हुए खड़ी रंजीत को देख रही है—आज मुझे जिंदगी का एक और सत्य मालूम हो गया रंजीत! एक पेच और खुल गया। मेरी इच्छा का मोल कितना है, यह मुझे बार-बार मत समझाओ। इससे तुम्हारे लिए बनाए हुए भरोसे की चूड़ियाँ टूटने लगती हैं। क्या करूँ, क्या न करूँ? क्या धर्म और क्या अधर्म? सारे पाखंड की कहानी अब क्या पहेली रही है मेरे लिए? तुमसे ऐसा क्या माँगा था मैंने? केवल अपने मन की बात कह दी, यह कसूर था मेरा। बस तुम सूली तैयार करने लगे! जिस घर की मिट्टी का रेशा-रेशा मेरे हाथों सजा-सँवरा है, जिसके आँगन में मेरे पाँवों के निशान जीवित हैं, विश्वास नहीं होता रंजीत कि एक पल में ही वह मुझसे कैसे छिन गया? तुम्हारा कोई नया सूत्र खुलता है और मुझे कुम्हार के डोरे की तरह चाक से काट ले जाता है, न मालूम तुम्हारा अहंकार इतना पैना है कि मेरे औरत होने की लाचारी का गीलापन ···

सारंग की आँखें छलछला आईं।

जानती हूँ कि प्रधान के चेहरे का रंग क्यों उड़ गया? थाने पर नहीं गई, लेकिन तुम भागने को मजबूर क्यों हुए हो, यह समझ लेना कोई कठिन बात नहीं। प्रधानजी की साजिश को सरंजाम देनेवाले तुम फरमाबरदार सिपाही ··· आरती कैसे उतारूँ तुम्हारी? मैं तो उस रंजीत को ढूँढ़ते-ढूँढ़ते हलकान हो चली, जो किसी काम को करने से पहले मुझसे दस बार पूछता था। छल-कपट कैसा होता है, वह सच्चा इनसान क्या जाने? ठगना, चारसौबीसी करना ही तुम्हारे चलते पाप था रंजीत! क्या हो गया ऐसा कि तुम ··· बहुत ऊँचे तो उड़ना नहीं चाहा कि डोर प्रधान को पकड़ानी पड़ी? भटको मत रंजीत, मैं खत्म हो जाऊँगी। ऊँचाइयाँ न सही, जमीन तो है। मैं तो यह भी सोच रही थी कि मास्टर के साथ चलने को तुम कहोगे, जैसी कि तुम्हारी आदत है। और तुम ऐसा करके मेरी निगाहों में कई गुना ऊपर उठ जाते।

श्रीधर को साथ लेकर पूरे चार दिन बाद लौटी है सारंग।

प्रधानजी के ट्रैक्टर पर ही आई है। रंजीत के लिए बार-बार खटका लगता है। प्रधानजी कहते हैं वे अभी तक नहीं लौटे, क्यों? दूसरे ही पल कुछ ऐसा भी लगता है कि वे होते तो वह थर-थर कँपकँपा रही होती। हर बात पर घेरते। आज पहली बार प्रधानजी के प्रति कृतज्ञ है सारंग। फत्तेसिंह चाहते तो श्रीधर को मारकर फिंकवा देते और दस गवाह जुटाकर कहला देते कि किसी ने नहीं देखा उन्हें। प्रधानजी के लम्बे हाथ ··· श्रीधर के साथ उनका रजिस्टर भी गायब करा देना कोई मुश्किल काम नहीं। ऐसी कामयाबी के चलते वह केवल यही सोच पाती कि फत्तेसिंह दया-माया से कोसों दूर एक कुटिल आदमी है। किसी के नाम मौत का फरमान लिखवा सकता है। क्योंकि गवाह खरीद लेना तुम्हारे बाएँ हाथ का खेल है। और तुम्हारे जुटाए गवाहों को देवदूत मानकर सरकार अपनी कलम चलाती है। पर तुमने ऐसा नहीं किया। तुम हत्यारे नहीं। यही क्या कम है?

प्रधानजी ने अपने घेर के आगे ट्रैक्टर रोका और सचमुच ही उसका ताप पी गए—'बहू, मास्टर को स्कूल में न ठहराना। खतरा अब हम मोल नहीं ले सकते। कोई और भी खुरापात कर जाएगा, बात हमारे ही सिर आएगी। क्योंकि अब मास्टरजी हमारी जिम्मेदारी पर हैं। और मैं छोड़ता हूँ तेरे भरोसे। तेरे ऊपर अपनी जिम्मेदारी छोड़ने में मुझे रत्ती भर भी संकोच नहीं।'

मेरा जीवन सार्थक कर दिया प्रधानजी तुमने ··· सारंग अभिभूत हो उठी।

··· लेकिन मैं भी कहाँ ले जाऊँ? मेरा घर है कहाँ? रंजीत का हुक्म याद है। कुछ भी हो, घर उनका है। मुझे उसमें रहने की मोहलत है तो इसका मतलब यह नहीं कि मैं अपनी इच्छा भी चलाऊँ वहाँ। रहना है तो रंजीत के हिसाब से।

राकेश और चंदन मास्साब के पास आ गए।

'मैं स्कूल में ही चला जाऊँगा प्रधानजी,' श्रीधर की टूटती सी आवाज।

'अरे! ऐसा गजब न करना।'

सारंग घूँघट में से राकेश से बोली, 'लल्लू, अपने पिताजी से कह दे ट्रैक्टर लौंगसिरी बीबी के घर तक ले चलें।' कहकर मन ही मन ऐसा लगा कि उसका हौसला कई-कई गुना बढ़ गया है। तो क्या सारी दहशत रंजीत की ही है? मैं उन्हीं को बिरादरी और लोक-लाज का कर्ताधर्ता तो समझती हूँ। रंजीत की हिफाजत में रहती हूँ, वे मुझे हर खतरे से बचानेवाले हैं। जो बचाता है, उसकी बात न मानकर ···! डर लग रहा है कि रंजीत अपनी सुरक्षा उठा लेंगे।

सारंग कैसी-कैसी बातें सोचती रही—आज रंजीत के अपनेपन को जीतने की इच्छा नहीं रही—मैं कोई चोरी नहीं कर रही। किसी से मोहलत में नहीं माँगी यह आजाद वेला। यह केवल मेरी इच्छा है।

लौंगसिरी बीबी ने श्रीधर को छाती से लगा लिया। उनके एक-एक रोएँ को छूकर देखना चाहती हैं। श्रीधर कराह उठे, 'बीबी, अभी दर्द बाकी है। तुम क्या सोचती हो

चार दिन में ही कायाकल्प हो गया? महीनों में ठीक हो पाऊँगा।'

'अब तू यहाँ आ गया । देखना तो सही कितनी जल्दी ठीक होता है।'

प्रधानजी हँसने लगे, 'हाँ हतीसावाले जीजा से दवा मँगा देना बीबी।'

हतीसावाले (पति) के नाम पर जरा तमक उठती हैं लौंगसिरी बीबी, 'वह क्या तेरी अम्मा का यार लगता है रे फत्ते? पहले अपनी ही तो दवा करा ले नाँसिया।'

फत्ते क्या, पूरा गाँव जानता है बीबी की आदत। वे प्यार की गाली देती हैं प्यारवालों को।

'अब तू सेवा करने तो जाती नहीं, जीजा ठीक कैसे हो जायँ?' प्रधानजी छेड़ रहे हैं।

'भेज दे अपनी लुगाई को। पाँव पलोट आएगी धरे खसम के। कढ़ीखाए, क्यों मेरी जुबान खराब करा रहा है? बीमार क्या वह मैंने किया था?'

'मास्टरजी ही बीमार कहाँ किए हैं तैंने?'

'मास्टर तो बीमार किया इस गाँव के भूत-पिरेतों ने, सो भइया कर्ज चुकाना ही है हमें।' बीबी ने बातों ही बातों में फत्ते को उसकी करनी समझा दी। फत्तेसिंह अपना ट्रैक्टर लेकर चले गए।

श्रीधर चबूतरे पर मूढ़ा पर बैठे हैं! हलकी सी मुस्कुराहट के साथ कहने लगे, 'बीबी, जितनी भी बातें की हैं, हर बात दस छींटें थूक मेरे ऊपर गिराया है तुमने।'

'सत्यानासी, तू सपाखाने के कोढ़ी-कलंकी सातौ जात की बीमारियों में से आया है, पहले तो गंगाजल डालकर नहा। मेरे थूक का बिलग मान रहा है कनास?'

कोठे में खाट बिछा दी सारंग ने। खाट पर बिछौना।

श्रीधर को चबूतरे पर ही घेर लिया लोगों ने। सात-आठ लोग बैठे हैं। मास्साब के मूढ़े के आसपास उनके विद्यार्थी जुड़ आए। राकेश एकदम सटकर खड़ा हुआ है। चंदन पाती और शेरअली के बीच से निकलकर उनसे सट गया। उनकी कमीज भी छूकर देख ली। पाती कोशिश कर रहा है, मास्साब को छूने की। श्रीधर ने बारी-बारी बच्चों को छूकर देखा। श्यामसुंदर ने पाँव पूज लिए।

'अरे लालटेन जला दो रे, अँधेरे में बैठाए हो मास्टरजी को,' पन्नासिंह अपनी लठिया लेकर आ गए।

'चार-पाँच दिन से बिजली नहीं आ रही। कलजुग बरस रहा है, सुनी है कि बिजली के तार काट ले गए, तरकटा। भैंचो ··· जि चोरी अनहोती सुनी।' खूबाराम बताते हैं।

चरनसिंह बौहरे बेतर्ज भजन गाते आए—होते आए भगवान भगत के बस में / जब-जब भीर पड़ी भगतन पर, गरुड़ छोड़कर धाए / भगवान भगत के बस में ।

'हाँ जी, सही बात है। जिसका कोई नहीं, भगवान उसकी भी सुनता है। अब देख लो कि मास्टरजी को खूब सता लिया दुष्टों ने, पर करनी का फल मिलकर ही रहा राच्छसों को।' पन्नासिंह अपनी काजल लगी आँखों को झपकाकर बोले।

'काहे की करनी और काहे का फल!'

'क्यों? हो नहीं गया कुँवरपाल गिरफदार?'

'तुम गिरफ्तारी मान रहे हो उसको?' भँवर नर्राता है।

'और क्या, सुसर मेहमानी मारने गया है?'

'मास्टरजी, तुम तो सारी बात जानते होगे। आजकल तो वही है कि जैसा दरोगा-सिपाहियों का सेवा-सत्कार तुम करोगे, वैसी देखभाल तुम्हारी वे रखेंगे। सो प्रधानजी ने खूब ठाठबाट दिखा दिए उन्हें। कुर्सी, मूढ़ा, तखत, गलीचा। बैठक रंगारंग, चमाचम। अजी क्या पूछो, अतर-केवड़े छिड़के। प्रधानिन तक सजी डोली।' कहकर भँवर ने पन्नासिंह की ओर मुँह घुमाया—

'पन्ना चाचा, दरोगा खड़े-खड़े मुलजिम के हाथ में हथकड़ी डाल देता है। वे तो बरातियों की तरह पहले जनवासे में बिराजे थे, कानून निभाएँगे खाक!'

झज्जू बीच में बोल पड़ा, 'रूआफजा की बहार ही। हुकमसिंह सबेरे से तीन-चार सिल्ली बरफ और एक बोरा चीनी धरे बैठा था। सरबत पै सरबत। साले सिपाही कजरौठ से निकलते ही निमोनियाँ ने दाब लिए होंगे।'

दरियावसिंह ने झज्जू की बात काट दी, 'अजी नाँय। पंद्रह-पंद्रह मिलट पर तासीर बदली जा रही थी—सरबत फिर चाह। चाह फिर सरबत। सुसर पुलिसिया गरम रहे न सीरे। मूर्छा सी खा गए।

'दरोगा मारपीट की बात छोड़कर खेत-ऐर (खलिहान) की बावत पूछ रहा था।'

झज्जू उछलकर बोला, 'लो, मैं तो घंटा भर बैठा रहा प्रधानजी के चौंतरा पर। संग में रामजी बौहरे भी। लम्बद्दार कह रहे थे कि ब्यान होंगे सो पहौंचो जल्दी। वहाँ कहाँ के ब्यान, काहे का हलफनामा? किसी ने देखा तक नहीं।'

'तुम्हें देखे कि कुँवरपाल को। कुँवरपाल से हाथ मिलाया दरोगा ने।'

'भाई, दरोगा को क्या मालूम नहीं, कुँवरपाल क्या चीज है? कुँवरपाल भी जानता है अपनी हैसियत। दरोगा की बराबरी पर मूढ़ा पर बैठा था। और गाँव के आदमियों को जता रहा था कि मूरखो, देखो हमारी कीमत। ऐलकार हमारी कितनी कदर करते हैं और एक तुम हो मुँह पर मक्खी भिनकती हैं और बाम्हन-ठाकुर बने बैठे रहते हो। पर हैसियत क्या है तुम्हारी?' रामजी बाम्हन ने अपने दिल की बात खोल दी।

'वह तो फत्तेसिंह की चाल थी। वे तो सदा यही जाहिर करने पर तुले रहते हैं कि सरकारी अफसर उन्हें पुराने ख्यालों के न समझें। दिखा रहे थे कि देखो दरोगाजी, हम कितने एडवांस हैं। चमारों को कंधे पर बिठाए फिरते हैं।'

'नहीं जी, बात में घुंड़ी है।' झज्जू बात की घुंडी को पकड़ने में माहिर है। 'साले कुँवरपाल का मुकद्दर बली है। दरोगा वहीं का रहवइया निकला, जहाँ पदमसिंहजी कलट्टर हैं। अब बताओ, दरोगा धमका सकता था कुँवरपाल को? उलटा यारई करने के फेर में था। कोई काम अटक रहा होगा साले का। इगलास का ही तो दरोगा है, अपने गाँव

का तो नहीं।'

'वैसे उस बखत कइयों के छक्के छूट गए थे कि यह मुसीबत न मालूम किसके कंधे पर आ टूटे। कुँवरपाल का बाल बाँका हो सकता है, यह कौन सोच सकता था?' भँवर ने श्रीधर की नजरों में नजरें डालकर गूढ़ संकेत किया।

धुंधीसिंह का रीतिराम बीच में बोल पड़ा, 'कुँवरपाल में तो आदत ही बड़ी-बुरी है। बालकपन में स्कूल में अपने छन्ना (रोटी बाँधने का कपड़ा) में से रोटी खोलकर बड़ी जाति के बालकों को जबरदस्ती, कि मना-मनाकर खिलाता था। कई बेर तो हमें ही खिला दी और फिर गाँव में बात उड़ा दी कि मेरा जूठा खाया है रीतिराम ने। सो थानेदार भी उसकी यह मंशा भाँप गया होगा, तभी तो जिद करने लगा प्रधानजी से कि चलो, कुँवरपाल की बैठक पर चलो।'

झज्जू हँस पड़ा, 'अब समझे बात में घुंड़ी कहाँ थी? बिचारे प्रधान चमरा के घर जाते कहीं?'

रामजी बाम्हन माथे पर उँगलियाँ फिरा रहे थे बड़ी देर से, एकदम से बोले, 'क्यों जाय फत्ते? इतना नासमझ नहीं है। अपने द्वार पर भंगी का भी आदर-सम्मान कर लेगा, यह एक बात ठहरी, पर उनके आँगन में बैठकर खाना-पीना ··· अजी रुख ही पलट जाता है सिक्के का। ऊपर से कुँवरपाल साला ऐसा तामझाम फैलाता है, जैसे बड़ी कौम को बात-बात पर नीचा दिखाना चाहता हो। तश्तरी-प्याले और वे टिरे-फिरे सजाकर अपनी नायाबी दिखाएगा, जैसे इन चीजों से इसकी जाति बदल जाएगी।'

'अजी प्रधानजी न जाते उसके द्वार पर तो पाखण्डी ठहराए जाते। और क्या ठिकाना कि दरोगा हरिजनों की बेइज्जती की कोई दफा चारज कर देता। जुल्माना वसूलता।'

'वाह जी फूलसिंह! क्या बात छाँटी है,' रीतिराम ने शाबाशी दी।

'चलो, जो भी हुआ, कुँवरपाल गिरफ्तार हो गया,' झज्जू को संतोष है।

'सो कैसे?' श्रीधर पूछ रहे हैं।

'तुम्हें नहीं मालूम? प्रधान ने बताया नहीं? दरोगा खूब प्रेमभाव से खाता-पीता रहा और अंत में बोला—प्रधानजी, एस.डी.आई. खरे और बेसिक शिक्षा अधिकारी ने नाक में दम कर रखा है, गिरफ्तारी तो देनी ही होगी। हम भी क्या करें, अपनी नौकरी के हाथों मजबूर हैं। गाँव के लोगों को किसी हद तक हम घुड़का लेते पर अब तो ··· बात एस.पी. तक जा पहुँची है।'

झज्जू हँसा, ठहाका मारकर हँसा, फिर बोला, 'सवाए से ड्योढ़ा मिला मास्टरजी! तब बनी बात। प्रधानजी के हाथों के तोते उड़ गए!'

'खाक बनी बात!' भँवर ने चिढ़कर कहा। 'दरोगा ने यह बात तो यहीं साफ कर दी थी कि गिरफ्तारी दो, हम तीसरे ही दिन जमानत करा देंगे। जो चीज हमारे हाथ में है, उसमें कोताही नहीं बरतेंगे।'

'अजी क्या पूछो!' फूलसिंह यकायक बोले। 'जिस बखत कुँवरपाल थाने के लिए

रवाना हुआ है! भैंचो ··· सफेद झक्क कुर्ता-पजम्मा और चाँद पर गाँधी टोपी—बगुला के से पंख सी। ज्यों ही पुलिस गाड़ी में बैठा है तो समझ लो कि पक्षी-परेबा चहचहा उठे। खिलती धूप। मंदी-मंदी ब्यार। खेतों में फसल की खसबोई। समाँ बँध गया। चमरिहाने की आठ-दस लुगाईं विदा करने आईं; जैसे दुल्हा की निकरौसी हो रही हो। बस इतनी कसर रह गई कि 'चलते लोग पकरियों रे बन्ना भाज्यो ही जाय' नही गाया। खूबाराम चाचाजी के मुँह से निकला, 'वाह रे कुँवरपाल! गिरफदार भी हुआ तो किस हौसले से। गली-गली में दहसत नहीं, आनंद छा गया। ऐसी गिरफदारी हुई तो राम-राज ही आया समझो।'

फूलसिंह आगे बोले, 'जे दोनों जने (भँवर और रिसाल) आपस में गुँथ पड़े। एक कहे कि कौन मानेगा यह साला हवालात में ··· यह सब नाटिक है। दूसरा कहे कि पुलिस ले जा रही है, तो क्या सुसर का जैमा (सगाई) चढ़ाने को ले जा रही है? भँवर बोला, तू मूरख है। इसे गिरफदारी मान रहा है। रिसाल कहे कि सिपाही बंदूक-डंडा लेकर क्यों आए हैं फिर?'

झज्जू बीच में बोल पड़ता है, बुरी आदत है, 'और यह नहीं बता रहे कि तुम ही कह रहे थे कि मास्टर तो सुसर मुफत में पिटा। यहाँ यह नौटंकी ···'

फूलसिंह अपने मैले और उखड़ पड़ने को व्याकुल दाँत निपोरकर हँस दिए।

'भाई ठीक बात है। सिपाहियों को बिना हथियार संग लिए नींद आए न भूख लगे। दलवीर को देखा नहीं? रंजीत की बहू सिरहाने तकिया रखती है, वे फेंक देते हैं। सिरहाने बंदूक लगाकर सोते हैं। खाकी कपड़े पहनकर सोते हैं,' चरनसिंह बौहरे हैं ये।

नम्बरदार आ चुके थे, किसी ने ध्यान नहीं दिया।

'सौ बातों की एक बात है भइया, कि मारकाट, खून-खराबा तो आजकल जनता ने अपने सिर ले लिया है। पुलिसवाले शांत हो गए हैं। उन्हें शौक है जो खामख्वाह दहशत फैलाएँ, फायर करें। गाँव का आदमी अपने आप ही दहशत फैला रहा है। सरकार खुद शांति-अमन पर जोर दे रही है। जेलों तक में तो कैदी मेहमान की तरह राखे जा रहे हैं। इस दरोगा की तरक्की जल्दी होगी।'

'इसमें झूठ नहीं। बात सोलह आना साँची है। जुलम-अपराध करके भी आदमी थक जाता है। आराम चाहिए ही कुछ दिनों का। जेल में यह सुभीता बना दिया। सरकार ने बड़ी दूर की सोची। भाई वाह! बिसराम लेने आओ और फिर चालू हो जाओ।' चरनसिंह बौहरे ने नम्बरदार का समर्थन किया।

'हमने अपनी आँखिन देख ली भइया। सुसर सम्मन-वारंटों की ऐसी-तैसी करके आदमी हथकड़ी पहनने को खुद खड़ा हो जाता है। आबोहवा बदलना किसे अच्छा नहीं लगता?'

भँवर बहुत देर से चुप था। वह बोलता है तो खूब सोच-समझकर। बड़े-बूढ़ों की यह आदत वह जानता है कि झट से 'छोटे मुँह बड़ी बात' कहकर उसे खारिज कर देंगे।

'दरअसल, राजनीति में आने के लिए इन दिनों जेल-यात्रा जरूरी योग्यता बन गई है। जैसे नम्बरदार बाबा के जमाने में सुराजी लोग नेता बने। समझ लो कि कुँवरपाल का भाग्य उदय होनेवाला है। वह कैदी की तरह गया है, हीरो की तरह लौटेगा। नेता के रूप में उभरेगा। बस फत्तेसिंहजी अर्जी लिखवा ही रहे होंगे कि कुँवरपाल को बेवजह फँसाया गया है। लिखा जाएगा कि हम छोटी कौम के लोग श्रीधर प्रजापति को क्यों मारेंगे-पीटेंगे? सवर्णों के अत्याचार का एक और नमूना। खुद मारें-पीटें और फँसाए हमें। सजा भुगतें हम!'

'भँवर भी ठीक कह रहा है, प्रधानजी जानते हैं कि कुँवरपाल की जमानत कराने के लिए ही नहीं, बाइज्जत बरी कराने के लिए उनके पास ऐसी तमाम दलीलें हैं, जिनका आज बोलबाला है। उन्हें काटने की हिम्मत कौन कर सकता है? कोई जाट-बाम्हन बँध गया हो तो साले के बाप-दादे से लेकर लड़का-बच्चा तक गिरवी धर जाते। कुँवरपाल के मामले में तो गवाह भी झूठे और केस भी झूठा करार दे दिया जाएगा।' रामजी बाम्हन का मत है।

गंगाराम तफरीह लिए बिना मानता नहीं—

'भइया, रंजीत से कह दो कोई, पाँति (दावत) कर डाले। और चमरिहाने को चूल्हे से न्योंते। कितने संगीन जुलम से बचा लिया कुँवरपाल ने। नहीं तो सजा होती, बाबा का फौजीपन धरा रह जाता। मास्टरजी एक तो छोटी कौम के, ऊपर से सरकारी मोहर। जमानत तक न हो आदमी की।'

'रंजीत बिचारा उसी दिन से गाँव छोड़ गया,' पन्नासिंह ने दाँत निकालकर सूचना दी।

'इस बात में भी घुंडी ...' कहते-कहते झज्जू ने अपनी जीभ काट ली।

बीबी अपनी चौखट पर आ गईं, चिल्लाने लगीं, 'अरे सिरीधर! आज बैठा ही रहेगा? चल भीतर।'

'हाँ-हाँ, आ तो रहे हैं मास्टरजी। तू ऐसी धरउअल चिल्ला रही है, जैसे वे दो कोस दूर ठाड़े हों,' चरनसिंह बौहरे जरा डपटकर बोले।

'भाई, कह तो ठीक ही रही है लौंगसिरी। आराम करने दो मास्टरजी को।'

'लम्बद्दार तुम ठहरो तनक। चौंजी मास्टरजी, तुम्हारे पास सपाखाने में तुम्हारे ऐलकार पौंहचे?'

'हाँ गंगाराम भइया, पहुँचे थे एक दिन।'

'एक दिन ही बस्स! तो तुम्हारी सेवा सुसुरुसा?'

'तू भी भुस में लट्ठ मारता है गंगाराम। ऐलकार लोग मास्टरजी की सेवा करेंगे? उनने जो काम करने की ठानी थी, कर दिखाया। नहीं तो हमारे फत्तेसिंह सास पुलिस को गाँव के सिवाने में न झाँकने देते।' पन्नासिंह ने कहकर नम्बरदार की ओर देखा। नम्बरदार जान गए कि पन्ना अब फत्तेसिंह के विभीषण भाई की भूमिका में उतरता जा

रहा है और विरोधी पक्ष का यहाँ कोई मौजूद नहीं, 'हाँ भाई पन्ना, दिल खोलकर कह ले, मैदान साफ है।'

'मैं तो साफ बात कहने में अपने बाप से भी नहीं चूकता था चाचा।'

इन चार दिनों में क्या बात हो पाई श्रीधर से! तीमारदारी भी अपने आप में भरी-पूरी बात ही होती है, समझो तो। परस, स्पर्श की बातचीत और बिना कहे-सुने ही दोनों ओर के संवाद।

सारंग तकिया को हाथ लगाती थी, श्रीधर सिर उठा देते थे। पाउडर का डिब्बा उठाते ही मरीज बदन खोलने लगता है। पॉट देना हो तो पर्दा ··· खाने-पीने के लिए दोनों ओर से अनकहा सहयोग। सहमति-असहमति का सवाल नहीं। क्या खाना है, क्या नहीं खाना है, इस पर विचार करना बेकार है, जो सामने आएगा खिलाया जाएगा।

चार दिन, तीन रात सारंग मशीनी रिश्ता जीती रही है श्रीधर के साथ। करीबी, निकटता, प्रेम और कर्तव्य ··· सबकुछ मौन समझौतों में घुलमिल गया। डाक्टर और नर्सों के आज्ञापालन के सिवा अपनी ओर से करने को कुछ न था।

प्लास्टर नहीं चढ़ा, भला हुआ। हड्डी नहीं टूटी कोई।

··· लेकिन मन ··· माथे पर, चेहरे पर, हाथ-पाँवों में लगे कटावों-घावों से ज्यादा कट-फट गया। श्रीधर की हालत देखी नहीं जाती। किस हौसले पर रहेंगे यहाँ? कुछ नहीं कहते, कुछ नहीं खोलते, इसका मतलब यह नहीं कि कुछ जानते भी नहीं। सबकुछ जानकर अनजान बने रहने का मतलब? सारंग अच्छी तरह समझती है श्रीधर का आशय। वह किसको बचाना चाह रहे हैं, यह क्या छिपा है उससे?

बीबी को श्रीधर सौंप दिए। वह जल्दी-जल्दी घर भागना चाहती है। घर भी क्या चीज है! उसमें रहो तो बाहर जाने को जी छटपटाता है, उससे दूर हो जाओ तो उसी घोंसले की याद में मन तड़प उठता है। औरत के लिए घर अपने बालक सा है। सारंग अस्पताल में एक पल को भी तो नहीं भूली—बिना झाड़ा-बुहारी के धूल-गर्द में अट गया होगा आँगन। कौवा-चिरइयों ने ही सींक-पतेल, घास-फूँस ला डाला होगा। बंद किवाड़ें देखी न जाती होंगी बाबा से। चंदन न जाने कहाँ भटकता होगा? बाबा-नाती भूखे-प्यासे ··· घर के जीवित-अजीवित हिस्सों को याद करके बेचैन हो उठती थी सारंग। जितना याद करती उतनी ही उजड़ी हुई तस्वीर उसके सामने उभरती आती।

इधर श्रीधर ··· छोड़ते नहीं बनते। बीबी की तीमारदारी पर भरोसा नहीं बैठता। मगर घर और अस्पताल में कितना अंतर है! अब जल्दी अच्छे हो जाएँगे श्रीधर। माना कि इंजेक्शन, स्प्रिट, रूई, पट्टी, गोली, मरहम की ट्यूब, यहाँ तक कि गिलास-कटोरी में भी अस्पताली गंध बसी है। मरीज और तीमारदार उसी में रच-बस गए, फिर भी घर के माहौल ने जैसे बाँहों में समेटकर छाती से चिपका लिया हो। चैन और सकून आँखों में सिमट

आया है। अपनेपन का मीठा सा सुख। छत, भीतों और किवाड़ों का गहरा दुलार। श्रीधर के चेहरे पर संतोष सा है। सारंग गौर से देखती है।

'तुम घबरा तो नहीं रहे? मैं तुम्हें यहाँ ले आई।' उसने उनके सिर से हथेली छुआकर पूछा।

आँखों ही आँखों में क्या बोले श्रीधर?

वह लौंगसिरी बीबी की ओर देखती है, जो हाथ में दूध का गिलास लिए खड़ी हैं। नजरों से पूछ रही है सारंग, बीबी तुमने कुछ सुना?

'अच्छी करी, यहाँ ले आई। मेरे घर में कोई झाँककर तो देखे बंजमारा । हाथ तो लगावे सिरीधर से,' कहकर बीबी ने गिलास आगे बढ़ा दिया।

घर आकर काम में रम गई वह। झाड़ा-बुहारी की सबसे पहले। बासी पानी उँड़ेला। नल चलाकर ताजा पानी के घड़े भरे। बर्तन माँजे। चूल्हा पोता। चौका लीपा।

घर क्या भटियारखाने का दूसरा रूप । मर्दों का करना-खाना ··· बाबा क्या चौका-चूल्हा लीपते-पोतते? कह रहे थे—अरी, हमने तो रूखी-सूखी रोटी बउआ से ठोककर खा लीं।

सारंग ने आलू का साग राँधा। उड़द की दाल राँधी। जतन से फुलका बनाए।

बाबा और चंदन को परोसकर खिलाए तन-मन से। दोनों के दोनों जैसे कब के भूखे हों। चंदन तीन रोटी खाता है कभी? दाल-साग के नाम पर ठुनकने लगता है। आज देख लो, लड़के ने थाली में सिर गाड़ दिया।

बाबा ने चार बार उड़द की दाल माँगी है।

भँवर की अम्मा ने क्या खिलाया हमारे बाबा और चंदन को? सोचती है सारंग। अपने बिना कोई नहीं। सब रीत-रस्म निभाते हैं। तनिक खारापन आ गया उसके मन में। भँवर की बहू पीहर चली जाती है, तो दोनों वक्त पूछती है सारंग। भँवर की माँ को चूल्हे पर नहीं चढ़ने देती। कहेगी तो राही भँवर रो। उराकी नेकी का यह बदला दिया! इससे अच्छा तो वह कलावती चाची से कह जाती।

झाड़-पोंछकर खाट बिछाई। सोने-ओढ़ने के कपड़े फटकारे खूब। रजाइयाँ डालीं। चंदन को सोने की कहते-कहते यकायक लगा, एक बार और बीबी के घर ···

वह फिर श्रीधर को देखने चल दी।

द्वार से निकल रही थी कि बाबा ने पुकारा—'सारंग बेटी!' वह लौट आई।

'मास्टर अब ठीक हो रहा होगा। देखकर अपने घर लौट आना। लौंगसिरी है तो सही वहाँ। रंजीत का क्या भरोसा कब आ जाए? मैं उससे डर नहीं रहा, पर तेरी जिम्मेदारी भी तो है कुछ। बेटा, रस्सी को इतना ही खेंचते हैं कि टूट न जाए।

'मैं जानता हूँ कि इस समै मास्टर के लिए तू जान देने को भी तैयार हो जाएगी। रंजीत ने किया ही ऐसा है। ··· पर बेटी, तू रंजीत को भी तो ठोकर नहीं मार पाएगी। तू लौट आना जल्दी। आँख ओझल जो होता है, उसका मलाल इतना नहीं मानता आदमी, पर अँखदेखते ···'

बाबा दो पल चुप रहे। सारंग खड़ी है, जब तक बाबा कहते नहीं कि जा, जाए कैसे?

'तू यह मत सोचना कि यह बूढ़ा तुझे घर के फर्ज याद दिला रहा है। फर्ज मानकर कोई काज किया जाए तो वह पूरा नहीं होता। काज के संग मन बाँधना भी लाजिमी है। एक बात साफ कहूँ, बुरा तो नहीं मानेगी? ··· मास्टर से तू प्रेम के कारन बँधी है तो रंजीत से मोह के जरिए। मोह को काटने के लाख जतन करते हैं हम, कटता है क्या? तू पीहर चली गई, मैंने समझा भूल जाएगी इस घर को। कम से कम साल-छः महीना तो नाम भी न लेगी अतरपुर आने का। मैं जानबूझकर ऐसी नासमझी करना चाहता था बेटा। जबकि जानता था कि तेरी खबर आज नहीं तो कल ··· जैसी कि तैने आठ-दस दिन बीतते न बीतते भेज दी—बाबा लिवा ले जायँ मुझे।

'कहाँ काट-पाई इस घर-द्वार का मोह? सो सारंग, बिरथा की रार-कलह ··· कुछ नहीं धरा बेटी एक-दूसरे पर झपटने-जूझने में! जिंदगी कितने दिन की? हाँ, यह बात जरूर है कि जैसे रंजीत से कोई पूछनेवाला नहीं कि तू कहाँ गया था, कहाँ से आया है? मैं तुझसे भी कोई सवाल नहीं करूँगा ऐसा। पर इससे गिरिस्ती का तप तो कम कठिन नहीं हो जाएगा? सारंग ··· मोह से ही जुड़ा है तप।'

बाबा—ऋषि-मुनि!

सारंग लौंगसिरी बीबी के घर की ओर न बढ़कर, पीछे लौट आई। घर के द्वार में प्रवेश किया। किवाड़ें बंद करके साँकल लगा ली भीतर से।

आकर चंदन के पास लेट गई। रजाई डाल ली देह पर।

चंदन को चिपका लिया अपने शरीर से। सिर सहलाने लगी। पूछती रही—'स्कूल तो खुला न होगा?'

'नहीं, ताला डाल दिया था पन्ना दाऊजी ने। हुकमा ने कहा था उनसे।'

'बाबा के पास आदमी बैठते थे, क्या कहते थे? किसने मारा है तुम्हारे मास्साब को?'

'कहते थे, प्रधान ने पिटवाया है, अपने आदमियों से।'

'तेरे चाचा का नाम लेता था कोई?'

'हाँ, राकेश लेता था,' उसने माँ की कमर को दुबली बाँह से घेर लिया।

गहरी साँस लेकर बोली सारंग, 'अच्छा!'

चंदन सोना चाहता है। उसकी आवाज औंधियाई हुई है। वह चंदन के कंधे पर थपकियाँ देने लगी। चंदन छोटी-छोटी साँसें ले रहा है। माँ जान रही है, वह सो गया।

पल-पल रात बीत रही है। वह सो जाना चाहती है। आँखें बंद हैं।

··· लेकिन मन में अनेक विचार! 'कहाँ होंगे रंजीत? छिपे ही होंगे कहीं। ऐसा क्यों किया? क्या इतने गिर गए वे? मास्टर की महिमा गाते-गाते अचानक उसकी जान पर सवार ··· कौन हाँक रहा है रंजीत को? प्रधान की संगत-सोहबत? कि उनका खुद का जुनून? प्रधान हो जाने की लालसा? गाँव पर राज करने का स्वार्थ? गाँव के लिए मरने-जीनेवाले

रंजीत ··· तुम्हें क्या हो गया? किसने धकेल दिया इस घिनौने दलदल में?

'··· या मेरा ध्यान श्रीधर की ओर जाय, यह तुम्हें पसंद नहीं? श्रीधर का नाम भी मेरी जीभ पर आते ही तुम भड़क उठते हो! मुझे बिगाड़ रहा है वह, सोचकर मास्टर को धर दबोचा? भीतर ही भीतर तुम्हें क्या साल रहा है? अपना ही घमंड तुम्हारे चिथड़े किए देता है रंजीत। जब कभी उस घमंड पर चोट महसूस करते हो, तुम झपटते हो मुझ पर तो कभी श्रीधर पर।' सोचत-सोचते आँखें भर आईं।

'श्रीधर का कौन है यहाँ? वह अकेला तुम्हारा विरोध सहकर तुम्हारे बच्चों को पढ़ा रहा है। तुम्हारे हाथों पिटकर, कुचले जाकर गाँव का स्कूल चला रहा है। अड़ा है तुम्हारे सामने।

'मैं क्या करूँ अब? उसको यों ही टूटते जाने दूँ?' सारंग की पलकों के भीतर बंद पुतलियाँ फड़फड़ाने लगीं। देह में हलचल मच रही है। खाट पर पड़ी रजाई में दुबकी खुद को ही आरपार देख रही है—कभी तीखी और कड़वी नजर से, कभी करुण और तरस खाई निगाह से, तो कभी धरती को रौंदती जाती वहशीपन से भरी स्त्री की आँख से ···

नींद की जगह शूल उग आए भोली पलकों के नीचे! फिर भला कहाँ की नींद? कहाँ का विश्राम? छाती से हलक तक लपटें उठ रही हैं। मेरे रहते ऐसा अन्याय! एक आदमी को ··· श्रीधर को ··· मेरे श्रीधर को ··· घोंट-घोंट का मार डालेंगे ये लोग?

सारंग ने आधी रात में लौंगसिरी बीबी की किवाड़ें खटखटा दीं।

भीतर चली गई, श्रीधर के पास।

बीबी घुसते ही बोली थीं, 'सोया नहीं है अभी। कहता है नींद नहीं आती । तू सँभाल उसे। मुझे तो यह भी नहीं मालूम कौन सी दवा, कौन सी गोली ···?' कहकर बीबी भीतर तक भी सारंग के साथ नहीं आईं। रौस पर खड़ी रहीं।

'श्रीधर!' सारंग ने लपककर उनके माथे पर हाथ घुमाया।

'अरे! तुम!' आँखें खोल दीं उन्होंने।

'बाबा और चंदन?'

'ठीक हैं सब। करके खिला आई। चंदन सो रहा है।'

लालटेन की उदास रोशनी में श्रीधर ज्यादा गमगीन लग रहे हैं। निगाहों में वे ही सवाल उठ रहे हैं, जो सारंग सोचती रही है। सहमी सी वह नीचे बिछे बोरे पर बैठ रही और कुछ देर बाद श्रीधर की खाट की पाटी पर सिर टेक दिया।

मास्टर का हाथ डोल रहा है सारंग के बालों पर। सिर सहलाते हुए कुछ बोल रहे हैं, जैसे खुद से ही कह रहे हों—'कैसी मशालें लेके चले थे तारगी में आप। जो रोशनी थी, वह भी सलामत बची नहीं ··· सारंग, मुझे दुष्यंत कुमार की यह लाइनें बार-बार याद

आ रही हैं।' कहकर हलके से हँस दिए—खोखली सी हँसी!

सारंग ने तड़पकर सिर उठाया।

'यह बताओ कि किसके लिए सह रहे हो यह सब? ईमानदारी के बदले सजा! तुमसे पढ़नेवाले बालक ईमानदारी बरतना चाहेंगे फिर? यहाँ के लोग तुम्हारे पीछे पड़ गए हैं, और तुम यहीं धूनी रमाकर ··· तबादला करा लो। मैं कह रही हूँ अब।'

'तुम निजात चाहती हो मुझसे?' श्रीधर ने नजरें गड़ा दीं सारंग के चेहरे पर।

'हाँ! निजात चाहती हूँ।'

'तो करा लूँगा तबादला भी। तुम चिंता न करो,' कहकर वे सीधे लेट गए।

'मेरे कारण झेल रहे हो इतना? और मुझे मारे डाल रहे हो।' आवाज में आँसुओं की मिलावट साफ सुनाई दे रही है।

'अपने ऊपर मत लो,' श्रीधर के होंठ टेढ़े हो गए दर्द से।

'मैं इस रास्ते क्यों निकला हूँ? अध्यापक, वह भी ईमानदार स्कूल मास्टर—एक दयनीय और लिजलिजे आदमी का चेहरा! उस जैसी तुच्छ चीज को मैं ऋषि-मुनियों से जोड़ने निकला था। पागलपन चढ़ा था मुझे। तभी तो कमंडल लेकर जंगल-बीहड़ों में नहीं गया, गाँवों में आ गया। प्रधान और उसके चमचों से मिलीभगत नहीं कर पाया। मेरा वहशीपन है यह। अब मेरा ही फैसला होगा कि मैं अपना तबादला कराऊँ या न कराऊँ?' आवाज में अनोखा अक्खड़पन! सारंग हैरान सी देखती रह गई।

'तो इतना गुस्सा करने लायक हो गए तुम,' लाड़ उमड़ आया सारंग के भीतर। मुस्कुराती हुई फिर बोली, 'या मुझे खरी-खोटी सुना रहे हो?'

'तुम्हें नहीं, खुद को धिक्कार रहा हूँ। मैं क्या साला समाज सुधारक था? या शिक्षा विभाग का ठेका लिया है मैंने? आदर्शों पर चलकर किसका भला करना चाहता हूँ? या किसी का भला कर पाया हूँ? मेरे कारण तो बिना बात ही बवंडर उठते रहे हैं। मार-पीट, थाना-पुलिस, गिरफ्तारी! यह सब एक स्कूल मास्टर की करतूतों का नतीजा हो, तो कौन करेगा विद्या और विद्यार्थियों से जुड़े इस आदमी पर भरोसा?' श्रीधर निर्दयता से खाट पर एड़ियाँ रगड़ रहे हैं कराहते हुए ···

सारंग की आँख डबडबा आईं। मन में बहुत कुछ भर आया है। तकलीफ की इस भरावट से मुक्ति मिले तो कुछ कहे। पर कहना कोई जरूरी तो नहीं। श्रीधर इन चोटों को ठीक नहीं होने देना चाहते। ये चोटें मुझे बेहाल जो कर रही हैं।

'यह कहो कि मैं बेशर्म हूँ। मरूँगा नहीं आसानी से,' उनकी तीखी आवाज!

'फिर से कहना?'

'तुम खूब समझती हो।'

'समझ रही हूँ, तभी पूछ रही हूँ। इन चोटों के लिए तुम्हें पछतावा नहीं ···?'

'मुझे सबसे ज्यादा दुख अपने लिए ही है। फिर कहता हूँ—मैं ही तो हूँ, जिसने स्कूल को चकल्लस और साजिश का केंद्र बना दिया। न मालूम मेरी किस्मत ही खराब थी कि

इस स्कूल का भाग्य मैंने धोकर धर दिया। सोचता था कि बच्चों की दुनिया में किसी षड्यंत्र की घुसपैठ कभी न हो। ··· पर सोचने से कुछ नहीं होता, आज साफ है सब कुछ।'

'द्रोणाचार्य की तरह हुकूमत के मारे हुए तुम ···' सारंग मुस्कुरा रही है। आँखों में आँसू की कनियाँ उलझी हुई हैं।

'मैं जानता था, इस नाटक के दीक्षादान में अँगूठा मेरा ही जाएगा।'

'अच्छा अब सो जाओ। अस्पताल की नर्स इतनी बातें करने देती?'

'तभी तो आज कसर पूरी कर रहा हूँ,' श्रीधर का चेहरा भोले बालक की तरह नरम हो आया। आँखों में मीठी मुस्कान झलक आई। सारंग के कंठ का खारा पानी शरबत में बदलने लगा। प्यार से हाथ थाम लिया।

'पिछली दो रातों कितना सोया हूँ! सच मानो, पूरी उमर न सोया इतना। सदा दो-दो घंटे पर जाग जाता हूँ।'

'गोलियाँ दे दी थीं नींद की।'

'गोलियाँ कि तुम? तुम जो बैठी रहीं पास। मैं बेफिक्र ··· हाथ-पाँव भी कट जाता तो परवाह न करता। तुम्हारा पास होना ··· क्या बताऊँ? ···' श्रीधर छत की कड़ियों से बोल रहे हों जैसे।

सारंग उस लम्हे की खुशबू सूँघकर आँखें बंद कर लेना चाहती है।

'इस लगाव के लिए ही तरसता रहा मैं, सारंग! सच मेरे घाव सिरा जाते है तुम्हें देखते ही!'

घावों की बात आते ही वह अकुला उठती है। उनकी यह दुर्गति किसने की, कहीं बिना पूछे ही खोल न धरें श्रीधर? विनती करना चाहती है—मेरा भरम बना रहने दो श्रीधर। मैं अभी धुंध में हूँ। न मालूम रंजीत थे भी या नहीं ··· खुद को अँधेरे में रखना चाहती हूँ। तुम्हारे मुँह से रंजीत का नाम ··· यह भयानक सच सुनकर आपे में नहीं रह पाऊँगी।

'मैं चलूँ अब?'

'अपना मन समझाती हो या सचमुच मुझसे विदा ले रही हो?'

'... '

'सारंग, मैं जानता हूँ, तुम जाने के लिए नहीं आईं। तुम भी समझ रही हो कि मुझे इस तरह छोड़कर ··· सच कह रहा हूँ न मैं?' होंठों पर चीखती एक प्यास थम गई कहते-कहते।

और वही प्यास सारंग के बदन को झकझोरने लगी, मन को तपाकर पिघलाने लगी। देह की नस-नस में प्यास का पिघला हुआ असर ··· श्रीधर की चाहत ने जकड़ लिया है उसे। सपने देखे थे ऐसे—श्रीधर के प्यार के सपनों में डूबती चली जा रही है। आँखों के आगे एक ठिठकापन अड़ता है बार-बार, मगर उसकी अनावृत नजर सबकुछ रौंदती श्रीधर की ओर दौड़ रही है।

कोई दर्पण न आइना! रंजीत का बर्बर चेहरा ··· श्रीधर पर हमला करता हुआ! आह

न कराह ⋯ श्रीधर का कुचले केंचुए की तरह तड़पना! खौफनाक पंजों के बीच छटपटाता स्कूल मास्टर ⋯ अंधी आँखोंवाले समय की धार में बहता जाता एक बालक—चंदन! मासूम चेहरे से पपड़ी की तरह उतरता नटखटपन! लपलपाती लौ वाला औंधा पड़ा स्टोव! टेपरिकार्डर में बजते गीत में पड़ती दर्दनाक भँवर! चिथड़ों-चिथड़ों, खंड-खंडों में गिरता-ढहता स्कूल! कितने ही चित्र बने-बिगड़े सारंग की नजर के सामने। उन तस्वीरों के नंगे चेहरे ⋯

सारंग ने श्रीधर के पाँवों पर सिर धर दिया। ज़ार-ज़ार रोने लगी।

उठना चाहते हैं वे।

वह लपककर उठी और रोक दिया। 'तुम ज्यादा उठा-बैठी मत करना। पाँव सहला दूँ। नींद आ जाएगी,' आँसुओं से सराबोर है आवाज।

'सारंग! तुम रोती हो? क्यों? ⋯ तुम मुझे ज्यादा न तड़पाओ सारंग।'

वह पाँवों पर हलके-हलके हाथ फिराने लगी।

'अरे! गंदी आदत डाल रही हो। आज तुम हो, कल कौन?'

'नहीं मालूम मुझे। पर तुम्हारे पाँव सहलाना मुझे अच्छा लगता है।'

'अच्छा! बिना हुकूमत का आनन्द ले रही हो।' श्रीधर लेटे-लेटे ही हँसने लगे। 'यह सोचा है कि बीबी भी यहाँ हैं, उन्हें बुरा लगेगा?'

'बीबी कब की सो गईं। सुन रहे हो खर्राटे?'

श्रीधर पाँव खींच लेना चाहते हैं।

'संकोच क्यों मान रहे हो? तुमने मुझसे कहा तो नहीं। शर्त तो नहीं रखी पाँव दबाने-सहलाने की।' हथेली फिरा रही है नंगे गोड़ों पर, चोट बचाकर। तन्मयता से देख रही है उन चरणों को।

मरकर जीवन पाया है मैंने। श्रीधर, यह दिन मैं कभी नहीं भूलूँगी।

वह हँस पड़ी यकायक।

'क्यों हँसीं तुम?'

'पहली बात होती तो मालूम है बीबी क्या कहतीं? कहतीं : रंडी, तू मास्टर की राधेरानी बनी डोल रही है। रंजीत रार करे न तो क्या करे? बड़ी बहू तक तेरे नाम पर चुप्पी साध लेती है। प्रधानिन ने अपने घर कथा में नहीं बुलाया तुझे। थू-थू करा रही है गाँव में।' कहकर सारंग चुप हो गई।

श्रीधर आँखें मूँदे लेटे हैं।

'गाँव की औरतों के हिसाब से तो मैंने अपना धर्म भ्रष्ट कर डाला श्रीधर।'

श्रीधर ने हाँ-हूँ कुछ भी न की।

सारंग चुपचाप सेवा कर रही है, या प्यार उँड़ेल रही है?—मेरा मन जिद्दी है श्रीधर। कहता है, जिस मर्द के साथ तेरे पिता ने विदा कर दिया, उस मालिक से वापिस माँग ले अपनी देह। जीती-जागती पाँच इन्द्रियों के संग तो जानवर बेचे जाते हैं। उन्हीं का रस्सा पकड़ाया जाता है दूसरे के हाथ। यह बात रेशम के मन में भी आई होगी, तभी

तो उसने धर्म बिगाड़ लिया। गुरुकुलवाली मेरी साथिनों ने भी त्याग दिया था देह-धर्म का विधान, उन पर भी सजा के कोड़े बरसे। लौंगसिरी बीबी की अम्मा ने भी नहीं माना, बीबी ने कील दी उनकी जवानी। आज रोती हैं बीबी। कहती हैं—'ऐसी बातें और मत बता री सारंग। मैं अपनी महतारी को ताँसना देती रही। ··· पर मैं खुद भी अपना ताप मारती रही हूँ। पूरी उमर पीहर में बिता दी। मुझे क्या मर्द की चाहना नहीं होती थी? आज समझी कि मेरी अम्मा मौका मिलते ही आदमी का भेस धरकर क्यों जाती थी बद्री चाचा से मिलने? वह जानती थी कि मर्दों के ऐसे कसूरों को माफी मिल जाती है। तू रंजीत के रहते अपने मन की कर रही है, मेरी अम्मा विधवा होकर भी तरसती रही, मेरी ही दहशत के मारे ··· मेरे ऊपर पाप धर गई। पाप न पड़ता तो हतीसावाला मेरे रहते दूसरी से नैना जोड़ बैठता? तेरे जीजा को रंडी ज्यादा प्यारी हो गई, और मैं सुहागिल ही विधवा ···

'मैं नहीं जानती थी कि मेरी माँ रात उठकर सीरे पानी से क्यों नहाती है? मैं मति की मारी तो समझती थी कि पूजा-पाठ और भजन ध्यान करती है, पर वह अपनी देह का ताप मारती थी। सतमंती बनने की कोशिश में अपनी देह भसम करने लगी थी। ··· मैं ऐसा पहले जान लेती तो उसे तिल-तिल जलकर राख ने होने देती। कह देती उमर है तेरी, उछाह है मन में तो बद्री चाचा से ब्याह कर ले अम्मा। तेरे लिए मोहल्ला-पड़ोस, जाति-बिरादरी गाँव-पुरा, नाते-रिस्तेदार कुछ नहीं सोचनेवाले! जो सोचना है, तुझे ही सोचना है।'

'चुप्पी क्यों साध ली? कुछ बोलो न!' कहकर श्रीधर ने पाँव कसमसाए।

'अरे! सोए नहीं अभी तक!'

'सोऊँगा, न सोने दूँगा। मान न मान मैं तेरा बीमार!'

'ए ऽ ऽ ··· अहसान मान रहे हो! बड़े विश्वासघाती हो! मीत कहते हो तिस पर! मेरे अहसान का बोझ उठा पाओगे?' कहकर सारंग शरारत से मुस्कुराई और सिरहाने की ओर उठ आई।

'अब तो यही दुआ करता हूँ कि ठीक होते ही मुझे फिर से कोई पीट जाए।'

रीझती हुई निगाह से देख रही है सारंग। श्रीधर के मुँह से ये बोल सुनकर छातियों में दोनों ओर कुछ छलछलाने लगा है। लाड़ में भरकर झुक आई ऊपर, होंठों के नजदीक होंठ ले आई, 'सेवा करने नहीं आऊँगी। समझ लेना।'

श्रीधर ने बाँह डाल दी गर्दन के गिर्द।

'कहाँ दबा दूँ बोलो?' वह पूछती है।

'ऐसे ही बैठ जाओ मेरे पास। पूरी रात बैठी रहो।' खाट की पाटी पर बिठा रहे थे उसे, मगर वह नीचे बिछे बोरे पर बैठ गई।

'सारंग!' श्रीधर ने कुछ इस तरह से पुकारा नाम कि वह अंतर्मन तक तरंगित हो उठी।

'बोलो!' इंच भर भी दूरी नहीं है अधरों से अधरों के बीच।

'सारंग!'

श्रीधर की पुकार है यह? या मोरनी की तरह मैं ही आवाज दे रही हूँ! और लौटकर प्रतिध्वनि आती है श्रीधर की। जो कुछ वे सोच रहे हैं, चाह रहे हैं, वही चाहना मेरी आँखों में भी दिखाई दे रही है उन्हें?

'जाओगी तो नहीं?'

'नहीं।'

'नहीं' शब्द ने कैसी ताकत दे दी! 'नहीं' शब्द में कैसा विश्वास था कि वह हौले से उठी और खाट पर बराबर में आ लेटी। श्रीधर को दुलारती हुई, उनके सिर पर हथेली फिराती हुई कहती है, 'बस! अब तो खुश!'

निहाल हो उठे श्रीधर।

लालटेन की मद्धिम सी लाल रोशनी में चूमती रही वह उनके होंठों ···

··· मगर जैसे ही श्रीधर की बाँहों की जकड़न देह पर कसने लगी चू चू चू करती हुई मछली सी छटपटाने लगी।

गिरफ्त ढीली कर दी श्रीधर ने।

'मनाऊँ तुम्हें?' वे याचनाभरी आँखों देखते हुए कहते हैं।

'तब क्या ऐसे ही! रोटी-दाल की तरह?'

'सो तो है। पंख पसारते-पसारते मोरनी केंक-केंक करती है।' श्रीधर कभी ब्लाउज के ऊपर हाथ धरते हैं, तो कभी कनपटी पर चूम लेते हैं।

ज्वार उमड़ा तो खुद ही बटन खोल दिए ब्लाउज के।

श्रीधर एकटक देखते रह गए, 'ये पिड़कुलिया के नटखट बच्चे! दूधिया!'

आँखें मूँद लीं उसने, और बाँह पर ले लिया श्रीधर का सिर कि उनके होंठ पास, और पास आ जाएँ छाती के। पूरे कसाव के साथ सट गई।

न जाने एक क्षण को क्या हुआ उसे! कसावट शिथिल पड़ने लगी।

'ए ऽ ऽ, बेईमानी! प्यास जगाकर तरसानेवाला साथी विश्वासघाती होता है।'

कैसे बताए श्रीधर को कि बेईमानी नहीं, पति की दो आँखें उग आई हैं कोठे में! दीवारों पर, किवाड़ों पर, छत की कड़ियों पर ···

वह जानबूझकर मुक्त हुई उन घूरती आँखों से। नजर श्रीधर की नजर में मिला दी। दुगुनी आतुरता से प्यार करने लगी उनको । सनसनाता ज्वार सिर चढ़कर बोलने लगा। अब रुकना-ठहरना कैसा? मोहलत नहीं देती देह फिर।

'मैंने तो तुम्हारी पूजा की थी सारंग।'

वह झुंझला गई। बदले में उनके होंठों के नीचे अपना कोमल कपोल सटा दिया।

'तुम सोचती होगी, मैं जानवर ···' कहकर उसे बेपर्द करने लगे श्रीधर।

बंधन खुलने लगे ··· रोम-रोम बोल रहा है। कड़ियाँ टूट रही हैं।

घायल श्रीधर के ऊपर हौले से उतर गई सारंग ··· लहरों पर लहरें! अपने आप

को तोड़कर श्रीधर को जिता रही है। उनकी नस-नस में अपना सत्त भरे दे रही है। उनकी देह के रोम-रोम में बहती पीर सोखे ले रही है। होंठों के बीच ताप की ध्वनियाँ ··· श्रीधर को रस-कलश पिलाकर रिता डाला।

··· आनंद के लम्बे, बहुत लम्बे क्षण! निर्विकार हो चली वह।

शांत हुई तो उनकी छाती से लग गई। आँखें भीग आईं। जैसे ही श्रीधर ने उसका चेहरा उठाकर देखना चहा, नन्ही बच्ची की तरह फफक-फफककर रोने लगी।

'अरे! सारंग! पगली!' प्रीति के शहद में लिपटा स्वर।

रोती जा रही है। और अच्छा लग रहा है उनका इस तरह बोलना। लाड़ कर रहे हैं वे। थपथपाकर बहला रहे हैं। ··· ऐसा प्यार नहीं पाया आज तक। ऐसी घड़ी से सामना नहीं हुआ था अब तक। काश, ऐसे ही आँखें मूँदे लेटी रहे, उनसे चिपकी हुई। प्यार और अपने होने का अनुभव ऐसा ही होता है। लुटकर इतना ही सुखी होता है आदमी! देह के भीतर बहती नदी किसी प्यासे को दान कर दी, या खुद ही वीरानों में कोई छोटा सा झरना खोजती हुई हलकान हो रही थी, आज तृप्ति ने मदहोश कर दिया।

न जाने कब आँख लग गई सारंग की।

श्रीधर ऐसे सोए कि होश न रहा।

एक-दूसरे के आगोश में लिपटे हुए दो इनसान ··· बंद पलकों पर तितली सी बैठी नींद ··· कि भूचाल आया अचानक!

सारंग हड़बड़ाकर जागी।

किवाड़ों पर धाँय-धाँय हो रही है। खट्ट-खट्ट की कनफोड़ ध्वनि ने बेचैन कर डाला। किवाड़ों को तोड़े डाल रहा है हमलावर!

सारंग उठकर आँगन में चली आई कपड़े सँभालती हुई ··· आशंका नहीं, उसे विश्वास था, यह बर्बर आक्रमण रंजीत की ओर से ही है। हाथ-पाँव ही नहीं, देह की भीतरी तहें, मांस-मज्जा का एक-एक तंतु डोल गया। धड़कन गले में आ गई।

लौंगसिरी बीबी यकायक चिल्लाईं, 'अरे कौन है रे?'

'अरे कनास! किवाड़ें टूटी जा रही हैं। को है तू? खोल रही हूँ। खोल रही हूँ।'

··· लेकिन बाहरवाले पर कोई असर नहीं। शायद लात मार रहा है। धचाक्! धचाक्! धचाक्! खट्ट खट्ट खट्ट धचाक्।

बीबी से नहीं खुल पा रही साँकल। उनके हाथ काँप रहे हैं।

सारंग आगे बढ़ी और किवाड़ें खोल दीं हिम्मत के साथ।

श्रीधर उठ आए धीर-धीरे।

किवाड़ें खुलीं कि रंजीत का राक्षस रूप! बाल तितर-बितर, बढ़ी हुई दाढ़ी, बासी चेहरा, आँखें सूजीं-सूजीं सी ···

हाथ में दोनाली बंदूक!

ललकार रहे हैं, 'साली आ इधर। बाहर निकल बदकार। तेरी माँ को ··· बहनचो ···

निकल! आ!' बंदूक का बट उछालते हुए झपटे।

सारंग बाल-बाल बच गई। लौंगसिरी बीबी ततैया खाई सी चिनचिनाने लगीं, 'अरी, जा री सारंग। बहना तू अपने घर जा। इस कढ़ीखाए के ऊपर तो पिरेत सवार है। एकाध की लहास कर देगा। ओ सिरीधर, अरे भीतर ही रहियो।'

'निकाल उस यार को। ठौर करके मानूँगा आज, जान से खतम।'

लोग घरों से निकल आए। कोई गले में कुर्ता डालता आ रहा है, तो कोई फतूरी चढ़ाता आ रहा है, कोई नंगे पाँव ही ··· मोहल्ला गनगना उठा।

सारंग पत्थर की शिला बनी खड़ी है। ऐसी शिला जो किसी से डिगे तक न।

'सारंग, तू जा। इसके मूँड़ पर खून सवार है।' बीबी ने किवाड़ें बंद करनी चाहीं।

'मुझे खड़ी रहने दो बीबी,' उसने बीबी के हाथ से अपनी धोती का छोर झटक लिया।

रामजी बाम्हन रंजीत की बाँह से लटक गए, 'चला तू बंदूक! बंदूक चलाने आ गया है!'

रंजीत ने उछलकर सारंग पर झपट्टा मारा और चुटिया पकड़कर खींच लाए दरवाजे से बाहर । वे झिंझोड़ रहे हैं, जैसे जानवर शिकार को झिंझोड़ता है।

'चू चू चू मार डालेगा इसे!' लौंगसिरी बीबी संग खिचड़ने लगीं।

दस-पंद्रह आदमी और जुड़ गए।

रंजीत सारंग के बाल नहीं छोड़ रहे। पर्दा-घूँघट सब उघड़ गया।

'साले मास्टर का बच्चा! तेरी मौत मेरे ही हाथों लिखी है।' उनके हाथ में बंदूक और होंठों पर जहरीली गालियाँ!

'बेटीचो ··· मेरे हाथों इतनी मार खाई, फिर भी तेरी यह हिम्मत! परायी लुगाई को ··· साले ठौर मार दूँगा अभी, चाहे फाँसी चढ़ जाऊँ। फाँसी का डर नहीं है।'

औरतें घूँघट मार-मारकर घरों से बाहर निकल आईं। चू चू, हाय-हाय, त्राहि-त्राहि की धुन बँध गई।

पन्नासिंह लाठी उछालते हुए चले आ रहे हैं लंगूर की तरह, भागते, फलाँगते।

'बदमास आ गए क्या? अरे चलियो रे। मारो सालों को। जाने न पाएँ।'

छीता नाई रंजीत की कमर में खोंपी भरे खड़ा है, वे कसमसा रहे हैं। पूरा बल लगाकर छीता खिचड़ रहा है—एक-एक कदम। उसका इस तरह रोकना उनके क्रोध में कई गुना बढ़ोतरी कर रहा है।

श्रीधर विवश से खड़े हैं बीबी की चौखट पर।

हाथ मलते से चरनसिंह बौहरे। घिघियाते रामजी बाम्हन और बर्र सी नाचती हुई लौंगसिरी बीबी! न जाने किसका इन्तजार कर रहे हैं? कौन सा पवनपुत्र आकर उबारेगा सारंग को? कौन बचाएगा उसे?

यकायक बालिस्त भर का आदमी ··· पन्नासिंह टूट पड़ा। उसकी लाठी रंजीत की कमर पर बजने लगी—ताड़! ताड़! ताड़!

'साले रंजीत! बंदूक से भूँज दे मुझे। मेरे कौन से बाल-बच्चे बैठे हैं! तू धिंगरई दिखा रहा है कि बैयरवानी को कैसे पीटते हैं। अब मेरी लठिया का कमाल देखता जा, कि कैसे तेरे हाथ-पाँवों का चूरन करती है।' वे किचकिचाकर मारे जा रहे हैं—ताड़! ताड़! ताड़! रंजीत ने लाठी पकड़नी चाही। पन्नासिंह ने फिरकी खाकर तुरंत पैंतरा बदला।

उनकी बंदूक गिर गई। खुद भी लुढ़क गए।

लोगों ने पन्ना को पकड़ा, 'अरे बाबरे, फौजदारी कर रहा है!'

'साले लोखटाओ! तुम सब बहू के पिटने का तमासा देख रहे हो। भैंचो ··· यह मालिक है इस बहू का? जल्लाद, साला कसाई!'

दाँव लगते ही रंजीत ने पन्नासिंह की पतली सी गर्दन दबोच ली।

'निकाल दूँ जान! मैं सोचता हूँ छटाँक भर के आदमी के खून से क्यों अपने हाथ रँगूँ।'

सारंग कहाँ? घूँघट कहाँ? सब लाज-बेलाज! पन्ना दाऊजी अब कैसे बचें?'

बाबा कब आए? बंदूक तान दी उन्होंने। रंजीत की ओर निशाना साधकर बोले, 'छोड़ पन्ना को! यह मत सोचना कि मैं तेरा बाप हूँ। ··· रंजीत, इस गजाधर ने पलटन में रहकर अपनों को भी मारा है। मेरे लिए मरना-मारना हत्या-कतल नहीं, धरम है।'

रंजीत के हाथ ढीले पड़ गए। पन्नासिंह मुक्त हुए।

प्रधानजी धोती का छोर थामे भागे चले आ रहे हैं।

'अरे गजाधर चाचा! यह बंदूक! गोली! अरे यह क्या गजब? गाँव में हत्या ··· मैं माफी माँगता हूँ इस रंजीत की तरफ से। इसकी तो मति मारी गई है। नादान जब न तब गँवरई पर उतर आता है। लाओ, मुझे पकड़ाओ बंदूक और चलो तुम घर। भाई, सब जाओ अपने-अपने घर। गाँव में वारदात हो, यह हम नहीं चाहते।'

सारंग बेपर्दा चली जा रही है। अपने घर की ओर।

औरतें अपने-अपने द्वार पर निकलकर देख रही हैं उसकी बरबादी। कुछ चू चू चू करके उस पर तरस खा रही हैं। होंठों ही होंठों में घुन-घुन घुन-घुन उसकी निंदा।

महारास का अंत! ऐसा होगा, कब सोचा था?

घर-आँगन बियावान! सोचा था कोठे में जा लेटे, लेकिन ऐसा नहीं कर सकी।

दालान में धरती पर बैठ गई सारंग। जैसे अपनी मौत की गमी में बैठी हो। रंजीत की बहू नहीं रही हो। चार दिन से इस घर को सपने में देख रही थी। तमाम काम याद आते थे ··· उसने खाली-खाली निगाहों में घर को बटोरना चाहा ··· पर सबकुछ बिखरा हुआ! बारह बाट सा है सारंग का आँगन। सूरज आधे आकाश चढ़ आया।

बाबा के लिए खाना बनाना है। जिस घर में बाल-बच्चा हो, उस घर का चूल्हा ठंडा नहीं रह सकता। चंदन ज्यादा नहीं तो दो-चार कौर ही खा लेगा।

सारंग का गोड़ पकड़कर बैठा है चंदन।

रंजीत सबेरे से नहीं आए।

'कहाँ है, तेरे चाचा? मालूम है कुछ?' उसने चंदन के सिर पर हाथ फेरा।

'प्रधानजी के घर,' सूनी सी निगाह डालकर कहा बच्चे ने।

'भाड़ में जाएँ। मरें। अन्यायी का मुँह नहीं देखना मुझे।'

बड़ी देर गुमसुम बैठी रही।

चंदन पानी ले आया लोटा में भरकर, उसने पी लिया।

पानी पीकर पेट ही शांत नहीं हुआ, मन भी सिराने लगा थोड़ा-थोड़ा।

'चाचा रो रहे थे प्रधान के घर।'

सारंग मौन सुन रही है। भीतर जमी बर्फ की सी शिलाओं में रिसाव आने लगा।

'प्रधानजी खूब डाँट बता रहे थे चाचा को।'

उच्छ्वासों के बीच सोच रही है सारंग—मुझे भी क्या हो गया? रंजीत भी क्यों पागल हो गए? वह सुन रही थी कोई कह रही थी, शायद जगदीश की अम्मा ··· बहना ऐसा कौन सा आदमी होगा, जो अपनी औरत को पराये मर्द के संग ··· बताओ, चार दिन से घर-बार त्यागे डोल रही है मीराबाई सी। बाबा की देहरी को पातिक लगा दिया सारंग ने। अरी, गंगा सबका मन मोहती है, पोखर किसे भाएगी भला?

··· मैं पोखर! सारंग के मन और देह में दर्द की लहर दौड़ गई। घुटनों में सिर गाड़ लिया। पोखर कहे कोई या गंदी नाली! मुझे तो पाप नहीं लगा अपना किया। कतई नहीं हुआ पाप-बोध। जो किया, सोच-समझकर किया। मैं अबोध थी, न विधवा राँड़ और न कुँआरी अल्हड़ जवानी की मारी।

श्रीधर के ऊपर अहसान भी नहीं किया मैंने। नहीं किया! वे घायल, टूटे-बिखरे से ··· ऐसे ही, जैसे चंदन था नया जन्मा। छोटा सा अवश अबोध। दूध भी नहीं चकोर पाता था निर्बल। अपनी छातियाँ मसलकर दूध की बूदें जुटाई थीं, उसके होंठों पर चुआ दी, कि तालू चटके नहीं। श्रीधर ऐसे ही तो लगे थे! नहीं तो उस घड़ी यह बरसों पुरानी बात क्यों याद आई?

क्या बताऊँ किसी को, कि क्या हुआ था? मुझे ये लोग क्या समझ पाएँगी ··· मैं ही नहीं जान पा रही कि जो कुछ उनके साथ हुआ, वह उसकी भरपाई थी या मेरी अपनी अधूरी-पूरी इच्छा? दबी-घुटी लालसा या वर्जित फल को चखने-जाँचने की जिद? मेरा ही फैसला था कहीं। आजाद होकर सोच रही थी अपने बारे में। मास्टर ने तो यह भी सोचा होगा कि सारंग ने बाँध लिया अब मुझे। चंदन के कारण श्रीधर को बाँधना चाहती रही हूँ मैं? या अकेली ही चलकर ताकत इकट्ठा कर रही हूँ? देखना चाहती हूँ कि कहाँ-कहाँ से गुजर जाऊँगी? मालूम नहीं श्रीधर के संग एक हो जाने का कौन सा कारण था?

कलावती चाची ··· तुम्हारा अक्स रह गया मेरे भीतर? तुम्हारे बोलों ने खींच लिया इस राह पर—लुच्ची; ऐसे क्या देख रही है तू? हम जाटिनी जेब में बिछिया धरे रहते हैं, मन आया, ता के पहर लिए!

चाची, तुमने केलासीसिंह को जो संजीवनी बूटी चटा दी थी, वही मैं देना चाह रही

थी श्रीधर को, और सोच रही थी—श्रीधर, अगर तुम्हारी आँखें इस देह को देखकर आनंद पाती हैं तो जी भरकर देखो मुझे। मेरा देह धरना मुकारथ हो गया। परस से तुम्हारे घाव सिराते हैं तो छुओ न, मेरी सुंदरता सार्थक हुई। भोग करने से तुम्हारे प्राण तृप्त हों, तो आओ, रात बाकी है अभी। भवसागर से पार उतर जाऊँगी मैं।

··· मैंने लाज मानी न व्यभिचार! श्रीधर को आनंद सरोवर में खींच लिया। कोठे में रस बरस रहा था। छत पर फागुन ने जैसे फूलों की डोली उतारी हो। लहरों में बहते रहे आखिरी हद तक! रस की लहरों में! अपना अंग-अंग भरी गागर की तरह उलीच डाला।

··· मैं क्या करती चाची? श्रीधर को देने के लिए मेरे पास था ही क्या? अपना कहने के लिए कुछ भी नहीं ··· हरी-भरी देह—जो एक दिन सूख जाएगी, मुरझा जाएगी। पतझर और सूखा की रखवाली कौन करता है? मुझ पर भी किसी का पहरा न होगा तब! क्योंकि वह ताकत तब खतम हो चुकेगी, जो अपने संसर्ग से किसी की रगों में हौसले का तूफान उतार दे।

'अम्मा! ओ अम्मा!' चंदन पुकार रहा है।

'तुम सो रही हो बैठी-बैठी! चाचा आ गए। बाबा लिवा लाए चाचा को।'

उसने यकायक ऊपर सिर उठाया। शायद झपकी लग गई थी। ज्यादा रोने से आँखें थककर अलसाने लगती हैं। सपना देखने लगी वह?

रंजीत पर निगाह गई तो तन गई सारंग। घृणा से मुँह फेर लिया। जाओ भाड़ में। तुम नहीं देखना चाहते तो मैं ही कौन सी प्यासी बैठी हूँ तुम्हारे दर्शन की।

बाबा दुवारी में ले आए रंजीत को।

भँवर खाना बनवाकर धर गया है, चंदन ने बताया।

'जा, परसकर दे दे चाचा को। भूखे होंगे सबेरे के। बुरा हाल बना लिया है!'

चंदन थाली नहीं लगा पा रहा ढंग से। सारंग ने उठकर दाल कटोरे में डाली, रोटी चुपड़ी। पानी भरकर दिया लोटे में और फिर बैठ गई माथा पकड़कर।

'चल, पहले रोटी खा ले,' बाबा दुवारी में खाट पर बैठे बोल रहे हैं।

रंजीत उसी खाट पर पैताने बैठ गये सिर झुकाकर। रोटी नहीं खाई। बाबा ने उनके सिर पर हाथ धर दिया—

'तू जानता है, तेरी माँ कैसे मरी?

'नहीं जानता न? आज सुन ले क्योंकि तू वह नौबत ले आया है। मेरा ही अंस है न!'

रंजीत ने झटके से सिर उठाया।

'नादान! ऐसा मत करे कि अपने आपको खुद भी न माफ कर पाए। अपनी नजरों में गिर जाने से बड़ी सजा कोई नहीं होती।

'देख रहा है मुझे? आठों याम सूली पर लटका रहता हूँ। अच्छा होता कि मैं मर

जाता कुँआ-पोखर में डूबकर। ··· पर वह भी नहीं कर पाया। तू और दलवीर जो थे—नन्हे बालक।

'कैसे बखानूँ अपना पाप? मेरी जीभ लकड़ाती है। ··· बेटा, तेरी अम्मा भी ऐसी ही थी जैसी सारंग। सबसे प्रेमभाव से बोलनेवाली। जान देनेवाली प्यार के नाम पर। पल्टन के जमाने का मेरा यार हवलदार रामसिंह आया-जाया करता था। वह उसकी बड़ी खातिर करती।

'बालक देरी से हुए थे हमारे। उसके बड़े लाड़ले थे तुम। रामसिंह फौजी आदमी, दिल का सौकीन। खेल-खिलौने लाता, तो कभी तेरी माँ को साड़ी-धोती। वह एक से एक अच्छे व्यंजन बनाती उसके लिए। रामसिंह की घरवाली चेचक में मर चुकी थी। बाल-बच्चा भी कोई न था।

'मालूम नहीं क्यों मुझे शक पड़ने लगा। वह किसी काम से भी आए तो मुझे लगे कि वह मेरी औरत के चक्कर में आया है हमारे घर। होली के दिन आया वह, खूब होली खेला तेरी माँ से। मैं कुढ़-कुढ़कर खाक होता जा रहा। एक दिन देखता हूँ कि तेरी अम्मा इगलास चली जा रही है उसके संग। जाते समय मैं कुछ न बोला, पर वह लौटकर आई तो मैंने खूब लताड़ा, लांछन भी दिया।

'एक महीने तक वह न आया। एक दिन मुझे तोछीगढ़ में मिल गया। मैं खुद ही लिवा लाया उसे। बेचारा सीधे स्वभाव आता था—दोस मढ़ दिया बेकार में। मेरे मन में यह बात भी आई।

'मैं बीमार हुआ एक बार, उसने खूब सेवा की। दवा-दारू से लेकर फल-फलारे तक अपने जिम्मे ले लिए। मेरे मन में संदेह उठा, हो न हो यह मेरी औरत से ··· मैं छिप-छिपकर देखने लगा।

'कुछ भी नहीं देख पाया ऐसा कि ··· एक दिन भीतर से छोड़ो-छोड़ो की आवाज आई और संग में खनखनाती हँसी! तेरी अम्मा की जहरीली हँसी ने कानों के परदे जैसे फाड़ डाले। ··· मैंने आव देखा न ताव, डंडा उठाया और निशाना बाँधकर मारा कुठौर—मारता ही गया। पाँच-छः डंडे, "ला साली, तेरी ज्वानी ही ठंडी कर दूँ पहले।" न जाने कहाँ से इतनी ताकत भर गई मेरे भीतर? ताकत थी कि कोप? कोप था कि सक का साँप?

'वह मछली की तरह धरती पर लोटकर तड़पने लगी ···' कहकर बाबा का कंठ रुँध आया।

दो पल से मौन बैठे हैं बाबा। चकित और दुखित से देख रहे हैं रंजीत।

'दिन बीतते गए बेटा ··· उसका हाय-हाय डकराना घटा नहीं, बढ़ता गया! इगलास सफाखाने में दिखाई। हाथरस लेकर गया। हाथरस के डाकटर ने जवाब दे दिया, बोला आगरे ले जाओ।

'भीतर ही भीतर सारी देह गल गई—भरिया फूटा फोड़ा! आगरे के अस्पताल में दाखिल रही पंद्रह दिना। और फिर एक दिन मेरी गोद में ही माथा धरकर प्रान तज गई ··· मेरे

इन घोटुओं पर दम दे दिया तेरी माँ ने ...' बाबा फफक-फफककर रो रहे हैं। रंजीत का चेहरा रुआँसा हो आया।

'लोग तो आज भी यही माने बैठे हैं कि गजाधर की घरवाली फोड़ा से ...'

सन्नाटा छाया रहा फिर। दोनों बाप-बेटा दुवारी में, और चार-छः कदम दूर बैठी दालान में सारंग ... छोटी सी कहानी में जिंदगी की लम्बी यातना! आँगन उजड़ जाने का रहस्य!

बाबा गुहार कर रहे हैं रंजीत से कि समझा रहे हैं?

'बेटा, हम जाट हैं। खुले मन की कौम मानी गई है हमारी। बाम्हन-बनियों की तरह पाखंडी होना भारी पड़ेगा हमें। क्योंकि जो खुले और बहादुर संस्कार हमारे खून में हैं, वही दबंगपना हमारी बैयरों में। लुगाइयों के लहँगा की चौकीदारी करना हमें सोभा नहीं देता। जुलम-सितम की मारी इनसानियत को महफूज रखने को जनमती हैं हमारी पीढ़ियाँ।'

रंजीत ने इज्जत की निगाह से देखा पिता को, जैसे ऋषि-मुनि हों।

'तू मास्टर के संग घात न करता रंजीत, तो सारंग उसका मुआवजा न भरती। और फिर घायल की सेवा करने में चाल-चलन की बात कहाँ से आ गई? यह भी देख लो कि सिरीधर की देह तोड़कर धर आया तू, उसकी जुबान से तेरा नाम नहीं निकला। मारते-पीटते बोल भी सुना होगा, ऊपर से तेरा गायब होना ... इतना बड़ा कसूर माफ कर दिया उसने! तू बहू का जाना माफ नहीं कर पाया। हम तो कहते हैं कि मान ले प्रेम है बहू का उससे, तब क्या तलवार से काट सकते हो उस डोर को? कि गोली दागकर खतम कर सकते हो? बैर में काम आनेवाली चीजें प्यार पर वार नहीं कर पाएँगी।

'नादान! पहले तू खुद बहू के काबिल बन। ऐसा उचक्कपन करेगा तो कौन सी औरत गले लगा लेगी? हमारी बहादुरी पर अंगरेजों की मैंमें तक मर मिटती थीं।'

सारंग से क्या छिपा है अब! वह दालान के खम्भे को थामे खड़ी ठिठुर गई। बाबा तुम्हारा पिछलापन ... रंजीत की क्या कसर है फिर? तुम न बताते या बता भी दिया तो क्या यह तय हो गया कि ऐसा ही कुछ रंजीत अपने बुढ़ापे में चंदन को न बताएँ? पर फिर भी ...

तो क्या मेरा सपना पूरा न होगा? सोचते हैं रंजीत।

कितने सपने देखे थे! सुनहरे सपनों का जाल कि सपनों की मृगतृष्णा! कैसे क्या-क्या हो गया? श्रीधर को मारने-पीटने की मंशा बनाई थी कभी? सोचा तक न था। सोचा होता तो सारंग के पास आने-जाने के कसूर पर ही पीट दिया होता। इस तरह का बवंडर! मन में पल रहे एक सपने की खातिर ... मेरा दोष भी क्या है? प्रधान बनकर इस गाँव को सँवारने की बात भी तो चैन नहीं लगने देती। सुधार, विकास, न्याय की बातें इतनी दुखदायी हैं? घर से बाहर तक तबाही! श्रीधर तो जान हथेली पर रखकर इस गाँव में रह रहा है, होगा कोई ऐसा?

प्रधान कहता है, 'मैं अपने गुस्से को रोके बैठा हूँ रंजीत। साले तुम इतनी नालायकी का काम करोगे, यह मैंने सोचा तक न था। तू काहे का पढ़ा-लिखा है? गँवार, कुबड्डों से भी ज्यादा अनपढ़। तू तो पागल हो गया है। कर लिया जी राजनीति में काम। ऐसे होते हैं राजनीति के मसले हल?' प्रधान की बातें! बोलता है—

'पढ़ाई में नैम-धरम सीखता है आदमी तो नैम तोड़ने की चतुराई की कला भी आनी चाहिए उसे। राजनीति में नैम तोड़ने पड़ते हैं। और इस गँवरई से तोड़ेगा तो एक न एक दिन जेल जरूर होगी। अब के तो बचा लिए, पर कब तक? एक न एक दिन तो पटरा कर ही दोगे। मास्टर का पिटना मामूली बात थी? पूरे जिले में हंगामा हो गया। हाकिमों के जत्थे और मास्टरों के झुंड के झुंड थाने में हिजड़ों की तरह हाय-हाय, जिंदाबाद, मुर्दाबाद करते हुए पहुँचे। भाई मरवा दिया तुमने तो!

'साले दरोगा को मुट्ठी में कर भी लिया तो शिक्षा विभाग के लोगों ने ऐसी-तैसी कर दी। तुम्हारी किताबों में क्या लिखा है? खाक! बात को साधने का सऊर नहीं। कैसे-कैसे मामला पार पर डाला है, यह मैं ही जानता हूँ।

'ऊपर से चले आए सो लुगाई धुनक दी। अरे बाबरे, वह उस मास्टर को बहला रही थी, नहीं तो वही साला चला जाएगा एक अर्जी लिखकर और तेरी ही औरत के बयान दिलवाकर तुझे बँधवा देगा कि पूरे कसूरवार नहीं पकड़े गए। जान से मारने आए लोगों में रंजीत था उनका मुखिया। प्रधान के संग मिलकर अपनी गुंडई के दम पर पैसा खाना चाहता था।

'इतना उतावलापन अच्छा नहीं। यह लैन दूसरी है। यहाँ लुगाई-लड़का का मोह नहीं चलता। इन बातों में टैम लगाया तो कर ली राजनीति। यह देखो कि कुटम के लोग तुम्हारे किस काम आ सकते हैं? बहुत कुछ पी जाना होता है भइया। हाँ, वह पचकर जब जहर बन जाए तब खूब उगलो। हम घड़ा में भरकर रस को किस लिए गाड़ते हैं धरती में? उसकी दारू बनती है बखत के साथ, और ऐसा असर लेकर निकलती है कि लोगों के होश खो जायँ। कच्चे रस से कोई बेहोश होता है?

'रंजीत, दूसरों को बेहोश करने का मंत्र तुम्हें जब तक नहीं आएगा, तब तक राजनीति में तुम कच्चे ही रहोगे। भूल जाओ घर-बार।'

रंजीत सोच-सोचकर परेशान हैं—यह गूढ़ ज्ञान किताबों में तो नहीं था, जिनके दम पर वे गाँव में क्रान्ति लाना चाहते हैं। तब क्या प्रधान का अनुभव उन किताबों से बड़ा है? बड़ा नहीं होता तो वह प्रधान कैसे बन गया होता?

सारंग! सारंग को न जाने क्या हो गया है? हर बात की जिद पकड़ लेती है। हठ न करती तो यह तमाशा होता? चार दिन अस्पताल में रहकर उसका पेट नहीं भरा मास्टर की संगत से? हम देस-परदेस भटकते फिर रहे हैं और रानीजी के लिए श्रीधरजी की चोटें ही जीवन-मरण का प्रश्न हो गईं। मैं समझ नहीं रहा कि वह मेरा तिरस्कार करती है? मैंने कितना चाहा है सारंग को ··· अपना कलेजा चीरकर तो नहीं दिखा सकता। उस

पर हाथ उठाने का शौक नहीं है मुझे।

दादा किस अपराध-बोध से घिरे जिंदगी काट रहे हैं। सारंग के लिए उनका जो रवैया है, वह सारंग के लिए नहीं, गुजरी अम्मा के लिए है। मरे और जिंदे प्राणी में बड़ा अंतर होता है। बाबा का कहना भी अपनी जगह ठीक है—कलह में रखा क्या है?

पता नहीं यह मुसीबतों की शुरुआत है या अंत? सारी विपदाओं ने एकसाथ हमला कर दिया है। जिंदगी साली उलझन बनती जा रही है। श्रीधर मास्टर कोई भी बवाल खड़ा कर सकता है, प्रधान ठीक ही तो कहता है।

··· लेकिन इस बात को पी भी कैसे जाऊँ कि श्रीधर मास्टर से मुझे चिढ़ है। वह साला मक्कार है। फक्कड़ बनकर गाँव की हमदर्दी लूट रहा है। संत-महंतों की तरह भाषण न छाँटे तो वह गाँव के छिद्दा कुम्हार से ज्यादा नहीं। मास्टर की कुर्सी पर क्या बैठ गया है, अतरपुर का कल्याणकर्ता समझने लगा है खुद को।

सारंग भी उसके चिकने-चुपड़ेपन का असर खा रही है। खिंचाव तो है ही । मैं अगर पूछूँ कि कोई मास्टरनी स्कूल में आई होती, तब भी सारंग इसी तरह दीवानी हुई होती? और पति को दुर-दुर कर रही होती? रंजीत की नसें खिंचने लगीं।

मैं सारंग को देवी मानकर पूजूँ, यही चाहते हैं न बाबा? मैं श्रीधर से माफी माँग लूँ, दबे लफ्जों में यही कहना चाहते हैं न प्रधानजी? दोनों की मंशा यही है कि मैं ही कसूरवार सिद्ध होता रहूँ। मेरे जीवन में यही क्यों लिखा है?

प्रधानजी का अहसान लदा है मेरे ऊपर—उन्होंने मेरे घर को पुलिस के घेराव से बचाया है। फौजी गजाधरसिंह और हैड कांस्टेबिल दलवीरसिंह की आनबान पर आँच नहीं आने दी। रंजीत की कलाइयों को हथकड़ियों से कोसों दूर रखा।

मास्टर की दया हो गई मेरे ऊपर—उसने इतने कष्ट सहे, लेकिन होंठों पर मेरा नाम नहीं आने दिया। वह भी इस धर की इज्जत में शामिल है।

मेरे लिए नेक सलाह है कि श्रीधर से दो बोल बोलने में क्या हर्ज है?

मैं डरता हूँ उससे? मेरे खिलाफ बोले वह। मुझे अहसान में दबाएगा? नहीं, अपनी जिंदगी का जिम्मा मैं किसी के ऊपर नहीं डालना चाहता। भले मेरी जीवन-नैया डूबे या टकराकर चूर-चूर हो जाए। मैं अच्छा हूँ, बुरा हूँ अपने लिए हूँ। मेरे हिसाब से इस दुनिया को सच्ची और ईमानदार नजर से देखने का मुझे यह फल मिला है। हमारे-तुम्हारे बीच कितना अंतर आ गया सारंग ··· मुझे तुम आदमी ही कहाँ समझती हो?

पर फिर भी अभी मेरा भरोसा ईश्वर पर है। उसने सदा सच्चे आदमी की मदद की है। मैंने माल नहीं मारा किसी का, चोरी नहीं की, धोखा नहीं दिया। प्रधान की पूरी राय थी कि मास्टर से अपना हक माँगा जाए, जो सरकारी खजाने से हमारे गाँव के लिए आना है। प्राइमरी स्कूल को हम जूनियर हाई स्कूल बनाएँगे तो क्या प्राइमरी स्कूल खत्म कर देना चाहिए? पहली बात तो यही हुई थी। हमने इसकी तनख्वाह तो नहीं माँगी थी।

सारंग इलजाम देती है मास्टर को कुचलकर तुम वह कराना चाहते हो, जो केवल

तुम चाहते हो। गाँव के हक की मोहर तो तुम्हारा बहाना है। यह क्यों नहीं कहते कि प्रधान को तुम्हें जायज और नाजायज तरीके से अपनी योग्यता दिखानी है जिसमें तुम बुरी तरह पिछड़े हो। ''' ये श्रीधर के बोल सारंग की जुबानी!

बस यही देखकर रंजीत की आँखों से चिनगारियाँ छिटक उठती हैं। नाक से नाग की सी फुफकार ''' 'मैं जेल ही गया तो इस साले मास्टर को खत्म करके जाऊँगा। एकदम साफ!' उन्होंने कहा था।

'हाँ-हाँ! कर दो खत्म। तुम मेरा कलेजा हिला देना चाहते हो। मुझे लात देने में तुम्हें आनंद आता है। पर मैं भी धूल चाटनेवाली नहीं, हाँ। तुम तो जब देखो तब मास्टर-मास्टर बर्राने लगते हो! हम इतने गए-गुजरे हो गए हैं, सच, इतने नीच कि चाहे जिसके सामने तुम अपनी जुबान बेलगाम छोड़ देते हो? '''' सारंग रुआँसी हो उठी।

रंजीत का ताप भीतर ही भीतर सिराने लगा था।

चौदह

हरपरसाद ने गुलकंदी की अम्मा के पाँव गह लिए।

गिड़गिड़ाकर बोला, 'चाची मेरी पत राख दे। एक बेर गुलकंदी को गाँव में बुला दे बस, एक बेर। ऐसे मामलों में बिरादरी की पंचायत होती है, पर मैं कसम खाकर कहता हूँ कि गाँव की पंचायत बैठाऊँगा। तू गाँव-आनगाँव की बिरादरी के लोगों से डर रही है न! मैं भी सोच रहा हूँ नाई साले राजी नहीं होंगे कि छोरी खटीक के संग भाग जाय और हम मामला सिलटवा लें। सातों जात जोड़ूँगा। बुजुर्ग फैसला करेंगे। बड़े-बूढ़ों पर तो विश्वास है तुझे?'

गुलकंदी की अम्मा मौन बैठी सुन रही है जेठौत की बातें। उसकी बातों में हलकी सी दिलासा तो है ही। हरपरसाद का रुतबा ऐसा तो है कि कहीं-कहीं तक मना लेगा गाँव के लोगों को। इसके बावजूद हरिप्यारी के पाँव पकड़ना ''' एकदम पिघल गई वह—'लल्लू, मेरे पाँव छूकर पातिक न लगा। गोड़ छोड़। बेटा, ढूँढूँगी, ढुढ़वाऊँगी, अब मिले न मिले वह हमारा भाग! दुसमनि नाक काटकर धर गई।'

हरपरसाद आहत है।

'चाची, गुलकंदी तो गुलकंदी, अब तो घर की छोरी-छापरियों की ब्याह सादी ''' राजेसुरी के लिए गाँव-गाँव भागता डोल रहा हूँ, जहाँ जाता हूँ, नाग-फाँस तैयार मिलती है। किस-किस को समझाऊँ कि अबोध बहन भूल कर बैठी।'

'लल्लू, टोला मारने का औसर मिल गया लोगों को। कहाँ तेरे नाम पर हम सब आदर

पाते थे, आज गुलकंदी के नाम से सब तबाह ··· होनी को यह मंजूर था बेटा, नहीं तो जटवारवाला ही क्यों रूठता?' हरिप्यारी हरपरसाद की रग में रग न मिलाए तो जाय कहाँ?

'मैं तो कंगालों का कंगाल हो गया,' हरपरसाद कराहा। 'तोछीगढ़वाले नाई का जबाब सुना दिया होगा अम्मा ने। तोछीगढ़वाले ने भी गुलकंदी के नाम की कटार मारी। राजेसुरी के गुन और रंग-रूप की कहने-सुनने का तो औसर ही नहीं आने देते।'

हरिप्यारी को अपनी हालत से ज्यादा नाजुक लगी हरपरसाद की दशा।

छोरा पंचायत कराना चाह रहा है, दोस-पाप से बरी भी करा लेगा। इसके बावजूद बारीक सा गुस्सा भी उठा उसे—अपनी बहन की बिरियाँ कितना मलाल आया, और मैं जब मारी-मारी डोली तब किसी ने धीर न धरी। हालात का मिजाज पहचानती है हरिप्यारी, बोली, 'कौन धुआँकरा ताहरपुरवाले नाई के कान में कू कर आया? भाँजी-माराओं की कमी नहीं ··· '

'चाची, भाँजी-माराओं की क्या पूछती है? बहादुरपुरवाले छोरा के हाथ पर तो सगाई का सिक्का भी धर आया था। सगाई के दिन हजारन रुपया तो गाँव के आदमी और नाई-ठाकुर के रिश्तेदारों में बँट गए। हमने भी दिल खोल दिया था कि चौधरी तुम नाम बोलते जाओ, हम पूर्ति करते जाएँगे। तुम्हारे गाँव के बाम्हन-जाटों के यहाँ न आई होगी ऐसी सगाई। तैने क्या देखी नहीं थी परात, पूरे ढाई मन लड्डू समा गए। नाई-ठाकुर के दरवाजे में नहीं धुसपाई। हल्ला हो गया बहादुरपुर में। ऊपर से चाँदी के पाँच बासन। टैरीकौट के दो थान।

'··· पर तकदीर चार पेंड़ अगाई चल रही थी। कोई जा पहुँचा बैरी, और मार दी छोरा के बाप के कान में फूँक। चौथे दिन ही सामान बैरंग वापस कर दिया, कि नहीं चाहिए रकम, नहीं चाहिए वारदाना (सामान), सगाई-संबंध नहीं चल सकता। समझदार होगे तो खुद समझ लोगे। चाची, हम खून का सा घूँट पीकर रह गए। किसी से क्या कहें अपनी बिथा, तुझे भी आज बता रहा हूँ। दादा तो उसी दिन से खाट धरे हैं, अम्मा अलग बात-बात पर रो लेती है।'

हरिप्यारी का दिल इस कदर दुखने लगा कि छाती में हिलोर सी उठने लगी। जेठ ननुआँ के शकल में गुलकंदी के बाप की लाचार सूरत उभर आई। आज सचमुच खुद को वह हरपरसाद, ननुआँ और चुनियाँ से जोड़कर देख रही है। कितने ऊँचे पर चढ़ गई हरिप्यारी, अब पीछे देखना कैसा!

'चाची, सब तरफ से लाचार हो गया तब तेरे पास ··· रायतपुर के नाई के यहाँ जीप और दो फटफट लेकर गया था कि हवा देखकर ही काबू में आ जाय लड़केवाला। ··· पर नाइयों की जात! जिसकी पीढ़ियाँ संदेस लेने-देने का काम ही समेटती रहीं, गुलकंदी की बावत न जानेगी। दो कौड़ी का बूढ़ा अजुद्दी नाई! साले की मैली मोंछों पर रेंट लगी रहती है, आँखों में पावसेर ढींड़ (कीचड़), गर्दन तानकर कहता है कि लल्लू, हमारी जिजमानी चल रही है तीन गाँवों में। आचरन की सुद्ध छोरी चाहिए। मैंने कहा, चौधरी मेरी बहन

तुलसीदल सी पाक है। बोला, नन्नूमल के बेटा हो? बंबई कमा रहे हो। रौब-रुतबा सुना है खूब।

'··· पर तुम्हारे पइसा-टका की दरकार किसे है?'

मैं मुँह खोलूँ, तब तक बोल पड़ा—किसी दोसरे को भरमाना, काए से कि भइया हँड़िया का एक चावल ही जाँचा जाता है। एक तो बिन ब्याही ही ··· दूसरी को तुलसीदल कैसे मान लें? अँखदेखते मक्खी लीलना किसने बताया है?

'मेरी देह का खून सूख गया चाची।

'वह बोला, ऐसे नादान नहीं हो तुम कि अनसमझ से देख रहे हो हमारी ओर। ज्यादा समझाने में आगा-पीछा खुलता है।

'मैंने मन ही मन भद्दी गालियाँ उचारीं—साले मादरचो ··· आज तू बेटे का बाप बनकर बैठा है तो खुद को अतेखाँ समझ रहा है। बेटी के ब्याह को निकलेगा तब देखना कड़वे पेड़ की छाँह।'

हरिप्यारी रुआँसी हो आई। 'लल्लू, धीरज धर। जिस ईसुर ने बन्ता बिगाड़ी है, वही सँभारेगा। तू हुकम कर हरपरसाद।'

'हुकम कैसा, बात तुम्हारे ही ऊपर है चाची। मैं तो अम्मा और दादा का सामना करते घबराता हूँ। बंबई तभी जाऊँगा, जब राजेसुरी का सगाई-संबंध तै हो जाय कहीं। नहीं तो जाऊँगा ही नहीं।'

हरिप्यारी ने गहरा साँस लिया—हाय गुलकंदी! रस्ता चलते लोग तेरा नाम लेकर हँसते हैं। गली-गली चबाव ··· अरे मैं इस हरपरसाद के हाथ-पाँव ही जोड़ लेती तो कंदो का ठिया कहीं न कहीं कर ही देता। आज भी मामला सिलटाने की बात लेकर वही आया है। खून, खून के लिए जोस मारता है। गाँव में तो सबको साँप सूँघ गया। भाग गई भाग गई का भजन गवा लो लोग-लुगाइयों से।

हरपरसाद की आँखों में बार-बार पानी झलक आता है। औरतें रोती-सोहती हैं, आदमी रोए तो? हरिप्यारी हरपरसाद की सजल आँखों में डूबने लगी।

'चाची, तुम किस सोच-फिकर में डूब गईं? बिरादरीवालों की तो छाती जलती है हमें देखकर, सो एक न एक बात पकड़ना चाहते हैं कि हमें नीचा दिखाएँ।'

'हाँ लल्लू, सो क्या सक है, तैंने बाप के उस्तरा-पेटी पोखर में फिकवाए तब ही इस गाँव में हाय-हाय मच गई थी। मुझे सुना-सुनाकर लुगाईं कहती थीं—अब गाँव में नाई नहीं, नाई-ठाकुर बस रहे हैं। हरपरसाद अम्मा-बाप को समझा गया है कि हजामत बनाओगे तो लोग नाऊ भी नहीं, नउआ कहेंगे।'

हरपरसाद होंठों को कड़वे करके बोला, 'समझ गईं न! बस यही बात है। वह बूढ़ा भी कह रहा था—हम तो पेटी-उस्तरावाले हैं भइया। मन तो आया कि कह दूँ, लाचार हूँ, बहन का रिश्ता करने आया हूँ। नहीं तो हम जो चाहते हैं, हासिल कर लेते हैं। तुम उल्लू के पट्ठों को यह मालूम नहीं कि जमाना कितना बदल गया है। हम क्या पेटी-उस्तरा

फेंककर मक्खी मार रहे हैं? हमारे बाप भी उधार रुपया बाँटते हैं और खाट पर दरी बिछाकर बैठे-बैठे हुक्का पीते हैं। हमारी चाची का घर पक्का है।'

पिछले वाक्य ने हरिप्यारी को बहुत ऊँचा उठा दिया। गुलकंदी का बाप बनाता तो हजामत ही था, पर बनाता था हाथरस में। अच्छा रुपया कमाया था। गाँव में घर पक्का बनवाया। छीता की बहू बेसवाँ कसबे की थी। गुलकंदी के संग यहीं पक्की मोरी पर नहाती थी। भले हरिप्यारी के घर एक टैम रोटी में कमी आ जाय, पर वह अपने घर को देख-देखकर अघाती रहती है। गुलकंदी के बाप की निशानी। उसके पति की धरोहर।

वह बोली, 'लल्लू, तू घबरावे मत। मैं तुझसे अलग नहीं। अरे लठिया मारे पानी फटता है कहीं? तू मेरा पूत नहीं है क्या? तू उस बेहा की भाँवर डालने की सोच रहा है। मैं तो उसका मुँह देखना भी नहीं चाहती। बिसुनदेवा कढ़ीखाए की सात पुस्त कोढ़ में गलें, मेरी छोरी बहका ली। मिल तो जाता, लटूरियों (लटों) में आग लगा देती।'

हरपरसाद ने हरिप्यारी को बीच में टोक दिया, 'अब तुम बिसुनदेवा को गाली मत दो। मास्टर से पूछो कि गुलकंदी है कहाँ? पूछने को तो मैं भी पूछ लूँ, और दरोगा-सिपाही भी ले आऊँ पूछने के लिए, पर अपनी बदनामी ही होगी। बात ज्यादा उघड़ेगी। प्रधानजी भी मना करते हैं। इस बखत मास्टर से जोर-जुलम करना ठीक नहीं।'

हरिप्यारी ने ठंडी साँस भरी, 'नास जाय सिरीधरा का। न मालूम कहाँ पठा दी मेरी गुलकंदी, अब चुप्पी मारे बैठा है।'

'चाची, मास्टर तो एक नंबर का फड़ेबाज है। गाँव की लुगाइयों पर बुरी नजर डालता है। और उसी ने हमारी गुलकंदी के पीछे लगा दिया बिसुनदेवा।'

हरिप्यारी धरती पर बैठी थी, पास बैठे हरपरसाद के और पास सरक आई, कान में फुसफुसाकर पूछने लगी, 'लल्लू, सुनी है कि सिरीधर की मारपीट में तू ⋯'

'बकते हैं सब। मैं कहाँ से आ गया वहाँ?' हरपरसाद उछलकर बोला। 'वह साला झज्जू कहता होगा? उसी की जुबान छीलनी है मुझे। उसे तो दिली खुशी है कि खटीक का छोरा हमारी बहन को भगा ले गया। खटीकों के तो माथे ऊँचे हो रहे हैं।'

हरिप्यारी चुप बैठी रही, मगर नजर बेचैन सी ⋯ नहीं रहा गया तो बोली, 'वे चरनसिंह बौहरे तो बिसुनदेवा को बाम्हन मानते हैं।'

'हाँ ठीक है। मानते हैं तो उन्हीं से कहूँगा कि ऐलान करें उसकी जाति का। बाम्हन मनवा दें गाँव से, और डाल दें हमारी बहन की भाँवरें। हमारे लिए तो बड़ा आसान हो जाएगा सब।'

हरिप्यारी बड़ी भोली है, जानता है हरपरसाद। सच ही जानता है। वह गाली देने लगी चरनसिंह बौहरे को, 'अरे उस भूरा बंदर ने ही तो मास्टर को गोद में धर रखा है। नहीं तो अब तक बक्कार न देता वह? बौहरेजी हमें समझाते हैं कि मास्टर के ऊपर ऐतबार करो। सिरकारी आदमी ठहरा, धोखा नहीं करेगा। तूने उठाईगीरा समझ लिया। इलमदार आदमी को तो चोट्टा भी अपना ठिकाना बता देता है। मास्टर ही ले आएगा

किसी दिन गुलकंदी को। और अब क्या करेगी यहाँ बुलाकर?'

'चाची, तुम कहो तो सही कि ले आओ। दूध का दूध, पानी का पानी हो जाएगा। आनाकानी करे तो सारंग भाभी से कहो। उसका तो आज्ञाकारी है मास्टर।'

हरिप्यारी की आँखों में गुलकंदी के आने की महीन सी आशा कौंधी। पिंजरे का सुआ बोला—गुलकंदी! गुलकंदी!

हरपरसाद ने चलते-चलते कहा, 'चाची, हम-तुम को तो अपना मुँह उजला करना है। जहाँ गुलकंदी का मन करेगा, रहेगी तो वहीं।'

हरिप्यारी ने बिसुनदेवा को किटकिटाती हुई गाली दी, 'धुआँकरे ने सत्यानास कर दिया हमारा। बारह बाट कर दिया मेरा हरपस्साद जीवाक। ...' लेकिन गाली के लिए जीभ भारीपन से क्यों उठती है? मन के किसी कोने से असीस उमड़कर क्यों आ जाती है होंठों तक? जहाँ भी रहें, राजी रहें दोऊ जने। अजब हाल है उसका भी।

आज मन में आ रहा है कि मास्टर के गोड़ पकड़ ले। ज़ार-ज़ार रोए। विनती करे कि नेंक पता दे दे मास्टर, मैं उड़कर अपनी बेटी को देख आऊँ। वह निरमोहिन तो भूल बैठी अपनी मइया को, पर मैं काठ का कलेजा कहाँ से लाऊँ? वह डर रही होगी मुझसे, जैसे मैं डर रही हूँ इस गाँव से, जाति-बिरादरी से। आज़ अभयदान गिरा है उसकी झोली में—लगता है कि रग-रग खिलने को है। ममता उमड़ रही है।

वह पिंजड़े के पास जा खड़ी हुई—बोल रे सुआ, बोल गुलकंदी! यहाँ, वहाँ, सब कहीं गुलकंदो लाली दीख रही है उसे। पानी भरती, रोटी करती, नहाती-धोती, चुटिया करती, काजल-बिंदी लगाती, भीत में गड़ा हुआ ऐना निहारती, गाती-गुनगुनाती गुलकंदी। डेढ़ महीने से छाती में बजता दहशत और आशंकाओं का नगाड़ा थमा है आज। आ तो जाए मेरी चिरइया, इसी आँगन में भाँवर डालकर यहीं रोक लूँगी। नहीं जाना अब कहीं भी। हम कमा लेंगे जिजमानों के यहाँ। बिसुनदेवा की क्या है, महीना-दो महीना कहीं स्वाँग, तमासे में गा-बजा आएगा, मन बहलता रहेगा। हम तो खिला-पिला लेंगे अपने कन्हैया को।

बाल-बच्चों के लिए जी ललच रहा है नाइन का। होली का त्यौहार है। गाँव में घर-घर लिपाई-पुताई हो गई। उसका घर भी जगमगा जाएगा। किसी दिन इसी आँगन में छोटे नन्हे किलकारियाँ भरेंगे, जिसकी आस हरिप्यारी गुलकंदी के बाप के मरते ही तज बैठी थी—बेटी परायी अमानत। अकेली रह जाएगी वह। पर धरती माता भी जंजीर में बाँधकर बुला रही है गुलकंदी को।

सो ऐसे ही गोड़ पकड़ लिए मास्टर के, जैसे हरपरसाद ने उसके पकड़े थे।

सारी बात कह दी। ब्याह होगा गुलकंदी का। गाँव उसे रंडी कह रहा है। सबके मुँह बंद हो जाएँगे मास्टरजी। अब की बेर मेरी आस निरास न करना। आँखें तरस गईं बेटी का मुँह देखने को। सपना देख-देखकर हार गई हूँ। आँख खुलते ही अँधेरा हो जाता है। ... मेरा कलेजा किलबिलाता है। एक दिन ऐसे ही तड़प-तड़पकर मर जाऊँगी!

श्रीधर क्या करते और?

सारंग और रंजीत को लेकर अपने आपको सहज स्थिति में नहीं ला पाए आज तक। ऐसा हो जाएगा, उन्होंने सोचा नहीं था कभी। सारंग के प्रेम ने रंजीत के हाथ में बंदूक थमा दी। उसकी स्नेहपूर्वक तीमारदारी ही पति को हत्यारा बना डालती। गाँव में कैसी चकल्लस मची! अपने पिटने का गम इतना नहीं हुआ था, सारंग की सरेआम बरबादी ··· जिम्मेदार कौन है आखिर? वे ही न? अपने को क्षमा कर पाना ··· उफ्! श्रीधर रंजीत के उस वहशी रूप को एकदम भूलना चाहते हैं। उनकी देह में खून सनसनाता नहीं, खौल उठता है। लेकिन ठंडा भी होने लगता है उसी गति से। क्यों? अपने लिए डर लगता है या सारंग के लिए? जवाब नहीं है उनके पास। जिस तरह यह नहीं तय कर पाए आज तक कि सारंग की वह रति उनके सुख के लिए थी या अपने किसी दबे-घुटे विचार की परणिति? श्रीधर की बेचारगी पर शहादत दिखाई थी उसने, कि अपने ही लिए ताकत बटोर रही थी विद्रोह करके?

··· जो भी था बड़ा मधुर क्षण था। दोनों को ही तो अच्छा लगा था। अच्छा ही नहीं, सारे बंधन काट फेंकने का सुखद समय—आजादी सचमुच कितनी प्यारी चीज है! सोचते-सोचते मुस्करा उठते हैं श्रीधर। ··· काश, यह स्थायी भाव होता उनका! दूसरे ही पल आजादी के खतरों की बाढ़ चली आती है—रंजीत छोड़ेंगे नहीं अब। गाँव के लोग भी 'मास्टरजी' कहकर कब तक माफ करते रहेंगे। एक-एक चेहरे को पढ़ने की कोशिश करते रहते हैं वे। जिनके प्रति कठोर थे, उनको भी आत्मीयता से नहलाने की जुगत में ··· क्या हो गया है उन्हें? एक विचित्र सी कशमकश से गुजरे हैं इन दिनों। और अभी भी क्या चैन है? सारी उमंगें निर्जीव और तेजहीन सी ··· क्या करने आए थे, क्या हो गया? अपने बच्चों को कौन उनका शिष्य बनाना चाहेगा? उनको लुच्चा-लफंगा करके रख दिया रंजीत ने।

··· पर रंजीत को भी कैसे दोष दें? उनकी जगह कोई भी होता, यही करता। पत्नी पर एकाधिकार तो विरासत में मिलता है हर पुरुष को। उस एकाधिकार को खोना ऐसा ही है, जैसे दादालाई संपत्ति, जर-जमीन खो देना। निकम्मा नहीं बनना चाहा रंजीत ने। निकम्मा नहीं बनना चाहता कोई भी पुरुष। श्रीधर बार-बार सोचते हैं—

सारंग से क्यों बँध गए हैं इस कदर? क्या दिया है उसने? जो उसने दिया, बाँदीपुर की केका ने नहीं दिया था? उसने भी वही प्यार दिया था, मगर भागना पड़ा श्रीधर को। चौबीस घंटे के अंदर गाँव छोड़ना पड़ा।

··· तो क्या यह गाँव भी छीन लिया जाएगा मुझसे? प्रधान और पंचायत के सदस्य मुझे मुजरिम करार देंगे और निकलवा कर मानेंगे। उनके कलेजे में रह-रहकर कचोट उठती है—जाना होगा मुझे ··· केका के मामले में पलायन करना पड़ा, क्या उसी तरह यहाँ? नहीं, मैं नहीं जाऊँगा। केका और सारंग की स्थितियों, स्तर और वर्ण में फर्क है। दोनों के सम्मिलन से जो कमजोरी या ताकत मिली है, उसका रुख जुदा है।

नौकरी छूट जाय लेकिन यह गाँव ... झूठ! महज उत्साह में की गई कल्पना। रोजी-रोटी के बाद ही आते हैं प्रेम-व्रेम। ... लेकिन नहीं मानते श्रीधर, मर-मरकर जी उठते हैं—सारंग का साथ भय की सुरंग नहीं, साहस की खुली डगर है। वह बहादुर और साहसी स्त्री है, तभी तो बर्बर हमलों को बेखौफ झेल रही है, और आततायियों को पछाड़ रही है। उसको इस विकट घड़ी में किसी का साथ मिले तो ... मैं ढुलमुल आदमी नहीं, फरेब ही तो पाप होता है। मैं इस जंग में तुम्हारे कंधे से कंधा भिड़ाकर डटा रहूँगा सारंग। जानता हूँ कि केका जैसी दलित स्त्री चीख-चिल्लाकर अपनी यातना का इजहार कर सकती है, लेकिन तुम? तुम्हारे लिए कुलीन शरों की बाड़ तुम्हारे पुरुष ही तैयार कर देते हैं! उफ्, तुम्हारी जंग दोहरी-तिहरी है।

द्वन्द्व में फँसे हैं श्रीधर—सचमुच ही सारंग के लिए रह रहा हूँ यहाँ? या अपनी कुंठाओं, भयभीत भावनाओं और भगोड़ेपन से उबरकर आधार देना चाहता हूँ खुद को? और सारंग को अपनी साधना तथा शहादत दिखाकर उसकी संवेदना और मनमोहक देह को अपने काबू में लेना चाहता हूँ? सारंग का सहवास मेरे लिए धरती से आसमान तक का सफर है, आसमान की खुली हवाओं की ताजगी से निकल जाना सजा के मानिंद है मेरे लिए।

इसी अनचाहे डर के कारण हरिप्यारी के सामने कमजोर पड़ गए श्रीधर। या शायद सारंग की संगत से मिली दिलेरी ... पता नहीं क्या, मन के ताने-बानों की उलझी हुई गुत्थियाँ ... कोई कैसे खोजे असल कारण? वह क्षण ही ऐसा था कि गुलकंदी की माँ को गुलकंदी का सही पता दे दिया!

इस पर सारंग दोष मढ़ती है—'माँ और बच्चे के संबंध को लेकर सदा कमजोर पड़ जाते हैं श्रीधर। मुझसे छल किया है। मेरे साहस की दुहाई देते हैं और यह नहीं भूलते कि मैं औरत जैसी कमजोर चीज हूँ।

'मैं दो दिन को गाँव से बाहर गई और यहाँ की हवा ही बदल गई! ज्यों-ज्यों तुम्हारे घाव भरते जा रहे हैं, मैं दिल से निकलती जा रही हूँ? पागल हूँ कि तुमसे उम्मीद ...'

'सपने मत बुनो सारंग, कम से कम मुझे लेकर।'

'अच्छा! तो तुम समझ रहे हो कि मैं तुम्हारे बिना मर जाऊँगी।'

'बाहरी आदमी के बिना कोई क्यों मरेगा? लोग अपनों के बिना तो मरते नहीं।'

'मैं कहती हूँ मुझे आ तो लेने देते।'

'क्यों?'

निरुत्तर है सारंग, लेकिन इस प्रश्न से विलग नहीं कि गुलकंदी का अंजाम अब क्या होगा?

'मैंने पता गुलकंदी की माँ को दिया है। अब वह जिम्मेदार हुई। छिपाए भी कितने दिन रहता, तुम्हीं बोलो? जहाँ है वहाँ एक न एक दिन गाँव का कोई न कोई पहुँचेगा ही। कल ही कजरौठवाले मास्साब कह रहे थे—बिसुनदेवा देखा था, गुलकंदी तो उसके संग नहीं थी।

'सचमुच मुझे चैन नहीं है तब से। लड़की को उससे कोई ··· मैं जाना चाहता था, लेकिन गाँव में तो मेरी खुफियागीरी हो रही है। हारकर हरिप्यारी को पता देना पड़ा। जरा भी होशियार होगी तो अकेली ही जाएगी, सब तरह से समझा दी है।'

सारंग के चेहरे पर भी हवाइयाँ उड़ने लगीं, कहीं हरपरसाद ने ही गुलकंदी को अगवा न करा लिया हो।

श्रीधर उसके हावभाव भाँप लेते हैं, हाथ पकड़कर कुर्सी पर बिठा ली अपने सामने।

'सुनो, जो बात अब हमारे हाथ से निकलती जा रही है, उस पर एक-दूसरे के ऊपर दोष मढ़कर चक-चक करना बुद्धिमानी नहीं। मैं स्कूल मास्टर से ज्यादा कुछ नहीं, गाँव के लोगों ने जिस तरह बीड़ा उठाया है, उससे यही सिद्ध होता है। मैं भी एक ओर तो कहता हूँ स्कूल आबादी से दूर वनों-जंगलों में होना चाहिए, दूसरी ओर लोगों के मामले में दखल देता हूँ। इन दिनों वैसे ही लोगों के मुँह प्रधानी का खून लगा हुआ है, अवसर अनुकूल देखकर खूँखार हमला करते हैं। तुम्हें जो प्रताड़ना दी गई, वह मुझे तोड़ने की साजिश ही तो थी। ऐसा बर्बर रवैया ··· सच मुझे अपनी स्थिति साफ करनी होगी। तुम अपने पति का कहना मानो।'

अब तक का कहना-सुनना सारंग मूँढ़मति की तरह सुनती जा रही थी। पिछले वाक्य पर एकदम चौकन्नी हो उठी, 'हार गए हालात से? या अविश्वासी हो गए?'

श्रीधर ने आश्चर्य से देखा।

'तुम सोचते हो, मैं तुम्हारी बात सिर झुकाकर मानती चली जाऊँगी। भरम छोड़ दो श्रीधर। मुझे बहुत तकलीफ हुई, इतनी कि रंजीत उस दिन बंदूक से झोंक देते मुझे, तब भी न होती। तुम बहला-बहलाकर मारना चाहते हो मुझे, जिस तरह अपनाकर जीना सिखाते हो। तुम रंजीत के मुकाबले कई गुने ऊँचे जल्लाद हो ···'

श्रीधर तड़प उठे, 'मैंने गलत किया है राब?'

'हाँ, तुम डर रहे हो, और तुम्हारी इस तरह की हालत देखकर मुझे डर लग रहा है तुमसे। तुम समझते हो गुलकंदी को माफ कर दिया लोगों ने? किस्तों में गाँव-शहर में डेरा लगानेवाले तुम, नहीं जानते कि यहाँ के लोगों की रंग बदलती दुनिया की तासीर कब कैसी होती है?'

'सारंग, मैंने रोज-रोज के पुलिस-थाने की धमकी को खत्म करने के इरादे से यह किया है। प्रधान को अब मुझसे बिल्डिग फंड के नब्बे हजार पर दस्तखत करने की उम्मीद नहीं रही। वे कभी भी पकड़वा सकते हैं। तुम चाहती हो कि मेरे साथ वे दोनों बालक भी हवालात में ···'

'श्रीधर, तुम इसे बचाव मान रहे हो, मगर मुझे इसमें किसी साजिश की बू आ रही है।' कठोर मुद्रा में कहकर वह घर की ओर चली गई।

गुलकंदी आ गई।

होली से ठीक दो दिन पहले आई गुलकंदी।

एक मुँह से दूसरे, दूसरे से तीसरे बात गाँव में ऐसे फिर गई ज्यों दही में मथनी। हाय, रंडी किस मुँह से आ गई? मुँह क्या उधार लेना पड़ता है? कोई कतल किया है? कि चोरी करी है? हम्बै!

कलावती चाची संता के पीछे-पीछे हरिप्यारी के घर की ओर लपक रही हैं। पाँवों की गति यों बढ़ाई कि संता पीछे छोड़ दी और चिरइया की तरह उड़ी चली जा रही हैं। खेरापतिन उनके आगे-आगे लठिया टेकती हुई ... देख लो, डुकरिया को कितना चाव है कजिया करने का। मसाला मिलेगा वहाँ, महीनों बात को छौंके-भूनेगी।

गुलकंदी ने सबसे पहले अपनी ताई की बाखर में कदम रखा। हरपरसाद भइया की जेट भरकर मिली। ... 'अरे मेरे बीरन ... तेरे बिन मैं ऽ ऽ ...' हरपरसाद की आँख भर आई।

चुनियाँ ताई ने हरपरसाद की कमर में से गुलकंदी की बाँहें छुड़ाईं और उसे अपने कंधे पर ले लिया। दोनों एक-दूसरे की गर्दन में हाथ डालकर ऐसे भेंटने लगीं ज्यों दो मेढ़े लड़ रहे हों। पड़ौस में से सूँसा की बहू आ गई, दोनों को छुड़ाने लगी—'कंदो, चुप हो जाओ बीबी, माथा धमकेगा, आँखें आ जाएँगी।' ताई से छुटी गुलकंदी सूँसा की बहू ने अपने कंधे पर ले ली और आखर गा-गाकर रोने लगी—'अरी मेरी मइया, काहे को जनमी री ऽ ऽ ऽ ...।' उसके बाद कलावती चाची, 'मेरी बछिया ... चिरइया, मेरी पिड़कुलिया ...' औरतें छुड़ाएँ तो छूटे नहीं, जबकि गुलकंदी अकुला रही है। चाची के कंधे पर टिकी बार-बार रूमाल से आँखें पोंछ रही है।

हरिप्यारी समझ रही है, उसकी बेटी को विछोह से ज्यादा डर रुला रहा है।

आँगन भर गया भीड़ से। हरिप्यारी के आँगन में इतनी औरतें कभी नहीं जुड़ीं।

'अरी, अब पहली गुलकंदी कहाँ?'

'दमक रही है छोरी सो तो। क्या लगाती है ऐसा? पौडर? पौडर नहीं दमक सकता। सेलखड़ी से बना पौडर तो मुँह काला सा कर देता है। संता ने अपने धरमवीर की बहू का पौडर लगातार आठ दिन तक लगाया था, जब वह पीहर चली गई थी।'

'संता बुआ, चंदन का लेप लगाती हूँ।'

'पल्लौ (प्रलय)! चंदन की एक टिपकी भी तेज दाम की पड़ती है। अरी सो अब तू बिसुनदेवा के संग नहीं है? छोड़ दिया क्या?'

'अरी असगुनियाई बातें मत करो। छोड़ा-छाड़ी की बात को कर रही है?'

'साँची है, साँची है। दुम्हैती (दमयन्ती) की तरह नल का वरन किया है गुलकंदी ने,' हरिप्यारी की बात को समर्थन दिया लौंगसिरी बीबी ने।

'मेवा चुगाई है बिसुनदेवा ने, तब दमका है रंग, क्यों लाली?' हरपरसाद की बहू की दिल्लगी पर गुलकंदी ने शरमाकर रूमाल आँखों पर रख लिया।

'रूज लगाया होगा बीबी गुलकंदी। रूज क्या होता है? हरपरसाद की बहू बिना रूज गालों पर लगाए रात को सेज पर नहीं जा सकती। कोठे से बाहर धकेल देता है हरपरसाद, कि चल यहाँ से। सौ रुपए में बंबई में रूज-लाली के संग स्काटवाली लुगाई मिल जाती है। तेरे लिए सैकड़ों रुपया फूँककर यहाँ आया हूँ। तब से बहू गोबर डालने के समय भी रूज लगाकर निकलती है। गुलकंदी कैसी बन रही है, पैज में रूज लगाकर आई है कि बिसुनदेवा की शेखी मार सके!

नए फैशन का चुन्नटवाली बाँहों का ब्लाउज, लो काट गला, पौलिस्टर की साड़ी, अँगूठा पट्टा की चप्पलें। कमर में मीनादार गुच्छा, पाँवों में चिड़ीपान की तोड़ियाँ, मछली बिछिया।

'ऐं जी बीछिया पहन लिए, फिर भी ब्याह होगा?'

'लै, बिना बीछिया पहने ही खसम के संग सो जाती? ऐसी बेमरजाद नहीं है छोरी।'

गुलकंदी के चेहरे से पता चल रहा है कि ये नोकदार बातें उसे बुरी तरह छेद रही हैं। लौंगसिरी बीबी ने बात का रुख मोड़ दिया, 'देख लो महतारी की आतमा, कहाँ रोज गाली देती थी, आज धरती में पाँव नहीं पड़ रहे।'

'वो ही बात कि माँ मरी धिय को, धिय मरी धींगरों को,' तोफा तेलिन ने बात थप्पड़ की तरह मारी।

'बिसुनदेवा कहाँ है जी?'

'इस्कूल में। इस्कूल में। मैंने कह दई कि जब तुम कायदा से जँवाई बनाकर बुलाए जाओगे, तब आओगे घर। तब तक बसेरा मास्टर के संग,' हरिप्यारी सारे सवालों को अपने ऊपर झेलना चाहती है।

'ये झुमकी? मुलम्मा की है?'

'मुलम्मा की क्यों होंगी? ऐसा कंगला समझ लिया मेरा जँवाई? नाक-कान को कील-काँटा नहीं बनवा सकता? देख लो अब सब जनीं। उतार दे री गुलकंदी, दिखा दे। लुगाईं कहती थीं, भिखमंगा ले गया।

'... पर एक बात जरूर मानूँगी कि मैं जनमजली तो बेटी का मुँह देखने को तरस जाती, जो मेरा पूत हरपरसाद अगाई न आवे। ऐसी हिम्मत दिखाई मेरे लाल ने, कि छोरी मेरे आँगन में ठाड़ी है। अब अपने आप कर लेगा नेरा-केरा (न्याय-फैसला)। भइया-बहन को अपना नाता-रिस्ता निभाना है, हम कौन? आज हैं, कल नहीं। अब पूछ लो कि कहाँ गई थी, कहाँ से आई है। वैसे पंचायत भी होगी।'

गुलकंदी ने एकदम चमाचम ब्यौरा दिया—

'गंगा मइया के घाट पर गुरु महाराज की मढ़ी गाँव के बहौत लोगों ने देखी होगी। उन ही के खास चेला हैं ये (पति का नाम नहीं लेती वह)। जिजमानों से पुन्नदान कराते हैं। पर महाराज ठहरे बूढ़े पिरानी।'

हरिप्यारी बीच में बोलती है, उत्तेजित है, 'अरी, बिसुनदेवा खाली गवइया नहीं हैं,

औतारी हैं, औतारी। जीभ पर सरसुती बैठी है, नहीं तो वे महातमाजी अपनी गद्दी छूने देते? ऐसा सातऊ कलावाला गुनी जँवाई तो गंगा में जौ बोने से ही मिलता है। मैंने ऐसे करम तो करे नहीं थे परमातमा! पर तुम्हारी मैहर ...'

'चौं री छोरी, तैने अपनी जात बता दी गुरु महाराज को,' चुनियाँ ताई पूछती है।

'ताई, मैंने राई-रत्ती भर नहीं छिपाया। इनने कह दिया, बाबा तिहारी कुटिया की ताबेदारी करेंगे। मैंने गुलकंदी से गंधरब ब्याह किया है। जाति की नाइन है। वे मुस्काए। बोले, फलाने, गंगा पापमोचिनी धारा है। यहाँ कोढ़ी, कलंकी, डाकू, चोर, खूनी, जात, कुजात सब आते हैं। अपने पाप धो जाते हैं। तुम तो ठहरे निसकपट बालक। गंगा का पानी छूकर सौगंध धरो कि तुमने जो किया है, पूरे मन से किया है, जिंदगी भर निभाओगे। सुख-बिपत में संग रहोगे। बेटा, गुलकंदी अब तेरी पतनी है। यह नाइन कैसे हुई? जिस दिन तू जोगी होकर यहाँ आया तेरी कोई जाति न रही। साधु की जाति होती है कोई? अब इस छोरी ने तुझसे ब्याह किया है तो यह भी तेरी बिरादरी में आ गई। औरत की तो वैसे ही कोई जाति नहीं मानी गई। वह तो जिससे ब्याह कर ले, उसी जाति की हो जाती है। तू बाम्हन होता तो यह बाम्हनी। तू भंगी होता तो यह भंगिन। तू तपसी है तो यह तपसिन।'

ऐसे जवाब की हरिप्यारी को उम्मीद थी न वहाँ जमा औरतों को। कुछ देर के लिए सन्नाटा छा गया। गुलकंदी की माँ का चेहरा ऊँचा हुआ, 'बेटी, यहाँ तो लोग यह देखने को बैठे थे कि गुलकंदी खरताल बजाती आएगी और वे तेरी झोरिया में चुकटी (हथेली में आटा भरकर) डालेंगे।' माँ की बात सुनकर गुलकंदी हँसती है।

सारंग गुलकंदी को गले से लगाकर मिली। अब तक एक ओर को खड़ी सारी बातें सुन रही थी। जो कुछ भीतर था, भीतर ही रहने दिया—प्यार, दुआ, असीस और सुरक्षा के तेवर। कोई भरोसा नहीं कि इसे क्या सजा सुनाई जाए? क्या पता कि लोग अहंकार थाम न पाएँ? कोई भरोसा नहीं कि जो आव-आदर आज दिख रहा है, वह पंचायत में भी कायम रहे। सो अभी सबकुछ धुँधला है। सारंग अब अँधेरे पक्ष के बारे में ज्यादा सोचती है। खटीक से ब्याह हो पाएगा गुलकंदी का? अँधेरे में यह सवाल?

मास्टर श्रीधर मर-मरकर जी रहे हैं। प्राणघातक हमलों से निकलते हुए वे गाँव के इर्द-गिर्द बिखरे फसल से भरे खेतों को एकटक देखते हैं। सरसों के फूल सबसे ज्यादा मोहते हैं श्रीधर को। शहर के स्कूल-कालिजों में तरह-तरह की फुलवारी देखी हैं उन्होंने। गाँव में बस फूल में फूल, एक गेंदा। बाकी सरसों-अलसी, मटर-चना और अरहर के पीले, गुलाबी, बेंजनी फूल! उनको बोगनवेलिया, केलेंडुला, पेंजी और फ्लॉक्स की बहार फीकी लगने लगी। ये ही फूल रोकते हैं मुझे? कि फूलों से ये बच्चे, जिनका जीवन-भविष्य लापरवाह अध्यापकों और भ्रष्ट अफसरों के हाथों में है। कि वे फूल सी युवती जो मार खाकर

खेतों में से खरपतवार-हिरनखुरी उखाड़ती डोलती हैं। कि प्रताड़ना सहकर अपने मालिकों के लिए लपकते कदमों से सिर पर रोटी भरा कटोरदान और हाथ में दही-मठा की बाल्टी लिए चली जाती हैं। और वहाँ बैठकर अपनी दिनचर्या का ब्यौरेवार हिसाब देती हैं। कभी चोरी का भी मन कर आता होगा? कभी छिपकर किसी से हँसी-ठिठोली कर बैठें तो दोष किसका? कि मन की तरंगों के साथ बहने का एक पल निकाल लें तो सजा का भागीदार कौन? श्रीधर को यह देख-देखकर सदा आश्चर्य होता रहा है कि जानवरों के बाद अगर किसी को खूँटे से बाँधा जाता है तो वे हैं आँगन लीपती, घर सहेजती, खेतों में काम करती औरतें। श्रीधर को शहरों में पनप रही विभिन्न संस्थाओं के नाम याद आते हैं—नारी उत्थान केंद्र, सहेली, जागो री, नारी सहायता केंद्र ··· पता नहीं वे किन नारियों के लिए हैं? प्रौढ़ शिक्षा, नारी शिक्षा पर व्याख्यान देने से फायदा? यहाँ तो बेटी का जन्म होते ही खेरापतिन दादी चंदना की कथा याद कराने लगती हैं, कि बेटी जन्मी है तो इसे खबरदार भी करती रहना इसकी जननी! कि इसको कितने, और कहाँ तक पाँव बढ़ाने हैं। छोटी कौम से लेकर बड़ी जाति तक की औरतों की एक सी दशा। एक से बंधन। एक से कसाव। परिवार नहीं, संतान का मोह इनको जीने की हिम्मत देता रहता है। कचेहरी-कानून इनके लिए भी हैं, लेकिन वहाँ तक इनका जाना? चली भी जायँ तो हर ओर से हमलावर घेरने लगते हैं।

श्रीधर जिन बालकों को पढ़ाते हैं, उनकी माताओं के दुख! ये मनुष्यजाति से अलग मनुष्य हैं। अच्छा है अज्ञान में रहकर सहना सीखें। उनको ज्ञान के दर्शन कराना साजिश ही तो होगी—उन्हीं के खिलाफ। सारंग का क्या हाल है? श्रीधर पछताते हैं उसको उकसाकर। अपनी पढ़ाई-लिखाई भूलकर खूँटे की गाय की तरह शान्त मन जी रही थी। औरत से पहले आदमी को ज्ञान देना होगा। उसके संस्कारों को प्रकाश की दुनिया में ले जाने का जोखिम उठाना होगा। तब शायद ये गुमसुम युवतियाँ निर्भय होकर हँस सकें। छोटी-छोटी बच्चियाँ चंदना-कथा न सुनें। कोई खेरापतिन दादी उन्हें नहीं डराएँ। किसी माँ को बेटी जनने के बाद तौहीन महसूस न हो। बाँझ से ज्यादा तिरस्कृत भाव! मास्टर श्रीधर शिक्षा का अर्थ देते हैं—मर्दों के कुसंस्कारों और अहं की अशिक्षा को मिटाना, और निजी स्वार्थों से मुक्त होना।

नेता-अफसरों और अध्यापकों से ज्यादा खतरनाक जीव हैं—यहाँ के लोग ··· जो अपनी दुनिया अँधेरी ही रखना चाहते हैं। भले रंजीत और भँवर जैसे युवक सरकार को गाली देते रहें, जड़ उन्हीं की जमीन में दबी है—हर शोषण की। विनाश की दीमक उन्हीं की भूमि में है, बताओ विकास की इमारत कहाँ बनेगी?

'मास्साब!'

'कौन गुड्डी?' श्रीधर का ध्यान भंग हुआ।

'मास्साब चलो, घरघुली देख आओ,' गुड्डी कल भी जिद कर रही थी।

श्रीधर वह अल्पना देखने जा रहे हैं, जो होली के चार-पाँच दिन पहले से छोटी-छोटी

लड़कियाँ अपने आँगन में सजाती हैं। भँवर की बहन है गुड्डी। पाँचवीं कक्षा में पढ़नेवाली उनकी छात्रा। ध्यान से देख रही है—मास्साब लँगड़ाकर चल रहे हैं।

'चंदन?'

'वह नहीं आया। उसकी कोई बहन नहीं है, सारंग भाभी के संग घरघुली सजा रहा है। ईंट पीसकर लाल रंग बना रहा था थोड़ी देर पहले।'

श्रीधर का मन हुआ सारंग के घर भी जायँ। नहीं, बेकार का बवंडर होगा। रंजीत भइया आए थे तो क्या? उनके मिजाज की थाह पा सकता है कोई? कब बंदूक लेकर खड़े हो जायँ? सारंग का ध्यान आते ही मन में छोटे-छोटे सरसों के बसंती फूल खिल उठते हैं—सारंग! सारंग नैनी! कितना मोहक नाम है! आँखें हिरनी की सी चंचल! श्रीधर मद में डूबने लगते हैं—उसी गली से ही तो गुजरेंगे।

रास्ते में पूछते हैं श्रीधर, 'गुड्डी, कौन-कौन से रंग हैं तुम्हारी घरघुली में? और कहाँ से लाईं तुम वे रंग?

'पाँच रंग। हल्दी और आटा मिलाकर पीला रंग। ईंट पीसकर लाल। अंडउआ की पत्ती सुखा-पीसकर हरा। नील से नीला और आटे से सफेद। उँगली पर रंग रखकर धरती पर टिका दो तो 'U' की तरह की टिकुली बन जाएगी मास्साब। पैमाने से लाइन बना दो। आप देखना तो सही।' गुड्डी बतकूट (बात बनानेवाली) लड़की है।

'मैंने गोबर की गूलरी बनाई हैं सिंगाड़े जैसी। ढाल बनाई हैं, लड़ाई में काम आनेवाली ढाल जैसी—पर छोटी-छोटी।' गुड्डी ने इतिहास की किताब में ढाल की तस्वीर देखी है। 'होली के दिन घरघुली पर रखी जाएँगी सूखी गूलरी और ढाल। जब घरघुली जलेगी तो सब बालक अपनी अम्मा, भाभी, चाचियों के संग गेहूँ और जौ की बालें भूनेंगे। कुआँ के पास लड़कों ने खूब बड़ी होली धरी है। खूब ईंधन। देखी है आपने?'

'हाँ देखी है।' श्रीधर को अपना बचपन याद आता है। जो कुछ गुड्डी बता रही है, उनके लिए नया नहीं। आँखों के लिए नया है। हर साल नया। सारंग के आँगन में देखते तो और नया हो जाता। मन बेलगाम घोड़े सा कि मानता नहीं ···

'मास्साब, एक ढाल पर राकेसा ने राममूर्ति का नाम लिख दिया है। कहता है इसे जलाऊँगा नहीं। गूलरियों के संग माला बनाकर नौहरे (घेर) में टाँग दूँगा।' श्रीधर मुस्कुरा पड़े। छोटे-छोटे बालकों का प्यार!

'हाँ, मैं तो भूल ही गया। गूलरियों में छेद भी तो होता है। ढाल में भी। तब तो माला बन सकती है।' सारंग ने कोई ढाल नहीं बनाई? श्रीधर सोच रहे हैं।

'मास्साब, बिसुनदेवा कहाँ है?' बच्चों को बहुत प्रिय है बिसनुदेवा।

'वह होली के दिन गाने के लिए पद रच रहा है, एकांत में।'

'गाएगा न बिसुनदेवा? खरतालें लाया है? गुलकंदी कह रही थी, अब नहीं बजाता खरताल। अब नहीं माँगता भीख।'

'जरूर बजाएगा। बजाता है। गुलकंदी शेखी झाड़ रही होगी।'

खूबाराम को राम-राम करते हुए श्रीधर गुड्डी के संग उसके आँगन में जा पहुँचे। बल्ब की सुनहरी रोशनी में आँगन में घरघुली के पचरंग चमक रहे हैं। हरी टिकुलियों की कतारें। पीली टिकुलियों की कतारें। लाल टिकुलियों की कतारें। चारों ओर नीली और सफेद कमूरोंवाली किनारी! 'भाई वाह! गुड्डी, तुम तो बड़ी अच्छी चित्रकार हो!'

भँवर की बहू और अम्मा गूँझा बनाने में जुटी हैं।

गुलकंदी और राकेश भी आ गए बतियाते हुए। चंदन संग में है।

गुलकंदी मास्साब को देखकर शरमा रही है।

'जोगिन!'

वह श्रीधर के पाँवों पर झुक गई। मास्साब की आँखों में दो बूँद पानी झलक आया। पता नहीं क्यों, इतना कच्चा मन हो गया है श्रीधर का। उन्होंने मुँह फेरकर आँसू पोंछे।

'यह कहाँ चली गई थी? मैंने दो थप्पड़ दिए इसके। मास्साब से लोगों ने क्या-क्या नहीं कहा, उल्लू की पट्ठी!' राकेश चमककर कहता है।

भँवर की अम्मा गूँझा भरते हुए चिल्लाईं, 'कीड़ा पड़ेंगे। बहन को गाली देता है कनास।'

भँवर की बहू ने खाट बिछा दी। गुड्डी बोली, 'बैठ जाओ मास्साब। भाभी गूँझा सेंके देती हैं अभी। ओ अम्मा, जल्दी कर न?' उसने माँ की ओर मुड़कर बोला।

'अरे रे! इतनी देर नहीं ठहरूँगा मैं।'

'अच्छा गुड्डी, सेव धर दे एक तस्तरी में। गूँझा स्कूल में ही दे आना।' अम्मा थाली में कच्चे गूँझा समेटते हुए बोलीं।

'वे कहाँ हैं मास्साब?' गुलकंदी ने धीरे से पूछा।

'भाँग पी रहा है बिसुनदेवा। तुम्हारे 'वे'।

'हट्ट! अभी चलकर देखती हूँ।'

'अरे यहाँ भी तेरा रौब झेलेगा? तू हमें भाँग नहीं पीने देगी?'

रंजीत ने आवाज दी, 'चंदन! अरे मास्टरजी आए हों तो घर लिवाते आना।'

श्रीधर के मन में गुलाल के बादल छा गए। रंजीत भइया!

भँवर की अम्मा डपटकर कहती हैं, 'छोरी गुलकंदी, बिसुनदेवा को कुँआरे माँढ़ये (मंडप) अपने घर न बुलाना। भले उसने ब्याह कर लिया हो, पर हमारी नाइन की देहरी तो कुँआरी है। अब देखो कि पंच-फैसला क्या होता है? अच्छा ही होगा।'

श्रीधर हँसते हैं, 'आपके पास हर रीति के लिए दलील होगी। मैं भी यहाँ आप लोगों से पढ़ रहा हूँ, चाची। ये बातें मुझे कैसे मालूम होतीं? जब मेरा ब्याह होगा कुँआरे माढ़ये नहीं जाऊँगा। कुँआरी देहरी नहीं चढ़ूँगा।'

एक-एक पल, एक-एक क्षण सारंग के कान सचेत हो उठते हैं। ओसारे में खाट बिछाए बाबा हुक्का पी रहे हैं। चंदन पिचकारी में पानी भरकर बाबा पर निशाना लगा रहा है।

चरनसिंह बौहरे सीढ़ियाँ चढ़ते आ गए, 'देख ले, बाबा से होली खेल रहा है। सर्दी लग जाएगी तो महीनों खाँसेंगे।'

चंदन शैतानी पर उतर आया, उसने बौहरे की ओर पिचकारी का रुख मोड़ दिया। वे बनावटी गुस्से से चिल्लाए, 'बदमासी करता है। जा अपने संग के बालकों से खेलना।'

'फिर तुमसे कौन खेलेगा, बौहरे ताऊ?'

'हमसे तेरा बाप खेलेगा,' बौहरे की बात पर बाबा हुक्का की नै मूँछों से लगाए हुए हँसते हैं।

इतने में कलावती चाची रिसाल के छः वर्षीय लड़के की उँगली पकड़े चली आईं।

'अरी सारंग, कर लिए गूँजा (गुझिया)?'

हाय! अब? चाची को यही समय मिला था आने के लिए! यह औरत भी भगवान ने अपनी प्रकृति के हिसाब से देखकर गढ़ी है। ठीक वक्त पर मोर्चा दबा लेती है। लो, इन्हें कैसे पता चल गया कि भँवर और झज्जू पंचायत की बावत सलाह करने आनेवाले हैं? गुलकंदी को कैसे बचाना है, हमारी इस योजना को कैसे सूँघ लिया?

सारंग भारी मन से चाची के पाँवों लगी। दूती चाची से बचना मुश्किल!

'खाने-अँघाने रहें। बड़ी उमर हो मेरे रंजीत की,' चाची का आशीर्वाद, जो सारंग को श्राप सा कँटीला लग रहा है। वह खड़ी रही। 'आओ बैठना' देने की शिष्टता भी भूल गई, कि देना ही नहीं चाहती थी। मगर चाची ने खुद ही पीढ़ा उठा लिया, 'तू अपना काम हर्ज मत करे री बहू। मैं तो घेर में जा रही थी, चंदन को पिचकारी खेलते देखकर यह छोरा मुझे यहाँ खींच लाया।'

'अम्मा ऽ ऽ ऽ रोटी ऽ ऽ ऽ। अम्मा ऽ ऽ ऽ' रिसाल का बेटा रें रें रें रें करता हुआ अपनी दादी के घुटनों पर ठोड़ी रखकर जिद मचाने लगा।

'बहू, गुलकंदी का किस्सा कहाँ तक लगा आकर?'

'अम्मा ऽ ऽ ऽ रोटी ऽ ऽ ऽ। रोटी अम्मा ऽ ऽ ऽ ... ' लड़का फिर होंठ फैलाकर रिरियाया।

अनजाने ही एक धौल मारकर चुप्प कर दिया चाची ने, 'बात सुनने दे।'

'चाची, अभी किस्से का क्या पता? होली बाद ही समझो कि कुछ फैसला हो।'

'फैसला काहे का? अब तो छोरी की भाँवर ही डलवा सारंग, हम्बै तौ। कर तू कोसति (कोशिश)। रंजीत को समझा देना। बेकार में ख्वारी करो नाइन की, हम्बै तो।'

'अम्मा ऽ ऽ ऽ रोटी ऽ ऽ ऽ। भूख लग रही है। रोटी ऽ ऽ ऽ ... अम्मा ऽ ऽ ऽ।'

'रुक लल्लू। ला रही हूँ रोटी,' सारंग ने बच्चे को दिलासा दी और उठकर चल दी।

कलावती चाची ने लड़के को हलके से दो-तीन मुक्क (घूँसा) मारे, 'जा छोरा को इतनी बुरी आदत है। खूब पेट भरवाकर लाई हूँ, पर देख ले कि रोटी-रोटी चिल्लाने लगा। अभी हाल खिला दूँगी पनपथी, हम्बै तौ।'

सारंग ने दो गूँझा एक तश्तरी में बालक के आगे धर दिए। कुछ सोचकर बोली,

'ले जा लल्लू, घर जाकर खा लेना।'

बच्चे ने हल्ला करना आरंभ कर दिया, 'अम्मा घर कूँ चल। अम्मा री घर …'

'चाची, पहले इसे छोड़ आओ। यह बात नहीं करने देगा।'

कलावती चाची ने अपने नाती का गाल पकड़कर तान दिया, 'तुझे चैन नहीं। दो बात नहीं करने देगा। चल, घर ही लै चलूँ, हम्बै तौ।'

सारंग ने चैन की साँस ली। अब भले आ जाएँ भँवर और झज्जू। कलावती चाची अब सहज लौटनेवाली नहीं, घर जाते ही रिसाल की बहू दस काम लगा देगी। नहीं तो एक बात सुनती, दस बात जोड़कर गाँव में फैला देती। हालाँकि उनकी मंशा मुझसे अलग नहीं।

जब से गुलकंदी आई है, जहाँ औरतें इकट्ठी होती हैं, उसी की चर्चा में रस-विष घोलती रहती हैं। कुआँ-पनघट पर देख लो, भले पथनवारे में गोबर-पानी करते हुए सुन लो। दो दिन से गाँव चौकन्ना हो उठा है।

चरनसिंह बौहरे की आवाज आ रही है, 'मामा, पंच बैठें तो सही, दूध का दूध, पानी का पानी हो जाएगा।'

सारंग को भरोसा है बौहरे पर। वह जानती है, चरनसिंह बौहरे उन लोगों में से नहीं कि सोचें—तुम बदल रही हो, मगर हम न बदलेंगे। उन्हें औरतों को लेकर अहंकार है न कुसंस्कारों से सनी जिद।

झज्जू और भँवर बाहर ही आ बैठे। पन्नासिंह के कंधे पर हाथ रखकर आया है भँवर। शायद कुछ समझा रहा हो। सारंग चौखट पर निकल आई। जिस दिन रंजीत ने बंदूक उठा ली थी उसके लिए, पर्दा उस दिन से छुटा तो नहीं, लेकिन कम हो गया। लोग एकटक देखते हैं, देखा करें। इसमें डरने-झिझकने की बात क्या है? घूँघट मारकर चलते हैं, लोग समझते हैं, कोल्हू का बैल आ रहा है।

झज्जू बीच चौखट पर बैठा है, 'बौहरे, यहाँ आ जाओ दुवारी में। बाहर चार लोग आएँगे, चार जाएँगे। तुम भी आ जाओ पन्ना भइया। तू भी आजा रे भँवर। बाबा, तुम कहाँ बैठोगे?' पंचायत की कल्पना होने लगी—

सारंग ने धीरे से कहा, 'लल्लू, पंचायत जुड़े तो बैठना भी देख-भाल कर। अभी से कहे देती हूँ। मैं गुलकंदी के आसपास रहूँगी, और बिसुनदेवा रंजीत के पास बैठ जाएगा। (सबको मालूम है, सारंग शुरू से ही रंजीत को नाम लेकर बुलाती है)। हो सके तो प्रधान को भी पास ही बिठाना।'

भँवर बोला, 'हरपरसाद जरूर चिल्लाएगा कि तुम लोग पंचायत के फैसला से पहले ही बिसुनदेवा को जँवाई का दर्जा दे रहे हो। हमारे हवाले करो, हमारा मुलजिम है।'

'अजी, वही जो हो गया, सो ले लेगा अपना मुलजिम। पंचायत में टाँग अड़ाने का क्या हक हरपरसाद को? प्रधान की पंचायत में से तो बिसुनदेवा को दरोगा तक नहीं ले जा सकता। जब तक कि फत्तेसिंह खुद ही पुलिस के हवाले न कर दें। पहले पंचायती

अदालत में तो दोसी साबित हो,' बौहरे पंचायत का एक-एक कानून जानते हैं।

सारंग ने मन ही मन सोचा, रंजीत पर इतना तो भरोसा है कि वे कुछ कहने से पहले मेरी ओर जरूर देखेंगे। और मेरे तेवर देखकर यह भी बोलेंगे—कि पंचायत को ठट्ठा न समझे कोई। हर बात पैसे से मत आँका करे हरपरसाद। सारंग जानती है, हरपरसाद का पैसा रंजीत की प्रधानी-गैल का सबसे बड़ा रोड़ा है।

'छीता?' झज्जू ने सवाल किया।

'छीता सुसर में तो बड़ी तमीज है बोलने की! साले में अकल न हिम्मत। जबसे बहू भाग गई है, आधा बाबरा हो गया है। वह तो पहली बात ठहरी, जब बिसुनदेवा के ऊपर यह कहकर अर्राया था कि "मारो साले बिसुनदेवा को। भिच्छा माँगता है कि गाँव में छिनरपना करता है?" गुर्राकर देखता भले रहे।'

सारंग जानती है बिसुनदेवा अपने बयान कितनी शांति और सहजता से देगा। बड़ी धीमी आवाज में कोमल लय निकालेगा—सज्जनो, तुम्हारी शपथ, इस गेरुआ बाने की शपथ, गुरु की दी हुई कंठी की शपथ, इस गाँव के देवताओं की शपथ ··· कोई बीच में ही बोलेगा, अरे मेरे यार, सपथ-कौल ही खाता रहेगा, बोल-बक्कार कुछ। गुलकंदी को हमने गंधर्व विवाह करके अपनी पत्नी माना है। क्यों बौहरे, गंधर्व विवाह पाप बताया है शास्त्रों में? आप तो ज्ञानी हो। ··· बिसुनदेवा जानता है किस वक्त कौन सी बोली ज्यादा असर करती है। रंजीत से कह रहा था—भइया, इस साधू की लाज अब तुम्हारे हाथ है, जूता मत पड़वाना, भले जान ले लेना। ··· उसका लुभावना चेहरा, कंधे पर झूलती घुँघराली लटें! सबका प्यारा है बिसुनदेवा, आज दुश्मन हो जाएगा?

हरपरसाद चिढ़ उठेगा जरूर। ··· गंधरव ब्याह किताबों में लिखा होगा। दई-देवता करते होंगे। हमारे यहाँ नहीं होते अंदरब-गंधरब वि-वा-ह। और न साले तू देवता है कि किताबों में लिखी हों तेरी बातें।

—अपनी बहन से पूछ लो यह तो। कौन देवता है? कहकर फिक्क से मीठी हँसी हँस देगा बिसुनदेवा। कह तो रहा था श्रीधर से।

सारंग न जाने कहाँ खो गई। भँवर, झज्जू और बौहरे बातें करते रहे। वह चेती जब पन्नासिंह की बोली सुनी, 'हम तो यह कहते हैं कि छोरी कर्री (कड़ी) पड़ी रहे। डरे, झिझके न। डर का काम भी क्या? जो डर माना तो डरा ही लेंगे छीता-हरपरसाद।'

हाँ, गुलकंदी नहीं डरेगी। कह तो रही थी मैं भागती नहीं। भागी भी कहाँ हूँ? मेला देखने गई थी। रतनलाल छीता की बहू के संग न दीखता तो मैं गाँव ही लौट आती। घबराकर बिसुनदेवा के संग न जाती। पर क्या करूँ, उस संकट में से बिसुनदेवा ही उबार ले गया मुझे, नहीं तो मैं मर जाती ···

फिर बाबा देखे हैं? एक हुंकारे में पंचायत को पानी कर देंगे। साधजी से कह तो रहे थे—नाहक ही लोग बाल की खाल निकालने में लगे हैं। जो हो गया, सो हो गया। अब वह ननुआँ, छीता और हरपरसाद तुंगधारी बनें सो बिरथा। जब दोनों बालक राजी

हैं, खुस हैं, सुखी हैं तो इनके हलक में हड्डी काहे को फँसी है?

हरपरसाद यहाँ मिसमिसाकर गया है कि बाबा तुम बूढ़े होकर ... बाबा नाग की तरह फुफकारे थे कि हरपरसाद की सिट्टी-पिट्टी गुम हो गई। पराये द्वार पर जीभ चलाकर देखे तो जानें?

औरतें खड़ी तमाशा देखेंगी। गुलकंदी के भाग्य से ईर्ष्या करेंगी। डाह तो होगा ही, ऐसा खिलौना सा बिसुनदेवा ... मन तो कइयों के भाया था, पर इतनी हिम्मत कौन कर सकती थी? फैसला लेने की जोखिम ... गुलकंदी को 'रंडी-बेसा' कहती हैं कि अपनी भड़ास निकालती हैं? कि मर्दों के डर से उसे गरियाती हैं?

झज्जू छाती ठोककर सारंग की ओर मुखातिब हुआ, 'भाभी, निस्फिकिर रहना। पंच लोग पंचायत में मुद्दई के अलावा किसी बैयरवानी को बोलने का मौका दें न हक्क। गवाही भी मर्द की ही माँगी जाएगी, इतनी बात समझे रहना। पर मैं हूँ। छोटी कौम का ही सही, पर मर्द तो हूँ। दादू हैं जो बिसुनदेवा को पेसतर बचाएँगे।'

'ठीक कहते हो लल्लू। पर हम भी देखें कि कैसे नहीं बोलने देते? अभी तक हम गवाही लायक भी नहीं हुए? और तुम मनमर्जी से गुलकंदी और बिसुनदेवा को सूली पर चढ़ा दोगे! तुम्हीं जो हो गए! देखी हैं लौंगसिरी बीबी? आसमान में बाँस गाड़ देंगी। अब वे बैयरवानियों के खिलाफ अन्याय की एक बात नहीं सुननेवाली। हमारा हौसला हरपरसाद की भभकियों पर पानी होगा न तुम्हारे प्रधानजी के फैसले पर। अब तो यह किस्सा पार ही लगेगा,' कहते-कहते सारंग का चेहरा सिंदूरी हो गया।

भँवर धीरे-धीरे बोल रहा है, 'ठीक है, हरपरसाद को रोष आएगा, क्योंकि ऐसी बात आ पड़ती है तो खानदानवाले ही इज्जत-आबरू की दुहाई देकर फटफटे ज्यादा पीटते हैं। गलती उनकी भी नहीं होती, खून के संबंध को लेकर बिरादरीवाले उन्हीं का हुक्का-पानी अलग करते हैं, शादी-ब्याह में से छेकते हैं। शहर की बात तो दूसरी है, वहाँ जाति-बिरादरी का कोई मायना नहीं रहा, पर गाँव तो अभी तक पुराने रिवाजों के कब्जे में है। इसीलिए हरपरसाद पंचायत जुड़वा रहा है।'

"भइया, ऐसी राह न निकले तो साला दहेज सुरसा-मुख सा बढ़ता जाएगा। गुलकंदी को तो शाबासी देनी चाहिए कि उसने नई राह दिखा दी गाँव की छई-छापरियों को (लड़कियों को)। इसमें बुरा मानने की कोई बात नहीं।'

पन्नासिंह बोल पड़े, 'झज्जू, अब तू गाँव को डिल्ली-नखलऊ मत बनावै। ठीक है, गुलकंदी की माफी ले लो। पर आगे साला यही रिवाज ... ला तू ही बता, अपनी बहन-बेटियों को भंगियों के दे आएगा? ऐसा तो डिल्ली में भी नहीं होता होगा।'

झज्जू उत्तेजित हो उठा, 'जे बिगाड़ेंगे काम। यहीं उलटी बात बोल रहे हैं तो फिर पंचायत में क्या उम्मेद करें इनसे?'

पन्नासिंह ने बात साफ की, 'मैंने आगे की बात कही है। इस मामले में तो मैं खुद ही कह रहा हूँ कि छोरी की ही हिमायत करने में ज्ञान है।'

'पहले यह भी तो देख लो कि हवा का रुख क्या है? मान लो हरपरसाद अपनी ओर से ही गुलकंदी की बात मानने को राजी हो गया तो कुछ हमें कहना न तुम्हें कहना। जैसा कि उसने हरिप्यारी से तिरबाचा भरा है।' चरनसिंह बौहरे ने आशंका का निवारण करते हुए अपनी राय दी।

'फिर क्या बाघ आने पर हथियार पैनाएँगे?' भँवर ने बात काट दी।

यह सलाह-मशवरा ऐसे हुआ, ज्यों सेना-संचालन की योजना बनती है। पूरी तैयारी हुई कि सवाल-जवाब कैसे होंगे। कौन आदमी किस पक्ष में बोल सकता है। और लोगों को भी समझाकर अपनी ओर किया जा सकता है या नहीं? गाँव में ऐसे लोग भी हैं, जो गुलकंदी और बिसुनदेवा के ब्याह के फैसले पर लाँग खोलकर लड़ बैठेंगे। परंतु घबराना नहीं है। यह हमारे पक्ष की हार होगी। हारना नहीं है। भँवर नए जमाने के साथ चलनेवाला नवयुवक है, लेकिन नए जमाने की रफ्तार की स्थापना से ज्यादा उस पर हरपरसाद, प्रधान और परोक्ष रूप से डोरिया को पटखनी देने का जुनून चढ़ा है। अपना प्रभाव जमाने की ठानकर बैठा है। झज्जू तो पूरी तरह है बिसुनदेवा का, वह अपने मोहल्ले को अपने साथ लिए हुए है—कुम्हार-खटीक। पन्नासिंह इन दिनों प्रधान के लक्षणों से चिढ़े हुए हैं—उनके पिता से जीतेजी सदस्य की हैसियत छीन ली थी। किसको सौंपी, उसकी बात बाद में। अभी वे छीनने के गम से ही नहीं उबरे थे कि बाप मर गया। वे कहते हैं, इसी गम में सिधारे हैं मेरे दादा। चरनसिंह बौहरे पंडिताई की पोंगापंथी से उकताए हुए हैं। साला कोई मानता है मान-महिमा? सब लकीर पीटते हैं। दछिना देते नहीं, हमें भिखारी मानकर झोली में सिक्के फेंकते हैं। भाड़ में गई ऐसी पंडिताई। आजकल वे कथा कहने के लिए भी मना कर देते हैं। अपनी धाक नए विचारों से जमाएँगे। पुराणों में नए जमाने की बातें क्या हैं नहीं? गंधर्व विवाह उन्होंने ही बताया था बिसुनदेवा को। भँवर का यार रिसाल, सो एक जहाँ, दूसरा तहाँ। खूबाराम, भँवर के बाप, बेटा से बाहर नहीं जाएँगे। बाबा और नम्बरदार विचारों के सहगामी हैं। नम्बरदार के अपने ही दल में कम लोग नहीं। लोग बहुत हैं साथ।

सारंग कई तरीके से सोचती है, और दुविधा में पड़ जाती है। रंजीत कह रहे थे, 'बात इतनी सीधी नहीं है, जितनी तुम समझ रही हो। अब हरिप्यारी खुद जाने। वही तो लिवाकर लाई है अपनी बेटी को। हमारे-तुम्हारे पेट में दर्द होता रहे, कोई बात बननी न बिगड़नी। देखो, जहाँ तक गाँव के लोगों का सवाल है, वे तो इस बात को गाँव की इज्जत से जोड़ेंगे। आसपास के एरिया में गाँव की नाक कट जाने की दुहाई देंगे। हो सकता है, प्रधान से संगीन सजा तजवीजने को कहें। यह शहर की कचेहरी तो है नहीं कि गवाहों को झूठ बोलने के लिए केवल पैसों से मतलब रहे। यहाँ तो लोग जितने हमदर्द हैं, उतने ही कट्टर भी, जितने शास्त्र-फास्त्रों की दुहाई देंगे, उतनी ही मूढ़मगजी भी दिखा देंगे।'

हद है! गाँव की बेटी का ब्याह होता है, सब आदमी मिलजुलकर स्वागत करते हैं।

बारात की खातिरदारी के लिए महीनों और हफ्तों पहले से आवभगत के साधनों का इंतजाम होता है। बैलगाड़ियों, ट्रैक्टरों पर सामान लाद-लादकर और सिर पर धर-धरकर दही की हँड़िया लाते हैं, साग-सब्जी की गठरियाँ आती हैं। इतनी भागदौड़, मुसीबत, परेशानी सहकर ब्याह के अनुष्ठान को पूरा करनेवाले क्या गुलकंदी और बिसुनदेवा को आशीर्वाद देने के लिए अपने हाथ तक उठाने की जहमत न करेंगे? दादू से नल और दुम्हैंती के प्रेम विवाह को झूम-झूमकर सुननेवाले, मोतिनी द्वारा नल को मक्खी बनाकर अपने पिता दाने से बचा लेने पर शाबाशी बख्शनेवाले गाँव की बेटी के छोटे से फैसले को खारिज करके क्या जताना चाहेंगे?

श्रीधर को रंजीत ने कल ही चंदन के हाथ बुलवाया था, लेकिन आए नहीं।

सारंग के मन में आया था कि सुना दे—जिसकी सारे गाँव के सामने फजियत की हो, वह आएगा तुम्हारे घर? तुम ठाकुर हो तो बैठे रहो। वह भी स्कूल का मास्टर है, तुम्हारा चाकर नहीं। दूसरों के घर आता-जाता है तो कलेजा क्यों छनकता है? तुम उम्र में बड़े थे, वह तुम्हारी इज्जत करता था, इसका मतलब यह नहीं कि तुम्हारे जुल्म बर्दाश्त करेगा। तुम गलत करो, वह सही कहेगा?

··· मगर कहा कुछ भी नहीं सारंग ने। उसका कलेजा धड़धड़ा रहा है। श्रीधर मिलें तो पूछे, मैंने क्या बिगाड़ा है तुम्हारा? रंजीत का बदला मुझसे क्यों लेते हो? मैं कितनी परेशान हूँ, तुम क्या जानो? कह दिया—आता हूँ, आता हूँ और नहीं आए। जानते तो होंगे मैं कितनी बेचैनी से बाट देखती रही हूँगी। ··· लेकिन किससे कहे सारंग, कोई आया न गया।

'भाभी!'

'अरे गुलकंदी!' सारंग का ध्यान भंग हुआ। बसंती रंग की छाया ··· गुलकंदी, हाँ।

'मैंने तुम्हें बुलाने चंदन को भेजा है।'

'अच्छा, वह तो नहीं मिला। मैं तो अपने आप ही चली आई।'

'यह लड़का तो होली में पगला रहा है। कल से होश नहीं। रंग, पिचकारी, पानी से काम है बस। टेसू के फूल डाल दिए थे, तो आधी तामड़ी इस अकेले ने ही खाली कर दी।'

गुलकंदी सारंग के पास धरती पर दालान में बैठ गई।

सारंग एकटक देखती है—कल की सी ओप नहीं। चेहरा मुरझाया सा है। कोई बातचीत हुई है क्या? 'हरपरसाद मिला था? कुछ बोला?'

बोरा बिछाकर दराँत से मेथी का साग काट रही थी सारंग, लगा कि बचे-खुचे साग को उठाकर रख दे। हँसिया और बोरा एक ओर सरका दे। पहले पूछ ले कि क्या हुआ?

'काट लो साग। मैं बताती हूँ।

'बड़ी परेशानी है भाभी। तुम्हीं बताओ कि क्या करूँ? हरपरसाद भइया कहता है—ताऊ-चाचा के बालक अलग नहीं होते। हम अलग-अलग घरों में रह रहे हैं, इससे दुनिया हमें अलग तो नहीं मान लेगी। अलग ही मान लेती तो राजेसुरी की सगाई कोई न कोई ओट ही लेता।

'आँखें भर आईं भइया की। मैं तो घबरा गई भाभी। वे तो बड़े दुख में हैं। कह रहे थे—हमारी बिरादरी अब पहली सी रही है क्या, अब तो सब डेढ़-डेढ़ हाथ की मोंछें लगाकर ठाकुर बने बैठे हैं। मैं चार दरवज्जे झाँक आया। कुत्ता की तरह दुत्कार दिया। अब क्या राजेसुरी कुँआरी रह जाएगी?

'बताओ भाभी अब क्या हो?'

'बहुत नाराज हो रहा था क्या?'

'नहीं, दिखा तो नहीं रहे थे नाराजी। भले गुस्सा पी रहे हों।'

'वह कहना चाहता है कि राजेसुरी के लिए तुम जिम्मेदार हो। यह नहीं जानता कि आजकल आदमी ऊँचा बनने के मारे जिस पर रकम नहीं होती, उससे रकम माँगता है, और जिस पर धन दिखाई देता है, उसके लिए ऐसे बहाने खोजे जाते हैं। बिसुनदेवा के संग तुम गई हो, राजेसुरी नहीं। कह देतीं तुम कि मैंने अपना सुख-दुख खुद ढूँढ़ा है, इसमें दखल देनेवाले तुम कौन होते हो?'

'भाभी, मैं कह तो देती, पर अम्मा ने रोक दी। पाँत-पंगत करने को तैयार है भइया, बेबात ही मैं भला-बुरा कहूँ? अच्छी तरह आई हूँ, अच्छे मन से ही चली जाऊँ।'

'पाँत-पंगत और पंचायत तुम्हारे माथे का कलंक नहीं धो देगी गुलकंदी। पर चलो, अब आ गई हो तो होने भी दो, क्या-क्या होता है।'

'जो भाग में बदा हो। मैंने तो यह भी नहीं सोचा था कि 'ये' ... पर मेरा भाग। नहीं तो कभी पूजापाठ नहीं किया, नैम-बरत नहीं साधा। गुरु महाराज कहते हैं गुलकंदी तू ऐसी सीपी में गिरी कि मोती हो गई।'

'पूछती तो सही अपनी ताई से कि मेरी महतारी घर बेचती तब कहीं ब्याहती तो मेरी गति कैसी होती? तुम तो खुश रहते, मैं चैन न पाती! तुम्हारे पास था मेरे चैन का बंदोबस्त? अरे, हर आदमी पहले अपनी खुशी, अपना सुख देखता है, भले कितना ही परमारथी हो।'

'ताई कहती है कि लोग-लुगाईं हमें ताने देते हैं।'

'अरी काहे को? चुनियाँ ताई तुम्हारी, कुआँ पर हाथ पीट-पीटकर लड़ी थी तुम्हारी अम्मा से। याद है! अब बड़ी हेजमंती बन गईं चुनियाँ ताईजी।'

'सो तो हरपरसाद भइया ने डपटा था ताई को, कि अम्मा तू गुलकंदी को तंग मत करे। अब तो एक न एक को झुकना ही पड़ेगा लाली, वे मुझसे बोले। तू न झुकेगी तो हम झुकेंगे। पंचों के सामने हम कुत्ता-बिल्ली से लड़ें, तो फायदा नहीं। वह तो गाँव का दस्तूर है कि पंचायत के सामने कबूल कर लो अपना रिश्ता और बाद में पाँत दे

दो, सो निभाएँगे। मैं तो इसलिए पूछ रहा था कि कहीं तेरा मन बदल जाय तो गैल और आसान हो जाय। पर अब तू अपने फैसले पर अटल है, तो हम भी राजेसुरी के ब्याह की बात तभी सोचेंगे, जब तेरी भाँवर चाची के आँगन में डलवा दें। अब हम वे नहीं रहे कि जिसके बाप को घुड़चढ़ी के बखत बड़ी कौम ने घोड़ी के ऊपर से खींच लिया था—नाऊ होकर हमारे सामने घोड़े पर चढ़कर जाएगा? बागा पकड़कर धूल में रगड़ दिया था। अब तो हम दिखा देंगे कि ननुआँ के बेटा का जल्वा देखो। पहली बात भूल जाओ कि हमने खाया तो तुम्हारे पाँव पूजकर, खिलाया तो पाँव पूजकर।

'भाभी!' गुलकंदी का गला भर आया।

'कहो।'

'मेरा जी घबड़ाता है।'

'क्यों?'

'सब ठीक हो जाएगा, कि मेरी तकदीर फूट जाएगी? हरपरसाद भइया नाराज हैं या खुश?'

'तुम हिम्मत मत हारो गुलकंदी।'

गुलकंदी की डबडबाई हुई आँखें देख रही है सारंग, और देखा कि वह यकायक सारंग के पाँवों में गिर गई। सिसक-सिसककर रोने लगी।

'बाबरी! छोड़ो पाँव। बेटी होकर पाँव पकड़ती हो! मैं हूँ गुलकंदी! मैं तुम्हारे पीछे खड़ी रहूँगी। रंजीत से कहूँगी अपनी बहन को अच्छी-भली तरह विदा करें। बाबा से अरज करूँगी बेटी की डोली सजाएँ। चंदन बिसुनदेवा के संग-संग जाएगा गाँव-बाहर तक। मैं पानी भरा लोटा ढारकर तुमको विदा दूँगी बीबी, सगुन उठाऊँगी। लौंगसिरी बीबी विदा का गीत गाएँगी।' सारंग पगली सी हो गई प्रेम में। गुलकंदी को छाती से लगा लिया। 'मेरा त्यौहार गुलजार हो गया लाली। लग रहा है, आज मेरी रेशम लौट आई!'

होली की रात! बाहर रसिया छिड़े हैं। शहद में सनी लयबद्ध गीत-कड़ियाँ!

सारंग का सोच में डूबा मन चम्पाराम के लापरवाह बोलों से हलका नहीं होता। बूढ़ा और रँडुआ आदमी एकदम मस्तमलंग! आगे नाथ न पीछे पगहा। चरनसिंह बौहरे के छोटे मामा। कहते हैं जोरू के सामने भी लहँगा-फरिया पहनकर नाचते थे। औरत बेचारी शरम के मारे सदा पीहर ही रही। जब कभी आई, लड़ाई-झगड़े के समय औरतों ने सौ टोलों का एक जहरीला टोला मारा—'जनानियाँ की लुगाई!' एक तो लुगाई वह भी जनानियाँ की। सारी ताकत सुँत गई। बेचारी कमजोर बनकर रहना नहीं चाहती थी। तीन दिन की जूड़ी में ही सिधार गई। माँ-बाप ने भी इलाज नहीं कराया। औरत जात, वह भी नाचनेवाले आदमी की। मरे या बचे। किसी को क्या मतलब?

ठीक कहती थी चम्पाराम की औरत, मर जाऊँगी तो यह नाच में ऐसा रम जाएगा

कि खेती-पाती, घर-गाँव सब छोड़ देगा। सचमुच चम्पाराम ने पूरा तीस बीघा खेत चरनसिंह बौहरे के नाम लिख दिया। गाँव के लोग कहते हैं—बहला-फुसलाकर लिखवा लिया। एक हरमुनिया बाजे और एक जोड़ी घुँघुरू के बदले। नहीं, चरनसिंह के बेटा की बहू, भले बौहरे की अम्मा को गली में फेंक दे, भले सुसर के पोथी-पत्रा को फाड़ डाले, चम्पाराम को असली घी की लपसी खिलाती है। जानते हो लपसी की तासीर? बूढ़ा अभी तक छमाछम नाच रहा है। कभी कूल्हा लचका न करिहाँ में मोच आई।

ढफ और झाँझ-मजीरों का मिला जुला पंचम सुर—

चकई के चकधम, चकई के चकधम ··· बच्चे टेक जोड़ते हैं—बाप-बेटा मुकद्दम!

अई श्याबासै! फिरकी देकर नाचौ जी चम्पाराम! साल-साल का त्यौहार, आजकल नाच-गाने के लिए किसको फुरसत है। आदमी राजनीति गा-बजा रहा है—झज्जू मिचकी मारकर आँख का इशारा करता है। आज से ही लाल गुलाल झज्जू की मोंछों पर लगा है! हा हा हा हा! कौन हँस रहा है? तमाम बालक।

दादू चिकाड़े पर धुन निकालते हैं—ताँय ताँय ताँय तूँय तूँय तूँय—फागुन में जेठ कहे भाभी, फागुन में ऽ ऽ ऽ ···

नहीं, चम्पाराम ने नया रसिया बनाया है उस पर नाचेंगे—

डाकौ परि गयौ लौहरे देवरिया, मैं मर गई डर के मारे
जब डाकू मेरे अँगना आए, हाय छतिया से सरकि गई चूनरिया,
मैं मरि गई डर के मारे ···

सुनते ही कुँवरपाल बिगड़ गया। 'यह गीत हमारे ऊपर बनाया है। हमारे यहाँ डाका डलवाया था बड़ी कौम ने। मैं रपोट करूँगा।'

छोड़ो, छोड़ो! त्यौहार करे रार करते हो! चम्पाराम यह क्या झगड़ेवाला रसिया बना लाए? झज्जू तू गा रे। चम्पाराम नाचेंगे। जनता की फरमाइस!

अब जल भर ला लौहरे देवरिया, मैं गौने को आई।

'नहीं, यह भी नहीं।' लोग चिल्लाए। रमला नहीं सुनता, ढोलक पर तान ले रहा है—चकई के चकधम ··· गीतों की क्या कमी, जो पसंद हो, बता देना। चम्पाराम और झज्जू गीतों के खजाने हैं। कौन सा? कौन सा? बोलो। अच्छा कान्हावाला! सुनो—

'कान्हा बरसाने में आ जइयो बुला रही राधा प्यारी
बुला रही राधा प्यारी रे, बुला रही राधा प्यारी / कान्हा ···
सोने को लोटा गंगाजल पानी,
अब तेरी गरज पड़े तौ पी जइयौ / बुला रही राधा प्यारी।

देखो, देखो, चम्पाराम कैसी फिरकी लेते हैं, तीन फिरकी में घाँघरा छाता बन गया। चूनरी

बिजली सी उड़ी। बूढ़े की छाती पर दो गेंदें! हाय हाय! कई सफेद दाढ़ी-मोंछोंवाले भी कराह उठे। होली में बूढ़े भी दो दिन के लिए जवानी उधार ले लेते हैं। रामचंद अभी तक खाट में पड़ा था। लंघिन लग रहे थे। नाच देखने आ गया। कमर सीधी नहीं हो रही डोकरा की। अपने आप सीधी हो जाएगी। छमाछम—लपसी का जोश। घूँघट में से दाढ़ी-मोंछें भी नहीं दिखतीं। एकदम बैयरवानी। और देखो रे देखो ··· अली-गली गोपिका!

कलावती चाची ने आज से ही हुड़दंग मचा दिया! बाबा के ऊपर रंग की बाल्टी ··· सराबोर! 'अजी, जेठ लगते हो तो क्या सूखे ही बैठे रहोगे?'

बाबा से निबटकर फूलसिंह से लिपट गई, 'मेहमान, आज साल-साल का दिन, छोड़ो रिस-गुस्सा, छाती से लगा लो दुसमनि को।' बूढ़े साधजी ने जरा सा सरककर चाची की कमर भींच ली, 'ला मेरी सास, हुरंग खिलवा दूँ।' साधजी का गाल नोच लिया चाची ने, 'तुम्हारी दारी मारूँ, ऐब कर रहे हो!'

'बड़ी दिलखोल औरत है भाई!' चरनसिंह बौहरे हैं ये।

'आय हाय, तुम कम दिलखोल हो? रामचंद के नल पर बतासो सक्किन की छाती पकड़े कौन खड़ा था?' होली है, बुरा मानने की क्या बात? 'राम राम! शिव शिव! झूठी लुगाई, ऊपर से दूती!' चरनसिंह बौहरे का मुँह छोटा हो गया।

श्रीधर आ गए सारंग के घर। संग में कौन? बिसुनदेवा!

सारंग अचकचाकर खड़ी हो गई। 'भाभी!' बिसुनदेवा अब सारंग से माताराम नहीं कहता। जोगिया बाने में दमक रहा है बिसुनदेवा! लटों को पीछे झटकता है बार-बार! 'आज कैसे आ गए तुम?' सारंग का ताना श्रीधर की ओर है।

'लाओ, गूंझा निकालो पहले, बातें फिर,' आँगन में बिछी खाट पर बैठने लगे वे।

'सबेरे मिलेंगे,' सारंग ने शरारत से कहा।

'मेरे पास फालतू कपड़े नहीं हैं कि रँगवाऊँ और फेंकूँ। पाँव अलग जख्मी है। मेरे बदले की होली बिसुनदेवा खेलेगा। हो जाओ तैयार।'

'मास्साब, यह क्या गजब करते हो? जाटिनी के हाथ मत सौंपो। डंडों की होली खेलने पर आ गई तो पूरा शरीर जख्मी कर डालेगी। पिछली होली याद है मुझे। मेरी खरतालें भी यहीं छूट गई थीं।'

सारंग हँस पड़ी, हलकी सी धौल जड़ दी बिसुनदेवा की पीठ पर, 'तब ही तो तुम गुलकंदी का दिल ले उड़े थे। चोट्टा कहीं के।'

'देखो, मैंने क्या कहा था? है न उस्ताद?' श्रीधर खिल पड़े।

'कल तो बैरी भी गले मिलेंगे और तुम कहते हो कि ···'

'मैं तुम्हारा बैरी थोड़े ही हूँ?'

आँखों ही आँखों में क्या कहना चाहते हैं श्रीधर? कैसी-कैसी निगाहों से देखती है

सारंग? दोनों के मन इस होली में मतवाले हुए हैं कि न मिल पाने की बेबसी की बाड़ को तोड़कर उमंगें बही चली आ रही हैं!

'होली कैसे खेलूँगा मैं, रंजीत भइया से लिखित इजाजत लेनी पड़ेगी, क्योंकि वे अपनी कही बात भूलकर मारपीट तक आ जाते हैं।' आँख की कनखी दी बिसुनदेवा की ओर।

'ठीक है, ठीक है, इकरारनामा लिखवाकर रखना भाभी, तब मास्टरजी तुम्हें गुलाल लगाएँगे। लाओ पैसे, कानूनी कागज खरीद लाऊँ।'

सारंग खिलखिलाकर हँस पड़ी। दूसरे ही पल ठंडी साँस भरती हुई बोली, 'अरे, हमसे होली कौन खेलता है, जब प्रधानिन जैसी सखी मौजूद हों तो। और मुझे भी क्या कमी है फिर, थानसिंह-डोरिया क्या मर गए हैं? रंग की नहीं, खून की होली!'

बिसुनदेवा ने अपने होंठों पर उँगली धरकर बरजा सारंग को, 'शि ऽ ऽ ऽ ··· भाभी तुम भी! हर बात को इतनी संजीदगी से ··· डोरिया से भी होगी होली, फत्ते और नम्बरदार भी खेलेंगे। थानसिंह और रंजीत भइया, कल देखना जरा रंगत, अतरपुर में गुलाल के बादल बरसेंगे—होरी खेल रहे नंदलाल मथुरा की कुंज गलिन में ··· भाभी, जरा बिचारे डोरिया को असीस दे देना, ब्याह हो जाए अभागे का।'

'छोड़ो ये बातें। बिसुनदेवा यार, वह पद सुना, जो तू तैयार कर रहा था। कर श्रीगणेश यहीं से, लोगबाग सोगवार हुए बैठे हैं।' श्रीधर बिसुनदेवा से कहते हुए सारंग को देख रहे हैं। शास्त्रीय गायन सुनकर मन शान्त हो जाए शायद।

बिसुनदेवा हँस पड़ा। सिर को झटका देकर लटों को खम दिया, सच्चे गायक की सी धीर मुद्रा बनाई--

> 'हूँ ऽ ऽ ऽ रे ··· सो श्यामा श्याम सों होरी खेलत नई
> नंदनंदन को राधा कीनों, माधव आप भईं / सो राधे रानी ···
> सखा सखी भए, सखी सखा भईं, जसुमति भवन गईं
> सो राधे रानी ···

बिसुनदेवा पद के बीच सारंग को देखता है, श्रीधर मुस्कुरा रहे हैं, जैसे नंदनंदन हों।

> अरु बाजत ताल मृदंग झाँझ ढफ, नाचत थई थई
> गोरे श्याम, साँवरी राधा, या सूरत चितई
> सो राधे रानी ··· या सूरत, या सूरत, सूरत चितई ऽ ऽ ···

मंत्रमुग्ध! आँखों में मादक रंग! रूप बदल रही है सारंग। श्रीधर समाहित हो गए हैं उसमें। तो क्या तुम सारंग हो गए मास्टरजी? मैं पुरुषदेह और तुम नारीरूपा! ऐसा न होता तो तुम्हारी मनमोहिनी छवि पर मैं निछावर क्यों होती? ऐसा न होता तो ये तुम्हारी आँखें रतनार ··· चितवन कोमल ··· परस मनभावन! मैं होशो-हवास में नहीं हूँ श्रीधर, जैसे कि तुम नशे में चूर रंजीत के खौफ को भूलकर चले आए।

'इस घर में लोगों का दिल जलाया जाता है।'

सारंग चौकन्नी हुई कटाक्ष पर।

बिसुनदेवा जाने लगा। श्रीधर कहते हैं, 'पद गाकर गुलकंदी की याद आ गई इसे। हाँ, जल्दी पहुँच भाई, गुहार कर रही होगी—प्राणनाथ, तुम्हारे बिना अन्न-जल कैसा!'

'हाँ हाँ, गाँव कुछ भी कहे, हैं तो हम दो देह एक जान,' बिसुनदेवा आँखें मटकाकर कहता है।

'लल्लू, तुम कुँआरे मंडप, नहीं-नहीं। भँवर की अम्मा ने क्या कही? गुलकंदी ने बताई नहीं,' ठेठ ब्रजभाषा में बोलना चाहते हैं श्रीधर।

'प्रेम न माने कोई अड़ंगा, प्रेम न माने पोखर गंगा ··· हा हा हा,' हँसते हैं मास्टर।

सारंग श्रीधर से संवाद करने लगी, खुलकर, जैसे उसका भी अड़ंगा दूर हो गया हो!

'जौ देने नहीं आओगे तो होली नहीं मानी जाएगी।'

'क्यों?'

'नए साल का सगुन।'

'मैंने तो तुम्हारे लिए असगुन ही जुटाए हैं।'

'पता नहीं ··· हाँ पहले तो सोगवारी होगी कल दोपहर से। थानसिंह के घर जाना होगा भजन मंडली को। झज्जू पद गाता है। हम औरतें भी वहीं से फाग शुरू करेंगी डोरिया की माँ और भाभी पर छींटे डालकर—करमवीर और रेशम की खोटी साल!

'हाँ, झज्जू पद तैयार कर रहा था, निर्गुन पद—मुख देखत ही कौ नातौ / यहाँ तो रे तेरे झूठी हवेली सुरग झोंपड़ा साँचौ / मुख देखत ही ···।' श्रीधर को याद आता है।

'और श्रीधर उस घर से निकलते ही खेरापतिन दादी उमंगों भरी फागें शुरू कर देंगी, देखना तुम कल।'

'मैं तो तुम्हारी आवाज सुनना चाहता हूँ फागों के जरिये।'

सारंग सकुचा गई।

'गाओ न! मेरी हर इच्छा पूरी करनेवाली सारंग ···' श्रीधर ने हाथ थाम लिया।

चंदन नहीं, रंजीत नहीं, फिर भी दिल दहलानेवाला डर! डर मन में बैठा रहता है, रंजीत के साथ ··· कैसे कहूँ श्रीधर से।

··· लेकिन होली की रंगत है कि प्यार में हद से गुजरने की? फागुन का मद है कि श्रीधर के संग-साथ का हौसला, सारंग ने महीन आवाज में—

> समहे की लाज गहो गोरी, समहे की ···
> नाक नथुनियाँ मो पै हति नाँय, तो क्या रे पहरि खेलूँ होरी
> समहे की ···
> अब कें तो गोरी तुम यों ही हँस खेलो, तो फिर कें गढ़ाय दूँ दो जोड़ी
> समहे की ···

—बिना ताल बिना लय यह गीत तुम्हारी जुबानी इतना लुभाता है तो कल क्या हाल होगा मेरा? श्रीधर कहना चाहते हैं।

'मतलब समझ में आया?'

'हाँ, समय की लाज रख लो गोरी। मेरे पास नाक की नथ नहीं है, होली क्या पहन कर खेलूँगी? अब की बार तो गोरी तुम ऐसे ही हँस खेलो, अगली बार दो जोड़ी गढ़ा दूँगा। कठिन समय की लाज रख लो। यह किसान-किसानिन का गीत ··· सारंग फाग हो गई हमारी-तुम्हारी!

'ऐसे ही सूखे-सूखे? अनभीगे?'

'सराबोर तो कर दिया। सिर से पाँव तक रंग ही रंग!'

द्वार की ओर देखा सारंग ने—रंजीत! बढ़े चले आ रहे हैं।

'मास्टरजी, हमारी सारंग बहुत अच्छा गाती है, सुना तुमने?'

सारंग के पाँवों तले की धरती हिलने लगी। सन्न हो गई एक पल के लिए। फिर हौसला जुटाया, 'सुना था न गीत। कैसा बेसुरा! रंजीत तो जली रोटी की भी तारीफ करते हैं, आदत जो ठहरी। हाँ, लय सुन ली, अब दादू के संग हारमोनियम में निकाल लेना।' कहकर भीतर घुस गई गूँझा निकालने।

श्रीधर उठकर खड़े हो चुके थे, जैसे जाने के लिए ही उठे हों।

'सारंग!' रंजीत ने आवाज दी।

वह गूँझा लेकर आ गई।

'बाहर खाऊँगा बैठकर। आओ रंजीत भइया।'

'यहीं खा लो। ऐसी भी क्या नाराजगी! होली में तो शिकवे-शिकायत एकदम धुल जाते हैं। अरे सारंग! ऐसे ही सूखे-सूखे चले जा रहे हैं श्रीधर। तामड़ी भरकर टेसू के फूलों का रंग बनाया है, थोड़ा सा तो डाल दो। कल हाथ नहीं आनेवाले ये!' वे हँस रहे हैं।

'अरे! ईमानदारी से कह रहा हूँ रंजीत भइया, कल आऊँगा।'

सारंग हाथ में गूँझा लिए खड़ी है—भरी थाली। कैसे सुनहरे तार बुने होली को लेकर, पूरी चूनर बन गई। ओढ़े खड़ी है। ··· मगर विरासत में मिला भय उस सुनहरी चादर के टाँके तोड़ने लगता है। बार-बार सँभालती-सहेजती है।

—मैं राधा से माधव, तुम माधव से राधा ··· आज वही अहसास हो रहा है श्रीधर, जो उस दिन ··· जब हम एक हुए थे। आज की रात कौन सोएगा? किसकी पलक लगेगी?

उसने झटपट बाल्टी भरी और लपककर श्रीधर के ऊपर उँड़ेल दी। रात में उस पानी का रंग किसी को दिखा हो कि न दिखा हो, सारंग बसंत में नहा गई।

> राजा बलि के द्वार मढ़ी है होरी, राजा बलि के ···
> कौन के हाथ सुरंग ढफ सोहै, कौन के हाथ गुलाल छड़ी

रंजीत के हाथ सुरंग ढफ सोहै, सारंग के हाथ गुलाल छड़ी
राजा बलि के ··· राजा बलि के द्वार मढ़ी है होरी, राजा बलि के ···

हुरिहारों की टोली गाती हुई द्वार पर आ गई।

रंजीत और श्रीधर मिलकर सारंग को भिगो गए। वह अपने भीगे बदन को देख-देखकर सिहा रही है। देह में प्रेम की इबारत रच दी किसी ने, पन्ने-दर-पन्ने देखना चाहती है।

भोर का तारा झिलमिला रहा है—ब्रह्ममुहूर्त! मुग्ध होकर देख रही है कि—

'बोल होरिका मइया की—जै!' जैकारे बुलने लगे।

'बोल नरसिंह भगवान की—जै!' होली में आग लगा दी। लपटें उठने लगीं।

जो भक्त प्रह्लाद हिरण्यकश्यप से न मर पाए, उनको गोद में लेकर भस्म करने के लिए होलिका बैठी, जिसे आग का अभय वरदान मिला था—तू नहीं जलेगी कभी। आज जल गई होलिका। राक्षसी के मरने-जलने पर भयंकर धुआँ फैल गया—भगवान का प्रताप। प्रह्लाद बच गए। बाल तक बाँका नहीं हुआ।

चलियों रे। बचइयों रे! अरे मर गई मर गई मर गई!!

पानी लाओ! रेत डालो! कम्बल कम्बल कम्बल ···

कौन? किसके घर लगी आग? रिसाल भाग रहा है। फूलसिंह भाग रहे हैं। यह भगदड़! यह हाय हाय! यह मार मार!

सारंग घर में से भागकर गली में आ गई। बाबा खड़े होकर धरउअल चिल्ला रहे हैं—बताता नहीं कोई! आँच कहाँ लग गई रे? तुम सब कहाँ भागे चले जा रहे हो? सारंग गली के बीच हाथ उठा-उठाकर पूछना चाहती है ··· भँवर! वह भागने लगी।

ओ भाभी! ओ बाबा! हरिप्यारी के घर में आग लग गई। गुलकंदी जल गई। हरिप्यारी जल ··· ये किसका स्वर है?

पूरी ताकत लगाते हुए होंठ भींचकर दौड़ पड़ी सारंग। पर पाँवों का सत्त जमीन पर ही निचुड़ता चला जा रहा है। मुँह खुल आया। धौंकनी चलने लगी।

सामने धू-धू जलता घर है, पक्का घर। जिसके दो किनारों पर छप्पर था। किवाड़ें जलकर गिर गईं। भीतें आग पकड़ रही हैं। गजब!

सारंग की नजर वीरान हो गई। काला अँधेरा छाया है आँखों में। जुबान और हाथ-पावों को लकवा मार गया। जहाँ आग नहीं है, कालिख सुलग रही है। लोग बाल्टियों से, घड़ों से पानी पटक रहे हैं। चिराँइध फैली हुई है।

'होली अभी आधी नहीं जल पाई, घर स्वाहा हो गया,' कोई कह रहा है।

'भइया, हम तो धुआँ को होली का धुआँ समझते रहे।'

'ऐसी अनहोनी! अरे राम-राम! हे भगवान! हे परमेसुर!

ये मिलीजुली आवाजें हैं, जिनको सुनो न सुनो, बराबर।

'लहास! दो जली काली लहास!'

लाशें निकालकर चबूतरे पर धर दीं। किसने? क्या मालूम?

कौन सी माँ है, कौन बेटी? क्या मालूम?

··· लेकिन ये दो लाशें गाँव पर भारी पड़ रही थीं। गाँव के रीति-रिवाजों को ललकारने चली थीं। एक दहेज को अँगूठा दिखाती हुई, दूसरी अपनी इच्छा से जीने के लिए मंजिल की ओर बढ़ गई। चलो खेल खत्म हुआ। गाँव में आया जलजला थम जाएगा। भगवान ने खुद ही राक्षसिनियों को भस्म कर डाला। जब जब होय धरम की हानी ··· सारंग पगला रही है। क्या मौका है? क्या सोच रही है?

'अरे रे! यह कौन?'

'बैयरवानी!'

'नहीं बिसुनदेवा,' कोई कराहकर बोला।

बाल नहीं जले, शरीर जल गया। तो होलिका माता बालभक्त प्रह्लाद को खा गई--कलजुग की होलिका! नहीं जी, सतजुग। नीच जात अपने से ऊँची जात के संग ··· थू थू, अनर्थ।

चुनियाँ नाइन दहाड़ें मार-मारकर रो रही है—मेरी बहन चली गई रे ऽ ऽ ऽ ··· हाय! ओ गुलकंदी मोय दरस दिखा जा री ऽ ऽ ऽ ··· हाय! अरी मेरे मन की मन में रहि गई री ऽऽऽ ··· गुलकंदी, हरिप्यारी, बिसुनदेवा—तीनों एक कुल हो गए! चुनियाँ, ननुआँ, हरपरसाद के खानदानी।

सारंग पास तक नहीं जा रही।

भँवर की अम्मा बिलख उठी। बिसुनदेवा की लाश के पास जाकर बोली, 'लल्लू, ओ बिसुनदेवा ··· बेटा खरताल उठाओ, होरिका जल गई रे ऽ ऽ ऽ। अरे कुँवर मैंने नाँहीं करी कि कुँआरे माढ़ये न जइयो रे ऽ ऽ ऽ ···

सारे बाल-बच्चे जमा हो गए। राकेश मुँह फाड़-फाड़कर रो रहा है। चंदन, शेरअली, पाती, गुड्डी, कोकिला ··· किस-किस को देखे कोई।

हरपरसाद के हाथ झुलसे हुए हैं। छीता बदहवास सा भागा डोल रहा है।

ननुआँ नाई बेहोश पड़ा है। छीता उसे उठवाकर घर ले गया।

सारे लोग जुड़ गए। पूरी भीड़। गाँव का बच्चा-बच्चा।

श्रीधर को देखते ही सारंग फूट पड़ी। माँ-बेटी और बिसुनदेवा को लपटें लील रही होंगी तब मैं श्रीधर के संग रसरंग में लीन थी ··· फाग खेल रही थी। ज़ार-ज़ार रोती जा रही है—मैं हूँ तुम्हारे पीछे! लाली तुम चिंता न करना! गुलकंदी सारंग के पाँवों में झुकी सिसक रही है। बीबी, तुम्हारी आजादी की कीमत यह ···

लौंगसिरी बीबी न जाने किस अनजाने बैरी को गालियाँ दे रही हैं—हे इनके सत्यानास हों। हे इनकी कफ्फन-काँटी हो जाय, धुआँकरों को पानी नसीब न हो ···

नम्बरदार, बाबा, साधजी, भवानीदास, खूबाराम, फूलसिंह, पन्नासिंह, चरनसिंह बौहरे

के संग फत्तेसिंह रुआँसा मुँह किए खड़े हैं।

लाशों पर कपड़ा डाल दिया गया। एक, दो, तीन मैले से पिछौरे। सबेरा हो गया।

गाँव की औरतें चली आ रही हैं। ठठ के ठठ औरतें। गली भर गई। अब कहाँ समाएँगी लुगाईं? तूफान कहाँ समाता है? भीत-चौखट तोड़ डालेंगे ये औरतों के ठठ? बड़ी बहू कितनी छोटी, मगर सबसे आगे! खेरापतिन दादी जर्जर-बूढ़ी, मगर आज उनकी नजर इतनी खूँखार ··· ये चुप और मौन कलावती चाची! प्रधानिन, हुकमकौर, बैकुंठी, जो कभी नहीं आईं, वे भी!

होली का दिन। फसल के उत्सव का महूरत। रंगों की वेला अतरपुर की धरती पर मरघट के सुनसान की तरह उतरी है। हर घर सूना, हर गली मौन। आसमान में गुलाल के बादल नहीं, राख उड़ रही है—होली और गुलकंदी के घर की राख गड्डमड्ड। बाबा कहते हैं, जिस गाँव के उत्तर में ऊसर हो, उस गाँव को श्राप लगा होता है—स्त्रियों के मरने का श्राप। बाँझ कोखवाला गाँव अतरपुर!

'हरिप्यारी सबका हिस्सा थी। हर बहू-बेटी की देह उसके उबटन-नहान से महमहा रही होगी। बूढ़ियों के जोड़ों में दर्द-पीर ···' खेरापतिन बोलते-बोलते रोने लगती हैं।

गुलकंदी सबकी बेटी ··· आज दादी की आवाज एकदम बैठ गई, गीत की कड़ी उठाने का दम किसी में नहीं। बिसुनदेवा परदेसी ··· उन गए-गुजरों के लिए ऐसा शोक!

आज छुट्टी है। पुलिस कहाँ से आएगी?

वाह! यह खूब कही। पुलिस की रात-दिन कभी छुट्टी नहीं होती। त्यौहारों को तो और भी नहीं होती। वारदात का असल डर त्यौहारों के दिन।

फत्तेसिंह ने अपना फर्ज अदा कर दिया, अब पुलिस की जिम्मेदारी, आए न आए। प्रधान का काम यहीं तक होता है, बस।

'नहीं आए दरोगाजी तो ये लाशें सड़ेंगी यहाँ?'

'क्यों सड़ेंगी? सबकी राय से क्रिया कर दी जाएगी।'

'पूरा गाँव बँधेगा फिर तो। गाँव भर का चालान। कोई गवाह भी नहीं मिलेगा। पुलिस का पहरा गाँव पर रहेगा। लोगों को दिसा-मैदान तक न जाने दिया जाएगा। प्रधानजी, आगे बढ़ो, कार्रवाई कराओ। निबटाओ इस पमाड़े (झंझट) को। अच्छा बनउआ (मुसीबत) बना भैंचो ···।'

प्रधानजी झुँझला उठे। माथे पर हाथ धरकर न जाने क्या सोच रहे हैं फत्तेसिंह। गहन विचार करते हैं तब ऐसी ही अवस्था हो जाती है उनकी। आज तो हाथों के तोते उड़ गए। विचार आ रहा न कुविचार, और न छुटकारे का कोई तर्क। तभी तो प्रधानजी किसी आदमी की ओर देख तक नहीं रहे। उनको गाँव के लोग एकदम मूर्ख लग रहे हैं या फिर चालबाज। किसका भरोसा करें?

ऐसे में दो आदमी अपने पास बुलाए प्रधानजी ने। नम्बरदार और रंजीत। देख लो, दूध का दूध पानी का पानी हो गया। लोग कहते थे कुँवरपाल अजीज है उनका, थानसिंह से दाँत काटी रोटी है, तोता गड़रिया पर भरोसा करते हैं, कि भवानीदास से मिलीभगत है। कुछ नहीं जी, कुछ नहीं। लोगबाग अटकलें लगाते हैं। थानसिंह खड़ा देखता रह गया, उसकी ओर तो देखा तक नहीं फत्तेसिंह ने। क्या कहा रंजीत से? क्या सलाह की नम्बरदार से? मालूम नहीं। रंजीत भी चुप है, नम्बरदार भी कुछ नहीं बोल रहे।

लोगों के सामने तो केवल झुंझलाया प्रधान, 'मैं क्या दरोगा-सिपाही गढ़कर ले आऊँ? वे तो तभी आएँगे, जब उनकी राजी होगी। और क्या हो जाएगा पुलिस आने से? कोई गवाह है? घर में आग लग जाय तो भागो पुलिस-थाने, यह भी कोई बात हुई?'

गंगाराम मुँहफट्टा है, कहने से चूकेगा नहीं, 'तो प्रधानजी, तुमने रपोट क्यों कराई है? थाने में क्या बाँस-कपड़ावाले बैठे हैं, जो कफ्फन-काँटी का सामान ला रहे होंगे।'

'मैं बेवकूफों के मुँह नहीं लगना चाहता,' प्रधानजी अपना गुस्सा रोकते-रोकते कह गए। 'पुलिस को देखते ही गाँव में सन्नाटा हो जाएगा, इतना मैं जानता हूँ।'

'काहे को मुँह चला रहा है गंगाराम? ऐसा ही है तो तू बात करके आ दरोगाजी से। पुलिसवालों के पास क्या अकेला प्रधान ही जा सकता है?'

फत्तेसिंह ने दोनों हथेलियाँ उठाकर कहा, 'मेरे करने का था, मैंने कर दिया, अब आगे जिसको जो करना है करे।'

नम्बरदार डंडे के सहारे खड़े हैं आज, झुकी हुई पीठ सीधी करते हुए बोले, 'वैसे बात तो हमारी समझ में आ गई है। आग कैसे लगी, लगाई भी तो किसने लगाई? भाई, देखा नहीं किसी ने। इसमें अब क्या होगा कि लोग आपसी रंजिश निकालने को एक-दूसरे को फँसाएँगे। सबसे पहले तो बिसुनदेवा का हरिप्यारी के घर में मौजूद होना ही तमाम फसादों की जड़ हो जाएगा। गुलकंदी का संबंध ही हजार सवाल खड़े करेगा। जबकि बात सारे गाँव के सामने खुली हुई है। जो तुमने देखा है, दरोगा ने तो नहीं देखा। पुलिस को अपने हिसाब से मौका-ए-वारदात गढ़ना आता है—जिसमें उनका फायदा हो।'

फत्तेसिंह हाथ जोड़े विनत खड़े हैं हरिप्यारी की गली में।

'भइया, गाँव की फजियत न हो, यह हमारे-तुम्हारे ही हाथ में है। पुलिस को तो बस बाँधकर ले जाना होता है किसी को—दोषी-निरदोष, उनकी बला से। एक बेर उनके हत्थे चढ़ जाओ तो बस हो गया आदमी थाने-कचेहरी का। पंद्रह-बीस गिरफ्तारियाँ होंगी ही—आखिर तीन-तीन मौतें हुई हैं। बाकी सब खेत-खलिहान भूलकर भागे फिरेंगे महीनों-सालों।'

गंगाराम आगे बढ़ आया, मैले दाँत निकालकर बोला, 'ओ भइया रंजीत, तू आगरे से दलवीर को बुला ला। पुलिसियों की बोली पुलिसिया ही जाने। असली मुलजिम गिरफदार तो होना चाहिए। बड़ी बेरहमी से भूँज डारीं माँ-बेटी और संग में वह बिचारा ...'

साधजी ने एकदम लट्ठ उठा लिया, घोंसले सी सफेद दाढ़ी-मूँछें ऊपर को उठाकर बोले, 'खबरदार! तू बड़ी मुखियागीरी छाँट रहा है! आज दरोगा ले भी गया, तो कल अपनी

जेब भरकर आजाद कर देगा कैदी को। सब नाटिकबाजी। साले, तू तमासे का सौकीन है, दारूखोर!

'तो सूधी कहो कि सबको अपने-अपने बचाव की सूझ रही है।'

पुलिस!

हर आदमी का रोआँ थर्रा गया। खाकी वर्दीवाले सिपाही लोगों के हाथों में डंडे हैं। दरोगा जनेऊ की तरह पिस्तौल पहने हुए है। मास्टर की मारपीट के बखत भी यही दरोगा आया था—हँस रहा था। आज तो इसका मुँह बदला हुआ है! भइया, डर दरोगा का नहीं, मौत का लग रहा है—खूनी केस! इस तरह की बातचीत करते हुए लोग खटमलों की तरह सरक लिए—धीरे-धीरे ··· कोई भुस के कोठे में, तो कोई तोफा तेलिन की कोल्हू वाली बाखर में।

प्रधानजी ने हाथ जोड़कर स्वागत किया। नम्बरदार ऐसे मौकों पर बेझिझक मौजूद रहते हैं—पुरानी आदत है। बाबा और साधजी भी हैं। रंजीत और भँवर भी दिख रहे हैं। पास ही श्रीधर खड़े हैं।

औरतें बड़ी पक्की होती हैं। बैठी हैं जमकर। जो नहीं थीं, वे भी चूल्हे में पानी डालकर आ गईं। दरोगा-सिपाहियों के आते ही स्वर बाँधकर रोने लगीं, जैसे पुलिस सोगवारी को आई हो। कि वे अपने भाग्य पर रो रही हैं? औरत-जात की किस्मत!

प्रधानजी ने दरोगा के पूछने पर निवेदन किया—'रपोट करना हमारा फर्ज था। पर होली पर ऐसी घटना दुर्घटना के रूप में हो जाती है। इधर होली में आग लगी और लपटें उठीं, आदमी होलिका मइया का परसाद—जलते लूगरा—ले-लेकर भागने लगे। हरिप्यारी भी भागी होगी आग लेकर। उसकी दुवारी में मिट्टी के तेल का खुला डिब्बा पड़ा है, वही पकड़ गया होगा आग। फिर तो तुम समझो कि अरहर की लौदें (सूखी लकड़ी), कंडा, लकड़ियाँ, तमाम ईंधन भरा था दुवारी में। होली की चिनगारी गिरते ही आग पकड़ गया होगा। हम तो यही सोच रहे हैं, बाकी आप मायना कर लें। आग-पानी का भी अपना ही ढंग होता है बरबादी करने का ···'

'तो आप समझ रहे हैं कि यह महज संयोग से हो गया?'

'सारा गाँव समझ रहा है यही।'

भुस के कोठे में खुसरपुसर हुई—बेचारा प्रधान! अपनी प्रधानी की कीमत भर रहा है। हाजिर न रहता तो खुद गिरफदार हो जाता। पदवी सेंतमेंत में मिली है क्या?

'प्रधानजी, और लोगों को भी बुलाइए। केवल बूढ़े खड़े हैं यहाँ। एक ये मास्टरजी हैं, इनसे बाद में पूछूँगा। पहले गाँव के लोग,' दरोगा ठंडी आँखों बोला।

लौंगसिरी बीबी औरतों के बीच से उठीं और दरोगा के सामने हाथ जोड़कर खड़ी हो गईं, 'हम तो इतनी ही अरज करते हैं जी कि हरिप्यारी को आग ले जाते किसी चिरइया तक ने नहीं देखा।' श्रीधर के आँख के इशारे पर उठी हैं बीबी।

'तुम क्या कहना चाहती हो?'

'जो कहना था कह दिया जी। ओ भँवर, यहाँ आ जा, बोल। आ जा री सारंग,' बीबी उन दोनों से मुखातिब हुईं। बीबी के थूक के दो छींटे दरोगा के ऊपर भी गिर गए हैं, वह पोंछ रहा है।

'बस छानबीन हो जाए ईमानदारी से, बस,' सारंग सिर का पल्ला सँभालती हुई कहती है ··· रंजीत की आँखें उबल पड़ीं।

'गवाह जुटा सकती हो?' दरोगा मुलायम आवाज में पूछता है।

'कोशिश करेंगे। ये भँवर खड़े हैं, हम और ये पूरी ताकत से कोशिश करेंगे।'

'तो हम भी कोई कसर नहीं छोड़ेंगे। आप निश्चिंत रहो। फिलहाल तो लाशें पोस्टमार्टम के लिए जाएँगी! लोग भी अभी सिर्फ अंदाज लगा रहे हैं।'

सिपाही चिल्लाया, 'साब, इस कोठे में कुछ आदमी ···'

'बुलाओ सबको, निकालो बाहर,' आवाज फिर कड़क हो गई।

भीतर से कुँवरपाल के संग दरियावसिंह, फूलसिंह, खूबाराम, धुंधी जाट और कुछ तमाशा देखने आए गड़रिया सक्का निकल आए।

'अरे कुँवरपालजी! आप क्या कर रहे थे वहाँ? भाई मैं ज्यादा से ज्यादा लोगों से पूछताछ करना चाहता हूँ। शायद किसी ने कुछ देखा हो। मैं किसी निर्दोष को सजा नहीं होने दूँगा। आप लोग हमें जल्लाद मानकर क्यों चलते हैं? इससे नुकसान जनता का ही होता है—सच्चे को न्याय नहीं मिलता। दोषी को सजा नहीं ···! मैं बैठ जाता हूँ यहाँ।'

धीरे-धीरे प्रधानजी ने सबको निकाला। अभयदान पर विश्वास हुआ न हुआ, भय के मारे भी बाहर निकल आए सबके सब।

भँवर सबकी ओर देखता है। सारंग एक-एक को बेपर्द निगाह से परख रही है। जाली बयान कौन दे? किसी ने हरिप्यारी को देखा न उसको, जिस पर संदेह हो सके।

कुँवरपाल ने पंचनामा करा दिया।

दुर्घटना! केवल दुर्घटना।

माँ-बेटी-दामाद, तीनों की देहें पुलिस लारी में भर दीं।

एक छोटा सा धूल का गुबार विशाल ऊसर खण्ड में उठा, जो धीरे-धीरे हवा में फैल गया। औरतों का झुंड देखता रह गया—गुलकंदी बेटी विदा ···

कई लोगों के गले में अटकी साँस वापस आई। सारंग, लौंगसिरी बीबी, भँवर, झज्जू और श्रीधर जैसे लोग हाथ मलते रह गए।

जितने लोग उतनी बातें।

'फत्ते ने बात सँभाल ली। लौंगसिरी को देखो, बने-बनाए काम में अड़ंगा! रंजीत की बहू नेता बनना चाहती है। आड़-पर्दा त्याग दिया। सीतापुर की सावित्री देवी, जिसने जेठ-ससुरों के सिरों में हँड़िया मारकर प्रधानी पर कब्जा कर लिया था। भाई खरबूजे को देखकर खरबूजा रंग बदलता है। सावित्री बेनाथ-पगहा की औरत, विधवा राँड़। कोई रोका न टोका। मर्दवाली औरत के मर्द का मरना हो जाता है। समझाना चाहिए सारंग को। ये

बातें भले घरों की औरतों को शोभा नहीं देतीं। गजाधर बाबा से कहना पड़ेगा, गाँव को पतुरियाघर न बनाओ।'

'भँवर को देख लो। गाँव को बँधवाने के पाँसे डाल दिए। गाँव का कपूत। बाप जिंदगी भर जाटों की जाति को घें-घें करके लजाता रहा, बेटा तुंगधारी बन रहा है।'

'मास्टर को पिटकर भी होश नहीं आया। हम तो चुप रह गए। नहीं, साले इसी को धर लेते कि बेटा यह सब हुआ तो क्यों हुआ? तेरे कारन ही न? छोरी को किसने भगवाया था? बिसुनदेवा हरिप्यारी के घर क्यों आया? बेचारी हरिप्यारी हड़बड़ी में किसलिए थी? बस आग इन्हीं कारणों से लगी। आग न भी लगती, इतने पर तो दरोगा वैसे ही बाँध ले जाता मास्टर को! प्रधान ने नम्बरदार से यही तो सलाह की थी। बचा लिया श्रीधर मास्टर को। नहीं तो लड़की भगवाने के जुर्म में ...'

'नहीं जी, लड़की बालिग थी। कुछ नहीं होना था मास्टर का।'

'कौन बताता उसकी उमर? मरी हुई हरिप्यारी? कि स्वर्ग को सिधारी हुई नथिया भंगिन? मोहल्ला-पड़ौस की औरतें उसकी ठीक-ठीक उम्र बतातीं, तब भी भरोसा नहीं किया जाता।'

झज्जू अकेला पड़ गया है ऐसे लोगों में।

'बात में घुंडी है। न मानो तो देख लेना। एक न एक दिना आ जाएगी आगे।' इतनी कहे बिना झज्जू के दिल में तसल्ली नहीं हो सकती। भले ही लोग गाली दें उसे। सारंग का भडुआ कहें या मास्टर का पिट्टू, लौंगसिरी का गुलाम! भँवर का एलची! सारे विशेषण झज्जू पी जाता है।

'दरोगा क्यों कह रहा था कि यह केस इतना आसान नहीं।'

'यह तो हर दरोगा कहता है, घूँस जो खाना चाहता है। फत्ते ने क्या कहा था? गाँव का एक भी आदमी कुछ न बोले तो पुलिस की ऐसी-तैसी। गवाह क्या दरोगा अपने बाप को बना लाएगा? हम सीधेपन में आकर अपने लिए मुसीबत खड़ी कर लेते हैं।'

'पन्नासिंह, तुमने कुछ देखा?'

'हम देखते तो दरोगाजी, उसकी चाँद वहीं लठिया से फोड़ देते,' वाह भाई पन्ना! हरपरसाद तो बेचारा आग बुझाते-बुझाते खुद जल गया। इगलास गया है पट्टी बँधवाने। बिचारे ने क्या सोचा था, क्या हो गया। होली बाद पाँत थी। अच्छा इंतजाम करता दावत का।

तीसरे दिन सोगवारी!

पानी-पात हुआ मरे हुओं का। चरनसिंह बौहरे का दिमाग चल गया है, शुद्धि करने को तैयार नहीं। बहू सही व्यवहार करती है, मूँड़ में हँड़िया मारने को खड़ी रहती है सदा। जिजमानी नहीं करेगा बूढ़ा, खेत में हल चलाएगा नहीं, तो बैठा-बैठा खाएगा? हरपरसाद के बाप ननुआँ ने पाँवों में टोपी डाल दी, तब कहीं जाकर चरनसिंह बीमार की तरह उठकर गए। एक सौ एक रुपया भी नहीं लिया! एक सौ एक! छोड़ दिया? कहाँ एक-एक रुपये तक पर जान देते थे बौहरे।

हरपरसाद ने क्रिया-कर्म किया है। बाल मुँड़वाए हैं।

चुनियाँ नाइन पानी-पात के दिन पूरे समय रोती रही। रो-रोकर कहती थी, 'अरी मेरे जीवाक (बेटा) ने गुलकंदी बहन को नथ बनवाई री ऽ ऽ ऽ। झुमकी थरपीं (अर्पन) री ऽ ऽ ऽ। मइया, बरात सजवाता ... सो सजि गई अखीरी बरात। मेरी मरमनि की ऽ ऽ ऽ ...

हरपरसाद को जाना पड़ा।

सरकारी नौकरी नहीं है। बंबई के सेठ बड़े बेदर्द होते हैं। वे नहीं समझते चाची-फाची की मौत। माँ की मौत बताता, तब भी उनका कलेजा न पसीजता—लोहे का सीना और फौलादी दिल है। हरपरसाद को जाना पड़ा। बेचारा रोता गया। बाप के हाथ पर दस हजार की मोटी गड्डी रखते हुए बोला, 'मेरी माता की तेरहीं खुलकर करना। मेरी बहन ... ' हिचकियाँ बँध गईं हरपरसाद की।

लाचार हरपरसाद! ननुआँ नाई बेटे को कजरौठ तक छोड़ने गया। रोता गया, रोता आया—हाय रे बज्जुर!

गाँव में होली तो कौन मनाता? बासौरा (शीतला माता की बासी भोजन से पूजा) भी नहीं किया। औरतें सुन्न सी जो बैठी हैं। किसे होश है त्यौहार-परब का। चार गाँव की औरतें जमा होती थीं शीतला के थान पर। इस बार औरत न औरत जात। एक चिरई तक नहीं। नाइन, सब घरों की नाइन ... कैसे भूले कोई?

पंद्रह

किसी के जीने-मरने से जगत-व्यापार नहीं रुकता।

—खेतों में कटाई चल रही है। उसरा में खलिहान धरे गए। बैलों और ट्रैक्टरों से दाँय हो रही है। अड्डे-कोठे पोते जा रहे हैं। नया अन्न भरा जाएगा। गाँव में एक आदमी भी नहीं दिखाई देता—खलिहानों में सोना, खेतों में रहना।

—सारंग के लिए दुनिया भर के काम हैं। रंजीत कई बार बोल गए हैं—खेतों में जाकर सिला बिनवा लाओ। बालें जिनावर ही कुतर रहे हैं। और सुनो, चारों हँसिया ढूँढ़कर रखना, कटइया अपने दराँत नहीं लाते।

—स्कूल में बालक प्रार्थना बोलकर कापी-किताबों में सिर गाड़े रहते हैं। इम्तहान के लिए कितने दिन बचे हैं अब? मेहनत बिना अच्छा नतीजा नहीं निकलता—श्रीधर ने साफ बता दिया। बालक भी जानते हैं कि हमारे पिता पास-कराई देकर भी मास्साब का दिल नहीं बदल सकते। लोग कहते हैं—भाई, मास्टर तो खाना-पीना भूलकर लगा रहता

है बालकों के संग। बेचारों का मुँह सूखने लगा है पढ़ते-पढ़ते।

—सेठ भवानीदास ने अपने पोते का डस्टौन बोल दिया। झज्जू की इस खबर पर रंजीत चौंके, और दरियाफ्त की कि लाला के कौन से बेटे के यहाँ पुत्र का जन्म हुआ है? सारंग को भी पता नहीं! वह होश में ही कहाँ रहती है? झज्जू ने शांत किया रंजीत को, 'भइया, भाभी की कोई गलती नहीं। बालका पैदा हुआ था डेढ़ वर्ष पहले। नाम अब धरा जा रहा है। बात में घुंडी है।

'चुनाव की तैयारी या तीन मौतों का जशन!' कहकर झज्जू ने रंजीत की निगाहों में मोर्चा फतह कर लिया। 'डस्टौन की दूरंदेसी बात तो फत्ते भी नहीं समझ पाएगा। वह चुटकी बजा-बजाकर बोलता है।'

सारंग बीच में ही बोल पड़ी, 'कोई मरे-जिए, जगत-व्यापार नहीं रुकता।' यह बात वह रंजीत और झज्जू को सुना रही है, या खुद को समझा रही है?

रंजीत कड़वा सा मुँह बना रहे हैं।

'गाँव पाँति (दावत) खाने को राजी है?' रंजीत का दबा हुआ शोक लावे के तरह उबल पड़ा।

'राजी, कि कुत्ता की सी जीभ निकालकर लार टपका रहे हैं नादीदे। और ऐसे बखत काट रहे हैं, जैसे भवानीदास लाला की किरपा से किस सुभ महूरत होगा इनका मुँह मीठा। पर अगला भी कच्ची गोली नहीं खेल रहा रंजीत भइया, पंचायती चुनावों में एक-एक से हगवा लेगा वोट।'

सारंग को आग लग गई।

रंजीत का मुँह पीला पड़ गया। अकल खोने लगी।

'आई समझ में? बात में घुंडी कहाँ है?' झज्जू ने दाँत निकालकर बेरहमी से हँसते हुए कहा, और रंजीत को थाहने लगा।

'हूँ ऽऽऽ ··· चुनाव की तैयारी।' रंजीत बिलकुल बाबा की तरह हुंकारा भरने लगे हैं और नजरों से झज्जू को टटोल रहे हैं।

एक-दूसरे को खँगाल लिया तो दोनों के मुँह से एकसाथ निकला, 'इसे कहते हैं बनिया।' और दोनों अफसोस भरी नजरों से परस्पर जूझने लगे।

'हूँ ऽऽऽ ··· खड़ा कौन होगा? हरीनिवास या खुद सेठजी?'

'खड़े-बैठे से क्या फरक पड़ना है? गद्दी तो लाला के पिलपिले चूतरों से ही दबाई जाएगी। ··· पर भइया, लाला का भी खोट नहीं। जमाना पलटने लगा, आदमी बेईमानी करता है और फिर ताल ठोकता है। बीस हजार की रकम बनती है धुंधीसिंह के ऊपर मय ब्याज के। और चौधरीजी का लुच्चा कुँवर लाला को आँखें दिखाकर धमकाना चाहता है। साली साहूकारी भी बदफैल लुगाई की तरह यार बिना रहना नहीं कबूल करती। आदमी की चुटिया पकड़ना लाजिमी हो गया है, किसी न किसी तरह। जो प्रधानी को किसी तरह मना ले गए लाला तो छोरा क्या, धुंधीसिंहजी के मरे-जीते पितर भी चक्करवरती ब्याज समेत उगलेंगे।'

झज्जू ऐसे रस में गोता मार रहा है कि घुसे पीछे निकलना नहीं चाहता। ··· मगर उसी समय उसकी दस-वर्षीय लड़की बुलाने आ गई। रंजीत कसैली बात को जल्दी थूक देना चाहते हैं। प्रसंग बदलकर बोले, 'छोरी है कि छोरा?'

'भइया, छोरा-छोरी दोऊ यही है मेरे पास। लोगबाग चैन नहीं लगने देते थे कि छोरा नहीं है, छोरा बिना जीवन अकारथ है। सो मैंने अपनी मुन्ना के बाल छोरा की ही तरह कटवा दिए कि लेउ सुसरो, बन गया छोरा। सहरों में जाओ और छोरा का फरक बता दो देखकर तो जो कहो सो हार जाऊँ। एकाध बेर मेरी झड़प हो पड़ी है सहर की पैंटबाज बैयरवानियों से।'

रंजीत बात पलटें, या झज्जू प्रसंग बदलकर शहर की हँसी उड़ाए, सारंग को अंतर नहीं पड़ा।

··· तो लाला अपना शिकंजा कस रहे हैं ··· जो हुआ है, उसको भूल गए बड़ी बहू के पति? प्रधान तो पहले से ही भूला हुआ है। और नम्बरदार ने भी वे मौतें आई-गई कर दीं? बौहरे गंगा नहा गए हरिप्यारी नाइन का तर्पण करके? गाँव के जानेमाने आदमियों के ऊपर एक-एक करके नजर फिरती जा रही है उसकी ··· सब तो नहीं भूले, लेकिन चुप्पी का अर्थ भी नकारात्मक होता है ऐसे मामलों में।

··· तो क्या हम ही पागल हो गए हैं! होली का दिन तो मौत का महूरत था खैर! बासौरा (बासी खाने से देवी की पूजा) भी तो नहीं मनाया चारों गाँव की औरतों ने। क्यों जुड़ती हैं हरिप्यारी के चबूतरे पर रोज-रोज सब जनी। खेरापतिन दादी का चौक छोड़कर गुलकंदी का द्वार हो गया है आपसी बातों का ठौर? मनोहर की बहू गुलकंदी के जलने के बाद चार बार नंगी नाच चुकी है धनकुटा लेकर। लोग कहते हैं पागलपन का रोग दिन-दिन बढ़ता ही जाता है। सारंग अपनी भीतरी दशा क्या बतलाए किसी को, लगता है वह भी मनोहर की बहू की तरह ··· लौंगसिरी बीबी बात-बात में रोना सीख गई हैं, जिनको कभी रोते नहीं देखा था किसी ने।

'सारंग सुना तुमने? गोबर गनेस हरीनिवास होगा खड़ा प्रधान के लिए!' रंजीत पत्नी का ध्यान खींचना चाहते थे कि झज्जू आदत के मुताबिक बीच में ही बोल पड़ा, 'गोबर गनेस काहे का, कह रहा था आजकल कारज-ब्यौहार, पाँत-पंगत फोकट में कौन करता है? ऐसे ही डस्टौन करना होता तो तभी न कर देते, जब लड़का पैदा हुआ था।' झज्जू की जीभ हिल रही है, रंजीत का दम जा रहा है।

ठीक पैंतालीस दिन पहले चुनाव की घोषणा हुई।

और पंद्रह दिन निकलते ही सीमा—भवानीदास के बेटे हरीनिवास की स्त्री—गाँव में आ गई। बारह कक्षा तक पढ़ी-लिखी बहू अंगरेजी बोलती है—प्लीज, बोर, इंसल्ट। लाला से पापाजी और बड़ी बहू से मम्मीजी कहती है। भरतपुर इण्टर कालिज के प्रवक्ता मुरारीलाल

ने अपनी बेटी का ब्याह, हौलू हरिया से कम, लाला की साहूकारी से ज्यादा किया था। सलीकेदार सीमा, बदन की छरहरी, रंग की गोरी, नक्श सुंदर! सोच-समझकर मीठी जुबान का व्यवहार करती है। गाँव से उसको नफरत नहीं, लगाव नहीं, प्रेम भी नहीं और बैर भी नहीं। मर्जी ऐसी कि होली-दिवाली पर भी आने का दिल नहीं करता। गिनकर तीन बार आई है, पूरे पाँच वर्ष में।

लाला को अभी भी आशा नहीं थी कि सीमा आसानी से आ जाएगी। पिछली बार ही आई थी तो मच्छरों ने उसका यह हाल कर दिया था कि काटे की जगह घाव बन गए और उसे एण्टीबॉयटिक खाना पड़ा। लाला से जब यह बात हरी ने कही तो उनकी समझ में एण्टीबॉयटिक नहीं आया—मिठाई है या दवाई? लाला ने अकल दौड़ाई—घाव हुआ है तो दवा ही होगी।

कमाल ही समझो—सीमा आ गई।

भवानीदास एक बार फिर खुश हुए। कितनी अकलवाली बहू है! उनका वश चले तो सीमा को ही प्रधान पद की उम्मीदवार घोषित कर दें। लेकिन यह सोचकर रह गए कि हर तीसरे दिन कैसे आएगी बेचारी। और फिर कभी अड़ गई न आने के लिए तो? त्रिया-हठ।

होने को खुद भी खड़े हो सकते थे लाला भवानीदास, लेकिन पैंसठ के पार की जिंदगी पर पाँच साल का खतरा नहीं उठाना चाहते। उतरती वय वैसे ही उधारी पर रहती है।

सीमा कहती है—पापाजी बुलाएँ और मैं न आऊँ? नहीं-नहीं, ऐसी बदतमीजी नहीं··· वह बड़े कायदे से आई है। गाँव की परंपरा भी जानती है। चेहरे पर घूँघट, सीधा पल्ला। कलाई भर-भर काँच की चूड़ियाँ, पाँवों में बिछिया-तोड़ियाँ। घड़ी उतार दी। वाह री सीमा!

सास ने जिन बड़ी-बूढ़ियों के पाँव लगने को कहा, जिन ननद-भांजियों के पाँव छूने को कहा, सीमा ने सबकी पिंडलियाँ दबाकर अपने पल्ले से चरण छुए। गाँव की औरतें धन्य-धन्य हो गईं। साहूकारों की अप्सरा सी बहू उनके मैले खुरदरे पाँवों को इस तरह पूजे! जी भर-भरकर असीसें दीं अपने दुख भूलकर।

सीमा धरती पर दरी बिछाकर बैठती है। जिस किसी ने उत्कंठावश उसकी साड़ी, चूड़ी, तोड़िया, नगदार बिछिया छूकर देखने चाहे, सीमा ने खुद आगे कर दीं चीजें। किसी बेशऊर ने गले में लटकती कंठी का पेंडेंट छुआ, उसने बढ़ा दिया सामने। लम्बी नागिन सी चोटी! असली है कि नकली? गँवई बदतमीज औरतें नहीं मानतीं बिना खींचे। सीमा खिंचवा लेती है। ऐसे क्षणों में मोहिनी मुस्कान उसके होंठों से चिपकी रहती है।

उरी! देखो हरीनिवास की बहू कंडों-लकड़ियों से चूल्हे पर रोटी कर रही है। बासन माँज रही है—पढ़ी-लिखी। संता ने पूछा था—अंगरेजी में मैं कौन लगी तुम्हारी? उसने कहा—सिस्टर इन लॉ! सीमा महावर लगा रही थी संता के। संता शरमा गई—एड़ियों में गहरी-गहरी बिवाई फटी थीं। संता के दाँतों में पाइरिया है। गाँव की लुगाईं कहती हैं—बास मारती है संता तेरे मुँह में। पर सीमा ने तो नहीं कहा। झूठी हैं, गाँव की लुगाईं।

एक बहू सीमा को क्या बता रही थी? कह रही थी—सीमा जीजी, तुमने बालक अपनी मंशा से किया है? हाँ। जीजी हम क्या करें? हमारे 'जे' तो कौपट्टी लगवाने दें न लूप। कहते हैं कि फिर तू छुट्टा गाय की तरह ठौर-ठौर मुँह मारती डोलेगी। मैं तेरी रखवाली कहाँ तक करूँगा?

दूसरी बोली—अरी मेरा आदमी बड़ा कठिन है, कहता है, तेरे पेट में बालक न आ जाय, इस मारे क्या मैं अपना मजा खराब करूँ? फेंक साले ऊँकना-फूँकना!

एक हँसी, एक दुख! सीमा क्या करे? गाँव के लोग बेअकल! वह अपनी सास से कहती है—मैंने बता दिया पीहर जाओ तो ऑपरेशन करा देना। आदमी को बताना मत। सीमा हँस-हँसकर बाबरियों को रिझा सकती है, यह बात बड़ी बहू भी जानती हैं। उसने शहरी सामान बाँटना शुरू किया—बिंदियाँ दीं, किलफें दीं। लाली-पौडर दिए। सीमा की दमकती छवि देख-देखकर रह जाती हैं औरतें। उनके सुते-खिंचे चेहरे भी पौडर लगाकर ऐसे ही चमकदार हो जाएँगे? पूछती हैं।

बड़ी-बूढ़ियों के लिए घुटनों में मलने का तेल। ज्योतिवर्द्धक सुरमा और माथे के दर्द की दवा खुले हाथ बाँटी। औरतें सीमा के हाथों बिक गई हैं। चार घुसती हैं, तो चार निकलती हैं सीमा के पास से।

लाला बाग-बाग होकर कहते हैं—हरी की माँ, हमारी सीमा सखी-सहेली नहीं बना रही, वोट बटोर रही है।

सीमा सारंग को बताती है अपने मन की बात, 'मौसीजी, हमारे भरतपुर में जब चुनाव हुआ तो रानी-महारानी तक गंदी गलियों में हाथ जोड़ती हुई आईं। सक्का भंगियों के घरों तक में गईं, मैले-कुचैले कपड़े-बिछावनों पर बैठीं। टूटे-पिचके बर्तनों में चाय पीं। बदबूदार औरतों को गले लगाते-लगाते सबेरे से शाम हो जाती थी उन्हें।'

सारंग ने खुद को मन ही मन धिक्कारा। सीमा कितनी पतिव्रता औरत है, पति को प्रधान बनवाने के लिए क्या-क्या नहीं सहे जा रही? एक मैं हूँ, रंजीत की राह का रोड़ा। दूसरों के दुखों को लिपटाए फिरती हूँ। मेरा तो नाश ही होना है ··· सीमा ने जो कहा, करके दिखा दिया। वह जानती है, गाँव की औरतों को किस तरह खुश किया जा सकता है। वह धीरजपूर्वक औरतों की बेवकूफी भरी बातें सुनती है और मन ही मन हँसती है। ऊपर से उनके सुख-दुख में शामिल! धन्य है सीमा।

लाला भवानीदास के पोते के चरुए चढ़ेंगे आज।

चरुए का मतलब बालक के जन्म के दो दिन बाद का उत्सव। जच्चा चलकर आँगन तक आती है। चौक पर थोड़ी देर खड़ी रहती है। बड़ी बहू को यह सब करना स्वाँग सा लग रहा है। नेग-जोग भी समय से अच्छे लगते हैं—प्रसूति के डेढ़ साल बाद यह सब ···। मगर लाला कहते हैं—डस्टौन कर रहे हैं तो नेग-जोग क्यों नहीं? मन में जब

मान लो, तब ही शुभ घड़ी। आँगन में मंगल गीत न हुए तो कौन जानेगा कि इस घर में कारज का महूरत है। और फिर लुगाइयों को मुफ्त में पंगत खिलाएँगे?

बड़ी बहू मौन हैं।

बड़ी बहू अचरज में हैं—ये वही पति हैं, ढोलक पर थाप पड़ते ही जिनका माथा धमकने लगता था। औरतों के गीत-आखरों को चिल्लाकर बंद करने का हुकुम देते थे। चिढ़ उठी हैं बड़ी बहू। किसको सूझ रहे हैं रमढोल? बुलावा ··· नाइन ··· हरिप्यारी का साँवला खिलता हुआ पोपला सा मुँह ··· नहीं-नहीं! फरेबिन, तू मुझसे पहले ही चली गई ··· अरी तुझे तो मैंने मझोली (पर्दादार गाड़ी) में से अपने हाथों उतारा था ब्याहुली के रूप में।

औरतें कटोरी-बिलियों में अनाज ले-लेकर जुड़ने लगीं। चौक पर अन्न इकट्ठा होने लगा। नाइन के सारे नेग बड़ी बहू खुद कर रही हैं—चौक पूरा, कोरी कल्सिया गोबर की अल्पना से चीती। कोठे के द्वार के दोनों ओर लौंगसिरी बीबी ने सींकें लगाकर गोबर के सतिए धरे।

सारंग को पुकारा बड़ी बहू ने, 'अरी चंदन कहाँ है? देवर की जगह तीर साधेगा।'

छोटा सा चंदन सीमा भाभी की चादर का छोर पकड़कर आँगन में पुरे चौक तक ले आया। खेरापतिन दादी ने काँपती हुई आवाज में गीत उठाया—

'राजा हो मेरे राजा, अरे तुम महाराजा न हो,
राजा हमें है तिलरिया की सार,
तिलरि गढ़वाओ, चुनरि रँगवाओ न हो ···
रानी हो मेरी रानी, अरे तुम महारानी न हो,
रानी तुमरो है सांवरो सरीर,
तिलरि नाँय सोहै, चुनरि नाँय सोहे न हो। ···

राजा ने साँवले रंग का तान दिया, रानी कोपभवन में चली गई। अनबोला साध लिया। बातचीत नहीं, मिलन-सम्मिलन नहीं ··· राजा व्याकुल होकर कहने लगे—

बोलो जा गाँव-सुनारै, अरे गाँव-रंगरेजै,
झट्ट चलौ आवै, तुरत चलौ आवै न हो
कोई अच्छी सी तिलरि गढ़ावै, अरे चुनरि रँगावै
धनाजी हमसे रूठीं, गोरीजी हमसे रूठीं न हो ···

एक हाथ में तिलरी ली और दूजे में चुनरी थामी, राजा चल दिए रानी के ढिंग—रानी खोलि देउ बजुर किवार, पहरि लेउ तिलरी, ओढ़ लेउ चुनरी ··· ओढ़ि लेउ चुनरी न हो ···

आज्ञाकारी पति, सीमा का भाग्य! इतरा रही है आज वह। सारंग शोक में डूबी है,

धिक्कार रही है खुद को—मेरे रंजीत भी तो मेरा कहा करने को तैयार रहते हैं ··· लेकिन मेरी जिद! मैं कैसी औरत हूँ, स्त्री की प्रकृति के अनुसार तिलरी और चुनरी जैसी मनभावन चीजों की इच्छा करके उनसे रूठती नहीं ··· यदि माँगती तो रंजीत सौ जगह से जुटाने की कोशिश करते। मान-मनव्वल में पीछे नहीं रहते।

··· लेकिन मैं! आसमान का चाँद तोड़ने की बातें करती हूँ, जो उनके क्या, किसी पुरुष के बस की बात नहीं। यह मूर्खता? रंजीत कहते हैं औरतों जैसे आचरण करो। अपनी सीमाएँ देखो—गहने-कपड़े माँगो। पीहर-प्यौसार जाने के लिए लड़ो-रूठो, सच मैं तुम्हारी इस तरह की हर एक बात पर निछावर हो जाऊँगा। तुमको कंचन की तरह अपने घर की हदों में सुरक्षित रखनेवाला मैं, चौखट के बाहर का खतरनाक दायरा कैसे नापने दूँ?

रूपमती सारंग गूँगी-बहरी! गीतकथा की नायिका चंदना, गुरुकुल की खलनायिकाएँ शारदा, शकुंतला, और गाँव की राक्षसिनियाँ रेशम और गुलकंदी के जीवन का हिसाब माँगती है आँखों ही आँखों में! मैं प्रेतिनी हूँ—सचमुच में।

पति की पद-प्रतिष्ठा के लिए सीमा क्या-क्या नहीं कर रही! जैसे वह वास्तविकताओं को जानकर भी अनजान बनी रहती है, मैं क्यों नहीं ···? तिलरी-चुनरी की सुनहरी पचरंग कल्पना ने मेरे भीतर कोई लहर क्यों नहीं उठाई? उल्टे नस-नस को लकवा मार गया! बड़ी बहू, मैं मनहूसी फैला रही हूँ ··· असगुन विचार रही हूँ ··· तभी न सीमा हिकारत भरी नजरों से देखती है ··· माफ कर देना सीमा ··· बड़ी बहू कुछ नहीं पूछेंगी मुझसे, उनकी दशा मुझसे अलग नहीं!

मंगल गीत हैं कि गुलकंदी की चीख! बिसुनदेवा खरतालों के शोर से गुँजा रहा है गाँव को! हरिप्यारी की नरम आँखों में चिता की लपटें! माफ करना सीमा, माफ करना बड़ी बहू, मैं आपे में नहीं ···

'उठ री सारंग, कौमरी (भीगे चने) बाँट,' बड़ी बहू ने सारंग की बाँह पकड़ ली।

'लौंगसिरी बीबी बताशे बाँट देंगी, तेरे संग-संग।'

'देख सीमा हमारी सारंग तेरी सहरवाली लुगाइयों से ज्यादा मलूक बैठेगी।'

—बड़ी बहू ये बातें तुम उस शोक के निवारण की कोशिश में कर रही हो! जानती तो तुम भी खूब हो कि तुम्हारी सारंग की सुघड़ाई राख हो चुकी है। देह है, आत्मा जल गई ··· चैत के महीने में नए अन्न की सोंधी गंध की जगह चिराँइध ने क्यों घेर लिया है गाँव? इस असह्य हवा को क्या हुआ बड़ी बहू? कौमरी बाँटते समय भारी डलिया उठाए हरिप्यारी, बताशों का फूल सा ढला बाँहों में थामे गुलकंदी हमें पत्थरों में क्यों बदल गईं? तुम सब जानती हो बड़ी बहू। कल पंगत के समय हरिगंगा गानेवाले बिसुनदेवा का भोग उठाकर रखोगी तो इसी तरह बिलख-बिलखकर न रो पड़ोगी, जैसे आज रो रही हो मुँह घूँघट में छिपाकर! रो नहीं रहीं तो तुम्हारा सिकुड़नों भरा पेट क्यों हिल रहा है?

बीबी, लौंगसिरी बीबी! तुम भी ··· नाक की राह आँसू ··· सुन्न, सुन्न का स्वर! आँगन

में बैठी औरतों को क्या हुआ? आपसी गाली-गलौज, हँसी-ठिठोली भूल गईं। और न ईसुरिया, बीधो और हबीबन जैसी कामवालियाँ झगड़ीं। हम सब मौन आत्माओं की तरह क्यों बैठे हैं शगुनवाले घर में? ... बड़ी बहू, लगता है हम मजबूरी में मंगल वेला की रस्म ढोने आ गए हैं। शहर से आई सीमा के बेटे का जश्न गाँव के नाते की बेबसी हो गया है।

सीमा किलक रही है—'दोबारा गाओ जरा तिलरी-चुनरीवाला गीत, मैं अपने टेपरिकार्डर में ...' सीमा, वह दिलकश गीत तुम्हारा मन बहला रहा है, जैसे हरीनिवास का प्रधान बनना तुम्हारे ऐश और सुख का जरिया होगा। तुम्हें कैसे बताएँ, तुम समझ सकती हो, कि हम उन तीनों की लाशों पर खड़े ढोलक बजा रहे हैं? तिलरी-चुनरी हमारे लिए गहना-कपड़ा नहीं, बेड़ियाँ और कफन के मानिंद ... हम अपने प्रियतमों से जिंदगी माँग रहे हैं सीमा। हो सके तो हमारे इस शोक गीत को टेप कर ले जाओ, शायद कोई कभी सुनकर हमारे मरम में खुभा खंजर ...

डस्टौन की पाँत कल ही निबट गई, आज फिर अंगरेजी बाजे!

सूरज निकलने के दो घंटे बाद भवानीदास के मोहल्ले में बैंड की पों-पों, पों-पों और ढम-ढम, ढम-ढम सुनाई देने लगी। चिड़िया-तोता फड़फड़ाकर पत्तों में दुबक गए।

स्कूल जाते हुए बच्चे अधरस्ते ही ठहर गए।

'बरात आ रही है रे! अंगरेजी बाजे!'

इतने में रहिमन सक्किन का नाती शौकत अली बुलावा देने गया—

शौकत अली आठवीं कक्षा में इगलास के इण्टर कालिज में पढ़ता है। पिछले माह बारह रुपए फीस नहीं भर पाया, मास्टर ने नाम काट दिया। कहता है रिऐडमिशन होगा। यानि दोबारा दाखिला। लाला ने बुलावे के लिए बीस रुपए देने का वादा किया है।

लक्ष्मीनिवास भइया कहते हैं—शौकत अली बेटा, इंगलैंड, अमेरिका में बालक इसी तरह काम करके अपनी फीस और जेब-खर्च जुटाते हैं।

शौकत अली भी अब ननुआँवाला काम मुश्तकिल रूप से करने की कोशिश करेगा। बाबा के द्वार पर आकर बोला, 'चलो जी बाबा, चाचा और चाची सब जने। लक्ष्मी भइया रूस कूँ जा रहे हैं, जलूस निकलेगा।'

भँवर बाबा के पास खड़ा था। बैंड की ध्वनि उसे जहर लग रही थी। चिढ़कर बोला, 'देख लो एक और करतब! सरहद पर लड़ने जा रहा है क्या लक्ष्मियाँ, सो ढोल पीटकर मुनादी करी जा रही है।'

बाबा ने कुछ न बोला, हुक्का एक ओर सरका दिया और उठे, कुर्ता पहनने लगे। भँवर की आत्मा जल गई, 'गाँव के लोग बाबरे, ऊँट देखने की तमन्ना में भागे ...'

'तो तू मत जाना,' बाबा कुर्ते की बाँह में हाथ डालते हुए ठहर गए।

'ला तुम्हीं बता दो फिर, विदेश जाने में कौन सी शहादत है?'

'बाबरी बातें मत करे भँवर। नहीं जाएँगे तो कल के दिन भवानी ही कह देगा कि छोरा की नौकरी नहीं लगी सो गजाधर से परायी तरक्की नहीं देखी जाती।' एक क्षण रुककर भँवर को नजरों से समझाने की कोशिश करते रहे बाबा, मगर भँवर की नाक सिकुड़ी है।

'लल्लू, कुछ काम अपनी खुसी के लिए किए जाते हैं, बहौत से लोकरीति के लिए, और कोई-कोई काम अपना डाह छिपाने के लिए भी करना पड़ता है। मजबूरी में ... समझा? बाप बैठा है—घर का मुड्ढ, सो अभी तू इन बातों से बरी है, खूबा नहीं रहेगा, तब तू समझेगा असली जिंदगी।'

भँवर चुप रहना चाहता है, इस बात को लेकर। क्योंकि क्रोध दबाए दबता होता तो कहा-सुनन कोई क्यों करता?

जैकारे घूँसे की तरह लग रहे हैं उसकी छाती में--महातमा गाँधी की—जै। जभारलाल नेहरू की—जै। इन्द्रा गाँधी की—जै। गाँव के सपूत की—जै।

भँवर के होंठों पर कड़वी सी हँसी खेल जाती है बार-बार और वह तीखी निगाह से बाबा को देखने लगता है।

श्रीधर आते हुए दिखाई दिए, भँवर ने स्वर का बाँध खोल दिया, 'मास्टरजी, बालकों की छुट्टी करो जी। मेरे ख्याल में लक्ष्मियाँ की दिल्ली तक जानेवाली जोशीली जनता स्कूल में ही जमा होगी।'

श्रीधर आश्चर्य के स्वर में बोले, 'कमाल है भाई! कभी तो इस गाँव के लोग कानून की बाल की खाल उधेड़ने का कौशल दिखाते हैं और कभी इस तरह की बेवकूफी!'

'बेवकूफों को कोई भी अपनी लियाकत और योग्यता दिखाकर रुतबे तले रौंद सकता है। चुनाव का एक और लतीफा मास्टरजी। लाला देवताओं से भी बड़े चमत्कार दिखा सकते हैं। पर हम सालों को गिनते हैं जूते की नोक पर, हाँ।' भँवर ने इस वाक्य को कहने में पूरा दम लगा दिया।

झज्जू ने बात का छोर तुरंत पकड़ लिया, 'अजी इंजीनियर तो बहौत बड़ी बात है। और रूस देस के बारे में तो इस गाँव का आदमी ऐसे ही अज्ञानी है, जैसे चंदा-सूरज के बारे में। गाँव का आदमी अगर चपरासी भी हो जाय तो समझ लो कि लोग उसे कोतवाल मान लेते हैं और वह मनवा लेता है। मेरा साला पुलिस में सिपाही है, गर्दन ज्यों लोहे के सरिया पर खड़ी हो। बाप धूल चटा आया एक दिन, जनानी धोती और नीली-हरी दो तरह की बद्दी की अलग-अलग चप्पल, सिर पर घी की चपटिया (हँड़िया)। थाने में पहुँच गए पिताजी। छोरा आँखें चुराता हुआ इत-उत दुबका डोले। डोकर गुस्सा खा गए सो धरउल गालियों में नहा दिया थाना।—सारे मार जूतों के चाँद गंजी कर दूँगा, पहचान नहीं रहा अम्मा के खसम को?'

'सिपाहीजी उस दिन के बाद गाँव आना छोड़ गए। बाप को सहरी बोली में गरियाते हैं--बदतमीज! ऐसी मुलायम गालियों का असर पड़ता है भला डोकर के ऊपर!'

अंगरेजी बाजों के साथ जुलूस चौक की ओर चला आ रहा है।

लक्ष्मीनिवास, चिलकती धूप में कोट, पैंट, टाई से लैस भारी-पतली दसियों गेंदे के फूलों की मालाएँ गर्दन में लटकाए हाथ जोड़े चला आ रहा है, लोगों से घिरा हुआ। औरतें पीछे-पीछे शायद गीत गा रही हैं, शायद जैकारों के शोर में गीतों का भ्रम होता है केवल।

संता के द्वार पर जाकर रुका लक्ष्मीनिवास। बाजे पूरी गति से बज रहे हैं।

संता टीका करेगी—रोली, दूब, चावल, नारियल और पूरे इक्यावन रुपए से।

कलावती चाची के दिल में हलचल सी मच गई। चेहरे पर चिंता की रेखाएँ ··· पीछे कैसे रह जाएँ बैरिन संता से? आज चाहे रिसाल की बहू के सामने झोली फैलानी पड़े, इक्यावन रुपया और नारियल से ही टीका करके मानेंगी कलावती चाची।

ठाना और कर दिखाया, हम्बै तौं!

सारंग को तो लाजिमी निभानी है टीके की रस्म। बड़ी बहू बहन का रिश्ता मानती हैं। लक्ष्मी और हरी मौसी कहते हैं। एक सौ एक तो कम से कम चाहिए ही।

जुलूस से पहले चंदन आ गया घर, 'अम्मा, संता बुआ ने काँसे की थाली में आर्ट काढ़ी थी लाल-लाल। अम्मा, तू थाली निकाल, मैं कलर बकस लाता हूँ।'

सारंग हँस पड़ी, 'बाबरे, धरमवीर की बहू ने चावलों को रँगकर बनाई होगी अल्पना। तेरे कलर बकस के रंग काँसे पर नहीं ठहरेंगे।'

भँवर ने अपनी अम्मा के हाथ से टीकेवाली थाली छीन ली।

अम्मा ने धक्का दिया बेटे को, 'चल कढ़ीखाए, हम क्या गाँव से बाहिरे हैं?'

'तू बाहिरी नहीं, बावरी है। साला सेठ बनता है, कल जो दावत दी थी, उसको इसी बहाने वसूल रहा है। यह चोरों का सरताज हमें दुहे ले रहा है अम्मा। मुसलमानों के वोट बटोरने के लिए यह रहिमन के महाचोर दामाद की जमानत रोहतक जाकर कराके लाया है। रहिमन के नाती का वजीफा बाँध दिया। तू बावरी न होती तो ये बातें समझ लेती। उसके किए को परोपकार नहीं, ब्याज और सूद के बराबर रखती।'

'तो जोर से मत दनकारे भँवर। दूतों की कमी नहीं गाँव में। कलबतिया ही हम्बैतौ कहकर बड़ी बहू को भर देगी। भीर-उछीर काम तो आते ही हैं लाला।'

'भीर-उछीर! बस यही कहकर तो गुलामी करते रहते हैं हम। और यह बनिया समझे बैठा है कि ब्याज में ही पी जाएगा गाँव को। साले वोटर भी बड़ी हरामी चीज हैं, अब की बार तेरी ऐसी की तैसी न कराई तो अपने कुत्ते का नाम टौमी की जगह भँवर रख लेना।' बुरी तरह किटकिटाया वह।

अम्मा इस तरह देख रही है जैसे बेटा घर में नहीं, भवानीदास के द्वार पर खड़े होकर गाली फेंक रहा है। फुसफुसाकर बोली, 'मार परे, तुझे कौन सी पिरधानी लड़नी है? चूल्हे में दे दे व्रोट-फोट।'

भँवर ने माँ की ओर देखा तक नहीं।

'मइया, यह छोरा बड़ा हठी है। जबड़ा कसकर क्या खाएगा तू लाला को?'

'ज्यादा बकबक मत करे अम्मा। तुझे लाला भगवान लगता है तो मुझसे मत कहे। फत्ते भी औतारी है तेरे चलते। थानसिंह को गालियाँ देती है, और मन ही मन डरती है। तू सोच रही है तेरे पीछे चलूँ मैं, सो मन से निकाल दे। इसी जिद पर मैं आज बैकुंठी मौसी को लाऊँगा अपने घर, रोक ले थानसिंह।' भँवर का चेहरा लाल हो गया।

'ओ भइया, तेरे पाँव पूजूँ, मेरी बहन की धुनाई के ढंग मत करे,' अम्मा की आवाज रुँध गई ... 'जुलम हो जाएगा रे बेटा ... एक के तो प्रान खेंच ही लिए!'

भँवर अपनी बाबरी अम्मा के विलाप पर पिघल आया, मनाने लगा, 'रो रही है! साले के हाथ-पाँव तोड़ दूँगा। पहली बातें भूल जा तू।'

वह बाहर निकला तो जुलूस का रेला उतर चुका था। श्रीधर बाबा के पास बैठे झींक रहे हैं, 'बालकों को पढ़ाना भी इस गाँव में आसान नहीं। स्कूल में लालाजी के सुपुत्र दलबल सहित ... बालक पागल हुए घूम रहे हैं अंगरेजी बाजों के संग। मुझे तो इन दिनों वैसे ही नींद नहीं आती, इम्तहान के कितने दिन ... साफ-साफ कह दूँगा कि ...'

श्रीधर उठ लिए।

भँवर खोखली सी हँसी हँसा पहले, फिर बोला, 'बाबा, 'जी, चाहिए' लगाकर बात करनेवाले मास्टरजी आखिर हैं तो अध्यापक ही, तीखी बात बोल पाएँगे, शक है।'

बाबा ने घूरकर देखा भँवर को।

'क्यों खा रहे हो आँखों ही आँखों में?'

'हर बात में गरमी दिखाना ठीक नहीं लल्लू!'

रंजीत के हलक में करेले का रस! कभी लड्डू फूटते थे—मोतीचूर के लड्डू!

सारंग ठीक कहती थी—चुनाव में खड़े होना है तो फत्ते का मुँह क्यों जोहते हो? वह क्या तुम्हें कंधे पर बिठाकर खड़ा होगा?

साला प्रधान—बंदगोभी का फूल!

लाला क्या हाल मचा रहे हैं! दावत खिलाकर गाँव की दाढ़ कील दी। बहू बुलाकर बिंदी-टिकुलियों में औरतों को ठगवा रहे हैं। ऊपर से रूस लाद दिया लोगों के दिल पर। और प्रधानजी हैं कि अभी भी चुनाव में खड़े होनेवाले उम्मीदवारों को धाई-मिचक्का (छुआ-छुअउअल) खिला रहे हैं। जैसे ये कांगरेस पार्टी के अध्यक्ष हों। टिकट देंगे उम्मीदवारों को।

आज ही बात हो जाय। यही सोचकर रंजीत गए थे। पर प्रधानजी भी ... पूरे स्वाँगिया हैं, भवें टेढ़ी करके कहते हैं—

'यार रंजीत, तू देख तो रहा है, गाँव पर कितनी भारी बिपता पड़ी है। मैं भी लाला की तरह चुनाव की माला जपूँ तो लोग क्या समझेंगे मुझे?'

'लाला ने तो अच्छा प्रभाव जमा लिया है,' रंजीत धीमे स्वर में कहते हैं।

'प्रभाव-असर कहता है तू इसे? मैं इसी को हथियार बनाऊँगा। नाइन के घर तीन-तीन मौत और लालाजी के घर जसन! देखो तो लोगो! गाँव के सुभचिंतक!'

'उनकी सब माफ हो जाएगी फत्ते भइया। रईस लोगों की भूल पर लोग गौर नहीं किया करते।'

'लोग न करें। हम तो करते हैं। थानसिंह से सलाह करते, पर उस बिचारे के छोरा का संबंध टूट गया है। अब कलजुग नहीं, काला जुग आ रहा है, डोरिया भांजी मारकर आया है सगे भतीजे की। साधजी का घर आपसी एकता के लिए सन्नाम था, आज देख लो हालत!'

प्रधानजी एक क्षण रुके, 'अब तू ही बता, थानसिंह को इस बखत कैसे कोंचें?'

फत्तेसिंह की ठंडी नजर, शांत चेहरा, गंभीर सलाह-मशवरा, तर्कसंगत बातों और अपनेपन से लबालब व्यवहार में भटक रहे हैं रंजीत।

'तू छोटी-छोटी बातों पर बैल की तरह गर्दन डालकर बैठ जाता है! खड़ा तो तुझे ही होना है। कहे तो लिखकर दे दें रसीदी कागज पर,' फत्तेसिंह कहकर मुस्कुराते हैं। जब वे मुस्कुराते हैं, मूँछें बड़े प्यारे तरीके से फैल जाती हैं। रंजीत विभोर हो उठे।

'तुझे पता है, कुँवरपाल कैसी आँखें नटेरता है? कहता है हम हवालात अपनी ऐसी-तैसी कराने गए थे? मास्टर को पीटा तो रंजीत और हरपरसाद ने भी था। मालूम न हो तो दरियाफ्त कर लो, चुनाव में उम्मीदवारी की लिस्ट में सबसे पहले वह आता है, जो जेल हो आया होता है। हमारे-तुम्हारे जनम से पहले से चली आ रही है यह बात और तुम अब तक अँधेरे में हो।'

रंजीत क्या कहें? इतना ही बोले, 'हरिजन सीट होती तो पहला हक उसका ही था।'

प्रधानजी ने आँख झपकने भर की देर नहीं की जवाब देने में—

'कह ली, यह बात भी समझा ली। कहता है कि हरिजन सीट पर खड़े होने के लिए हमें इतनी भाभई उठानी पड़ती, जैसी अब तुम जता रहे हो। तुम हमें हनुमान की गदा पकड़ाओगे? सीट ही तो नहीं आई, आई होती तो दिखा देते कि चुनाव कैसे होता है? हम भी अपना चरन-दास पकड़कर खड़ा कर देते और उस पर हुकूमत करते हुए गाँव में दादागीरी करते। डाँड़ी मारना सीखने में कितनी देर लगती है? तुम्हारे झज्जू-फज्जू जैसे हैं न, जो भाड़ में मक्का भूँजते फिरते हैं, चुपचाप अपने कुम्हार-खटीक लेकर हमारे मोहल्ले में समर्पन कर देते।'

रंजीत का मुँह खुला रह गया। दादागीरी तो वह अब भी कर रहा है।

'दादा बना हुआ है कुँवरपाल। हमें तोहमत लगाता है, कहता है—अच्छा होता तुम्हारे चेला-चाँटे जेल में सड़ते। दरोगा उनकी तो जमानत तक न देता। बरी तो बेटा इस जनम में होते ही नहीं। कह रहा था थानेदार—कुँवरपाल की बात आ गई, नहीं तो पूरे तीस हजार वसूलता।'

रंजीत को भँवर की बात याद आ गई—भइया, कुँवरपाल मार जूता खड़ा होगा।

प्रधान के अहसान तले दबेगा नहीं। हाथ जोड़कर यह नहीं कहेगा कि फत्तेसिंह, तुमने मेरे ऊपर बड़ी कृपा की। साले फत्ते के ऊपर अपना अँगौछा झाड़कर चल देगा और चेतावनी दे जाएगा—कि आगे फेरबदल न हो। चालाकी करी तो ··· हाँ जो रुपया लगा रहे हो, ब्याज समेत चुका देंगे, जनता से वसूलकर।

रंजीत गुमसुम बैठे हैं। प्रधानजी उठकर चले गए धोती उठाते हुए। शायद पेशाब के लिए। कुँवरपाल का सा दबंगपन कहाँ से लाएँ? हमें तो गुनाह करके भी जेल जाने से डर लगता है। वह पट्ठा दूसरे के बदले की शहादत कर आया। ऐसी भी शराफत क्या, शरीफ बनने की बेजान ललक ही हमें खत्म कर रही है। मैं तो गाँव का राजा भी बन जाऊँ तब भी अपनी बात को इतनी बेबाकी से नहीं कह पाऊँगा। आपसी लिहाज ही मारे डालता है। पढ़ाई ने सिखाया है यह सब, कि संस्कारों ने? नहीं तो मैं क्यों नहीं दहाड़ता? फत्ते प्रधान मुझसे क्या कहना चाहते हैं आखिर? यही न कि बेटा, तुम क्या बेचते हो? तुमसे ज्यादा बड़ी-बड़ी आँखोंवाले पूत हैं इस गाँव में।

प्रधानजी जैसे ही आए, रंजीत हाथ जोड़कर बोले, 'भइया, मेरी लाज रख लो इस बार ··· तुम अपना समर्थन नहीं, नई जिंदगी दोगे मुझे। कुम्हार-खटीकों को सारंग पर भरोसा है, बस तुम्हारे गुट के वोट मिले कि जीत पक्की है।' रंजीत खतरा नहीं उठाना चाहते, साफ बात कर लेनी चाहिए।

प्रधान अबकी बार मूढ़ा पर नहीं, तखत पर बैठे। और सामनेवाले मूढ़ा पर बैठे रंजीत को प्यार से देखते हुए बोले, 'अजी छोड़ो। साले उस चमरा की गीदड़-भभकियों से डर गए तो कर ली नेतागीरी। वह अपने भइया की हाकिमी का ताज अपने सिर पर बाँधे फिर रहा है, तो क्या गाँव का राजा हो जाएगा? साला भइया भी अपने इलाके में बना रहे कलट्टर, यहाँ का तो चमार ही है। तेरा और उसका क्या मुकाबला? सरकारी अंधनीति गाँव में नहीं चलती। सरकार क्या साली छोटी कौम के एक-एक आदमी की पीठ पर अपनी मोहर लगाएगी? रहना तो उन्हें गाँव में ही है।'

कृतकृत्य हो उठे रंजीत। पंचायती चुनाव—उनकी जिंदगी का मकसद! झिलमिलाता सितारा—रंजीत का नसीब!

मगर एक क्षण के लिए आशा क्षीण सी हुई—कुँवरपाल के भाई की हाकिमी से प्रधान के कई काम सर हो सकते हैं, मैं किस खेत की मूली? मान लो कुँवरपाल अपने आप ही खड़ा हो गया तो? उनके मन में सितारा जलते-बुझते बल्ब की तरह दपदप करने लगा। अन्त में सोचा—बिरादरी भी कोई चीज है। प्रधानी चमार के हाथों में जाने नहीं देंगे फत्तेसिंह। यह उनका सामाजिक सरोकार है, व्यक्तिगत नहीं।

'और फिर ···' प्रधानजी कहते हैं, 'भाई, सारंग को सावधान कर देना। आजकल लौंगसिरी मास्टर की जसोदा माता हुई है। देखा था, दरोगा के सामने कैसी खड़ी हो गई! हम गाँव को बचा रहे हैं, वह फँसवाना चाहती है। केस की छानबीन करके क्या हासिल करना चाहती है? गुलकंदी और उसकी महतारी जिंदा हो जाएँगे? कि बिसुनदेवा लौट

आएगा? मन तो आया छोरी भगवाने के जुर्म में साले मास्टर को लगवा दूँ हथकड़ी। बालकों को पढ़ाने में ध्यान नहीं लगाता, लीडरी कर रहा है।'

रंजीत की भीतरी तहें काँप गईं। प्रधान के बाएँ हाथ में हथकड़ी खेलती रहती है। वह कभी भी हमें एक-दूसरे के खिलाफ इस्तेमाल कर सकता है।

'सारंग लौंगसिरी और भँवर से सावधान रहे। भँवर भी आजकल लट्टू की तरह गाँव में फिरकी मारता रहता है। यह नहीं सोचता कि जिस डोर को बाँधकर नाच रहा है, उसे ही तोड़ दिया जाएगा तो लुढ़क जाएगा एक तरफ।'

सारंग! रंजीत को गड़गड़ाकर गुस्सा आया। क्रोध का बादल फटा। साली ज्यादा ही पढ़ी-लिखी बन रही है। हमें समझाती है, चुनाव में रुपए का क्या काम? हमारे तो फत्ते भइया धीर धर रहे हैं, नहीं तो बिना पैसा के चुनाव के मैदान में आदमी लँगड़े के समान है। लाला नहीं कर रहे पैसा खर्च? उनका तो सारा घर लगा हुआ है।

ऐसी ही शुभचिंतक थी तो ले आती भाई से रकम। सो टका सा जवाब दे दिया—मेरे भाई के पास इतने ही होते तो खुद खड़ा हो जाता। वह भी तुम्हारी तरह यही सोचता है कि चुनाव में आदमी नहीं, पैसा लड़ता है।

नादान! बनती है बड़ी काबिल! कहती है—तुम जितना प्रधान को साधोगे, वह उतना ही तुम्हें गिराएगा। तुम्हें बेईमानी के हाथों बेच डालेगा। सरकारी हैसियत और मोहर का फायदा तुम्हारे जरिये उठाएगा। तुम सुधार की बात भूल जाना फिर रंजीत। वही होगा जो अब तक हुआ है। समर्थ लोग गुनाह करके सम्मान पाएँगे, दबे-कुचलों और कमजोरों को सजा दिलवाएँगे। तुम खुद खड़े होते। जीतते चाहे हारते पर तब तुम अपने बूते के नेता होते। कम से कम विरोधी बनकर हर अन्याय पर लड़ तो सकते। बिका हुआ आदमी लड़ेगा तो क्या, मुँह खोलने का हकदार नहीं। मैंने तुमसे बड़ी उम्मीदें बाँधी हैं रंजीत। रेशम और गुलकंदी ने जो अनर्थ किया उसको नया अर्थ तुम्हीं दे सकते थे, केवल तुम्हीं ...

मैं क्या करूँ सारंग? वे यकायक घबरा उठे। इस पदवी को लेने के लिए मुझे कहाँ-कहाँ से गुजरना पड़ रहा है। तुमको खूब मालूम है, मैं टुच्चा नहीं। घटियापन नहीं करूँगा। जो गलतियाँ हुई हैं, ईमानदारी निभाने के सपनों के ही कारण हुई हैं।

उन्हें घर आते-आते लगा कि जिस तरह फत्तेसिंह इन दिनों उनके वजूद पर छाए हुए हैं, सारंग भी भीतरी तहों से कहाँ निकल पाती है।

सारंग को लौंगसिरी बीबी के साथ जाना होगा।

श्रीधर को बुलाया बीबी ने, मगर वे आज इगलास किसी मिटिंग में गए हैं।

बाबा बैलगाड़ी जुड़वा रहे हैं। एक दिन खलिहान का काम रुक भी गया तो कुछ नहीं बिगड़ता। आराम से चली जाएगी छोरी।

बीबी की ससुराल हतीसा से उनके देवर का लड़का आया है, तेरह-चौदह वर्ष का बालक। बीबी से बोला, 'ताई, ताऊ बहौत बीमार हैं। कह रहे हैं—जल्दी से जल्दी अतरपुरवाली को बुलाओ। ताऊ का जी घबड़ाता है। 'लौंगसिरी' कहकर चिल्लाते हैं।'

बीबी का मुँह कौए की चोंच की तरह खुला रह गया।

'बेटा, ऐलाज-फैलाज ?'

'ताई, हम उन्हें हाथरस ले गए खाट पर डालकर। डाकदर ने जवाब दे दिया,' बालक बूढ़ों की तरह बातें कर रहा है।

बीबी का थूक सूख गया।

हिम्मत जुटाकर बोलीं, 'बेटा, हमारे सियाराम-राधेश्याम? रामकन्हैया?'

'अरी, कोई नहीं आया अभी तक,' लड़का ऐसे बोला ज्यों लानत भेज रहा हो सब बेटों पर।

बातें चबूतरे पर खड़े-खड़े न भी होतीं, तब भी लोगों को पता चल जाता। किसी भी खबर को दाँत से पकड़ते हैं गाँव के लोग। औरतें उनसे भी दस हाथ आगे। भँवर की अम्मा घूँघट मारकर आ गई। दस साल के लड़के से भी घूँघट कर लेती है भँवर की अम्मा। भँवर चिढ़ता है इसी बात पर। बहू के सामने मिसाल पेश करती है अम्मा।

बीबी के चबूतरे पर आकर भी घूँघट नहीं खोला, पर्दे में से ही बोली, 'बीबी, अब तो तुम्हारा जाना लाजिमी है।' कलावती चाची सदा भँवर की अम्मा की बात काटने की फिराक में रहती हैं, 'अरी हम्बै! अब मरे-अधमरे आदमी की हम क्या भलाई-बुराई करें, पर सब उनकी करनी का फल है। कसर तो छोड़ी नहीं बीबी के संग में। जो आदमी परायी बहन-बेटी तीगे, वह खाट न गोड़ेगा, तो क्या फूलों की डोली में बैठकर सुरग को जाएगा? हम्बै तौं!'

'देख लो! चुप्प तो नहीं हो रही। बताओ, यह बखत इन बातों का है? किसी की जान पर बन रही है और लुगाई अपनी तान छेड़ रही हैं। होती है किसी-किसी को ऐसी आदत। और इनकी खोले कोई? खिसिर-खिसिर करेंगी फिर।' भँवर की माँ ने दहला मारा।

'हम्बै तौं! हम करेंगे खिसिर-खिसिर! अरे उसको तो करते लाज नहीं लगी, और हम कहते सरमाएँ? न्याय की बात कहे बिना नहीं रहा जाता मुझसे। कहने को मेरी बोलचाल तक नहीं है लौंगसिरी से। ला लौंगसिरी बीबी ही कह दें? पहलौटी का छोरा उतर गया (गुजर गया) था, तब क्या बीती थी उन पर? बेहोस हो गई थीं बिचारी और हतीसावाला खेरापतिन की अनाथालिन बहू को लेकर पड़ा रहा था—एक खाट पर। मैं तो कहती हूँ रिस-गुस्सा में पिछले खोल ही खुलेंगे। सो चुप ही ठाड़ी रही अब तक।'

अपनी भागी हुई अनाथालिन बहू से खेरापतिन बेशक अभी तक जली-भुनी बैठी हैं। ··· लेकिन कलावती चाची के मुँह से उसके चाल-चलन की धज्जियाँ उड़ें, यह नहीं देख सकतीं। बूढ़ी आगबबूला हो गई, 'अपना आँचर नहीं देखतीं लुगाई। धिय छाती पर बैठी है। साल भर हुआ जाता है ···' आगे वे कहना चाहती थीं कि इधर-उधर मुँह मारती

है। पर नहीं कह पाईं खेरापतिन दादी। बेटी के लिए ऐसी नीच बात कैसे कहें? होंठ चबाकर रह गईं।

कोई बोली, 'अरी तुम्हें अपनी पड़ी है। यहाँ तो लौंगसिरी बीबी की हालियत बिगड़ रही है, च् च् च्!'

—'बाबरी हैं लौंगसिरी बीबी, सो हालियत खराब कर रही हैं। कर्री (कड़ी) साध जाएँ।'

'बैयर की जात नहीं साध पाती कर्री। मर्द का मिजाज थोड़े ही है सो बन जाय कठ-करेज। बिचारी ने जिस घर में जनम लिया, उसमें ही जिंदगानी काट दी। देख लो।'

लौंगसिरी बीबी चुपचाप भीतर चली गईं। बक्सा दालान में सरका लाईं। खोला। पुराना साया और सलूका निकला। एक नई धोती ··· झुर्री भरे पेट पर कस ली। चप्पल पहनकर बूढ़ी दुल्हन की तरह नाक तक घूँघट मारकर तैयार हो गईं। ससुराल जाना है आज! छाती पर चढ़ा सलूक।—धौंकनी के ऊपर धरा कपड़ा मालूम देता है।

गली में आकर अनायास ही कुछ याद आ गया। रामजी बाम्हन के बेटा की बहू को थरथराती आवाज दी, 'अरी कपूरी ऽ ऽ ऽ! ला तो री काँच की दो चूड़ी, हाथ में चढ़ा दे। क्या मालूम कि बैरी ··· अब कितनी देर का?' स्वर बिखर गया अन्त तक ···

'सुहागिल होने का सुख नहीं पाया बिचारी ने। आज अपना धरम निभाने चल दीं।

ऊसर तक आते-आते देखा कि बैलगाड़ी जुती खड़ी है, पन्नासिंह पास खड़े हैं—ले जाने को। फत्तेसिंह का ट्रैक्टर! ठिलिया लगा हुआ! बड़ी बहू अपने ट्रैक्टर की ठिलिया में बैठी हैं। प्रधानिन आ गई तैयार होकर। भँवर की महतारी। सबकी सब बैठ गईं ठिलिया में।

एक ट्रैक्टर में रंजीत, भँवर, भवानीदास और चरनसिंह बौहरे। फूलसिंह भागे चले आ रहे हैं। बाबा ··· सबके चेहरों पर जैसे राख पुत गई हो।

पीहर का इतना बड़ा लश्कर! मायकेबालों के झुंड के झुंड! बीबी का कलेजा काँप गया! दहाड़ मारकर रो पड़ीं। अब हतीसावाला कहाँ ···

बीबी से चढ़ा नहीं जाएगा ठिलिया पर। थानसिंह ने गोद में भरकर बैठाईं, ज्यों वे पहली बार ब्याह की विदा में जा रही हों सासरे।

बीबी ने अपनी दोनों कलाइयाँ ठिलिया के किनारे पर जोर-जोर से दे मारीं। काँच की दो-दो लाल चूड़ियाँ चूर-चूर होकर बिखर गईं—भाभी-भौजाइयों की गोद में।

'अरी हम्बै! सबर बाँधो लौंगसिरी बीबी ··· ' रोती हुई कलावती चाची ने उनको अपनी छाती से लगा लिया बेटी की तरह। सारंग पीठ पर हाथ धरकर हिम्मत बँधा रही है।

'बैयर का हिया मोम का बना होता है—टूटे न कटे, बस पिघलकर बहता है।' सारंग के पास बैठी बड़ी बहू कह रही हैं।

अतरपुर से काफिला चल दिया हतीसा के लिए—हतीसावाले फूफा की विदा!

सोलह

हरपरसाद पकड़ा गया!

खबर गाँव में आग की तरह फैल गई। भँवर हाँफता हुआ आया। घबराया सा बोला, 'रंजीत भइया, हरपरसाद!'

'हाँ पकड़ा गया,' रंजीत ने कराह कर कहा और हाथ पर हाथ धरकर बैठ गए।

'कहते हैं कि बम्बई में जा दबोचा,' कहता हुआ भँवर रंजीत के बराबर में खाट पर आ बैठा। 'साला बड़ा हीरो बनता था। पाप का घड़ा एक दिन फूटना ही था। अंधेर मचा दिया …' कहते हुए वह रंजीत की आँखों को पढ़ना चाहता है।

रंजीत मौन हैं। आँगन के ऊपर तने आसमान में छिटके तारों को एकटक देख रहे हैं।

'साला राह का काँटा! चलो अपने आप ही निकल गया। सुनते हैं प्रधान के पास उसका पचास हजार रुपया जमा है—प्रधानी के लिए खड़े होने को। कहता था रुपया लगाकर ही चुनाव जीता जाता है तो मैं क्यों नहीं?'

भँवर की बातें भँवर ही सुन रहा है, या फिर सारंग। रंजीत की चेतना इस वक्त अनुपस्थित है। यह बात भँवर भी जान रहा है।

'कमाल हो गया भाभी! सूँसा तेली ने पकड़वा दिया, जिसके मुँह में दाँत न पेट में आँत! वाह बलीसिंह! पर बेटा किसका है? तौफा तेलिन का। साले तेलिया भी पूरे कतली हैं। मइया पेट गोद डलवाती है, बेटा ने अपने देखते-देखते नाइन के घर में आग लगवा दी। खूब निभाया पड़ौसी धर्म। हरपरसाद को सेठ समझकर उसका संग दिया था, पाँच हजार की बदन (वादा) बदी थी। कोल्हू हाँकनेवाले को पाँच हजार!'

'सच्ची!' सारंग मुँह खोले रह गई।

कराहते से उठे रंजीत। उनका आंतरिक दर्द स्वर में छन रहा है, 'भइया भँवर, आजकल किसका भरोसा करे आदमी। गाँव में बड़े-बड़े जहरीले नाग बैठे हैं, मौका लगते ही डस लें।'

सारंग समझ रही है—रंजीत चिढ़ी-चिढ़ी सी बातें क्यों कर रहे हैं? ऐसा मान रहे हैं जैसे हरपरसाद को सूँसा ने नहीं, भँवर ने पकड़वा दिया हो, और भँवर उनको भी सजा दिलाना चाहता हो।

'पाँच हजार लेकर भी सूँसा का पेट नहीं भरा?' अचरज है रंजीत को।

'पाँच हजार हाथ में कहाँ आए?'

'तो?'

'मैंने बताया न कि हरपरसाद अपनी जमा पूँजी पचास हजार प्रधानजी के पास धर गया था, और कह गया था, जब मैं गाँव से निकलकर बम्बई पहुँच जाऊँ, तब प्रधानजी

सूँसा को पाँच हजार दे देना।

'प्रधानजी ने सूँसा को बुलाया। बोले, 'पाँच हजार में हरपरसाद का गुनाह छिपाया है तूने? खोलने के मैं दस हजार दूँगा। पट्ठे, अब भी दे आ बयान। दरोगा से बात मैं करता हूँ। हरपरसाद का पता-ठिकाना भी बता दूँगा। साले ने तीन भोले-भाले जीव भून दिए।

'आ गया तेली लोभ में। रोज कुआँ खोदकर पानी पीनेवाले के लिए दस हजार एकमुश्त रुपया! कुबेर का खजाना हथिया लिया सूँसा ने और दे दिये बयान—कि हजूर मैंने अपनी आँखों देखा था, हरपरसाद मिट्टी का तेल छिड़क रहा था किवाड़ों पर। तब हरिप्यारी के घर कोई जागा भी नहीं था। यह भी नहीं पता कि वे सो क्यों गए? जबकि गाँव में लोग सोते नहीं होली की रात। पहले तो समझा कि कोई रंग उँड़ेल रहा है। सो गौर ही नहीं किया। फिर देखा कि नसैनी (सीढ़ी) लगाकर छत पर गया है कोई। तो संका सी हुई। हजूर, देखते ही देखते आग फैल गई। इधर आग फैली, उधर होलिका मइया जली। भीतर चीख-पुकार मची। हम भागे तो हरपरसाद ने रास्ते में ही पकड़ लिए—साले, छाती में कट्टा उतार दूँगा। हजूर अपनी जान किसे प्यारी नहीं होती?

'तुम्हें कैसे मालूम कि वह हरपरसाद ही था? हाकिम ने पूछा।

'एक तो होली की रात उजियारी रात होती है, दूसरे उसने हमें पकड़कर धमकी दी थी। आमने-सामने रहनेवाले पड़ौसी एक-दूसरे को अँधेरे में भी पहचान लें। हजूर, लोग तो होली मनाने में मगन थे। बालें भून रहे थे। जैकारे दे रहे थे। हर कोई होलिका मइया का परसाद लेने के उमंग में दौड़ा जा रहा था। हरिप्यारी के घर की ओर कौन देखता? और फिर उस बखत सारे लोग होलिका के आसपास जमा थे। हरपरसाद ने मौका देखकर काम किया।'

सारा हवाल सुनाकर भँवर चुप हो गया।

'भँवर, तुम्हें कैसे मालूम हुई सारी बात?' बहुत देर बाद सारंग ने सवाल किया।

'मालूम कैसे हुई? छीता नाई सबको बता रहा है, और पीछे से कहता है, हमारा नाम न लेना भइया। इस फत्तेसिंह की ऐसी-तेसी न कर दी तो ··· यह भी बोलता है।'

'पकड़ा न जाएगा सूँसा। दरोगा अभी आकर धर पकड़े कि दस हजार रुपया कहाँ से लाया तू? तो क्या जवाब देगा?' रंजीत ने हड़बड़ाते हुए पूछा।

भँवर फिक् से हँस दिया। 'भइया, जिसने रुपए दिए हैं, उसी ने बुद्धि भी दी होगी। बैंक में जमा तो करने गया नहीं वह। लाला के पास रख दिए हैं। छः हजार तो लाला का कर्ज ही निकलता है सूँसा की तरफ। बकाया चार हजार! लाला के यहाँ दस-बीस हजार रुपया होना बड़ी बात है क्या? कौन पकड़ेगा?'

कुछ रुककर भँवर की भवें मटकीं, 'हाँ, चालीस हजार हमारे प्रधानजी ने जरूर हजम कर लिए। हाजिमा जिसका दुरुस्त हो, उसे कोई चीज नुकसान नहीं देती।'

'साला सूँसा! कैसा भगत बनता है, जैसे कुछ जानता न हो। पूरा घाघ निकला।' रंजीत छटपटाए और उठ खड़े हुए।

भँवर संग-संग उठ पड़ा, 'भगत तो था ही, अब लोग उसे भगवान बनना सिखा रहे हैं। उस बेचारे की क्या गलती? फिर चश्मदीद गवाह तो वही अकेला है। मान लो हरपरसाद उस दिन उसकी पसलियाँ फाड़ डालता तो बस ... भगत रहता न भगवान ...'

'फिर तब क्यों नहीं बोला?' रंजीत के मन में सवाल था, सो पूछा, मगर चिढ़कर।

'मरना था, हरपरसाद के हाथों? हो सकता है ये सारे बयान जाली हों, पर अब जो सामने है, वही सच है। कुछ सरकारी लोगों की जादूगरी!'

रंजीत ऐसे देखते हैं जैसे कहने-सुनने को कुछ न रह गया हो।

'दूसरी जादूगरी!' भँवर ने दो उँगलियाँ सामने दिखाईं, 'डोरिया सिंह फरार हो गए।'

'फरार!' रंजीत की आवाज बंद हो गई। 'फरार' बोला सारंग ने। वह देख रही है, रंजीत के चेहरे पर डर की छाया गहरी होती जा रही है।

सूखे गले से अजीब सा स्वर निकला, 'पूरी मंडली ...' और आवाज भर्रा गई।

'और क्या हरपरसाद अकेला फूँक देता तीन जनों को? पर सूँसा ने डोरिया का नाम नहीं लिया, बस उसे खबरदार कर दिया। वैसे डोरिया मार भी देता सूँसा को, पर हमारे प्रधानजी की छत्रछाया! बाल बाँका नहीं होगा उसका। साजिश का छोर अभी और लम्बा खिंच सकता है।'

'प्रधानजी ने ऐसी दुलत्ती झाड़ी कि सबके सब चारों खाने चित्त!' सारंग ने मुस्कुराकर देखा भँवर की ओर। दो जोड़ी मुस्कुराती हुई आँखें! रंजीत का मुँह छोटा हो गया। पत्नी की नजर ने दबोच रखा है उन्हें। लेकिन सारंग ने प्रयत्न करके अपने आपको सँभाल रखा है। रंजीत की ओर निरीह निगाहों से देखती है वह—मेरे भोले राजाजी, अब तुम्हारा क्या होगा? मेरा कलेजा थर-थर काँपता है।

'मैं प्रधानजी से बात करके आता हूँ।' रंजीत जाने लगे।

'सँभलकर बोलना एक-एक शब्द,' भँवर राय देता है।

सारंग ने भँवर को हाथ पकड़कर बैठा लिया, 'भँवर, तुम्हारे भइया के हाथ अब की बार मुश्किल से मौका आया है। चारों ओर देखकर चलें तो ... पर प्रधानजी से पार पाना ... उफ्! फतेसिंह कोई दुर्भावना नहीं रखते भँवर, पर बेचारे अपनी आदत से लाचार हैं। रंजीत तो उनको अब भी अपना शुभचिंतक मान रहे हैं, यह रंजीत की दरियादिली है, या प्रधानजी का उनके लिए खास प्रेम। वैसे हरपरसाद और डोरिया अपनी करम गति को गए तो इसमें प्रधान का क्या कसूर?'

'कोई कसूर नहीं,' भँवर हाँ में हाँ मिलाता है। 'फत्ते कमाल का नट है। सारे हिंदुस्तान की पुलिस का जनरल। साले नाई को कहाँ से खिंचवा लिया? सूली पर चढ़वा देगा—तीन खून! प्रधान जानता था कि मौका पड़ने पर उसके एक गवाह का बयान कमाल कर दिखाएगा। सबका भोंपू बुलवा दिया। वाह रे फत्तेसिंह!'

सारंग के होंठ यकायक वक्र हो आए, नीली हँसी की रेखा फैल गई—बंबई में घिराव कराया। उस बंबई में, जहाँ कोई किसी का मीत नहीं होता। कहते हैं, वहाँ मरे आदमी

को चिता तक नसीब नहीं होती। हमारे प्रधानजी जानते होंगे कि हरपरसाद जिस धनपति सेठ के यहाँ काम करता है, पुलिस को देखकर कुत्ते की तरह पूँछ दबाकर सबसे पहले वही भागेगा। व्यापारी आदमी मोह-लगाव से कोसों दूर रहता है। बाबा एक कहावत कहा करते हैं—जहाँ न पहुँचे रेलगाड़ी / वहाँ पहुँचे मारवाड़ी। मारवाड़ी-व्यापारी, जिसे घर के लोगों की भी ममता नहीं होती। पैसा कमाना—देश, परदेश कहीं भी।

—अपने प्रधानजी को मैं मान गई। वे जानते हैं, दुश्मन को मारना हो तो अपनी हदों में घेर लाओ। और अपने किसी को ठिकाने लगाना हो तो उसे दूर खदेड़ ले जाओ। ये अचूक नुस्खे ही फत्तेसिंह की सफलता की कुंजी हैं, भँवर।

—अपने भइया से कहना, ऐसा नेक आदमी तुम्हें मिलने से रहा। बेवकूफ सद्भावी से अच्छा है, चतुर-चालाक, पैंतरेबाज आदमी। तुम्हें ऐसे ही आदमी की जरूरत है रंजीत। तुम ही नहीं, यह बात तो सारा गाँव कहता है—प्रधानजी शांत स्वभाव के न्यायप्रिय आदमी हैं। खूनी को पकड़वानेवाले को न्यायकारी न कहेंगे तो क्या कहेंगे? कत्ल हुआ, हंगामा नहीं हुआ। सबकुछ शांतिपूर्वक निबट गया। पुलिस आई, दहशत का रेला पानी की तरह उतर गया। पकड़ा-धकड़ी हुई भी तो गाँव से सैकड़ों कोस दूर!

—सद्भावी प्रधानजी ने चार-चार उम्मीदवार मैदान में उतारने के इरादे बनाए थे कि जनता को अपनी मर्जी आजमाने का पूरा मौका मिले। पर अब वे क्या करें? थानसिंह का भइया डोरिया फरार हो गया, थानसिंह मैदान से बाहर। हरपरसाद पकड़ा गया। जेल में बैठे को गाँव में से कोई वोट नहीं देगा। हरपरसाद, प्रधानी के सपनों को खरीदने को तैयार, और प्रधानजी के पास उसके लिए हथकड़ियों की सौगात! हतभागी! कुँवरपाल और रंजीत की तकदीर की गाँठें खुलनेवाली हैं, देखें क्या निकलता है उनमें?

—बेईमानी का काम ही नहीं। सीधे-सादे भर्तसिंह के घर जन्मे थे फत्तेसिंह, जो पहलवानी और भैंसें चराने के अलावा कुछ न जानते थे। लड़ाई-झगड़े में अपनी ताकत का इस्तेमाल न करते थे। ऐसे सीधे पिता का बेटा थोड़ी सी चतुराई सीख गया तो बुरा क्या हुआ?

—अहलकारों से बात करते समय भर्तसिंह हकला जाते थे। लोग हँसते थे उन पर। फत्तेसिंह बातों में नरमाई मिलाकर लोगों का दिल जीतने में माहिर हो गया।

—घर में धन नहीं था। आज देख लो कि सरकारी खजाने से लेकर लोगों की जेबों पर कब्जा करना उनके बाएँ हाथ का खेल हो गया।

—पिता को गंगापारी ठगों से लेकर भवानीदास तक ने खूब ठगा। फत्तेसिंह लाला को तो क्या, बंबई के सेठों को चूना लगाकर उनके नौकरों को उठवा लें।

भँवर सारंग भाभी के इस रूप को देखकर चकित है। चौंककर देखता है—हाँ, तुमने कितना सही आँका इस आदमी को!

सारंग की आँखों में लाली उतर आई है। मुँह लाल हो गया है— अबीर की तरह! 'इसमें अचरज किस बात का? हरपरसाद का पैसा देखकर उसे सान पर किसने चढ़ाया? कि तू धनी है। धनी है तो ठाकुर है। ठाकुर है तो नाक-मूँछवाला है। गुलकंदी ने तेरी

नाक काट दी। मूँछें उखाड़ लीं। ठीक है, उस नाई को ऊँचा उठाने के लिए अपनी बराबरी से बिठाया था तो सूँसा जैसा कुत्ता अपना पालतू क्यों बना लिया और उस पर ही हुलकार दिया,' कहकर सारंग सोचती है कुछ।

'पर रंजीत प्रधान के इस कदम को अपना रास्ता बुहारना मानेंगे, और उसके आगे शीश नवा लेंगे। अभी तो वे यही सोचेंगे कि फत्ते लोगों को छाँट रहा है, और वे ही वे दीख रहे हैं। यह भी मन में लाएँगे कि कुँवरपाल भी इसी तरह ··· पर मैं अगर गलत नहीं कह रही तो यह बात पक्की है कि प्रधान पद की उम्मीदवारी का दावेदार प्रधान ही होगा या होगा कुँवरपाल। रंजीत नहीं होंगे। उन्हें तो वह चमकती बालू के पीछे पानी का भ्रम देकर भगा रहा है। बलिहारी फत्तेसिंह की—सबके लिए सज्जन ही सज्जन!'

'सो तो मैं जानता हूँ भाभी। फत्ते प्रधान में टुच्ची खुदगर्जी नहीं। अब तो उसने यह साबित कर दिया कि हरपरसाद को सूली चढ़वाकर अपना मुकाबलेदार विरोधी, जो नीच कौम होकर भी ऊपर उठता चला आ रहा था, उसे खत्म नहीं कर रहा, बल्कि गुलकंदी, हरिप्यारी और बिसुनदेवा के कतली को सजा दिलवाकर न्याय कर रहा है। इस न्याय से गाँव की औरतें खुश हो जाएँगी, उस पर निछावर हो जाएँगी। नम्बरदार सरीखे लोग वाहवाही देंगे।'

'हाँ! मेरे घाव भी तो सिरा गए। भले उसने अपने मतलब में किया हो यह काम, चाहे भीतरी डाह के वश होकर, पर नेक काम तो है ही। सज्जन आदमी का काम है, दोषी को दंड दिलाना। और यह दिलेरी भी है उसकी, ऐसे खतरनाक खूनियों के विरोध में उठ खड़े होना। डोरिया का अज्ञातवास करवाकर थानसिंह को बदहवास कर दिया ··· मुझ पर एक बड़ा अहसान चढ़ गया फत्तेसिंह का। भले सूँसा तेली के सहारे ही सही, आततायी को गाँव से खदेड़ा तो है ही प्रधान ने। मेरी आत्मा, रेशम और गुलकंदी, हरिप्यारी और बिसुनदेवा की भटकती रूहें दुआ दे रही हैं फत्तेसिंह को। मेरा सपना पूरा कर दिया उनने।'

सारंग बोलते-बोलते थक गई हो जैसे। भँवर से बोली, 'पानी पिला दो लल्लू।'

गिलास भरा जल गले में उतार लिया। होंठ पोंछ लिए। दो पल चुप बैठी रही।

'तुम मेरी बात समझ गए न? समझते हो सबकुछ, इसलिए लगता है कि तुम मेरे एकदम पास हो। मुझे आज यह खुशी किस कीमत पर मिली है, जानते हो? रेशम को भटकाने से बचाने के लिए गुलकंदी होम हो गई। मन में बड़ी धिक्कार उठती है, मैंने क्यों नहीं रोका था गुलकंदी को? बिसुनदेवा के संग न भागती, तो जान से हाथ धोते तीनों प्राणी? और फिर लगता है, अरे! हम इसी तरह हवन करते रहेंगे अपनी देहों का? हमें मारकर ही इनकी आनबान का झंडा फहरेगा? भँवर, कैसे लोग हैं ये? इनके पास अपना कुछ भी नहीं! घर-बार की खुशी, शान-शौकत हमारे घूँघट के नाम लिख दी है। तुम्हारे भइया! पढ़े-लिखे बनते हैं और घूँघट ऊँचा होते ही गुर्राने लगते हैं।'

भँवर पास सरक आया। भाभी का हाथ अपने हाथ में थाम लिया, 'धीरज, धीरज रखो।'

आज अखतीज है—अक्षय तृतीया।

श्रीधर मास्टर स्कूल में बालकों को बताशे बाँट रहे हैं। स्कूल पहले नम्बर पर रहा ब्लाक में । सब बालक पास हो गए। कहते हैं—यह किसानों के लिए साल का पहला दिन है, तो हमारे स्कूल का भी नया वर्ष शुरू हुआ।

चंदन को बुलाने आए हैं रंजीत। पहली जोत लगेगी खेत में। बैल लेकर जाना है चंदन को। 'रंजीत भइया, पहले मुँह मीठा करो,' श्रीधर हँसते हुए आगे बढ़ते हैं और उन्हें बताशे देते हैं। उन्हें गले लगा लेते हैं रंजीत। भेंटते हुए कहते हैं, 'मास्टरजी, तुम्हारी मेहनत का फल!'

चरनसिंह बौहरे तेज कदमों चले जा रहे हैं खेतों की ओर। पूजा वे ही कराएँगे।

चंदन, राकेश, गुड्डी, कोकिला साथ-साथ निकल लिए स्कूल से।

'मास्साब खेत पर आना। मैं बीज भरी डलिया लेकर खड़ी हूँगी।' गुड्डी लौटकर आई है श्रीधर से कहने। 'कोकिला भी होगी—सात कुँआरी कन्या जाएँगी खेत पर, किसानों को बीज देने।'

चंदन भी साथ आ गया, 'मास्साब, मेरे बैलों का मुकाबला राकेश के बैलों से होगा। उसरा में भगाएँगे हम अपने-अपने बैल, आप देखना,' आँखें नचाकर कहता है चंदन।

'मेरे ट्रैक्टर से मुकाबला कराना अपने बैलों का!' राकेश ने चुनौती दी।

'राकेश! क्या कहूँ तुम्हारी बुद्धि को। मशीन से जीवों का मुकाबला!' श्रीधर ने सिर झटक दिया कहकर।

जीभ काटकर रह गया राकेश। श्रीधर राकेश के कंधे पर हाथ धरकर चले आ रहे हैं बाबा के पास।

हल कंधे पर धरकर चल दिए रंजीत। पीछे-पीछे सारंग सिर पर दो घड़े रखे चली जा रही है। श्रीधर बाबा के पास खड़े विभोर से देखने लगे। मन में बार-बार एक शब्द गूँजता है—ग्राम्या।

'मास्टरजी, इन घड़ों में पानी है। सबेरे ही सबेरे भरे होंगे सारंग ने। चार घड़े। मुट्ठी-मुट्ठी भर चने डाले होंगे पानी में।' बाबा बता रहे थे, कि चंदन अपनी महीन आवाज में चहक उठा, 'इन घड़ों के नाम रखे हैं मास्साब—असाढ़, सावन, भादों, क्वार।'

'वाह! बड़े सुंदर नाम हैं!' श्रीधर की आँखें चमक उठीं।

'बर्सा के महीनों पर नाम रखे जाते हैं मास्टरजी। जिसमें चने जल्दी उगेंगे, उस महीने ज्यादा बर्सा का जोग माना जाता है,' बाबा का अनुभव सुन रहे हैं श्रीधर।

'चलो, सब खेतों पर चलो,' भँवर कंधे पर हल धरे चला जा रहा है पुकारता हुआ।

'सर्व मांगल्य मांगल्ये ···' बौहरे का मंत्रोच्चारण!

सारंग की खुशी दोगुनी हो गई मास्टर को देखकर। पता नहीं, श्रीधर को देखकर रसोई का ही ध्यान क्यों आ जाता है यकायक। सीरा (आटे का मीठा घोल) फुलका खा भी पाएँगे मास्टर? आलू छौंक दूँगी। मठा धुमार दूँगी। अरे बाबा! बौहरे कहते हैं घर

का बड़ा-बूढ़ा देवता समान होता है। उसके शामिल हुए बिना कोई भी अनुष्ठान अधूरा मानते हैं वे।

'रंजीत उत्तर दिशा की ओर मुँह करो, गंगाजी की तरफ,' बौहरे कहते हैं।

'बौहरे, आज मुझे दिशा का ही ज्ञान करा दो। क्या होता है उत्तर की ओर बैठने से?'

भँवर हँसता है, 'चुनाव जीत जाओगे भइया।'

'चुप रह रे,' बौहरे झिड़क देते हैं भँवर को। 'सुसर के पूजापाठ में भी चुनाव!'

'उत्तर की ओर मुँह करके बैठने से उमर बढ़ती है। पूरब की ओर यश, पच्छिम की ओर धन और दक्खिन दिशा सत्य की है लल्लू।'

सारंग दक्षिण की ओर मुँह करके बैठ गई।

'सत्यवादिनी है बौहरे तुम्हारी बहू,' रंजीत खिलखिलाकर हँस पड़े।

बाबा बोले, 'वह सतवादनी न हो तो तुझ झूठे का लोक-परलोक ही बिगड़ जाय।' सब एकसाथ हँस पड़ते हैं।

श्रीधर मुस्कुराकर सारंग के घूँघट की ओर देखते है, जो नाममात्र को ही है और आँखों की झलक स्पष्ट मिल रही है, 'आज मुझे नया ज्ञान मिला यह!'

'तुम तो मास्टरजी सतवादी हो ही। बिना पास-कराई दिए अपने बालकों को डंका की चोट जिता लाए। नेंकसे मास्टर पहले झोला भरकर नोट इकट्ठे करता था, तब लाता था बालकों के इम्तहान का नतीजा।' बाबा श्रीधर की पीठ पर हाथ धरकर बोलते हैं।

फत्तेसिंह अखतीज पूजने खेत पर नहीं आ सके। चुनाव के कामों में उलझे हैं।

भँवर कहता है, 'हुकमा की नौकरी पक्की हो गई बताते हैं। उसी की भाग-दौड़ में हैं।'

'हमने तो सुनी हुकमा का ब्याह ···' बाबा पूछते हैं।

'हाँ, ब्याह भी है। चुनाव के संग-संग घोड़ी, गैस, बैंड और आतिशबाजी भी सही।'

झज्जू भँवर को खोजता हुआ आ पहुँचा।

'एक बात है, टेलीविजन-सोफा नहीं ले रहा फत्ते। फूटी कौड़ी भी नहीं लेगा दहेज में। कहता है आदर्स ब्याह करके दिखा दूँगा गाँव के लोगों को। एक छोरी का बाप पहले आठ बार लौटाया था कि छोरा हिल्ले से नहीं लगा तो ब्याह कैसा? पचास हजार अंटी में दबाए घूमता रहा बिचारा। अब देख लो कि दो-दो लाखवाले असामी आने लगे। वह आने की हिम्मत छोड़ बैठा।'

रंजीत एकदम बोल पड़े, 'नौकरी का चमत्कार है सब।'

'हाँ इसमें क्या शक है? पौबारह है।'

राकेश सब बातें सुन रहा है खड़ा-खड़ा। राकेश में यह बात अच्छी है, बाप की भलाई-बुराई सुनकर उखड़ता नहीं है। कहता है—'हमारी अम्मा समझाती है कि बेटा, राजा के हजार दुसमन होते हैं, भिखारी से कोई क्या दुसमनी करेगा? जो कहते हैं, कहने दिया कर।

वे अपनी भड़ास निकालते हैं।'

मगर मास्साब के रहते कोई गलत-सलत बात कहे, राकेश से रुका नहीं गया। बोला, 'हमारे दादा ने साफ तो कह दिया बेटीवाले से कि एक पइसा भी नहीं लेंगे। छोरी सोलह किलास पढ़ी है, यह धन है हमारा। कोई सामान-फामान नहीं। प्रधान हैं हम, गाँव के आदर्स।'

'अरे वाह रे बाप के पूत!' भँवर राकेश की बाँह पकड़कर हँसने लगा।

'हाँ ठीक कह रहा है छोरा। मेरे सामने की बात है,' चरनसिंह बौहरे ने प्रमाणित किया।

'अरे बौहरे, ये हाथी के दाँत है। चुप्प ही धर लिए होंगे और मुनादी कर दी कि ···' झज्जू आँखें मटकाकर हँसता है, 'बात में घुंडी है, समझा करो।' झज्जू ने देखा, राकेश चला गया।

'भाई रे भाई! आदमी कलेजा काटकर धर दे, गाँव के लोग फिर भी नहीं मानेंगे।' बौहरे के होंठ टेढ़े हो गए व्यंग्यात्मक मुस्कान में।

सब जानते हैं फत्तेसिंह को दम लेने की फुरसत नहीं। 'खलिहान उठाने के बाद गाँव के ठलुआ किसान क्या करें? अखतीज पूजा, गंगादशहरा, मगर मैं ···' कहते हैं प्रधानजी।

उनकी बैठक की पुताई चल रही है। घर पुत गया, रंगरोगन हो गया। लोग, जो देख-देख आए हैं, वर्णन करते हैं—तस्वीरें देखो फत्ते की बैठक में, एक से एक! बीच में हाथ जोड़े हुए गाँधीजी, हँसे रहे हैं, नीचा मुँह किए। जवाहरलाल, टोपी-सदरी पहने मुस्त से। गुलाब का लाल फूल जेब पर टँका है उनकी। इंद्रा गाँधी, जिनकी आधी लटें काली, आधी सफेद। बड़ी मलूक लुगाई है इन्द्रा गाँधी। और वे, वे भीमराव अम्बेडकर! चसमा डाटे, हाथ में किताब सँभाले एकदम गोरा! कौन कहेगा कि चमार हैं?

फत्तेसिंह अपनी फोटू भी लाए हैं और अपने बाप की भी। अपनी फोटू जवाहरलाल की बराबर से लगाई है—वैसी ही टोपी, वैसी ही सोचती हुई छवि। वे तो प्रधानमंत्री थे, फत्ते पूरा प्रधान है। इंद्रा गाँधी की बरोबरी पर ठोक दी थी हुकमा ने फत्ते की फोटू, उनने तुरंत एक झापड़ रसीद किया—साले अपनी अम्मा को कुएँ में कुदवाना है तुझे?

भर्तसिंह (फत्ते के पिता) की फोटू कभी खिंची नहीं। बनवा ली है अंदाज से। भँवर कहता है, वे फोटू में लाला लाजपतराय लग रहे हैं। बाबा तुम कतई पहचान नहीं पाओगे। अखतीज की पूजा कहाँ से करे थानसिंह, लुक-छिपकर डोरिया के पीछे भागना पड़ रहा है। जिस आदमी ने कभी छुट्टी की अर्जी नहीं दी, गर्मियों की छुट्टियों से पहले ही पंद्रह दिन की छुट्टी लिखित ले चुका—रिकार्ड।

नम्बरदार इतने बूढ़े हो गए हैं कि खेत तक चलकर जाना मुहाल। गाँव के लोग चू चू करके अचरज करते हैं—पाँच गाँव का जमींदार, जो हजारों किसानों से लगान वसूल करता था, नहीं देने पर कुर्की-नीलामी बोल देता था, आज उसी बादशाह के खेतों की आधी से ज्यादा फसल लोग दिन-दहाड़े काट ले जाते हैं। वक्त की शै इसका नाम है।

लड़के पढ़े क्या, गाँव का नाम भूल गए, संग में खेती-बारी भी! पर नम्बरदार की यह जिद कि जब तक जिंदा रहूँगा, खेत नहीं बेचूँगा। बेटों ने कहा कि हम भी भूले हुए हैं तुम्हें और खेत को, मौत तक।

भवानीदास के यहाँ हल-बैल का क्या काम? नई चाल का काम होता है—ट्रैक्टर पूजन। चरनसिंह बौहरे ने कहा था लोहा-पूजन—पाप की सामा। लाला मंत्रों के कैसट खरीद लाए अलीगढ़ से। चरनसिंह की पंडिताई की छुट्टी। कहते हैं भवानीदास—अगर लक्ष्मी और हरी के ब्याह पर ये कैसेट होते तो दो सौ रुपया पंडितों को जो दिए थे, बच जाते।

क्या जमाना था। खेतों पर ही सीरा (गेंहू के आटे का मीठा पका घोल) फुलका की दावत। दो सेर घी फुलका चुपड़ने में काम आ जाता था। नए लड़के हँसते हैं—हर समय खाने-खिलाने की बातें! तरक्की कहाँ से होती? घी खाना कोई अच्छी बात है? दिल का दौरा पड़ जाता है। इगलास के अस्पताल में भाषण हुआ था—पालक, बथुआ, लौकी टिंडा उबालकर खाओ। बड़े-बूढ़े कहते हैं—सकल पदारथ हैं जग माहीं, करमहीन नर पावत नाहीं।

बूढ़े-पुराने चरखा! युवकों को भँवर की बातों में आनंद आता है—हाँ, हम दबें क्यों? हम तो मर्द की जाति, किसी औरत को भी अन्याय बर्दाश्त नहीं करना चाहिए। जाति-वाति, दलित-वलित कुछ नहीं। गरीब-कमजोरों को जो परेशान करेगा, उसके खिलाफ आवाज उठेगी हमारी। ठाकुर, ब्राह्मण, जाट, बनिया यदि खाने को रोटी और पहनने को कपड़ों से मोहताज हैं, तो वे कुँवरपाल चमार के सामने कैसे सवर्ण बलवान हुए?

'भाई तुझे नौकरी नहीं मिली, पदम को मिल गई, बड़ा कौन हुआ?'

'बेशक पदम। पदम और कुँवरपाल उसी कारण हैसियतवाले हैं, और हमें नीची निगाह से देखते हैं।

'मैं चिढ़ता नहीं, बताने की कोशिश करता हूँ, जाति-बिरादरी आजकल राजनीति का मुद्दा ज्यादा बनी हुई है। इस भेद को सान चढ़ाया है उन नेताओं ने, जो शहर की हवा खा गए हैं। शहरी लोग खुद तो जाति-वाति के चक्कर में पड़ते नहीं, अखबारों के जरिये गाँवों में चिनगारियाँ छोड़ते रहते हैं। समझ रहे हो कुछ?'

'तू ही जाटों को छोड़कर किसी आन जातिवाले को वोट दे देगा।'

'हाँ, क्यों नहीं?'

'अजी यह तो खुद ही खड़ा होनेवाला है चुनाव में,' सुनकर रंजीत का माथा चढ़ गया था। भइया-भइया में जंग होगी अब!

'गाँव का हाल अल्ला अल्ला!' रिसाल आँख दबाकर कह रहा था। यह होनेवाला है कि जितने घर उतनी ही पार्टी। मोहल्लों का जाति के आधार पर बँटवारा होगा, हिंदुस्तान-पाकिस्तान की तरह। कुम्हार और खटीक ऐसी ही माँग कर रहे हैं।'

'भाई रे भाई, वे दिन कहाँ गए, जब नम्बरदार निरविरोध ...'

'वह प्रधान का चुनाव नहीं, राजा का राजतिलक होता था।'

'ठीक है, ऐसे तो नहीं करते थे कि पीठ-पीछे चबाव और मुँह के आगे मुँह-सोहिली। रामजी बाम्हन को फत्ते की बैठक से निकलते चाहे जब देख लो। अफवाह है।

'अफवाह एक ऐसी भी उड़ी है कि लाला भवानीदास बड़ी बहू को खड़ी करना चाह रहे थे, इसी बात पर उनके घर रार हो गई और हरी की बहू सीमा घूँघट खोलकर अंगरेजी में गाली देकर गई—डैमफूल!

'फूलसिंह नम्बरदार की गद्दी पर बैठकर ताल ठोक रहा है कि प्रधानी के लिए खड़े होने का पहला हक नम्बरदार को जाता है। मुझे उनको भले खाट पर डालकर इगलास ले जाना पड़े, पर्चा भरवाकर मानूँगा। जाति-फाति गई सुसरी भाड़ में। जबसे चाचाजी को प्रधानी से हटाए हैं, हमारे मोहल्ले में कुत्ते रोते हैं।'

पन्नासिंह को ताव आ गया, 'फूलसिंह दमा का मरीज, खाट लेकर रस्ते में ही ढेर हो जाएगा। बक-बक कर रहा है ज्यादा। फत्ते के सामने मैं अपनी बात धरूँगा—मेरे बाप को सदस्य-पद से बेदखल किया, बेचारा इसी गम में मर गया। उसकी आत्मा की शान्ति के लिए मुझे लाजिमी खड़ा होना है। जितने उम्मीदवार खड़े हो रहे हैं, चार-चार वोट का हिसाब पड़ रहा है। पाँचवाला शर्तिया जीत जाएगा। पाँच वोट तो मेरी जेब में धरे समझो। उनको कोई फोड़ सके न तोड़ सके। न मानो तो देख लेना।'

बैसाख के महीने में चुनाव की बहार है। अखतीज में क्या धरा है? धूप-घाम का त्यौहार! बेरस-सूखा! खेतों पर गाँव के आधे किसान भी नहीं पहुँचे। बाबा कहते हैं—'आजकल के लड़कों को धूप काटती है। नरम-मुलायम चमड़ी को लुगाइयों की तरह सेते रहते हैं। बताओ, कुँआरी कन्याएँ सिर पर बीज-मिट्टी भरे ढले (कागज-मिट्टी की डलिया) धरे खड़ी रहीं ताप में। बीज की आँजुरी भरनेवाला कोई नहीं। धिक्कार है रे ऐसी किसनगति को। इस गाँव में तो जहाँ जाओ, तहाँ यही हलचल—चुनाव-उम्मेदवार-वोट! किसको फुरसत है कि त्यौहार का नेग करे! गंगाराम कह रहा था—बाबा, अखतीज अगले साल मन जाएगी सोपते (फुरसत) से।'

भँवर अपनी दरी (चौपाल पर दालान) से निकला था बाबा से मिलने। रास्ते में श्रीधर मास्साब से भेंट हो गई।

'मास्साब, कभी-कभी अचानक ही आदमी का मनचीता हो जाता है।' श्रीधर का हाथ अपने हाथ में थाम लिया भँवर ने, और मुस्कुराने लगा। आत्मीयता का गहरा रंग है आज उसकी आँखों में!

'क्या सोचकर आए थे ऐसा?'

'यही कि जिस काम के लिए जा रहा हूँ, काश इसमें मास्साब भी शामिल होते तो आसान हो जाता बहुत कुछ।'

'बोलो, क्या बात है?'

'पहले बताओ कि जा कहाँ रहे थे?'

'शेरअली और चंदन में से कोई मिल जाता। चुनाव के ऊपर एक नाटक करने की सोचता हूँ। बच्चों से सलाह करता।'

भँवर हँस पड़ा। 'वाह मास्साब, वाह! आपके सलाहकार भी बच्चा और आप खुद …!'

'कहावत हम मास्टरों के ही ऊपर बनी है—पढ़े तब बच्चा, पढ़ाए तब बच्चा!' कहकर श्रीधर भी हँस दिए ठहाका लगाकर।

'चलो आप, अब तो मेरे संग चलो नेंक। बाबा के पास जा रहा हूँ। यह बात भी चुनाव की ही है।' संजीदा स्वर हो आया भँवर का।

भँवर और मास्साब को आया देखकर बाबा ने अपना हुक्का एक ओर रख दिया। आजकल भँवर की बातों को लेकर बाबा गम्भीर हो उठे हैं। उसकी बालक-बुद्धि अब पकती जा रही है—धीरे-धीरे।

'बाबा, मेरे ख्याल में यहाँ बात करना ठीक नहीं,' भँवर एकदम नजदीक आकर फुसफुसाते हुए बोला।

'फिर कौन सा ठौर माकूल पड़ेगा?'

'तुमने सोची है कोई जगह? ऐसा कोना हो, जहाँ की हवा न सरके इंच भर भी।'

'तू अपनी मड़इया पर चल फिर। बात तेरी एकदम दुरुस्त है, कान भनक न लगे किसी को। नहीं तो ले उड़ेंगे बदमास। लोग हमें गए-गुजरे और कमजोर समझते रहें, इसी में भलाई है।'

तीनों लोग साथ-साथ नहीं, एक-एक करके मड़इया पर पहुँचे।

ओसारे में नहीं, कोठे में जिसमें भुस भरा था। थोड़ा सा हिस्सा एकसार किया, तीनों पास-पास बैठ गए। मगर चुप।

'झज्जू को भी बुला लेते तो अच्छा था।' भँवर ने सन्नाटा तोड़ा।

'झज्जू जीभ का हलका है। रौब दिखाने के लिए ही पेट की बात निकाल बैठता है। इस बखत उसको सामिल करना मुनासिब नहीं।'

बाहर धूप फैली है। सूरज की रोशनी ओसारे से होती हुई कोठे तक आ रही है। श्रीधर हर बात से अनजान, आँखों में जिज्ञासा भरे बैठे हैं।

गहरा साँस लिया भँवर ने। फिर बोला, 'बाबा, रंजीत भइया की पोजीशन फत्ते की पार्टी में क्या है, सो तो तुम जानते होगे। मैं भी जानता हूँ। पर तुम्हारे मुँह से सुनना चाहता हूँ।'

बाबा ने भँवर से ज्यादा गहरा साँस लिया और लम्बा निःश्वास छोड़ा कि भुस के कुछ तिनके उड़ गए। जो सत्य है, उसे कहना नहीं चाहते। बेटा के लिए प्यार है कि अंधा मोह … वे कैसे कहें कि रंजीत प्रधानी के योग्य नहीं माना जा रहा।

बाबा भाग्य को कोसने लगे, 'भँवर बखत बुरा चल रहा है रंजीत का, और मेरे भाग पर सनीचर सवार है।'

'करमों को कोसने से काम तो नहीं चलेगा बाबा! कहो आप मास्साब!' भँवर श्रीधर से मुखातिब हुआ।

बाबा तुरंत सँभल गए, जैसे सोचा हो कि गफलत में रहना मुनासिब नहीं इस वेला। और न कोई संकोच ही रखना चहिए इन घड़ियों में। बीता बखत लौटता नहीं। पर पहले भँवर को कह लेने दें कि उसकी मंशा क्या है? शायद खुद ही चुनाव में खड़े होने की बात सोचकर आया हो। भँवर के उकसाने पर भी बाबा ठंडे पड़े रहे।

'अब सोचना यह है कि अपनी ओर से उम्मीदवार खड़ा करना है या नहीं?'

'क्यों रंजीत भइया की कोई आशा नहीं?' श्रीधर ने एक बार फिर आशा जोड़ी।

'देखो मास्साब, तुम भी देख रहे हो और हम भी। जो खेल हो रहा है, वह रंजीत भइया को चुनाव से बाहर धकेलने के लिए ही हो रहा है। पर वे आँखों पर पट्टी बाँधे बैठे हैं। हारे हुए जुआरी की तरह, अब जीते कि तब जीते। जीत के शहद की एक-एक बूँद के लोभ में मक्खियों के डंक खा रहे हैं ...'

'हाँ, इसमें क्या सक है, फत्ते ने तो फड़ बिछा राखी है। सालों को एक-एक करके पछाड़ रहा है। थानसिंह तक पानी नहीं माँग पाएगा। नहीं तो देख लेना पर्चा भरने के बखत।'

भँवर ने बाबा को ऐसे देखा, जैसे वे अंतर्यामी हों और समझ-बूझकर भी मन की बात मन में धरे रहते हों। चुनाव, पंच-पंचायत और राजनीति की बातों से बिलकुल अलग रहकर भी यह बूढ़ा सबकुछ जानता-परखता है।

'तू क्या चाहता है अब? रंजीत की बात तो छोड़।'

'छोड़ूँ कैसे भइया की बात? मुझे तकलीफ तो इसी बात की है कि प्रधान ने छः महीने पहले से उन्हें अपने यहाँ बेगारी की तरह इसी लोभ में लगा रखा था कि वह उन्हें खड़ा करेगा और अपने गुट का समर्थन देगा। ऐसा करते-करते उनको पालतू बना लिया है। सारी हिम्मत, सारी योग्यता ... सत्त की तरह खींच ली उनके भीतर से। भइया को अपने ऊपर तक विश्वास नहीं रहा, हमारी तो मानेंगे क्या? आज वे हमारे पास होते तो एक दमदार उम्मीदवार मानकर हम पूरे हौसले से खड़ा कर देते उनको। क्यों जी मास्साब? अब कोई ऐसा रास्ता मिले कि ...'

बाबा को लगा अब भँवर अपनी बात लाता है। लानी भी चाहिए। रंजीत के बाद भँवर ही ऐसा होनहार लड़का है, जिसमें कुछ कर गुजरने की तमन्ना है। और फिर खूबाराम कोई गैर तो नहीं, अपना ही भाई है।

मास्साब कुछ कहने को बहुत देर से उत्सुक हैं; भँवर देख रहा है। ... लेकिन कुछ कहना चाहकर भी चुप रह जाते हैं श्रीधर। मास्साब से पहले बाबा से पूछा भँवर ने, 'तो बोलो बाबा, अब क्या विच.र है? मैं इस फत्ते को तो कामयाब नहीं होने दूँगा। इसकी

साजिश को ही पटखनी देनी है।'

'बहू से बात करी है कभी इस बावत?' बाबा ने अनायास ही कह दिया।

'भाभी का बस चले तो जिन्दा चबा जाएँ इन गाँव-द्रोहियों को।'

'तो भाभी को ही खड़ा कर दो भँवर,' श्रीधर ने जैसे आकाशवाणी की हो।

बाबा हैरान!

भँवर की आँखें चमक आईं। 'मेरे मुँह की बात छीन ली आपने तो मास्साब।'

बाबा अब भी विश्वास नहीं कर पा रहे। ये कल के छोकरे इतनी गहरी बातें सोच सकते हैं! या कि भँवर का अपना कोई स्वार्थ बोल रहा है? या मास्टर सारंग की निगाह में और भी ऊँचा चढ़ना चाहता है? कहीं रंजीत को बिलकुल ही मिटा देने की बात तो नहीं सोची मास्टर ने? बहू के मन से उतार देने की, और खुद उसके दिल पर राज करने की मंशा रखता हो? हो सकता है भँवर बहू के जरिए खुद राज करना चाहता हो गाँव के ऊपर।

'बेटा, तुम दोनों को इतना भरोसा है, कि सारंग न्याय बरतते हुए बिना किसी के असर में आए प्रधानी निभा ले जाएगी?'

'क्यों तुम्हें भरोसा नहीं है बाबा?' भँवर ने प्रतिप्रश्न किया।

'था रे, मुझे भी भरोसा था। और मैं यही बात सोच रहा था, बिलकुल यही बात!'

बाबा की बूढ़ी आँखों में आशा की लकीरें चमक जाती हैं, तो दूसरे पल आशंका का अँधेरा सा घिर आता है—हार-जीत सोचकर। रंजीत का ख्याल आते ही ...। जमाना बदल रहा है। कभी सुना था कि औरत अपने मर्द से भारी पड़ेगी? वह भी मर्दों की दुनिया में! रंजीत को कैसे समझाएँगे वे?

'बाबा किस दुविधा में पड़ गए?' भँवर पूछ रहा है।

'सारंग से बात करके देख लो!' बाबा ने कहा।

'वे मना क्यों करेंगी?'

'हाँ, क्यों करेगी नाहीं?' बाबा ने जैसे खुद को ही समझाया हो। कोठे की आबोहवा ही बदल गई। राजनीति की बात थी। गाँव के दाँव-पेचों पर विचार करना था। अपनी भागीदारी पर सोचना था ... मगर सारंग बैठ गई उनके रथ के सारथी की जगह। बाबा ने ऐसा अंगरेजी जमाने में भी नहीं देखा था। गोरों के संग मेमें होती थीं; नाच के लिए, रागरंग के लिए, मौज-तफरीह के लिए। पर लार्ड और वायसराय कोई नहीं बनीं इस देश में। देखते-देखते कितना कुछ बदल गया! एक दिन उनकी बहू ... सपने में भी नहीं सोचा था बाबा ने। उन्हें खुशी भी है—अत्यंत हर्ष! और मन मुरझा भी जाता है—रंजीत की ओर से ...

भँवर उठ खड़ा हुआ।

'चलो बाबा, अब ज्यादा समय नहीं है हमारे पास।'

बाबा हलके से मुस्कुराए, 'ज्यादा बखत को तो यह रहने दे कि मास्टरजी ने एक

ही बोल में काट दिए हमारे इरझे-मुरझे (उलझे-सुलझे) तार। और गैल कर दी साफ। बढ़े चले चलो।'

'मैं कई दिन से यह बात सोच रहा था बाबा। सारंग में योग्यता है, हिम्मत है, दृढ़ संकल्प की भावना है। वह सबसे ज्यादा सुयोग्य पात्र है प्रधान के लिए,' कहकर श्रीधर उनके संग-संग उठ लिए।

चलते समय तीनों तीन दिशाओं की ओर हो गए कि कोई अनुमान न लगा सके उनकी योजना का।

'अम्मा, मास्साब बुला रहे हैं।'

चंदन हाथ में गिल्ली-डंडा थामे चौके में आ खड़ा हुआ।

सारंग पतीली में हींग-जीरा डालने की तैयारी में थी। सुनते ही उसका हाथ हिल गया और जीरे के दाने इधर-उधर बिखर गए। गर्म तेल आग पकड़ लेता है, यकायक उसने सोचा और जलती लकड़ी चूल्हे से बाहर की ओर खींच दी।

'कहाँ? यहाँ आए हैं मास्साब कि स्कूल में ही?'

'भँवर चाचा के घर,' कहकर चंदन भाग गया।

सारंग को झुँझलाहट चढ़ी—यह लड़का तो खेल में बरबाद हो गया। ठहरा तो नहीं कि कुछ तसल्ली से बताता। क्यों बुला रहे हैं भँवर के घर? क्या हो गया ऐसा? सारंग को आलू छौंकने दुश्वार हो गए। अभी तो रोटी बनानी है। बताओ, यह समय है कहीं आने-जाने का? श्रीधर भी ··· और देखें न ठौर!

कहीं तबादला तो नहीं हो गया? या कोई पकड़ा गया? बुरे-बुरे ख्याल आ रहे हैं। रंजीत न जाने कब रोटी खाने आ जाएँ? सुधि-बुधि भूले हुए हैं आजकल। चुनाव का चस्का भी आदमी को कहीं का नहीं छोड़ता। भगवान ही मालिक है हमारी गृहस्थी का।

सारंग लाख टालना चाहे, श्रीधर की बात पर देर-सबेर करना ··· उसके बस का नहीं। पतीली रीती ही उतारकर धर दी जमीन पर। चूल्हे की लकड़ी निकालकर पानी डाल दिया।

जा पहुँची भँवर के घर।

घर में कोई नहीं। कहाँ चले गए सब? 'भँवर!' उसने आवाज दी।

'आ जाओ, आ जाओ यहाँ,' दाईं ओर के कोठे में से आवाज आई।

हलके अँधेरे और ठंडक भरे कोठे में घुसते ही सारंग ने सवाल किया, 'यहाँ बैठे हो! क्यों? दुवारी-दालान में नहीं? क्या बात है?'

वह धूप में से आई । सबकुछ साफ नजर नहीं आ रहा।

'आओ बैठो यहाँ।'

'तुम मेरे लिए आसन तैयार किए धरे थे?' हँस दी सारंग। 'मैं बैठूँगी भला खाट पर? अभी तुम्हारी अम्मा आ जाएँगी। सत्रह नाम धरेंगी।' वह इधर-उधर बोरा टटोलने

लगी। भँवर खाट पर पीछे सरक गया। सारंग को बाँह पकड़कर बराबरी पर बिठा लिया। वह भी सिरहाने की ओर, जहाँ एक कोने पर श्रीधर बैठे हैं। तनिक सकुचा सी गई सारंग।

'कैसे याद किया लल्लू? मैं काम छोड़कर आई हूँ।'

कोठे में मौन छाया रहा। मौन में से आशंकाएँ उठने लगीं। सारंग को बेचैनी सी हो रही है। 'दिन चढ़ते का बखत है भँवर, तुम दोनों सोच क्या रहे हो? मेरी तो समझ में नहीं ...'

श्रीधर ने बात शुरू की, 'एक बात पर विचार करना था। सोचा हमने कि तुम भी विचार करो। विचार क्या, यह तो करना ही है। जो करना चाहिए, करना पड़ेगा।'

सारंग को हँसी आ गई, 'तुम दोनों को कुछ हो गया है क्या? कहीं भाँग-वाँग!'

'तुमको करना ही होगा सारंग।'

'क्या? क्या? क्या करना होगा? किसी का कतल करना है, सो साफ-साफ नहीं बोल पा रहे? पहेलियाँ मत पसारो। कहो जल्दी। मुझे जाना है घर। रंजीत आ जाएँगे।'

'सारंग चुनाव में खड़ी होना है तुम्हें।'

वह एकटक देखती रह गई। फिर बोली, 'क्या? क्या कहा?'

'तुम खड़ी हो रही हो—प्रधान के लिए। तुम! सारंग! सुन लिया कि नहीं?'

सारंग खिलखिला पड़ी। हँसी रुकी तो बोली, 'क्या विचार! शाबाश!'

भँवर खिसियाया सा देखता है।

श्रीधर का चेहरा सख्त हो गया, रुखाई से बोले, 'हँसकर मत टालो।'

'तो?' सारंग को खुद को बचाने का मार्ग नहीं सूझ रहा।

मास्टर एकटक देख रहे हैं सारंग को। निगाहें रूखी होती चली जा रही हैं, लगा कि उनकी आँखों से गर्म हवा के थपेड़े आने लगे। 'ठीक है, मुझे बोलने का हक नहीं। बाहरी आदमी हूँ। ऊपर से यह भी कह दोगी कि ... तुम मुझे उजाड़ने पर तुले हो। फिर भँवर से बात कर लो। मैं चला जाता हूँ यहाँ से।'

सारंग के भीतर ठंडी सी लहर दौड़ गई, अंगों को सुन्न करती सी लहर!

ऊपर से भँवर चोट करने लगा, 'मैं तो ऐसा सोच भी नहीं सकता था कि भाभी इस तरह ... गाँव भर की चिन्ता क्या दिखाने के लिए करती हो? मरी जाती हो छोटी सी बात को लेकर, अब जब इतना बड़ा मुद्दा है तो हँसकर टालना चाहती हो?'

पहले शरीर ठंडा हुआ, अब पसीना आने लगा। सारंग की बेचैनी ... यह क्या हो रहा है? भँवर और श्रीधर का दिमाग संग-संग फिर गया? या खिझा रहे हैं यों ही?

'तुम नहीं करती थीं बड़ी-बड़ी बातें? क्या कहती थीं, याद है तुम्हें? कि भँवर, अब तक हम मरने के लिए जीते रहे हैं, अब जीने के लिए मरेंगे। सकुच और दुविधा ही मार डालती है हमें। इस विष को खतम करें तब तो जी पाएँ।'

'हद है भँवर! तुम मुझे सोचने तो देते,' कहकर भँवर की ओर देख रही थी कि कनखी से श्रीधर को देख लिया—चुभता हुआ सा अक्स कोंचने लगा उसे।

वे धारदार बोली बोल रहे हैं, 'जमाना कहाँ से कहाँ चला जाएगा, तुम सोचती रह जाओ। यह तो वही बात हुई कि जबड़ा फाड़े सामने खड़े बाघ को देखकर घर से हथियार लाने की सोचो।'

'इतना मत कसो श्रीधर,' तड़प उठी सारंग।

'ठीक है, मैं तो ढीला क्या तुम्हें बिलकुल ही छोड़ता हूँ, दूसरे लोग काँटों में खचेड़ेंगे तब?' कहकर ऐसे देखा ज्यों 'तुम इनसानियत के नाम पर ठंडी और नकारा हो' जोड़ना चाहते हों।

'अरे! रंजीत के खिलाफ खड़ी हो जाऊँ? औरतों में मैं ही बची हूँ? बडी बहू, लौंगसिरी बीबी, भँवर की बहू, किसी को खड़ा कर दो, काम तो मैं करूँगी ही। मेरी तबाही होगी तभी तुम खुश ...'

श्रीधर के होठों पर विष फैल गया हो जैसे, जहराकर बोले, 'तुम सोचती हो कि मैं और भँवर तुम्हारी चिरौरी करें, हा-हा खाएँ कि सारंग तुममें ही योग्यता है, साहस है, लियाकत है, इसीलिए तुम ही ...'

उसकी आँखें डबडबा आईं। पलकें उठाकर देखना दुश्वार ... रोकर कमजोर भी नहीं दिखना चाहती। आँसुओं को कंठ में भरे रही। भर्राई हुई आवाज में बोली, 'तुम दोनों से मेरी हालत छिपी नहीं है। रंजीत कब से लगे हैं। उनको अगर मिला कुछ तो कितनी मुश्किल से मिलेगा। जिंदगी में बेकीमत इनसान होकर जीना ही तो तोड़ रहा है रंजीत को। बारह साल बाद उनके जीवन में बदलाव की घड़ी आई है।'

'भाभी, इस तरह की बातें करके हमारे इरादों पर पानी न फेरो। तुम भी जानती हो कि रंजीत भइया कितने पानी में हैं। हमारे मुँह से क्यों सुनना चाहती हो?'

'भँवर, मेरे लिए हमदर्दी जताकर उनकी गैल में काँटे न भरो। तुम क्या यह नहीं जानते कि वे तुम्हारी तरह से जिंदगी को देखनेवाले नहीं। नौकरी न मिलने की बात को तुमने फख्र बना लिया किसानी में रमकर। ... पर रंजीत को भीतर ही भीतर वही बात खोखला करती रही।' सारंग के होंठों पर निर्दय मुस्कुराहट आ थमी।

'मैं कब कह रहा हूँ कि तुम गलत कह रही हो? जानता हूँ, भइया ने इस कारण अपनी पढ़ाई-लिखाई बेकार नहीं मानी, जिंदगी बेकार मान ली। और तभी हुआ यह हश्र। कोई झूठे को, बहकाने को भी पूछ ले, उसी के गुलाम हो जाते हैं। ... तुम्हीं बताओ, उन्हें मिलेगा कुछ? मिला भी तो वह हमारे-तुम्हारे काम आएगा?' भँवर लगातार उसके मन पर दस्तक दे रहा है।

'मुझे नहीं पता। मिले न मिले। पर मैं क्यों बाज की तरह झपट्टा मारूँ?'

समझाना चाहते हैं श्रीधर।

चलने को तैयार है सारंग।

'रुको।'

'मैं चाहूँगी नहीं, फिर भी ...?'

श्रीधर परेशान से हो आए, 'लेकिन मैं चाहता हूँ। भँवर चाहता है, यह गाँव चाहता है, और चाहती हैं सारी औरतें। तुम्हारे लिए, तुम्हारे माथे पर ताज धरने की बात कोई नहीं सोच रहा। सिर्फ गाँव के लिए ··· प्रधानी नहीं; सेवकाई करोगी तुम।'

वह जड़ और सुन्न सी बैठी है—गुमसुम।

'यह बताओ, जब घर-परिवार में औरत का दखल हो सकता है, तो राजकाज में क्यों नहीं? तुम पढ़ी-लिखी हो, खूब जानती हो, हमारे संविधान में औरत को बराबरी का दर्जा मिला है। तुम कब तक औरत के पत्नी होने की दुहाई देती रहोगी? मैं निमित्त बनूँगा तुम्हारे खड़े होने का। भले कितना ही रोको। उसी तरह का निमित्त जैसे कुम्हार घड़ा बनाने का होता है। तुम्हें प्रधान बनना होगा—हर हालत में।'

सारंग की आँखों में अनकहा दर्द घुमड़ने लगा। श्रीधर नहीं जानते गृहस्थ क्या होता है? ब्याह हुआ न घर बसाया। संबंधों की गहराई क्या समझें? निभाने की मजबूरी कैसे समझें? सारंग ने सिर झटक दिया झुँझलाकर।

'तुम क्या सोचती हो, मैं शादीशुदा नहीं तो रिश्तों की गूढ़ता नहीं समझता? सब जानता हूँ। और जानने के बाद यह भी कहता हूँ कि उठो तुम, तुम्हारी जैसी दृढ़ स्त्री का अनुसरण पूरी औरत-जाति करेगी। मैं किताबी बातों पर अंधे की तरह विश्वास नहीं करता, इसलिए कोई उदाहरण देना बेकार है। व्यावहारिक बात करना चाहता हूँ। तुम अपने हाथ पर हाथ धरकर बैठे रहने को रंजीत के लिए प्रेम का पिटारा मान रही हो न, इसे तो दुश्मनी ही कहूँगा मैं। अपने स्वार्थ में, सुरक्षा की खातिर, आराम और सुख में खलल न पड़ने के लाहक से रंजीत के सामने आकर अपना रास्ता खोटा नहीं करना चाहतीं। वरना आगे बढ़कर उनके हाथ घटनेवाला दुखदाई प्रकरण खींच लेतीं।'

श्रीधर भाषण देने लगे कि उस पर नुकीले से नुकीले शब्दों की बर्षा करना चाहते हैं। काश, वह अनपढ़ होती। समझती ही न श्रीधर के बोले हुए शब्दों के अर्थ।

'तुम्हारे भीतर प्यार है तो बाँट दो जन-जन में। बाँटोगी तो बाहर भी निकलोगी। प्यार बाँटनेवाले आदमी के पीछे तो लोग खुद-ब-खुद चल देते हैं।'

'मेरा मुकाबला मेरे पति से होगा श्रीधर!' चीख की लय में आवाज निकली।

एक दिन!

दो दिन!! श्रीधर रोज-रोज समझाते हैं सारंग को। जहाँ मौका मिले वहीं।

'हठी हो तुम सारंग।'

'हठी मत कहो मुझे। तुम्हारे राजधर्म-नारीधर्म हमारे काम के नहीं। मैं रंजीत को दुख नहीं देना चाहती, यह पतिधर्म नहीं, इनसानी धर्म है—मानव धर्म। कुछ धर्म ऐसे ही होते हैं, तुम्हारे विचार से बेड़ियाँ, हमारे चलते सुख-शान्ति। इतना समझ लो कि ढीली बेड़ी ही पाँव ज्यादा काटती है। मैं अपने घर इसी हैसियत से रह सकती हूँ, बस। ज्यादा कुछ करूँगी तो घर की बहू होने का हक भी छीन लिया जाएगा।'

'बाबा से मशवरा किया है कभी?' श्रीधर बार-बार घेर रहे हैं।

'मशवरा करने की जरूरत है? कोई बाप अपने बेटे पर बहू को सवार देखना न चाहेगा। और फिर बाबा दुनिया का मुँह तो नहीं पकड़ लेंगे। लोग रास्ता चलते 'तिरिया चरित्र न जाने कोई / खसम मारकें सत्ती होई' वाली कहावत हमारे ओसारे के सामने गुनगुनाएँगे। मुँह छिपाने को ठौर बचेगा बाबा के लिए? श्रीधर, उनके बुढ़ापे में खाक ...'

मास्टर के चेहरे को चिड़चिड़ाहट ने घेर लिया। वाणी कठोर हो गई, 'लोग क्या कहेंगे, क्या नहीं कहेंगे, इसकी चिंता है तो बंद करो रेशम, गुलकंदी और गुरुकुलवाली शकुंतला, शारदा के बारे में सोचना! विलाप करके क्या दिखाना चाहती हो? यही कि तुम हाय-हाय करके मरी जा रही हो उनके दर्द में? तरस के टोकरे भर-भरकर आँगन में गाड़ लो, क्या मिलनेवाला है? सतियों के सिंहासन पर देवी की तरह पधराई जा सकती हो, लेकिन पुरुषों की बराबरी में जगह पाना ... असम्भव! 'बराबरी' शब्द खतरों की ईंटों से बना है, इसे हासिल करना ... मेरे ख्याल में साहस दुनिया की अमूल्य चीज है।'

श्रीधर अपनी बात कहते हैं कि कठोर भाषण के ईंट-पत्थर बरसाते हैं? वह तिलमिला गई। प्रश्नाकुल आँखों के सामने जवाबों के ढेर लग गए। लगा कि—मेरे हालात के माफिक नहीं पड़ रहीं श्रीधर की बातें, लेकिन गलत तो नहीं। पता नहीं उनकी बात पूरी होगी या टालनी पड़ेगी। लेकिन यह मुद्दा रंजीत की आत्महत्या का पैगाम सिद्ध हो सकता है। उन्नति, तरक्की, ग्राम कल्याण—बोलने में अच्छे-अच्छे शब्द हैं, लेकिन मेरे लिए अशुभ। निजी बंदिशों को मौका देखकर तोड़ना एक बात है, पर पति को सरेआम बेइज्जत करना ...? श्रीधर मुझको 'दुमुँही' की संज्ञा दे सकते हैं, लेकिन इकहरा होता है कोई आदमी? माना कि पति कोड़े बरसाता है हम पर, लेकिन हम औरतें ... सारंग की आँखें भर आईं। हे भगवन्, आगे क्या होगा? वह घुटनों में मुँह देकर बैठ गई।

श्रीधर सारंग की हालत देख रहे हैं। ये लक्षण शुभ नहीं। चंदन आँगन में बैठा कुछ पढ़ रहा है, मास्टर हाथ पकड़कर या किसी अतिरिक्त निजी भाव से सारंग को बहलाने-मनाने के नहीं। आँसू पोंछना भी जुर्म में शामिल कर लिया जाएगा। वे तनिक आगे को सरक आए और हलके से उसका घुटनों में गड़ा सिर उठाया, 'सुनो, मैं चलता हूँ। इन बातों का ध्यान रखना—गरीब को धन के लिए, निर्बल को बल के लिए और अज्ञानी को ज्ञान के लिए संघर्ष करना पड़ता है, यह शास्त्रों में लिखी प्रामाणिक बात है। यदि ऐसा नहीं होता तो इनसान और पशु में कोई फर्क नहीं। ये कोशिशें कोई बुरी बात तो नहीं। किसी शिकंजे से आजाद होना गुनाह नहीं सारंग! इसलिए तुममें जो योग्यता है, उसको बेकार न जाने दो। यह क्यों मानने को तैयार नहीं होतीं कि तुम रंजीत से ज्यादा कुशल हो, ज्यादा समझदार हो, ज्यादा साहसी हो, ज्यादा व्यावहारिक और ज्यादा दृढ़ हो? इसलिए जिस काम में रंजीत असफल हो रहे हैं, तुम करने खड़ी हो जाओ।

'कल पर्चे भरे जाएँगे। मैं इसीलिए आया था कि तुम्हारा इरादा कच्चा न पड़ जाए।' कहकर श्रीधर तेजी से निकल गए चंदन के सिर पर हाथ धरकर!

कल पर्चा! सारंग काँप उठी।

रंजीत का चेहरा जैसे ही आँखों के सामने प्रकट होता है—मन में हलचल मच उठती है। नजरों में अँधेरा छा जाता है और वह उस दमघोंटू घड़ी में उजाले की एक लकीर खोजती फिरती है यहाँ-वहाँ ...

बाबा आते हैं आँगन में बार-बार। क्या कहना चाहते हैं बाबा? यही कि मेरे बेटे को दुख मत देना सारंग। वह टूट जाएगा री। मिट जाएगा। उसकी गली में अँधेरा मत भरना ... मैं उसे भटकते देखना नहीं चाहता। मुझ बूढ़े की लज्जा रखना बेटी!

यदि यह नहीं कहना चाहते तो आज तक उन्होंने अपनी रजामंदी का ऐलान क्यों नहीं किया? किया होगा श्रीधर से, मुझसे तो कुछ नहीं कहा।

बाबा फिर आ गए। खड़े रहे कोठे की देहरी पर। छाया सी दीख रही है।

यहाँ तक कभी नहीं आते बाबा। सदा आँगन से ही लौट जाते हैं। खाना हमेशा बाहर ही खाया। नहाए भी बाहर ही। लेकिन आज ... क्या मंशा है बाबा की? उसकी देह में काँटे उग आए। बाबा मना करेंगे? मना करेंगे तो वह मान जाएगी? खुद से ही पूछने लगी सारंग। मान जाएगी? नहीं भरने जाएगी पर्चा? क्या मालूम?

बाबा फिर लौट गए। पाँवों की आहट आ रही—दूर जाता आदमी।

सारंग ने उठकर दालान, आँगन और दुवारी तक देखा, कोई नहीं था। बाबा आते तो उड़ जाते पलक झपकते ही? कोई नहीं आया। सब उसका वहम है।

कौन? रंजीत!

रंजीत आ गए। पसीने से तर हैं रंजीत। आँखों में आत्मविश्वास भी है।

'लाओ, रोटी परस दो,' कहकर वे नल की ओर बढ़ गए हाथ-पाँव धोने।

सारंग काँपी न दहली। मौत के सामने खड़े सिपाही की तरह सुन्न हो गई।

सत्रह

सबेरे के धुँधलके में पलक खुलते ही पहली बात यही ध्यान में आई कि आज पर्चा भरने जाना है। सोए हुए शांत चित्त में फिर से हलचल!

पर्चा भरने की बात के साथ ही रंजीत का ध्यान आता है। पति की तरह नहीं, प्रत्याशी की तरह। हालात यों बदल जाएँगे क्या मालूम था? उनकी चिंता होनी चाहिए थी, डर लग रहा है!

सारंग ने जबरन खुद को पत्नी के रूप में सँजोया—दो दिन से मुँह नहीं देखा, न जाने कहाँ भेज दिए फत्ते ने? अलीगढ़ की कह गए थे, मगर अलीगढ़ में ऐसी क्या मजबूरी

कि गाँव नहीं लौटे? पीछे क्या से क्या हुआ जा रहा है रंजीत ··· मैं छिपकर नहीं जाना चाहती। तुम्हारे क्रोध और खौफ को सहकर आगे बढ़ते समय एक खास तरह का साहस पैदा हो जाता है मेरे भीतर।

माना कि यह मेरा निजी फैसला है, फिर भी तुम कहीं न कहीं शामिल क्यों लगते हो?

घर के कामकाज जल्दी निपटाए। उधेड़-बुन चलती ही रही—एक बार को लगता है खींच ले पाँव पीछे, मगर दूसरे क्षण ··· यदि रंजीत इस निर्णय को स्वीकार न करें तब क्या उसे रुक जाना चाहिए? यह ऐसा सवाल है जिसका सही जवाब उसके पास नहीं। नाव को धार में डालकर यह सोच-विचार ··· विपरीत लहरों में डाँड़ चलाने हैं ··· आगे बढ़-बढ़कर पीछे मुड़कर देखना ··· नौ बजने को आए।

सफेद धोती-लाल किनारी, संग में लाल ब्लाउज पहनकर घर से बाहर निकली सारंग। चप्पल पहनते हुए निमिष भर झिझकी थी, मगर उतनी ही तेज गति से बाहर आई और बाबा के पाँवों में झुक गई। न मालूम क्यों यकायक आँखें उमड़ आईं।

बहू को आशीर्वाद देने के लिए खड़े हो गए गजाधरसिंह। वह चलने लगी तो संग-संग गाँव के बाहर तक छोड़ने भी चल दिए। उनकी भूमिका ऐसी है, जैसे जहर की धार में उतरकर खुद को जीवित रखना हो ··· खुद माने रंजीत के पिता। बेटे की जवाबदारी करनी होगी, क्या कहेंगे रंजीत से, अभी तक सोचा नहीं ···

भँवर की साइकिल के कैरियर पर बैठ गई सारंग। बाबा खड़े देखते रहे। यह आत्मविश्वास का सफर बहू के लिए कैसे-कैसे मुकाम लाएगा, आशंका दिल दहलाए देती है।

'सारंग,' रंजीत की आवाज, 'रुको सारंग' की काल्पनिक ध्वनि को पीछे छोड़ती तेज लू में उड़ी जा रही है। पीछे मुड़-मुड़कर देखना बंद कर दिया फिर और अपने ख्यालों में खोने लगी—मैं अकेली नहीं। अकेली में इतनी हिम्मत ··· मेरे संग रेशम और गुलकंदी आजूबाजू चलती हुईं! कमर कसकर भागती चली आ रही है हरिप्यारी। बिसुनदेवा खरतालें बजाता हुआ, पद गाता हुआ ··· बड़ी बहू, लौंगसिरी बीबी ने सुना होगा कि सारंग ··· इस बदलाव को किस निगाह से देखेंगी बड़ी-बूढ़ी? क्या कहा होगा कलावती चाची ने?

ध्यान तब टूटा, जब भँवर ने साइकिल रोक दी। वह सँभलकर उतरी। सामनेवाले फाटक के ऊपर चंद्राकार पट्टी पर लिखा है—'खण्ड विकास कार्यालय, इगलास, जि. अलीगढ़'।

'लो ठीक दस बजे आ लिए हम,' भँवर साइकिल का हैंडिल पकड़े हुए थोड़ा मुस्कुराकर बोलता है। पूरे रास्ते मौन चला आया है भँवर। उसके मन में भी उथल-पुथल मच रही होगी। जंग की बातें करना एक बात है, और मोर्चे पर जाना दूसरी बात।

ऐसा क्या करने जा रहे हैं कि जान हथेली पर ··· क्या हम इस सबके हकदार नहीं? छीन रहे हैं किसी का अधिकार या चोरी कर रहे हैं अपनी इच्छा को रखने के लिए? तो फिर भँवर क्यों मौन है? क्यों उदास है? कल तक कितने वीरगीत सुना रहा था! आज ऐसे देख रहा है चारों ओर, जैसे वह किसी की स्त्री को भगा लाया हो।

'भँवर, श्रीधर नहीं आएँगे?' सारंग ने अपनी धोती ठीक करते हुए पूछा।

'नहीं।'

'नहीं! क्यों नहीं?'

'वे क्या करते आकर?'

सारंग हक्का-बक्का सी देखने लगी, जैसे उसे भँवर से ही डर लगने लगा हो।

भँवर साइकिल पेड़ के सहारे टिकाकर आगे बढ़ गया। सारंग की निगाह कतार बाँधे हुए खड़े ट्रैक्टरों से गुजरती हुई बैलगाड़ियों के झुके जुओं, जुगाली करते हुए खड़े बैलों, मोटरसाइकिलों और आदमियों की बढ़ती जाती भीड़ में अटक गई।

इतने आदमी! पूरी तहसील ही पलट पड़ी! रंजीत भी होंगे कहीं न कहीं ··· पति का ख्याल आते ही पीठ में ठंडी सी लहर चढ़ने-उतरने लगी। मन सिकुड़-सिकुड़ जाता है।

न मालूम भँवर कितनी देर में आएगा? जल्दी आ जाता या फिर उसे किसी आड़ में ··· नहीं, ऐसे कहाँ तक छिपेगी? कोई आड़-बचाव कर सकी है कभी? आड़ केवल मनमाना कवच है—फिजूल!

मेला सा लगा है! पर आदमियों के चेहरों पर मेले में आए लोगों जैसी रौनक नहीं। कहने को हँस रहे हैं, मुस्कुरा रहे हैं, पर भेद भरी नजरों से इधर-उधर देखते भी रहे हैं। सड़क के पार खौमचे लगे हैं—मिठाई, पूरी-छोले, गन्ने का रस, फलों का रस। कुछ लोग दुकानों पर टूट भी पड़ रहे हैं, लेकिन निश्चिंत भाव से नहीं।

'यह कैसा संसार है? मुझे भी हर चेहरा रंजीत का चेहरा क्यों लगता है?' लाख जतन करने पर भी सारंग रंजीत को नहीं भूल पा रही।

बैसाख-जेठ के दिन भाड़ की तरह धधकते हैं। वह पसीने में नहा गई। सामने आते हुए फत्तेसिंह! हड़बड़ा गई सारंग। हाथ खुद-ब-खुद घूँघट पर जा पहुँचा। गर्दन पर होती हुई सरसराहट छाती में हौदा मारने लगी—ये अनसुने-अनदेखे आघात! रंजीत आ गए तो चुटिया पकड़कर खचेड़ सकते हैं यहाँ से।

'देखो भाई, सिपाही तैनात हैं यहाँ, झगड़ा-फसाद का कोई काम नहीं।' कोई कह रहा है। ··· मगर उसके फसाद में पुलिस भी क्या कर पाएगी? पर्देदार जिंदगी तार-तार होकर रहेगी। श्रीधर के कठोर बोल—'तुम समझती हो आँचल में आग बाँधोगी और जलोगी नहीं!' भस्म करने के आसार किसने डाले हैं श्रीधर? मैं चट्टानों से टकरा-टकराकर पानी की तरह रास्ता बनाने निकली हूँ तो किसकी बात मानकर ···? अपनी बात मानी है तुमने, तुम्हारी इच्छा न होती तो यहाँ तक आती? सूखे होंठों को जीभ से तर करती हुई इधर-उधर देखती है—

भँवर आ गया सामनेवाले कमरे की किवाड़ें ठेलकर।

'आओ,' उसने सारंग को इशारा दिया।

आदमियों की बीच से रास्ता बनाती हुई वह भीतर घुस गई।

बेंच पर बैठी है, और उस जगह को गौर से देख रही है—तो मेरी जगह यहाँ है, जहाँ आदमियों के कंधों से कंधे भिड़ाकर? ··· सचमुच कोई औरत मेरी तरह बेशर्म नहीं। रंजीत को बिना बताए चली आई। बिना इजाजत लिए ··· पता नहीं अपना किया बार-बार गलत क्यों लगने लगता है? ऐसा तो उस दिन भी नहीं लगा, जब श्रीधर के साथ रात भर ··· यकायक आत्मविश्वास का तेवर उभरा, कारण कि झज्जू आता हुआ दिखाई दे गया। या पिछली कोई ताकत धीरे से रगों में उतर गई। सारंग, सोचो कि आज का दिन बेशकीमती है। अपनी नजरों में खुद का अक्स और पावों के नीचे आकाशगंगा जिस क्षण दीखेगी, वह क्षण अमूल्य ··· श्रीधर तुम कहते थे न, आज वह क्षण आ गया जीवन में।

सारंग ने सलीके से आँचल सँभाला।

आसपास भीगे कंधे, गीली पीठ और साफा-टोपीवाले आदमियों के जमघट को गौर से देखने लगी। बीड़ी का हलका धुआँ भरा है। पसीना और धुएँ का हवाई घोल ··· हलक कड़वा सा हो गया है।

पास ही बेंच पर जो आदमी बैठा है, शायद प्रधान पद का उम्मीदवार है। कोरी धोती, कोरा कुर्ता और घुटी खोपड़ी पर गाँधी टोपी। कनपटियों पर सिकुड़नें। मोटे काजल से पुती हुई चुँधी सी आँखें।

'अरे जगता नगला के धीरीसिंह!' किसी ने कहा तो सारंग अचकचा गई। घूँघट नीचा करना चाहती है, मगर इस जगह का तकाजा? उधर नाते की बात। बाबा के दोस्त नथाराम के बेटा हैं—जेठ लगते हैं उसके।

चार आदमी उन्हें घेरे खड़े हैं, जिनमें दो पैंटवाले लड़के नुमा हैं, दो टोपीवाले। फुसफुसाहट उभरी—रंजीत की बहू है हमारे ख्याल में। लग तो ऐसी ही रही है कद-काठी से।

'उत कूँ देख रहे हो कि अपना काम निपटाते हो?'

'ला बता, कहाँ क्या लिखना है?'

'लिख लिया तुमने, मैं लिखता हूँ।'

'तू चौं लिख देगा? अपना नाम न लिखा जाएगा मुझसे?'

'मात्रा तो ठीक लगाओ। सींग नहीं होता सिंह होता है। लिखो धीरीसिंह।'

'उमर लिखो, उमर!'

'घबड़ा गए! उमर लिख दो।'

'कितनी लिख दूँ?' आवाज काँप गई धीरीसिंह की।

'भाई हद्द है, उमर नाँय मालिम! याद कर लो।'

'मोय खबर है सास उमर की? अम्मा होती तो बता देती।'

'अजी तो तुमने कर ली प्रधानी। अम्मा ही प्रधानी कर लेगी फिर।'

'मैंने क्या कही तुमसे कि पिरधानी करवाओ मो पै। मेरी सास जबरजस्ती की लूथ।'

'अच्छा बाबा, लिख दो अब। लिख दो न उमर पैंतालीस साल।'

'पिता का नाम लिख दो अब। लिख दो नथाराम। जहाँ पति लिखा है, वहाँ काट दो।'

'नथाराम। ठीक, बिलकुल ठीक।'

'हत्तेरे की! तुमने तो पति की जगह पिता काट दिया! तुम कोई लुगाई हो सो पति का नाम लिखोगे?' लड़का झुँझलाया और चुहल भी किया।

'ऐसी-तैसी में जाय सब! इतनी बारीक लिखाई मेरी लखाई (नजर) नहीं पड़ती। पहले ही कही कि लल्लू मेरा मोतियाबिंद कटवा लाओ, पर तुम तो चुनाव में बाबरे हो रहे थे, सो दम नहीं मारा। पिरधानी क्या सास उड़ी जा रही थी कहीं? लो बोलो, सबके सब हरप एक से दीख रहे हैं—पिता, पति की क्या चल रही है यहाँ?'

सारंग हँस पड़ी। मुँह पर पल्ला ढक लिया।

'अच्छा, तुम जाति लिखो अब। जाट—यहाँ, यहाँ।'

'वार्ड संख्या याद है? और मतदाता संख्या?'

'ऐसे क्या देख रहे हो? पहचानपत्र मिला था, सो कहाँ है?'

'सूधी लंग जेब में देखियो?'

'कहाँ है जेब में? तुम भी ...'

'अरे कहाँ अलोप हो गया कागद? जेब में ही तो धरा था।'

'तुम ही जानो,' लड़का घुड़कने लगा।

'कहाँ आग लग गई सुसर में। मैं तो भइया पछताया। धर लो अपनी सीतारामी।'

'मिल गया, मिल गया। रखा है डेरी जेब में, बता रहे हैं सूधी में।'

'अकल गुम्म कर दई है तुमने मेरी।'

'लो जी, प्रस्तावक की जगह दस्तखत करो और बोलो गंगाजी की जै।'

सारंग कितनी हँसी, कोई हिसाब नहीं। भँवर और झज्जू चले आ रहे हैं।

'यहाँ नहीं, वहाँ,' झज्जू दूसरे कोने की ओर इशारा करता है।

सारंग पर्चा भरने लगी—नाम : सारंग नैनी, पति का नाम : रंजीतसिंह ... लिखते ही नामालूम सी कँपकँपी लगी उँगलियों में।

अतरपुर के भूतपूर्व प्रधान की आँखें जमी रह गईं! लाल किनारी की सफेद धोती में यह कौन? सोऊ बिसे रंजीत की बहू! भँवर ध्यानमग्न है पर्चा भराने में ... फत्तेसिंह के हाथ से अपना पर्चा धरती में जा गिरा और बेंच न होती तो शायद धरती में ही गिर पड़ते प्रधानजी।

थानसिंह ने भाँप ली नाजुक स्थिति और फत्ते की हालत—हौसला बँधाने लगे।

थानसिंह से अपनी कमजोरी छिपा लेना चाहते हैं फत्तेसिंह, कराहते हुए बोले—'देख लो, मगज खराब कर दिया है लोगों ने। भइया, कोई किसी का सगा नहीं। देख लिया सुलैमानसिंह को? हमें न्योंतते-न्योंतते खुद पर्चा भर आए हैं अलीगढ़ जाकर। राजनीति भी साली रंडी-बेसा से कम नहीं, जिसका दाँव पड़ता है, वही दबोच लेता है।'

'सो तो तुम ठीक कह रहे हो फत्ते भइया, वहाँ बाप-बेटा भी अपना धरम नहीं अख्त्यारते। लाला के घर में घमासान मची। बहू मूँड़ में सोंहनी (झाड़ू) मारकर गई है।

'तुम तो प्रधान का पर्चा भरो, नहीं तो इस गाँव में गधाराज होगा या लुगाईराज। रंजीता के लक्षण देख लिए? साला काबिल की पूँछ बना फिरता है। लुगाई यहाँ चाखी सी चलाने आ गई। तुम उस कुँवरपाल को ब्याही लुगाई की तरह कब तक चिपकाए फिरोगे? रहेगा तो साला ढेड़ ही। दोनों का किस्सा खतम। भरो तुम तो पर्चा।'

प्रधानजी का जानी दुश्मन इस समय एक ही आदमी है—रंजीत।

'कहाँ है साला? अब क्या अपनी माँ की ··· में!' बेंच की पीठ पर अपना पूरा वजन झुका दिया उन्होंने।

यह मनहूसी! ये अँधियारे! ऐसे लम्हे फत्तेसिंह प्रधान की जिंदगी में आएँगे, उन्होंने कल्पना न की थी। गजाधर के बेटे की बहू ने दबे पाँव हमला किया है उन पर। हर गैल-गली को कीलनेवाले फत्तेसिंह प्रधान को इस साँपिन के बिल की भी खबर होती तो ··· आग भरवा देते छेद में।

'उस उल्लू को ढूँढ़ के तो ला थानसिंह। समय रहते रोक दे शायद।'

थानसिंह ने फौरन हुकम की तामील की, पवनदूत की तरह प्रस्थान किया।

यह परकाला है पूरी। किसी ने ठीक कहा है कि अपनी सी पर आ जाए औरत तो मर्द को दस पटखनी ··· चरनसिंह बौहरे की बात बार-बार याद आ रही है—लोग मानें न मानें, स्त्री आदमी से दोगुना खाती है, चार गुनी लज्जाशील, छः गुनी हिम्मती और आठ गुनी कामिन। तभी तो इसे गहनों से बाँध-छेदकर रखा जाता है। पर यह रंजीत की लुगाई आदमी से कितनी गुनी बलवान है कि बाँधने-छेदने पर भी इतनी खौफनाक!

सत्यानाश हो चरनसिंह बौहरे के पत्री-पत्राओं का, किस बेमहूरत यह बात सत्य सिद्ध हो रही है। प्रधानजी को लगा जैसे प्राण उड़ रहे हों। मूर्छा सी छाने लगी जैसे सचमुच ही सारंग सिंहवाहिनी बनी उनकी छाती का खून पीने को तैयार खड़ी है, और वे असहाय, बेबस, मरते हुए आदमी की तरह तमाम प्रासंगिक-अप्रासंगिक बातों से जूझ रहे हैं। मौत और जिंदगी के बीच की यह घड़ी ··· दर्दनाक, खौफजदा और असहनीय है। फत्तेसिंह छटपटा रहे हैं बुरी तरह ···।

रंजीत का तो खून ही कर चुकी डायन!

प्रधानजी के होश गुम और देह निचुड़ रही है। किसने राम-राम की? किस गाँव के मुखिया ने जुहार किया? अपनी आदरणीय स्थिति, जिसे महसूस करते ही वे गुब्बारे की तरह फूल उठते थे, सारंग नोकदार सूए से कोंचकर फुस्स करे दे रही है। कब तक निर्जीव पुतले की नाईं बैठे रहेंगे? वे रंजीत को आया देखकर भी देह में गर्मी अनुभव नहीं कर पाए।

साला! लुगाई का भडुआ! हाथ में बंदूक और कंधे पर कारतूस की पेटी लटकाकर ऐसे चल रहा है, जैसे इस चुनाव का नेता यही हो। तना हुआ चेहरा, अकड़ी हुई कटी मूँछें, छिः, धिक्! कुँवरजी समझ रहे हैं कि वे किसी रियासत के राजकुमार से कम नहीं ··· फत्तेसिंह का बस चले तो रंजीत के मुँह पर थूक दें।

'भइया!' रंजीत ने आत्मीयता भरी हमदर्दी से पुकारा।

'चुप,' प्रधानजी ने बिना बोले ही होंठ पर उँगली धरकर न बोलने का संकेत किया।

'तुम्हारी तबियत कुछ ...' इतना ही कह पाए थे रंजीत कि पीछे से कुँवरपाल और थानसिंह आ गए। फत्तेसिंह ने कुँवरपाल को नजदीक आने का इशारा दिया।

थानसिंह के हाथ में कुँवरपाल का हाथ थमा दिया और इस तरह देखा थानसिंह की ओर जैसे प्राण छोड़ता मनुष्य अपनी वसीयत का सही असामी घोषित करता है। थानसिंह, कुँवरपाल और रंजीत ने प्रधानजी का आशय समझने में भूल नहीं की, 'पर्चा भरवा दे कुँवरपाल को।' इस वाक्य का अनकहा रह जाना रंजीत के लिए ज्यादा तकलीफदेह सिद्ध हुआ। ऐसे देखने लगे ज्यों आँखों की ज्योति गुल हो गई हो, देह की गर्मी बर्फ में तब्दील होती जा रही हो, और उसी बदलाव के तहलके से वे आपे में न रह पाए हों।

'ऐसे क्या देखता है अब? देख उस ओर,' शब्दों को रोंथने लगे फत्तेसिंह।

प्रधानजी द्वारा इंगित दिशा में देखते ही चारों ओर अंधकार छा गया। होंठ खुले के खुले! आँखें फैली की फैली! देह जड़ ... अचरज नहीं, दुख की गहन अनुभूति का इजहार ...

प्रधानजी आँखें मूँदे हुए बेंच पर बैठे हैं।

'मैं तो इसे आँगन लीपते ...' हकलाकर कहा रंजीत ने बड़ी मुश्किल से।

मूर्च्छितावस्था से यकायक जाग उठे प्रधानजी, 'गफलत में है या पागलपन सवार है तेरे ऊपर? तू कब का निकला है गाँव से? यह कितने दिन पहले आँगन लीपती छोड़ी थी?'

'पर भइया यह आई क्यों है?'

'तू खुद से पूछ रहा है, या मुझे बहकाने की कोशिश कर रहा है? यह आई है तेरे मंसूबे लीपने।' वे दाँत कसते हुए आवाज चबाकर बोले।

'भइया!'

'वाह रे हीलू ...!'

'भँवर लिवाकर लाया है जरूर।'

'कंधा पर धर लाया भँवर? पर्चा भर चुकी है पट्ठी। अब तू चाहे तो अपनी घरवाली के मुकाबले चुनाव में खड़ा हो जा। क्योंकि हम तो पीछे हट ही गए हैं, लुगाई से किसी तरह हार गए तो ... चुल्लू भर पानी न मिलेगा डूबने को।'

अपनी मिसाल देकर स्थिति स्पष्ट की है प्रधानजी ने, रंजीत समझ रहे हैं।

'अब तू ऐसा कर रंजीत, घर जा। तेरा गुस्सा भी मैं भाँप रहा हूँ, चार आदमियों के बीच मारपीट करे, यह मैं नहीं चाहता।' कहकर झुँझलाए फत्तेसिंह और जता दिया कि हमारा समय बरबाद मत करे।

'साले ढेड़ को पर्चा भरवाना पड़ रहा है। मजबूर किसने किया? बिरादरी की छाती पर बिरादरीवाले ही लात मारते हैं! बैयरवानी ने हस्तिनापुर लुटवा दिया था, पंडा दरदर भटकने को बिबस ... कोई नई बात नहीं हुई आज ...' फत्तेसिंह शोक में आकंठ डूबे

हैं। अपनी खोपड़ी का वजन भी नहीं सध पा रहा, सिर बेंच के सिरहाने टिका दिया।

माइक पर ऐलान हो रहा है—अपनी-अपनी न्याय पंचायत के काउंटर पर आ जायँ, संबंधित अधिकारी वहीं मिलेंगे। उम्मीदवार के साथ प्रस्तावक भी हो।

रंजीत को जो क्रोध प्रधान पर आया था, वह भी उन्होंने सारंग की गुस्ताखी में शामिल कर लिया। दोगुनी घृणा से किचकिचा उठे—गद्दार पत्नी ··· बदकार औरत ··· छिनाल साली? बंदूक पर पाँचों उँगलियाँ कस गईं। दूसरा हाथ छर्रों की असलियत जाँचने लगा, और लम्बे-लम्बे डग भरते हुए बरामदे में जा पहुँचे। सारंग का कंधा पकड़ लिया, 'तू इन भड़ुओं के संग ···!'

उसने घूँघट तनिक नीचे सरकाया और आगे बढ़ जाने की कोशिश करने लगी। लेकिन रंजीत का हाथ नहीं, हथौड़ा जो निरंतर दबाव बनाकर कंधा तोड़ रहा है!

भँवर अचानक ही जैसे दूरी फलाँगता हुआ चला आया।

'ए ऽऽ ··· भइया!' हाथ पकड़ लिया रंजीत का। 'तमाशा मत करो। यहाँ कुछ मत कहो, घर चलो। और कंधा छोड़ो इनका।'

'साले बेटी चो ···' रंजीत ने होंठ मरोड़े और झटके से सारंग को मुक्त किया।

'शांति से सुन लो, भाभी यहाँ तुम्हारी स्त्री नहीं, सारंग हैं, केवल सारंग।'

'यह तू बता रहा है! खसम का नाम भी लिखवाया होगा तूने।'

'समझा दूँगा यह भी। पर मारपीट करोगे तो पुलिस आ जाएगी।'

सारंग सिर झुकाए खड़ी है। जानती है, रंजीत की नजर उस पर थूक रही है।

गाँव के रास्ते में चलते हुए पाँव कहीं के कहीं पड़ते हैं।

हालाँकि अब शाम के समय तेज धूप नहीं, रेत गर्म नहीं, लेकिन सारंग की देह जल रही है। भय का ताप उतर गया है नस-नस में। घर पहुँचकर क्या हालत होगी? लोगों की भीड़ के बीच प्रताड़ना और अपमान ··· पर नई तो नहीं हैं ये बातें! गद्दारी, पाप और अधर्म की सजा मौके ढूँढ़-ढूँढ़कर दी जाती है औरतों को। अपराधिनी है, तभी तो कंधे में उठती टीस पर उफ् नहीं कर सकी।

श्रीधर के पास चली जाऊँ? ··· मगर किस हैसियत से? बाबा मंजूर करेंगे न मेरा ही मन मानेगा। और फिर रंजीत समूचा घर तो नहीं ··· चंदन भी तो है वहाँ। घबराहट क्यों बढ़ती चली जा रही है? बाबा के दम पर हौसला जुटा सकती हूँ मैं। चंदन को देखकर सौ दुख सह जाऊँगी ··· बाबा सच, फत्ते जैसे लोग तुम्हारे बेटे को प्रधानी नहीं सौंपनेवाले ··· मेरा खड़ा होना क्या रंजीत का खड़ा होना नहीं है? रंजीत को गफलत में डालनेवाले लोग मेरे खड़े होने को उनकी खिलाफत का रूप दे रहे हैं। रंजीत खाँड़ा उठाए मिलें तो ताज्जुब क्या?

गाँव के सिवाने में घुसते ही बाबा दिखाई दिए। सारंग की जान में जान आ गई।

'कौन-कौन ने पर्चा भरे हैं भँवर?'

'कुँवरपाल, पन्नासिंह और भाभी ने' साइकिल ले जाता हुआ भँवर उदास सा बोला।

'हूँ ऽ ऽ ऽ ...' बाबा ने हुंकारा भरा।

हुंकारे ठंडे हुए कि बाबा ने शीतल लय अख्तियार कर ली, अपने उद्‌गारों से सारंग की झोली भरना चाहते हैं वे, 'भला बेटी कैसी हिम्मत से काम लेगी! आज तू रंजीत का रूप हो गई मेरे लिए, उससे जो उम्मेदें लगाई थीं, सपने देखे थे, तू पूरे कर रही है आग पर चलकर। बेटा! जो आग में तपना सीख लेता है, वह कुंदन हो जाता है।'

बाबा का इतना दुलार कैसे सँभाले वह। प्यारभरी स्थितियों में अक्सर आँखें भर आती हैं सारंग की, घूँघट में आँसू छिपे हैं।

गाँव की ओर भरी नजरों से देखा कि बाबा का अक्स दिल में उतर गया—डर जाता रहा। पाँव हलके होकर पड़ रहे हैं डगर पर। बढ़ी चली जा रही है घर की ओर।

चौखट पार करते ही सन्नाटे ने घेर लिया। यह मुर्दा खामोशी! सूली देने की तैयारी कर रहे हैं रंजीत? या आए ही नहीं अब तक? बाबा ने भी बताया नहीं।

आँगन में दलवीर! जेठजी कब आ गए? रंजीत के पर्चा भरने की सूचना पर आए हैं?

कई आशंकाओं में घिरी हुई वह हाथ का झोला खूँटी पर टाँगना चाहती है। ... लेकिन यहाँ बंदूक! रंजीत कहाँ हैं? कहाँ है चंदन?

सारंग को देखकर दलवीर बाहर निकल गए अपनी कमर पर हाथ धरे हुए। चेहरा उदास है, होगा ही। जेठ का मिजाज भाँप रही है।

वह हाथ-मुँह धोने के लिए मोरी पर आ गई। दाँत किसकिसा रहे हैं रास्ते की धूल के कारण। नल चलाकर पानी निकाल रही है सारंग।

बाल्टी अधभरी ही थी कि चंदन निकल आया कोठे में से। नंगा, केवल जाँघिया पहने हुए। पसलियाँ देखते ही सारंग को उसकी दुर्बलता खलने लगी।

अरे! रो क्यों रहा है यह! आँसुओं की धारें, मगर बेआवाज! वह नल का हत्था थामे रह गई, 'क्या हुआ बेटा?'

रंजीत दाएँ हाथ में चंदन की नई कमीज लेकर निकले और लपके उसकी ओर।

चंदन ने सारंग की कमर भर ली अपनी दुबली बाहों में, 'अम्मा ऽ ऽ ऽ!'

'साले सीधे इधर आ जा नहीं तो ...' कहकर बाँह पकड़ ली बच्चे की। सारंग उसकी छोटी-छोटी साँसों में सरसराती घबराहट भाँप रही है। यह माँ का बदला है, जो बच्चे से ... जानती थी ऐसा ही कुछ करेंगे रंजीत। पूछूँ भी क्या? पूछना अपनी कम्बख्ती बुलाना है।

उन्होंने बच्चे की नरम बाँह मरोड़ दी। चंदन चिल्ला पड़ा, 'अम्मा री!'

'अरे!' सारंग ने रंजीत का हाथ पकड़ना चाहा।

वे यकायक चिंघाड़े, 'यह आगरे जा रहा है, समझी तू।'

'तो बाँह तोड़ने का मतलब?' कराह सी भरी सारंग ने।

चंदन पिता के कसाव में छटपटाने लगा। रोम-रोम तड़प उठा सारंग का। आँखें मींच लीं। हे भगवान, यह भी होना बाकी था! माँ को सबक सिखाने के लिए बच्चे को सजा ···!

चंदन की धृष्टता पर तीन-चार तमाचे मारे रंजीत ने, शायद ज्यादा ही ताकत के साथ ··· सारंग के चेहरे पर झन्नाहट उभर आई उन थप्पड़ों की। गजब कर रहे हैं रंजीत! इस कच्चे सूत से नाजुक बच्चे की देह, हमारी आपसी कलह ··· मैं भी कितनी स्वार्थी हो गई हूँ, चुपचाप खड़ी बच्चे पर बरसते कहर को देखे जा रही हूँ, क्यों? इसलिए कि रंजीत चिंघाड़कर मेरे ऊपर हमला कर देंगे? इसलिए कि जवाब में कुछ कहना मेरी इज्जत पर भारी पड़ेगा? इसलिए कि इस समय टुच्ची कलह प्रधान पद की उम्मीदवार सारंग की छवि के माफिक नहीं। सो मैं बच्चे की तबाही की मौन तमाशबीन ··· अपराध-बोध में डूबी कुछ न कर पाने को मजबूर ···

चंदन ने डर के मारे कमीज पहन ली।

पैंट चढ़ा रहा है और कमजोर सी टाँगें काँप रही हैं!

जूतों की ओर बढ़ चला मेरा बेटा ··· फीते कस रहा है झुककर।

जेठजी आँगन में आ गए। कैद कर ले जाएँगे अपने संग ···

रोता हुआ चंदन बकसिया बंद कर रहा है। पिता उठा रहे हैं बाँह पकड़कर!

··· मैं अपना भाग्य रौशन करनेवाली माँ ··· हाथ-पाँव बाँधे खड़ी हूँ अपने।

'सुनो, आज ही जाना ···' सारंग की आवाज टूटने लगी।

'हम भेज रहे हैं आज ही,' बादल सा कड़का आँगन में। 'लड़का पराये चूल्हे झाँके, माँ आवारागर्दी करे! मुझे मंजूर नहीं।'

जवाब में मौन है वह। चंदन की आड़ में ये शब्द केवल उसके लिए हैं। वह पर्चा भरकर आई है, इसलिए यह मातम का माहौल पैदा किया गया है। जिस तरह कुँवरपाल इगलास से ही बताशे बाँटता आया है, रंजीत खड़े हुए होते तो बाँटते, मेल-मिलाप का सिलसिला चल रहा होता। एकता के नारे आरंभ हो गए होते।

··· पर मुझसे तो मेरा बेटा भी जुदा किया जा रहा है! रंजीत, मैं ऐसी गैर हूँ तुम्हारे लिए? चंदन के लिए तुम अपने सात सुख छोड़ सकते हो, मुझे मेरा हक देने में गुरेज···

बकसिया लेकर चलने लगा चंदन!

अरे! पूरे साल लड़ती रही इस बच्चे के लिए और आज? सारंग ने दो क्षण सोचा, और लपककर बाँह थाम ली चंदन की, 'रख दे बकसिया।'

रंजीत ज्यों तैयार ही खड़े हों, 'लड़के को हाथ लगाया तो हाथ तोड़ दूँगा। साली, तू इसकी माँ कहलाने लायक नहीं।'

अब और नहीं। क्यों चूक रही हूँ मैं? अब तक तो आसमान सिर पर उठा लिया होता बिफरकर ··· लेकिन कलेजे में उमड़ता लावा, होंठों तक आते-आते बर्फ हो गया—

'चंदन को सजा मत दो। तुम जो कहोगे, मैं करूँगी।' आवाज दरकने लगी।

'सा-रं-ग! ये त्रिया-चरित्र ··· नहीं, अब और नहीं। मैं भेज रहा हूँ, तू जाने दे। घर मेरा है, बच्चे की जिम्मेदारी मेरी है। तेरी जैसी औरतें सैकड़ों देखी हैं हमने—खसम करके भागती हुई। उन वेश्याओं का कोई कुछ नहीं बिगाड़ पाया। ··· पर सारंग हम ऐसी औरत को चुटिया पकड़कर इस चौखट से बाहर करके अपने परिवार से बेदखल कर सकते हैं।'

ठंडी लय में जलता हुआ हुक्मनामा! उसके नथुने काँप उठे।

कुछ कहती उससे पहले दलवीर आ गए। आते ही बोले, 'भाई क्या देर-दार है? रात क्यों कर रहे हो? बहू, यह लड़ाई-दंगा! लड़के को क्यों रोक रही है? हम दुश्मन हैं उसके?'

सारंग क्रोध पी रही है।

'चल बेटा, चल,' दलवीर बच्चे को बाहर ले जाने की प्रक्रिया में ···

'यह नहीं जाएगा,' सारंग के बोल कि जहरीली साँपिन की क्रोधभरी फूत्कार!

रंजीत हक्के-बक्के रह गए। सारंग बैन करने लगी दलवीर भइया से! बोल भी इस कदर अभद्र! वे बाघ की तरह झपटे जवाबी हमले में, 'साली! तेरी यह मजाल! यारों में रहकर हड्डियाँ फड़क रही हैं कि हमारे बड़ों से ··· बड़ों से ··· बड़ों से ···' घूँसों से कूट रहे हैं उसे।

चंदन चिल्लाकर रो पड़ा, 'चाचा ऽ ऽ ऽ! ओ बाबा ऽ ऽ ऽ ···!'

पिटकर दोगुनी ताकत का अनुभव हुआ सारंग को, बुरी तरह लपक पड़ी हाथ-पाँवों में, पागल, विक्षिप्त की भाँति दौड़कर खूँटी से बंदूक उतारी और बिजली की सी फुर्ती से चला दी दोनाली—धाँय! धाँय! यह भी न सोचा कि निशाना किधर ···

घर-आँगन थर्रा गया। चौक में पेड़ हिल गया। चिरइया-परेवा फड़फड़ा उठे।

'असल मर्द है तो छू चंदन को! छू?' रणचंडी बनी खड़ी है सारंग।

भाग्य की बात कि फायर हवा में सनसनाकर रह गए। रंजीत और दलवीर, दोनों भाइयों के मुँह पर तितलियाँ उड़ रही हैं—भय से या आश्चर्य के कारण? जब दलवीर ने होश किया तो बहू के हाथ से बंदूक छुड़ाने झपटे। सारंग दो कदम पीछे हट गई।

क्या करके मानेगी? दलवीर हाथ जोड़ने लगे, 'भवानी, इस हथियार को धर दे। चंदन को गोली लग जाती तो? बाबा आ गए, कुछ शरमकर।'

बाबा हाँफते हुए घुसे हैं घर में, संग भँवर है। मालूम हो गया है पुत्रवधू ने बंदूक उठा ली है, उनके ही बेटे के खिलाफ ··· छोटे-छोटे साँस भरते हुए बाबा का रोम-रोम काँप रहा है। न जाने कैसी निगाह से देख रहे गजाधरसिंह सारंग नैनी को! बहादुरी भरी नजर से नहीं देख पा रहे, तो घृणा भी नहीं छूट रही उन्हें, शाबाशी नहीं तो धिक्कार भी नहीं। सुन्न आदमी किस भाव का इजहार करे, खुले होंठ, फटी आँखें ··· बस बंदूक समर्पित करा ली बहू से।

आँगन में लोग आने लगे और रंजीत ने मौका देखते ही भँवर को दबोच लिया, 'साले ··· मक्कार ··· तू आस्तीन का साँप, इसके यारों से मिलकर हमारे 'घर-बाहर' दोनों को खत्म करने के इरादे से दाँत में विष की पोटली बाँधकर निकला है। हमारी हत्या कराने पर तुला है!'

भँवर ताकत के चलते रंजीत से बीस ही बैठेगा, मगर रिश्ते के बड़प्पन की बेबसी में वह रंजीत से लात-घूँसा खाने को मजबूर है। लोगों ने जैसे-तैसे छुड़ाया भँवर को।

'क्या हो गया रे?'

'बंदूक का फैड़ किसने किया?' ये प्रश्न लोगों की बातचीत के बीच मँडरा रहे थे।

'रंजीत की बहू पर्चा भर आई है इगलास जाकर, खसम को तो हवा भी नहीं लगने दी।'

'जुलम! पल्लौ (प्रलय)! कलजुग की मार! ··· अब ऐसा ही होगा, इससे भी ज्यादा बुरा।'

सारंग घूँघट नीचा किए मौन। दालान के खम्भे से टिकी तमाशे का बिंदु बनी बैठी है।

कोई कह रहा है, 'लुगाईं राजनीति में आ रही हैं, बुरी बात क्या है इसमें?'

'अरे तुम सीतापुर की सावित्री की मिसाल ले बैठते हो, विधवा औरत, नाथ न पगहा।'

'और असावरवाली कृष्णाकुमारी तो विधवा नहीं है?'

'यार, अधबूढ़ी कुँआरी को कुँआरी मानते हैं लोग? सत्रह खसम हैं, टोका-टाकी की छूट किसी को नहीं। हाँ विसाहुली के बाबू की बहू है प्रधान, देख लो उसका कायदा करीना कि पर्चा भरने भी बाबू ही गया था। कह दिया कि राजपाट मिलेगा, तब क्या बड़ों का लिहाज छोड़ देंगे?

ऐसी त्यागमई लिहाजदारी ··· सारंग ने धोकर रख दी।

सारंग? बेशर्म औरत। हत्यारी! पति-द्रोहिणी!

अब गाँव की प्रजा मेरी जैसी औरत को प्रधान पद के योग्य कतई नहीं ठहरा पाएगी।

भँवर हाथ जोड़ रहा है, 'भाई, अब अपने-अपने घर जाओ। तमाशा नहीं हो रहा कोई।'

लोगों के बीच से वाक्य उछला, 'हाँ जी, भइया-भइया हैं, मरें-कटें, हमें क्या मतलब? रंजीत भँवर की टेंटिया मसक देता, रहते तो भाई-भाई ही।'

बाबा लोगों की बातों से बेखबर सारंग के पास चले आ रहे हैं।

रंजीत ने हलक में हंटर डालकर सबकुछ उगलवाना चाहा, बुलवाना चाहा कि यह सारी करतूत मास्टर की है। उसकी चूड़ियों ने फाड़ डाली है कलाइयों की खाल, दर्द उभर रहा है बार-बार ··· मैं सबकुछ पी जाऊँगी लेकिन मास्टर, भँवर और बाबा का दर्द ···? एक तरह से हम सभी बदनाम हुए हैं!

बाबा खड़े हैं उसके आगे। बैठी हुई सारंग को छः फीट लंबा खड़ा आदमी सुमेरु

पर्वत सा लग रहा है। मंजिल पास आती जाती है, मन धैर्य छोड़ता जाता है ... मुझे माफ कर देना बाबा!

'सारंग, मैं यह तो समझता था कि तू जाट की बेटी है, हौसले-हिम्मत की मालिक, पर आज यह भी इलम हो गया कि तेरा नरम-नाजुक बदन लोहे में ढल चुका है।'

उसकी सिसकियाँ काबू के बाहर हो गईं।

लोहे में ढली औरत को मांस-मज्जा का बना आदमी अपने से अधिक बलवान नहीं मान सकता, बाबा। ऐसा करना मर्द जाति की तौहीन है। मुझे कोई भी खत्म कर देना चाहेगा।

द्वार से निकलते लोगों को मसखरी का मुद्दा मिल गया—रंजीत को खड़ा हो जाना था, भाई तफरी आ जाती। अजी हार जाता तो? तो क्या, हारकर क्या लोग जीना छोड़ देते हैं? अजी लुगाई से, अपनी घरवाली वह भी ... कुआँ-पोखर में डूबने को ठौर न मिलता। लोग हिजड़ों में डाल देते।

—सुनते हैं फत्ते तो बी.डी.ओ. आफिस में गैरहोस हो गया था। अलीगढ़ ले गए हुक्मा और थानसिंह। तीन बोतल खून चढ़ा है। ठिलिया में से मरे पौहे की हालियत में उतारा था द्वार पर। प्रधानिन देखते ही पछाड़ खाने लगी। सुनते हैं कि मरा समझकर चूड़ी-बिछिया फोड़ डाले। मरा तो नहीं, पर हालत बिगड़ी हुई है। अन्न-पानी बंद कर दिया है डाकदर ने। बस दिन भर में पपीता की एक फाँक बताई है। परहेज नहीं करेगा तो सदमे की बीमारी से मर जाएगा।

'अजी चुनाव जंग है, जंग में लोग मरेंगे-जिएँगे नहीं?' झज्जू अपनी मूँछों पर हाथ फेरकर कहता है। 'ऊपरी लड़ाई के संग भीतरी जंग! देखते जाओ, आगे-आगे होता क्या है।' झज्जू ने 'बात में घुंडी है' के तकिया कलाम को स्थिति के हिसाब से दरकिनार कर दिया। अब तो हर बात में कहता है—देखते जाओ, आगे-आगे होता क्या है।

'तो तेरे ही संग खिचड़ी रँधी है खटीकरा के।' थानसिंह को क्रोध आ गया, 'मूँछों की खैर मना, एक-एक करके नुचवा दूँगा।' थानसिंह की दमदार, मगर खोखली आवाज पर झज्जू फिक् से हँसता है—नादान लोग! जनता आ रही है, और बादशाह गद्दी के ऊपर बैठकर घुड़की दे रहा है! बेटा, ताता थैया नाचने को हो जाओ तैयार! अब देखते जाओ, कुँवरपाल को छोटी कौम ही गधा की सवारी कराएगी। देखते जाओ।

रंजीत सारंग को इस काबिल मानना कब का छोड़ चुके कि उससे बातचीत का सिलसिला रखा जाए। अनबोला है—घोर। घोर शब्द सी घुटन भरी है घर में। वह घर के कामों में लगी रहती है तो क्या मन में संताप नहीं? संताप ने तो उसका पूरा वजूद ढक लिया है।

इधर रंजीत ने चौके में खाना-पीना, सारंग के हाथ की छुई चीजों का त्याग करना और रात को बाहर सोना ... ऐसे ही दंड चुने हैं, जो उसे उसकी औकात बताते रहते हैं। संबंध-विच्छेद भी नहीं, उपेक्षा के नोकदार भाले पर सारंग को टाँगे रहना उन्हें ज्यादा

संतोष देता है शायद।

बाबा को बाप नहीं, बैरी करार दे दिया रंजीत ने। सारंग की आँखों के सामने अँधेरा तो तब छा गया, जब उन्होंने आँखें तरेरकर जहरीली आवाज में पूछा था—दादा, हर समय उसी की बातें! क्या मीठा है उस बदकार से तुमको?'

बस अब नाम वापस ले लूँ, मेरे घर का अँधेरा कट जाएगा। मास्टर, मैं तुम्हें अपने परिवार की हालत समझा नहीं पाऊँगी, क्षमा कर सको तो कर देना ···

तने हुए रंजीत को देखकर दहशत नहीं, तकलीफ भी होती है। पति का विश्वास खो दिया, कि घर के छतें उड़ गईं! मालिक का दाँती पीसना ··· चबा गया उसके जीवन की सहजता। केवल अपने ही बारे में इस रवैये को सोचती तो आत्मा इतनी न कचोटती, पर इसका असर दो बेगुनाहों को छीले दे रहा है। एक बूढ़ा असहाय, दूसरा बच्चा अबोध। ··· उनकी यातना-यंत्रणा से मेरे पूरे बदन में घाव हो गए हैं, दर्द से चिल्ला-चिल्लाकर मरी जा रही हूँ, कमाल है कि आवाज श्रीधर तक नहीं पहुँची। क्या श्रीधर अपनी खाट-पीढ़ी बेचकर चले गए नेंकसे मास्साब की तरह? सारंग की आँखों में सपनों की सजीली दुनिया नहीं, भयानक संसार ने जन्म ले लिया है। कोई बुला दो मास्टर को, क्या हम इसी नरकभोग के लिए ··· श्रीधर मानें या न मानें मगर मैं भाग्यवादी नारी ··· जरूर मेरी तकदीर खराब हो गई है।

सारंग चौके में चूल्हे के पास बैठी रोटी बना रही है।

क्या-क्या सोच लेती है! फिर बच्चे की तरह उसे बिगाड़ देती है, बिगाड़कर फिर नए घर की शक्ल ··· कल्पनाएँ चैन नहीं लेने देतीं मनुष्य को। और उन्हीं की बदौलत इतनी माथापच्ची!

अचानक रंजीत आते दिखे उसी ओर!

चौका में! जहाँ वह रोटी कर रही है ··· आसन देने की हड़बड़ी में आ गई सारंग। कुछ न दिखा तो अपने नीचे रखा पटरा आगे सरका दिया—बिराजो।

वे बैठ ही रहे थे कि डलिया में से फूल की थाली खींच ली हाथ बढ़ाकर, और उसे अपनी धोती के पल्ले से जतनपूर्वक पोंछने लगी।

चमकती हुई दूध के रंग की थाली सजा दी पति के सामने।

'मैं खाऊँगा नहीं,' गोड़ ऊँचे किए हुए रंजीत ने धीरे से उसके दिए प्यारभरे आदर को किनारे सरका दिया। ··· लेकिन उसके भीतर ऐसी झन्नाहट गूँजी ज्यों काँसे की थाली आँगन में दे मारी हो पति ने। गहरी साँस भरकर क्रोध पीना आता है उसे।

'मैं एक बात पूछने आया हूँ,' दोनों बाँहें घुटनों के गिर्द बाँधे हुए रंजीत क्षीण सी मुस्कान के साथ बोले। सारंग ने सिर झुका दिया, अर्थात् 'बोलो'।

'भँवर और श्रीधर तुम्हें तूल न देते तो तुम पर्चा हरगिज न भरतीं, यह मैं जानता हूँ।'

वह मौन, बुझते चूल्हे को फुँकनी से फूँकने लगी।

'मालूम था कि मैं प्रधान पद के लिए उम्मीदवार ...'

'मालूम था कि प्रधान पद के लिए तुम उम्मीदवार नहीं ...' तुरंत जवाब दिया।

'मान लो मालूम होता कि मैं ... तो तुम क्या ...?'

'देखा जाता तब। ... लेकिन तुम ग्राम सभा के सदस्य के लिए खड़े क्यों नहीं हुए?'

'तुम्हारी मातहती में?' मखौल किया रंजीत ने।

'जरूरी तो नहीं कि मैं जीत ही जाऊँ। हो सकता है कुँवरपाल की मातहती ... फिर तो ऐतराज नहीं था?'

'औरत जात इतनी कमअक्ल न होती तो फिर क्या नहीं था।'

'मुझे अपनी हार पर तौहीन न लगेगी, जीत पर वाहवाही भी नहीं मिलेगी, यह मैं जानती हूँ। फिर नुकसान-फायदे की बात क्या, हाँ तुम्हारे लिए जरूर घाटे का सौदा माना जा सकता है।'

निःश्वास छोड़ते हुए रंजीत विकल हैं। सिर को झटका देते हैं, कभी धरती पर खरोंचें बनाते हैं, शायद कोई बात उन्हें बेहद परेशान कर रही है। रंजीत उठ खड़े हुए। आँगन में टहलने लगे। ढलता सूरज आँगन में रोशनी फेंक रहा है ... लाल-लाल, नहीं मैली सी ...

वे पलट पड़े, 'सारंग यह जिद! आखिर किस लिए?'

भरा फोड़ा फूटता है एकदम से, रंजीत की दराँती उसे भीतर तक मवादरहित करके छोड़ेगी। सारंग बिलबिला उठी, 'बस करो रंजीत, इस ब्यथा को बार-बार चीरो-फाड़ो मत। मेरी जिद इस समय चुप रहने की है। तुम कहो क्या कहने आए थे?'

'सीधी बात कि नाम वापिस ले लो।'

'यही कहने ...' वह अवाक् हो गई फिर।

'दस हजार रुपया भी दे रहा है।'

'ले लो रुपया।'

'बैठ जाओगी फिर?'

'नहीं!'

'बीस हजार?'

'... '

'चालीस हजार?'

रंजीत, लाख दर्जे हम विरोधी सही, फिर भी एक भरोसा था तुम पर, पर तुम तो कुँवरपाल की जाति में जाकर बैठ गए! पिछली बार उसने भी बीस हजार रुपए में अपना ईमान ...

'तुम नाम वापिस नहीं लोगी?' रंजीत के ऊपर पति का हक हावी हो गया।

'तुमने और प्रधान ने बात तो ठीक सोची है—मैं औरत जात हजारों रुपया पाकर

गहने-कपड़े में मगन हो जाऊँगी,' कहकर वह इत्मीनान से परात में पानी डालकर आटे सने हाथ धोने लगी।

'नहीं, तुम तो रामराज्य कायम करोगी,' कड़वा सा मुँह बनाया रंजीत ने।

हँसी आ गई सारंग को। 'रामराज्य लेकर हम क्या करेंगे? सीता की कथा सुनी तो है। धरती में ही समा जाना है तो यह जद्दोजहद? अपने चलते कोई अन्याय न हो! जान की कीमत देकर इतनी सी बात, छोटा सा संकल्प करके निभाने की इच्छा है, बस।

'मैं चाहकर भी पीछे नहीं लौट सकती। अपने प्रधानजी से छिपा पाओ तो यह बात बताती हूँ कि पन्नासिंह नाम वापिस लेंगे, भले फत्तेसिंह खुदकशी कर लें। तुम मुझसे बाहर नहीं,' कहते-कहते सारंग के मन में आत्मविश्वास जैसी लहर दौड़ने लगी।

पन्नासिंह पर्चा भर चुके हैं। परचा भरते समय जो अभिमान उन्हें महसूस हुआ था, अब वह गल-गलकर, टूट-टूटकर ··· दो पाटों के बीच में साबुत बचना असंभव ···! दो दिनों से लगातार अपने समाप्त हो जाने का विचार क्यों आता है? चलती चाखी, चुनाव की चलती चाखी में पन्नासिंह साबुत नहीं बचेंगे। भरम है उनका? वहम की दवा लुकमान के पास भी नहीं।

न हुआ करे, पर रोग तो रोग है। पन्नासिंह आधे हो गए हैं दो रातों में। भयंकर सपनों में जबड़ा फाड़कर लील जाने को चली आ रही हरिप्यारी ··· किलकिलाती हुई गुलकंदी ··· बिसुनदेवा ने तो खरताल हलक में ठोक दी।

'ओ फत्ते भइया! अरी ओ भाभी! हुकमा, बच्चा राकेसा ··· अरे बचा रे बचा!'

कोई नहीं आया। पन्ना अँधेरे में अपनी खाट पर पाँव पीट रहे हैं।

खानदानी साले मेरा नाश करके अपने खानदान का कद ऊँचा करना चाहते हैं।

उन्होंने मुँह से गिरते फसूकर को हथेली से पोंछ डाला। प्यास लगी है, लेकिन देह में सत्त नहीं कि उठकर पानी पी लें। आँखें खोलकर देखा, राक्षसों के, भूतों के भयानक से चेहरे ··· झप्प से आँखें मूँद लीं पन्नासिंह ने। काँपते होंठों से हनुमान चालीसा का जाप किया।

इस कठिन घड़ी में लठियावाले उस्ताज पार लगाएँगे। वे अकेले ही सारे दुष्टों का दलन! बोल उस्ताज की जै!

पन्ना में यह खराबी है कि अच्छाई? फत्ते के कामों को वहम की निगाह से देखेगा। उसने तो पन्ना को अपना सहोदर भाई समझकर खड़ा किया है, और यह है कि उसके खराब पक्ष ··· साला पूरा नाग है। कब कहाँ डसे, कोई खबर नहीं। बड़े भाई के नाम पर अपना मतलब गाँठता है केवल। मेरे बाप को सदस्य चुना था तो अपने मतलब में, उतार दिया तो अपने स्वार्थ में। कभी सोचा कि हम बाप-बेटों पर क्या गुजरेगी? प्रधान पद की उम्मीदवारी के बदले ··· पन्ना का दिल दहल उठा। अब तक अपना घर कुरबान किया

है, खेती इसके ही रहम-करम पर है, जान बची है खाली, देखो कि साँस कब तक ···? हर बार की तरह अब की बार अपना मन भी नहीं समझा पा रहे वे। सब्र और माफी कहाँ से लाएँ? रात को मिरगी का सा दौरा ··· घबरा गए वे।

हौल के मारे हुए कभी फत्ते को गाली देते हैं—बेहूदे ने जानबूझकर मुझे घसीटा। तो कभी भँवर की बात याद करते हैं—पन्ना चाचा, जो सबसे ज्यादा अपना समझा जाता है, सबसे अधिक कमजोर माना जाता है वह। फत्ते की अक्ल का क्या ठिकाना! तुमको चुने न चुने!

पन्नासिंह की नस-नस में आग बह उठी। ऐसी-तैसी साले फत्ते की। मुझे तिकड़म नहीं आती तो उसने निरबल समझ लिया! वाह जी वाह! अपनी लठिया से बचाया है इस गाँव के धुरंधरों को, यह बात मैं भूल नहीं गया फत्तेसिंह! तेरी परवस्ती करते उम्र गुजरी है, सो नहीं जानता। पराक्रम अब भी कर दिखाऊँगा, देखता जा आगे-आगे होता क्या है!

नामवरी कमाई है, नामवरी करके दिखा दूँगा। तू सोचता है, मेरी जिंदगानी पर कलंक लगा देगा? कहता है अच्छे-अच्छे घोड़ा घास नहीं खा रहे और तू प्रधान ··· साले, तूने मुझे अपना ऐसा ही घोड़ा समझ लिया जैसे थानसिंह, कुँवरपाल और रंजीत हैं? मैं घास नहीं खाता, अन्न खाता हूँ, केवल अन्न। घास और अन्न का फरक जानता है तू?

तेरा दिया कड़वा फल मुझे मंजूर नहीं, अब ···

सबेरे से बासी मुँह ही बैठे हैं। सूरज चढ़ता चला आ रहा है। ··· मगर उनकी दुश्चिंता का अँधियारा ज्यों का त्यों। पाँव लटकाए हुए खाट पर बैठे बार-बार लठिया को सहलाते हैं। यह लठिया भूरा के ऊपर पड़ी थी दनादन, यह लठिया सारंग के पक्ष में रंजीत की कमर तोड़ती रही थी—तड़ातड़। यह लठिया फत्ते की अंगरक्षकी करती रही है अब तक ··· मगर आज? यह ठोस नहीं, पोलेपन का अहसास क्यों दे रही है?

पन्नासिंह ने लठिया की पीतल ठुकी मूँठ जानबूझकर अपने माथे में मार ली, ज्यों वे सिर धुन रहे हैं। लानत है, जो लोग सारंग के मुकाबले हार जाने से डरे, अरे उसके सामने अपना पर्चा भरने का हौसला नहीं जुटा पाए, उन्होंने ही सारंग के खिलाफ मुझे खड़ा किया। अपने मुकाबले कद्दावर मर्द समझा था, या सारंग की तरह जनाना माना मुझे?

जिंदगी से ऐसी कोई चाहना नहीं की मैंने। केवल अपनी लठिया की बहादुरी के गीत सुनकर छाती फुला लेना मेरी कमजोरी है।

'पूरा आदमी नहीं माना लोगों ने कि मन, तन के मुकाबले कई गुना बड़ा है सो देह बौनी ही रह गई! पन्नासिंह तुम तो इस गाँव के आदमियों से कद में कई गुने बड़े हो,' मास्टरजी कहा करते हैं। पता नहीं श्रीधर मास्टर किस कद की बात करते हैं।

रोना चाहते हैं पन्नासिंह, मास्टर के सामने ही अपना अपराध कबूल करना चाहते हैं—फत्ते का जादू चल गया। खून का कोई कतरा मिलता-जुलता होगा कसाई से। इसी

कारण कोई जिक्र नहीं करना चाहते। प्रधान गाली देकर उन्हें चुप करा देगा। रंजीत फत्ते की बगल में दबा सो अपनी औरत की पैरोकारी नहीं कर पा रहा, हमारी क्या सुलझाएगा? बाबा हुंकारे भर-भरकर आदमी की चाँद गंजी कर दें ज्यों जूता मार रहे हों। खूबाराम, गाबधू आदमी! पर्चा-चुनाव जैसी कानूनी चीजों का क्या इलम? झज्जू की बोली में दलित-सबरन आंदोलन और सास दुनिया घास-पतवार ··· कुछ समझ में नहीं आती उनकी। वैसे भी ढोलची आदमी ठहरा, उड़ा देगा पूरे गाँव में, यहाँ हम अपने साँस रोके बैठे हैं।

श्रीधर मास्टर का ध्यान करके पाठशाला का फाटक खोला पन्नासिंह ने।

नेक सलाह नहीं देगा तो बदबोल भी नहीं, मास्टर रूखी बात भी नरम करके परोसना जानता है, ऊपर से मीठी बोली।

सामनेवाली कुर्सी पर बिठा लिया और समस्या सुनने लगे श्रीधर।

पन्नासिंह बताते-बताते कभी ताव खा जाते हैं तो कभी छोटे-छोटे दाँत निकालकर हँस देते हैं। अंत में गमगीन हो गए, ज्यों पाप करके अब नरक जाने के लिए सामान बाँधकर खड़े हों।

'पन्ना दाऊजी, आप ही धीरज छोड़ बैठे तो हम जैसे बेलठिया के कमजोर इनसानों का क्या होगा? लाठी को नमस्कार। आप हमारी प्रेरणा हैं।'

पन्नासिंह शायद बात का अर्थ समझे नहीं। दुखी जीव की तरह आँखों में वेदना है।

'इस गाँव के लालबहादुर शास्त्री!'

वे झुँझला से गए।

'रूपरंग सब वही। धोती-कुर्ता और टोपी में वामन अवतार! तुम्हारे कोई रिश्तेदार थे लालबहादुरजी?'

'कौन सा लालबहादुर? हाँ है लालबहादुर, तेली का छोरा। उसी बावत कह रहे हो? वह तेली, हम जाट, रिस्तेदार कहाँ से हो जाएगा?'

'पन्ना दाऊजी, आप प्रधान होने जा रहे हैं और लालबहादुर शास्त्री को नहीं जानते! देश के प्रधानमंत्री थे। देखे तो मैंने भी नहीं, मगर इतनी बड़ी हस्ती के बारे में ···'

'अजी मास्टरजी, इन्हें तो फत्ते भी न जानता होगा, सुलैमान को भले पता हो। फत्ते जानता तो एक बार अतरपुर जरूर बुलाता, जैसी कि उसकी आदत है ऐलकारों की जी-हजूरी करने की। पर यह बताओ कि वे कौन से गाँव के हैं, ला हम ही लिवा लाएँ।'

श्रीधर को हँसी आ गई और रहम भी ··· इस गाँव की दुनिया इगलास-हाथरस से आगे नहीं।

'मास्टरजी, हमें सुसर प्रधानमंत्री से क्या लेना-देना, दो बात सुनाने आए थे, सो सुन लो, मत हमारी बात सुलझ जाए।'

'बोलो दाऊजी।'

'शुरुआत यह है कि साले चुनाव ने रेढ़ कर डाली हमारी।'

'क्यों, अब तो अच्छे दिन आनेवाले हैं।'

'देखोजी, दिल्लगी मत करो, बखत से सोभा देती है दिल्लगी भी, हाँ।'

'हाँ-हाँ, कहो। रोष जताना ठीक नहीं, बात हलकी पड़ जाएगी दाऊजी।'

'अब अपने दिल की बतावें कि हम तो इगलास फत्ते का तमाशा देखने गए थे। बढ़िया सारपाँसे खेलता है, साला दुरजोधन चित्त हो जाएगा। रंजीत की उठा-पटक होनी थी, पर उस बेईमान ने तो हमें प्यादा बनाकर रंजीत का घोड़ा पटक लिया।'

'तुमने तो घोषणा की थी कि मैं चुनाव में खड़ा हूँगा।'

'अजी वह भी दिल्लगी थी।'

'पर अब बनउआ बुरा बना। तुमसे क्या कहें कि हमें कैसे फाँसा? देखते ही थानसिंह ने छाती से लगा लिया हमें कि जैसे फत्ते मर गया हो और पर्चा भराने पहुँचा ऐसे, जैसे उठाऊ बैल खरीद लाया हो पेंठ में से। कहता जाए—फत्ते को गश आ गया है, बेचारे पर्चा नहीं भर पाए। ऐसे में घर-घराने के ही काम आते हैं। तू हुआ, फत्ते भइया हुए, बात फरक न कुनबा-गोता फरक। इधर हमारा अँगूठा टीपा जा रहा था चुनाव के कागद पर, उधर कुँवरपाल फत्ते के मुँह में संतरा का रस चुआ रहा था।'

माथे पर हाथ धर लिया पन्नासिंह ने, 'कुघरी ऐसे घेरती है, यह बात मालूम नहीं करी कि रंजीत की बहू क्यों आई है? समझ लिया कि संग आई होगी पर्चा भरवाने। आजकल बैयर हमने बरात तक में जाते देखी हैं।

'मैं तो थानसिंह के लाए हुए पेड़े खा रहा था दौना भर के। थानसिंह ने इतना जरूर कहा, पर्चा कोई जबरदस्ती थोड़े ही भरवा देगा, अँगूठा टीपना पत्थर की लकीर तो नहीं ...

'मास्टरजी यह गोरखधंधा हमारी समझ में नहीं आया। थानसिंह वैसे भी महीन कातनेवाला आदमी है। एक बात में दसियों मतलब छिपाए रहता है।

'जी घबराया मेरा, हो न हो कोई बात जरूर है। पर हल्ला कैसे करूँ, साले सिपाही अलग ... जैसे मेरी ओर ही देख-देखकर घुन्ना रहे हों। सहर का आदमी बोलता-बतियाता तो है नहीं, हमला करता है।

'कुछ कहता तो ये लोग पकड़वा भी देते। क्यों मास्टरजी?'

श्रीधर चुप रहे।

'झजुआ थानसिंह की आँख बचते ही कह गया था—दो दिन बाद नाम वापस भी ले सकते हैं। अगली कल के बाद चले आना यहीं। बिना किसी को बताए। गाँव का कोई न कोई तो मिल ही जाएगा यहाँ। हाकिम को बता देना कि मजबूरी में ...। मैं गम खा गया मास्टरजी। क्या पता कि हवालात में ही बंद करा दें ये लोग? कानूनी बात भी साली उलटी ली जाय न सीधी। और ये गैरलिहाज आदमी! बहू पिरधानी के लिए क्या खड़ी हुई, इनकी नाक-मोंछ काट ले गई! फत्ते चारों तरफ पेंतरा मार रहा है। दुरजोधन साला! अब बताओ कि मेरा मुकाबला कुँवरपाल से है कि सारंग से? बात समझ में आई

न तुम्हारी? मुझे और रंजीत की बहू को लड़वाकर कुँवरपाल को जिताएगा। पूछो क्यों?'

'क्यों दाऊजी?'

वे फुसफुसाए, 'कुँवरपाल इस बखत फत्ते पिरधान के लिए सोने की लेंड़ी हग रहा है। हुकमसिंह की नौकरी पक्की कर आया है मेरठ में। ऐलकारी नौकरी। हजारन रुपया महीना में मिलेगा। फत्ते को इससे ज्यादा इस टैम क्या चाहिए और?'

'अच्छा!

'ऐसा करो मास्टरजी, तुम चलो हमारे संग। समझा दोगे ऐलकार को।'

'मैं चलूँ?'

'हाँ।'

'दाऊजी, मेरे जाने पर तुरंत समझ जाएँगे लोग। हो सकता है, तुम्हें बीच रास्ते ही रोक दें। तुम ऐसा करो, मेरी साइकिल ले जाओ। चलानी आती है? पाँव पहुँच जाएँगे?'

पन्नासिंह ने 'हाँ' में सिर हिलाया।

'जब तक यहाँ खबर लगेगी, तुम अपना काम कर चुकोगे। लेखपाल रहता है कचेहरी के सामनेवाले घर में। मैं चिट्ठी लिखे देता हूँ। मदद कर देगा तुम्हारी। वह न मिले तो सियाराम मास्टर। वे जवाहर विद्यालय के पास रहते हैं।'

'हाँ-हाँ, गया हूँ उनके घर,' कहते समय उनकी आँखें दृढ़ हो आईं।

पन्नासिंह ने लाठी को कैरियर पर दबाया और साइकिल पर सवार होकर नट की तरह सधते हुए चल दिये। साइकिल उसरा में आई तो लगा आग बरसाती दोपहरी में वे उड़नखटोले पर सवार आसमान में उड़े जा रहे हैं। उनका भाग्य कि कोई भला-बुरा, दोस्त-दुश्मन राह के बीच टकराया नहीं। टकरा जाता तो पूछता भी जरूर। पूछता तो जवाब भी देना पड़ता। क्या कहते? यही कि मास्टर की दवा लेने जा रहे हैं। मन ही मन मुस्का रहे हैं पन्नासिंह। कूल्हे मटका-मटकाकर हुलास में पैडल मार रहे हैं। कौन कहता है जेठ मास की दोपहरी में चील अंडा छोड़ती है? उनको तो आम के घने पेड़ की छाया ने ढक लिया है, सर्वांग। खेतों में फसल नहीं, राह में गैलाऊ नहीं, मगर पन्नासिंह की नजर के सामने अतरपुर की जनपरजा है। शुभ दिन ऐसा ही होता है कि आदमी घाम-गरमी, ताप-धूप के असर को मात दे दे। पन्नासिंह ने सब पर विजय पा ली है। जीत किस पर हुई उनकी? अपने मन पर तो काबू नहीं ··· जो कभी न सोचा, आज सोच रहे हैं। जो विकार कभी न आया, आज आ रहा है। आजन्म कुँआरे पन्नासिंह ने अपनी लाठी की चिकनाई को छूने-देखने के अलावा किसी बैयर को कनखी भर देखा नहीं आज तक। मगर आज उनकी छोटी-छोटी आँखों को अतरपुर की बैयरबानियों ने घेर लिया है। गजब करते हैं पन्नासिंह—सोच रहे हैं वे, एक-एक के गले लगें। उनकी छातियों से चिपटें। उन्हें प्यार करें। उनके कोमल बदन पर चुम्बन ··· थू थू! नरक में जाएगा पन्ना। नरक में जाय तो जाय। मन नहीं मानता। सारंग, कलावती चाची, चंदा, लौंगसिरी बीबी, बैकुंठी, प्रधानिन भाभी ··· यहाँ तक कि मरी हुई हरिप्यारी-गुलकंदी जीवित

हो उठीं। गाँव गुलजार है। कोई माता पूजने जा रही है तो कोई घर लीप रही है, कोई झूला झूलती है तो कोई पशुओं को सानी दे रही है। चौका-रसोई में लगी है कोई। दूध-धार निकाल रही है गाय के थनों से ··· साइकिल किसी ठेक मेंड़ से टकराई! पन्नासिंह का होश पलटा। अचानक गर्मी लगी। ताप इतना कि बदन में एक ठंडी लहर दौड़ गई। उन्होंने एक हाथ से कंधे पर पड़े अँगौछे से मुँह पोंछा। सीने का गीलापन सुखाया, मगर चलते रहे। पेड़ के नीचे बिरमाने का मतलब टैम खराब करना। जल्दी से जल्दी पहुँचना है।

मास्टर क्या कहता था? लालबहादुर शास्त्री? मन में एक शीतल फुरहरी सी उठी।

कौन लालबहादुर? इंद्रा गाँधी जैसा। ऐलकारों का भी ऐलकार!

इंदिरा गाँधी को जानते हैं पन्नासिंह। एक बार देवछट के मेले में आई थीं। दुबली, छोटी सी गोरी औरत। आवाज पीपनी से भी महीन। बाल आधे काले, आधे भूरे। उन्होंने भीड़ में घुसकर सुनी थी उसकी बोली—कितनी जोर से बोलती थी और कितना मीठा हँसती थी! वह कितनी छोटी सी थी—गुड़िया के जैसी! छोटे कद के लोग अच्छे लगते हैं पन्नासिंह को।

अरे यह फटफट! चकरोड से सड़क पर आते ही एक मोटरसाइकिल दिखाई दी।

फटफट सुलैमान की है क्या?

कजरौठ का पहला प्रधान सुलैमानसिंह फत्ते का पुराना यार है और रिश्ते का भाई भी। दोनों संग खाते-पीते हैं। पन्नासिंह ने खुद उसकी सेवा की है—पानी ला, गिलास ला, प्याज ला, दाल-सेब ला ··· बोतल। पन्नासिंह बोतल लाने के गुनाहगार रहते थे, खोलने के नहीं।

दगाबाज आदमी!

सुलैमान कितना दगाबाज निकला! चुपचाप पर्चा भर आया—सबेरे ही सबेरे। पहले हल्ला। फत्ते रिसियाये तो रिसियाया करे। उसके हाथ में है क्या? सब जानते हैं वोट फत्ते को दें, सुलैमान को दें, एक ही बात। किस-किस से कहता फिरेगा फत्ते कि इसने मेरी पीठ में छुरा ··· आजकल इसके नाम पर गाली जोड़कर बात करता है फत्तेसिंह। कहीं यह सूँघ न ले कि पन्ना क्यों जा रहा है इगलास! क्या मालूम कि फटफट से पिछिया ही ले? नहीं, इसका कोई यकीन नहीं। मन के कौतूहल ने उनके पाँव कँपा दिए। चुगली न कर दे फत्ते से? फटफट को गाँव पहुँचते चुटकी बजाने भर की देर नहीं लगेगी। सुलैमान की आँख में शैतान बैठा है, यह बात पन्नासिंह खूब जानते हैं। फत्ते से दगा करनेवाला सुलैमान उनको क्यों भाएगा भला? भले फत्ते भइया से उनके विचार मेल न खाते हों।

मोटरसाइकिल पक्की सड़क पर पुलिया के पास रोके खड़ा है, काला-कलूटा मोटा आदमी—सुलैमानसिंह। सफेद कुर्ता-पाजामा और कंधे पर लटकी पिस्तौल—निजी है—लहसंसी।

'सुलैमान भइया!' पन्नासिंह ने छोटे-छोटे दाँत निकालकर मुस्कुराते हुए पुकारा और साइकिल बढ़ाते आगे निकल गए।

'ओ बिलंदिया की औलाद, साले रुक!' सुलैमान ने पीछे से पिस्तौल दिखाई तानकर।

पन्नासिंह टाँग ऊपर उठाकर उतरे, और हलके से कूद पड़े। वहीं का वहीं खड़े रह गए साइकिल थामे हुए।

सुलैमान आया और जोर से एक लात मारी साइकिल में। साइकिल पहिए पसारकर एक ओर गिरी कि थप्पड़ और लातों की बौछार होने लगी पन्नासिंह पर। 'साले, तू उस लुगाई का भड़ुआ बनकर जा रहा है!' कहते हुए पन्ना का मुँह गाड़ दिया धरती में। रगड़ दिया पक्की सड़क पर। 'हाय भइया! अरी भइया! अरे छोड़ तौ। छोड़ रे भइया!' चिल्लाते हुए पन्नासिंह कुचले केंचुए से तड़पने लगे। वह धाँय धाँय मार रहा था। जाँघ, कूल्हा, और ··· क्या कहें कि—लात-घूँसा—ठौर-कुठौर! ऐसी जगह चोट पड़ी कि पन्नासिंह बेहोश हो गए। छोटा सा जीव ··· इतनी पिटाई! काफी थी मर जाने के लिए भी। मगर सुलैमान ने उन्हें मारना नहीं चाहा। छोड़ दिया।

चरनसिंह बौहरे इगलास में न होते तो पन्नासिंह मरते कि न मरते, लेकिन जीते भी नहीं। खिचड़ने को तरसते।

बौहरे बताते हैं—

तुम्हारे गाँव का आदमी है शायद। पहचानो जाकर बौहरे—एक आदमी ने उन्हें बताया। वैसे आसपास के गाँवों के लोग एक-दूसरे को जानते हैं, लेकिन पन्नासिंह? कोई उन्हें तुरंत पहचान ले? इगलास आना भी कितना होता है। उनका शहर-गाँव सब अतरपुर। चारों धाम अतरपुर।

बौहरे उस भीड़ में पहुँचे जहाँ पन्ना को घेरकर ऐसा मजमा लगा था, जैसे बाजीगर का तमाशा हो रहा हो। लोगों की जुबान पर चू चू चू, हाय हाय तो थी लेकिन हाथों में दम नहीं था कि कोई उन्हें उठाए। बौहरे अपने गाँव के थे, भले कोई सगे-संबंधी नहीं, खून का नाता नहीं, पर पानी का नाता तो था। देखते ही तड़पकर बाँहों में भरने भागे।

'अरे हाथ मत लगाना, पुलिस केस है।'

'होगा केस पुलिस का, भाई तो मेरा है,' बौहरे नहीं माने।

बाँहों में भरकर थाने तक पहुँचे। कोई पँचहथा लंबा-चौड़ा आदमी होता तो शायद बौहरे भी देर-अबेर ··· पर पन्नासिंह बलिस्त भर का आदमी। बच्चे की तरह उठा लिया।

दरोगा तक बात ही कहाँ पहुँची, सिपाहियों ने ही मामला निबटा दिया—कहाँ के हो? अतरपुर के। यह कौन है? पन्नासिंह, फत्तेसिंह का भाई।

'किसी का भाई हो या बेटा। चुनाव चल रहा है। आजकल सैकड़ों ऐसे पन्ना-फन्ना मर रहे हैं। कोई दमदार आदमी लाते तो बात अलग ··· काहे को अपना और हमारा वक्त खोटा करते हो यार?'

चरनसिंह बौहरे अवाक् खड़े रह गए।

'रपोट ही लिख लो। कार्रवाही फुरसत में कर लेना।'

'यार, क्यों हमारे दफ्तर में कचरा बढ़ाते हो?'

बौहरे पन्नासिंह को रेहड़ी में धरकर गाँव तक ले आए। कुँवरपाल उन्हें रास्ते में ही मिल गया था। फत्ते ने भेजा था। चिंता थी कि पन्ना कहाँ गया? किसी से उलझ तो नहीं बैठा? चुनाव के दिनों में लोग रंजिश भी निकालते हैं, कहीं हमारे भाई को कुछ ...

गाँव में पन्ना को लेकर तरह-तरह की बातें उड़ीं—

—पन्ना को होश नहीं।

—होश है। मक्कड़ बना रहा है।

—नहीं, फत्ते का हुकमसिंह उसको डबल खुराक अफीम दे रहा है।

—अफीम! इतनी मँहगी चीज?

—चुनाव और प्रधानी से मँहगी नहीं है।

—हाँ, जीता-मरता कैसा भी पड़ा रहे। रंजीत की बहू को तो हरवा ही देगा।

—फत्ते ने पन्ना की लठिया तुड़वाकर फेंक दी। सनकी आदमी, सुलैमान से भिड़ गया।

—भँवर करेगा रपट।

—रपट करके क्या मूसर उखाड़ लेगा फत्ते का? उसने तो दरोगा को भी लिखवा दिया कि हमारा भाई ट्रैक्टर से गिर गया। कमीज में कील फँस गई, सो खिचड़ गया कुछ देर ट्रैक्टर के संग ही। मार-पीट की बात झूठी है। चुनाव के दिनों में लोग अफवाह भी बहुत उड़ाते हैं।

—हाँ, कह रहा था फत्ते कि पन्ना से जल रहे हैं लोग। कौन चाहता है कि चार फुटिया प्रधान हो जाए और फिर लाठी भाँजे। पर हम भी अपने भइया को खाट पर धरे ही धरे प्रधानी लड़वाएँगे और जिताएँगे।

—अजी पन्ना चुनाव ही पकड़ ले तो बहौत है। हाँ इतनी बात जरूर है कि अब सुलैमान और फत्ते एक ही पुआ को संग-संग दाँत से काट रहे हैं। नाम वापिस ले आता पन्ना तो फत्ते खुदकशी कर लेता। और फत्ते के बिना सुलैमान अध्यक्ष के लिए चुनाव हार जाता।

अतरपुर का चुनाव अभियान!

जीपें दौड़ रही हैं—फत्तेसिंह की निगरानी में। बहन-बेटियों का नाम वोटर लिस्ट में डलवा दिये पहले ही। सबको लिवाने जा रही हैं जीपें। जहाँ नहीं जा पा रहीं, उनको किराया दिया जा रहा है। लड़कियाँ वोट देकर जब सुसराल जाएँगी तो सबको एक-एक धोती और डलिया देकर बिदा किया जाएगा।

ट्यूब्वेल खोल दिया है—परेहट मुफ्त।

फत्ते प्रधान ने तीन ट्रैक्टर जुटा लिए हैं—एक अपना, एक सुलैमान का और एक लाला का—भाड़े पर। लाला ने चुनाव का इरादा छोड़कर भाड़े पर ट्रैक्टर चलवा दिया।

काश्तकारों की खेती जुत रही है—डीजल भी माफ। जुताई सौगात में। संग में खाद, कीटनाशक दवा का इंतजाम। रंजीत भी मदद कर देते हैं, जैसी बनती है तैसी। लिहाज की बात!

धुंधी जाट ने अरज की, 'बहू बीमार है। एक साल पहले अपरेसन बताया था।'

फत्ते प्रधान ने मंजूरी दी, 'हाथरस, अलीगढ़, आगरे, मनचाहे जहाँ इलाज करवाओ, खर्चा हम ओटेंगे। दवा-खुराक से लगाकर भाड़ा-रिक्शा सब।'

कुँवरपाल का पक्ष ले रहा है फत्ते या पन्नासिंह का? चतुर हो, सो जाने।

ब्राह्मण, जाट, गड़रिया, नाई, तेली, कुम्हार, खटीक जैसी सातों जातियों का शुभचिंतक फत्तेसिंह। पन्ना जीते या कुँवरपाल, उसे दोनों में खुशी। सब सुखी रहें इतनी ही तमन्ना है प्रधान की। लोग गुन गा रहे हैं। ठीक बात—एक नेकी के ऊपर सौ बदी भुला देता है आदमी। फत्ते की जै-जैकार!

कुँवरपाल हुकमसिंह को मेरठ पहुँचा आया है। अफसरी बख्शी है पदमसिंह ने उसे। यह गाँव तो है ही करमहीन, अच्छे-अच्छे आसमानों को धूल चटा रहा है। रंजीत-भँवर सरीखा समझ लिया हुकमसिंह भी। पंद्रह किलास पास लड़के की कदर नहीं जानी, यह भी नहीं सोचा कि यह फत्तेसिंह का लाल ⋯ अब मास्टर भी तैयार हो जाए हवालात के लिए। हुकमा कुर्सी पर सवार होते ही उसके वारंट निकलवाएगा। लियाकतवाले आदमी की बेइज्जती ⋯ मँहगी पड़ती है कभी न कभी। प्रधानजी शांत स्वभाव के आदमी, कथनी नहीं, करनी में भरोसा रखते हैं।

ब्याह? नहीं जी, हुकमा का ब्याह टाल दिया। अफसरी करता हुआ आदमी गाँव की लड़की से ब्याह करे, लानत है। वह गँवई आदमी का दहेज भी कबूल नहीं करता।

हुकमा को हिल्ले लगाकर कुँवरपाल पाँव पसारकर सोता है। कहता है आराम कर लेने दो, फिर तो प्रधानी के झंझट ⋯ नहीं जी, कल तो भासन दे ही रहा था कि भाइयो, माना कि हमारी कौम सदा तुम्हारे पाँवों की जूती रही है, पर औरत जात? पाँव में न सिर पर। कुँवरपाल जाट होता तो सारंग के समर्थकों को माँ-बहन की गाली देता, जो लगतीं औरत को ही। पर जाटों का गाँव ⋯ कुँवरपाल देख-समझकर जीभ उठाता है। बस इतना ही कहा—जो औरत अपने मर्द की सगी नहीं हुई, वह गाँव के लोगों के दुख-दर्द समझेगी? समझनेवालों को इशारा ही बहुत है।

इतने पर भी जाट लोग चढ़कर आ सकते थे, पर कुँवरपाल के पास कलक्टर भाई का सुदर्शन चक्र ⋯ रंजीत तक सिर झुकाए बैठे रहे। अब भी कोई आशा है क्या रंजीत को?

कलेंडर! कुँवरपाल के नाम के साथ रामचंद्र, सीताजी और लछमनजी का कलेंडर। दूसरे में कृष्ण भगवान की फोटू। तीसरे में अम्बेडकरजी और चौथे में मस्जिद के पास कुँवरपाल की तस्वीर। घर-घर बँटवा रहा है फत्तेसिंह। कुँवरपाल के जैकारों के संग एकाध जैकारा पन्नासिंह के नाम का भी।

ट्रैक्टर और जीपों ने गाँव गुँजा दिया, धूल से अटा दिया।

बाबा हर जैकारे के बाद हुंकारे भरते हैं।

भँवर कहता है—देखें, पन्नासिंह को कितने दिन कैदखाने में रखता है फत्ते? हमारे ब्लॉक का चुनाव कौन सा पहले चक्र में ही हो रहा है। चौथे चरण में होगा, पूरे अठारह दिन हैं।

भँवर ने रिसाल को तैनात किया है—तेरी बोली मीठी है रिसाल। छई-छापरियों के सासरे जा, सासों को रिझा और निकाल ला बहनों-बुआओं को, जिनके नाम वोटर लिस्ट में हैं, उनका आना लाजिमी है।

'देख लो बाबा, तुम कहते थे कि आदमी को पुरखों की इज्जत प्यारी है, मास्टरजी कहते हैं—बिरादरी के चक्कर में पड़ा है गाँव का आदमी, मैं कहता हूँ कि बिरादरी में भी फाँकें पड़ गईं। मिसाल तुम्हारे सामने है।' रिसाल कम बोलता है, मगर मीठी और असरदार बात कहता है।

बाबा गहरी साँस लेते हैं, 'सब चलन उलट गए लल्लू! पहले भइयाबंदी और बिरादरी के नाम पर परमारथ के कुछ काम हो जाते थे, अब तो लोगों ने बिलकुल ही हाथ धो दिए। पर तुम हिम्मत मत हारो। कुँवरपाल और फत्ते का तामझाम क्या करेगा? सिपाही लड़ता है एक तलवार से, बंदूक से।' बाबा गुस्से के कारण मूँछें चबाने लगे।

'अजी बँधा रहने दो फत्ते का तावीज कुँवरपाल की बाँह में, हम दुश्मन भी मुकाबला करेंगे। प्रधानजी बैलों के मुँहवाले बछड़ा कहते हैं हमें, पर हम भी दिखा दें साँड़ की तरह कंधों पर सींग खाकर अड़े रहना कैसा होता है? इन्होंने क्या किया? पन्नासिंह को कैद! धोखे से उनकी पिटाई! इतना कमीनपना करके भी प्रधान होना चाहते हैं, जैसे इस गाँव में अंधे-बहरों का बासा हो।'

चरनसिंह बौहरे अभी-अभी स्कूल से उठकर चले आ रहे हैं। बाबा ने आते ही अपने मन में मची खलबली जाहिर कर दी, 'चरनसिंह, भाई तू भी बता अपना पत्रा देखकर, सारंग पर कैसे गिरह चल रहे हैं?'

भँवर, जो पत्रा के नाम पर हँस देता था, आज उम्मीद जोड़कर बौहरे को देख रहा है। और दो पल रुककर बोला, 'कठिन ग्रहों की शांति का उपाय बता दो बौहरे।' चरनसिंह मुस्कुरा पड़े, 'मुझे तो लगता है कि भँवर, तू और गजाधर माभा ही चुनाव के मोर्चे पर··· हमारी सारंग जीतेगी। न जीते तो भूरा बंदर नाम का बंदर पोसना मेरे नाम पर, हाँ।' भँवर तीखी बोली बोलता है, 'मजाक में मत टालो, देखो राहू-केतू।'

सारंग आजकल समाधि में उतरी हुई हो जैसे। कुछ सुनने न सुनने से सरोकार नहीं।

एक सपना देखा है सारंग ने।

चुनाव चिह्न छाता मिला है। भँवर कह रहा है।

गाँव की बहन-बेटियाँ फत्ते ने बुलाई हैं, लेकिन मेरे आँगन में ··· यह भोर की बेला में जागी चिरइयाँ कचरपचर करके गुँजाए दे रही हैं वीरानी को! ओ लज्जा! कुंती! अंगूरी,

अरे कब आई बीबी? सारंग को विश्वास नहीं—मैं कंधे छू-छूकर देखना चाहती हूँ। सावन में आई हो? महीना कौन सा है? जेठ। जेठ मास में! …

गुलकंदी के फेरे (मरे में) आए हैं री भाभी। नाइन हमारी माँ दाखिल … अब गीत गाकर विदा करनेवाला कौन, सारंग भौजाई, कौन? सूखे हलक जल के घूँट पिलाती, पीठ सहलाती, खुद सुबकती चलती हुई नाइन और हमारे आँसुओं से उलझती हुई गुलकंदी … अरी उससे कौन सी खता बन गई कि … गौरैयाँ विलाप कर रही हैं! मेरा आँगन आँसुओं की बाढ़ में डूबा जा रहा है! यह गुलकंदी की मौत का दिन तो नहीं? फिर ये औरतें!

सारंग रौस पर खड़ी आँगन में डूब रही है—आओ, आओ, सबकी सब आओ! मैं तुम्हारी सारंग भौजाई अपने आँचल में छिपा लूँगी।

चिरइयाँ बिफरने लगीं, 'तुम बीजा की निठुर भौजाई! गुलकंदी का सुहाग ही नहीं उजाड़ा, उसे भी संग फूँक दिया! करवाचौथ की कथा से ज्यादा … खौफजदा भइया! पीहर ही जबड़ा फाड़ने लगे तो हम कहाँ जायँ?'

सारंग की आँखों की ज्योति कुंद पड़ने लगी। हाथ जोड़कर आँख मूँदे खड़ी है—ओ धरती माता! और भैमइया! ओ दुरगे भवानी … तेरा प्यार-दुलार, तेरी मोह-ममता चुक गई क्या? या पक्षपात करती है बेटियों से? बेटियों का खून स्वादिष्ट है, सो पीती है डायन की तरह … कि हमारे ही खून से पोषती है अपने बेटों को? हम पूज-पूज हारे, असीस में मिला प्राणहंता श्राप। माँ, तेरी कोख से जन्मा पेड़ भी गिरता है तो तू हिल उठती है, तो हमारे मरने-फुंकने और सुलगने पर तू मौन और धुआँधुआँ बस! क्यों नहीं डोल उठती कि प्रलय हो जाय। क्यों नहीं फट जाती कि यह दुनिया समा जाय।

यकायक सारंग का ध्यान टूटता है—

—भाभी, तू फिकर मत करना री। चुनाव के बहाने ही हम अपनी जनम-भूमि देखने आ गए हैं। हमारे लिए यही बहुत है।

—भाभी, रिसाल ने मेरी सास के पाँव पकड़कर विनती करी कि मम्मीजी, अब की बार … जुग-जुग जीवे मेरा रिसाल भइया।

यह कौन आई है? जगदीस की बहू। सास से लड़कर गई थी। आदमी से बैन किए थे—असल हूँगी तो तेरा मुँह न देखूँगी, सता ले मुझे। चुनाव के लिए आई है। कहती है वोट देकर लौट जाऊँगी। नहीं, अब नहीं लौटेगी जगदीस की बहू।

हरपरसाद की बहन नकटी! सारंग को विश्वास नहीं होता। कहती है नकटी—कि गुलकंदी के ठौर मैं होती, तब क्या फूँक न देता हरपरसाद भइया? मेरी सोने की चूड़ी दबा गया कनास, आदमी रोज ख्वारी करता है मेरी। हरदेई आ गई। बहुएँ ये … इतनी! हाँ, गाँव भर की बहुएँ आ गईं।

याद कर लो री, वोट कैसे देना है?

'गुलाबी रंग का कागद, कागद पर छतरी।'

'छतरी, छतरी, छतरी।'

'किस पर निसान लगाएगी री नकटी?'

'हरे रंग ...'

एक धौल जमाई कुंती ने, 'बाबरी!' भूल सुधार करती है नकटी, 'गुलाबी रंग का कागद, छतरी पर मोहर।'

सारंग के चौक में जुड़ी हैं सब औरतें।

लौंगसिरी बीबी! आ गईं! बड़े दिनों बाद लौटी हैं हतीसा से। फूफा की तेरही के संग महीने का श्राद्ध तक निबटा आईं। कुछ भी कहो, अतरपुर के बिना उनकी गति नहीं।

'अरे राकेसा! सेरअली! पाती! चंदन! जाओ रे, ख्याली दादू को बोलकर लाओ, चिकाड़ा ले आएँ। राकेसा, तू ढोलक बजा लेता है, गले में ढोलक डाल ले।' बीबी सबको संगठित करने में लगी हैं।

'बुआ एक गीत गाएँ? बिसुनदेवा गाता था—एक नई चवन्नी चाँदी की, जै बोल महातमा गाँधी की'—राकेश लौंगसिरी बीबी से पूछ रहा है। 'गाओ, गाओ। अच्छे-अच्छे सारे गीत गाओ।' बीबी के कोए में चुपके से एक आँसू उलझ आता है—बिसुनदेवा!

सक्का, गड़रिया, कुम्हार, खटीकों की सारी औरतें। बाम्हन-बनियों की स्त्रियाँ! जटियाना पूरा सूना हो गया।

—गजब! प्रधानजी ने पहली बार अपनी स्त्री पर हाथ उठाया। बेसरम कहीं की। जुलूस में जाने की जिद! काहे का जुलूस? साली सब गोपिकाएँ बनकर नाच रही हैं। मास्टर मोहिनी रूप धरकर कुँआरी-ब्याहियों को भरमा रहा है। बरबाद कर दिया गाँव। मास्टर से कहाँ मिलती है, बोल? राकेसा के बहाने स्कूल में? एकदम झूठी तोहमत। प्रधान के ऊपर राक्षसी हवा का प्रकोप है।

—प्रधानिन निकल पड़ी। बाहर क्या निकली गली में बहती खुली हवा ने बाँहों में भर लिया उसे। सुना है प्रधानिन ने भडुआ की गाली देकर कहा—पन्ना न समझ लेना इस मरमनि को, तेरे जैसे आदमी को तिनके की तरह उड़ा दूँगी। भाई रे भाई ... धरी लुगाई करना कितना खतरनाक है! ब्याही कह सकती थी ऐसे?

बीबी हल्ला कर रही थीं, सब आ गईं बैकुंठी नहीं आई।

बैकुंठी आज देह का मैल छुड़ाकर शुद्ध पवित्र होकर आई है। एक बट्टी साबुन खर्च हुआ है। थानसिंह इतना जिद्दी है कि नहाने-धोने नहीं देता। पर रुआँसी सी है, 'बीबी, ओ मेरी नन्द! भूरा बदमास कहता है, झल्लूस में जाएगी तो हाथ-पाँव तोड़ दूँगा। उसमें तेरी बहन भँवर की माँ सामिल है। भँवर हमारा जानी दुसमन है।' बैकुंठी रोते हुए कहने लगी—'रेसम के ठौर मैं होती तो मेरे प्रान-पखेरू भी ...' कहकर एक नजर भँवर को देखती है।

कलावती चाची ऐसे समय को साधने में माहिर हैं। हथेली पर हथेली मारकर बोलीं, 'हम्बै तो भूरा! लुच्ची, ऐसे ऊरा-भूराओं को गिनती है तू। कढ़ीखाई को नंगा कर दूँ ला

में। पीटते हैं। अरी इतने दिन से पिट रही है, आदत नहीं पड़ी अभी तक? आज तो अपने मन की कर ले, हम्बै तौ!'

'अई श्याबासै चाची, आज तो तू ललमनियाँ नाच दे।' भँवर उत्साह में है। सारंग मुस्कुराहट रोकने की कोशिश करती है। गौर से देखती है कि श्रीधर अभी तक आए कि नहीं? चाची पर निगाह गई एकदम से, हाय वे तो नाचने लगीं।

कई लड़कियाँ संग-संग आ रही हैं। अपने गाँव में ये सिनेमाछाप लड़की! दो तीन लड़के पीछे-पीछे बतिया रहे हैं।

चमकनी बिंदी लगाए हुए श्रीदेवी। शी ऽ ऽ ऽ ··· जोरदार शीटी। बड़ी बहू गाली देने लगीं—कढ़ीखाए राकेशा, यह भँवर की बहू है, दाँत तोड़ देगा, बजाते रहना फिर सीटी। भँवर की बहू! बहू का चेहरा देखकर पढ़े-लिखे लड़के एक-दूसरे को धकियाने लगे—फिलिम कट है! हीरोइन! गाँव की नायिका! क्या कहने!

लौंगसिरी बीबी की नजर में खरगोश की सी सतर्कता है, बोलीं, 'फिलिम-सलीमा देखने आए हो बंजमारे! चलो हमारे पीछे-पीछे।'

ख्याली दादू आ गए। कलावती चाची को बिना गीत और बाजे के चैन नहीं पड़ता। चिकाड़ा बोलने लगा—ताँय ताँय ताँय तूँय तूँय तूँय! चकई के चकधम चकई के चकधम!—वाह रे राकेसा! पूरा ढुलकिया बन गया। बाप देह की खाल उधेड़कर ढोलक पर मढ़वा देगा। पिताजी के घर नहीं जाना अब। अपने द्वार से न निकलना। फत्तेसिंह का कोप ··· वाह रे वाह! श्याबासै!

'बाजे बाज रहे हैं, और छिनार लुगाइयाँ मुँह में मुर्छीका दिए चल रही हैं,' बीबी डपटती हैं।

'सरूपी! सुरीली आवाज क्या भइया-भतीजों को सुनाने को सेंत राखी है?' ये कलावती चाची हैं।

सीता ठाड़ी जनक दरबार, सुरिज जल दै रही ऽ ऽ ऽ ···
सीता, माँगनो होय सोई माँग, तपस्या पूरन है गई ऽ ऽ ऽ ···
मैंने माँगी कौसिल्या सी सास, सुसर राजा जसरथ से,
मैंने वर माँगे सिरीराम, ननद छोटी भगिनी सी ···
मैंने माँग्यो अजुध्या कौ राज, गंगाजी माँगी नहाइबे कूँ ऽ ऽ ऽ ···

एक के बाद एक घर। चौक के बाद दूसरा चौक। गीतों से गूँज उठा गाँव। चौपाल-ओसारों में बैठे, बातचीत करते लोग सचेत हुए। रामजी बाम्हन आगे बढ़ते हैं, नम्बरदार झुकी कमर से सारंग तक आए, बाबा की आँखें झिलमिला आईं, भवानीदास धीरे-धीरे चलते हुए ··· असीस रहे हैं सारंग को।

सबसे पीछे यह कौन चली आ रही है? मनोहर की बहू! हाय चुड़ैल! नंगी नाचेगी क्या? धनकुटा लाई है हाथ में? औरतें फुसफुसाती हैं। नहीं, नहीं, हथेलियों पर थालियाँ

साधकर नाचना भी जानती है मनोहर की बहू। लाल रेशमी साड़ी बाँधकर आई है, इसीलिए तनिक विलम्ब लगा।

मास्टर! श्रीधर स्कूल की चौहद्दी में खड़े हैं। सारंग की निगाहों से निगाहें टकरा गईं! मारकाट, हिंसा और सत्ता हथियानेवाले पदलोलुप ... एक-दूसरे को फाड़ खानेवाले दरिंदे ... हवा के संग-संग गिरती लहू की बूँदें—लाल-लाल! धरती रक्तरंजित हो चली। अफीम की घातक नींद में सोया निश्छल मनुष्य ... और यह कोमल संगीत! आश्चर्य! धरती की बेटियाँ लौह जंजीरों को काटने निकली हैं। श्रीधर को अनेक किताबी बातें याद आती हैं ... ये ग्राम बालाएँ प्रेम के सिवा किसी शब्द का अर्थ समझती नहीं। सादी बोली के अनगिनत सुर! मनभावन लय! श्रीधर की आँखों की भाषा पढ़ लेती है सारंग। मास्टर की नजरों से बरसती रोशनी! सारंग की पलकों पर उस रोशनी की किरणों ने दस्तक दी। उनींदी परी की पलकों में मीठी-मीठी हलचल। आँखें खोलकर देखा, धरती से लेकर आसमान तक नारंगी आभा में लिपटा चैतन्य संसार!

सबेरे की वेला, ब्रह्म महूर्त का देखा सपना सच निकलता है—बाबा कहते हैं।

अम्बेडकर चौक! जगमगाते लट्टुओं की रोशनी!

कुँवरपाल के चौक में रात के समय भी धूप खिली रहती है। दिन पर दिन तरक्की का सबूत यह है कि लोग राम-राम, नमस्कार और पालागन बिना बात शुरू नहीं करते। कुँवरपाल आजकल ज्यादा नहीं बोलता। बोलनेवाले की कदर लोग कम करते हैं। चरनसिंह बौहरे ज्ञान की बक-बक करते-करते अपना करिश्मा खो बैठे।

बैठक में पक्के फर्श पर जाजिम बिछाई जा रही है। गावतकिये रखे जा रहे हैं। सरकारी मेहरबानी सबसे ज्यादा कुँवरपाल के घर को ही मिली है, जिसके कारण वह सवर्णों से ऊपर हो गया। बाकी सब चमार रह गए हैं। लाला भवानीदास तक पदम के आने पर कोर्निस बजाने आते हैं—कमाल कुर्सी का। नम्बरदार बूढ़े को कुँवरपाल अपनी चौपाल पर चढ़ने नहीं देता, वे सनक गए हैं, और बड़बड़ाते रहते हैं आँखें मींचकर—साले अहलकार क्या हो गए, हमारी खोपड़ी खूँदने का लायसंस ले आए। अम्बेडकर चौक के नए लड़के कहते हैं—बुड्ढा पागल होनेवाला है।

भट्टी खोदी जा रही है चबूतरे के नीचे बाईं ओर। मुर्गों की कटाई-छिलाई दोपहर से शुरू होगी। अम्बेडकर चौक के बाशिन्दों के लिए खास सूचना है कि वे नाक-भौं सिकोड़ने का जुर्म न करें। जिंदगी भर दूसरों के पशुओं की खाल खींची, आज मुर्गा कटवा रहा हूँ तो गुनाह!

दस सेर मुर्गा। बीस सेर प्याज। दोप्याजा तरकारी बनेगी। मोहल्ला गँधाए या सड़े। हम जिंदों को मुर्दे की हालत तक मारा-पीटा जाता था, भूल गए? उसी का नतीजा आज मिलनेवाला है, तो लोग लाँग खोलकर नंगे होने लगते हैं। यह हमारी तरक्की की सुगंध

है, जो बर्दाश्त नहीं होती।

चुनिंदा लोगों की पार्टी!

समर्थ लोगों की मीटिंग!!

रंजीत का मन बिलकुल नहीं कि शामिल हों, लेकिन फत्तेसिंह से दोटूक मना करके वे टुच्चे साबित नहीं होना चाहते।

प्रधान ने क्या कहा था?

'कुँवरपाल साले को भी मन की कर लेने दे। मौका हम भी नहीं चूकेंगे। साल-डेढ़ साल में सदस्यों से नहीं तो गाँव की जनता से अविश्वास प्रस्ताव पास करवाकर इस चमरा की मशक बाँध देंगे। भले हमें डी.एम. के यहाँ धरना देना पड़े। लो फिर चुनाव। पैसा मुँह पर मारो तो साला डी.एम. क्या, उसका बाप भी औंधे मुँह तुम्हारे चरनों में आ गिरेगा। इस साले कुँवरपाल का पतियारा (विश्वास) हमें नहीं, ढेड़पने पर आ जाय और प्रमुख के चुनाव में मुझे ही वोट न दे। हुकमसिंह भी नौकरी में पाँव गाड़ चुका होगा तब तक तो।

और एक बात—छोटी कौम का आदमी प्रधान हो या सरपंच, साला हुकम तो चला नहीं सकता। गाली खाकर ही दिन काटेगा। या फिर पाई हुई सत्ता को डलिया में धरकर बेचने लगेगा। राज करना आता होता तो सरकारी धक्के के बाद भी ठंडी गाड़ी की तरह खड़ी रहती छोटी कौम, या भिखारियों की तरह झोली फैलाए नेता-मंत्रियों का मुँह जोहती रहती? यही बात हमारे पाले में जाती है कि चमार का रौब भंगी तक मानने को तैयार नहीं, और न चमार ही भंगी का प्रभाव मानेंगे। सालों के हाथ-पाँव फावड़े से, कलेजा मक्खीभरा।

रंजीत को इसीलिए भरोसा है कि प्रधान बिरादरी की बात पर किसी तरह की मिलावट नहीं करेगा। वे चल दिए—महफिल बैठक में सजी है।

छत की कड़ियों के बीच पंखा चक्र की तरह घूम रहा है। जाजिम के ऊपर सफेद चादरें, छोटी-बड़ी गद्दियाँ—रंग-बिरंगी। फोम के तकियों और गद्दियों, शीशे के कटावदार गिलास, डिजाइनदार ट्रे देखकर लगता नहीं कि यह कुँवरपाल की बैठक है, पदमसिंह का सरकारी ड्राइंगरूम उधारी पर उठ आया है अम्बेडकर चौक में।

पकौड़े विभिन्न सब्जियों के, नमकीन कई किस्म के स्टील की छोटी-छोटी थालियों में शोभायमान हैं।

सुलैमानसिंह, थाना प्रभारी गिरीश त्यागी, सिपाही दीपाराम, चाँदराम, थानसिंह, प्रधानजी, रंजीत और कुँवरपाल खुद—सबके सब गोल दायरे में बैठे हैं।

कुँवरपाल ने बारी-बारी सबको देखा। तगड़ी कद-काठी के ऊपर सीना फूला हुआ—दरोगाजी। कुँवरपाल के मोटे होंठों पर मुस्कान बिखर गई। आज का नायक है कुँवरपाल—दूल्हा राजा! दरोगाजी ही नहीं, सुलैमानसिंह भी निगाहों से बलैयाँ ले रहे हैं।

बीच में रखी दो लम्बी बोतलों पर ललचाई निगाहें चिपकी हैं, बोतलें कुनमुनाईं।

कुँवरपाल ने उनका मरम समझा हो जैसे, झट हथेलियों के बीच दबाकर उठा लीं।

'अंगरेजी है। पदम दे गया था।'

प्रधानजी छूकर देख रहे हैं।

'यार, स्वाद लेकर देखना। अंगरेजी का नसा तो बड़ा इन्तजार कराता है, जब आ गया तो रात भर आनंद देता है,' सुलैमानसिंह का अनुभव गूढ़ है। वे हँसते हैं तो होंठ मांस में धँस जाते हैं।

'और क्या देसी की तरह! साली बेसहूर लुगाई की तरह झटका देकर उतर जाती है,' दीपराम सिपाही अपने दरोगाजी के सामने पीने-पिलानेवाली महफिल में यार हो जाता है।

रंजीत चुप बैठे हैं। आँखें जलती हुई सी ... अजीब किस्म की आग!

सफेद बुर्राट कुर्ते-धोती में प्रधानजी। कुर्ते पर सदरी पहने हैं सुलैमानसिंह। रंजीत को पैंट-कमीज के कारण धरती पर बैठने में दिक्कत हो रही है शायद।

दरोगा नई उम्र का है, और अंगरेजी बोलता है।

प्रधानजी की समझ में कुछ नहीं आता। रंजीत को इसीलिए बगल में बिठाए हैं कि थानेदार की बात पर कब हँसना है, कब संजीदा होना है, इस तरह के संकेत पा सकें। बात दुख की हो, और वे ठहाका लगा दें, फिर?

'नेक दिल है दरोगा। मातहतों के लिए दरियादिल।' सुनकर गिरीश त्यागी पोदीना के पेड़ पर चढ़े हैं। अपनी तारीफ किसे अच्छी नहीं लगती?

'दुनिया में दो चीजें ऐसी हैं, जो आदमी में भाईचारा लाती हैं—शराब और औरत।

गिलास ढलने लगे। कुँवरपाल ने बोतलों के साथ दिल खोल दिया। छककर पियो।

गाँव के आदमी, झटकेदार चाहिए। भभका उठते ही तीन बालिश्त ऊँचे उछल गए सुलैमानसिंह। थानसिंह इतनी पी जाना चाहते हैं कि होश खो दें। होश-हवास में रहकर दुख पाता है आदमी। उनका गम तो भाई भी नहीं जान पाया। स्त्री कुछ मानने को तैयार नहीं। चढ़ाने लगे गिलास-दर-गिलास।

प्रधानजी ज्यादा नहीं पीते, मगर दो घूँट में ही सरग छूने लगें तो उसमें उनकी क्या गलती? आँखें पलट आईं। सिर हिलाने तक की हालत में नहीं। पुतले से बैठे हुए हैं। पलक भी नहीं झपक रहे हैं।

कुँवरपाल लाख कहे कि गड़बड़ नहीं, लेकिन उसने मिलावट की है। सुलैमानसिंह को मिलावटवाली पचती नहीं। पेट कमजोर है, शरीर ही तो फूला हुआ है। वे ओक रहे हैं—ह्वाउ ह्वाउ! ह्वा ... उ! गंदगी की छोटी पोखर बन गई जाजिम पर। गाव-तकिये लिथड़ गए। पीनेवाले दिल उमथानेवाले दृश्य को सहजता से देख रहे हैं।

... यकायक दौरा पड़ा दरोगाजी को। लकड़ाती हुई जीभ और शिथिल हाथ ... वे सरकारी दफा की तरह चाँदराम और दीपराम का नाम ले-लेकर झमाझम गालियाँ बरसाने लगे। जुर्म? दरोगाजी के गिलास को तन्मयता से भरनेवाला दीपराम बोतल का ढक्कन

खोलना भूल गया। दरोगाजी कह रहे हैं—बस, बस, बस ... मगर वह है कि बोतल का मुँह औंधाए हुए है। चाँदराम की भी माँ-बहनों का तरन-तारन कर दिया संग-संग।

दोनों सिपाहियों में आपसी मैत्रीभाव के चलते करुण रस का संचार हो गया। और होते-होते दोनों एक-दूसरे की गर्दन में बाँहें डालकर औरतों की तरह आखर बाँध-बाँधकर रोने लगे। उन्हें अपनी माँ-बहनें शिद्दत से याद आ रही हैं। इस दरोगा की आदत का बुरा हो, बीच-बीच में चमार-चूहरे भी कहता जाता है। कुँवरपाल की कनपटी तपने लगी।

रंजीत परेशान मुद्रा में बुरा मुँह बनाए हुए हैं। उनको किसी ने पूछा नहीं।

जाना चाह रहे थे यहाँ से, मगर थानसिंह ने उनका गोड़ गह लिया।

कुछ बातों को लेकर रंजीत जरूरत से ज्यादा उत्तेजित हो उठते हैं, उनमें थानसिंह भी शामिल हैं। क्या करें, नरककुंड में फिर बैठना पड़ा। आज पीने का मन भी नहीं ...

प्रधान को पीने के बाद लाँग खोलकर हर पाँच मिनट पर भीत के पिछवारे पंजों के बल बैठे देख लो।

जिनके हाथों में थोड़ी सी भी जुम्बिश है, वे मुर्गे की खोज में निकल पड़े हैं। थाली में रखा मुर्गा न हो गया, मैदान में भागता घोड़ा हो गया। हाथ ही नहीं आता। लेकिन जल-थल का पार पानेवाले थाली का छोर क्योंकर न पाते? नमकीन का बुरादा और मुर्गों की अधखाई हड्डियों का ढेर लगा दिया जगमगाती बैठक में।

सुलैमानसिंह के मुँह पर मुर्गे का मसाला चिपटा है। उनको भान है इस बात का। बेचारे बार-बार कंधे पर पड़ी हरे रंग की पतली तौलिया खींचते हैं, मगर वह खिंचती नहीं। चिपक गई है क्या? चलो, नहीं खिंचती तो न सही। नमकीन भर लिया मुट्ठी में, भसक्का मारना चाहते हैं, ... लेकिन ठोड़ी से ऊपर हाथ का निशाना बाँधे नहीं बँध रहा। सारा नमकीन ठोड़ी से होता हुआ कूड़े की तरह जाजिम पर फैल गया।

'दरोगाजी, एक बात ... अपनी लुगाई को बस में-न-कर-पाए-उसे-क्या-कहेंगे? उसे क्या कहेंगे?'

गिरीश त्यागी ने मुँह उठाकर आँखें खोलने की कोशिश की।

'हेनपैक्ड।'

चाँदराम हँसा, 'जनाना'। दीपराम पेट पकड़कर हँसी रोक रहा है, या हँस ही रहा है—'पिंदोला साब, पिंदोला। हा हा हा हा!'

'चोप! पेटीकोट-गवर-मेंट!' लड़खड़ाती जुबान दरोगाजी की।

सुलैमानसिंह भारी स्वर में बोले, 'सा ऽ ऽ ऽ बास!'

थानसिंह लगातार चाँदराम की पीठ ठोक रहे हैं। फत्तेसिंह सबके हँसने पर दाँत निकाल देते हैं।

'जनाना राज! जनाना।'

कुँवरपाल ठहाके लगा रहा है। आगे बोला—'पेटीकोट पोलका! हा हा हा हा! ... ये ... ये हमारे रंजीतसिंह! पेटीकोट गवरमेंट में काम कर रहे हैं। हा हा हा हा!'

'साले बने फिरते थे प्रधानजी का दायाँ हाथ, और लुगाई के फेबर में पन्ना को सिखा-पढ़ाकर नाम वापस लेने भेज दिया। इसे कहते हैं मिलीभगत। मिलीभगत।'

थानसिंह ने ये वाक्य नहीं कहे, सटाक्-सटाक् कोड़े मारे हैं उन्हें। लगा कि उन कोड़ों में उलझकर मुँह के बल गिरे हैं रंजीत।

'अब-रंजीत-तुम-ऐसा-करो-ये-मोंछें-मुड़वा-डालो,' थानसिंह पुआ से सूजे मुँह से बोल रहा है।

'हाँ भाई, तेरी-लुगाई-दूसरी-तरह-की ··· नोच-डालेगी,' सुलैमानसिंह ने भी रफ्तार पकड़ ली। जलजला उठ रहा है रंजीत की दो आँखों में।

कुँवरपाल ने ज्यादा नहीं पी, लेकिन वह एकदम चार गिलास खींच गया। देसी, अंगरेजी और दोनों का घालमेल ··· कुछ न बचने दिया। फिर तो बूथ कैप्चरिंग से नीचे बात न करे।

'दरोगाजी! ओ दरोगाजी! इस दास की अरज ··· रंजीत की महारानी का नसा पूरे गाँव पर सवार है। मैं जाति का चमार दीन-दलित ··· बूथ, बूथ, बूथ ···

'बूथ कैप्चरिंग! बूथ कैप्चरिंग! हाँ बूथ ···' थानसिंह ने अधूरी बात सँभाल दी। कुँवरपाल सीटी सी मारते हुए बोला, 'बूथ-कैप-चरिंग! बूथ-कैप-चरिंग करनी पड़ेगी। हा हा हा! बूथ-कैप-चरिंग!'

गिरीश त्यागी की पाँचों इंद्रियाँ जाग्रत हैं, मगर जीभ लपेटा खा रही है, 'औरत-के-सामने-साली-शराब-क्या, माया-क्या? धूल-सब-धूल।'

'लुगाई का नसा आय हाय!' सुलैमानसिंह बोल पड़े।

रंजीत की काया में काली ने प्रवेश किया ··· संहार की मुद्रा में मुट्ठी कसकर उठे और झपट पड़े कुँवरपाल पर। छाती में लात मारकर लुढ़का दिया उसे।

चौड़ा चकला कुँवरपाल! रंजीत छाती पर चढ़ बैठे और उसका पुख्ता सीना ऐसे कूटने लगे ज्यों धनकुटा से ओखली में धान कूटे जाते हैं। दारू की मदहोशी और घन की सी चोट ··· साँड़ की तरह पाँव पसार गया वह।

प्रचंड देवता की सवारी रंजीत के ऊपर! थानसिंह के माथे में गिलास दे मारा। शीशे का गिलास टूटा नहीं, भारी तली गुम्म चोट दे गई। सुलैमानसिंह पर लातें बरसाने लगे, देख रहे हैं कि थानसिंह अभी तक माथा पकड़े बैठा है।

गिरीश त्यागी लपका। दरोगा ठहरा, वारदात की धारा याद आ गई, तुरंत बोला, फा-य-र! दरोगाजी रंजीत को काबू में करते तब तक उनकी कमीज खींच डाली और फिर नहीं देखा कि बटन टूटे या सिलाई उधड़ी अथवा फटी। जलजले की तरह विनाश-लीला पर उतरे हैं, 'साले कर बूथ कैप्चरिंग। लूट बूथ।' अण्डर-बियर बनियान भी फाड़ लिए तन से। एकदम नंगा दरोगा!

सिपाही लोग अपने थानेदारजी पर ही पिल पड़े धमाधम तड़ातड़! न मालूम शराब का नशा या कोई पहली रंजिश?

थालियाँ औंध गईं। बोतलें लुढ़क रही हैं। गिलास किर्चकिर्च! लोगों के बीच खून-खच्चर। एक रंजीत में से कितने-कितने रंजीत निकल पड़े। पूरी महफिल रूई की तरह धुनकर छितरा दी।

प्रधानजी, जिनको शायद दस्त की हाजत, चबूतरे के नीचे नाली पर बैठे दिखाई दिए, उन्हें कूल्हे पर लात मारकर नाली में ही गिरा दिया।

कुँवरपाल लड़खड़ाता हुआ आया और हाथ की पाँचों उँगलियों में रंजीत की गर्दन भर ली, लेकिन कसाव नहीं बैठता।

सुलैमानसिंह ने भी टाँग पकड़नी चाही थी, मगर वे खुद ही ढेर हो गए।

देव, पितर, भूत, प्रेत, देवी, चंडी ··· पता नहीं रंजीत के ऊपर कौन सवार हुआ कि वे महाकाय सुलैमानसिंह, गठे हुए थानसिंह, शारीरिक रूप से प्रशिक्षित गिरीश त्यागी, अनुभवी पुराने पहलवान फत्तेसिंह और पुख्ता देहवाले कुँवरपाल पर भारी पड़ गए। चोट, घाव और रक्त में नहाये ये लोग बचेंगे या ···? शायद मदिराप्रेमियों पर मद सवार था, जिसने उनका बल हरण कर लिया। वरना रंजीत इनमें घिरकर एक हिचकी भी नहीं ले पाते मौत से पहले।

··· हिचकी नहीं लेने देंगे मौत से पहले। रंजीत इतने ज्यादा डर गए, जितने वे कुछ क्षणों पहले निर्भीक थे।

टिमटिमाते तारों की छाँव अँधेरे में भागने की गति से चल पड़े। अंदाजे से गैल में पड़ती नालियाँ, गड़े खूँटे और चबूतरों को क्रमशः फलाँगते, बचते-बचाते, गिरते-सँभलते आ रहे हैं घर की ओर। नहीं मालूम रात कितनी घटी है? नहीं मालूम सबेरा कब होगा? सन्नाटे को तोड़ती हुई जीव-जन्तुओं की आवाजों ने क्षीण कर दी श्रवण शक्ति और 'बूथ कैप्चरिंग' शब्द हथौड़े बजा रहा है छाती में ···

बीच राह ही साँस फूल आई। घर का द्वार पकड़ने की खातिर देह की समूची ताकत निचोड़ दी। दूरी योजनों लंबी ··· ओसारा दिखा अँधेरे में ही, साँस से साँस जुड़ी।

चबूतरे के पास आते ही गली में सोया कुत्ता चौंक पड़ा। लपकता हुआ आया, और कुछ देर रंजीत के पीछे-पीछे चला। वे जानते हैं, भागेंगे तो भूँकेगा। खड़े हो गए दो क्षण के लिए। कुत्ता इत्मीनान से टाँगें सूँघने लगा। संतुष्ट हुआ। कान फटफटाकर अपनी जगह जाकर बैठ गया।

चबूतरे पर चढ़कर ओसारा पार किया उन्होंने।

द्वार की चौखट के पास खड़े हो गए। पाँव बुरी तरह काँप रहे हैं।

घर की किवाड़ें बन्द हैं। आँधी के आसार न होते तो बाबा ओसारे में सो रहे होते।

बन्द किवाड़ों तक मुँह ले गए रंजीत। परिचित गंध अपनेपन का गहरा अहसास जगा रही है, सिर टेक दिया किवाड़ पर ··· आँखें मूँद लीं। लगा कि चलते चाक पर बैठे हैं ···

●●●